Buch

Australien im 19. Jahrhundert: Der Auswanderer Will Collins hat Erfolg beim Goldschürfen und gelangt zu moderatem Wohlstand. Nur das private Glück lässt noch auf sich warten. Doch als er unverhofft Jenny Tremayne wiedersieht, die er noch aus Cornwall kennt, weiß er, dass sie die Richtige ist. Aber das Schicksal meint es nicht gut mit den beiden. Wills Widersacher Tom Roberts steht eines Tages vor ihm und prahlt damit, dass Jenny von ihm schwanger sei. Tatsächlich hat Roberts Jenny brutal vergewaltigt und dabei geschwängert. Dennoch heiratet Will Jenny, aber sie können nicht miteinander glücklich werden. Seit ihrer Vergewaltigung hat Jenny Angst, sich einem Mann hinzugeben.

Wills Interesse gilt seit geraumer Zeit vermehrt der Politik. Er engagiert sich für die Aufhebung der Lizenzgebühren, die Einführung des Wahlrechts für Goldschürfer, die Zuteilung von Farmland und gegen die Willkür der Polizei. So gerät er mitten in einen Aufstand der Bergleute, der von der Polizei blutig niedergeschlagen wird. Will überlebt den Kampf mit den Regierungstruppen, doch dann lauert Tom Roberts ihm auf, und es kommt zur Katastrophe …

Autorin

Merice Briffa lebt in Brisbane, Australien, auf einer Farm mit vielen Tieren. 1994 erschien ihr erster Roman, »The Final Dreaming«, seither hat sie ein Dutzend weiterer Bücher verschiedener Genres veröffentlicht. »Himmel der Sehnsucht« ist nach »Land meiner Träume« der zweite Roman ihrer großen Australien-Saga. Weitere Bände sind bei Goldmann in Vorbereitung.

Von Merice Briffa außerdem bei Goldmann lieferbar:

Land meiner Träume. Eine Australien-Saga (46680)

Merice Briffa

Himmel der Sehnsucht

Eine Australien-Saga

Aus dem Englischen
von Ellen Schlootz

GOLDMANN

Titel der Originalausgabe:
»The Rebel Flag«

FSC
Mix
Produktgruppe aus vorbildlich bewirtschafteten Wäldern und anderen kontrollierten Herkünften

Zert.-Nr. SGS-COC-1940
www.fsc.org
© 1996 Forest Stewardship Council

Verlagsgruppe Random House FSC-DEU-0100
Das FSC-zertifizierte Papier *München Super* für dieses Buch liefert Arctic Paper Mochenwangen GmbH.

1. Auflage
Deutsche Erstveröffentlichung Januar 2010

Published by Arrangement with Merice Briffa
Dieses Werk wurde vermittelt durch die Literarische Agentur Thomas Schlück GmbH, 30827 Garbsen
Umschlaggestaltung: Uno Werbeagentur München
Umschlagfoto: Theo Allofs/Corbis, © Fine pic, München, Zero Media GmbH/Fine Pic
BH · Herstellung: Str.
Redaktion: Sigrun Zühlke
Satz: omnisatz GmbH, Berlin
Druck und Bindung: GGP Media GmbH, Pößneck
Printed in Germany
ISBN: 978-3-442-46687-0

www.goldmann-verlag.de

Prolog

Sanftes gräuliches Licht stahl sich in das Goldgräberlager und vertrieb die nächtlichen Schatten. Dunkle, formlose Gebilde wurden allmählich als Zelte erkennbar, die geheimnisvollen schwarzen Türme der Nacht entpuppten sich als das weiße Segeltuch der Lüftungsrohre. Hier und da brannte ein Lagerfeuer, dessen Flammen sich leuchtend orange vor der trüben Morgendämmerung abhoben. Überall im Lager, wo begierige und fleißige Menschen aufstanden, um ihre Suche nach Gold fortzusetzen, flackerten weitere Feuer auf. Die dunkelgrauen Blätter der Bäume und Büsche, jener fremdartig schönen Bäume, deren Namen sie nicht kannte, würden bald schon den blassen Grünton ihres Sommerlaubs annehmen.

Irgendwo in der Ferne krähte ein Hahn, ein anderer antwortete. Etwas näher ertönte ein seltsames hysterisches Gelächter. Mehr als das Krähen des Hahns diente dieses Gelächter den Goldgräbern als Weckruf. Als sie diesen lauten Ruf zum ersten Mal gehört hatte, war sie sowohl erschrocken als auch verblüfft gewesen. Seit sie wusste, woher der Krach rührte, war sie nicht mehr überrascht. Selena suchte mit den Augen die Bäume ab, bis sie den großen braun und weiß gefiederten »Lachenden Hans« entdeckte. Im gleichen Moment schoss der Rieseneisvogel über den Horizont, um sich zu einem Gefährten in einem anderen Baum zu gesellen, wo sie ein Lachduett anstimmten. Von den Bäumen ringsumher fielen andere Vögel in den Lärm ein und brachten die krähenden Hähne im Lager mit ihrem Gelächter zum Schweigen.

Der »Lachende Hans« musste ein ziemlich dummer Kerl sein, denn sein Lachen klang manchmal richtig idiotisch. Selena zog allerdings den wohlklingenden ursprünglichen Namen des Vogels vor – Kookaburra. Von einem alteingesessenen Einwohner der Kolonie, der mit ihnen zusammen von Melbourne hierhergekommen war, hatte sie die Namen zahlreicher australischer Tiere gelernt. Ob die Bäume und Büsche in diesem Land genauso interessante Namen hatten wie die Tiere – Wombat, Koala, Känguru, Currawong, Kookaburra?

Vor den Zelten flackerten immer mehr Feuer auf. Rauch stieg aus den Kaminen der Hütten, die innen eine Feuerstelle hatten. Schon bald würden alle auf den Beinen sein, und die Stimmen Tausender Menschen, die den neuen Tag begannen, würden die morgendliche Stille vertrieben haben. Gleich musste auch sie das Feuer anzünden und für sich und ihren Vater Frühstück machen. Doch erst einmal würde sie diese wenigen Minuten noch genießen, die sie sich jeden Morgen gönnte, diese Augenblicke, die ihr Herz mit einem Gefühl erfüllten, für das sie noch keinen Namen gefunden hatte.

Was war nur an den Goldfeldern, das sie so bezauberte und das sie bereits in dem Moment in freudige Erregung versetzt hatte, als sie den letzten Hügel erklommen hatten und auf die Zeltstadt hinabblickten? Viel von der natürlichen Schönheit des Landes war zerstört worden, überall lag Erde in hässlichen Haufen herum, die aus den unzähligen Löchern, die den Boden wie Pockennarben durchsetzten, herausgeschaufelt worden war. Der Fluss, der sicher einst genauso kristallklar gewesen war wie die Gewässer, die sie auf dem Weg von Melbourne hierher überquert hatten, floss nun ganz schlammig dahin. Seine ursprüngliche Schönheit war von den Tausenden Männern sowie den wenigen

Frauen zerstört worden, die seit über einem Jahr an seinen Ufern hockten und ihre schmutzigen Pfannen in der ungewissen Hoffnung auswuschen, ein paar Goldkörner zu finden.

Die Zelte und provisorischen Hütten der Goldgräber und ihrer Familien erstreckten sich planlos über die Ebene und die Flanken der Hügel. Vor manchen Hütten, in denen eine Frau wohnte, gab es kleine Gärten mit Wildblumen. Bei anderen war eine Ziege angebunden. Viele der Behausungen, obwohl nur aus Zeltbahnen errichtet, hatten etwas Dauerhaftes an sich. Insgesamt besaß das Lager hier mehr Charme als die Zeltstadt am Südufer des Yarra, wo Selena und ihr Vater nach ihrer Ankunft in Melbourne untergebracht gewesen waren.

Seit sie hier waren, wohnten sie in einem winzigen Zelt, dessen einziger Komfort in den Decken bestand, auf denen sie schliefen. Selena, die sich nie über Entbehrungen beklagte, hoffte, dass sie bald eine etwas solidere Behausung als das kleine Zelt haben würden. Eines Tages würde ihr Vater wieder zur See fahren, ganz gleich, ob er Gold fand oder nicht. Doch Selena würde ihn nicht begleiten. Seit sie vor gerade mal zwei Tagen hier angekommen war, wusste sie, dass ihr Schicksal in diesem stillen fremden Land lag.

Selena blickte zu der soliden Hütte aus Holz und Segeltuch hinüber, die ein Stück von ihnen entfernt stand, und ihr Herz setzte für einen Moment aus, als ein Mann ins Freie trat, um die Arme in die Höhe zu recken und in den mittlerweile zartrosa gefärbten Himmel zu blicken. Er war ihr bereits am ersten Tag aufgefallen; sie war zwar erst sechzehn, und doch spürte sie das Verlangen, von ihm auf gleiche Weise bemerkt zu werden. Er sah in ihre Richtung und hob freundlich eine Hand zum Gruß, obwohl sie einander noch gar nicht vorgestellt worden waren.

Sie wollte den Gruß erwidern, ihr Arm stockte jedoch mitten in der Bewegung angesichts des Grauens, das sie jetzt erblickte.

Der Lärm von Schüssen, gefolgt von den furchtbaren Schreien Verwundeter und Sterbender, zerriss die morgendliche Stille. Der blassrosa Himmel färbte sich rot vom Widerschein der brennenden Zelte und Hütten. Der eben noch friedliche Morgen verwandelte sich in grauenhaftes Chaos. Beißender Pulverdampf vertrieb die frische Morgenluft, und es roch nach Blut und brennendem Segeltuch. Sie sah den Mann, der ihr zugewinkt hatte, zu Boden sinken. Entsetzt beobachtete sie, wie ein Trooper mit gezücktem Bajonett auf den Mann zulief, um ihm den Todesstoß zu versetzen.

Selena schrie »Nein! Nein!« und lief los, um ihm zu Hilfe zu eilen. Nach drei Schritten hielt sie jedoch inne und blickte um sich. Um sie herum war alles genauso friedlich, wie es wenige Sekunden zuvor gewesen war. Dann sah sie wieder zu dem Mann hin, der mittlerweile mit seinen Brüdern dort stand. Es gab weder Schüsse noch sterbende Männer.

Eine Hand auf den Mund gedrückt, stolperte Selena hinter das Zelt, wo sie sich heftig übergeben musste. Als nichts mehr kam und sie nur noch trocken würgte, setzte sie sich auf die Erde, schlang die Arme um die Knie und ließ ihren schwindeligen Kopf darauf sinken. Schweiß brach ihr am ganzen Körper aus. Auf den Schwindel in ihrem Kopf würden bald so heftige Kopfschmerzen folgen, dass sie den ganzen Tag geschwächt sein würde.

Die Hände ihres Vaters zogen sie wieder auf die Füße, und seine starken Arme hielten sie so lange, bis das Zittern aufhörte und der kalte Schweiß getrocknet war.

»Was ist denn los, Liebes? Was hast du gesehen?«

Doch Selena schüttelte nur den Kopf, unfähig, das Grauen mitzuteilen.

Die blutige Schlacht, deren Zeuge sie geworden war, lag noch in der Zukunft.

ERSTER TEIL

1

Der Lärm, der sich wie das Donnergrollen eines aufziehenden Gewitters anhörte, wurde mit jedem Schritt lauter, den die müden Wanderer näher kamen. So ungewohnt das Geräusch auch sein mochte, wussten doch alle, egal ob Mann, Frau oder Kind, die durch den hohen Wald von Warrenheip hinuntergingen, was es war. Es vermittelte den Eindruck von hektischer Aktivität, von Zeit, die zu kostbar war, um sie zu vergeuden.

Gemüter, die sich von Tag zu Tag verdüstert hatten, schwangen sich zu neuer Zuversicht auf. Körper, die von den Strapazen des langen, anstrengenden Fußmarsches von Melbourne bis hierher gebeugt waren, fanden Kraft, um die letzte Meile im Laufschritt zurückzulegen, aus Angst, jemand anders könnte das Glück haben, ein sagenhaftes Goldnugget zu finden.

Selena blickte ihren Vater an und sah, dass das Getöse, das bis in ihr tiefstes Inneres zu dringen schien, seiner Miene einen erwartungsvollen Ausdruck verliehen hatte.

Er zwinkerte ihr zu. »Wir sind fast da, Liebes.«

»Na endlich. Mir kommt es vor, als wären wir schon ewig unterwegs. Wie lange ist es her, Vater, dass du dich entschlossen hast, hierherzukommen?«

»Gerade mal sechs Wochen. Manche Goldsucher mussten sich auf eine viel längere Reise begeben.«

»Während wir nur die Tasmanische See zu überqueren brauchten.« Sie verstummte bei dem Gedanken, was ihnen die

Zukunft wohl bescheren mochte. Die Traurigkeit, die sie nie ganz verließ, weckte den vertrauten Schmerz in ihrem Herzen. Nur das Wissen, dass ihr Vater noch stärker litt, machte den Schmerz erträglich. Die Vergangenheit war unwiederbringlich verloren. Und wie sehr er sie auch liebte, ihr Vater würde niemals sesshaft werden. Nicht einmal die tiefe Liebe, die er für ihre Mutter empfunden hatte, hatte ihn an Land halten können. Also hatte Maman ihn aufs Meer hinaus begleitet.

»Ich werde langsam erwachsen, Vater. Ich muss an meine Zukunft denken.«

»Deine Zukunft! Hör mal, Selena. Dieser Lärm da, das ist der Klang von Gold, das die Menschen reich macht. Darin liegt deine Zukunft und meine. Wenn wir erst mal reich sind, ist immer noch Zeit genug, darüber nachzudenken, was aus dir wird.«

Soeben hatten sie den letzten kleinen bewaldeten Hügel erklommen und sahen die Goldfelder von Ballarat vor sich liegen. Der Lärm Hunderter von Cradles, großer Holzkisten, die auf beiden Seiten des Flusses eifrig zum Waschen von Gold auf und ab gewiegt wurden, verband sich mit menschlichen Stimmen und diversen anderen Geräuschen zu jenem ungeheuren Lärm, den sie schon von weitem gehört hatten.

Selena verschlug es den Atem. »Sieh nur all diese Leute, Vater, und die vielen Zelte. Finden wir da überhaupt noch einen Platz für unseres? Und die ganzen neuen Leute, die vor uns angekommen sind und noch nach uns kommen? So viele Leute, und alle hoffen, dass sie Gold finden.« Selena kicherte bei dem Bild, das ihr gerade in den Sinn kam. »Das ist hier wie ein kribbelnder Ameisenhaufen aus Menschen. Sieh mal, wie die alle hin und her rennen.«

Der Captain brummelte etwas vor sich hin, setzte die Schubkarre ab und schwang seinen Seesack von der Schulter. Als Selena ihren Blick von dem erstaunlichen Spektakel da unten abwandte, bemerkte sie den gleichen ungläubigen Ausdruck im Gesicht ihres Vaters.

»So hab ich mir Ballarat aber nicht vorgestellt.«

Was hatte sie sich denn vorgestellt? Eine unberührte Landschaft, wo man am Ufer klarer Flüsse entlangschlendern konnte und einem Goldnuggets heller als die Sonne entgegenstrahlten.

Ihr Vater schüttelte düster den Kopf. »Ich hatte keine Ahnung, dass so etwas auf uns zukommt. Selena, es tut mir leid. Ich hätte dich nicht hierherbringen dürfen, in diesen … diesen …« Er hob angewidert eine Hand. »Das ist ja der reinste Saustall.«

Das war zwar eine zutreffende Beschreibung, doch irgendwo tief in ihrem Inneren spürte sie, wie ihre anfängliche Bestürzung einer leichten Erregung wich. »Du hättest mich ja nirgends lassen können, Vater, und ich wäre auch nirgends geblieben. Ich habe mich nicht über den weiten Weg von Melbourne hierher beklagt, und ich will auch jetzt nicht anfangen, mich zu beklagen, bloß … Hier gibt es doch bestimmt nicht genug Gold für alle?«

»Wenn nicht, dann haben wir den ganzen Weg umsonst gemacht – und ich habe gar nichts mehr.«

Obwohl er die Stimme bei den letzten verbitterten Worten gesenkt hatte, hörte Selena sie klar und deutlich. Da ihr keine passende Antwort einfiel, streckte sie den Arm aus und nahm seine Hand. Er sah sie an, lächelte und drückte ihre Hand, dankbar für den stillen Trost, den sie ihm spendete.

»Nun ja, mein Liebes, jetzt sind wir hier, und deshalb dürfen wir die Hoffnung nicht aufgeben. Wenn wir in Ballarat kein Glück haben, dann können wir es auf anderen Feldern versuchen. Es werden ja ständig neue entdeckt. Aber was für ein Anblick, Selena. Über den Schächten sind so viele Segeltücher gespannt, das würde für ein Dutzend Schiffe reichen. Ich bin ja richtig neugierig, welchen Zweck diese ganzen Segel haben.

Doch das werden wir bestimmt bald herausfinden – und noch vieles mehr.«

Er warf seinen Seesack wieder über die Schulter und hob die Schubkarre an. »Komm, Selena, auf ins Gewühl!«

Lärm, Schmutz und ein unglaublicher Gestank. Das werde ich sagen, wenn mich mal jemand nach meinem ersten Eindruck von den Goldfeldern fragt, dachte Selena. Nun, wo sie mitten im Goldgräberlager waren, konnte man das Kratzen der Schaufeln, das Quietschen der Winden und das Rappeln und Klappern der Waschrinnen deutlich voneinander unterscheiden. Dazwischen die Stimmen von Männern, Hundegebell und das Geräusch von Äxten, die in Holz getrieben wurden.

Überall lagen Lehmhaufen herum, manche mehr als mannshoch, die beim Graben nach tief in der Erde verborgenem Gold aufgeschüttet worden waren. Sie kamen an einer aus Brettern errichteten Metzgerei vorbei, wo Schafshälften unter einem Vordach aus Baumrinde hingen und Schmeißfliegen um den Haufen fauliger Abfälle schwärmten, die der Metzger auf die Straße geworfen hatte. Der Anblick und der Gestank waren abstoßend genug, um selbst dem stärksten Mann den Magen umzudrehen.

Selena legte sich eine Hand über Mund und Nase. »Wie ekelhaft. Hier kauft doch bestimmt kein Mensch Fleisch.«

Der Captain, der keine Hand frei hatte, rümpfte die Nase. »Die Schafshälften sehen frisch aus. Der Metzger verkauft wahrscheinlich so viel, dass er jeden Tag schlachtet. Und seine Kunden haben sich bestimmt an den Gestank gewöhnt.«

»Dann kannst du für uns Fleisch einkaufen gehen. Wenn ich nicht sehe, wo es herkommt, koche ich es gerne.«

Der Captain lachte. »Fängst du jetzt etwa an, zimperlich zu werden? Dabei hab ich dich doch schon Geflügel und jede Menge Fische ausnehmen sehen.«

Sie warf den Kopf in den Nacken, um ihm zu zeigen, was sie

von dieser Spöttelei hielt. »Das ist was völlig anderes. Ich möchte mir jetzt angucken, wie die Leute am Fluss Gold waschen.«

»Das war aber ein rascher Themenwechsel.«

»Klar doch.« Selena schenkte ihrem Vater ein freches Grinsen, bevor sie vor ihm her zum Fluss lief. Sie blieb bei einem alten Mann mit Stoppelbart stehen, dessen graues Haar, das unter einem Filzhut hervorlugte, bis fast auf seine Schultern reichte. »Haben Sie was dagegen, wenn ich Ihnen ein bisschen zusehe? Mein Vater und ich sind gerade erst angekommen.«

Der Mann blickte kurz von seiner Tätigkeit auf und sah die beiden an. »Ah ja, sieht man, dass ihr neue Kumpels seid.« Dann widmete er sich wieder seiner Arbeit und begann aufs Neue, mit leichten Drehbewegungen vorsichtig die Waschpfanne zu schwenken.

Obwohl sie sich nicht sicher war, ob der Mann die Worte »neue Kumpels«, so wie er sie ausgesprochen hatte, als Beleidigung gemeint hatte, wagte Selena es, sich etwas tiefer hinabzubeugen.

»Ist denn da Gold drin?«

Der Mann drückte einen Finger in die Pfanne und hob ihn dann hoch, damit sie den stecknadelkopfgroßen Sprenkel Gold sehen konnte, der an seiner Haut klebte.

»Das wird Gold sein, Miss.«

»Oh.« Der winzige Sprenkel war ganz und gar nicht das, was sie sich vorgestellt hatte. Sie war ziemlich bestürzt. Wie viele Tausende Körnchen müsste man denn finden, um reich zu werden? »Ich dachte, das Gold käme in großen Klumpen.«

»Das tut's auch, wenn man das Glück hat, Nuggets zu finden. Alluviales Gold gibt's hier aber nicht mehr viel. Deshalb werden so viele Schächte gegraben. Doch nach den tiefen Adern zu graben, das ist nichts für einen Mann allein.«

Selena schaute sich um und bemerkte viele kleine Gruppen

von Männern, die anscheinend zusammen arbeiteten. »Sind Sie denn allein?«

»Das geht Sie nichts an, Miss. Und wozu wollen Sie das überhaupt wissen?« Unverhohlenes Misstrauen klang aus seinen Worten.

Selena merkte, dass ihre Frage fehl am Platz gewesen war. »Entschuldigung, ich hab das nicht böse gemeint.«

»Schon gut.« Der Goldgräber richtete sich langsam und, wie Selena vermutete, unter ziemlichen Schmerzen auf. »Alte Knie bücken sich nicht mehr so gern«, sagte er ächzend. »Und mein Rücken ist auch nicht mehr allzu gut.«

»Warum machen Sie denn dann weiter, wenn Sie doch kein Gold finden?«

»Wer sagt denn, dass ich kein Gold finde?« Er starrte sie herausfordernd an, als hätte sie ihn mit der Unterstellung, er würde seine Zeit vergeuden, zutiefst beleidigt.

»Da war nichts in der Pfanne, bis auf die paar Sprenkel.« Sie dachte stets praktisch. »Wie viele Pfannen Erde müssen Sie denn waschen, bis Sie große Stücke Gold finden?«

Der alte Mann schnaubte verächtlich. »Sie sind aber 'ne neugierige junge Dame.«

»Selena.« Die Stimme ihres Vaters klang verärgert. »Lass den Mann in Ruhe.« Er entschuldigte sich bei dem Goldgräber. »Tut mir leid, wenn meine Tochter Ihnen lästig gefallen ist. Sie konnte ihre Neugier noch nie im Zaum halten.«

Diese Einschätzung ihrer Person quittierte Selena mit einem beschwichtigenden Blick. »Ich wollte doch nur wissen, wie unsere Chancen stehen, reich zu werden.«

»Ha! Wenn ich Ihnen das sagen könnte, Miss, würd' ich selbst in 'nem großen Haus sitzen mit vielen Dienern und umgeben von all den schönen Dingen, die sich ein Mann vom Leben nur wünschen kann.«

Die Kleidung des alten Mannes war schmutzig, und sein Gesicht war voller mehrere Tage alter Bartstoppeln. Er sah aus, als hätte er noch nie gebadet, seit er auf Goldsuche war, und auch seine Schnapsfahne legte nahe, dass seine Bekanntschaft mit Wasser sich auf die Pfanne beschränkte, in der er das Gold wusch.

Während ihr Vater mit dem alten Mann sprach, betrachtete Selena die lange Reihe von Männern, die auf beiden Seiten des Flusses hockten und mit Pfannen oder Cradles arbeiteten. Auch ein paar Frauen waren darunter, eine mit einem Baby auf dem Schoß und mehreren kleinen Kindern zu ihren Füßen. Alle Gesichter hatten den gleichen ungeheuer konzentrierten Ausdruck, und alle Augen warteten gebannt darauf, dass in dem Schlamm, den sie wuschen, etwas Gelbes auftauchte. Wenn das geschah, wurde es geschickt herausgefischt und in einen sorgsam bewachten Eimer oder eine Blechdose getan. Das waren also die unverbesserlichen Optimisten, die auf den großen Fund hofften. Und sie und ihr Vater würden bald dazugehören. Ob das Glück ihnen gewogen sein würde?

»Wie anders das doch alles ist, als ich es mir vorgestellt habe. Die Geschichten, die über Victoria erzählt werden …«

»Und da habt ihr geglaubt, ihr brauchtet hier nur rumzuspazieren und die großen Klumpen aufzulesen.« Der alte Goldgräber schnaubte wieder verächtlich. »Ihr neuen Kumpels seid doch alle gleich.«

Selenas Vater schaltete sich ein. »Wären Sie denn vielleicht so freundlich, Sir, falls Sie die Vorwitzigkeit meiner Tochter nicht zu sehr verstimmt hat, diesen ›neuen Kumpels‹ einen guten Rat zu geben?«

»Vielleicht. Kommt drauf an, was für 'nen Rat Sie wollen.«

»Zuallererst möchten wir einen Platz finden, wo wir unser Zelt aufstellen können. Wir wären aber auch für jeden Rat von

Ihnen dankbar, wie wir am schnellsten mit der Goldsuche anfangen können.«

»Ich glaub nicht, dass das ein Problem ist. Sie können Ihr Zelt irgendwo auf dem Gelände aufstellen, wo nicht gegraben wird. Meins ist da oben bei den Bäumen.«

Das Zelt, auf das er zeigte, stand etwa fünfzig Meter entfernt auf einem kleinen Hügel. Obwohl stehen, sinnierte Selena, noch wohlwollend ausgedrückt war. Die primitive Behausung hing ziemlich windschief an krummen Holzpflöcken, bei denen es sich offenbar um junge Bäume handelte, und sah deprimierend instabil aus. Vater und Tochter blickten wieder zu dem alten Mann, der ihr Entsetzen über seine Behausung nicht zu bemerken schien.

»Wenn ihr wollt, könnt ihr euch neben mir niederlassen. Alle meine Nachbarn sind zu Sommeranfang abgehauen, wie die meisten, und noch nicht wiedergekommen.«

Erneut wechselten Vater und Tochter erstaunte Blicke. »Werden sie denn wiederkommen?«, fragte Selena.

Wenn die meisten Leute Ballarat im Sommer verließen, dann mussten im Winter Abertausende Menschen auf den Goldfeldern sein. Selena hatte Mühe, sich das vorzustellen, obwohl sie normalerweise über eine lebhafte Fantasie verfügte.

»Vielleicht ja, vielleicht nein. Vielleicht gehen sie an 'ne andere Stelle auf dem Ballarat-Feld, vielleicht versuchen sie ihr Glück in Clunes oder Creswick oder Mount Alexander oder Eaglehawk oder … Es gibt genug Auswahl. Aber was ist nun mit eurem Zelt? Wollt ihr es da oben aufstellen oder nicht?«

Es wurde nicht so rasch dunkel, wie Selena es aus den Tropen gewohnt war. Selbst nachdem die Sonne untergegangen war, war es noch hell genug, um zu kochen. Der alte Goldsucher – Bill Smith nannte er sich – lud die Neuankömmlinge ein, mit ihm zu essen.

»Bloß Hammel mit Damper. Ist so ziemlich alles, was es hier auf dem Feld zu essen gibt.«

Oder was sich der alte Mann die Mühe machte zu kochen, mutmaßte Selena. Die Metzgerei war nicht der einzige Laden, den sie gesehen hatten. Bestimmt konnte man auch irgendwo Gemüse und Eier kaufen. Morgen früh würde sie sich umsehen, was es für die Goldgräber so alles gab. Wenn sie hierblieben, würde der alte Mann vielleicht auch mal probieren wollen, was sie für sich und ihren Vater kochte.

Die einfache Mahlzeit war erstaunlich gut. Das Hammelfleisch, in einer Pfanne über dem offenen Feuer gebraten, zerging auf der Zunge. Und die dicke Scheibe kaltes Buschbrot, auf der es serviert wurde, war so zart wie das feinste Buttergebäck, das sie je probiert hatte.

»Ihr Damper ist das beste, das wir je gegessen haben, nicht wahr, Vater?«

»Das stimmt. Ich wäre Ihnen sehr dankbar, wenn Sie meiner Tochter beibringen könnten, wie man es so hinkriegt.«

»Bitte«, fügte Selena hinzu und hoffte, dass ihr Lächeln die Widerborstigkeit des alten Mannes ein wenig mildern würde. Doch der verzog kaum eine Miene.

»Können Sie denn kochen?«

»Ich kann ganz gut kochen. Das habe ich schon als kleines Mädchen gelernt.«

»Dann zeig ich Ihnen vielleicht, wie man Damper macht. Wenn Ihr Damper aber wie ein Klumpen Blei wird, müssen Sie es trotzdem essen. Mehl ist zu teuer, um es zu verplempern.«

Der Captain lachte leise vor sich hin. »Davor hab ich keine Angst. Selena ist eine gute Köchin, auch wenn sie keine Erfahrung mit offenem Feuer hat.«

»Das werd ich schon lernen. Das macht bestimmt Spaß. Es ist mehr wie ein Picknick. Wir sitzen am Feuer, und über uns ist nur der Himmel. Und alle anderen tun das Gleiche. Wie anders die Goldfelder doch nachts aussehen, wenn die Lagerfeuer brennen. Wir könnten in einer völlig anderen Welt sein. Hier strahlt so viel Freiheit, Freundschaft und Frieden aus, wie ich es noch an keinem anderen Ort empfunden habe.«

»An wie vielen Orten ist denn eine junge Miss wie Sie schon gewesen?«

Selena sah ihren Vater kurz an. Er verstand, wie sie bestimmte Dinge sah und empfand. Das taten nur wenige. Ein leichtes Hochziehen seiner Augenbrauen ermahnte sie, mit dem, was sie sagte, vorsichtig zu sein. Doch der Knall eines Gewehrs, das in der Nähe abgefeuert wurde, ersparte ihr die Antwort. Fast unmittelbar darauf folgte ein zweiter Schuss und dann noch weitere.

Der alte Bill Smith lachte über ihren Schrecken. »Finden Sie immer noch, dass das ein friedlicher Ort ist, Miss?«

»Was ist da los? Worauf schießen die?«

»Die schießen auf die Sterne, wie jede Nacht.« Sein Lachen klang wie das Krähen eines Hahns mit Halsentzündung.

Ob er sich über mich lustig macht, fragte sich Selena. »Vater?«

»Ich vermute, dass die Männer genau das tun, Selena. Sie feuern ihre Waffen ab, um sie mit frischem Pulver zu laden.«

Das abgehackte Lachen verstummte, und der alte Mann griff nach seinem eigenen Gewehr. Selena sah, wie alt es war, und wusste, dass der Schuss ohrenbetäubend sein würde. Deshalb presste sie die Hände auf die Ohren. Gleichzeitig ärgerte sie sich über sich selbst, weil sie so naiv und schreckhaft war. Grand-père hatte sie nämlich genauso mit Schusswaffen vertraut gemacht, wie Grand-mère das mit dem Küchenherd getan hatte.

Selena schlief tief und fest, obwohl nur ein Stück Segeltuch zwischen ihrem Körper und dem harten Boden lag. Sie wachte auf, als ihr Vater sie mit der Hand an der Schulter berührte.

»Aufwachen, Schlafmütze. Wir haben heute viel zu tun.«

»Wie spät ist es?«

»Es ist schon ganz hell draußen. Du bist bestimmt die Einzige, die noch im Bett liegt. Selbst unser Freund ist bereits losgezogen. Hier, heute hab ich den Tee gekocht.«

»Ich verspreche, dass ich morgen früh wieder Tee mache.« Selena richtete sich auf und nahm den Blechbecher von ihrem Vater entgegen, der auf seinem zusammengerollten Bettzeug saß. »Was werden wir als Erstes tun?«

»Ich denke, wir werden erst mal ein bisschen herumlaufen und uns alles genau ansehen. Ich muss gestehen, dass mir die Vorstellung, zwanzig Meter oder gar noch tiefer graben zu müssen, um anständiges Gold zu finden, nicht so ganz geheuer ist.«

»Ich weiß. Mir geht es genauso. Was hältst du von Mr Smiths Vorschlag, mit anderen Männern zusammenzuarbeiten?«

»Ich denke noch darüber nach. Es ist nämlich so, Selena, keinem echten Seemann behagt die Vorstellung, unter der Erde zu sein, nicht mal, wenn er tot ist. Wenn meine Zeit gekommen ist, mein Mädchen, dann sorge dafür, dass ich auf See bestattet werde.«

»Das hast du mir schon so oft gesagt. Wie sollte ich das vergessen? Aber stell dir doch bloß mal vor, wie wunderbar es wäre, so etwas zu finden wie dieses Canadian Nugget.« Allein der Name brachte dieses sanfte, aufregende Kribbeln zurück, das sie gestern Abend bei der Geschichte von dem 123 Pfund schweren Nugget empfunden hatte, das erst vor einer Woche gefunden worden war.

Ihr Vater lachte. »Deine Augen funkeln schon wieder. Ich glaube, du würdest am liebsten selbst graben, wenn du mit einem solchen Schatz rechnen könntest.«

»Das würdest du doch auch.«

»Joe! Joe!« Der Ruf eilte von Mann zu Mann, so dass sich die Warnung in Windeseile verbreitete. Selbst in der kurzen Zeit, die sie erst in Ballarat waren, hatte man Selena und ihren Vater schon mit vielen Geschichten über die Lizenzjagden unterhalten und darüber, was die Goldgräber alles anstellten, um nicht erwischt zu werden. Selena, die auf einem Holzklotz vor dem Zelt saß, beobachtete interessiert, wie rasch sich das Geschehen um sie herum veränderte.

Viele Männer schenkten dem Ganzen anscheinend kaum Beachtung. Sie blieben in ihren Gruben oder mit ihren Cradles unten am Fluss. Manche rannten davon, um sich im Busch zu verstecken. Andere eilten zu ihren Zelten, vielleicht um die kostbare Bescheinigung zu holen, die sie dort vergessen hatten. Viele holten rasch ihre Lizenz aus der Tasche eines Mantels, den sie ausgezogen hatten. Sie sah, wie mehrere Männer hastig in den Schächten verschwanden, in denen sie arbeiteten.

Der Grund eines tiefen Schachts war offenbar auch ein ganz guter Zufluchtsort. Der Wortwechsel zwischen einem Trooper und einem Goldgräber drang an ihr Ohr.

»Komm rauf und zeig uns deine Lizenz.«

»… mir nicht die Zeit stehlen«, oder so ähnlich, ertönte die gedämpfte Antwort.

Selena stand auf und ging nahe genug heran, um alles deutlicher hören zu können.

»Wo ist Ihre Lizenz, Mann?«

»In meiner Hosentasche. Hab zu schmutzige Hände, um sie rauszuholen.«

»Ich befehle Ihnen, heraufzukommen und uns Ihre Lizenz zu zeigen, sonst werden Sie verhaftet.«

»Dann müssen Sie schon runterkommen, ich komm nämlich nicht rauf.«

Der Trooper stieß einen Fluch aus, der Selena sicher schockiert hätte, hätte sie nicht den größten Teil ihres Lebens unter Seeleuten verbracht. Die korpulente Frau, die neben ihr stand, kicherte in sich hinein.

»Hab noch nie erlebt, dass ein Trooper bereit war, zehn bis zwölf Meter in einen Schacht runterzuklettern, um eine Lizenz zu prüfen. Habt ihr euch schon ein bisschen eingelebt? Ihr seid doch erst seit ein paar Tagen hier, oder?«

»Wir sind vor vier Tagen hier angekommen. Vorher waren wir eine Woche am Warrenheip Gully. Dort haben wir mit einem alten Goldgräber die Erde aus verlassenen Schächten gewaschen.« Sie musste bei der Erinnerung an ihren mürrischen alten Freund lächeln. »Er hat mir beigebracht, wie man richtig gutes Damper backt. Dann hat Vater gehört, dass es in den Gravel Pits noch nahe an der Oberfläche Gold gibt. Deshalb hat er beschlossen, hierherzuziehen.«

»Und wo ist dein Vater jetzt?«

»Er ist sich eine Lizenz holen gegangen. Bisher hat er sich nicht darum gekümmert. Aber gestern hat er gehört, wie jemand sagte, dass bald die monatliche Lizenzjagd wieder losgeht. Der Mann scheint Recht gehabt zu haben.«

Die Frau nickte weise. »Jeden Monat, ohne Ausnahme. Viele besorgen sich einfach keine Lizenzen. Sie weigern sich, die dreißig Shilling Lizenzgebühr zu zahlen. Andere haben das Geld einfach nicht. Nicht jeder Goldgräber macht ein Vermögen. Manche sind noch ärmer, als sie jemals waren, bevor sie herkamen.«

»Ist das wahr? Wir haben letzte Woche Gold im Wert von vier Pfund gefunden. Man hat uns erzählt, dass die tiefen Schächte noch große Reichtümer bergen.«

»Auf dem Boden vieler Schächte liegen noch Nuggets, und zwar gute. Aber man muss ja auch von irgendwas leben all die Monate, die man braucht, um an das Vermögen heranzukommen.«

»Oje, darüber hab ich noch gar nicht nachgedacht.« Was ziemlich naiv von ihr gewesen war.

»Meine Männer«, fuhr die Frau fort, »waschen wie so viele andere jede Schicht Erde. Das beste Gold ist immer ganz unten im blauen Lehm. Aber auch der rote Lehm enthält meistens etwas Gold, und man hat sogar schon kleine Stücke in der schwarzen Erde und im Kies gefunden. Auch wenn dabei nicht viel mehr als ein normaler Arbeitslohn herauskommt, reicht uns das zum Leben.«

»Das ist alles noch sehr fremd für mich. Jetzt sind wir schon über eine Woche auf den Goldfeldern, und trotzdem lerne ich jeden Tag noch etwas Neues.«

»An einen Ort wie diesen muss man sich schon ein bisschen gewöhnen. Komm und trink eine Tasse Tee mit mir, mein Kind. Dauert nur eine Minute, bis das Wasser kocht. Ich bin übrigens Marjory Baxter. Wir können ein bisschen plaudern, bis dein Daddy zurückkommt.«

»Danke.« Die Einladung kam Selena sehr gelegen. Sie bedauerte, dass sie nicht mit ihrem Vater mitgegangen war. Trotz heftiger Kopfschmerzen gelang es ihr nämlich nicht, sich auszuruhen. Ein bisschen Gesellschaft war genau das Richtige, um sich von der furchtbaren Vorahnung abzulenken, die sie im Morgengrauen gehabt hatte. »Erzählen Sie mir alles, was ich über das Leben hier wissen muss?«

»Natürlich tu ich das. Du bist ja noch ein junges Mädchen. Es gibt bestimmt noch 'ne Menge, was du lernen musst.«

Und viel zu viel, was sie bereits wusste. Doch darüber würde sie nicht reden.

Will Collins, der drei Meter tief in dem neuen Schacht steckte, den sie aushoben, hörte den Warnruf gerade noch rechtzeitig, um sich nach oben zu ziehen, seine Lizenz aus seiner Werkzeugtasche zu holen und sie in die Hosentasche zu stecken. Er blickte zum Fluss hinüber, wo Hal und Tommy gerade die letzte Ladung roten Mergel wuschen, den sie aus dem Schacht geholt hatten. Trotz der Hitze hatten sie ebenfalls ihre Mäntel übergezogen. Es hatte keinen Sinn, zu erklären, man habe seine Lizenz im Zelt oder in der anderen Hose oder auch nur in der Jacke, die in der Nähe lag. Wer sie nicht bei sich trug, wurde verhaftet.

Die Pferdewagen kamen näher. Ein halbes Dutzend unglücklicher Goldgräber, die wie Schwerverbrecher mit Seilen aneinandergebunden waren, wurden hinterhergezogen. Der alte Zorn ballte sich in Wills Brust zusammen. Eines Tages würde die Regierung zu weit gehen. Was glaubte denn Gouverneur La Trobe, wie lange die Goldgräber die Brutalität der Polizei noch hinnehmen würden? Wie die Männer behandelt wurden, die keine Lizenz hatten, das grenzte schon ans Unmenschliche.

Die beiden Polizisten hatten nun seinen Schacht erreicht. Will hielt wortlos seine Lizenz hin und starrte dabei dem Mann, der die Gefangenen beaufsichtigte, unerbittlich ins Gesicht. Constable Tom Roberts hatte er einst als seinen Freund betrachtet, bis der Mann zu trinken angefangen hatte und genauso gewalttätig wurde, wie sein Vater es gewesen war. Ein brutaler Kerl war aus ihm geworden, ohne jeglichen Respekt vor Frauen, der seine Ehefrau nicht vor dem Ertrinken gerettet hatte, weil er sie loswerden wollte.

Das Wissen um den Mord würde immer zwischen ihnen stehen, denn selbst wenn die Wahrheit ans Licht käme, stünde immer nur Wills Wort gegen das von Tom. Alle anderen waren in jener furchtbaren Nacht im Juni 1851 zu sehr damit beschäftigt gewesen, sich selbst und die Ihren vor der tosenden Flut des Burra Creek zu retten.

Das offizielle Dokument wurde ihm unwillig und mit einem säuerlichen Gesichtsausdruck zurückgegeben. Will zog die Augenbraue leicht hoch, als wollte er sagen, ihr erwischt mich nicht, auch wenn ihr es noch so gerne möchtet. Trotz der finanziellen Belastung zahlten Will, Hal und Tommy Collins jeden Monat brav ihre dreißig Shilling Lizenzgebühr.

Will nahm seine Wasserflasche und trank einen Schluck, bevor er sich erneut an die Arbeit machte. Als er den Stopfen wieder hineindrückte, bemerkte er, dass Tom neben dem Zelt von Mrs Baxter stehen geblieben war. Die männlichen Mitglieder der Familie Baxter arbeiteten in ihrem Schacht. Will runzelte die Stirn. Frauen brauchten keine Lizenz. Dann sah er das Mädchen und verstand. Tom Roberts war schon immer ein Schürzenjäger gewesen. Er war immer schnell dabei, junge Frauen kennen zu lernen, die neu auf den Goldfeldern waren. Der Mann verstand es immer noch, seinen Charme spielen zu lassen, um einem ahnungslosen Mädchen den Kopf zu verdrehen. Wenigstens konnte man sich darauf verlassen, dass Mrs Baxter das Mädchen vor Tom Roberts warnen würde.

Will wischte sich den Schweiß von der Stirn, drückte sich den Basthut wieder auf den Kopf und ging zum Fluss hinunter. Er wollte mal sehen, wie Hal und Tommy mit dem Waschen vorankamen, bevor er wieder in den Schacht stieg.

Selena stand vor dem Zelt der Baxters und beobachtete, wie der dunkelhaarige junge Mann zum Fluss hinunterging. Ihr Magen rebellierte ein wenig, und sie drückte eine Hand darauf, während sie gleichzeitig die Augen weit aufriss. Wenn sie sie schloss, war der Schmerz in ihrem Kopf kaum zu ertragen. Sie hatte festgestellt, dass es manchmal möglich war, durch reine Willenskraft Dinge von sich fernzuhalten, die sie nicht sehen wollte. Ein leichtes Schwindelgefühl hatte sie ergriffen, als der Trooper stehen geblieben war, um sie zu begrüßen. Da war für einen winzigen Moment das blutige Chaos wieder vor ihren Augen aufgeflackert. Auch er würde in dieser Schlacht kämpfen. Ansonsten hatte sie den Mann kaum wahrgenommen. Sie war erleichtert gewesen, als der andere Polizist ihn fast sofort gerufen hatte.

»Bitte sehr, mein Kind. Eine schöne heiße Tasse Tee.« Mrs Baxters Stimme vertrieb die bösen Vorahnungen aus Selenas Gedanken. »Hoffentlich ist er nicht zu stark für dich. Milch hab ich keine, deshalb hab ich einen Löffel Zucker mehr reingetan.«

»Danke. Ich trinke Tee immer ohne Milch.« Milch war an Bord eines Schiffes nur selten zu bekommen.

Die Frau ließ sich auf einem grob behauenen Hocker nieder. »Setz dich doch, mein Kind, und sag mir, wie du heißt.«

Selena nahm sich einen Holzklotz, der so ähnlich aussah wie der, auf dem sie vor ihrem Zelt gesessen hatte. »Selena.«

»Selena? Das ist aber ein schöner Name. Woher kommt der denn?«

Selena schüttelte leicht den Kopf. »Ich glaube, mein Vater hat ihn irgendwo auf seinen Reisen gehört.«

»Ist er denn viel gereist?«

»Mein Vater ist Schiffskapitän. Er hat fast sein ganzes Leben auf See verbracht.«

Mrs Baxter lachte wissend. »Er muss zumindest lange genug an Land gekommen sein, um sich eine Frau zu suchen und eine Tochter zu bekommen. Bist du das einzige Kind?«

»Ja.«

»Ist deine Mutter …?«

»Meine Mutter ist letztes Jahr gestorben.« Selena hörte, dass ihre Worte rau und zornig klangen. Würden der Schmerz, die Wut und das Schuldgefühl sie denn niemals verlassen? Sie bemerkte, wie Mrs Baxter leicht mit dem Oberkörper zurückwich und ihr freundliches Gesicht plötzlich verstimmt wirkte.

Selena biss sich innen auf die Lippen. Sie musste wirklich versuchen, die Gefühle zu beherrschen, die sich immer in ihr regten, wenn vom Tod ihrer Mutter die Rede war. »Es tut mir leid, Mrs Baxter. Ich wollte nicht unhöflich sein.«

Die Frau entspannte sich, beugte sich vor und legte Selena eine Hand auf den Arm. »Ich verstehe. Du möchtest nicht über sie reden.«

»Nein.« Warum hatte sie, die doch so viele andere Dinge sah, die Gefahr nicht rechtzeitig gesehen, um ihre Mutter zu warnen? Sie nippte an dem starken, viel zu süßen Tee. Es war besser, nicht an die schlimme Geschichte zu denken.

»Sind Sie schon lange auf den Goldfeldern, Mrs Baxter?«

»Wir sind von einem Goldfeld zum anderen gezogen, seit das erste Gold in Bathurst gefunden wurde, das ist westlich von Sydney. Seit letztem Winter sind wir in Ballarat. Da war es ganz schön kalt hier. Jetzt im November mag es einem unerträglich heiß vorkommen, und im Februar wird es noch heißer, aber im Winter friert's einen bis ins Mark.«

»Vielleicht sind wir schon wieder weg, bevor es Winter wird.«

»Du glaubst also, dass dein Vater bis dahin genügend Gold gefunden hat.«

Selena fragte sich, ob Mrs Baxters Bemerkung zynisch gemeint war. »Ich muss zugeben, dass ich mir vorgestellt habe, wir brauchten einfach nur herumzuspazieren und es aufzusammeln. Das ist anscheinend nicht so.«

»Am Anfang war es so. Da lag das Zeug herum oder war ganz dicht unter der Oberfläche. Doch jetzt, wo das meiste leicht zugängliche alluviale Gold weg ist, muss man schon ziemlich tief graben, um noch was zu finden.«

»Oh.« Selena runzelte die Stirn. »Meinen Sie, dass wir unsere Zeit verschwenden, wenn wir keinen Schacht graben?«

»Nun ja, das kann man nicht so einfach sagen. Vor einiger Zeit waren hier drei Seeleute, die großes Glück gehabt haben. Ich erzähle dir die Geschichte, obwohl du sie bestimmt noch oft hören wirst.« Sie trank geräuschvoll einen Schluck Tee.

»Es war im letzten Winter. Da kamen diese drei Seeleute hier an, und wie alle anderen neuen Kumpels haben sie geglaubt, sie könnten über Nacht ein Vermögen machen. Sie haben sich ein bisschen umgesehen, und als sie an einen verlassenen Schacht kamen, haben sie beschlossen hineinzuklettern, nur um mal zu sehen, wie das so geht. Alle wussten, dass der Schacht tot war …«

»Tot?«

»So tief gegraben, dass da kein Gold mehr sein konnte.«

»Ach ja, ich verstehe.«

»Jedenfalls standen die alten Hasen da rum und lachten über die drei Seeleute, die mit ihren Spitzhacken auf den Schachtboden einschlugen. Sie haben aufgehört zu lachen, als die Seeleute ein Stück tiefer gegraben hatten und sich herausstellte, dass der Schacht mitnichten tot war. Darunter lag nämlich noch jede Menge Gold. Nach einem Tag Arbeit waren diese Männer reicher, als sie es sich je erträumt hatten.«

»Was für ein riesiges Glück. Mein Vater findet diese Geschichte bestimmt sehr interessant, auch wenn ihm das vermutlich nicht seine Angst davor nimmt, in einen Schacht zu klettern. Er hält ein Loch von gut einem Meter schon für tief.«

»Ich hab schon häufiger von Seeleuten gehört, die Angst haben, in einen Schacht zu klettern. Für einen einzelnen Mann ist es wohl sowieso das Beste, sich mit ein paar anderen zusammenzutun. Dann teilen sie sich die Arbeit und das Gold. Mr Baxter hat unsere drei Söhne, die ihm helfen, deshalb kommen wir ganz gut klar. Den jungen Collins-Brüdern geht es auch nicht schlecht.«

»Wer ist das?«

Mrs Baxter wirkte überrascht. »Die kennst du noch gar nicht? So wie du vorhin Will Collins hinterhergeguckt hast, hab ich gedacht, du würdest sie kennen.« Ihre Augen blitzten.

»Oh«, sagte Selena wieder und spürte, wie sich ihre Wangen röteten. »Ich wusste nicht, wie er heißt.«

»Jetzt weißt du es. Will Collins ist ein guter, zuverlässiger junger Mann. Seine Brüder ebenso. Das wären bestimmt ganz gute Freunde für dich und deinen Vater. Auf den Goldfeldern gibt es nämlich auch einige Leute, vor denen du dich in Acht nehmen solltest. Dieser Constable Roberts ist einer davon. Lass dich nicht von seinem guten Aussehen und seinem falschen Charme täuschen.«

Selena schüttelte lächelnd den Kopf. »Ich hab gleich gewusst, dass sein Charme falsch ist.«

»Und dabei bist du noch so jung.« Mrs Baxter klang beeindruckt. »Die meisten jungen Mädchen würden sich von so einem Mann den Kopf verdrehen lassen und es hinterher bereuen.«

»Ich mag zwar noch jung sein, Mrs Baxter, aber ich lasse mir von niemandem etwas vormachen. Doch sagen Sie mir, warum hasst man die Polizei hier eigentlich so sehr?«

»Ha! Weil das Dreckskerle sind, einer wie der andere. Was glaubst du denn, weshalb die sich mit einem mageren Polizistengehalt zufriedengeben, statt selbst nach Gold zu graben?«

»Darüber habe ich noch nicht nachgedacht. Ich würde vermuten, weil sie für Recht und Ordnung sorgen wollen.«

Mrs Baxter schnaubte verächtlich. »Die wollen sich nur ihre eigenen Taschen füllen. Bestechlich sind sie auch. Außerdem werden die meisten Geldstrafen nicht an den Commissioner weitergegeben, und die meisten beschlagnahmten Güter auch nicht. Und bei jeder Lizenzjagd versuchen die Trooper so viele Männer wie möglich zu verhaften.«

»Damit mehr Geldstrafen gezahlt werden?«

»Ganz genau, mein Kind. Also vergiss nicht, was ich dir gesagt habe, traue nie einem Joe.«

»Warum nennt man die Polizisten hier denn Joes? Bei den Männern hört sich das wie eine Beleidigung an.«

»Das ist es auch. Gouverneur Joseph La Trobe macht den Goldgräbern das Leben schwer. Und die Trooper, die für ihn die Drecksarbeit machen, werden Joes genannt, weil die Goldgräber La Trobe hassen.«

»Oh, ich verstehe. Glaub ich jedenfalls. Eigentlich hab ich keine Ahnung von Politik.«

»Na ja, Politik ist was für Männer. Allerdings kann man wohl mit Recht behaupten, dass es auf den Goldfeldern niemanden gibt, egal ob Mann, Frau oder Kind, der den Gouverneur unterstützt. Jetzt wollen wir aber über ein paar praktischere Dinge reden. Wenn wir unseren Tee ausgetrunken haben, werde ich dir zeigen, wie wir unser Zelt eingerichtet haben. Ich nehme mal an, dass ihr es in eurem nicht allzu behaglich habt.«

Selena verzog das Gesicht. »Wir schlafen auf Decken auf der Erde. Wir haben einen Topf, eine Pfanne, zwei Messer, zwei Gabeln, einen großen Löffel und zwei Blechbecher. Außerdem die Seesäcke mit unserer Kleidung.«

Mrs Baxter nickte. »Dann geht's euch besser als vielen anderen neuen Kumpels. Hier sind schon Hunderte aufgetaucht, die nicht mehr als eine Schaufel und eine Waschpfanne dabeihatten. Ist ganz schön hart, wenn man unvorbereitet hierherkommt.«

Wie wahr. »Mein Vater und ich hatten keine Ahnung, was uns hier erwarten würde.«

»Das trifft auf die meisten zu. Aber man kann es sich recht schnell ganz wohnlich machen. Am Anfang hatten wir auch nur das Hauptzelt. Im letzten Sommer haben wir die Kammern an beiden Seiten angebaut, um Schlafzimmer für die Jungen und für Mr Baxter und mich zu haben. Die Jungen haben mir außerdem eine richtige Feuerstelle zum Kochen gebaut und aus Ästen und Baumstämmen ein paar Möbel gemacht. Jetzt wollen sie ein Rindendach über dem Zelt anbringen, damit es im Sommer kühler ist.«

Beim Eintreten war Selena überrascht, wie heimelig es im Zelt der Baxters war. Der mit Segeltuch bedeckte Erdboden wurde von einem bunten Teppich aufgelockert. Auf dem Tisch lag eine Leinendecke, und darauf stand eine Vase mit roten und gelben Wildblumen. Auf einer Seite gab es sogar eine Anrichte mit Porzellantellern und Tassen, deren hübsches Blumenmuster dem Raum eine weitere fröhliche Note gab.

»Das ist wunderschön, Mrs Baxter. Ihr Zelt ist wie ein richtiges Haus. Ich wäre froh, wenn mein Vater und ich auch so etwas hätten.«

»Mr Baxter und unsere Söhne werden euch bestimmt gerne dabei helfen, euer Zelt ein bisschen bequemer einzurichten. Komm doch heute nach dem Abendessen mit deinem Vater vorbei, dann lernt ihr meine Familie kennen. Die Collins-Brüder werde ich auch einladen.«

»Oh, vielen Dank. Das machen wir.« Unter dem wissenden Blick und den funkelnden Augen von Mrs Baxter wurden ihre Wangen wieder ganz heiß. Ihre neue Freundin wollte sie offenbar verkuppeln. Nicht dass Selena etwas dagegen gehabt hätte. Sie wollte diesen dunkelhaarigen jungen Mann unbedingt kennen lernen.

Als Will Collins zum Fluss hinunterging, dachte er nicht länger an das Mädchen, das am Zelt der Baxters gestanden hatte, und es hätte ihn überrascht, wenn er gewusst hätte, wie oft ihre Gedanken in den letzten Tagen bei ihm verweilt hatten. Bei den Tausenden Menschen, die auf den Goldfeldern lebten und häufig von einem Ort zum anderen zogen, interessierten sich die alten Hasen nicht besonders für Neuankömmlinge.

Die Collins-Brüder betrachteten sich als alte Hasen. Sie waren am Ostersonntag 1852 in Ballarat angekommen, weit besser für ihr neues Leben gerüstet als die meisten Menschen, die voller Hoffnung auf die Goldfelder strömten. Nun, zehn Monate später, besaßen sie statt ihrem ersten kleinen Zelt ein großes, das schon mehr eine Hütte war, mit einem Bretterboden, einem Rahmen aus grob behauenen Balken, einer Holztür und zwei Fenstern. Drinnen hatten sie eine große, solide Feuerstelle mit Steinboden und einem Kamin aus Pfählen, die mit Rohhaut umwickelt waren. Sie schliefen jetzt auf eisernen Feldbetten mit bequemen Matratzen, hatten einfache Regale im Wohn- und im Schlafzimmer und einen massiven Tisch mit Bänken aus Brettern zum Sitzen. Eine Segeltuchwand trennte die beiden Zimmer voneinander.

Ein stabiler Weidezaun hielt umherstreifende Ziegen und betrunken herumtorkelnde Goldgräber fern, und ein von Büschen umschlossener Hof schützte ihren Wagen und ihre Pferde. Pferde waren auf den Goldfeldern kostbar und begehrt.

Auch wenn sie nicht reich waren, hatten sie nun in jeder Hinsicht die Möglichkeit, angenehm zu leben. Sie hätten in die Zivilisation zurückkehren und in Melbourne oder irgendeiner anderen Stadt leben können, ohne jemals wieder hart arbeiten zu müssen. Trotzdem blieben sie hier draußen, nicht aus Gier nach noch mehr Gold, sondern weil ihnen das Land ans Herz gewachsen war. Nur Hal sprach häufiger über die Zukunft. Wenn er erst mal reich genug wäre, würde er sich ein Boot kaufen. Diesen Traum hatte er aus Burra mitgebracht und träumte ihn noch immer, auch wenn Tommys Begeisterung für ein gemeinsames Fischerboot allmählich nachgelassen hatte.

»Irgendwas Buntes?«

Seine Brüder blickten auf, als er näher kam. »Ein paar kleine Nuggets«, sagte Hal. »Genug, um die nächste Woche davon zu leben.«

»Wir werden größere Stücke finden, je tiefer wir graben. Ich hab ein gutes Gefühl bei diesem Schacht.«

»Besser als sonst?«, fragte Hal halb scherzhaft. Ohne Wills sicheren Instinkt hätten sie wahrscheinlich längst nicht so viel Gold gefunden. In der Kupfermine in Burra war es genauso gewesen. Will hatte stets den Verlauf der Erzader vorhersagen können und ihnen damit zu einem ordentlichen Ertrag verholfen.

Will nickte. »Es liegt tief, vielleicht noch mal sechs Meter. Aber da ist ganz bestimmt was. Wir müssen bald eine Pause mit dem Graben machen und neue Hölzer zum Abstützen schneiden.«

»Wir sollten uns vielleicht ein paar Partner suchen. Dann ginge es mit dem Schacht sehr viel schneller voran. Wenn da so viel zu holen ist, wie du meinst, lohnt sich das für uns alle.«

»Mir ist lieber, wenn wir alleine arbeiten.«

»In Burra haben wir mit Tom Roberts zusammengearbeitet.« Tommy, der jüngste der Brüder, hatte das betont beiläufig gesagt. Er schaute seinen ältesten Bruder nicht an und bemerkte deshalb auch nicht, wie sich dessen Gesicht verfinsterte.

»Wir sind hier nicht in Burra, und Tom ist kein Bergmann mehr, und er ist auch kein Freund der Bergleute mehr.«

Hal ging in die Hocke und starrte seinen älteren Bruder an. »Was war denn zwischen euch, bevor Tom so überstürzt Burra verlassen hat? Da muss doch was gewesen sein.«

»Das braucht ihr beide nicht zu wissen.«

Will hatte gesehen, wie Milly Roberts von den Fluten des vom Regen angeschwollenen Burra Creek fortgerissen wurde. Allerdings hatte er erst Wochen später begriffen, was genau er da gesehen hatte. Als er Tom zur Rede stellte, hatte dieser dreist die Wahrheit zugegeben, was die letzten freundschaftlichen Bande zwischen den beiden Männern zerstört hatte.

Für Selena verging der Tag sehr schnell. Mrs Baxter hatte ihre beiden jüngeren Söhne, den vierzehnjährigen Jimmy und den elfjährigen Johnny, aus dem Schacht geholt. Es waren kräftige Jungen, die gerne mal etwas anderes taten, als zu graben. Auf Anweisung ihrer Mutter schulterten sie jeder eine Axt und machten sich auf die Suche nach gutem Holz. Bis zum Nachmittag hatten sie im Zelt zwei einfache Pritschen gebaut. Sie bestanden jeweils aus zwei gegabelten Stöcken, die sie in den Boden getrieben hatten. In jeder Gabel hatten sie das Ende einer Stange festgebunden. Das andere Ende lag auf dem Boden. Als Matratze dienten Leinensäcke, in die sie an den Ecken Löcher geschnitten und durch die sie die Stangen gesteckt hatten. Als Selena sich auf eine Pritsche legte, war sie überrascht, wie bequem sie war.

»Das ist wunderbar. Danke, Jimmy. Danke, Johnny.«

»Demnächst bauen wir euch richtige Betten. Jetzt gehen wir erst noch ein paar Baumstümpfe suchen, auf denen ihr sitzen könnt. Heute Abend kennt ihr das hier nicht mehr wieder.«

Die Jungen beließen es nicht bei ein paar Baumstümpfen. Zwei dicke Klötze stellten sie neben die offene Feuerstelle vor dem Zelt. Außerdem hatten sie aus Brettern einen kleinen Tisch gebaut, an den sie ebenfalls zwei Holzklötze stellten, damit man es auch im Zelt etwas wohnlicher hatte. Selena war begeistert. Ihr Vater würde ganz überrascht sein, wenn er zurückkam. Sie spielte schon mit dem Gedanken, ihm zu dem Zelt entgegenzugehen, wo die Lizenzen vergeben wurden, doch dann beschloss sie, für ihn etwas Besonderes zu kochen.

In einem der Läden an der Hauptstraße hatte sie eine größere Auswahl an Gewürzen gesehen. Ihr Vater, der in seiner Jugend auf Schiffen der East India Company gefahren war, aß gerne Currys. Selena steckte ihren kleinen Geldbeutel in die Rocktasche und machte sich auf den Weg zu den Geschäften.

Wie immer fasziniert von dem vielfältigen Warenangebot für

die Bewohner der Goldfelder, ließ sich Selena Zeit mit ihren Einkäufen. Kreuzkümmel und Koriander fand sie in kleinen Päckchen neben einem Fass Heringe. Die Kurkuma lag ziemlich versteckt unter einem Stapel Männerhosen, während die Säcke mit Reis neben Schaufeln und Waschpfannen standen.

Zufrieden mit ihren Einkäufen schlenderte sie die Straße entlang und wagte sich noch in zwei weitere Läden, nur um zu sehen, was es dort alles gab. Auf dem Heimweg sah sie ein Stück die Straße hinunter einen jungen Mann aus einem Geschäft kommen und erkannte ihn sofort. Ihr Herzschlag setzte für eine Sekunde aus, als er lächelnd stehen blieb. Er wird mich ansprechen. Hoffentlich gefalle ich ihm. Er gefiel ihr sehr.

»Hallo. Sie sind doch das Mädchen aus dem neuen Zelt.«

»Das stimmt. Und Sie sind einer von den Collins-Brüdern. Das hat mir Mrs Baxter erzählt«, fügte sie lächelnd hinzu.

»Will Collins. Meine Brüder heißen Hal und Tommy.«

»Wer ist wer?«

»Tommy ist der Jüngste. Er hinkt.«

»Ja, das ist mir aufgefallen. Hatte er einen Unfall?«

»Leider ja.« Wie er sie so ansah, mit einem leichten Lächeln auf den Lippen und neugierig blickenden Augen, begann ihr Herz schneller zu schlagen. »Sagen Sie mir denn auch, wie Sie heißen?«

»Selena. Selena Trevannick.«

Als sie sah, wie sein Lächeln abrupt verschwand und ein kalter Blick in seine Augen trat, wäre sie fast einen Schritt zurückgewichen.

»Trevannick?«

»Ja. Stimmt was nicht?« Es ärgerte sie, dass er nicht antwortete. »Warum starren Sie mich so an?«

Er blinzelte, als müsse er seine Gedanken zurück in die Gegenwart holen. »Tut mir leid. Ich hab mal einen Mann gekannt, der so hieß.«

»Tatsächlich? Wo war das denn?« Selena hatte außer ihrem Vater keine Familie. Wie wunderbar wäre es, wenn sie einen bisher unbekannten Verwandten finden würde.

»In Cornwall. Vor vielen Jahren.«

»Mein Vater wurde in Cornwall geboren. Vielleicht ist der Mann, den Sie gekannt haben, ein Verwandter von mir?«

Als Antwort erhielt sie nur ein Schulterzucken. »Wie ich sehe, haben Sie eingekauft.«

Selena, die es auch geschickt verstand, Themen auszuweichen, über die sie nicht reden wollte, wurde immer neugieriger. Heute Abend würde sie Will Collins noch einmal nach dem Mann namens Trevannick fragen, den er gekannt hatte. Also lächelte sie und antwortete auf seine Frage.

»Die Läden hier sind wunderbar. Ich hab alle Gewürze bekommen, die ich brauche, um meinem Vater ein Curry zum Abendessen zu kochen.«

»Ein Curry?«

Selena lächelte über seine Unkenntnis. »Ein scharfes Gericht mit vielen Gewürzen, wie man es in Indien isst.«

»Sind Sie aus Indien?«

»Nein, nein. Mein Vater ist als junger Mann viele Jahre dorthin gesegelt, bevor er Kapitän eines eigenen Schiffs wurde.«

»Captain Trevannick?«

»Ja, natürlich. Warum?« Ihr Instinkt täuschte sie nie. »Irgendetwas an unserem Namen stört Sie.«

»Der Name ist ungewöhnlich, das ist alles. Es war mir ein Vergnügen, mit Ihnen zu reden, jetzt muss ich aber weiter.«

»Werden wir wieder miteinander reden?«

»Die meisten Leute auf den Goldfeldern reden miteinander.«

Er verabschiedete sich mit einem Lächeln, das sie wünschen ließ, der restliche Tag möge möglichst schnell vorbeigehen, damit sie sich am Abend wiedersehen könnten. Selena hatte es in ihrem bisherigen Leben nie an Zuwendung oder ähnlich Lebensnotwendigem gemangelt. Nun verstand sie zum ersten Mal, was ein Mangel daran bedeutete. Sie wollte Will Collins' Zuwendung und hoffte, dass er noch ein wenig an sie dachte.

Tatsächlich waren Wills Gedanken so sehr mit dem Mädchen beschäftigt, dass er schnurstracks an dem Laden vorbeiging, in den er eigentlich hineingewollt hatte. Er ging immer weiter, bis er an eine Baumgruppe kam, die etwas abseits vom geschäftigsten Teil des Goldgräberlagers stand. Dort setzte er sich hin, lehnte sich mit dem Rücken gegen einen Baumstamm und begann, seine Gedanken zu ordnen.

Bis auf die dunklen Haare und Augen hatte das Mädchen keine Ähnlichkeit mit dem Mann, den er gekannt hatte. Er hätte angenommen, dass sie nicht miteinander verwandt waren, wenn da nicht der Vater gewesen wäre. Es konnte nicht mehr als einen Captain Trevannick auf der Welt geben. Das Mädchen musste Con Trevannicks Schwester sein – nein, seine Halbschwester. Er wusste, dass Trevannicks Mutter gestorben war, als er noch klein gewesen war. Der Vater war wieder zur See gefahren und hatte das Kind in die Obhut seines Onkels Phillip Tremayne gegeben.

Würden sie denn nie vor dieser Familie Ruhe haben? Er stand auf, um auf einem Umweg zurück zur Hütte zu gehen. Seine Gedanken bewegten sich immer noch in der Vergangenheit. Nachdem sich seine Schwester Caroline in einen Minenschacht gestürzt hatte, war die Familie nach Südaustralien ausgewandert, um ein neues Leben zu beginnen. Doch selbst Burra war nicht weit genug gewesen. Con Trevannick und Jenny Tremayne waren dort aufgetaucht und hatten ihr Leben wieder durcheinandergebracht.

Seine Schwester Meggan hatte ihren Mann mit Trevannick betrogen, während Jenny Tremayne versucht hatte, die Barrieren einzureißen, die er selbst um sein Herz errichtet hatte. Du musst verrückt sein, Will Collins, nach fast zwei Jahren wieder an sie zu denken. Was geschehen war, war geschehen. Er war froh gewesen, als sie zurück nach Cornwall ging. Er fragte sich, ob sie tatsächlich Con Trevannick geheiratet hatte, wie man es von ihr erwartet hatte, und merkte, dass ihm diese Vorstellung überhaupt nicht gefiel. Wütend trat er einen Stein zur Seite.

Und nun war der Mann, der höchstwahrscheinlich der Vater von Con Trevannick war, hier in Ballarat. Will wusste nicht, was er davon halten sollte. Dann war da dieses ungewöhnlich schöne Mädchen mit ihrer freimütigen Art. Ihre Haut war dunkler als die einer Engländerin, und ihr Haar war von einem unglaublich glänzenden Schwarz. Auch ihre Art zu sprechen war etwas merkwürdig, fast mit Akzent. Vielleicht war Englisch nicht ihre Muttersprache.

Er würde gern mehr über sie erfahren. Seine Gedanken an die Vergangenheit sollten dahin verschwinden, wo sie hingehörten – in die Vergangenheit. Selbst wenn eine verwandtschaftliche Beziehung bestand, gab es, soweit er wusste, keinerlei Verbindung zwischen dem Vater und der Tochter in Ballarat und der Familie in Cornwall.

Das würzige Aroma des Currys wehte durch das Goldgräberlager, und man konnte den Leuten in der Nähe ihre Neugier ansehen. Auf manchen Gesichtern lag aber auch Widerwille oder gar Ekel. Mrs Baxter trieb die Neugier zum Zelt der Trevannicks.

»Hallo, mein Kind. Was kochst du denn da? So was hab ich ja noch nie gerochen.«

»Ich hab ein Curry gemacht, Mrs Baxter. Möchten Sie mal probieren?«

Die gute Frau nahm einen schweren Drahthaken, um den Deckel hochzuheben und in den gelblichen Eintopf zu gucken. Ihr vorsichtiges Schnuppern an dem Curry trieb ihr die Tränen in die Augen und löste einen heftigen Hustenreiz aus.

»Ach du meine Güte. Ich glaub, das möchte ich lieber nicht.« Während sie mit einer Hand den Deckel zurücklegte, wischte sie sich mit der anderen über die tränenden Augen. »Ein einfacher geschmorter Hammeleintopf ist mir lieber. Ist dein Daddy noch nicht zurück?«

»Er wird sicher bald kommen. Vermutlich unterhält er sich noch mit anderen Goldgräbern oder guckt mal zu, was die so finden. Ich kann es kaum erwarten, dass er unsere neuen Möbel sieht. Er wird bestimmt nach dem Essen zu Ihnen wollen, um sich auch bei Ihren Söhnen zu bedanken.«

»Sorg dafür, dass er kommt. Ich geh gleich rüber und lad die Collins-Brüder ein.«

»Ich hab Will Collins auf der Hauptstraße getroffen.«

»Na, so was. Du wirst doch nicht etwa rot?«

Selena legte sofort die Hände auf ihre Wangen und stellte erleichtert fest, dass sie kühl waren. »Ich hoffe nicht. Ich finde allerdings, dass er sehr gut aussieht.«

»Nun ja, vielleicht hat ihn so ein gut aussehendes Mädchen wie du auch beeindruckt.«

»Aber Mrs Baxter«, sagte Selena in leicht vorwurfsvollem Ton.

»Zier dich doch nicht so. Meine Jungs reden, seit du hier bist, ununterbrochen von dir. Die wünschen sich vermutlich alle, sie wären ein bisschen älter.«

»Jetzt bin ich aber wirklich verlegen.«

»Das brauchst du nicht. Sie werden dich wie eine Schwester behandeln, und ich behandle dich gerne, als wärst du meine Tochter. Bei dem Leben, das wir hier auf den Goldfeldern führen, kann es gut sein, dass du mal den Rat einer Frau brauchst.«

»Danke, Mrs Baxter. Sie sind sehr freundlich.«

Nachdem ihre nette Nachbarin gegangen war, wünschte sich

Selena immer mehr, ihr Vater möge endlich nach Hause kommen. Sorgen begann sie sich allerdings erst zu machen, als die Sonne hinter den Hügeln untergegangen war. Er würde seine Tochter doch nicht nach Einbruch der Dunkelheit alleine lassen. Sie schob den Currytopf an den Rand des Feuers, damit das Essen warm blieb, aber nicht verbrannte, dann setzte sie sich auf einen der Holzklötze und starrte den Hügel hinunter in die Richtung, aus der sie ihren Vater erwartete.

Mehrere Male stand sie auf und wollte nach ihm suchen gehen. Doch jedes Mal siegte die Vernunft. Als es endgültig dunkel geworden war, machte sie sich echte Sorgen. Sie blickte zum Zelt der Baxters hinüber. Die Familie würde jetzt drinnen beim Essen sitzen. In dem Bereich, wo sie ihr Zelt aufgestellt hatten, gab es nur wenige Leute, die wie sie draußen kochten. Niemand achtete auf sie, während sie dort ganz allein saß. Und sie wollte auch nicht, dass jemand auf sie aufmerksam wurde.

Die Arme um die Beine geschlungen und die Stirn auf die Knie gestützt, versuchte sie, alle Gedanken, die auf sie einstürmten, aus ihrem Kopf zu verbannen. Ihr Vater musste in Sicherheit sein. Wenn ihm etwas zugestoßen wäre, müsste sie irgendetwas spüren. Doch sie spürte nichts, außer der Erinnerung daran, wie sie darauf gewartet hatte, dass die *Island Princess* zurück in den Hafen segelte, ohne jede Vorahnung, dass das Schiff ihres Vaters auf den Grund des Pazifischen Ozeans gesunken war und ihre Mutter tot in dem Wrack lag. Wenn sie damals nichts geahnt hatte, wie konnte sie erwarten, jetzt etwas zu erfahren?

Leise Schritte ließen sie hochschrecken. »Vater?«

»Ich bin's, Will Collins. Mrs Baxter hat mich geschickt, um Sie beide zu holen. Angeblich haben Sie versprochen, heute Abend zu Besuch zu kommen.«

»Mein Vater ist noch nicht zurückgekommen.« Die Ungewissheit und Sorge wurden zu viel. Ihre Stimme steigerte sich zu einem Aufschrei. »Mein Vater ist nicht zurückgekommen. Es ist etwas passiert.«

Sofort griff er nach ihrer Hand. »Ganz ruhig. Wo ist er denn hingegangen?«

»Er wollte sich eine Goldgräberlizenz besorgen. Er ist schon den ganzen Tag fort. Ich dachte, er redet vielleicht noch mit anderen Goldgräbern. Er würde mich doch nicht allein lassen!«

»Kommen Sie mit mir zu den Baxters. Am besten bleiben Sie bei Mrs Baxter, während wir nach Ihrem Vater suchen. Kann es sein, dass er in einem der Hotels ist?«

Selena schüttelte den Kopf. »Mein Vater trinkt nur selten Alkohol.« Sie war zwar froh, dass Will sie mit der Hand am Ellbogen fasste, während er sie zur Hütte der Baxters führte, doch aus Sorge um ihren Vater konnte sie es nicht so genießen, wie sie es in einer anderen Situation sicherlich getan hätte.

Mrs Baxter sah das Mädchen nur kurz an, dann stand sie auch schon auf und legte ihr einen Arm um die Schulter, während Will noch erklärte, was geschehen war. Selena bemerkte die Blicke, die zwischen den Anwesenden in der Hütte hin und her gingen.

»Ich weiß, was Sie denken. Ich hab schon diese Geschichten über Männer gehört, die in verlassene Schächte gestürzt sind oder die man überfallen und ermordet hat.«

»Aber, aber, meine Liebe, an so etwas darfst du gar nicht denken.« Mrs Baxter tätschelte ihr die Hände, dann nahm sie sie fest in ihre. »Es kann gut sein, dass er den ganzen Tag auf seine Lizenz warten musste.«

Mr Baxter nickte. Der Mann war ihr zwar nicht vorgestellt worden, aber Selena nahm an, dass es Mr Baxter war. »So wird es sein. Die Joes waren heute den ganzen Tag auf den Feldern und haben Jagd auf Männer ohne Lizenz gemacht. Vermutlich war niemand im Zelt des Commissioners.«

»Mein Vater hätte nicht den ganzen Tag gewartet. Dazu ist er viel zu ungeduldig. Er muss woanders hingegangen sein.«

»Ich glaub, ich geh mal zum Government Camp rüber«, sagte Will. »Wenn er auf dem Heimweg ist, werde ich ihn treffen. Wenn nicht, erfahre ich vielleicht, wo er hingegangen ist.«

Selena sprang auf. »Ich komme mit.«

»Das werden Sie nicht tun.«

»Und ob.« Sie starrte ihn wütend an. »Es geht hier schließlich um meinen Vater.«

»Komm, meine Liebe.« Mrs Baxter nahm sie am Arm. »Du solltest hierbleiben. Wenn nun dein Vater zurückkommt, bevor Will wieder da ist?«

»Dann werden Sie ihm sagen, wo ich bin. Bitte, Mrs Baxter.« Der Frau gegenüber mäßigte sie ihren Ton. »Was ist, Will Collins? Nehmen Sie mich mit oder wollen Sie, dass ich hinter Ihnen herlaufe?«

Er seufzte gereizt auf. Selena blieb standhaft. Sein nächstes Seufzen klang trotz aller Gereiztheit auch ein wenig belustigt. Selena entspannte sich.

»Sie sind eine sehr resolute junge Dame.«

»Das stimmt. Gehen wir?«

Sie sprachen unterwegs Leute an und fragten, ob sie Selenas Vater gesehen hätten. Selena beschrieb ihn mehrere Male. »Er ist ein Meter achtzig groß und kräftig gebaut. Er hat schwarzes Haar, das langsam grau wird, und einen kurzen Bart. Er trägt eine dunkle Hose, ein blaues Hemd und eine Kapitänsmütze.«

Die Antwort war immer: »Tut mir leid, Miss.«

Ein Mann meinte, er hätte ihn früh am Morgen Richtung Warrenheip Gully gehen sehen.

»Könnte er dorthin gegangen sein?«, fragte Will.

»Schon möglich. Bevor wir hierhergekommen sind, waren wir ein paar Tage am Warrenheip Gully.«

»Haben Sie dort Leute kennen gelernt, die er vielleicht besuchen gegangen ist?«

»Nur einen alten Mann. Er nannte sich Bill Smith. Er war ein bisschen seltsam. Nicht unfreundlich, aber auch nicht gerade gesprächig.«

»Glauben Sie, Sie würden sein Zelt wiederfinden?«

»Nicht im Dunkeln. Am Tag vermutlich schon. Warum?«

»Wenn wir heute Abend nichts über Ihren Vater herausfinden, gehen wir morgen früh zum Warrenheip Gully. Da vorn ist das Government Camp, direkt vor uns. Ich halte es für besser, wenn Sie hier auf mich warten.«

»Warum?«

»Ehrlich gesagt, traue ich keinem einzigen von den Polizisten. Und Sie sind ein hübsches Mädchen.«

Selena spürte, wie ein winziges Lächeln über ihre Lippen huschte. Seine Worte freuten sie, auch wenn er nicht so aussah, als habe er ihr ein Kompliment machen wollen. »Meinen Sie, ich könnte belästigt werden?«

»Es könnten Dinge gesagt werden, die Sie schockieren.«

»Ich hör nicht zu. Ich beachte die einfach nicht.«

Will seufzte. »Wenn Sie das können«, murmelte er. »Selena, es sind einige Gefangene im Camp.«

»Wo?«

»Sehen Sie mal zu den Bäumen rüber. Da sind Männer angekettet.«

Selena sah hin, konnte aber keine Einzelheiten unterscheiden. »Glauben Sie, dass mein Vater einer von diesen Männern ist?«

Will nickte. Seine Lippen waren schmal und verkniffen. Gedanken, die ihm bereits gekommen waren, die er aber als unbegründet verworfen hatte, gingen ihm erneut durch den Kopf. Er und seine Brüder waren nicht die Einzigen in Ballarat, die den Namen Trevannick kannten.

Trotz ihrer forschen Worte fiel es Selena schwer, das anzügliche Grinsen, das Augenzwinkern und die anstößigen Bemerkungen der Polizisten zu ignorieren. Obwohl sie stark versucht war, auf ein paar besonders widerwärtige Kerle zuzugehen und ihnen deutlich die Meinung zu sagen, beherrschte sie sich und hielt den Blick starr geradeaus gerichtet.

»Die Seeleute auf dem Schiff meines Vaters«, sagte sie mit leiser, angespannter Stimme zu Will, »haben eine Dame immer mit Respekt behandelt. Schmutzige Reden haben sie nur geführt, wenn sie unter sich waren.«

»Ich habe Sie gewarnt.« Er blieb abrupt stehen, weil ihm eine merkwürdige Frage in den Sinn kam. »Woher wissen Sie denn, worüber die Seeleute geredet haben?«

Sie wusste nicht, ob sie kichern oder nonchalant mit den Schultern zucken sollte, entschied sich dann doch für Letzteres. »Ich war sehr gut darin, unbemerkt auf dem Schiff herumzulaufen.« Sie neigte den Kopf zur Seite und beobachtete, wie sich seine Miene veränderte. »Halten Sie mich jetzt für vulgär?«

Will schüttelte den Kopf. »Nein. Ich glaube, Sie sind das erstaunlichste Mädchen, das mir je begegnet ist. Selena, da kommt der Mann, der wahrscheinlich Ihren Vater verhaftet hat.«

Selena drehte sich um und sah den Constable, der sie heute Morgen angesprochen hatte. Er begrüßte sie mit einem Nicken.

»Was führt dich und dieses wunderschöne Mädchen ins Camp, Will?«

»Der Vater des Mädchens wird vermisst, Tom. Wir wollten mal fragen …«

»Haben Sie ihn verhaftet?« Sie war aggressiv. Ihre ursprüngliche Abneigung dem Mann gegenüber schlug jetzt in regelrechten Hass um.

»Fast fünfzig Männer wurden heute verhaftet. Die meisten haben ihre Strafen bezahlt und wurden wieder freigelassen.«

Die Falschheit seines Lächelns machte sie noch wütender. »Mein Vater ist hierhergekommen, um eine Lizenz zu kaufen.«

»Ach ja? Nun, Miss, dann hätte er seine Lizenz gleich am ersten Tag kaufen sollen, als er angekommen ist.« Der lächelnde Mund nahm einen unversöhnlichen Zug an.

Will hatte ebenfalls Mühe, seine Wut im Zaum zu halten. »Ist Captain Trevannick unter den Gefangenen, Tom?«

»Das ist also sein Name? Na so was.«

Er sah Will herausfordernd an. Will erwiderte den Blick. Keiner der Männer brauchte zu sagen, was beide wussten. Und keinen der beiden kümmerte das unverhohlene Interesse der Trooper, die faul um die Lagerfeuer herumlungerten.

Als das Prickeln der unguten Vorahnung einsetzte, wandte sich Selena ab und eilte zu der Stelle, an der die Gefangenen festgehalten wurden. Fünf Männer waren nebeneinander um einen Baum herum angekettet. Bevor sie bei ihnen war, hörte sie, wie ihr Name gerufen wurde.

»Vater!« Er befand sich abseits von den anderen und war an einen Holzklotz gefesselt, wo er bestimmt keinen Schutz vor der brennenden Sonnenglut gehabt hatte. Sie raffte ihre Röcke, lief zu ihm und ließ sich auf die Knie fallen, um die Arme um ihn schlingen und den Kopf an seine Schulter legen zu können. Ihre Tränen benetzten sein Hemd. Mit seiner freien Hand tätschelte er ihren Rücken.

»Wein nicht, mein Liebes. Das ist nicht schlimmer, als in den Tropen mit wenig frischem Wasser an Bord in einer Flaute zu liegen.«

»Man hat dich angekettet wie ein Tier!« Selena lehnte sich zurück auf ihre Fersen.

»Ich wurde von Tieren verhaftet.«

»Aber warum? Du bist doch hergekommen, um eine Lizenz zu kaufen.«

»Ich bin zuerst zum Warrenheip Gully rübergegangen. Mir ging der Gedanke nicht aus dem Kopf, dass Bill nie eine Lizenz gehabt hat. Wir sind beide verhaftet worden.«

»Wo ist er jetzt?« Doch ihr Vater hatte den Blick abgewandt. Selena sah hoch und lächelte. »Vater, das ist Will Collins. Er hat mich hergebracht.«

»Captain Trevannick.« So würde Con Trevannick in zwanzig bis dreißig Jahren aussehen.

Der Captain hielt die freie Hand hoch. »Danke, junger Mann.«

Sie schüttelten sich die Hände.

»Ich werde Ihre Strafe zahlen, Sir, damit man Sie freilässt.«

Der Captain schnaubte empört. »Wenn man das denn annimmt.«

»Was soll das heißen, Vater?«

Er wandte sich ihr wieder zu. »Was glaubst du, weshalb ich immer noch an diesen Klotz gefesselt bin? Ich hab genug Geld dabei, um die fünf Pfund Strafe zu zahlen.« Er deutete mit dem Kopf in Richtung Tom Roberts. »Dieser Constable da möchte, dass ich ein bis zwei Tage hierbleibe.«

»Das kann er doch nicht machen. Wir müssen mit dem Commissioner reden.« Sie streckte eine Hand aus, um sich von Will aufhelfen zu lassen. »Kommen Sie mit mir zu Commissioner Rede?«

»Der Commissioner wird Sie um diese späte Stunde nicht mehr empfangen. Bleiben Sie bei Ihrem Vater. Ich rede mit dem Constable.«

Selena setzte sich auf den Holzklotz, stützte einen Ellbogen aufs Knie und legte das Kinn auf die zur Faust geballte Hand. Sie war zu wütend, um ihrem Vater noch weitere Fragen zu stellen. Wenn Will die Freilassung ihres Vaters nicht erreichte, würde niemand sie daran hindern können, mit Commissioner Rede zu sprechen. Will und der Trooper hatten sich ein Stück entfernt. Sie standen mit dem Rücken zu den Gefangenen, so dass Selena den Fortgang ihres Gesprächs nicht beurteilen konnte. Als die beiden sich umdrehten und wieder auf den Klotz zukamen, richtete sie sich auf.

Der Constable ging auf ein Knie, um die Kette aufzuschließen. Währenddessen stand Will mit über der Brust verschränkten Armen da, als wollte er die Freilassung überwachen. »Geh, Tom«, sagte er, als der Constable sich erhob. »Wir müssen nicht aus dem Camp hinauseskortiert werden.«

Selena spürte erneut den unausgesprochenen Machtkampf zwischen den beiden. Eines Tages würde es zum Streit kommen – oder zu noch Schlimmerem. Sie beugte sich hinab, um ihrem Vater, der sich das Handgelenk massierte, beim Aufstehen zu helfen.

»Wir können gehen«, sagte Will. »Es wird keine Geldstrafe erhoben.«

»Keine Geldstrafe?«, fragten Selena und der Captain wie aus einem Mund. Da bemerkte Selena den harten und zornigen Ausdruck in Wills Gesicht.

»Tom und ich sind zusammen aufgewachsen.«

»Das ist alles?«

»Ja.«

Selena und ihr Vater sahen sich an. »Er hat uns nicht die Wahrheit gesagt«, flüsterte sie, während Will vor ihnen herging.

»Anscheinend will er nicht, dass wir wissen, was sich zwischen ihm und dem Constable abgespielt hat. Und du kannst ihn auch nicht danach fragen, mein Liebes.«

»Will«, rief sie, und als er stehen blieb und sich umdrehte, fügte sie hinzu: »Wollen Sie nicht mit uns zusammen gehen?«

»Sie sind jetzt in der Obhut Ihres Vaters, Selena. Sie brauchen meine Begleitung nicht. Ich werde den Baxters Bescheid sagen.« Er machte Anstalten weiterzugehen.

»Will.«

Er zögerte. »Gute Nacht, Selena. Gute Nacht, Captain.«

Captain Trevannick legte seiner Tochter einen Arm um die Schultern, um weiteren Protesten von ihr zuvorzukommen. »Lass ihn gehen, Liebes. Dieser Mann hat über vieles nachzudenken. Erzähl mir, was du heute alles erlebt hast.«

»Ich würde lieber etwas über deine Verhaftung hören.«

»Später. Also, was hast du getrieben, nachdem ich heute Morgen weggegangen bin?«

»Während der Lizenzjagd habe ich eine unserer Nachbarinnen kennen gelernt, eine Mrs Baxter. Ich habe bei ihr Tee getrunken. Danach hat sie zwei von ihren Söhnen rübergeschickt, damit sie unser Zelt ein bisschen wohnlicher machen. Es wird dir gefallen, was sie gebaut haben.«

»Was haben sie denn gebaut?«

»Das wirst du gleich sehen. Danach bin ich einkaufen gegangen. Ich hab auch eine Überraschung für dich.«

»Und du willst mir auch nicht sagen, was das ist.«

»Nein.«

»Dann erzähl mir was über die Baxters.«

Das tat Selena. Dann plauderten sie darüber, was für unterschiedliche Menschen doch auf den Goldfeldern lebten, bis sie sich ihrem Zelt näherten. Plötzlich blieb der Captain stehen und atmete tief ein.

»Selena, riecht das hier etwa nach Curry?«

Selena drückte sich gegen seinen Arm. »Das ist meine Überraschung für dich. Ist allerdings nur Hammelcurry.«

»Das macht nichts. Mir läuft schon das Wasser im Mund zusammen.«

Während Selena Reis aufsetzte und ab und zu in dem Curry rührte, inspizierte er das schlichte Mobiliar, das die Baxter-Söhne gezimmert hatten. »Einfach, aber brauchbar. Ich muss mich bei Ihnen bedanken, bevor wir von hier fortgehen.«

»Von hier fortgehen? Was soll das heißen?«

»Lass uns erst mal essen, Selena, dann erzähl ich's dir.«

Es wurde eine schweigsame Mahlzeit. Der Captain war tief in Gedanken versunken; Selena beobachtete ihn und fragte sich, was ihn wohl beschäftigte.

»Hat dir das Curry geschmeckt?«, fragte sie, während sie zusah, wie er noch den letzten Rest Sauce mit einem Stück kaltem Damper auftunkte.

»Köstlich. Danke, Liebes.«

»Jetzt erzähl mir aber endlich, was genau passiert ist.«

»Ich bin zum Warrenheip Gully gegangen. Ich wollte Bill von den Gerüchten über eine Lizenzjagd in den nächsten Tagen erzählen, und danach wollte ich gleich zum Lizenzzelt gehen. Aber du weißt ja, wie unser alter Freund ist, Selena. Entweder redet er kaum ein Wort, oder er hält einen so lange auf, bis es wirklich nichts mehr zu erzählen gibt.«

»Also warst du noch bei ihm, als die Trooper kamen.«

»Er hat versucht wegzulaufen, dieser Dummkopf. Er hätte doch wissen müssen, dass diese jüngeren und gesünderen Männer schneller sind als er. Mein Gott!« Er schlug mit der Faust auf den Tisch. »Die haben ihn niedergeschlagen und wie einen Hund getreten. Diese Polizisten sind die reinsten Bestien. Wir wurden mit anderen Unglücklichen aneinandergebunden und wie Schwerverbrecher abgeführt. Zuerst ging es den ganzen Warrenheip Gully entlang, dann rüber nach Eureka, weiter nach Black Mountain und zurück zu den Gravel Pits.«

»Du musstest den ganzen Tag zu Fuß gehen?«

»Ja. Ohne einen Schluck Wasser und ohne Rücksicht auf unsere sonstigen Bedürfnisse. Wenn einer stolperte, wurde er wieder auf die Füße gezerrt und mit dem Bajonett vorwärtsgetrieben. Als wir zum Camp kamen, warteten da schon einige Männer und Frauen, die Geld dabeihatten, um die Strafen für ihre Angehörigen oder Freunde zu bezahlen.«

»Warum hat die Polizei dir denn nicht erlaubt, deine Strafe zu zahlen?«

»Das frag ich mich auch schon die ganze Zeit. Anscheinend hat es sich dieser Constable – Roberts heißt der, glaub ich – anders überlegt, als er meinen Namen hörte. Ich hatte den Eindruck, dass der Constable mich daraufhin etwas genauer betrachtet und dann beschlossen hat, dass ich mindestens bis zum Morgen angekettet bleiben sollte.« Er hielt inne. »Du siehst beunruhigt aus, Selena.«

»Was stimmt eigentlich nicht mit unserem Namen?«

Der Captain, der mit einer völlig anderen Antwort gerechnet hatte, war vollkommen verblüfft. »Wie kommst du denn darauf?«

»Du glaubst, dass Trooper Roberts beschlossen hat, dich angekettet zu lassen, als er deinen Namen hörte. Ich habe heute Nachmittag auf der Hauptstraße zum ersten Mal mit Will Collins gesprochen. Er hat ebenfalls merkwürdig reagiert, als ich ihm meinen Namen sagte.«

»Inwiefern?«

»Er wirkte … schockiert ist das einzige Wort, das mir dafür einfällt. Er hat sich danach fast sofort von mir verabschiedet.«

»Heute Abend schien dein Will Collins damit aber kein Problem zu haben.«

»Vater! Er ist nicht mein Will Collins.«

»Ach so, aber das hättest du doch gerne.« Der Captain lachte. »Du siehst niedlich aus, wenn du rot wirst.«

»Ich werde nicht rot, und du hast meine Frage nicht beantwortet.«

Der Captain zuckte mit den Schultern. »Ich kenne die Antwort nicht. Vielleicht hat es auf den Goldfeldern schon mal jemand mit diesem Namen gegeben.«

»Nein, das ist nicht der Grund. Will hat uns erzählt, er wäre mit Trooper Roberts zusammen aufgewachsen. Zwischen den beiden besteht eine erbitterte Feindschaft, und ich glaube, dass irgendwer mit unserem Namen was damit zu tun hat.«

»Auf diese Vermutung weiß ich noch viel weniger eine Antwort. Hör auf, dir dein hübsches Köpfchen darüber zu zerbrechen. Wir werden Ballarat nämlich schon bald verlassen. Der Mann, der direkt vor mir gegangen ist, als wir abgeführt wurden, schürft in Creswick. Er hat mir erzählt, man könnte da am Fluss noch gutes alluviales Gold finden. Bisher sind nur etwa zweihundert Goldgräber dort. Wir beide, Selena, werden auch dorthin gehen.«

»Wann?« Sie wollte nicht fort aus Ballarat.

»In ein, zwei Tagen. Und jetzt Schluss mit der Rederei. Ich bin reif fürs Bett. Nach dem heutigen Tag bin ich ehrlich froh, dass ich nicht auf dem harten Boden schlafen muss.«

2

Was ist los, Tom? Du siehst aus, als hättest du sechs Pence verloren und ’nen halben Penny gefunden.«

Tom sah Mickey Rourke mit säuerlicher Miene an. »Ich hab mehr als verdammte sechs Pence verloren.«

Ihm war eine Geldstrafe von fünf Pfund durch die Lappen gegangen, von der die Hälfte in seine Tasche gewandert wäre. Er hätte die Strafe kassieren sollen, bevor er seinem Gefangenen erklärte, dass er nicht freigelassen würde. Er starrte wieder mürrisch ins Feuer. Captain Trevannick, gesund und munter, obwohl man in Pengelly seit über zwanzig Jahren nichts von ihm gehört hatte.

Der Mann war Con Trevannicks Vater, daran konnte kein Zweifel bestehen. Und das Mädchen musste Cons Halbschwester sein. Das war ja interessant. Vielleicht konnte er jetzt endlich an den Tremaynes und an Trevannick Rache nehmen, nachdem ihm das in Burra nicht gelungen war. Er musste über vieles nachdenken. Im Augenblick herrschte in seinem Kopf nur Verwirrung. Er stand auf, setzte sich die Polizeimütze auf den Kopf und nahm sein Gewehr.

Rourke beobachtete ihn. »Willst du irgendwo hin?«

»Nur eine Dame besuchen.«

»He, he. Diese Dame ist keine Dame. Die verdient bestimmt ihr Geld auf die leichte Tour – flach auf dem Rücken.«

»Es macht mehr Spaß, wenn sie sich aufrichtet.« Er beschrieb mit der Hand einen Kreis und führte sie dann zum Mund.

Rourke lachte schallend. »Deshalb ist sie wohl so fett geworden.«

Tom quittierte Rourkes ordinären Scherz mit einem Brummen. Übergewichtige Frauen waren eigentlich gar nicht nach seinem Geschmack, doch wenn die Auswahl begrenzt war, musste man nehmen, was man kriegen konnte. Da fast alle Frauen auf den Goldfeldern entweder ehrbare Gattinnen oder brave Töchter waren, machten solche wie Mrs Boyd ein Riesengeschäft. Ein zusätzlicher Vorteil war, dass sie mit illegalem Schnaps handelte. Sie befriedigte nicht nur seine sexuellen Bedürfnisse, wenn er den Drang verspürte, sie bezahlte ihn außerdem in Gold dafür, dass sie ihren Handel weiterbetreiben konnte, ohne von der Polizei belästigt zu werden.

Zwei Stunden später ließ Tom Mrs Boyd nackt und schnarchend im Bett zurück. Sie schlief immer gleich ein, sobald sie fertig waren. Wenn er sie so sah, widerte ihn der Anblick der bleichen Fettwülste an. Doch wenn sie tatkräftig seine Bedürfnisse befriedigte – und ihre eigenen – konnte er ihren schwabbeligen Körper gut ignorieren.

Angenehm beschwipst und körperlich befriedigt, blieb Tom vor der Hütte stehen, um tief die Nachtluft einzuatmen. Jetzt fühlte er sich entspannt und würde besser nachdenken können. Er schlenderte zu dem still daliegenden Government Camp zurück. Die meisten Trooper waren in ihren Zelten und schliefen. Die Feuer waren zu glühender Asche heruntergebrannt. Es waren nur noch die beiden Männer auf, die das Zelt bewachten, in dem das Gold lagerte, bis es von einer Polizeieskorte nach Melbourne gebracht wurde. Selbst die verbliebenen Gefangenen waren an ihrem Baum eingeschlafen.

Tom setzte sich auf einen Baumstumpf in der Nähe eines der Feuer. Er zog seinen Tabaksbeutel hervor, nahm seine Pfeife und stopfte sie. Ein Zweig, der aus der verlöschenden Glut aufragte, spendete ihm Feuer. Er paffte so lange, bis die Pfeife richtig zog. Die Unterarme auf die Oberschenkel gelegt, starrte er in die glühende Asche und versuchte nachzudenken, bis er merkte, dass seine Gedanken immer noch verworren waren. Um sie zu ordnen, blieb ihm nichts anderes übrig, als an den Anfang zurückzukehren.

Zurück ins Jahr 1845, als er zusammen mit Will Collins unter Tage im Wheal Pengelly, der Erzgrube von Pengelly, gearbeitet hatte. Die Grube gehörte dem Squire Tremayne, der allerdings nie auch nur in ihre Nähe kam. Die Verwaltung hatte er seinem Pflegesohn Con Trevannick überlassen. Das waren die guten Zeiten gewesen, als Tom Caroline Collins heiraten wollte; nur dass die es mit Rodney Tremayne getrieben und sich dann samt ihrem ungeborenen Kind in den alten Grubenschacht gestürzt hatte.

Tom hatte ihre Leiche hochgeholt. Von jenem Tag an hatte er den Tremaynes Rache geschworen. Er dachte schon, er hätte seine Chance verpasst, als Milly, diese Hure, ihn durch einen Trick zur Heirat gezwungen hatte und sie der Familie Collins nach Südaustralien gefolgt waren, zu der großen Kupfermine. In Burra war er noch mit Will befreundet gewesen. Will, Hal, Tommy und er selbst hatten zusammen gearbeitet und gutes Geld in der Kupfermine von Burra verdient.

Dann waren 1851 eines Tages Con Trevannick und Jenny Tremayne in Burra aufgetaucht, und der Gedanke an Rache war von neuem in ihm erwacht. Jenny Tremayne war viel zu unschuldig, um seinen Charme zu durchschauen, den er so geschickt spielen lassen konnte. Er hatte die Vorstellung genossen, ihr ein Kind zu machen, und sich schon an dem Gedanken geweidet, wie sie sich fühlen würde, wenn er sie im Stich ließ. Er hatte sogar gehofft, dass sie sich genau wie Caroline das Leben nehmen würde. Doch bevor er seine Rache in die Tat umsetzen konnte, hatte sie Burra bereits wieder verlassen.

Nun waren also Con Trevannicks Vater und seine Halbschwester in Ballarat. Will Collins kannte sie. Das könnte die Gelegenheit sein, seinen Rachedurst zu stillen, der ihn nie ganz verlassen hatte. Das Mädchen war hübsch. Und da Jenny unerreichbar im fernen Cornwall war, könnte das Trevannick-Mädchen seinen Zwecken genauso gut dienen.

Dort in der dunklen Nacht an dem niedergebrannten Feuer überlegte Tom, wie er das Mädchen näher kennen lernen könnte. Zunächst einmal musste er die richtigen Worte finden, um sie davon zu überzeugen, wie leid es ihm täte, dass ihr Vater verhaftet worden war. Wenn sie nicht länger böse auf ihn war, würde er beginnen, sie zu umwerben, bis sie bereit war, ihm in die Arme zu sinken.

Ein weiterer Gedanke ließ ihn vor Schadenfreude laut auflachen. Wenn nun Con Trevannick plötzlich in Ballarat auftauchte und die Verzweiflung seiner Schwester miterlebte, dann wäre Toms Rache noch süßer.

Selena lag mit offenen Augen da. Sie wusste nicht, was sie geweckt hatte. Vielleicht war es ihre innere Aufgewühltheit, die sie nur in einen unruhigen Halbschlaf hatte fallen lassen. Aus dem anderen Bett war das leise Schnarchen ihres Vaters zu hören. Von außerhalb des Zelts kamen die nächtlichen Geräusche, an die sie sich mittlerweile gewöhnt hatte, der Ruf eines Nachtvogels, die dumpfen Tritte eines vorbeihüpfenden Wallabys, das Zirpen der Insekten.

Wie friedlich es in den frühen Morgenstunden doch war. Sie dachte an die stillen Nächte auf der *Island Princess*, wo nur das sanfte Plätschern der Wellen gegen den Schiffsrumpf und das Knirschen des Tauwerks zu hören gewesen waren. In vielen Nächten war sie aus der Kabine geschlichen und hatte ihren Lieblingsplatz in der Nähe des Hecks aufgesucht. Dort saß sie dann und genoss die leichte Meeresbrise auf ihrem Gesicht. Immer war ihr Blick nach oben zu den Sternen gewandert. Häufig sah sie, wie eine Sternschnuppe vom Himmel fiel und ihren Lichtschein hinter sich herzog. Dann hatte sie sich dem stillen Vergnügen hingegeben, sich etwas zu wünschen. Manchmal waren ihre Wünsche sogar in Erfüllung gegangen.

Einem plötzlichen Impuls folgend, stand sie vorsichtig von ihrer Pritsche auf und tappte leise barfuß zum Eingang des Zelts. Abends, wenn der Lichtschein von Tausenden von Lagerfeuern den Himmel orange verfärbte, waren immer nur wenige Sterne zu sehen. Selena schob die Zeltklappe beiseite und trat hinaus. Hier und da glühten noch die Reste eines Lagerfeuers, als lägen riesige Leuchtkäfer auf dem Boden. Doch der Himmel bildete jetzt einen samtigen blauschwarzen Hintergrund für die Sterne, die sie so lieben gelernt hatte.

Mühelos entdeckte sie das Kreuz des Südens mit seinen beiden Peilsternen. Sie hoffte, eines Tages mehr Sterne an diesem südlichen Himmel zu kennen, dass sie ihr genauso vertraut wären wie die Sterne, mit denen sie aufgewachsen war. Die Sternbilder des nördlichen Himmels hatte sie von ihrem Vater gelernt, als sie noch ein kleines Kind war. Sie hatte neben ihm an Deck der *Island Princess* gelegen und war den Bewegungen seines Fingers gefolgt, mit denen er auf die einzelnen Sternbilder zeigte. Mit vier Jahren hatte sie sich zum ersten Mal beim Anblick einer Sternschnuppe etwas gewünscht. Wenn sie das Glück hätte, in dieser Nacht eine Sternschnuppe zu sehen, würde sie sich wünschen, dass ihr Vater genügend Gold fände, um sich eine neue *Island Princess* zu kaufen und zur See zurückzukehren, die er so liebte.

Ein Ächzen, das nicht zu den übrigen Geräuschen der Nacht passte, ließ sie herumfahren. Auf einen heftigen dumpfen Schlag folgte ein weiteres Ächzen. In dem etwas helleren Bereich hinter dem Zelt der Baxters bewegten sich dunkle Schatten. Nach einer Weile konnte sie erkennen, dass es sich um zwei Männer handelte, die miteinander kämpften. Selena ließ ihren Blick über die stillen Zelte schweifen. Außer ihr schien niemand auf zu sein. Aber lauschten vielleicht andere in ihren Zelten den Geräuschen des Kampfes? Die alten Hasen hatten ihnen geraten, selbst das abscheulichste Verbrechen zu ignorieren, um am Ende nicht selbst zum Opfer zu werden.

Bei ihrem heftigen Kampf waren die Männer direkt in ihre Blickrichtung geraten. Selena versuchte, sich ganz klein zu machen. Wenn einer der Männer in ihre Richtung blickte, würde er ihr weißes Nachthemd deutlich erkennen. Das Klügste wäre, sich an das zu halten, was man ihr gesagt hatte, und ganz schnell zurück ins Zelt zu huschen. Dieser Kampf ging sie nichts an. Sie wollte gerade nach der Zeltklappe greifen, da hörte sie ganz unverkennbar, wie einer der Männer zu Boden knallte.

Mit dem vertrauten Prickeln überkam sie eine böse Vorahnung. Sie spürte den Tod in ihrer Nähe. Selena drehte sich um und blickte zu der Stelle hinüber, an der der Mann reglos dalag. Sein Gegner stand mit gespreizten Beinen über ihm. Etwa eine halbe Minute lang rührte sich keiner von beiden. Plötzlich machte der stehende Mann einen Schritt vorwärts und trat den Liegenden heftig mit dem Stiefel in die Rippen. Während er noch ein zweites und drittes Mal zutrat, rollte der Mann herum und war plötzlich verschwunden. Selena presste ihre Hände auf den Mund, um ein entsetztes Aufstöhnen zu unterdrücken. Der Tod hatte den Schacht heimgesucht. Sie war Zeugin eines Mords geworden.

In diesem Augenblick drehte der Mörder den Kopf in ihre Richtung. Selena kauerte sich rasch hin, in der vagen Hoffnung, dass ihr Nachthemd vor dem weißen Segeltuch des Zeltes nicht zu sehen wäre. Dann wandte sie den Kopf zur Seite, damit ihre

Augen nicht im Dunkeln leuchteten. Er war zu weit entfernt, als dass sie sein Gesicht hätte sehen können, doch mit ihrem geistigen Auge sah sie ihn und wusste, dass sie ihn erkennen würde, falls sie sich je begegneten.

Während der ewig erscheinenden Sekunden, die er in ihre Richtung starrte, blieb sie ganz regungslos vor Angst, er könnte bei der kleinsten Bewegung näher kommen. Sie konnte ihn immer noch aus den Augenwinkeln beobachten. Wie lange würde er dort stehen bleiben? Wie lange könnte sie in dieser unbequemen geduckten Haltung verharren, während ihr das Herz bis zum Halse schlug?

Der Mörder begann langsam in ihre Richtung zu gehen. Starr vor Angst ließ ein plötzliches Klopfen Selena zusammenfahren, und sie unterdrückte im letzten Moment einen unwillkürlichen Aufschrei. Während der Mörder in die Richtung herumwirbelte, aus der das Geräusch gekommen war, huschte Selena ins Zelt und dankte im Stillen dem Känguru, das durch das Goldgräberlager gehüpft war.

Im Zelt lag sie dann da und lauschte angestrengt auf Schritte. Als sie kamen, spürte sie, wie ihr der Angstschweiß auf die Haut trat. Das Herz hämmerte in ihrer Brust, und ihre Kehle war plötzlich wie ausgedörrt. Doch sie blieb ruhig und besonnen, drehte sich auf die Seite und griff nach der Pistole ihres Vaters. Die Schritte hielten inne. Selena setzte sich vorsichtig auf und hielt die Pistole mit beiden Händen auf den Eingang des Zelts gerichtet. Was sie da draußen sah, war zweifellos der Schatten eines Mannes. Ihr Herz überschlug sich, und ihre Finger umklammerten fest die Pistole. Der Schatten bewegte sich. Selena begann, den Abzug zu drücken. Da hörte sie, wie sich die Schritte entfernten.

Etwa eine Minute lang rührte sie sich nicht, bis sie sicher war, dass die Schritte nicht zurückkehrten. Erschöpft vor Erleichterung legte sich Selena wieder hin, behielt aber immer noch die Pistole in der Hand. Sie hielt sie so lange fest, bis der Angstschweiß auf ihrem Köper getrocknet war. Dann drehte sie sich auf die Seite, um ein wenig zu ruhen – einschlafen würde sie ganz bestimmt nicht wieder. Dabei ließ sie eine Hand so herunterhängen, dass sie die Pistole berührte, die sie auf den Boden gelegt hatte.

Trotz ihrer Angst musste sie doch geschlafen haben, denn als sie aufwachte, hörte sie Lärm und stellte fest, dass das Zelt leer war. Ihr Vater war schon aufgestanden. Selena zog sich rasch an und eilte nach draußen, wo sie überrascht feststellte, dass die Sonne bereits hoch am Himmel stand. Nicht überrascht war sie hingegen, als sie eine Gruppe von Männern und Frauen sah, darunter ihren Vater, die sich um einen Schacht versammelt hatten. Sie brauchte gar nicht zu den Neugierigen hinüberzulaufen. Sie wusste bereits, was sie dorthin getrieben hatte. Stattdessen machte sie sich daran, das Feuer anzuzünden, um ein spätes Frühstück zuzubereiten.

Der Tee war bereits fertig und das kalte Damper in Scheiben geschnitten und getoastet, als ihr Vater zurückkam. Er füllte seinen Becher mit Tee und nahm dankend den Teller mit Toast und Marmelade entgegen, den sie ihm reichte. Über das, was er gerade gesehen hatte, verlor er kein Wort. Selena aß ihren Toast, weil sie nicht zu fragen brauchte. Sie wartete, bis ihr Vater seinen Toast aufgegessen und sich einen zweiten Becher Tee eingeschenkt hatte, bevor sie sprach.

»Ich hab gesehen, wie dieser Mann letzte Nacht ermordet wurde.«

Er reagierte prompt. »Ermordet? Dann war es also kein Unfall?«

»Nein.«

Ihr Vater musterte ihr Gesicht forschend. »Wie hast du es gesehen?«

Selena verneinte die unausgesprochene Frage, die dahinter stand, mit einem Kopfschütteln. »Ich bin wach geworden und hinausgegangen, um die Sterne zu betrachten. Da waren zwei Männer, die im Dunkeln miteinander gekämpft haben. Als einer zu Boden stürzte, hat der andere ihn in den Schacht getreten.«

»Hat man dich gesehen?«, fragte er sofort und zog besorgt die Augenbrauen zusammen.

»Ich weiß es nicht.« Selena runzelte ihrerseits die Stirn. »Ich hab kurze Zeit später jemanden an unserem Zelt vorbeigehen gehört.«

Ihr Vater griff nach ihrer Hand. »Selena, wenn du gesehen worden bist, könntest du in großer Gefahr sein, besonders wenn du das Gesicht des Mörders sehen konntest.«

»Ich habe sein Gesicht gesehen, Vater« – kurzes Zögern –, »aber er wird niemals glauben, dass ich ihn identifizieren könnte.«

»Ach so, ich verstehe. Möchtest du mit der Polizei reden, wenn die kommen?«

»Nein, Vater. Ich möchte, dass wir unsere Sachen packen und sofort von hier verschwinden. Ich hätte sein Gesicht nämlich nicht so deutlich gesehen, wenn ich ihm nie wieder begegnen würde.«

»Vielleicht hast du Recht. Manchmal, mein Liebes, das heißt sogar sehr oft, wünschte ich, du hättest die Gabe des Sehens nicht von deiner Großmutter mütterlicherseits geerbt.«

»Das wünsche ich mir mindestens genauso oft wie du. Das einzige Mal, wo ich gerne in die Zukunft gesehen hätte, war es mir nicht vergönnt.« Sie drehte den Kopf zur Seite, damit ihr Vater nicht die heftigen Schuldgefühle sah, die sie nie ganz loswurde.

Doch er kannte ihr Problem. Er nahm ihre beiden Hände in seine. »Selena, wir haben darüber schon so oft gesprochen. Du darfst dir nicht länger die Schuld daran geben.«

»Aber ich hätte die Gefahr sehen müssen, die der *Island*

Princess drohte.« Tränen aus Kummer und endlosen Schuldgefühlen traten ihr in die Augen. Sie versuchte, sie durch mehrfaches Blinzeln zu unterdrücken.

»Nein, komm schon. Ich verbiete dir, so zu reden.« Er hielt ihre Hände fest umklammert, bis der Schmerz aus ihren Augen wich. »Jetzt denken wir nur noch an das Gold, das wir finden werden, und an das neue Schiff, das ich dann bauen lasse.«

Selena rang sich ein Lächeln ab. »Meine Gabe des Sehens wäre sehr nützlich, wenn ich genau sagen könnte, wo wir ein großes Nugget finden.«

Das entlockte auch ihrem Vater ein Lächeln. »Ja, das wäre es. Vielleicht machen wir ja am Creswick Creek unser Glück.«

Das Zelt abzubauen und ihre Seesäcke und anderen Habseligkeiten auf den Handkarren zu laden nahm nicht viel Zeit in Anspruch. Mrs Baxter, enttäuscht darüber, dass sie fortgingen, wünschte ihnen noch alles Gute.

»Du bist ein tapferes Mädchen, dass du den ganzen Weg zum Creswick Creek zu Fuß gehst. Doch wie ich sehe, hast du gute Stiefel an den Füßen und einen Sonnenhut.«

»Wir sind die hundert Meilen von Melbourne hierhergelaufen, Mrs Baxter. Im Vergleich dazu sind die achtzehn Meilen nach Creswick gar nichts.«

»Obwohl du noch so jung bist, hast du mehr Mut als viele Frauen. Passen Sie gut auf Ihre Tochter auf, Captain.«

»Keine Sorge, Mrs Baxter. Ich werde nicht zulassen, dass ihr etwas Schlimmes zustößt.«

»Dann viel Glück, und Gott sei mit euch.«

Ihre Abreise interessierte die meisten Leute im Lager kaum mehr, als es ihre Ankunft getan hatte. Auf den Goldfeldern herrschte ein ständiges Kommen und Gehen. Selena hatte gehofft, sie würde Will Collins noch einmal sehen, bevor sie sich auf den Weg machten. Sie wünschte sich sehnlich, den Mann, der ihr so gut gefiel, besser kennen zu lernen. Als sie am Schacht der Collins vorbeikamen, war von den Brüdern jedoch nichts zu sehen. Selena unterdrückte ihre Enttäuschung. Sie musste Geduld haben. Eines Tages würden sich ihre Wege wieder kreuzen. Das hatte ihr allerdings nicht ihr zweites Gesicht verraten, sondern sie war aus tiefstem Herzen überzeugt davon, dass Will Collins und sie füreinander bestimmt waren.

Als sie sich einem der Läden näherten, kam Selena plötzlich eine Idee. Sie umklammerte den Arm ihres Vaters und rief mit dringlicher Stimme: »Vater.«

Er blieb stehen und sah sie an. »Was ist? Hast du den Mann gesehen?«

»Nein. Dieser Laden da hat mich auf eine Idee gebracht. Wenn der Mörder nach mir sucht, wird er nach einer Frau suchen. Ich werde mir Jungensachen kaufen und ein Junge werden.«

Der Captain überlegte kurz und nickte dann zustimmend. »Vielleicht hättest du überhaupt ein Junge werden sollen, so wie du in Seemannszeug auf der *Island Princess* herumgelaufen bist. Na schön. Hosen sind bestimmt auch bequemer zum Gehen als ein Rock. Allerdings sollte ich wohl besser die Sachen kaufen gehen. Du wartest hier draußen beim Karren.«

In zehn Minuten hatte ihr Vater das Nötige gekauft. Er legte das Päckchen zu den übrigen Dingen auf den Karren und hob ihn an. Sie waren kaum mehr als zwanzig Schritte gegangen, da spürte Selena den Drang, sich umzuschauen. Ein Mann wollte gerade in den Laden treten. Es war das Gesicht, das sie niemals vergessen würde.

Sie wandte sich rasch ab aus Furcht, er könnte in ihre Richtung blicken. »Vater, wir müssen uns beeilen.« Sie beschleunigte ihre Schritte.

Ihr Vater sah sie an und verstand. »Du hast den Mörder gesehen.«

»Ja. Was für ein Glück, dass du so schnell bedient worden bist, sonst würde ich immer noch draußen vor dem Laden warten.«

»Du weißt doch gar nicht, ob er dich erkennen würde.«

»Möchtest du dieses Risiko eingehen, Vater?«

»Natürlich nicht. Sobald wir eine geeignete Stelle finden, kannst du dich umziehen.«

Nach einer Stunde gelangten sie zu einer Stelle, an der die Bäume sehr dicht zusammenstanden. Der Captain zog den Karren in den Schatten.

»Falls jemand kommt, wird er meinen, dass ich mich nur ausruhe, und du kannst so tun, als würdest du ein natürliches Bedürfnis verrichten.«

»Ich beeile mich. Während ich mich umziehe, kannst du schon mal die Schere aus meiner Tasche holen.« Sie musste über seinen fragenden Gesichtsausdruck grinsen. »Du wirst mir die Haare schneiden müssen. Ich kann sie nicht die ganze Zeit unter einem Hut verstecken.«

Er war ganz und gar nicht glücklich über diese Aufgabe. »Wenn deine Mutter noch am Leben wäre, sie wäre entsetzt, wenn sie sähe, wie deine schönen langen Haare brutal abgesäbelt werden.«

Selena hörte seiner schroffen Stimme an, dass er nur mühsam die Tränen unterdrückte. Auch ihr fiel es schwer, nicht bei jedem lauten Schnitt der Schere zu weinen. »Wenn Mutter noch am Leben wäre, wären wir beide nicht in dieser Lage.«

Das restliche Haareschneiden verlief schweigsam. Selena zauste sich mit den Fingern durch den Gassenjungenschnitt, der ihr gerade bis über die Ohren reichte. »Die wachsen ganz schnell, wenn ich beschließe, wieder ein Mädchen zu werden.« Sie blickte auf den Haufen Haare. »Was sollen wir denn mit meinen Haaren machen?«

»Behalten natürlich. Wenn du mal Geld brauchst, kannst du sie vielleicht verkaufen.«

Also sammelten sie Selenas Haare auf und verschnürten sie sorgfältig in einem Stück Stoff. Bevor sie sich wieder auf den Weg machten, betrachtete der Captain seine Tochter genauer.

»Du kannst ohne weiteres für einen jungen Mann mit frischem Gesicht durchgehen. Aber wie heißt denn mein Sohn?«

Selena neigte den Kopf zur Seite und dachte nach. »Ich glaube, er sollte am besten Selwyn heißen. Wenn du's mal vergisst und Selena zu mir sagen willst, kann man den Irrtum leicht überspielen.«

»Ha! Und jetzt komm, du naseweiser Bursche. Wir haben noch viele Meilen bis Creswick vor uns.«

Joshua Winton war viel zu sehr in Gedanken vertieft, um auf den Mann und das Mädchen zu achten, die gerade von dem Laden weggingen. Er brauchte dringend eine neue Hose. Die Blutflecke auf der, die er anhatte, hatte er mit reichlich Matsch beschmiert. Sobald er die neue Hose angezogen hatte, würde er die alte in einen der stillgelegten Schächte werfen, die als öffentlicher Abort benutzt wurden. Dann würde der Beweis für seine Schuld unter Urin und Kot begraben werden.

Das bisschen Anstand, das noch in ihm steckte, war entsetzt über den Tod, den er letzte Nacht verschuldet hatte. Der alte Dummkopf hätte im Zelt bleiben und ihn in Ruhe lassen sollen. Er hatte seit Tagen beobachtet, wie die Männer Eimer für Eimer mit reichlich Gold durchsetzten Mergel nach oben brachten. Für jemanden, der so gut wie bettelarm war, war das eine Möglichkeit, seine Lage zu verbessern. Warum sollte man sich wie ein Sklave abrackern und mühsam graben, wenn man sich das Gold dort nur zu nehmen brauchte?

Joshua zog den Beutel mit den kleinen Nuggets aus der Tasche und legte sie auf die Theke. »Ich hab Gold zu verkaufen. Wie viel zahlen Sie?«

Ohne ein Wort zu sagen, nahm der Ladenbesitzer den Beutel und zog ihn auf. »Da haben Sie ja gut ein paar Unzen drin. Mal gucken, wie viel es genau ist.« Er wollte die Nuggets in eine Waagschale kippen.

»Moment.« Joshua war schon mal betrogen worden, von einem Goldkäufer am Mount Alexander. Er kannte die Tricks, mit denen die Goldkäufer die Waagen zu ihrem Vorteil einstellten. Er sammelte die Nuggets wieder ein und erntete dafür einen empörten Blick.

»Was machen Sie da? Wollen Sie nun verkaufen oder nicht?«

»Ich will einen fairen Preis.«

Joshua legte ein Gewicht von einer Unze in jede Waagschale. Die Waage neigte sich leicht zu einer Seite. Er sah den Ladenbesitzer an. »Sie wollen wohl einen hart arbeitenden Mann übers Ohr hauen?«

Der Mann stritt das entschieden ab. »Nein, nein. Ich versteh das nicht. Als ich sie das letzte Mal benutzt hab, war die Waage ganz genau. Es ist doch auch nur eine winzige Abweichung.« Nervös blickte er zu den anderen Kunden im Laden. »Vielleicht können wir uns irgendwie einigen, Sir.«

»Gewiss. Wenn Sie mein Gold gewogen haben, können Sie noch zehn Prozent draufrechnen.«

Das Gesicht des Mannes verfärbte sich rot und wurde immer dunkler, bis es fast violett war. Er schien kurz vor einem Anfall zu stehen. »Unmöglich!«

»Ganz und gar nicht.« Joshua zog seinen Revolver aus der Tasche und drehte ihn in den Händen hin und her, als wolle er ihn prüfen. Dann nahm er ihn in die rechte Hand und lächelte den Ladenbesitzer an, der ihn gebannt anstarrte. »Ich werde ein paar Sachen bei Ihnen kaufen, wenn Sie mir einen guten Preis machen. Wenn nicht …« Er zuckte mit den Schultern.

»Sie sind ein Verbrecher. Einen ehrlichen Mann zu bedrohen! Ich ruf die Polizei.«

Joshua lächelte immer noch. »Während Sie mein Gold wiegen und mein Geld abzählen, würd ich gern was von dem Schnaps trinken, den Sie da unter der Theke versteckt haben.«

Der Mann starrte ihn wütend an, duckte sich hinter die Theke und tauchte mit einem kleinen Glas Schnaps wieder auf. Joshua nippte ab und zu, beobachtete dabei ganz genau, wie das Gold abgewogen wurde, und dachte zufrieden, was für eine Überzeugungskraft Angst doch hatte. Der Mann würde bestimmt nicht wollen, dass die Polizei in seinem Laden herumschnüffelte. Die Trooper waren zwar korrupt, doch sie sprangen hart mit Leuten um, die illegalen Alkohol verkauften, indem sie erst alles konfiszierten und dann die Läden und Zelte der Händler niederbrannten.

Kurze Zeit später verließ er den Laden komplett neu ausgestattet sowie mit genügend Geld versorgt, um sich für mehrere Tage in einem der Hotels ein Zimmer nehmen zu können. Er hatte alles geplant. Um unangenehme Fragen zu vermeiden, würde er jede Woche oder so das Hotel wechseln. Goldkäufer gab es viele. Er würde nie zweimal zum selben gehen müssen. Er musste nur vermeiden, dass Verdacht auf ihn fiel, dann würde er schon bald genügend Geld haben, um nach Melbourne zu gehen und dort ein gutes Leben zu genießen.

Reine Abartigkeit trieb ihn noch einmal zu den Gravel Pits, nachdem er sich im Star Hotel ein Zimmer genommen, sich gewaschen und umgezogen hatte. Er war überzeugt, dass das Mädchen, das sein Verbrechen beobachtet hatte, ihn nicht wiedererkennen würde. Sie konnte ihn im Dunkeln nicht deutlich gesehen haben. Er dagegen wusste genau, wie sie aussah. Während er die Männer bei der Arbeit in ihrem Schacht beobachtet hatte, hatte er auch sie beobachtet. Der sanfte Braunton ihrer Haut hatte ihn fasziniert. Er mochte dunkle, schwarzhaarige Frauen. Besonders Aborigine-Frauen.

Mehrere Leute standen um den Schacht herum, den er letzte Nacht ausgeraubt hatte. Also hatte man den ganzen Vormittag gebraucht, um die Leiche heraufzuholen. Als eine Frau mit entsetztem Schrei zurückwich, wandte sich Joshua ab. Er wollte das Gesicht des Mannes nicht sehen, den er getötet hatte. Er fragte sich, ob das Mädchen, das Zeugin gewesen war, unter den Leuten am Schacht war, doch dann stellte er ganz ungläubig fest, dass die Stelle, an der ihr Zelt gestanden hatte, leer war.

An der ungeheuren Erleichterung, die er spürte, merkte er, wie groß doch seine Sorge gewesen war, dass das Mädchen ihn hätte identifizieren können. Es war natürlich möglich, dass Vater und Tochter nicht allzu weit weggezogen waren, so dass er auf jeden Fall auf sie achten musste. Doch im Augenblick hatte er keinen Grund, sich Sorgen zu machen. Die Hände in den Taschen, schlenderte Joshua pfeifend am Fluss entlang.

Will und Hal Collins arbeiteten mit dem Cradle. Tommy war im Schacht und nähte eine neue Bahn an den Abzugskamin aus Segeltuch. Ihr jüngster Bruder hatte während der Monate, die sie nach seinem Unfall auf der Farm Harvey's Run verbringen mussten, gelernt, Dinge aus Leder anzufertigen. Deshalb hatten sie ihm die Aufgabe übertragen, die Leinwände zu nähen.

Ihren Schacht hatten sie nun bis auf den roten Mergel hinuntergegraben. Darunter würden sie auf die Schichten aus blauem Mergel stoßen, die die größeren Nuggets enthielten. Bisher hatten sie beim ersten Waschen des roten Lehms mehrere erbsengroße Nuggets gefunden. Hal, der gerade ein größeres Nugget hoch hielt, um es Will zu zeigen, erkannte Joshua Winton, bevor dieser einen der beiden erblickte.

»Guck mal, wer da ist«, sagte er leise zu Will.

Will blickte in die angedeutete Richtung und kniff die Augen zusammen. Joshua Winton mochten sie beide nicht. »Ob Adam auch hier ist?«

Adam würde er gerne wiedersehen. Sie waren vor vielen Jahren auf der Überfahrt von England nach Australien enge Freunde geworden. Die Kinder der Familie Collins und der Familie Winton hatten sich entsprechend ihrem Alter zusammengefunden. Will und Adam, Hal und Joshua, Meggan und Anne. Da für Tommy kein Winton-Sohn im gleichen Alter da gewesen war, hatte er sich woanders Freunde gesucht.

Nach ihrer Ankunft in Melbourne hatten sich die Wege der beiden Familien getrennt. Die Wintons hatten am Murray River Farmland gepachtet, und die Collins waren nach Burra gegangen, um dort in der großen Kupfermine zu arbeiten. Einige Jahre später hatten sich ihre Wege noch einmal in Adelaide gekreuzt. Innerhalb von nur zwölf folgenschweren Stunden war die Verderbtheit von Joshuas Charakter ans Licht gekommen. Hal hatte eine bittere Lektion lernen müssen.

Hal, der die Gedanken seines Bruders erriet, war froh, dass Will nicht die ganze Geschichte jener ausschweifenden Nacht in Adelaide kannte. Betrunken und von Sinnen war er dazu verleitet worden, etwas zu tun, das er für den Rest seines Lebens bedauern würde. Er hatte gehofft, Joshua Winton nie wiedersehen zu müssen.

Joshua, der die beiden mittlerweile erkannt hatte, kam rasch auf sie zu und erwartete offensichtlich, freudig begrüßt zu werden.

»Hal! Will! Na so was. Ich hab mich schon oft gefragt, ob wir uns nicht noch mal begegnen.« Er warf einen Blick auf den Cradle. Hal ließ das Nugget, das er in der Hand hatte, in seiner Tasche verschwinden. »Habt ihr schon Gold gefunden?«

»Hin und wieder«, antwortete Will. »Was machst du denn hier in Ballarat?«

»Das Gleiche wie alle anderen auch. Gold suchen, bis ich reich bin.«

Hal musterte ihn mit säuerlichem Blick. »Du siehst aber nicht aus, als ob du viel gräbst.«

»Ach so, du meinst, ich wär zu sauber? Um ehrlich zu sein, ich bin erst vor ein paar Tagen vom Mount Alexander hierhergekommen. Da hab ich ziemliches Glück gehabt. Ich hab genug, um mir in Ruhe anzusehen, was Ballarat zu bieten hat.«

»Wo ist denn Adam?«

Joshua beantwortete Wills Frage mit einem Schulterzucken, das deutlich besagte, dass er es nicht wisse und es ihn auch nicht interessiere. »Zu Hause in Riverview, nehm ich an.«

Will antwortete nicht. In den Briefen ihrer Schwester Meggan standen immer ein paar Neuigkeiten über Anne und über Jane, das Aborigine-Mädchen, das die Wintons adoptiert hatten. Von Meggan hatte er erfahren, dass Joshua Riverview verlassen hatte, nachdem er sich mit seiner Familie überworfen hatte. Vielleicht war das Zerwürfnis nicht beigelegt worden.

Joshua hockte sich hin. Als er nach etwas goldig Glitzerndem auf dem Cradle griff, zerrte Hal ihn unsanft hoch.

»Hände weg von unserm Gold.«

»Ach, du kannst ja reden«, witzelte Joshua. »Ich dachte, dir hätt's die Sprache verschlagen.«

»Ich hab dir nichts zu sagen. Am liebsten wär' mir, wenn du jetzt gehst und nie wieder in unsere Nähe kommst.«

Joshua schien ehrlich verblüfft. »Was hab ich dir denn getan? Wir waren doch gute Freunde.«

»Du bist nicht mehr mein Freund, seit wir uns im Gefängnis von Adelaide getrennt haben.«

»Ach, die Sache mit dem Spielen. Was ist denn schon dabei gewesen? Ist doch nichts Schlimmes passiert.«

Dabei machte Joshua ein Gesicht, dass Hal ihm am liebsten einen Kinnhaken verpasst hätte. »Es ist einiges Schlimmes passiert.«

Doch als er das lüsterne Funkeln in Joshuas Augen sah,

wünschte er, er hätte nichts gesagt. Er geriet in Panik bei der Vorstellung, was Joshua erzählen könnte. Weder Will noch Tommy wussten über alle Schandtaten Bescheid, zu denen Joshua Hal bei ihrer Sauftour in Adelaide verleitet hatte.

»Hal hat Recht«, mischte sich Will ein. »Du hast unserer Familie eine Menge Unannehmlichkeiten bereitet. Wir wollen deine Freundschaft nicht mehr.«

Die Verbitterung, die Joshua quälte, seit seine Eltern ihn aus dem Hause geworfen hatten, ließ ihm die Galle hochkommen. »Du willst mir also die Schuld dafür geben, dass Hal euer Geld verspielt hat. Dein Bruder ist kein Heiliger. Ich kann –«

Hal knallte Joshua die Faust so fest unters Kinn, dass der rückwärtstaumelte und hinfiel. Er kam jedoch sofort wieder auf die Beine und ging auf Hal los, der einen flinken Schritt zur Seite machte. Joshua stolperte an ihm vorbei und landete auf allen vieren. Er geriet immer mehr in Rage, da einige Goldgräber zusahen und schallend zu lachen anfingen. Bedächtig stand er wieder auf und drehte sich um.

Hal war immer noch auf Streit aus.

Will betrachtete ihn verächtlich. »Hau ab, Joshua.«

»Na gut. Aber ich geh da runter.« Er deutete den Weg zurück, den er gekommen war.

Will und Hal beobachteten, wie er auf sie zukam, die Handflächen leicht vorgestreckt, als wollte er einen Angriff abwehren. Hal trat einen Schritt zurück, als er an ihm vorbeiging. Doch im gleichen Augenblick fuhr Joshua blitzartig herum und knallte Hal die Faust ins Gesicht. Hal schlug sofort zurück. Nun fing der Kampf erst richtig an.

Von ähnlicher Statur und ungefähr gleich sportlich, waren die beiden ebenbürtige Gegner. Keiner gewährte dem anderen Pardon. Sie stolperten zwischen den Cradles umher und tauschten Schlag um Schlag aus. Wenn einer von ihnen zu Boden ging, zerrte sein Gegner ihn sofort wieder auf die Beine. Die Umstehenden feuerten sie durch Zurufe an; ein geschäftstüchtiger Mann nahm sogar Wetten auf den Ausgang der Prügelei an.

Getrieben von seiner Verbitterung und seinem Zorn, gewann Joshua allmählich die Oberhand. Bisher hatte er fair gekämpft. Doch jetzt verpasste er seinem Gegner einen Fausthieb unterhalb der Gürtellinie, der Hal rückwärtstaumeln ließ.

Hal krümmte sich vor Schmerzen. Er hatte überhaupt keine Chance, auf dem schlammigen Flussufer das Gleichgewicht zu halten, rutschte weg und fiel rücklings ins Wasser. Sofort stürzte sich Joshua auf ihn, und Hal erkannte, dass Joshua ihn ertränken wollte. Verzweifelt versuchte er, sich zu wehren, doch da das Gewicht des anderen Mannes auf ihm lastete, waren seine Bemühungen nutzlos, bis Will Joshua mit Hilfe von zwei weiteren Männern von ihm wegzog.

Hal richtete sich halb auf, um sich das schlammige Wasser aus den Augen zu reiben. Er sah, wie Joshua fortging und den wütenden Will einfach stehen ließ, der von einem halben Dutzend Freunde zurückgehalten wurde. Da er keine Kraft mehr hatte, um aufzustehen, musste er im Wasser sitzen bleiben, bis Will hineingewatet kam, um ihm aufzuhelfen.

»Du bist ein dämlicher Idiot, Hal. Warum hast du überhaupt Streit mit ihm angefangen?«

»Dem wollte ich schon lange mal eine verpassen.« Hal rollte stöhnend seine Schulter vor und zurück. »Verdammt noch mal, mir tut alles weh.«

»Komm, wir nehmen unseren Cradle und gehen nach Hause.«

Da kam Tommy auf sie zugelaufen, so schnell es sein Hinken erlaubte. »Ich hab gehört, dass du eine Schlägerei hattest, Hal. Bist du verletzt?«

»Völlig zerschunden und zerschlagen. Oh Gott, morgen werd ich krumm und lahm sein.«

»Ich helf nur Will, den Cradle zurückzutragen, dann geh ich zum Apotheker und hol dir etwas Salbe.«

»Den Cradle schaff ich schon allein, Tommy. Geh jetzt gleich zum Apotheker, dann müsstest du zurück sein, bis Hal sich sauber gemacht hat.«

Hal beobachtete, wie sein jüngerer Bruder davonhinkte. Er verzog den Mund zu einem bitteren Lächeln. »Vielleicht wär' Tommy ja auch nicht verkrüppelt, wenn wir nicht die Wintons in Adelaide getroffen hätten.«

»Was? Wie kommst du denn darauf?«

»Wegen Joshua haben wir Adelaide früher verlassen, als wir das eigentlich vorgehabt hatten. Wenn wir das nicht getan hätten, wäre das Kutschpferd vielleicht nicht von den Wallabys erschreckt worden und Tommy hätte sich nicht das Bein gebrochen.«

Will tat die Idee mit einem verächtlichen Schnauben ab. »Du hörst dich an wie Meggan. Die redet auch ständig von Schicksal und Zufall.«

»Weißt du, Will, ich würde Meggan wirklich gerne mal wiedersehen und unsere kleine Nichte. Und Ma auch.« Hal wurde nachdenklich.

»Das weiß ich. Aber Burra ist zu weit weg. Wir waren nicht mal dort, als Pa beerdigt wurde, und wir werden auch Ma nicht mehr sehen, bevor Meggan sie nach Cornwall bringt, zurück nach Hause.«

»Ich frag mich, ob Meggan wieder nach Australien kommt, nachdem sie für Ma eine Bleibe gefunden hat.«

»Vielleicht bleibt sie in England und wird Opernsängerin, wie sie sich das immer erträumt hat. Ich glaube, ich werde ihr heute Abend einen Brief schreiben und ihr erzählen, wie es uns so geht.«

Will wusste nicht, ob er ihr von Captain Trevannick und Selena berichten sollte. Der Name könnte schmerzliche Erinnerungen bei seiner Schwester wecken. Auch wenn er die Affäre nicht gebilligt hatte, wusste er doch, dass Meggan Con Trevannick wirklich geliebt hatte. Ob ihre Liebe gleichermaßen erwidert worden war, davon war er nie so ganz überzeugt gewesen.

Hal unterbrach seine Gedanken. »Guck mal, Will. Sie sind fort.«

»Wer ist fort?«

»Der Mann und das Mädchen. Von denen du erzählt hast, dass sie Trevannick heißen.«

Will blickte überrascht zu dem leeren Zeltplatz. »Selena hat gar nichts davon gesagt, dass sie wegwollten.« Weshalb dieser plötzliche Aufbruch, fragte er sich. »Was ist?«, wollte er wissen, als er sah, wie sein Bruder grinste.

»Selena, ach? Du hast sie doch erst gestern Abend kennen gelernt.«

»Halt den Mund, Hal.«

»Ha. Wenn du so reagierst, muss sie dir aber wirklich gefallen haben.«

»Glaub, was du willst.«

Das Mädchen hatte ihm tatsächlich gefallen. Sie war offen, lebhaft und mutig und von einer ungewöhnlichen Schönheit. Ungeachtet ihres familiären Hintergrunds hätte er sie gern näher kennen gelernt. Nun fragte er sich, ob sich ihre Wege je wieder kreuzen würden.

Später am Abend, als Hal im Bett lag, um seinen geschundenen Körper auszuruhen, und Tommy für einen der Nachbarn einen Sattel reparierte, setzte Will sich an den Tisch in ihrer Hütte, um an Meggan zu schreiben.

Liebe Megs,

Deine Brüder sind wohlauf, und wir hoffen, dass es Dir, Ma und der kleinen Etty ebenfalls gut geht. Das leicht zugäng-

liche Gold direkt unterhalb der Oberfläche ist fast völlig abgebaut, doch in den tieferen Schichten sind noch richtig gute Funde zu machen. Die Männer, die dem Regenbogen nachjagen und hoffen, durch einen Glückstreffer reich zu werden, eilen zu jeder neuen Fundstelle, weil sie überzeugt sind, dass dort das große Nugget auf sie wartet. Irgendwer hat immer Glück. Die meisten allerdings nicht.

Nachdem wir zehn Wochen lang hart in unserem Schacht gegraben haben, haben wir endlich den roten Mergel erreicht. Während der ganzen Zeit haben wir selbst in der Schwarzerde und im Kies etwas Gold gefunden. Heute Nachmittag haben wir den ersten roten Mergel ausgewaschen und etwa sechs Unzen herausgeholt. Ich bin überzeugt, wenn wir auf dem Grund des Schachts angelangt sind, sind wir reich.

Wir reden oft darüber, was wir dann tun werden. Hal hat immer noch den Wunsch, ein eigenes Boot zu besitzen. Tommy ist nicht mehr so erpicht darauf, sich an diesem Unternehmen zu beteiligen. Er entwickelt immer mehr Geschick bei der Arbeit mit Leder und würde sich gerne als Sattler niederlassen.

Ich möchte weiter als Goldgräber arbeiten. Mir gefällt das Leben auf den Goldfeldern, es ist so anders als in den Kupferminen. Hier gibt es keine Dienstherren. Wir arbeiten, wann wir wollen, und gehen dorthin, wo es uns gefällt. Die Landschaft ist sehr angenehm hier, mit vielen dichten Wäldern auf dem Mount Warrenheip und dem Mount Buninyong. Überhaupt nicht so kahl wie die Hügel um Burra.

Die Bäume um das Lager werden allerdings zusehends gefällt, um genügend Holz für Hütten und zum Abstützen der Schächte zu haben. Der Fluss ist von der vielen Erde, die durch die Cradles ausgewaschen wird, ganz schlammig geworden. Gutes, sauberes Trinkwasser ist rar. Wir haben ne-

ben unserem Zelt eine Kuhle mit Segeltuch ausgeschlagen, um darin Regenwasser aufzufangen. Nach etwa einem Jahr haben sich die meisten Leute hier ganz gut eingerichtet.

Trotz der Hitze, dem Staub und den Fliegen im Sommer lässt es sich hier gut leben, Megs. Immer mehr Männer und Frauen kommen, um auf den Goldfeldern zu leben. Immer mehr Hotels werden gebaut. In den Läden gibt es eine große Auswahl an Waren. Kannst Du Dir vorstellen, dass ich in einem sogar einen Flügel gesehen habe? Irgendein törichter Goldgräber wird ihn bestimmt kaufen, bloß weil er sich das erlauben kann. Ich habe schon erfolgreiche Goldgräber nach Melbourne fahren sehen, die Männer wie Gentlemen gekleidet und die Frauen in Samt und Seide wie eine Dame. Viele kehren nach wenigen Monaten ohne einen Penny zurück. Wir werden unser Gold nicht unnütz verschwenden.

Wann geht Euer Schiff nach England? Schreib bitte bald.

Dein Dich liebender Bruder

Will

Will stellte seine Schreibfeder ab und faltete den Brief. Sekunden später strich er ihn wieder glatt und griff noch einmal zur Feder. Er tauchte sie in die Tinte und schrieb.

PS: Es könnte dich vielleicht interessieren, dass ich hier einen Captain Trevannick und seine Tochter Selena kennen gelernt habe. Ich habe ihn nicht gefragt, aber ich bin mir ziemlich sicher, dass er der Vater von Con Trevannick ist. Sie haben heute Morgen das Lager verlassen. Ich weiß nicht, wo sie hingegangen sind.

Heute Nachmittag ist uns Joshua Winton begegnet. Er scheint immer noch mit seiner Familie zerstritten zu sein.

W.

3

Selena war von Creswick begeistert. Auf den letzten Meilen linderte eine angenehme Brise die Hitze des Sommertags. Selbst die Blätter hoch oben in den Baumwipfeln schienen sie mit ihrem Rascheln leise willkommen zu heißen. Außer an den Ufern der Flüsse, an denen alluviales Gold gefunden wurde, hatte die Goldsuche hier aus den Grasflächen noch keine kahlen Böden gemacht. Hier war die Landschaft nicht von Schächten zerlöchert, und es lagen auch keine hässlichen Erdhaufen herum. Ein Dutzend Läden versorgte die paar Hundert Menschen, die auf einer Anhöhe am Fluss in Zelten lebten.

Das Leben am Creswick Creek verlief viel gemächlicher als in Ballarat. Am Rande des Flusses und in den Schluchten konnte man immer noch alluviales Gold schürfen. Goldgräber wurden nicht mit Lizenzjagden oder anderen Polizeimaßnahmen schikaniert. Der Gold-Commissioner beschäftigte sich lieber mit Reiten und Jagen, statt sich über einige Hundert friedfertige Goldgräber Gedanken zu machen.

Bis Anfang April, als die Nächte allmählich kühl wurden, hatten die Trevannicks ihr kleines Zelt durch eine primitive Hütte mit Wänden und einem Dach aus Rinde ersetzt. Das Zelt war in einzelne Segeltuchbahnen zerschnitten worden, die nun als Isolierung für das Dach dienten. Sie hatten jetzt richtige Betten, einige primitive Regale für ihre Töpfe und Teller und – was das Allerbeste war – eine Feuerstelle in der Hütte. Endlich keine mühseligen Kochversuche mehr im Regen, und nachts wärmte das Feuer außerdem die Hütte.

Selenas Verkleidung als Junge bereitete kaum Probleme. Wenn es mal ein wenig brenzlig wurde, konnte sie sich durch ihre Schlagfertigkeit rasch herausretten. Sie begann, die Freiheiten zu genießen, die sie als Selwyn hatte, und schob die Ermahnungen ihres Vaters beiseite, dass es endlich Zeit würde, sich wieder in ein Mädchen zu verwandeln.

»Was sollen denn die Leute denken, wenn ich plötzlich in einem Kleid auftauche? Ich werde hier als Junge akzeptiert und werde auch ein Junge bleiben, bis wir die Goldfelder endgültig verlassen. Außerdem macht es mir Spaß, Hosen zu tragen. Damit kann ich Dinge tun, die ich als Mädchen niemals tun könnte.«

»Ich wünschte nur, du würdest auch daran denken, dass du ein Mädchen bist, wenn du ganz alleine durch den Busch streifst.«

»Mir passiert nichts. Hab keine Angst, Vater.«

»Wenn ich mir da nur so sicher sein könnte. In den Bäumen könnten alle möglichen Gefahren lauern.«

»Da gibt es keine Gefahr. Das weiß ich.« Sie zeigte mit einem Finger auf ihre Brust, um noch überzeugender zu wirken. »Mach dir um mich keine Sorgen. Wenn du heute Morgen ohne meine Hilfe zurechtkommst, geh ich jetzt zu Henrys Laden. Ich hab da letzte Woche sehr schöne Rosinen gesehen und glaube, die würden gut in ein Damper passen. Wenn man noch etwas Zucker reintut, ist es fast wie ein Kuchen. Wir brauchen außerdem Tee und Kerzen.«

»In Ordnung. Und wenn du schon mal da bist, bring mir doch bitte Tabak mit und sieh nach einer kleineren Schaufel. Wenn du schon beweisen musst, dass du ein Junge bist, indem du mit mir Erde schaufelst, wär' es mir lieber, wenn du es mit etwas Leichterem tust als mit unserer großen Schaufel.«

»Soll ich auch eine kleine Axt kaufen, um Brennholz zu hacken?«

Ihr schelmisches Grinsen entlockte, wie beabsichtigt, ihrem Vater gegen seinen Willen ein Lächeln.

»Du bist unverbesserlich. Man hat dir wohl als Kind nicht oft genug den Hintern versohlt.«

Selena ging zu ihm, schlang die Arme um ihn und legte ihre Wange an seine. »Du würdest doch gar nicht wollen, dass ich anders bin, oder? Ich hab dich lieb.«

»Ich hab dich auch lieb.«

Sie hielten sich noch einen Moment in den Armen. Beide wussten voneinander, dass sie an die innig geliebte Frau dachten, die sie verloren hatten.

Da sie nichts Dringenderes zu tun hatte, ließ sich Selena Zeit beim Einkaufen. Die Läden auf den Goldfeldern faszinierten sie immer noch mit ihrer erstaunlichen Vielfalt an Waren und der planlosen Weise, in der diese präsentiert wurden. Sie stapfte den Hang hinauf zu dem Laden, in dem sie die Rosinen und den Tabak für ihren Vater kaufen wollte.

Neben dem Laden stand ein Pferdefuhrwerk. Zwei Männer luden Kisten und Säcke ab. Das noch angespannte Pferd fraß unbekümmert aus einem Futtersack. Selena war neugierig, was für interessante Dinge da wohl geliefert wurden, und eilte zum Laden hinauf. Mr Henry, der Ladenbesitzer, und ein anderer Mann, der sicher der Fahrer des Pferdefuhrwerks war, stellten gerade eine schwere Kiste auf den Boden. Als sie sich aufrichteten, wurde Selena von einem plötzlichen Glücksgefühl ergriffen.

»Will!«

Er drehte sich um, sah sie an, wandte sich wieder ab, sah erneut hin und sperrte verblüfft den Mund auf.

Selena erkannte die Gefahr. »Ich bin Selwyn Trevannick«, sagte sie rasch. »Sie müssen sich doch noch an mich erinnern.« Ihr Herz hämmerte einen Augenblick vor Angst, dass er die stille Botschaft in ihren Augen nicht verstanden haben könnte.

»Ach ja, natürlich. Wie geht es deinem Vater?«

Selena spendete ihm lautlos Beifall dafür, dass er sich so gut im Griff hatte. Er hatte es geschafft, sich vor den anderen nicht anmerken zu lassen, wie zutiefst erstaunt oder wie gespannt vor Neugier er war. Dass beides zutraf, war für sie nicht zu übersehen.

»Mein Vater würde sich bestimmt freuen, Sie wiederzusehen.« Das war die einzige Möglichkeit, ihm zu verstehen zu geben, dass sie bereit war, ihm alles zu erklären, was ihm absonderlich erscheinen musste. »Haben Sie Zeit, ihn zu besuchen?«

Er sah sie an, als wollte er sagen, er würde sich schon Zeit nehmen. Oder war das nur Wunschdenken?

»Wir sind gleich mit dem Ausladen fertig.«

»Ist das Ihr Wagen da draußen?«

»Yeah.«

»Dann mache ich jetzt meine Einkäufe und warte draußen neben dem Wagen auf Sie.«

Sein Lächeln ließ ihr das Herz aufgehen. Sie hätte am liebsten einen unmännlichen, allerdings auch nicht gerade damenhaften Freudentanz vollführt. Er ist hier, er ist hier, klang es immer wieder in ihrem Kopf, während sie die Rosinen, den Tabak und eine Flasche Stärkungsmittel kaufte. Da sah sie, wie Mr Henry eine Ladung Schaufeln hereintrug. Wenn sie eine fand, die leichter zu handhaben war, würde sie sie kaufen, wie ihr Vater vorgeschlagen hatte.

»Haben Sie auch etwas leichtere Schaufeln, Mr Henry?«

»Guck selber mal nach.«

Selena hob eine Schaufel nach der anderen hoch. »Die sind alle genauso schwer wie die, die wir haben.«

»Du musst deine Muskeln trainieren, Junge.« Er ließ die starken Muskeln an seinen Armen spielen. »Nach ein paar Wochen Graben kommen dir diese Schaufeln federleicht vor.«

»Da haben Sie wohl Recht.« Es sprach nichts dagegen, dass eine Frau ihre Armmuskeln trainierte. Eines Tages würde sie vielleicht froh über diese Kraft sein.

Draußen lehnte sie sich gegen das Geländer, an dem das Pferd festgemacht war. Sie beobachtete Will und Mr Henry nicht beim Ausladen, aus Angst, sie könnte ein Interesse verraten, das nicht zu ihrer Verkleidung passte. Stattdessen erging sie sich in romantischen Tagträumen. Sie spürte, wie Will häufig in ihre Richtung blickte, und stellte sich amüsiert vor, welche Fragen ihm im Kopf herumschwirrten.

Nachdem die letzte Kiste abgeladen war, kam Will um den Wagen herum und stellte sich vor sie, die Arme über der Brust verschränkt. »Seit wann geben Sie sich als Junge aus?«

»Seit dem Tag, an dem wir Ballarat verlassen haben.«

»Warum?«

Selena ignorierte die Frage. Es war noch Zeit genug, alles zu erklären. »Haben Sie sich gefreut, mich zu sehen?«

»Ich war überrascht.«

»Ob Sie sich gefreut haben?«, wiederholte sie.

Er grinste. »Ja, hab ich. Noch mehr hätte ich mich allerdings gefreut, wenn ich das Mädchen wiedergesehen hätte, das ich in Erinnerung habe.«

Selena grinste zurück. »Möchten Sie mit zum Creek kommen und meinen Vater besuchen?«

»Später. Erst möchte ich eine Erklärung haben.«

»Hier können wir nicht reden. Zu viele Ohren, die mithören.«

»Wo können wir denn hin?«

»Sie könnten mich zu einer Spazierfahrt in Ihrem Wagen einladen.« Ob er sie für unverschämt hielt?

Er schien über ihren Vorschlag nachzudenken. »Das könnte ich.«

Selenas Herz schlug einen Purzelbaum. »Bitte, sagen Sie nicht Nein.«

»Es wäre nicht richtig.«

»Wir machen aber trotzdem eine Spazierfahrt?«

Er schüttelte resigniert den Kopf. »Also gut.«

Überglücklich kletterte Selena gewandt auf den Sitz des Pferdewagens. Sie konnte kaum glauben, dass sie Will eine Weile ganz für sich allein haben würde.

Will lenkte den Wagen auf die Straße Richtung Clunes und hielt an einem Fluss an, dessen Schönheit noch nicht von den Goldsuchern zerstört worden war. Er kletterte herunter und löste die Leinen, damit das Pferd grasen konnte. Als Selena leichtfüßig heruntersprang, musterte er sie ironisch.

»Ich wollte Ihnen gerade helfen, wie eine Dame herunterzusteigen.«

Selena lachte. »Ich bin jetzt ein Junge.«

»Sie sind ein Mädchen, das als Junge verkleidet ist.«

Den Kopf leicht schief gelegt, betrachtete sie seinen Gesichtsausdruck. »Sie finden das nicht in Ordnung?«

»Nein.«

»Sie werden es verstehen, wenn ich es Ihnen erkläre.«

Seite an Seite gingen sie zum Fluss hinunter und setzten sich an das grasbewachsene Ufer. Selena pflückte eine kleine blaue Blume und drehte sie zwischen den Fingern hin und her. Da sie wusste, dass Will sie beobachtete und auf ihre Erklärung wartete, überlegte sie, wie viel sie ihm sagen sollte.

»Erinnern Sie sich an den Tag, an dem wir Ballarat verlassen haben?«

»Das war einen Tag, nachdem Ihr Vater verhaftet worden war.«

»Ja. Vater hatte von anderen Männern gehört, dass man in

Creswick immer noch sehr leicht Gold finden könnte. Nachdem er so übel von der Polizei behandelt worden war, beschloss er, dass wir auch dorthin gehen sollten.«

»Sie waren ganz plötzlich weg, ohne Auf Wiedersehen zu sagen.«

Sie blickte zu ihm herüber. Bedeutete sie ihm genug, dass er darüber enttäuscht gewesen war? »Wir konnten nicht warten.«

Nun betrachtete er ihr Gesicht, während sie starr auf die Blume blickte, die sie zwischen den Fingern drehte. Falls er nicht weiter nachfragte, würde sie ihm keine weitere Erklärung geben. Doch das tat er.

»Sie haben mir nicht alles erzählt.«

»Nein.« Selena warf die Blume weg und drehte sich zur Seite, um ihn ansehen zu können. »Ich habe gesehen, wie ein Mann ermordet wurde.«

»Was? Selena …« Er starrte sie entgeistert an.

»Ich habe gesehen, wie ein Mann ermordet wurde«, wiederholte sie. »Ich glaube, der Mörder hat mich auch gesehen. Wir haben beschlossen, sofort wegzugehen. Die Idee, mich als Junge zu verkleiden, ist mir erst gekommen, als ich einen jungen Mann aus einem Geschäft habe kommen sehen.«

»Und Sie haben der Polizei nichts davon gesagt?«

»Meinen Sie, das täte ich, so wie die meinen Vater behandelt haben?«, fragte Selena verächtlich.

Er bestätigte mit einem Nicken, dass sie Recht hatte. »Würden Sie den Mörder wiedererkennen, wenn Sie ihn sehen?«

»Ganz bestimmt.«

Schweigen breitete sich zwischen ihnen aus. Will lehnte sich zurück, die Hände hinter dem Kopf verschränkt. Wenige Minuten später stand Selena auf und trat ans Flussufer. Das Wasser war sauber und einladend. Sie setzte sich wieder hin und zog Stiefel und Strümpfe aus. Will beobachtete sie neugierig.

»Was machen Sie denn da?«

»Ich möchte ein bisschen im Wasser plantschen.« Sie wandte den Kopf, um ihn über ihren Arm hinweg mit jenem schelmischen Grinsen anzusehen, das sie immer aufsetzte, wenn sie ihren Vater neckte. Nachdem sie ihre Hose bis zu den Knien hochgekrempelt hatte, watete sie in den Fluss. Das Wasser war anfangs schockierend kalt, doch nach wenigen Minuten hatte sie sich daran gewöhnt. Wenn sie allein gewesen wäre, wäre die Versuchung groß gewesen, sich auszuziehen und ganz hineinzugehen. Doch da Will zusah, begnügte sie sich damit, Wasser mit den Händen aufzunehmen und es sich ins Gesicht zu spritzen.

»Kommen Sie doch auch. Das Wasser ist so erfrischend.«

Als er den Kopf schüttelte, beugte sie sich hinab und zielte mit einer Handvoll Wasser nach ihm. Es landete auf seinem rechten Stiefel. Rasch zog er das Bein ein.

»Hey, lass das.«

»Warum denn?«

»Ich bin zu alt, um wie ein Kind herumzuplantschen.«

»Halten Sie mich für ein Kind?«

Sie beugte sich wieder hinab, schaufelte mit beiden Händen Wasser auf und traf ihn voll am Oberkörper. Der Aufschrei, mit dem er aufsprang, ließ sie vor Lachen quietschen. Als er sie wütend anstarrte, lachte sie nur noch lauter. Sie musste so sehr lachen, dass sie das Gleichgewicht verlor. Aufgrund ihrer Erfahrungen aus der Kindheit hielt sie ganz instinktiv die Luft an und schloss Augen und Mund, bevor ihr Kopf ins Wasser tauchte.

Als sie sich gerade herumdrehen und nach oben stoßen wollte, spürte sie, wie sie am Arm gepackt wurde. Will zog sie auf die Beine. Er sah aus, als hätte er geglaubt, sie würde ertrinken.

»Du kleine Idiotin.« Er hielt sie an beiden Armen gepackt. Wut trat an die Stelle der Angst, die eben noch in seinen Augen gestanden hatte.

Während er sie noch festhielt, begann sich sein Gesichtsausdruck zu verändern. Selena, die die Augen nicht von ihm abwandte, spürte eine köstliche Vorahnung. Er würde sie küssen. Sie öffnete einladend ein wenig die Lippen und wartete eine Ewigkeit, die wahrscheinlich nicht länger als ein paar Sekunden dauerte. Da ließ Will ihre Arme los.

»Du kommst jetzt besser raus und setzt dich in die Sonne, damit du wieder trocken wirst.«

Er stieg aus dem Fluss. Selena folgte ihm enttäuscht, aber trotzdem glücklich. Will Collins hätte sie beinahe geküsst. Wenn sie sich das nächste Mal begegneten – und Selena wusste, dass es ein nächstes Mal geben würde –, würde sie dafür sorgen, dass er sich nicht wieder abwandte.

Sie fand eine sonnige Stelle, wo sie sich hinstellen konnte. Ihre tropfenden Sachen fühlten sich unangenehm an. Geschah ihr wohl ganz recht. Warum musste sie sich auch so kindisch benehmen? Doch Wills missbilligendes Schweigen forderte ihre schelmische Natur heraus. Als sie merkte, dass er sie immer noch wütend ansah, fing sie wieder an zu lachen.

»Was bist du doch für ein alter Brummbär, Will. Hast du denn als Kind nie im Wasser gespielt?«

Sein Gesicht entspannte sich zu einem Lächeln. »Das ist aber schon viele, viele Jahre her.«

»So alt bist du doch auch noch nicht, oder?«

»Ich werde dieses Jahr fünfundzwanzig. Viel älter als du.«

»Ich werde nächsten Monat siebzehn, am Fünfzehnten.«

»Tatsächlich?« Er klang freudig überrascht. »Ich hab am achtzehnten Mai Geburtstag.«

Selena, die mit ihrem Hemd wedelte, damit es schneller trocknete, stieß einen Freudenschrei aus.

»Dann müssen wir unsere Geburtstage zusammen feiern. Du musst noch mal nach Creswick kommen.«

»In etwa zwei Wochen bringe ich wieder Ware für Mr Henry. Und jetzt sollte ich dich nach Hause bringen. Du musst aus diesen nassen Sachen raus.«

»Och. Ich würde gern noch eine Weile hierbleiben. Meine Sachen fangen schon an zu trocken.«

Sie beobachtete, wie er die Lippen zusammenpresste und einen Seufzer ausstieß, bevor er sprach.

»Ich muss mich auf den Weg zurück nach Ballarat machen, damit ich dort bin, bevor es dunkel wird.«

Als sie enttäuscht schmollte, reagierte er verärgert. »Selena, es war nicht richtig von mir, dass ich mit dir hierhergefahren bin. Wir sollten nicht in dieser Weise allein sein.«

Er wandte den Blick von ihr ab, und Selena erkannte erst jetzt, was für eine Versuchung sie darstellen musste, so wie ihr die nassen Sachen am Körper klebten. Sie versuchte, die Situation zu verharmlosen.

»Machst du dir Sorgen darüber, was die Leute denken könnten? Du vergisst, dass ich für jeden hier in Creswick ein Junge bin. Niemand wird es merkwürdig finden, wenn zwei junge Männer irgendwo zusammensitzen.«

»Ich weiß aber, dass du ein Mädchen bist.«

Selena schwieg. Sie blickte nach unten und trat mit der Stiefelspitze gegen einen Kieselstein. Was würde er sagen, wenn er wüsste, dass sie wie eine Frau für ihn empfand? Sie blickte auf, als er einen verärgerten Laut von sich gab.

»Wenn ich das nächste Mal in Creswick bin, komme ich dich und deinen Vater besuchen.«

»An welchem Tag wird das sein?«

»Ich weiß noch nicht, wann genau ich komme.«

Mit diesem vagen Versprechen musste sich Selena zufriedengeben.

Die Tage schlichen dahin, und schließlich waren schon mehr als zwei Wochen vergangen. Jeden Morgen stand Selena mit der Erwartung auf, dass sie an diesem Tag Will endlich wiedersehen würde. Als drei Wochen vorüber waren, wurde sie ganz niedergeschlagen.

Ihrem Vater war der Grund dafür sofort klar. »Du hast dein Herz zu schnell verschenkt, mein Liebes. Will Collins ist der erste Mann, für den du romantische Gefühle empfindest. Du bist noch jung. Du wirst dir bestimmt noch bei einigen jungen Männern einbilden, du wärst in sie verliebt, bevor du denjenigen triffst, den du heiraten wirst.«

»Ich werde niemals einen anderen lieben. Schon vom ersten Augenblick an wusste ich, dass ich Will haben will.«

»Die Frage ist nur, ob er dich auch will. Er ist acht Jahre älter als du, Selena. Glaubst du, er war noch nie verliebt?«

»Er hat nie geheiratet.«

Ihre trotzige Behauptung war nur so dahergeredet. Doch nun stellte sie fest, dass ihr die Vorstellung gar nicht gefiel, dass ihr Will von einer anderen Frau geliebt werden könnte. Zweifel begannen sich in ihr zu regen. Vielleicht hatte er sie gar nicht küssen wollen, als sie ihn das letzte Mal gesehen hatte. Hatte sie seine Regungen so gedeutet, wie sie das gerne haben wollte? Hatte sie sich aufgrund ihrer Fähigkeit, so manches in der Zukunft sehen zu können, vorgemacht, dass Will und sie füreinander bestimmt seien?

Ihr Geburtstag rückte immer näher. Und der von Will natürlich auch. Selena schlug vor, sie könnten nach Ballarat gehen, um dort zu feiern. Captain Trevannick lehnte das ab.

»Wenn der junge Mann Interesse hat, wird er schon nach Creswick kommen. Du wirst ihm nicht nachlaufen.«

Selena schmollte. Statt ihrem Vater weiter beim Goldwaschen zu helfen, wie sie es den ganzen Morgen getan hatte, spazierte sie den Hügel hinauf. Mochte Mr Henry doch denken, was er wollte, sie würde ihn trotzdem fragen, ob er wüsste, wann Will wieder nach Creswick käme. Sie könnte sich ja irgendeine Geschichte ausdenken. Sie könnte zum Beispiel sagen, dass ihr Vater Will sehen wollte. Doch wenn sie das sagte und ihr Vater es erführe, würde er böse werden. Wenn doch Ballarat nur nicht so weit weg wäre. Wenn sie doch nur nicht gesehen hätte, wie der Mann ermordet worden war. Wenn sie es doch nur nicht für das Klügste gehalten hätten, Ballarat zu verlassen.

All diese »Wenn-doch-Nurs« gingen ihr im Kopf herum, als sie einen Mann die Straße entlangreiten sah. Er war fremd in der Stadt, und Selena betrachtete ihn interessiert. Sein Pferd schien ein edles Tier zu sein, auch wenn sie keine Ahnung von Pferden hatte. Er sah nicht aus wie jemand, der gerade angekommen war, um sein Glück mit Gold zu versuchen.

Als er näher kam, sah er sie an und tippte zur Begrüßung an seinen Hut. Selena antwortete nicht. Sie konnte nicht. Der Mann, den sie vor sich sah, war eine jüngere Ausgabe ihres Vaters. Sie schloss die Augen und versuchte zum ersten Mal in ihrem Leben, bewusst ihre Gabe des Sehens zu benutzen. Doch nur vertraute Dinge kamen ihr in den Sinn. Als sie die Augen wieder öffnete, beobachtete sie, wie der Mann an der langen Reihe von Zelten vorbeiritt und dann sein Pferd nach Westen lenkte. Wer war dieser Mann, der ihrem Vater so ähnlich sah?

Doch ihre Spekulationen endeten abrupt, als sie ein Stück weitergegangen war und das vertraute Pferdefuhrwerk die Straße aus Ballarat heraufkommen sah. Sie wollte schon losrennen, um ihren Liebsten zu begrüßen, doch da fiel ihr ein, dass sie ja angeblich ein Junge war. Ein Verhalten, das bei einem Mädchen als ungebührlich gelten würde, wäre bei einem Jungen noch anstößiger. Also zügelte sie ihre Ungeduld und ging in normalem Tempo weiter zu Mr Henrys Laden.

Als Will sie hereinkommen sah, lächelte er sie in einer Weise an, die jedem Zuschauer zu denken geben musste. Selena unterdrückte das strahlende Lächeln, das sich auf ihrem eigenen Gesicht breitmachen wollte.

»Hallo, Will, ich hatte dich schon früher wieder hier erwartet.«

»Das hatte ich auch gedacht. Aber solche Transporte mach ich nur gelegentlich, um noch zusätzlich was zu verdienen. Zurzeit haben wir mit unserem Schacht alle Hände voll zu tun.«

»Läuft es gut bei euch?«

»Nicht schlecht. Und bei euch?«

»Auch nicht schlecht. Aber Vater wäre sicher froh, wenn wir mehr Erfolg hätten.«

»Wie geht es deinem Vater?«

»Es geht ihm gut. Hast du etwas Zeit, ihn zu besuchen, bevor du zurückfährst?«

»Das hatte ich vor. Ich hoffe, er erlaubt mir, neben eurem Zelt eine Decke auszurollen.«

Hatte sie richtig gehört? »Oh. Du willst über Nacht bleiben?«

Er lächelte sie an. »Morgen ist der Fünfzehnte. Da gibt es einen Geburtstag zu feiern.«

Selena spürte, wie sie rot wurde. »Du erinnerst dich daran.«

»Dachtest du, ich hätte es vergessen?«

»Ich hatte gehofft, dass du das nicht tun würdest.«

Mr Henry, der gerade einen Kunden zu Ende bedient hatte, unterbrach ihr Gespräch.

»Haben Sie alles bekommen, was ich haben wollte, Will?«

»Ja, hab ich. Am besten laden wir gleich ab.« Und zu Selena gewandt: »Sag deinem Vater, dass ich gleich komme.«

Selena kehrte beschwingten Schrittes zum Creek zurück. Sie war so aufgeregt, dass sie nur einen flüchtigen Blick auf die glänzenden Nuggets in der Waschpfanne warf. »Vater. Will ist gekommen. Er will bleiben, um morgen mit mir meinen Geburtstag zu feiern. Er kommt her, sobald er bei Mr Henry alles ausgeladen hat.« Sie machte einen kleinen Hüpfer, mit dem Effekt, dass alle Goldgräber in der Nähe sie schief ansahen. »Ich bin ja so glücklich.«

Captain Trevannick lächelte. »Dein Verhalten ziemt sich nicht für einen Jungen.«

Selena lachte. »Dann geh ich jetzt in die Hütte und bereite was Schönes zum Abendessen vor.«

»Eine Variation aus Hammel mit Damper?«

»Ich werde ein Curry machen. Ein mildes natürlich«, fügte sie hastig hinzu. »So was hat Will bestimmt noch nie gegessen.«

»Möchte er vielleicht auch gar nicht. Wenn du den jungen Mann mit deinen Kochkünsten bezaubern willst, solltest du dich an das halten, woran er gewöhnt ist.«

Selena folgte dem Rat ihres Vaters und machte sich auf den Weg zum Chinesen-Camp, um frisches Gemüse zu kaufen. Wenn Curry nicht in Frage kam, würde sie stattdessen einen wunderbar gewürzten Eintopf kochen. In ihrer Vorfreude auf den Abend und den nächsten Tag vergaß sie den Reiter, den sie vorhin gesehen hatte. Den Mann, der ihrem Vater auf geradezu unheimliche Weise ähnlich sah.

Der Mann, den Selena gesehen hatte, verschwendete ebenfalls keinen weiteren Gedanken an den Jungen in Creswick. Er war viel zu sehr mit der Frage beschäftigt, wo er für die Schafe, die er verkaufen wollte, den höchsten Preis erzielen könnte. Auf den Märkten bei den Goldfeldern und in Melbourne herrschte ein Überangebot, da Viehzüchter aus Neusüdwales und von den entlegenen Farmen an den Flüssen Murray und Murrumbidgee ihre Tiere dorthin schickten. Im Winter, wenn die Leute wieder zurück auf die Goldfelder strömten, würde der Preis für Hammelfleisch steigen. Er hatte jedoch gehofft, zur Finanzierung von

Verbesserungen auf seiner Farm etwa fünfhundert Tiere sofort verkaufen zu können.

Mit der Hälfte der zweitausend Pfund, die er für die Wolle der letzten Schur erhalten hatte, wollte er einen Teil der Hypothek auf seiner Farm abtragen. Jemandem etwas zu schulden, selbst einem Finanzinstitut, verstieß gegen all seine Prinzipien. Wenn er bei den nächsten beiden Schuren seine Wolle für den hohen Preis von einem Shilling sechs Pence verkaufen könnte, würde er seine Schulden endgültig tilgen können.

Auf einem flachen Hügel, drei Meilen von Creswick entfernt, zügelte Con Trevannick sein Pferd. Von hier hatte er einen guten Blick auf sein Haus und auf die Schafe, die auf seinem Land weideten. In fünfzehn Monaten hatte er eine Menge erreicht. Als er die Farm übernommen hatte, war das schöne Steinhaus ziemlich heruntergekommen gewesen und der Viehbestand in schlechtem Zustand.

Die unbrauchbarsten Tiere hatte er sofort verkauft und durch zweihundert gute Zuchtschafe und zwei Böcke ersetzt. Das zahlte sich bereits jetzt aus. In den kommenden Jahren wollte er sich einen großen Bestand an erstklassigen Wollschafen zulegen.

Con ritt wieder los. Doch statt weiter Pläne für eine erfolgreiche Zukunft zu schmieden, musste er über dringlichere Fragen nachdenken. Der katastrophale Mangel an Arbeitskräften war das größte Problem, mit dem jeder Viehzüchter zu kämpfen hatte. Ein Mann konnte beim Goldgraben in einer Woche genauso viel verdienen wie in einem Jahr beim Schafehüten. Diejenigen, die bereit waren zu arbeiten, erhielten hohe Löhne, und die dafür erbrachte Leistung ließ oft zu wünschen übrig.

Er hatte das Glück, ein Ehepaar in Diensten zu haben, das er mit der Farm übernommen hatte. Die Frau kochte und führte den Haushalt, der Mann erledigte alle anfallenden Arbeiten. Ned Clancy und Sarah Kelly waren vor zwanzig Jahren auf verschiedenen Häftlingsschiffen nach Australien gekommen und hatten sich kennen gelernt, als sie demselben Schafzüchter zugeteilt wurden. Ein guter Dienstherr, Essen, Unterkunft und ein fairer Lohn waren alles, was sie vom Leben erwarteten. Con war der Meinung, dass sie jeden Penny der siebzig Pfund wert waren, die er ihnen im Jahr zahlte.

Als er auf den Hof ritt, kam Ned, um ihm sein Pferd zu halten, während er abstieg. »Glück gehabt, Mr Trevannick?«

»Ich habe dem Metzger in Creswick hundert Stück zugesagt, aber mehr nicht. Er will nur zwölf Shilling das Stück zahlen.«

»Dieser Schurke, so wenig.«

»Zuerst hat er mir nur zehn Shilling pro Stück angeboten. Ich musste ganz schön feilschen, um den Preis raufzuhandeln.«

»Ich hab leider auch schlechte Nachrichten.«

»Was ist passiert?«

»Ein Mann kam vorbei, der Arbeit suchte. Er hat gesagt, auf einigen Farmen im Norden wär' die Schafräude ausgebrochen.«

»Oh Gott! Haben Sie schon mal Tiere mit Schafräude gesehen, Ned?«

»Nein, Mr Trevannick, aber ich weiß, dass das 'ne üble Sache ist.«

»Das ist eine furchtbare Krankheit, viel schlimmer als die Moderhinke, mit der wir im letzten Winter zu kämpfen hatten, als es so viel geregnet hat. Die Räude wird durch winzige Insekten übertragen, die sich in der Wolle einnisten und sich dann in die Haut eingraben. Schon nach wenigen Tagen taucht dieses Viech mit einem Haufen Nachwuchs wieder auf und gräbt sich an einer anderen Stelle ein. Durch die Krankheit lockert sich die Wolle. In schlimmen Fällen fällt sie teilweise ab, und das arme Schaf bekommt kahle Stellen.«

Ned schnalzte mit der Zunge. »Was können wir da tun? Ich hab gehört, sie breitet sich sehr schnell aus.«

»Das stimmt. Und leider weiß ich auch nicht, wie man sich vor der Krankheit schützen kann, außer aufzupassen, dass sich keine infizierten Tiere in die eigene Herde verirren.«

Nachdem Mrs Clancy das Geschirr vom Abendessen abgeräumt hatte, begann Con in seinen landwirtschaftlichen Fachzeitschriften nach Informationen über die Krankheit zu suchen. Erst kurz vor Mitternacht stieß er auf einen Hinweis, der ihm sinnvoll erschien. Eine Heilung war möglich, wenn man das Schaf komplett in eine Desinfektionslösung aus Arsen, Schwefel, Tabak, Salz und Wasser tauchte. Am Morgen würde er mit Ned darüber reden, wie man am besten eine Tauchwanne bauen könnte. Von den Zutaten stellten Tabak und Salz kein Problem dar. Arsen und Schwefel würde er sich aus Melbourne schicken lassen.

Danach fühlte er sich etwas gelassener. Er streckte die Beine zum Feuer hin aus und verschränkte die Hände hinter dem Kopf. Und fragte sich, wie jede Nacht, was Meggan wohl gerade machte. Ob sie immer noch in Adelaide war und die Leute dort mit ihrer schönen Stimme verzauberte, oder ob ihr Mann bereits mit ihr nach England gereist war, um in London und auf dem Kontinent ihre Gesangskarriere zu fördern. Wo auch immer sie war, er hoffte, sie war glücklich.

Ganz selbstsüchtig hoffte er, dass sie wenigstens halb so oft an ihn dachte wie er an sie. Sechzehn Monate waren vergangen, seit sie das letzte Mal in seinen Armen gelegen hatte. Sechzehn Monate, seit sie ihr kurzes idyllisches Beisammensein beendet hatte, um zu Hause auf die Rückkehr ihres Mannes aus Melbourne zu warten. Con hatte Adelaide verzweifelt verlassen, es war ihm egal gewesen, wohin. Das Schicksal hatte ihn nach Victoria verschlagen, wo er die Chance gehabt hatte, günstig eine Farm zu kaufen.

Auch wenn ein Leben mit Meggan unmöglich war, fantasierte er oft davon. Er stellte sie sich in verschiedenen Zimmern des Hauses vor. Er träumte, sie läge in seinem Bett, und manchmal spürte er ihre Gegenwart so intensiv, dass er aufwachte und glaubte, sie läge tatsächlich neben ihm. Wenn er jetzt die Augen schloss, konnte er ihre schöne Stimme hören, wie sie das Lied sang, das für sie beide so bedeutsam geworden war.

Er erinnerte sich daran, wie sie eines Abends bei den Heilbuths zum ersten Mal *The True Lovers' Farewell* gesungen hatte. David Westoby hatte ihr die Noten mitgebracht, doch für Con hatte sie die Worte gesungen: »*Wherever I go, I will return.*«

Er war zurückgekommen und hatte feststellen müssen, dass sie inzwischen David Westoby geheiratet hatte.

Ich bin in meinem ganzen Leben noch nie so glücklich gewesen, dachte Selena, als sie am Vorabend ihres siebzehnten Geburtstags im Bett lag und darauf wartete, dass sie einschlafen würde. Auf der anderen Seite des Vorhangs aus Sackleinen, der ihr ein wenig Privatsphäre verschaffte, deutete ein leises Schnarchen darauf hin, dass ihr Vater bereits eingeschlafen war. Will hatte es abgelehnt, in der Hütte zu schlafen, und sich unter seinem Wagen eine Schlafstelle eingerichtet. Ob er wohl schlief, oder ob seine Gedanken ihn ebenfalls nicht zur Ruhe kommen ließen?

Der angenehme Abend, den die drei miteinander verbracht hatten, hatte sie davon überzeugt, dass sie Will Collins nicht gleichgültig war. Auch wenn seine Gefühle noch nicht Liebe waren, mochte und bewunderte er sie ganz offensichtlich. Eines Tages würde er sie lieben, doch sie wusste nicht, ob diese Überzeugung auf einer Vorahnung beruhte oder auf ihrem starken Verlangen, er möge ihre Liebe erwidern. Hätte sie seine Gedanken lesen können, wäre sie nicht ganz so glücklich gewesen.

Will Collins dachte tatsächlich an Selena. Selena Trevannick. Jeder Zweifel, den er wegen der Verbindung zu Con Trevannick hätte haben können, war hinweggefegt. In der Mimik des Captains konnte er häufig den Sohn erkennen. Doch Selena hatte keinerlei Ähnlichkeit mit ihrem viel älteren Halbbruder. Vielleicht fiel es ihm deshalb so leicht, sie zu mögen. Bei ihr standen ihm seine ambivalenten Gefühle Con Trevannick gegenüber nicht im Weg.

Den Captain mochte er ebenfalls. Er hatte Wills Erzählungen über die Arbeit in der großen Kupfermine von Burra interessiert zugehört. Will wiederum war fasziniert gewesen von den vielen Geschichten eines Mannes, der fast sein gesamtes Leben auf See verbracht hatte. Über Cornwall, wo beide Männer geboren waren, hatten sie nicht gesprochen. Einmal hatte Will geglaubt, der Captain wolle ihn nach seiner Vergangenheit fragen, da hatte er Selena rasch ein Kompliment über ihre Kochkünste gemacht.

So jemand wie sie war ihm noch nie begegnet. Abgesehen von seiner Schwester Meggan war sie das erste Mädchen, das er traf, das echte Abenteuerlust zeigte. Man musste sich nur ansehen, wie sie sich als Junge ausgab. Auch wenn sie ihm den Grund für ihre Maskerade erklärt hatte, vermutete er, dass sie ihre Rolle absolut genoss. Er konnte sich gut vorstellen, dass Meggan das Gleiche getan hätte, bevor sie eine Lady und Mutter geworden war.

Jenny Tremayne würde so etwas nie tun. Wieso fiel ihm das denn jetzt ein? Wollte er die beiden etwa miteinander vergleichen? Während des vergangenen Jahres war es ihm weitgehend gelungen, die Frau, die ihm das Herz gestohlen hatte, aus seinen Gedanken zu verdrängen, wenn auch nicht aus seiner Seele. Seine Liebe zu ihr würde niemals vergehen. Er hatte sich damit abgefunden, dass es für ihn nur eine wahre Liebe im Leben geben würde. Darin waren er und Meggan sich, wie auch in vielen anderen Dingen, sehr ähnlich. Auch Meggan hatte ihr Herz einem einzigen Mann geschenkt. Das Schicksal hatte es bestimmt, dass die Frau, die er liebte, und der Mann, den sie liebte, einander heiraten sollten.

Selbst wenn Jenny frei wäre, würde er sie niemals bitten, seine Frau zu werden. Sie war durch und durch eine Lady. Er war nur ein einfacher Bergmann. Selena war dem harten Leben auf den Goldfeldern eher gewachsen. Er konnte sich vorstellen, dass sie eine treue Ehefrau und gute Stütze sein würde. Jetzt war sie noch sehr jung, fast noch ein Kind, so schnell, wie sie sich für etwas begeisterte. Der Captain hatte gesagt, sie wollten nur so lange auf den Goldfeldern bleiben, bis er genug Geld hätte, um sich ein neues Schiff kaufen zu können. Bei dem Glück, das sie in Creswick hatten, könnte das bereits in ein paar Monaten sein. Schade. In ein bis zwei Jahren, wenn sie ein wenig älter war, hätte Will Selena vielleicht gebeten, seine Frau zu werden.

Als er aufwachte, sah er sie unter seinen Wagen gucken. In einer Hand hielt sie einen dampfenden Becher Tee. Ihr Gesicht strahlte vor Glück.

»Guten Morgen, Will. Ich hab dir Tee mitgebracht.«

Will, der auf der rechten Seite lag, stützte sich auf einen Ellbogen. »Du bist aber schon früh wach!«

»Ich war viel zu aufgeregt, um schlafen zu können. Möchtest du einen Tee?«

»Danke.« Will richtete sich hoch in einen Schneidersitz und nahm den Becher. »Ist dein Pa auch schon auf?«

»Er wurde gerade wach, als ich rausgegangen bin.« Kaum merklich runzelte sie mehrmals sie Stirn.

Amüsiert beobachtete Will einige Sekunden lang die winzigen Veränderungen in ihrem Mienenspiel. Dann lachte er.

»Ich wollte dich nur ein bisschen auf die Folter spannen. Herzlichen Glückwunsch zum Geburtstag.«

Sie strahlte. »Danke, Will.« Dann ging sie in die Knie und setzte sich ebenfalls im Schneidersitz auf das Ende seiner Decke. »Jetzt bin ich siebzehn und kein Kind mehr.«

»Aber auch noch keine Lady«, sagte er lachend. »Kein Wunder, dass dich alle für einen Jungen halten.«

Obwohl sie wusste, dass er sie aufzog, wurde Selena dennoch ein wenig verlegen. Sie runzelte die Stirn.

»Männer sitzen so nicht.« Sie sah Will traurig an. »Du lachst mich aus.«

»Ich lache dich an. Du amüsierst mich.«

Sie wollte ihn aber nicht amüsieren, sie wollte, dass er sich in sie verliebte. »Heute an meinem Geburtstag gibt es ein besonderes Frühstück: mit Eiern und Speck. Vater hat gesagt, dass er kocht. Du frühstückst doch mit uns, nicht wahr?«

»Wenn es Speck und Eier gibt? So eine seltene Köstlichkeit kann man sich doch nicht entgehen lassen.«

»Ich wünsch mir noch was zum Geburtstag.«

Will betrachtete sie nachdenklich. Jetzt würde sie ihn um etwas bitten. »Was wünschst du dir denn?«

»Ich möchte mit dir eine Spazierfahrt durch die Hügel und den Wald machen. Nimmst du mich mit?«

Diese kindliche Bitte konnte man nicht ablehnen. Außerdem würde ihm so eine Spazierfahrt selbst auch Spaß machen. »Na schön. Ich erfüll dir deinen Wunsch.«

»Oh, danke.« Sie kroch unter dem Wagen hervor, dann beugte sie sich noch einmal hinab und sah ihn an. »Das Frühstück ist gleich fertig.«

Etwa eine Stunde nach dem Frühstück brachen sie mit dem Pferdewagen auf. Der Captain versicherte Will zwar, dass er ihm absolut vertraue, warnte aber gleichzeitig unausgesprochen davor, dieses Vertrauen nur ja nicht zu missbrauchen. Er selbst sei mehr daran interessiert, Gold zu finden, als sich an der, wie er meinte, fragwürdigen Schönheit der Bäume zu erfreuen. Wenn Will Selena den Gefallen tun wolle, habe er nichts dagegen, wenn sie ein bisschen durch den Wald führen.

Östlich vom Creswick Creek lagen dicht bewaldete Hügel. Sie folgten den Pfaden von Menschen, die das Land besiedelt hatten, lange bevor das erste Gold gefunden wurde. Doch schon nach kurzer Zeit waren keine Spuren von irgendeiner Form menschlicher Aktivität mehr zu sehen. Die einzigen Lebenszeichen kamen von den Vögeln.

Angesichts von Selenas Begeisterung für den Busch nahm Will sich vor, in Zukunft mehr auf die verschiedenen Arten von Bäumen zu achten und auf die Lebewesen, die den Busch bevölkerten. Die Freude, mit der sie beobachtete, wie ein Waran einen Baum hinauflief oder wie die wunderschön blauen und roten Papageien vorbeiflogen, brachte ihn zum Lächeln. Als sie nicht weitab vom Weg ein Känguruweibchen entdeckten, drängte sie Will, den Wagen anzuhalten.

»Oh, sie hat ein Kleines im Beutel. Halt doch bitte an.«

»Die Mutter beobachtet uns. Guck mal, wie sie die Ohren nach vorne gedreht hat.«

»Das Kleine beobachtet uns auch. Ist es nicht süß? So eins hätte ich gerne als Haustier.«

»Sieh mal da drüben, Selena, dieses große Känguru. Das ist bestimmt der Vater. Sieh mal, wie er uns beobachtet.«

»Er sieht nicht sehr freundlich aus. Ob er uns was tun würde?«

»Ein großer Kängurubock könnte einem mit den Krallen der Hinterfüße den Bauch aufreißen. Wenn zwei Männchen miteinander kämpfen und mit den Hinterbeinen angreifen, halten sie mit dem Schwanz das Gleichgewicht. Aber nur ein bösartiges Tier oder eins, das in die Enge getrieben wird und Angst hat, würde einen Menschen angreifen.«

In dem Moment drehte sich das Männchen herum und hüpfte weiter. Das Weibchen folgte eine Sekunde später mit seinem Jungen. Will schnalzte mit den Zügeln, um das Pferd zum Weitergehen zu bewegen.

»Ist es nicht wunderschön im Busch, Will? Ich bin so gerne mitten im Wald und beobachte die Tiere und Vögel. Oft wünsch ich mir, nach Lust und Laune durch den Busch zu streifen, aber Vater hat es mir verboten.«

Will lachte. Selena sah ihn fragend an. Er sah sie ebenfalls an, doch der Ausdruck auf seinem Gesicht ließ sie heftig seufzen.

»Du hast mich gerade an meine Schwester Meggan erinnert. Megs ist auch immer kreuz und quer durchs Moor gestreift und hat nach Vögeln und anderen kleinen Tieren Ausschau gehalten. Wenn sie nicht im Moor war, war sie unten am Strand zwischen den Felsen. Dort hat sie gern alleine gesessen und dem Rauschen des Meeres gelauscht.«

»Erzähl mir mehr über deine Familie, Will.«

»Was möchtest du denn wissen?«

»Erzähl erst mal was von Meggan, sie hört sich interessant an.«

»Meggan ist etwas Besonderes. Sie hat eine wunderschöne Stimme und war eine berühmte Sängerin in Adelaide.«

»Warum hast du gesagt, war?«, unterbrach Selena ihn.

»Sie hatte viel von ihrem Erfolg ihrem Mann zu verdanken. Als er bei einem Unfall ums Leben kam, hat sie aufgehört zu singen.«

»Hat sie ihn so sehr geliebt?«

Will sah sie erneut an und wandte den Blick sofort wieder ab. »Ich habe keine Ahnung, was Meggan empfunden hat.«

»Wo ist sie jetzt?«

»In Cornwall. Unsere Ma wollte zurück nach Hause. Sie hat sich in Australien nie wohl gefühlt.«

»Und dein Vater?«

»Pa ist bei einer Minenexplosion ums Leben gekommen.«

»Oh, das tut mir leid.«

Will zuckte mit den Schultern. »Das gehört zu den Risiken,

die ein Bergmann auf sich nimmt, wenn er unter Tage geht.« Er verstummte, um den Schmerz zu verarbeiten, der immer noch da war.

Da sie spürte, wie ihm zumute war, schenkte Selena ihre Aufmerksamkeit wieder den Bäumen. Der Pfad führte jetzt in Kurven bergauf. An den Stellen, wo das Unterholz weniger dicht war, konnte sie auf die niedrigeren Hügel und in die Täler blicken. Sie fragte sich gerade, wie die Aussicht von noch weiter oben wohl sein würde, da hielt Will den Wagen an.

»Warum halten wir hier?«

»Der Pfad wird immer steiler. Ich möchte Dilly das nicht zumuten, wo sie mich doch heute noch zurück nach Ballarat bringen muss.«

Selena war enttäuscht: »Dann fahren wir jetzt zurück?«

»Wir können noch ein Stück zu Fuß gehen, wenn du magst. Da oben scheint eine Lichtung zwischen den Bäumen zu sein. Von dort haben wir vielleicht eine gute Aussicht.«

»Ja.« Selena sprang locker vom Wagen und pries zum hundertsten Mal die Freiheit, die einem das Tragen von Hosen gewährte.

Schweigend gingen sie nebeneinander her. Beide mussten beim Anstieg leicht schnaufen. Die Lichtung war nur wenige Meter breit und führte einen kurzen sanften Hang hinauf, der auf der anderen Seite jäh ins Tal abfiel. Selena ging über die Lichtung und blieb in sicherem Abstand von der Hügelkante stehen.

»Sieh nur diese Aussicht, Will. Ist sie nicht wunderschön? Was für ein herrliches Land das doch ist. Ich wünschte, mein Vater würde sich hier niederlassen.«

»Hat er schon mal davon gesprochen, sich hier niederzulassen?«

Selena lachte leise. »Vater? Er redet von nichts anderem, als dass er zurück zur See will. Er hat dir doch erzählt, dass er gerade genug Gold finden will, damit er sich ein neues Schiff kaufen kann.«

»Wirst du mit deinem Vater gehen?«

Nicht, wenn ich dich dazu bringe, mich zu lieben, dachte sie. »Ich weiß es nicht«, antwortete sie.

Schweigend betrachteten sie die Aussicht und hingen jeweils ihren eigenen Gedanken nach. Selena stellte sich ein Leben mit diesem Mann an ihrer Seite vor, Will fragte sich, ob er je wissen würde, was er mit seinem Leben anfangen sollte. Er grub nur deshalb weiter nach Gold, weil er nicht wusste, was er sonst tun sollte.

»Will«, unterbrach Selena seine Gedanken. »Du hast noch nicht zu Ende erzählt von deiner Familie.«

»Da gibt es nicht viel zu erzählen. Meine Brüder Hal und Tommy hast du ja schon gesehen.«

»Wer ist der Älteste?«

»Ich, dann kommen Meggan, Hal und Tommy. Erzähl mir was von deiner Familie.«

»Ich bin ein Einzelkind.« Da sie weiter die Aussicht betrachtete, bemerkte sie Wills raschen fragenden Blick nicht, noch sah sie, wie er skeptisch die Augenbrauen zusammenzog.

»Lebt deine Mutter noch?«

Selena schüttelte den Kopf. »Sie ist ertrunken, als die *Island Princess*, das Schiff meines Vaters, bei einem Sturm untergegangen ist.«

Nun war es an ihm, zu sagen, dass es ihm leidtue.

Sie sah ihn an. »Meine Mutter war sehr schön. Mein Vater hat sie von ganzem Herzen geliebt, und sie ihn auch. Sie ist oft mit ihm zur See gefahren, weil sie es nicht ertragen konnte, von ihm getrennt zu sein.« Seine nächste Frage beantwortete sie, bevor er sie überhaupt aussprach. »Ich bin oft bei meiner Großmutter geblieben.«

»Wo war das?«

»Auf Tahiti. Mein Urgroßvater war auf der *Bounty* gesegelt, und meine Urgroßmutter war Tahitianerin. Ihre Tochter hat einen Franzosen geheiratet, und das waren die Eltern meiner Mutter. Du siehst also, ich bin nur zur Hälfte englisch. Die andere Hälfte ist eine Mischung aus französisch und tahitisch.«

»Jetzt verstehe ich, warum du so anders bist als andere Mädchen.«

»Gefällt dir der Unterschied?«

Will lächelte. »Ich unterhalte mich sehr gern mit dir, Selena.«

»Sonst nichts?« Sie hielt die Luft an, nachdem sie die Worte ausgesprochen hatte, weil sie merkte, wie provozierend sie klangen. Würde er ihr doch nur den Kuss geben, nachdem sie sich so sehnte.

Sein Lächeln verschwand. »Es wird Zeit, dass wir aufbrechen.«

Wieder gingen sie schweigend nebeneinander her. In der Nähe des Wagens verschwand Selena in ein dichtes Gestrüpp, um ein natürliches Bedürfnis zu verrichten. Als sie zurückkam, hatte Will bereits den Wagen gewendet und wartete auf sie. Nachdem sie hinaufgeklettert und Will losgefahren war, stellte Selena die Frage, die sie seit einiger Zeit beschäftigte.

Sie begann ganz vorsichtig. »Will, erinnerst du dich noch, wie wir uns das erste Mal auf der Main Street in Ballarat begegnet sind?«

»Ja. Warum?«

»Du hast merkwürdig reagiert, als ich gesagt hab, dass ich Trevannick heiße. Und Vater ist überzeugt, dass der Trooper ihn nach seiner Verhaftung erst dann nicht wieder freilassen wollte, als er seinen Namen erfahren hatte. Du kennst doch Trooper Roberts. Was verbindet ihr beide mit dem Namen Trevannick? Und sag nicht, da wär' nichts. Das würde ich dir sowieso nicht glauben.«

Will antwortete nicht sofort. Wenn Selena glaubte, sie wäre ein Einzelkind, war es nicht seine Aufgabe, ihr etwas anderes zu erzählen. Doch er kannte sie bereits so gut, dass er wusste, dass seine Antwort ihre Neugier vollständig befriedigen musste, sonst würde sie immer weiter fragen.

»Tom und ich stammen aus demselben Dorf in Cornwall. Der Verwalter der Mine dort war ein Mann namens Con Trevannick. Tom hat eine ziemliche Wut auf ihn.«

»Aber warum bestraft er dann meinen Vater? Das hat er doch getan.«

»Tom ist sehr nachtragend. Der Name war für ihn wohl Grund genug, seine Macht als Polizist zu missbrauchen.«

»Das war unfair.«

»Die Polizei handelt niemals fair. Das müsstest du doch wissen.«

Selena nickte, fasziniert von der Möglichkeit, einen bisher unbekannten Verwandten zu entdecken. »Mein Vater ist in Cornwall aufgewachsen. Vielleicht ist der Mann, den ihr kennt, ein Verwandter von ihm.«

Will schwieg. Er war erleichtert, dass sie eine Vermutung geäußert und keine direkte Frage gestellt hatte. Er wollte über den Mann nicht reden. Es war am besten, wenn die verworrenen Beziehungen zwischen der Familie Collins, der Familie Tremayne und Con Trevannick dem Vergessen anheimfielen.

»Will, glaubst du, er könnte …«

»Das solltest du deinen Vater fragen.«

Nun fiel Selena in ein nachdenkliches Schweigen. Will, das spürte sie, wusste mehr über diesen Trevannick in Cornwall, als er preisgegeben hatte. Sie musste wieder an den Mann denken, den sie gestern gesehen hatte, diesen Mann, der ihrem Vater so ähnlich sah. Vielleicht wurde es Zeit, dass sie ihren Vater nach dem Leben fragte, das er geführt hatte, bevor er ihre Mutter kennen und lieben gelernt hatte. Will würde sie vorläufig keine weiteren Fragen stellen. Ihre Zeit zusammen war zu kostbar, um sie sinnlos zu vergeuden. Deshalb begann sie, ihm von ihrer glücklichen Kindheit auf der Insel zu erzählen und von den Malen, wo auch sie auf der *Island Princess* mitgefahren war.

Er wiederum erzählte ihr von seinen jungen Jahren in Cornwall, von der Überfahrt nach Australien und von der Zeit, die er in Burra in Südaustralien verbracht hatte. Bis sie wieder am Creswick Creek waren, wussten sie eine ganze Menge voneinander. Als er dann schließlich nach Hause aufbrechen wollte, bat ihn Selena, der egal war, ob er sie für vorwitzig hielt, bald wiederzukommen.

»Du kommst doch wieder, nicht wahr?«

»Bis zum Sommer mache ich keine Auslieferungen mehr. In den Wintermonaten arbeiten wir verstärkt in der Mine. Wir sind jetzt nahe am Gold dran und müssen gut aufpassen wegen der Diebe, die nachts in die Schächte steigen und mitnehmen, was sie kriegen können.«

Sie versuchte gar nicht, ihre Enttäuschung zu verbergen. »Dann sehe ich dich also nicht wieder?«

»Ich komme, sobald ich kann. Ich habe meinen Besuch sehr genossen.«

Sie standen einige Sekunden da und lächelten sich an. Will hatte das Bedürfnis, ihr liebevoll die Hand zu drücken. Er begann bereits, seine Hand auszustrecken, da fiel ihm ein, dass sie von Leuten umgeben waren, die Selena für einen Jungen hielten. Er ließ die Hand mit einem bedauernden Schulterzucken sinken, denn sie hatte offenbar gemerkt, was er vorhatte, und ein Lachen stand in ihren Augen.

Als sie am Abend dasaß und das Ersatzhemd ihres Vaters stopfte, merkte sie, wie dessen Blick auf ihr ruhte.

»Du hast dich in diesen jungen Mann verliebt, nicht wahr?«

Sie brauchte nur zu lächeln, da kannte er bereits die Antwort. »Er ist der Mann, den ich heiraten werde.«

»Weißt du das oder wünschst du dir das einfach?«

Selena ließ ihre Näharbeit in den Schoß sinken. »Ich bin sicher, dass er der Einzige ist, den ich jemals lieben werde. Ich spüre, dass wir zusammengehören.«

»Hat er dir seine Gefühle irgendwie gezeigt?«

»Ich glaube, er mag mich. Ich interessiere ihn. Er hält mich für ein bemerkenswertes Mädchen.«

»Du hoffst also, dass er dabei ist, sich in dich zu verlieben.«

Lächelnd machte Selena noch ein paar Stiche. Sie würde alles in ihrer Macht Stehende tun, damit Will sie liebte.

»Vater«, sagte sie, ohne aufzublicken, »hast du schon jemand anders geliebt, bevor du Maman kennen gelernt hast?«

»Wieso fragst du?«

Diesmal legte sie das Hemd beiseite, stellte die Ellbogen auf den Tisch und stützte ihr Kinn auf die locker gefalteten Hände. »Ich weiß nichts über deine frühen Jahre, außer dass du in Cornwall aufgewachsen bist. Will hat mir von einem Mann erzählt, den er gekannt hat, und dessen Name war … ist Con Trevannick.«

Sie beobachtete, wie sich abwechselnd Überraschung, Schock und Schuldgefühle im Gesicht ihres Vaters spiegelten. Er beugte sich hinab, um noch ein Stück Holz auf das Feuer zu legen. Er brauchte Zeit zum Nachdenken, bevor er antwortete.

»Wer ist Con Trevannick, Vater?«

Der Captain setzte sich gerade hin und sah ihr direkt ins Gesicht. »Er ist mein Sohn. Dein Halbbruder.«

In gewisser Weise war sie nicht sonderlich überrascht. Sie hatte schon seit längerem das Gefühl gehabt, dass sie nicht das einzige Kind ihres Vaters war. Sie dachte an den Mann, den sie auf dem Pferd gesehen hatte.

»Wo ist er jetzt?«

»In Cornwall, nehme ich an.«

»Warum weißt du das nicht?«

»Selena, du hast mich gefragt, ob ich vor deiner Mutter schon eine andere Frau geliebt habe. Die Antwort ist Ja. Ich war gerade erst zwanzig, als ich Elizabeth geheiratet habe, und ich habe sie mehr geliebt als mein Leben. Aber nicht genug, um nicht zur See zu fahren. Unser Schiff wurde durch schlechtes Wetter aufgehalten, deshalb war ich nicht da, als unser Sohn geboren wurde. Er war ein gesundes, kräftiges Baby, zu groß für eine so zarte Frau wie Elizabeth. Sie hielt noch über ein Jahr durch. In dieser ganzen Zeit bin ich kein einziges Mal hinaus aufs Meer gefahren. Ich hatte gehofft, dass unser Sohn ihr die Kraft geben würde, zu leben. Ich glaube, sie wollte leben. Nachdem sie gestorben war, bin ich wieder zur See gefahren und nie mehr zurückgekehrt.«

»Du hast dein Kind im Stich gelassen?«

»Ich konnte mich nicht um ihn kümmern. Elizabeths einzige Verwandte waren eine Tante und ein Onkel, die schon älter waren, und deren Tochter Louise. Diese hat angeboten, den Jungen großzuziehen. Sie hatte erst kürzlich Phillip Tremayne geheiratet, einen wohlhabenden Squire. Sie konnten meinem Sohn ein besseres Zuhause geben als ich. Ich habe daraufhin Cornwall verlassen und bin von einem Ende der Welt zum anderen gesegelt, bis ich nach Tahiti kam und deine Maman kennen gelernt habe.«

Er hielt inne und stand auf. »Jetzt weißt du es, Selena. Frag mich bitte nie wieder.«

Selena dachte erneut an den Mann, den sie gesehen hatte.

4

Der Winter war nass und kalt. Der Staub des Sommers wurde zu Matsch, durch den die Bewohner der Goldfelder sich täglich murrend mühten. Wasser, das während der heißen und trockenen Monate rar gewesen war, stand nun ausreichend zur Verfügung, da sich Mulden und verlassene Schächte mit Regenwasser füllten. Jetzt lebten hier dreimal so viele Menschen wie im Sommer, da zahlreiche Goldgräber auf die Felder zurückkehrten und dazu Hunderte neuer Optimisten eintrafen.

Dutzende neuer Läden machten auf, teilweise in Zelten, in denen die Ware völlig chaotisch gestapelt war. Die Fahnen der Länder, aus denen die Besitzer stammten, wehten hoch oben, damit sie jeder sehen konnte. Sie bildeten bunte Farbtupfer inmitten des grauen Einerleis aus schlammigem Boden und ausgeblichenen Segeltüchern.

Bei den Gravel Pits westlich der Hauptstraße waren die Schächte so dicht an dicht gegraben, dass die vielen Belüftungsschornsteine aus Segeltuch den Eindruck vermittelten, als lägen dort hundert oder mehr kleine Segelschiffe nebeneinander. Nachts durch das Goldgräberlager zu laufen wurde zu einer riskanten Sache. Mehr als ein Goldgräber, der nach einem längeren Aufenthalt in einem Hotel oder bei einem illegalen Schnapsverkäufer betrunken nach Hause torkelte, trat vor seinen Schöpfer, weil er in einem stillgelegten Schacht ertrank.

Von den über 20.000 Menschen auf den Goldfeldern wurden nur wenige reich. Die meisten Goldgräber fanden gerade genug Gold, um ihren Lebensunterhalt zu bestreiten. Es herrschte große Armut. Viele Männer waren vollkommen mittellos. An Ruhr erkrankt, mit nur einer Decke zum Darauf liegen und einem Stück Segeltuch als Schutz, das an einem Baumstamm befestigt worden war, starb mancher Mann einen einsamen Tod, und niemand wusste, ob er eine Familie hinterließ.

Dann gab es die Glücksritter, angelockt von unglaublichen Geschichten über Gold, das einfach so herumlag und nur darauf wartete, aufgesammelt zu werden. So war es ganz am Anfang, 1851, noch gewesen, selbst 1852 noch, als man mit etwas Glück an einem Tag ein Vermögen machen konnte. Doch nun, mitten im Jahr 1853, war der größte Teil des alluvialen Goldes abgeräumt. Der Reichtum lag jetzt tief in der Erde, in den verschütteten Flussbetten aus uralten Zeiten.

Wer schlau war, wie zum Beispiel die Collins-Brüder und die Familie Baxter, dem gelang es, die körperlichen Leiden zu vermeiden, die so viele plagten. Sie kochten ihr Trinkwasser ab und legten kleine Gemüsegärten an. Mrs Baxter hielt ein Dutzend Hühner und eine Ziege und gab die Milch und die Eier, die sie übrig hatte, den drei jungen Männern.

Beide Familien gehörten zu den ernsthaften Goldgräbern, die wussten, wie man die Seiten eines Schachts richtig abstützt, und die bereit waren, monatelang ohne Erfolg zu schuften, bis sie an die reichen Goldvorkommen in dem blauen Mergel herankamen, der in zwanzig bis dreißig Meter Tiefe lag. Ihre Schächte waren mit Segeltuchdächern vor dem Wetter geschützt und aus Sicherheitsgründen mit einem niedrigen Holzzaun umgeben.

Will Collins' Vorhersage, dass tief unten viel zu holen sei, erwies sich Ende Juli als richtig. Drei Wochen zuvor waren sie auf eine Schieferschicht gestoßen. So ein »falscher« Boden hatte schon häufig dazu geführt, dass Bergleute aus Unwissenheit ein Vermögen sausen ließen. Da ihnen der Bergbau im Blut lag, wussten die Brüder es besser. Hal und Will machten sich an die muskelstrapazierende Aufgabe, durch den Schiefer hindurchzustoßen.

Tommy blieb oben und betätigte die Winde mit dem Eimer. Wegen seines lahmen Beins war es für ihn zu gefährlich, in den Schacht hinabzusteigen. Auch wenn er sich mit seiner Behinderung abgefunden hatte, hätte er alles darum gegeben, dabei zu sein, als seine Brüder endlich durch den Schiefer stießen, um die unzähligen glänzenden Nuggets zu sehen, die im Lehm steckten.

Innerhalb einer Woche hatten sie jedes Nugget herausgeholt, das sie finden konnten, von kleinen erbsengroßen Stücken bis hin zu einem, das Will kaum mit den Händen umfassen konnte. Sie zogen das Gold in Eimern hoch, die mit Segeltuch abgedeckt waren, um den Inhalt vor neugierigen Augen zu schützen. Nachdem sie die Eimer in ihre Hütte getragen hatten, taten sie Erde auf das Segeltuch, um den Inhalt noch besser zu verbergen. Sie mussten es nur sicher aufbewahren, bis der nächste wöchentliche Goldtransport von Ballarat nach Melbourne ging.

Seit Selenas Geburtstag im Mai war Will nicht mehr in Creswick gewesen. Von Montag bis Samstag arbeiteten sie ohne Unterbrechung, solange es hell war. Der Sonntag galt als Ruhetag. Da ging niemand in den Schacht, sondern man wusch Wäsche, buk die wöchentliche Ration Damper und bereitete sich auf die nächsten sechs Tage vor. Erst als sie alles Gold nach oben gebracht hatten und sich überlegten, wo sie als Nächstes graben sollten, gönnte Will sich ein paar freie Tage, um nach Creswick zu reiten. Nachdem er Selena besucht hätte, wollte er Richtung Nordwesten nach Clunes reiten, wo man das erste Gold in Victoria entdeckt hatte. Er wollte sich einmal die kleineren Goldfelder in der Umgebung ansehen, um ihre Möglichkeiten abzuschätzen.

Am Creswick Creek fand Captain Trevannick eine ganz ansehnliche Menge Gold. Allerdings wünschte er sich, dass es mehr wäre, damit er umso eher dem Land Ade sagen und aufs Meer zurückkehren könnte, wo er hingehörte. Doch zumindest mangelte es weder ihm noch Selena am Lebensnotwendigen, und er konnte jede Woche eine gewisse Menge beiseitelegen. Er bewahrte sein Gold in einer massiven Kassette auf, die unter Säcken versteckt unter seinem Bett stand.

Selena kümmerte es nicht, ob sie viel oder wenig Gold fanden. Obwohl sie schon seit langem ganz geschickt mit der Waschpfanne umgehen konnte, entzückte sie immer noch selbst das kleinste glitzernde Goldkörnchen, das sie in der Pfanne entdeckte. Sie liebte dieses Land und dieses neue Leben von ganzem Herzen. Der Schmerz über den Tod von Maman hatte nachgelassen. Sie wäre vollkommen glücklich gewesen, hätten ihre Gefühle nicht ständig zwischen der Hoffnung geschwankt, dass Will an diesem Tag ganz bestimmt kommen würde, und der Enttäuschung, wenn er es wieder nicht tat.

Als sie Will dann tatsächlich auf ihr Zelt zureiten sah, rannte sie mit einem Freudenschrei los, bis ihr mitten im Laufen einfiel, dass sie ja angeblich Selwyn war und nicht Selena. Sie zwang sich, langsamer zu gehen, obwohl ihr Herz kein bisschen langsamer schlug. Da sie fürchtete, man könnte ihr ansehen, wie glücklich sie war, schob sie ihren Basthut tief ins Gesicht.

Will war überrascht, wie sehr er sich freute, Selena zu sehen. So sehr, dass er sich fragte, ob er nicht vielleicht doch ein bisschen in sie verliebt war. Gewiss, er hatte häufiger an sie gedacht. So hatte er sich oft gefragt, wie viel Gold ihr Vater und sie wohl finden mochten. Und manchmal hatte er sich dabei ertappt, wie er lächelte, wenn ihm Bilder jener Stunden in Erinnerung kamen, die sie an ihrem Geburtstag gemeinsam verbracht hatten. Manchmal hatte er sogar bedauert, sie nicht geküsst zu haben, wo sie es sich doch so offensichtlich gewünscht hatte. Er stieg vom Pferd ab, noch bevor sie bei ihm war.

Er begrüßte sie mit einem Lächeln. »Du scheinst dich ja zu freuen, mich zu sehen.«

»Ich hab schon fast geglaubt, du hättest dein Versprechen vergessen.« Sie legte den Kopf schief und sah ihn mit funkelnden Augen an. »Freust du dich denn auch, mich zu sehen?«

Darauf betrachtete er sie nachdenklich, denn ihm war die Ernsthaftigkeit ihrer unbekümmerten Frage bewusst. Sie wollte von ihm wissen, was er für sie empfand, und er musste ihr wahrheitsgemäß antworten. »Ich freue mich sehr, dich zu sehen. Aber ich würde mich noch mehr freuen, wenn ich Selena begrüßen könnte statt Selwyn.«

Sie verzog verdrießlich den Mund. »Ich hab dir doch erklärt, dass ich mich nicht plötzlich von einem Jungen in ein Mädchen verwandeln kann. Ich werde wieder ich selbst, wenn wir Creswick verlassen haben.«

»Wie lange muss ich denn noch warten, bis ich dich in einem Kleid sehe?«

»Wir finden nicht so sehr viel Gold.«

Sie gingen jetzt nebeneinanderher, und Will führte sein Pferd am Zügel. Während er ihr nach unten geneigtes Profil betrachtete, kam ihm eine Idee. Er behielt sie aber für sich, um sie noch ein wenig Form annehmen zu lassen. Sollte er schon darüber sprechen oder lieber doch warten?

»Nicht dass ich darüber unglücklich wäre.« Selena hob den Kopf. »Ich bin sogar sehr glücklich, Will. Ich liebe dieses Land und möchte bis ans Ende meines Lebens hier wohnen.«

»Was würdest du denn tun?«

»Ich hätte gern eine Farm. Nur eine kleine, wo ich Hühner und Kühe halten und Gemüse anbauen könnte, um es zu verkaufen.«

»Versteht denn einer von euch etwas von Landwirtschaft?«

»Nein, aber das werde ich lernen. Vater fährt sowieso wieder zur See, sobald er sich ein neues Schiff kaufen kann.«

Will blieb stehen und sah sie an. »Du kannst keine Farm alleine bestellen, selbst wenn du ein Gelände finden würdest, das bereits gerodet ist. Du würdest mindestens einen Mann als Helfer beschäftigen müssen, und das wäre gefährlich, da du noch ein junges Mädchen bist.«

»Ich könnte ein Junge bleiben, oder«, sie warf ihm einen Blick von der Seite zu, »ich könnte mir einen Mann suchen, der mich heiratet.«

Um zu überspielen, dass ihm die Vorstellung, Selena könnte einen Fremden heiraten, überhaupt nicht gefiel, fing Will an zu lachen. »Auf den Goldfeldern gibt es Tausende unverheiratete Männer, sogar viele reiche. Ah, da kommt dein Vater. Er hat uns gesehen.« Er war froh, dass er dieses Gespräch, das ihn ein wenig durcheinandergebracht hatte, beenden konnte.

Selena war ebenfalls erleichtert und auch ein wenig verlegen darüber, dass sie so dreist gewesen war. Da hätte sie Will doch gleich fragen können, ob er sie heiraten wollte. Kein Wunder, dass er so reagiert hatte.

Keiner von beiden bemerkte den Mann, der sie aufmerksam beobachtet hatte und ihnen nun unauffällig in einem gewissen Abstand folgte, um zu sehen, wo der Mann und das Mädchen hingingen.

Als Will in Ballarat aufgebrochen war, hatte er vorgehabt, in Creswick zu übernachten. Die Entdeckung seiner zärtlichen Gefühle für Selena veranlasste ihn jedoch, nur ein paar Stunden zu bleiben. Er brauchte etwas Abstand, um sich genauer darüber klar zu werden. Seit er Jenny Tremayne zum ersten Mal gesehen hatte, hatte er es nicht für möglich gehalten, jemals eine andere Frau lieben zu können.

Der Captain hatte sein Schürfen unterbrochen, um sich mit

ihrem Gast zu unterhalten und eine gemeinsame Mahlzeit einzunehmen. Er mochte den jungen Mann und war sich der Tiefe von Selenas Zuneigung zu ihm überaus bewusst. Auch wenn er seine Tochter noch für zu jung zum Heiraten hielt, hätte er Will Collins dennoch gerne als Schwiegersohn gehabt. Mit diesem Gedanken im Hinterkopf beschloss er, über die Dinge aus seiner Vergangenheit zu sprechen, die er erst kürzlich seiner Tochter eingestanden hatte.

»Sie haben offenbar meinen Sohn Con in Cornwall gekannt.«

Eigentlich hätte Will mit so einer Bemerkung rechnen müssen. Trotzdem brauchte er einen Moment, um sich zu sammeln, bevor er antwortete. »Ja. Ich habe ihn gekannt. Er sieht Ihnen sehr ähnlich.«

Der Captain runzelte nur die Stirn, doch Selena sprach ihren Unmut offen aus. »Du hast es die ganze Zeit gewusst. Warum hast du nichts gesagt?«

Ja, warum eigentlich? Weil er dem Mann nie verziehen hatte, dass er der Geliebte seiner Schwester geworden war? Weil er wollte, dass Selena nichts mit der Vergangenheit zu tun hatte? Er hatte keine wirkliche Antwort auf die Frage. Doch er musste etwas sagen, weil Selena irritiert und verletzt aussah.

»Du wusstest ja anscheinend nicht, dass du einen Bruder hast.« Er sprach mit sanfter Stimme, da sie offensichtlich erst nach seinem letzten Besuch davon erfahren hatte und er nicht wusste, ob sich ihre Beziehung zu ihrem Vater durch dieses Wissen verändert hatte.

Der Captain pflichtete ihm bei. »Selena wusste nichts über mein Leben vor der Zeit, als ich ihre Mutter kennen gelernt habe. Nachdem Sie ihr von dem Mann erzählt haben, den Sie kannten, hat sie mich gefragt, ob er mit uns verwandt sein könnte. Ich habe ihr die Wahrheit gesagt. Aber wann sind Sie denn darauf gekommen, dass da eine Verbindung besteht?«

»Ich hab es sofort gewusst, schon als wir uns das erste Mal im Government Camp begegnet sind. Sie und Ihr Sohn sehen sich sehr ähnlich.«

Der Captain nickte. »Er sah mir schon als Baby ähnlich. Wenn er wie seine Mutter ausgesehen hätte, hätte ich ihn vielleicht nicht zurücklassen können.« Er versank tief in Gedanken, so dass er die beiden anderen nicht mehr wahrzunehmen schien.

Selena, die zwischen ihrem Vater und Will hin und her blickte, sprach nach kurzem Schweigen. »Vor ein paar Monaten hab ich einen Mann auf der Straße gesehen, der dir sehr ähnlich sah, Vater. Glaubst du, das könnte Con gewesen sein?« Sie merkte, dass beide Männer sie erschrocken ansahen.

»Wo?«, fragte der Captain.

»Das kann nicht sein«, erklärte Will. Vater und Tochter wandten gleichzeitig den Kopf und sahen ihn fragend an. »Er war vor einiger Zeit in Australien. Ich weiß aber, dass er nach Cornwall zurückgegangen ist und Jenny Tremayne geheiratet hat.«

Der Name traf Selena so heftig, als wäre sie von einer Biene gestochen worden. Sie schrie unwillkürlich auf. »Eine Ameise hat mich gebissen«, erklärte sie rasch, beugte sich herab und rieb sich das Schienbein, als wollte sie den Juckreiz stillen. Sie unterdrückte den Brechreiz, den diese Art Wissen immer hervorrief. Kein Gefühlsausdruck in Wills Stimme hatte ihr verraten, was sie plötzlich wusste. Will liebte Jenny Tremayne mit einer Liebe, gegen die sie keine Chance hatte. Wenn sie Will wollte, musste sie sich damit abfinden, dass ein Teil seines Herzens immer einer anderen gehören würde.

Will war bereits ein ganzes Stück Richtung Clunes geritten, da hörte er hinter sich ein Pferd in leichtem Galopp näher kommen. Er zügelte sein Pferd und wendete, damit er dem Reiter entgegensehen konnte. Während er mit der linken Hand die Zügel hielt, zog er mit der rechten die Pistole aus seinem Gürtel. Wenn der Reiter ihn berauben wollte, würde er sich das schnell anders überlegen. Erst als Pferd und Reiter nahe genug waren, dass er den Mann erkennen konnte, entspannte er sich – zumindest ein wenig.

»Ach hallo, Will. Ich hab gesehen, wie du aus Creswick fortgeritten bist. Willst du nach Clunes?«

»Könnte schon sein.«

»Prima. Dann können wir zusammen reiten. Uns etwas Gesellschaft leisten.«

»Ich reite allein, Joshua.«

Joshua Winton grinste spöttisch. »Ist meine Gesellschaft dir immer noch nicht gut genug? Ich fürchte nur, du kannst nicht viel dagegen tun. Ich habe genauso ein Recht, auf der Straße zu sein, wie du.«

Will wendete sein Pferd und ritt, ohne ein Wort zu sagen, weiter. Er konnte zwar Joshua nicht daran hindern, neben ihm her zu reiten, aber deshalb war er noch lange nicht dazu verpflichtet, mit dem Schurken zu reden. Nachdem sie etwa eine halbe Stunde schweigend nebeneinandergeritten waren, merkte er, dass Joshua seine Verärgerung genoss, was ihn nur noch gereizter machte. Es musste doch eine Möglichkeit geben, den Kerl loszuwerden.

Sie waren gerade auf einem dicht bewaldeten Hügel angelangt, auf dem der Weg eine scharfe Kehre machte, da sahen sie durch die Bäume hindurch zwei Männer zu Fuß aus der Gegenrichtung kommen. Joshua hielt sein Pferd an. Will sah unwillkürlich zu ihm hin, um festzustellen, warum.

»Natürliches Bedürfnis«, sagte Joshua. »Ich hol dich vielleicht später ein.«

Will ritt einfach weiter, bis er auf die beiden Männer traf. Er hielt an, um, wie es unter Reisenden üblich war, Grüße und

Neuigkeiten auszutauschen. Sie hatten in Clunes gegraben, erzählten sie ihm, und waren jetzt auf dem Weg nach Ballarat. Sie hätten sich in Clunes Pferde gekauft, wenn es dort welche gegeben hätte. Doch bei dem kühlen Winterwetter war es angenehm, zu laufen, und sie wollten sich nicht beklagen. Unterwegs schürften sie immer mal ein bisschen, in der Hoffnung, auf eine bisher unentdeckte Quelle alluvialen Golds zu stoßen. Ihre Chancen dabei wären wohl so gut wie die von allen anderen auch, meinten sie.

Bevor Will weiterritt, drehte er sich um, um festzustellen, ob Joshua ihm folgte. Da von seinem unerwünschten Begleiter absolut nichts zu sehen war, ritt er bis zu einer Stelle, wo er den Weg verlassen konnte. Wenn er ein Stück querfeldein ritt, hatte er vielleicht das Glück, dass Joshua ihn unbemerkt überholte.

Sobald Will außer Sichtweite war, ritt Joshua den Weg, den sie gekommen waren, bis zu einem Dickicht zurück, das hoch genug war, um ihn und sein Pferd vor jedem zu verbergen, der die Straße entlangkam. Er lauschte und wartete darauf, dass die beiden Männer näher kamen. Wenn er Glück hatte, hatten sie Gold bei sich. Und falls sie kein Gold besaßen, würde er ihnen alles abnehmen, was sie an Wertsachen bei sich trugen. Er schlug seinen Mantelkragen hoch und schob den Hut tief in die Stirn, damit man sein Gesicht nur undeutlich erkennen konnte. Als er schätzte, dass die Männer nur noch ein paar Meter von ihm entfernt waren, ritt er mit dem Revolver in der Hand aus dem Dickicht.

»Guten Tag, meine Herren. Händigen Sie bitte alles aus, was Sie an Gold oder sonstigen Wertsachen bei sich haben. Und kommen Sie bloß nicht auf die Idee, wegzulaufen. Ich habe nämlich schon einen Mann umgebracht.« Der Tod dieses Mannes mochte zwar unbeabsichtigt gewesen sein, und er bedauerte ihn sogar, doch diese Männer wussten ja nicht, dass Joshua nicht abdrücken würde.

Die beiden Goldgräber hatten nicht vor, ihr Leben aufs Spiel zu setzen. Jeder von ihnen zog einen kleinen Beutel mit Gold aus der Tasche und hielt ihn Joshua hin. Der nahm einen, wog ihn in der Hand und lächelte. Da waren gut dreizehn bis vierzehn Unzen drin. Der zweite Beutel wog ungefähr genauso viel. Er steckte beide in seine Manteltaschen.

»Danke, meine Herren. Und eine sichere Weiterreise noch. Ich gucke noch ein Stück hinter ihnen her, um sicherzugehen, dass Ihnen nichts passiert.«

Die Männer entfernten sich fast im Laufschritt. Beide drehten sich alle paar Schritte zu der Stelle um, wo Joshua auf seinem Pferd saß. Er kicherte spöttisch über ihre offenkundige Angst. Sie rechneten wohl damit, dass er ihnen ein paar Kugeln in den Rücken jagte. Als sie hastig um die nächste Kurve verschwunden und außer Sichtweite waren, ritt er weiter Richtung Clunes. Seine Laune hob sich zusehends. Er begann darüber nachzudenken, ob er nicht seine Arbeitsweise umstellen sollte. Vielleicht sollte er in Clunes nachts keine Schächte mehr ausrauben.

Nachts in einen tiefen Schacht hinabzusteigen war eine riskante Sache. Als mehr und mehr Leute um die Canadian Lead und um die Gravel Pits herum anfingen, ihn misstrauisch zu betrachten, war er zu dem Schluss gekommen, dass es klug wäre, zu einem anderen Goldfeld weiterzuziehen. Als er Ballarat verließ, hatte er eigentlich vorgehabt, sein nächtliches Treiben in Clunes fortzusetzen. Doch dieser kleine Überfall, den er gerade inszeniert hatte, brachte ihn auf den Gedanken, dass es amüsanter sein könnte, Leute auszurauben, als nachts in Schächte zu steigen. Wenn man seine Opfer sorgfältig auswählte, statt auf Reisende zu hoffen, die einem zufällig über den Weg liefen, konnte man bestimmt ganz gut dabei verdienen. Jetzt musste er sich beeilen, damit er Will einholte. Wenn die beiden Goldgräber nach Creswick kamen, würden sie berichten, dass sie von einem Mann überfallen worden waren, der allein unterwegs war.

Gerade als Joshua glaubte, Will könnte nicht mehr allzu weit vor ihm sein, verlor sein Pferd ein Hufeisen. Er stieg ab und stieß dabei einen Schwall von Flüchen aus, die einem Ochsentreiber alle Ehre gemacht hätten. Jetzt steckte er in der Klemme. Nach Clunes war es noch verdammt weit. Nach Creswick zurückzukehren wäre zu riskant. Er würde sich einen Platz suchen, wo er über Nacht bleiben konnte, und morgen weitersehen.

Von der Straße nach Clunes gingen zahlreiche Pfade ab, die von Männern stammten, die sich ihren Weg durch den Busch und durchs offene Gelände gebahnt hatten. Joshua sah sich jeden Pfad genau daraufhin an, ob er wohl zu einem geeigneten Platz zum Kampieren führen könnte. Als er das Blöken von Schafen hörte, blieb er stehen und lauschte. Es hörte sich an, als käme es von südlich der Straße. Wo Schafe waren, da war höchstwahrscheinlich auch ein Schäfer. Und eine Schäferhütte wäre ein willkommenes Quartier für die Nacht.

Das Gebiet jenseits des Busches bestand abwechselnd aus niedrigen Hügeln und weiten Tälern. Joshua begutachtete das Land mit Kennerblick. Diese Gegend schien sehr viel besser zur Aufzucht von Schafen geeignet zu sein als der Besitz seiner ihm feindlich gesinnten Familie am Murray River in Südaustralien. Er stellte sich vor, wie es wäre, selbst eine solche Farm zu besitzen. Je länger er darüber nachdachte, desto verlockender wurde die Vision. Ein wohlhabender Mann konnte Leute beschäftigen, die für ihn die Arbeit erledigten, während er ein angenehmes und vornehmes Leben führte. Opportunistisch wie stets, begann Joshua sogleich, diverse Pläne zu schmieden, wie er den notwendigen Wohlstand erlangen könnte.

Als er die Schafherde erreichte, sah er, dass sie sich in einem Tal befand, in dem nur wenige Bäume standen und das von einem kleinen Bach durchschnitten wurde. Eine Schäferhütte konnte er nirgends entdecken. Einzig eine Gruppe Aborigines war zu sehen, die ein Stück entfernt am Bach kampierten. Als er sich weiter umschaute, sah er einen Aborigine, der Hemd und Hose trug und darüber etwas unpassend einen Umhang aus Opossumfell gelegt hatte. Der Mann stellte die Pferche auf, in die die Schafe nachts gesperrt wurden.

Ein Aborigine als Schäfer, sinnierte Joshua. Etliche Schafzüchter, die daran verzweifelten, unter der vom Goldfieber besessenen Bevölkerung gute Arbeitskräfte zu finden, setzten mittlerweile Aborigines ein, um ihre Herden zu hüten. Joshua hatte den Berichten über deren Zuverlässigkeit nie so recht geglaubt. Nun konnte er mit eigenen Augen sehen, wie kompetent der Mann arbeitete. Er blieb, wo er war, und beobachtete, wie geschickt die Schafe für die Nacht in ihre Pferche getrieben wurden. Als er damit fertig war, hob der Schäfer grüßend die Hand. Joshua ging auf ihn zu.

»Hallo. Ich suche einen Platz zum Übernachten. Habt ihr was dagegen, wenn ich bei euch in der Nähe bleibe?« Als er in der Gruppe einige junge Frauen entdeckte, regte es sich bei ihm in der Leistengegend. Auf den Goldfeldern gab es nur wenige Aborigines. Die wenigen, die in den Lagern herumlungerten, fragten immer nur nach Schnaps. Wenn man den Männern Schnaps gab, konnte man mit den Frauen machen, was man wollte, besonders wenn die Frau auch ein bisschen Schnaps trank.

Joshua hatte das nur zweimal gemacht. Ein letzter Rest Menschlichkeit, der ihm noch von seiner Mutter geblieben war, flößte ihm Entsetzen ein, wenn er sah, in welch erbärmlichen Zustand Männer gerieten, die früher einmal geschickte Jäger und Krieger gewesen waren. Die Männer in dieser kleinen Gruppe hatten klare Augen und wirkten aufgeweckt, die Frauen hatten gesunde, glatte Haut. Er starrte die Frau an, die er haben wollte. Sie sah ihn kurz an und wandte sofort den Blick ab.

»Du folgen Bach. Haus von Boss da lang.«

»Wie weit?« Joshua fiel auf, wie mürrisch der Mann war.

»Vielleicht kleine Weg.«

Was alles Mögliche zwischen fünfhundert Metern und drei Meilen bedeuten konnte. Joshua wollte den Mann schon fragen, ob er etwas genauer sein könnte, da wurde ihm klar, dass seine Anwesenheit hier unerwünscht war. Dieser Kerl will mich nicht hier haben. Muss an der Frau liegen, die ich angestarrt hab. Er drehte kurz den Kopf und stellte fest, dass die Frau ihn erneut beobachtete. Wie zuvor wandte sie rasch den Blick wieder ab. Joshua verzog die Lippen zu einem wissenden Lächeln. Die Frau würde willig sein. Er wollte allerdings nicht wegen seiner Lüsternheit von einem Speer durchbohrt oder mit einer Keule erschlagen werden.

»Okay. Aber erst krieg ich 'n Tässchen von euch? Ich lange Weg.«

Der Mann zögerte einige Sekunden und stimmte dann grummelnd zu. Joshua nahm an, dass der Aborigine seinen Wunsch, den Reisenden fortzuschicken, gegen die mögliche Schelte vom Boss abgewogen hatte, wenn dieser erfuhr, dass man einem Weißen eine Tasse Tee abgeschlagen hatte.

Joshua nickte dem Schäfer zu und ging zu der Gruppe am Bach. Er schnallte seinen Zinkbecher von der Satteltasche, sagte Hallo in die Runde und ging zur Feuerstelle. Dort stand ein vom Feuer geschwärzter Topf mit Tee, der fast die gleiche Farbe wie der Topf hatte. Das Gebräu würde wahrscheinlich so gut wie untrinkbar sein, doch es ging ihm ja nicht darum, seinen Durst zu stillen.

Die Gruppe beobachtete schweigend, wie er sich den Tee einschenkte. Joshua lächelte einen nach dem anderen an, wobei er seinen Blick den Bruchteil einer Sekunde länger auf der jungen Frau ruhen ließ.

»Tee gut«, sagte er, was ihm ein allseitiges Lächeln einbrachte.

Vermutlich sprachen sie kein Englisch. Nicht dass man für Sex eine gemeinsame Sprache gebraucht hätte.

Er ging zu seinem Pferd zurück, und nachdem er seinen Becher wieder befestigt hatte, öffnete er die Satteltasche und tat so, als ob er etwas suchte. Dabei ließ er eine Kette aus leuchtend blauen Perlen fallen. Während er sie aufhob, beobachtete er die junge Frau aus den Augenwinkeln. Er steckte die Perlen in seinen Mantel, zog die Riemen der Satteltasche wieder fest und hob die Hand zum Abschied.

Als er sich einige Hundert Meter den Fluss entlang vom Camp entfernt hatte, band er sein Pferd an einen Baum, setzte sich hin und wartete. Er brauchte nicht lange zu warten. Das Mädchen tauchte zunächst als ein flüchtiger Schatten neben einem Baum auf. Joshua lehnte sich auf einen Ellbogen gestützt zurück und ließ die leuchtend blaue Perlenkette um die andere Hand wirbeln. Die Frau trat unter den Bäumen hervor. Joshua winkte und hielt ihr die Perlen als Lockmittel entgegen. Als sie nahe genug war, um danach greifen zu können, ließ er die Kette fallen, zerrte die Frau zu Boden und hielt ihr mit einer Hand den Mund zu, während er mit der anderen seine Hose öffnete.

Er liebte brutalen Sex. Seit jener Nacht, in der er seine Aborigine-Pflegeschwester Jane vergewaltigt hatte, hatte er immer wieder versucht, dieses Gefühl von Macht und Überlegenheit, das er damals empfunden hatte, aufs Neue zu erleben. Das leise lustvolle Stöhnen, das die Frau am Anfang von sich gab, machte ihn wütend. Sie sollte kein Vergnügen empfinden, er wollte ihr Schmerzen zufügen.

Als er schließlich befriedigt war, lag sie wimmernd und blutend da. Joshua ließ sie liegen und warf die Perlenkette auf sie. Sie hatte sich den wertlosen Schmuck allein dafür verdient, wie sie gekämpft und sich gewehrt hatte. Ohne sich noch einmal umzudrehen, band er sein Pferd los und machte sich auf den

Weg zur Farm. Jetzt beschäftigte ihn vor allem der Gedanke, ob es möglich sein würde, bei seinen unbekannten Gastgebern ein heißes Bad zu bekommen. Er musste den Geruch des Körpers der Frau und seiner Lüsternheit abwaschen.

Als die Sonne bereits so tief stand, dass sie die Wolken orange färbte, kam endlich die Farm in Sicht. Vom Fluss aus waren die Rückseite des Hauses und diverse Nebengebäude zu sehen: Milchkammer, Fleischhaus, Wäscherei, einige Arbeiterhütten sowie ein paar Hütten, deren Zweck nicht unmittelbar ersichtlich war. Zur Linken sah er Ställe und weit dahinter den Scherschuppen. Das Farmhaus lag schätzungsweise etwa eine halbe Meile vom Fluss entfernt.

Joshua musterte das alles mit Kennerblick. Er nahm an, dass es sich um eine florierende Farm handelte. Je näher er kam, desto mehr sah er. Unter einem Dach aus Rinde und Ästen, das von grob bearbeiteten Holzpfosten gestützt wurde, standen ein großer Farmwagen und ein kleinerer Karren. Daneben war eine Schmiede, die auf drei Seiten von Bretterwänden umschlossen und nach vorne offen war. Wenn man die nicht angezündete Esse genauer betrachtete, sah man, dass hier seit längerer Zeit nicht mehr geschmiedet worden war. Zweifellos hatte dieser Schafzüchter, wie so viele andere, seine Arbeitskräfte an die Goldfelder verloren.

Wie bei Häusern im Kolonialstil üblich, befand sich die große Küche neben dem Haus und war mit diesem durch einen überdachten Gang verbunden. Joshua band sein Pferd an einen Zaun und ging zur Küchentür. Eine Frau stand an einem langen Tisch und rührte in einer Schüssel. Sie wirkte nicht sonderlich erstaunt, einen Fremden vor der Tür zu sehen.

»Wer sind Sie?«

»Ein Reisender, dessen Pferd vor einigen Stunden ein Hufeisen verloren hat. Seitdem geh ich zu Fuß.«

»Wo wollen Sie hin?«

»Nach Ballarat. Ich bin vor einer Woche aus Bendigo aufgebrochen.« Die Lüge ging ihm leicht über die Lippen. »Auf dem Weg hier runter hab ich mir etwas die Gegend angesehen.« Er lächelte, bevor er eine Erklärung dafür lieferte. »Meine Familie hat eine Schaffarm in Südaustralien.«

Die Frau stellte die Schüssel ab und bedeckte sie mit einem Tuch. »Kommen Sie mit. Ich bringe Sie zum Master. Sie möchten doch sicher hier übernachten.«

»Ich wäre sehr dankbar für eine Mahlzeit und ein Bett.«

»Der Master freut sich immer über Gesellschaft.«

Joshua folgte der Frau über den Gang und dann durch die Hintertür des Hauses in einen kurzen Flur, von dem aus man durch eine weitere Tür in ein geräumiges Wohnzimmer gelangte. Am anderen Ende des Raumes saß ein dunkelhaariger Mann am Schreibtisch. Er blickte auf, als er hörte, wie jemand hereinkam, klappte das Buch zu, in dem er geschrieben hatte, und stand auf.

»Der Herr sucht ein Bett für die Nacht, Sir. Sein Pferd hat ein Eisen verloren.«

Joshua trat vor und streckte die Hand aus. »Joshua Winton.«

Der Schafzüchter ging auf ihn zu und nahm die ausgestreckte Hand. Joshua stellte fest, dass er aufblicken musste, um dem Mann in die Augen sehen zu können.

»Ich bin Con Trevannick. Sie können gern hier übernachten. Wo haben Sie Ihr Pferd gelassen?«

»An einem Zaun in der Nähe der Küche.«

»In den Ställen ist noch eine Box frei, wo Sie es über Nacht hineinstellen können. Leider ist niemand hier, der nach Ihrem Pferd sehen könnte. Meine Männer sind alle draußen bei den Schafen.«

»Kein Problem. Sofern ich mir morgen früh von Ihnen Werkzeug leihen kann, um mein Pferd neu zu beschlagen.«

»Selbstverständlich. Kommen Sie wieder herein, wenn Sie nach Ihrem Pferd gesehen haben. Dann können wir uns vor dem Essen noch ein wenig unterhalten.«

»Ich bin etwas schmutzig von dem weiten Weg und würde mich gerne waschen, bevor ich mich zu Ihnen setze, oder am liebsten ein Bad nehmen, wenn das möglich wäre.«

Joshua stellte fest, dass ihn sein Gastgeber forschend musterte, während er mit seiner Haushälterin sprach. »Geht das, Mrs Clancy?«

»Ich müsste noch etwas Wasser heiß machen, Mr T. Wenn der Herr sein Pferd versorgt hat, ist das Bad bereit.«

»Sie kommen auf dem Weg zu den Ställen am Badehaus vorbei. Lassen Sie sich ruhig Zeit. Es will heute sonst niemand mehr benutzen.«

»Sehr freundlich von Ihnen. Vielen Dank.«

Als Joshua der Haushälterin zurück über den Gang folgte, war er überaus zufrieden mit sich: Er freute sich auf einen angenehmen, geselligen Abend, ein gutes Essen und ein bequemes Bett – Dinge, die er schon viel zu lange nicht mehr gehabt hatte.

Die Frau hatte mit halb geschlossenen Augen beobachtet, wie der brutale weiße Mann wegging. Wenn sie einen Speer hätte, würde sie ihn töten für das, was er getan hatte. Wenn Wallaby es erfuhr, würde er den Mann töten. Vielleicht würde er auch sie töten wollen, wenn er herausfand, dass sie dem weißen Mann mit Absicht gefolgt war, obwohl sie wusste, was er wollte.

Jilli war schon mal mit einem weißen Mann zusammen gewesen. Er war ein freundlicher Mann gewesen, einer, bei dem sie gerne gelegen hatte. Sie war bei ihm in seiner Schäferhütte geblieben, bis er fortgegangen war, um nach dem gelben Stein zu suchen, der den weißen Männern so viel bedeutete. Jilli war zu ihren eigenen Leuten zurückgekehrt, und Wallaby hatte sie zu seiner Frau gemacht. Wallaby war ein guter Ehemann, nur dass er sie, wenn er bei ihr lag, nicht glücklich machte. Sie spürte nie das Vergnügen, das der weiße Mann ihr gegeben hatte. Deshalb war sie zu dem anderen weißen Mann gegangen und hatte entdecken müssen, dass er grausam war.

Ganz langsam, da ihr jede Bewegung wehtat, gelang es Jilli, aufzustehen. Sie schwankte. Die Bäume begannen sich im Kreis um sie zu drehen, so dass ihr ganz schwindlig wurde. Damit sie die Bäume nicht ansehen musste, blickte sie auf den Boden und sah die leuchtend blauen Perlen. Die Perlen waren schön. Sie würde sie behalten. Sie beugte sich herab, um sie aufzuheben, doch da fiel sie vornüber. Ihr Kopf schlug auf einen Stein. Jilli blieb reglos liegen.

Ihr Mann fand sie am nächsten Morgen. Als sie am Abend nicht zurückgekommen war, glaubte ihre Familie, sie wäre mit dem weißen Mann fortgegangen. Wallaby saß mürrisch und Trübsal blasend am Feuer und konnte nicht schlafen. Er wusste, dass sie mit einem weißen Mann zusammengelebt hatte, bevor sie seine Frau wurde. Er hatte sich immer Sorgen gemacht, dass sie vielleicht nicht glücklich wäre und eines Tages mit einem anderen weißen Mann weggehen könnte. Nun hatte sie es getan.

Wallaby war unglücklich, wenn er sich ein Leben ohne Jilli vorstellte. Dann empfand er plötzlich Zorn. Sie war seine Frau. Kein anderer Mann, ob schwarz oder weiß, hatte das Recht, sie zu berühren. Aber was konnte er tun? Wenn er es Boss erzählte, vielleicht würde Boss den weißen Mann dazu bringen, Jilli zu ihren Leuten zurückzuschicken. Boss war ein guter weißer Mann. Er gab der Familie Hammelfleisch, Zucker, Tee, Mehl, Decken und Kleidung, und dafür brauchte Wallaby nichts weiter zu tun, als tagsüber die Schafe zu hüten und sie nachts einzupferchen. Wallaby fällte einen Entschluss. Er würde am Morgen zu Boss gehen.

Im dunstigen Licht des frühen Morgens verließ Wallaby das Camp. Er nahm seine Jagdspeere mit, aber nur, weil er sich ohne sie verwundbar fühlte. Als die Sonne höher stieg, wurde der Nebel dichter und ließ sich wie eine Wolke über dem Fluss nieder, so dass Wallaby nur bis zu den nächsten drei Bäumen blicken konnte. Er ging langsam, die Sinne aufs Äußerste angespannt. Wer wusste schon, was für Geister sich im Nebel versteckten?

Als er irgendetwas vor sich auf dem Boden liegen sah, blieb er stehen, um es zu beobachten. Das Ding bewegte sich nicht. Wallaby schlich sich weiter vor, den Speer verteidigungsbereit in der Hand. Für den Fall, dass ihn ein böser Geist in einen Hinterhalt locken wollte, murmelte er einen Zauberspruch, der ihn schützen sollte. Er erkannte sie erst, als er nur noch zwei Speerlängen von ihr entfernt war.

Sein Schmerzensschrei durchbrach die neblige Stille. Vögel flatterten erschrocken auf. Ein Känguru blieb wie versteinert stehen und hüpfte dann weiter. Wallaby ließ seine Speere fallen und lief zu ihr hin. Noch bevor er sie umgedreht hatte, wusste er, dass seine Jilli zu ihren Ahnen gegangen war. Sein Körper bebte vor Zorn. Dafür würde der weiße Mann zahlen. Doch zuerst musste er Jilli zurück ins Camp bringen, damit ihre Leiche für eine angemessene Beerdigung vorbereitet werden konnte.

Joshua fand seinen Gastgeber so sympathisch, dass er, als er gefragt wurde, ob er ein paar Tage bleiben wolle, tatsächlich zustimmte.

»Durch dieses Goldfieber ist es fast unmöglich geworden, Männer zu finden, die bereit sind, für Lohn zu arbeiten. Und die Löhne sind eh schon maßlos. Schäfer erhalten jetzt ein Pfund die Woche, Hüttenwächter achtzehn Shilling, und selbst ein Landarbeiter erwartet fünfundzwanzig Shilling pro Woche. Wenn manche Männer in einer Woche mehr an Gold ausgraben, als sie in einem Jahr an Lohn erhalten würden, kann man schon verstehen, dass nur noch wenige bereit sind zu arbeiten.«

All das war Joshua bereits bekannt. »In Riverview hatten wir für den größten Teil des Jahres etwa zwanzig Männer beschäftigt. Zur Zeit der Schafschur hat sich die Zahl fast verdoppelt. Wie schaffen Sie es nur, den Betrieb hier ohne Arbeitskräfte zu führen?«

»Indem ich lange und hart arbeite. Es ist nicht einfach. Einer meiner Nachbarn hat mir geraten, Aborigines einzusetzen. Es hat mich überrascht, was für gute Schäfer die abgeben. Geld bedeutet ihnen nichts. Sie sind zufrieden, wenn man ihnen Essen, Kleidung, Tabak und andere Kleinigkeiten gibt. Der einzige Nachteil ist, dass sie manchmal auf Walkabout gehen. Da packen sie einfach alles zusammen und verschwinden urplötzlich. Ein paar Monate später tauchen sie wieder auf und sind bereit, erneut die Herden zu hüten.«

Joshua, dem die Gewohnheit der Aborigines, auf Walkabout zu gehen, wohlvertraut war, nickte bestätigend. Er interessierte sich mehr für die Rentabilität von Cons Schafzucht. »Welchen Preis erzielt man denn derzeit für Schafe?«

»Für die letzte Partie, die ich verkauft habe, hab ich fünfzehn Shilling sechs Pence das Stück bekommen. Die Wolle, die ich im April geliefert habe, wurde für ein Shilling sechs Pence das Pfund verkauft.«

Joshua stieß einen leisen Pfiff aus. »Das waren aber gute Preise.«

»Das stimmt. Ich hoffe, dass sich diese Preise halten. Der Markt kann leider sehr wechselhaft sein.«

Sie führten dieses Gespräch bei einem Glas Portwein. Sein Gastgeber schenkte nach und fragte dann: »Haben Sie schon mal Schafräude erlebt?«

»Nein.« Joshua war entsetzt. »Ist sie auf Ihrer Weide ausgebrochen?«

»Noch nicht. Aber bei all meinen Nachbarn sind Tiere befallen. Ich kann mir nicht vorstellen, dass meine Herden davon verschont bleiben.«

»Oje, das ist übel. Ich hab mich so sehr auf die Goldsuche konzentriert, dass die einzigen Schafe, die ich in letzter Zeit wahrgenommen habe, die beim Metzger waren. Wie wollen Sie denn die Schafe behandeln – wenn sie die Räude kriegen?«

»Ich hab was über ein neues Verfahren gelesen, ein Desinfektionsbad, das es einem erspart, die Haut der Tiere einzuritzen. Gleich nachdem ich vom Ausbruch der Krankheit gehört habe, habe ich angefangen, eine Tauchwanne zu bauen. Sie ist aber nicht fertig geworden. Sobald das Wetter kühler wurde, sind die Männer, die ich beschäftigt hatte, alle wieder auf Goldsuche gegangen.« Er hielt nachdenklich inne. »Wenn Sie es nicht eilig haben, irgendwo hinzukommen, wären Sie dann bereit, eine Weile hierzubleiben? Ich wäre Ihnen dankbar, wenn Sie mir helfen könnten, die Wanne fertig zu bauen.«

Warum nicht, dachte Joshua. Das Leben, das er seit einiger Zeit führte und das hauptsächlich aus Trinken, Spielen und Gold-aus-den-Schächten-Klauen bestand, hatte seine Muskeln schlaff werden lassen. Er hätte nichts gegen ein bisschen harte Arbeit, wenn man sich dafür abends auf eine gute Mahlzeit und ein weiches Bett freuen konnte.

Joshua und Con brauchten vier Tage, um die Wanne fertig zu stellen. Sie waren rasch per Du, und Con erklärte wiederholt, wie froh er doch sei, jemanden zu haben, der ihm half, eine Arbeit zu bewältigen, die ein Mann praktisch nicht alleine schaffen konnte. Joshua stellte überrascht fest, dass ihm die harte Arbeit sogar Spaß machte.

Das Gefühl, ein Ausgestoßener zu sein, das ihn gequält hatte, seit sein Vater ihn aus Riverview rausgeworfen hatte, verließ ihn allmählich. Der Groll gegen seine Familie jedoch nicht. Allerdings hatte der keinen so hohen Stellenwert mehr für ihn. Allmählich hatte er immer mehr das Gefühl, endlich in seinem Element zu sein. Innerhalb weniger Tage wurde ihm klar, dass es sein eigentliches Lebensziel war, eine eigene Schaffarm zu besitzen.

Er stellte sich vor, wie es sein müsste, ein so erfolgreicher Schafzüchter zu sein wie sein Vater Charles. Sollte Adam doch Riverview erben, wenn die Zeit gekommen war. Doch da Charles Winton gesund und gut in Form war, würde der von ihm bevorzugte ältere Sohn lange warten müssen. In der Zwischenzeit würde der verstoßene jüngere Sohn seine eigene Schaffarm aufbauen. Und wenn es dann so weit war, würde er nach Riverview zurückkehren und mit seinem Erfolg prahlen.

Das Bild, das Joshua sich zusammenfantasierte, wurde immer verlockender, je mehr er es ausbaute. Geld oder eher der Mangel an Geld war das einzig Ärgerliche. Er begann über Möglichkeiten nachzudenken, wie er seine finanzielle Situation ganz schnell verbessern könnte.

Für Lohn zu arbeiten, zog er gar nicht erst in Betracht. Buschräuberei, die er erst kürzlich als Möglichkeit in Erwägung gezogen hatte, verwarf er ebenfalls. Um an so viel Geld heranzukommen, wie er brauchte, musste man irgendetwas Waghalsiges tun, wie zum Beispiel einen Goldtransport überfallen. Das war jedoch ohne Komplizen nicht möglich. Und solche Komplizen waren eventuell nicht vertrauenswürdig. Schächte zu plündern war nur in unregelmäßigen Abständen möglich, wenn man nicht erwischt werden wollte. Vielleicht sollte er anfangen, ernsthaft nach Gold zu suchen.

Als Joshua fünf Tage auf Langsdale war, erklärte Con, er wolle zu den Weiden an der Westgrenze seines Landes reiten, um nach den Schafen zu sehen, die mit dem saftigen Gras dort für den Markt gemästet wurden. Die Männer ritten früh am Morgen los, ihr Gespräch drehte sich fast ausschließlich um Schafe. Joshua begann sich allmählich wie ein vollkommen anderer Mensch zu fühlen, als er noch vor weniger als einer Woche gewesen war. Sein Leben war dabei, eine Wendung zum Besseren zu nehmen. Zum Teufel mit allen, die ihn gedemütigt hatten. Joshua Winton würde bald ein Mann sein, mit dem man rechnen musste.

Am späten Vormittag trafen sie auf die Herde. Auf den ersten Blick machten die Schafe einen gesunden Eindruck. Erst als die Männer ein Stück durch die Herde geritten waren, sah Con, was er befürchtet hatte. Inmitten seiner Gefährten stand ein bedauernswertes Tier, dem das Fell in Fetzen herabhing.

»Räude. Sieh dir nur das arme Tier an. Da drüben ist noch eins.«

»Und dort«, fügte Joshua hinzu.

»Also ist mir diese Plage doch nicht erspart geblieben. Schon bald wird die gesamte Herde infiziert sein. Wir müssen sie zur Farm treiben, um sofort mit dem Tauchen in die Desinfektionslösung anzufangen.« Er blickte finster um sich. »Wo zum Teufel ist denn der Schäfer? Er hätte die befallenen Tiere von der Herde trennen sollen.«

Er trieb sein Pferd mit den Absätzen an und galoppierte zu der kleinen Hütte aus Baumrinde. Joshua ritt weiter langsam zwischen den Schafen umher und suchte nach denen, die räudig waren. Er entdeckte viel zu viele, als dass noch große Hoffnung bestanden hätte, den Rest der Herde vor der Infektion zu schützen. Cons zornig erhobene Stimme war aus der Hütte zu hören. Joshua blickte hinüber und sah, wie der Schäfer, der so betrunken war, dass er kaum stehen konnte, herausgetorkelt kam. Con schimpfte noch etwa eine Minute auf den Mann ein, dann sprang er wieder auf sein Pferd und ritt zu Joshua hinüber.

»Ich hatte schon befürchtet, dass es Ärger geben könnte, als ich diesen nutzlosen Drecksack eingestellt habe. Nachdem er uns geholfen hat, die Schafe zurückzutreiben, kann er gehen.

Ich wünschte allmählich, ich hätte das Land weit weg von der Goldregion gekauft.«

»Hätte das etwas geändert? Im ganzen Land herrscht Mangel an Arbeitskräften, selbst in Melbourne.«

»Manchmal denke ich, dass das Gold ein Fluch für diese Kolonie ist. Vielleicht ist ja irgendwann keins mehr da, und die Männer kommen wieder zu Verstand. Du bist jedenfalls genau zum richtigen Zeitpunkt gekommen, Joshua. Zumindest ist jetzt alles für das Tauchen bereit. Wir sollten uns beeilen. Je schneller wir die Schafe zu Hause haben, umso eher kann ich mit der Behandlung anfangen. Ich hoffe nur, dass ich genug Zutaten habe, um so viele zu tauchen.«

Da schon sehr viele Schafe geschwächt waren, schafften sie bis vor Einbruch der Dunkelheit nicht den ganzen Weg zurück. Sie schliefen im Freien, wobei ihre Satteldecken sie nur wenig vor der Kälte schützten. Ein kleines Feuer lieferte zumindest ein bisschen Wärme. Da sie wussten, wie unvorhersehbar das Leben in freier Natur war, hatten sie in ihren Satteltaschen Aufschnitt und Kekse als Proviant mitgenommen sowie ihre großen Zinnbecher, die sowohl zum Teekochen als auch zum Trinken dienten.

Am Morgen stellten sie fest, dass eins der Schafe während der Nacht gestorben war. Con machte ein grimmiges Gesicht. Joshua hatte großes Verständnis für ihn. Wenn die Räude sich weiter ausbreitete, konnte sie den Gesamtbestand seiner siebentausend Tiere erheblich dezimieren.

Am ersten Tag konnten sie nur siebenhundert Schafe in die Desinfektionslösung tauchen. Die Vorbereitung der Lösung nahm einige Zeit in Anspruch. Die übrigen Tiere wurden am nächsten Tag getaucht. Nachdem er sich reuig gezeigt und geschworen hatte, nüchtern zu bleiben, blieb der dem Alkohol verfallene Schäfer zum Helfen da. Con konnte es sich nicht erlauben, die Unterstützung des Mannes abzulehnen.

»Ich könnte noch ein halbes Dutzend Männer gebrauchen, wenn ich sie kriegen könnte. Diese Tiere hier müssen in ein paar Tagen noch mal ins Tauchbad. Außerdem müssen die beiden anderen Herden auch noch untersucht werden.«

»Wo sind die beiden anderen Herden?«, fragte Joshua so unbefangen wie möglich.

»Etwa zweitausend Tiere hab ich östlich der Farm. Sie werden von einem sehr zuverlässigen Aborigine gehütet. Ned Clancy ist mit der Hauptherde im Süden. Bei Ned kann man sich darauf verlassen, dass er sofort handelt, sobald er Anzeichen für Räude entdeckt. Trotzdem werde ich wohl hinreiten und ihn warnen, dass wir die Krankheit bereits auf unserem Land haben. Nachdem wir diese erste Partie hier ein zweites Mal getaucht haben, werden wir die anderen Herden holen, um sie ebenfalls zu tauchen. Wenn bei denen die Räude noch nicht ausgebrochen ist, können wir vielleicht verhindern, dass sie es tut.«

Die Hauptherde war, wie die Männer erleichtert feststellten, nicht befallen. Con blieb jedoch vorsichtig. »Bleiben Sie mit ihnen hier unten, Ned. Vielleicht haben wir ja Glück mit denen. Ich komme in ein paar Tagen noch mal wieder. Soll ich Ihnen etwas von der Farm mitbringen?«

»Zucker wird langsam knapp, Tee ebenfalls. Und ich könnte auch was Neues zu lesen gebrauchen.«

»Kein Problem, Ned. Bis in ein paar Tagen.«

Als sie Ned verließen, schien keine Sonne mehr, die den kalten Wind erträglicher gemacht hätte. Als sie die Farm erreichten, hatte es leicht zu regnen angefangen. Noch bevor es dunkel wurde, goss es in Strömen.

»Bevor es nicht aufhört zu regnen, hat es keinen Sinn, die Tiere noch mal zu tauchen«, stellte Joshua fest, ließ den Vorhang am Fenster fallen und setzte sich wieder ans Feuer.

Der grimmige Ausdruck war auf Cons Gesicht zurückgekehrt.

»Dann können wir nur beten, dass es bald aufhört. Die Räude verbreitet sich bei diesem nasskalten Wetter noch schneller. Vor allem muss ich mir mehr Schwefel und Arsen aus Melbourne schicken lassen.« Er starrte mit finsterer Miene in das Feuer.

Joshua konnte unschwer seine Gedanken erraten. »Du denkst an den Zustand der Straßen.«

»Ja. Wenn es auf der ganzen Strecke nach Melbourne so regnet, kommen die Transportwagen nicht durch.«

»Ich könnte ja morgen mal nach Ballarat reiten und gucken, ob ich irgendwo in den Läden Schwefel und Arsen kriege. Außerdem könnte ich mich nach arbeitswilligen Männern umhören. Einige von den weniger Erfolgreichen wären vielleicht froh, dem ganzen Matsch auf den Goldfeldern zu entkommen.« Er verzog den Mund zu einem ironischen Grinsen. »Ich werde sie mit der Aussicht auf eine anständige Hütte zum Schlafen und regelmäßige warme Mahlzeiten locken.«

Con gab ein humorloses Lachen von sich. »Du wirst das schon schaffen. Du bist für mich ein Geschenk des Himmels, Joshua. Ich würde dich ja gerne bitten, hierzubleiben und für mich als Verwalter zu arbeiten, wenn ich mir einen leisten könnte.«

Vor Überraschung verschlug es Joshua kurz die Sprache. »Ist das dein Ernst? Du würdest mich tatsächlich zu deinem Verwalter machen?«

»Ich sage nie etwas, das ich nicht ernst meine. Du verstehst eine Menge von Schafen, Joshua. Und dir liegen die Tiere am Herzen. Das kann ich daran sehen, wie du arbeitest.«

»Ja.« Ein Schürzen der Lippen und ein kaum merkliches Nicken unterstrichen zugleich, dass er das genauso sehe. »Mir war gar nicht klar, wie sehr ich diese Art zu leben vermisst habe.« Er beobachtete, wie von einem brennenden Stück Holz ein Ende abbrach und in die Glut fiel. »Meinst du, ich sollte meine Zeit nicht mit Goldsuchen verschwenden?«

Con grinste verbittert. »Vielleicht wünsche ich mir selbst schon bald, ich würde etwas Gold finden, um diese missliche Situation durchzustehen. Mit dem Ertrag von der letzten Schur und dem Verkauf der gemästeten Schafe hatte ich geglaubt, dass sich meine finanzielle Situation endlich verbessern würde. Die Räude könnte mich ruinieren, Joshua.«

Beide Männer verfielen in Schweigen. Joshua nahm an, dass Con über die Gesundheit seiner Schafe nachdachte. Er selbst ging in Gedanken noch einmal die letzten Tage durch. Ihm hatte die Arbeit Spaß gemacht, und er hatte das Gefühl, dass er ein anderer Mensch geworden war, ein besserer Mensch. In dem Moment, wo er etwas Sinnvolles zu tun hatte, hatte er die Unzufriedenheit und Verbitterung abgelegt, die ihn zu der Einstellung geführt hatten, die Welt schulde ihm ein anständiges Leben. Bei der Arbeit auf Langsdale hatte er seine Selbstachtung wiedergefunden. Vielleicht könnte er ja mit Con zu einer Einigung gelangen, die es ihm ermöglichte, auf der Farm zu bleiben, auch wenn Con ihn nicht für seine Arbeit bezahlen konnte.

Auf Spielen, Trinken und seine anderen illegalen Aktivitäten glaubte er ohne Probleme verzichten zu können. Mit seiner sexuellen Vorliebe für schwarze Frauen könnte das etwas schwieriger werden. Er hoffte, dass diese Geschichte mit der Aborigine-Frau nie ans Licht kommen würde. Über so ein Verhalten würde ein Mann wie Con Trevannick bei jemandem, den er in seine Dienste nehmen wollte, niemals hinwegsehen.

Am Morgen hatte der Regen zwar nachgelassen. Aber im grauen Tageslicht zeigte sich eine dicke Wolkendecke, die anhaltendes nasskaltes Wetter befürchten ließ. Als sie nach den Schafen sahen, entdeckten die Männer drei weitere tote Tiere. Einige andere schienen sehr schwach zu sein. Sie zogen die toten Schafe in einen Graben, wo man die Kadaver verbrennen konnte, sobald es aufhörte zu regnen. Es wurde nicht viel gesprochen.

Beide verstanden den Ernst der Lage. Stundenlang arbeiteten sie im Regen und taten das wenige, was sie tun konnten, um den infizierten Tieren zu helfen. Als das Wetter zwei Tage später aufklarte, hatte Con durch die Krankheit dreißig Schafe verloren.

Er bemühte sich gar nicht erst, seine Verzweiflung zu verbergen. »Wir können sie erst in einer Woche wieder behandeln, sonst bringen wir sie mit der Desinfektionslösung um. Ich fürchte, bis dahin werden noch eine Menge mehr tot sein.« Sein Seufzen kam aus tiefster Seele. »Hier können wir nicht mehr viel tun, Joshua. Ich denke, wir sollten noch mal zu Ned reiten. Er erwartet uns bestimmt schon.«

Von dem Besuch bei Ned und seiner Herde kehrten die Männer in optimistischerer Stimmung wieder. Die Schafe auf der Südweide waren immer noch gesund. Vielleicht hatte Con noch halbwegs Glück, und es würde bei einer kranken Herde bleiben. Als er davon sprach, dass er am nächsten Tag die Schafe auf der Ostweide inspizieren wolle, erklärte Joshua, er würde das schöne Wetter nutzen – es standen nur ein paar kleine Wölkchen am Himmel –, um nach Ballarat zu reiten. Von der Ostweide wollte er sich lieber fernhalten.

5

Joshua machte sich noch vor dem Morgengrauen auf den Weg, mit der erklärten Absicht, innerhalb von zwei Tagen zurück zu sein. Auch wenn er es für klug hielt, sich nicht in die Nähe der Gruppe der Aborigines zu begeben, machte er sich keine Sorgen mehr darüber, was sie Con möglicherweise erzählen könnten. Wenn sie etwas sagten, würde Joshua behaupten, man hätte ihm das Mädchen im Tausch für Schnaps gegeben. Er kannte Con mittlerweile so gut, dass er wusste, er würde die Aborigines fortschicken, wenn er dachte, sie tränken Alkohol.

Joshua ritt bis kurz vor Sonnenaufgang, der Zeit, in der die Temperatur auf den niedrigsten Punkt sank. Er fand eine Stelle, wo er ein kleines Feuer anzünden konnte, hockte sich daneben und kochte in seinem großen Zinnbecher Tee. Mrs Clancy hatte ihm, in einem Stück Tuch verpackt, einige Scheiben Damper mit Corned Beef mitgegeben. Er aß sie, während sein Tee zog, dann blieb er sitzen, um sich noch ein wenig am Feuer zu wärmen, und beobachtete, wie die Bäume in das goldene Licht der aufgehenden Sonne getaucht wurden.

Das war die beste Zeit des Tages im Busch, wenn sich die Nachttiere zurückzogen und die Geschöpfe sich zu regen begannen, die das Tageslicht liebten. Irgendwann einmal würde er gerne ein Gemälde besitzen, das ein typisches Morgengrauen im Busch darstellte. Joshua stand auf und musste über sich selbst lachen. Du hast dich wirklich verändert, wenn du schon darüber nachdenkst, Kunstwerke zu besitzen. Er kippte den Satz aus seinem Becher, schob mit den Füßen Erde auf das Feuer, und um ganz sicherzugehen, dass es auch wirklich aus war, urinierte er darüber. Ein unkontrolliertes Feuer konnte zum tödlichen Feind werden.

Als er sich gerade die Hose zumachte, wieherte sein Pferd. Es hatte die Ohren nach vorne gerichtet. Joshua schaute sich gründlich um. Es war nichts Ungewöhnliches zu sehen oder zu hören. Trotzdem lief es ihm kalt den Rücken herunter. In die friedliche Atmosphäre des frühen Morgens hatte sich etwas Bedrohliches geschlichen. Joshua versuchte, sein Pferd zu beruhigen, bevor er sich in den Sattel schwang. Doch unmittelbar darauf fing das Tier wieder an zu wiehern und bäumte sich auf. Leise vor sich hin fluchend wandte Joshua all seine Reitkünste auf, um zu verhindern, dass das Pferd in Panik losgaloppierte.

Als die Stute ruhiger wurde, auch wenn sie immer noch nervös war, beugte Joshua sich nach vorn und klopfte ihr den Hals. »Ganz ruhig, Clover, altes Mädchen. Was hat dich denn so erschreckt?«

Die Stute wich tänzelnd einige Schritte zurück. Joshua blickte auf. Der Aborigine stand mit erhobenem Speer da. Seine Absicht war klar. Bei dem Versuch, die Stute zu wenden, zog Joshua zu stark an den Zügeln. Clover bäumte sich auf. Im gleichen Moment drang der Speer durch Joshuas linken Oberschenkel, und die Spitze bohrte sich in den Sattel.

Joshua schrie auf. Zufrieden verschwand Wallaby wieder im Schatten der Bäume. Er hatte nicht vorgehabt, den weißen Mann zu töten, sondern wollte nur Rache nehmen, um seinen Stolz zu wahren. Jilli hatte ihren Tod selbst verschuldet.

Der Schmerz verhinderte jedes rationale Denken. Allein der Überlebensinstinkt veranlasste Joshua, sich flach über den Hals des Pferdes zu beugen. Die Stute brauchte keine gesonderte Aufforderung, um loszugaloppieren. Der Speerschaft wippte mit jeder Bewegung des Pferdes auf und ab. Vor Schmerz liefen Joshua Tränen übers Gesicht. Er wusste, dass er kurz davor war, das Bewusstsein zu verlieren. Er brachte kaum noch die Kraft auf, Clover so weit zu zügeln, dass sie in den Schritt fiel.

Als es ihm schließlich gelungen war, Clover anzuhalten, versuchte er, den Schaft des Speeres abzubrechen. Er konnte ihn jedoch noch nicht einmal biegen. Die Vorstellung, noch eine Stunde mit dem auf und ab wippenden Speer zu reiten, war unerträglich. Wenn er den Speer nicht durchbrechen konnte, musste er ihn eben herausziehen. Doch bei dem Versuch, den Speer aus seinem Bein zu ziehen, verlor er tatsächlich für einige Sekunden das Bewusstsein.

Panik. Nein, denk nach. Er musste unbedingt auf dem Pferd bleiben und zurück zur Farm reiten. Wenn er es überhaupt so weit schaffte. Er wusste, dass er von Minute zu Minute schwächer wurde. Hatte er nicht ein Stück Seil in der Satteltasche? Ja, er erinnerte sich, dass er es eingepackt hatte. Unter großen Schmerzen gelang es ihm schließlich, das Seil zu finden. Dann band er unter noch größeren Schmerzen sein linkes Bein an den linken Steigbügelriemen, wickelte sich das Seil zweimal um die Taille und band dann sein rechtes Bein an den rechten Steigbügelriemen. Wenn er tatsächlich ohnmächtig wurde, hoffte er, zumindest nicht vom Pferd zu fallen.

Er war schwach und zittrig, als er endlich fertig war. Plötzlich wurde er von einer starken Übelkeit ergriffen. Er beugte sich über den Hals der Stute und übergab sich. Dann lag er hilflos mit dem Kopf auf der Mähne des Pferdes, bis das Zittern nachließ und er sich aufrichten und mit dem Ärmel über den Mund wischen konnte. Wasser. Er brauchte Wasser. Mit zitternden Händen zog er den Stopfen aus der Wasserflasche. Er musste sie mit beiden Händen festhalten, um trinken zu können. Vor seinen

Augen verschwamm alles. Die Wasserflasche rutschte ihm aus den Händen, und er merkte es nicht mal. Er schwankte zur Seite, fing sich wieder und legte zitternd eine Hand an den Hals der Stute.

»Okay, Clover, altes Mädchen. Bring mich nach Hause.«

Das Pferd war noch keine hundert Meter gegangen, da verlor Joshua das Bewusstsein. Die Stute zerrte an den Zügeln, da sie spürte, dass etwas nicht so war, wie es sein sollte. Und während sie versuchte, den Kopf nach hinten zu drehen, um das ungewohnte Gewicht auf ihrem Rücken sehen zu können, bewegte sie sich im Kreis. Als sie wieder geradeaus ging, war sie nicht mehr auf dem Weg zur Farm.

Der Ehrenwerte Ernest William Henry Smythe-Jones war die letzten sieben Jahre auf der Suche nach Bodenschätzen in ganz Victoria herumgezogen. Er war bereits durch den Busch gestreift, bevor sich die Kolonie von Neusüdwales abgespalten hatte. Felsen und Mineralien faszinierten ihn seit seiner frühen Kindheit in England, seit sein Kindermädchen ihm einmal einen hübschen bunten Stein gezeigt hatte. Das war nun fast ein halbes Jahrhundert her, und in dieser Zeit war er durch die ganze Welt gezogen und hatte sich dabei ein umfangreiches geologisches Wissen angeeignet.

Der kultivierte Anstrich, den er durch seine privilegierte Erziehung erworben hatte, war unter den Entbehrungen des Nomadenlebens längst zerbröselt. Nun war er einfach nur noch Ernie Jones und glaubte immer noch, dass er eines Tages ein riesiges Mineralienvorkommen finden würde. Ob er nun Gold fand, Silber, Kupfer oder Eisenerz, spielte für ihn keine Rolle. Er wollte, dass sich die Leute nach seinem Tod wegen seiner großen Entdeckung an ihn erinnerten.

Wie viele Schürfer war er ein Einzelgänger und blieb am liebsten für sich. Höchst selten einmal freute er sich über ein wenig Gesellschaft. Diese Gesellschaft bestand meistens aus Aborigines, mit denen er immer gut ausgekommen war. Als er an einem Fluss in der Nähe ein Pferd wiehern hörte, runzelte er verärgert die Stirn. Er war an diesem Abend nicht in geselliger Stimmung. Am liebsten hätte er den Fluss links liegen gelassen und wäre weitergeritten, doch sein Pferd hatte sich bereits durch einen Antwortruf bemerkbar gemacht. Äußerst widerwillig ritt Ernie zum Fluss hinunter.

Was er dort sah, ließ ihn abrupt anhalten: Das Pferd stand traurig mit gesenktem Kopf da. Der Mann auf seinem Rücken hing zusammengesunken auf einer Seite, und aus seinem linken Bein ragte ein langer Speer hervor.

»Heilige Muttergottes«, murmelte Ernie, »was haben wir denn da?«

Er ließ die Leine seines Packpferds fallen, ritt vorsichtig auf die Stute zu und sprach leise auf sie ein, damit sie ruhig blieb. Sie erlaubte ihm, ihre Zügel zu nehmen und sie ein paar Schritte weiter zu einem Baum zu führen, wo er sie anbinden konnte. Ernie rutschte von seinem Pferd herunter und ließ es zurück zu seinem Gefährten gehen. Er wusste, dass die Tiere nicht herumstreunen würden.

Zuerst glaubte er, der Mann wäre tot. Das Blut hatte um den Speer herum eine Kruste gebildet, und die Wunde eiterte bereits. Ernie bemerkte, dass der Mann sich anscheinend selbst an seinem Sattel festgebunden hatte. Wie lange mochte es her sein, dass er von dem Speer getroffen worden war? Wie lange hatte er schon bewusstlos auf dem Rücken seines Pferdes gelegen? Eines war gewiss, der Mann brauchte dringend Hilfe. Ernie schätzte, dass die Langsdale-Farm ungefähr zwei Reitstunden entfernt in nordöstlicher Richtung lag. Ob der Mann noch am Leben sein würde, wenn sie dort ankamen, war zweifelhaft.

Ernie schob den Mann so weit hoch, bis er auf dem Hals des Pferdes lag. In dieser Position band er ihn mit einem Seil aus seiner eigenen Satteltasche fest. Den Speerschaft schnitt er mit einer Machete ab, die er aus Afrika mitgebracht hatte. Der Schaft war kunstvoll gestaltet. Ernie betrachtete ihn besorgt. Er warf ihn nicht weg, sondern befestigte ihn an seinem Gepäck. Nachdem er wieder aufgestiegen war, band er die Stute los, nahm sie und sein Packpferd am Zügel und ritt Richtung Farm.

Es gab nur wenige Dinge, die Con Trevannicks Zorn erregten. Doch als er die Herde auf der Ostweide unbeaufsichtigt vorfand und der Aborigine-Schäfer Wallaby und seine Familie spurlos verschwunden waren, war er sehr verärgert. Als er dann noch infizierte Schafe in der Herde entdeckte, steckte er in einer äußerst misslichen Lage. Alleine konnte er die infizierten Tiere nicht von der Herde trennen und zur Behandlung auf die Farm treiben.

Wann waren die Aborigines auf Walkabout gegangen? Wallaby war schon einmal auf Walkabout gegangen. Nach drei Wochen war er zur Farm zurückgekehrt und hatte wieder Schäfer werden wollen. Würde Wallaby bald zurück sein, oder waren sie gerade erst fortgegangen? Am Bach, wo die Familie kampiert hatte, konnte er keinerlei Hinweise entdecken. Ihm blieb nichts anderes übrig, als zur Farm zurückzukehren. In ein bis zwei Tagen würde Joshua aus Ballarat zurück sein, hoffentlich mit reichlich Zutaten fürs Tauchen der Schafe. Con hoffte, dass die Räude sich bis dahin nicht allzu rasch ausbreiten würde.

Etwa eine Stunde, bevor er zu Hause ankam, wurde es dunkel. Und es fing wieder an zu regnen. Con war kalt und durchnässt und freute sich auf eine warme Mahlzeit. Erst als er sein Pferd in den Stall gebracht hatte und über den Hof zur Küche ging, sah er die drei Pferde, die am Anbinder festgemacht waren. Eines davon war ein Packpferd. Er hoffte, dass die Besitzer der Pferde

Männer waren, die Arbeit suchten. Während die Räude in seiner Herde wütete, konnte er jede zusätzliche Hilfe gebrauchen.

Mrs Clancy war nicht in der Küche. Con lief zum Haus. Dort hörte er die Stimme seiner Haushälterin voller Verzweiflung aus Joshuas Zimmer kommen. Eine ihm unbekannte Männerstimme antwortete. Er konnte jedoch beide nicht verstehen. Con lauschte. Warum hörte sich Mrs Clancy so verängstigt an? War die Farm von einem Buschräuber überfallen worden? Con zog seinen Revolver. Mit der Waffe in der Hand ging er leise den Flur entlang.

Die Tür von Joshuas Zimmer war offen. Mrs Clancy beugte sich über das Bett. Ein älterer Mann in abgetragener Buschkleidung stand neben ihr. Joshua lag reglos auf dem Bett. Con betrat das Zimmer.

»Mein Gott! Ist er tot?«

Mrs Clancy stieß einen tiefen Seufzer der Erleichterung aus. »Gott sei Dank, dass Sie da sind, Master. Es ist ganz schrecklich. Der arme Mann ist kaum noch am Leben.«

»Was ist denn passiert?«

Nun sprach der Fremde. »Ich habe ihn bewusstlos auf seinem Pferd gefunden, mit einem Speer im Bein.«

»Er wurde von einem Speer getroffen?« Con runzelte die Stirn. »Das verstehe ich nicht. Die Aborigines hier in der Gegend sind doch bisher immer friedfertig gewesen.«

»Ich glaube nicht, dass das ein zufälliger Anschlag auf einen Weißen war. Dieser Speer ist aus gutem Grund geworfen worden.«

»Wie meinen Sie das?«

»Aus Rache vielleicht.«

Con betrachtete den Mann genauer. Er kam ihm bekannt vor, dann wusste er auch, woher. »Sie waren schon mal hier. Sie sind Schürfer, nicht wahr?«

»Ernie Jones. Ich kenne die meisten Aborigines in einem Umkreis von etlichen Meilen. Ich weiß auch, wer diesen Speer geworfen hat.« Seine aufgesprungenen Lippen verzogen sich grimmig.

Viele Fragen schossen Con durch den Kopf. Vor allem aber die, was Joshua so Übles getan haben könnte, dass man ihn angegriffen hatte. Falls tatsächlich Rache dahintersteckte. »Wir reden gleich miteinander, Jones. Ich möchte nur erst wissen, wie schlimm es um Joshua steht.«

Er ging zum Bett und blickte auf seinen Freund. Joshuas Gesicht war totenbleich. Neben ihm schnalzte Mrs Clancy besorgt mit der Zunge.

»Dem armen Mr Winton geht es sehr schlecht, Mr Trevannick. Mr Jones hat den Speer herausgezogen, und ich habe die Wunde, so gut ich konnte, verbunden. Der arme Mann braucht einen Arzt.«

Der nächste Arzt war in Ballarat. »Vor morgen früh können wir nichts tun. Würden Sie bei Joshua bleiben, Mrs Clancy? Ich muss mir trockene Sachen anziehen.«

»Tun Sie das, Master. In der Küche steht ein Eintopf auf dem Feuer. Sie brauchen etwas Warmes zu essen.«

»Sie sind ein Juwel, Mrs Clancy. Sie würden doch sicher auch gerne was essen, Jones. Wir treffen uns in der Küche.«

Con und der Schürfer saßen einander am Küchentisch gegenüber, die Teller bis zum Rand mit Mrs Clancys wunderbarem Eintopf gefüllt. Während sie aßen, erzählte Ernie Jones, wie er Joshua gefunden hatte. Da er nicht wusste, wer der Mann war oder wie lange sein Pferd schon umherirrte, hatte er ihn nach Langsdale gebracht, weil das die nächstliegende weiße Wohnstätte war.

»Sie sagen, der Speer steckte noch in seinem Bein?«

»Er hatte das Bein durchbohrt und war in den Sattel gedrungen. Der Speer wurde aus sehr geringer Entfernung geworfen. Ich habe den Schaft abgeschnitten, und als wir hier waren, hab ich den Speer zwischen seinem Bein und dem Sattel durchtrennt. So konnten wir das Stück herausziehen, ohne noch mehr Schaden anzurichten.«

»Sie haben gesagt, Sie wüssten, wer den Speer geworfen hat.«

»Nun ja, ich weiß, wem der Speer gehört.« Er nahm die Speerspitze aus seiner Tasche und legte sie auf den Tisch.

Con nahm sie in die Hand. Er sah nichts, woran man die Waffe hätte identifizieren können. Fragend blickte er den Schürfer an.

»Sie haben offenbar noch nicht allzu viele Speere gesehen, Trevannick. Das ist keine traditionelle Speerspitze der Aborigines. Diese hier kommt aus Afrika. Ich habe sie einem Aborigine geschenkt, der mir letzten Sommer geholfen hat, als ich übel vom Pferd gestürzt bin. Wenn er diesen Speer geworfen hat, dann hatte er einen sehr guten Grund dafür. Ihr Mann hier muss ihm oder seiner Familie etwas angetan haben.«

Die Stirn nachdenklich in Falten gezogen, drehte Con die Speerspitze hin und her. Allmählich bekam er ein äußerst ungutes Gefühl bei dieser ganzen Sache. »Wissen Sie, wo wir diesen Aborigine finden können? Ich würde gern mit ihm reden. Ich neige jetzt ebenfalls zu der Auffassung, dass dies kein willkürlicher Angriff war.«

»Ich wünschte, ich wüsste genau, was passiert ist. Ich hätte selbst gern eine Erklärung.«

»Auf welcher Höhe der Straße nach Ballarat haben Sie Joshua gefunden?«

Ernies Gesicht war sein Erstaunen deutlich anzusehen. »Ihr Mann war nicht mal in der Nähe der Straße nach Ballarat. Er war einige Meilen westlich davon. Was könnte er dort gewollt haben?«

»Ich habe keine Ahnung.« Con hatte das Gefühl, als würde sich eine tiefe Sorgenfalte in seine Stirn graben. In letzter Zeit hatte er sich wegen so vieler Dinge Sorgen machen müssen. Und jetzt auch noch das hier. »Joshua wollte nach Ballarat, um Zutaten für das Tauchbad zu kaufen. In unseren Herden ist die Räude ausgebrochen. Ich habe keinen Grund zu der Annahme, dass er etwas anderes vorhatte.«

Der Schürfer stieß ein leises, ungläubiges Pfeifen aus.

»Wenn sein Pferd so weit vom Weg abgekommen ist, dann muss er fast den ganzen Tag bewusstlos im Sattel gehangen haben. Ein Wunder, dass er noch am Leben ist. Dieser Mann muss einen guten Schutzengel haben.«

»Erzählen Sie mir mehr über diesen Aborigine.«

»Er spricht genug Englisch, um sich verständlich machen zu können. Manchmal arbeitet er als Schäfer.«

Cons ungutes Gefühl verwandelte sich in einen furchtbaren Verdacht. »Wie heißt der Mann?«

»Er nennt sich Wallaby. Ich glaube aber nicht, dass das sein Stammesname ist.«

Con stützte die Stirn auf eine Hand, während er weiter die Speerspitze betrachtete. Was hast du getan, Joshua? Er stellte sich die Frage, obwohl er wusste, dass er keine Antwort bekommen würde. Schließlich hob er den Kopf.

»Wallaby hat für mich als Schäfer gearbeitet. Ich bin heute hinausgeritten, um nach der Herde zu sehen. Er und seine Familie sind auf Walkabout gegangen. Ich wünschte, ich wüsste, was hinter alldem steckt.«

»Wie ich bereits sagte, ich würde wetten, dass es sich um einen Racheakt handelt.«

Con saß die ganze Nacht dösend auf einem Stuhl neben Joshuas Bett. Da er wusste, dass seine Probleme ihm den Schlaf rauben würden, hatte er Mrs Clancy ins Bett geschickt und ihr versprochen, sie zu rufen, falls er Hilfe brauchte. Seine Gedanken schweiften hin und her zwischen der Katastrophe, die über seine Schafe hereingebrochen war, und der Sorge um den Mann, der mit dem Tode rang. Er mochte Joshua Winton. Der Mann verstand viel von Schafen und war mit Feuereifer bei der Sache gewesen. Doch was wusste er sonst über diesen Mann?

Joshua hatte nur wenig über seine Vergangenheit preisgegeben. Warum hatte Wallaby, der zuverlässigste Aborigine, mit dem Con je zu tun gehabt hatte, Joshua verletzt? Gott, was für ein Schlamassel. Er wollte den Überfall nur ungern der Polizei melden. Die würde dann sehr wahrscheinlich eine nicht zu rechtfertigende »Niggerjagd« in Gang setzen, bei der niemand davor zurückschrecken würde, auch Unschuldige zu töten. Derartige Ungerechtigkeiten waren schon zu oft vorgekommen, seit die ersten Weißen in Australien gelandet waren. Irgendwie musste er selbst der Sache auf den Grund gehen.

Ein Geräusch aus dem Bett ließ ihn vom Stuhl aufspringen. Joshua, in Schweiß gebadet, warf sich im Fieberwahn hin und her. Con wusch dem Mann die Stirn und zwang ihm ein bisschen Brandy zwischen die Lippen. Dann nahm er Joshuas Hand und hielt sie zwischen seinen Händen.

»Joshua. Kannst du mich hören, Joshua?«

Keine Antwort. Er konnte nicht viel mehr tun, als Joshua weiter mit einem kühlen feuchten Tuch über die Stirn zu reiben und beruhigend auf ihn einzureden. Er holte tief Luft, als er ein gemurmeltes Wort aufschnappte. Dann beugte er sich vor und ging mit dem Ohr dichter an Joshuas Mund heran. Er konnte nur ein bis zwei Worte verstehen.

»Joshua. Ich bin's, Con. Sprich mit mir.«

Doch Joshua lag wieder still da. Con glaubte, er habe wieder das Bewusstsein verloren, doch dann begann er sich erneut hin und her zu werfen und noch lauter zu murmeln. Es war ein

Wirrwarr aus einzelnen Wörtern und unzusammenhängenden Sätzen. Ganz langsam gelang es Con, eine Verbindung herzustellen. Er war entsetzt über das, was er daraus schließen musste.

»Du Dreckskerl, Joshua«, sagte er. »Du solltest besser schleunigst sterben oder dich schnellstens erholen, damit ich dich aus dem Haus und von meinem Land werfen kann.«

Am nächsten Morgen, nachdem Ernie Jones aufgebrochen war und Mrs Clancy Zeit hatte, sich zu dem immer noch bewusstlosen Joshua zu setzen, sattelte Con sein Pferd, um noch einmal zur Ostweide zu reiten. Dass er nach seinen Schafen sehen wollte, war nicht der einzige Grund. Er hoffte auch einen Hinweis darauf zu finden, was Wallaby dazu getrieben hatte, den Speer zu werfen.

Wie am Vortag suchte er das Ufer des Baches ab, diesmal jedoch etwas weiter vom Wasser entfernt. Er wollte seine Bemühungen schon als sinnlos aufgeben, da entdeckte er etwas, das stark nach einem Grab aussah. Nun wusste er, weshalb die Aborigines fortgegangen waren. Einer aus ihrer Gruppe war gestorben. Der Verdacht, dass Joshua etwas mit diesem Tod zu tun haben könnte, bereitete ihm große Übelkeit.

Wenn er doch nur Wallaby finden würde, dann könnte er vielleicht eher einen Sinn in dieses Durcheinander bringen. Wie er allerdings herausfinden sollte, wo sich die Aborigines jetzt aufhielten, war ihm völlig schleierhaft. Der alte Schürfer hätte die Gruppe vielleicht ausfindig machen können, doch wohin der Mann gegangen war, wusste er genauso wenig.

Die Schafe waren zu sehr verstreut, als dass Con mit Sicherheit hätte festellen können, ob weitere infiziert waren. Sie mussten zusammengetrieben und in die Pferche am Haus zum Tauchen gebracht werden. Con beschloss, weiter nach Creswick zu reiten und sich dort nach Arbeitskräften umzusehen. Ein desillusionierter deutscher Goldgräber und zwei junge Iren waren bereit, ein paar Wochen zu arbeiten für Löhne, die Con erpresserisch fand. Doch ein Mann in seiner Situation hatte keine andere Wahl, als die verlangte Summe zu zahlen.

Innerhalb von fünf Tagen hatten sie die Schafe zur Farm getrieben und in Desinfektionslösung gebadet. Nur ein halbes Dutzend von ihnen wies Anzeichen von Räude auf. Sie wurden von den noch gesunden Schafen getrennt und zu den übrigen infizierten Tieren gesperrt.

Die ganze Zeit über dämmerte Joshua vor sich hin. Con ließ keinen Arzt kommen. Die Wunde schien sauber zu sein. Joshua würde schon von allein wieder gesund werden. Sobald er kräftig genug war, um weiterzureiten, würde Con ihn zwingen, das Haus zu verlassen.

Im Augenblick galt seine Hauptsorge jedoch seinen Schafen. Er ritt zur Südweide hinunter, wo er mit großer Erleichterung feststellte, dass alle Schafe bei guter Gesundheit waren.

»Wir lassen diese Herde hier, Ned, und hoffen, dass sie sauber bleibt. Ich habe drei neue Arbeiter gefunden. Ich werde Ihnen wohl den Deutschen schicken, damit er Ihnen helfen kann. Er zeigt mehr Geschick für die Arbeit als die beiden anderen.«

»Was ist mit Wallaby? Brauchen Sie ihn auf der Farm?«

»Wallaby und seine Familie sind auf Walkabout gegangen.«

Ned grummelte vor sich hin. »Ach so. Normalerweise kommt er aber doch nach ein paar Wochen zurück.«

»Bisher ja.« Doch soweit Con wusste, hatte der Aborigine bisher auch noch nie einen Speer nach einem Weißen geworfen.

Obwohl Con auf dem Weg zurück zur Farm in Gedanken versunken war, hinderte ihn das nicht daran, seine Umgebung genau zu beobachten. Deshalb entdeckte er auch die dünne Rauchsäule, die etwa eine halbe Meile westlich über einer Baumreihe aufstieg. Rauch bedeutete Feuer. Aller Wahrscheinlichkeit nach kam der Rauch von einem Lagerfeuer, doch Feuer durfte man nie ignorieren. Er fragte sich, ob das vielleicht Ernie Jones war, der da auf seinem Land kampierte. Con ritt hinüber, um nachzusehen.

Noch bevor er die Gruppe sah, hörte er die Aborigines bereits, das Lachen der Frauen heller noch als die Stimmen der Kinder. Sein Herzschlag beschleunigte sich. Konnte das Wallabys Familie sein? Alles verstummte abrupt, als er auftauchte, und die Gesichter wurden wachsam. Con kannte diese Gesichter.

»Wallaby?«, fragte er.

Als Antwort erhielt er nur stumme, starrende Blicke. Er wollte schon seine Frage wiederholen, da bemerkte er, wie der Blick eines der Kinder zu einem dichten Akaziengestrüpp wanderte. Con stieg vom Pferd und ging auf das Dickicht zu.

»Komm raus, Wallaby. Sprich mit Boss.«

Mit misstrauischem Blick und finsterem Gesicht kam der Mann vorsichtig aus seinem Versteck gekrochen. In seinen Augen stand die Angst vor Strafe.

»Komm her, Wallaby. Erzähl Boss. Du Speer nach weißem Mann geworfen?«

»Weiße Männer Wallaby hängen, wenn ihn fangen.«

»Sag mir die Wahrheit. Was hat weißer Mann getan?«

Plötzlich schien der Mann seinen Stolz wiederzuerlangen. Er richtete sich auf. Anstelle der Angst trat Trotz in seine Augen. »Weiße Mann Jilli töten.«

Obwohl die Antwort nicht unerwartet kam, kochte in Con von neuem Wut auf. Er versuchte, seine Stimme ruhig zu halten.

»Wie? Erzähl's mir, Wallaby.«

Die Miene des Mannes verfinsterte sich wieder. »Jilli folgt weiße Mann. Nun sie ist bei Ahnen.«

»Hat der weiße Mann sie getötet?«

»Jilli tot.«

Der starre, trotzige Blick verriet Con, dass der Aborigine keine Beweise hatte. Er rief sich in Erinnerung, was er von Joshuas Fieberfantasien behalten hatte. Trotz seiner Wut und Empörung darüber, dass der Mann offenbar die Aborigine-Frau vergewaltigt hatte, konnte er nicht recht glauben, dass Joshua ein Mörder war. Der Tod der Frau könnte ein Unfall gewesen sein, ausgelöst durch die Vergewaltigung.

Wallaby starrte ihn mit versteinertem Gesicht an. »Boss mich bringen zu weiße Polizei.«

Um den Mann hängen zu lassen, weil er seine Stammesgesetze befolgt hatte?

»Du hast nach Gesetz von weißem Mann Unrecht getan, Wallaby. Aber der weiße Mann hat etwas Schlechtes nach weißem Gesetz und nach Aborigine-Gesetz getan. Dieses Schlechte hat er deiner Jilli angetan. Du hast dich nach deinen Gesetzen gerächt. Jetzt ist alles vorbei. Du guter Mann, Wallaby. Du kommst zurück und hütest meine Schafe.«

»Boss nicht erzählen Polizei?«

Con schüttelte den Kopf. »Alles vorbei. Du gehst jetzt zu Ned. Du hilfst ihm.«

Con behielt für sich, was er erfahren hatte. Es verging noch ein Tag, bis Joshua allmählich Zeichen der Genesung zeigte. Drei Tage später stellte Con ihn zur Rede.

»Ich weiß, wer den Speer nach dir geworfen hat und warum. Und weil ich nicht vorhabe, meinen Schäfer der Polizei zu übergeben, werde ich dich auch nicht wegen der Vergewaltigung anzeigen. Die Frau ist tot. Dir haben Ernie Jones und Mrs Clancy vermutlich das Leben gerettet, Joshua. Eigentlich hast du es nicht verdient, zu leben. Aber was für Missetaten du in Zukunft auch immer begehst, du wirst das auf jeden Fall weit entfernt von Langsdale tun. Morgen fahre ich dich nach Ballarat. Creswick ist für meinen Geschmack noch zu nah.«

Joshua antwortete nicht. Es gab keine akzeptable Entschuldigung für sein Verhalten. Sie fuhren mit dem Pferdewagen. Joshuas Stute hatten sie hinten an den Wagen gebunden. Das Gerüttel auf dem holprigen Weg verursachte Joshua so starke Schmerzen, dass ihm nicht nach einem Gespräch zumute war. Auch Con sprach kein Wort, bis er den Wagen vor einem Gästehaus auf der Hauptstraße angehalten hatte.

»Ich setze dich hier ab. Ich hoffe, dass du wieder ganz gesund wirst, aber lass dich nie wieder auf meinem Land blicken.«

Joshua kletterte ohne Hilfe und unter Schmerzen vom Wagen. Er humpelte um den Wagen herum, um sein Pferd loszumachen, dann humpelte er wieder zurück und blickte zu Con hinauf. »Das mit der Frau tut mir leid. Ich wusste nicht, dass sie gestorben ist. Du würdest nicht …«

»Es interessiert mich nicht, was du zu sagen hast. Auf Wiedersehen, Winton.«

Joshua beobachtete, wie der Wagen wegfuhr. Was war er nur für ein verdammter Idiot! Durch seine Lüsternheit hatte er sich die Chance auf ein besseres Leben zerstört. Was zum Teufel sollte er jetzt tun? Außer nach einem Bett in dem Gästehaus fragen.

Con fand einen Laden, der ihm eine kleine Menge Arsen zum exorbitanten Preis von fünf Shilling pro Pfund verkaufte, obwohl die gleiche Menge erst kürzlich noch für neun Pence zu haben gewesen war. Die Nachfrage nach Zutaten für Tauchbäder war im ganzen Bezirk so groß, dass nirgends mehr Schwefel zu kaufen war. Deshalb ging er zum Postamt und gab eine Bestellung nach Melbourne auf.

Der Postmeister begrüßte ihn. »Es ist ein Brief für Sie gekommen, Mr Trevannick. Ich gehe ihn rasch holen.«

Zum ersten Mal seit Tagen lächelte Con. Es würde ein Brief von Jenny sein. Er freute sich immer über ihre Briefe. Häufig erhielt er zwei oder drei gleichzeitig. Doch den Brief, den man ihm gab, hatte nicht seine Pflegeschwester geschrieben. Es war auch nicht die Handschrift von Phillip oder Rodney. Con steckte den Brief in die Tasche. Das hatte Zeit, bis er zu Hause war. Er machte sich sofort auf den Rückweg, obwohl das bedeutete, dass er über Nacht irgendwo draußen kampieren musste. Doch wenn er jetzt losfuhr, war er am nächsten Tag früher zu Hause.

Als Con am nächsten Tag wieder auf seiner Farm war, galt seine erste Sorge den Schafen. Deshalb fiel ihm der Brief erst nach dem Abendessen wieder ein. Er holte ihn aus der Tasche seines Mantels und brachte ihn zurück ins Wohnzimmer, wo er sich ans Feuer setzte und die Beine ausstreckte.

Der Brief, adressiert in der ihm unbekannten Handschrift, kam aus England. Er hatte keine Ahnung, wer ihm von dort schreiben könnte. Er nahm einen silbernen Brieföffner, schlitzte den Umschlag auf und hoffte, dass niemandem von den Tremaynes etwas zugestoßen war. Als Adresse war oben auf dem Briefbogen Helston in Cornwall angegeben, was nicht weit von Tremayne Manor in Pengelly entfernt war.

Die Unterschrift unter dem Brief ließ sein Herz für einen Moment stillstehen. Meggan!

Das Blut hämmerte in seinen Schläfen. Meggan! Meggan hatte ihm geschrieben. Woher hatte sie gewusst, wohin sie den Brief schicken musste? Warum hatte sie ihm geschrieben? Er sah, dass die Blätter in seiner Hand zitterten. Er holte tief Luft, hielt die Blätter mit beiden Händen fest und fing an zu lesen.

Lieber Con,
sicher bist Du überrascht, von mir einen Brief zu bekommen und zu erfahren, dass ich in Cornwall bin. Mein Vater ist tragischerweise letztes Jahr im September bei einer Explosion in der Burra Mine ums Leben gekommen. Da meine Mutter

sich in Australien nie so richtig wohl gefühlt hat, habe ich sie zurück nach Cornwall gebracht und ihr in Helston ein Haus gekauft. Nach Pengelly mit all seinen traurigen Erinnerungen hatte sie auf keinen Fall zurückkehren wollen.

Ich selbst bin nach Pengelly gefahren und habe überrascht festgestellt, dass Rodney sich um Carolines Grab kümmert. Ich habe seine Einladung ins Herrenhaus abgelehnt, weil ich die Vorstellung nicht ertragen konnte, Dich und Jenny zusammen zu sehen. Als ich Dich aus Adelaide fortgeschickt habe, dachte ich, Du würdest nach Hause zurückkehren, um Jenny zu heiraten, wie ihr Vater es gewünscht hat. Erst als Jenny mich besuchen kam, habe ich erfahren, dass Du in Australien geblieben bist.

Jenny hat mich gedrängt, Dir zu schreiben. Ich habe Dir zwei Dinge zu sagen: Ich bin jetzt Witwe. David wurde letztes Jahr im Juni bei einem Kutschenunfall getötet. Die Pferde waren durchgegangen.

Con hob den Blick von der Seite und kämpfte dagegen an, in Jubel auszubrechen. Er durfte sich nicht über den Tod eines anderen Mannes freuen. Aber wie sollte er sich nicht freuen, wo seine Meggan doch jetzt frei war, ihn zu heiraten? Er las weiter.

Ich habe eine Tochter.

Es tat ihm weh, sich vorzustellen, wie Meggan das Kind eines anderen Mannes gebar. Er ließ den Brief in den Schoß sinken und malte sich den Schmerz aus, den Meggan über den vorzeitigen Tod ihres Mannes empfunden haben musste. Ein Kind hatte sicher den Kummer über den Verlust ein wenig gemildert. Wenn er doch nur Meggan das Kind geschenkt hätte und nicht David Westoby.

Sie wurde an dem Tag geboren, an dem mein Vater starb. Deshalb ist sie mir besonders kostbar. Wir rufen sie Etty. Der kleine Barney Heilbuth hat ihr den Namen gegeben, als sie noch ein winziges Baby war. Sie wurde auf den Namen Henrietta Constance getauft, nach meinem Vater und nach ihrem. Verstehst Du, Con? Etty ist Deine Tochter.

Seine Tochter! Von heftigen Gefühlen überwältigt, liefen ihm Tränen über die Wangen. Er schloss die Augen und stellte sich eine kleine Ausgabe von Meggan vor. Meggan, Meggan, ich liebe dich. Er las den Rest des Briefes.

Jenny hat mir versichert, dass sich Deine Gefühle für mich nicht verändert hätten. Meine Liebe zu Dir ist so tief wie eh und eh. Ich hatte bereits geplant, nach Australien zurückzukehren, noch bevor ich mit Jenny gesprochen habe. Nun werde ich so schnell wie möglich kommen.

Ich schreibe Dir noch einmal, wenn ich unsere Überfahrt gebucht habe. Alles wird gut. Ein Dienstmädchen wird mir während der Reise helfen. Ich habe Agnes Roberts eingestellt, die Jüngste aus der Familie. Sie wollte unbedingt auswandern und hat sich bereits als zuverlässige Hausangestellte erwiesen.

Auf ein baldiges Wiedersehen
Meggan

Er hatte noch nie so große Freude empfunden. Die Sorgen, die ihn in den letzten Monaten belastet hatten, waren plötzlich vollkommen unbedeutend.

6

Während Con wie alle Schafzüchter die Krankheit bekämpfte, die ihnen ihre Lebensgrundlage zu rauben drohte, hatten die Männer auf den Goldfeldern andere Probleme. Lizenzgebühren, Brutalität der Polizei und die Gleichgültigkeit der Regierung wurden schon viel zu lange erduldet. Überall auf den Goldfeldern in Victoria waren die Goldgräber in Aufruhr. Im Mai waren die Goldgräber in Castlemaine durch das Vorgehen von zwei Troopern aufgebracht worden, die behaupteten, das dortige Gästehaus würde illegalen Schnaps verkaufen. Obwohl sie nichts fanden, wurden sämtliche Waren beschlagnahmt und das Zelt niedergerissen. Männer und Frauen, die in einem Zelt in der Nähe schliefen, wurden in die Nacht hinausgejagt, nachdem man bei ihnen ein kleines Fass selbst gebrautes Bier entdeckt hatte. Auch hier wurde das Zelt zerstört und alles beschlagnahmt. Zwei Geschäfte wurden ebenfalls von den beiden Troopern zerstört. Als sie schließlich mit ihrer Beute abzogen, bekundeten sie lautstark, wie viel Vergnügen ihnen ihre hinterhältigen nächtlichen Streifzüge bereiteten.

Die Goldgräber gerieten immer mehr in Rage. Sie hielten Versammlungen ab und forderten Gerechtigkeit. Gewählte Volksbeauftragte machten sich auf den Weg nach Melbourne, um der Regierung die Fakten vorzulegen und Entschädigung zu fordern. Das faire Urteil eines örtlichen Friedensrichters, der den Besitzer des Gästehauses freisprach und einen der Trooper zu fünf Jahren Gefängnis verurteilte, trug nichts dazu bei, das allgemeine Gefühl, ungerecht behandelt zu werden, zu beschwichtigen.

Die Nachricht über die Ereignisse in Castlemaine verbreitete sich rasch in allen Lagern. Im August rebellierten die Goldgräber in Bendigo. Sie sammelten sich am Bendigo Creek und marschieren von dort den Hügel hinauf zum Camp, um dem Commissioner eine von 23.000 Männern unterzeichnete Petition vorzulegen. Als Zeichen ihres Protests hatten sie sich rote Bänder um die Arme gebunden. Ihre Aktion war der Auftakt der Red Ribbon Rebellion. Überall trugen unzufriedene Goldgräber das rote Band als Zeichen ihres Protests gegen die Regierung. Schon bald war auf den Goldfeldern so gut wie kein roter Flanell mehr zu haben, da die Männer aus allem, was sie kriegen konnten, Bänder schnitten. Auch Hunde, Pferde, Zelte und Geschäfte wurden mit dem roten Widerstandssymbol geschmückt.

Gouverneur La Trobe hatte kein Verständnis für die Forderungen der Goldgräber. Sie hatten kein Wahlrecht, viele von ihnen waren Ausländer, die der englischen Königin keine Treue schuldeten. Er bezeichnete die Goldgräber als Agitatoren und glaubte, dass es auf den Goldfeldern von »roten Republikanern« nur so wimmele. Aus Vandiemensland wurden Truppen herbeigeholt, um jedes Aufflackern von Aufruhr sofort zu ersticken. An der Bendigo-Petition störte La Trobe insbesondere die große Anzahl der deutschen Unterschriften.

Überzeugt, dass die Goldgräber nur Unruhestifter seien, widersetzte sich der Gouverneur strikt jeder Gesetzesänderung. Wenn die Goldgräber der Regierung weiterhin Ärger machten, wüsste er, worin seine Pflicht bestand. Er würde sie das Donnern der Kanonen hören lassen.

In Ballarat gehörte Will Collins zu den Tausenden, die die

Position der Bendigo-Goldgräber unterstützten. Er begann, ein rotes Band um seinen Hut zu tragen. Seine Brüder und die Baxter-Söhne folgten schon bald seinem Beispiel.

»Was glaubst du denn, Will, was du damit erreichst?«, fragte Mrs Baxter.

»La Trobe wird sich ganz bestimmt dem Druck beugen, Mrs Baxter. Wenn er merkt, dass sich fast alle Goldgräber in Victoria dem Protest angeschlossen haben, wird er die Gesetze ändern müssen. Uns stehen die gleichen Rechte zu wie allen anderen Bürgern von Victoria.«

Mr Baxter unterstützte Will. »Wir müssen weiter Druck auf die Regierung ausüben, damit sie uns das Wahlrecht gibt. Viele Leute, die wegen des Goldes hergekommen sind, möchten Landwirtschaft betreiben und sich hier niederlassen. Doch nach geltendem Recht können sie kein Land erwerben. Wir werden auch kein Land kaufen können.«

»Haben Sie denn vor, sich hier niederzulassen?«

»Ich denke schon seit längerem darüber nach, Will. Ich möchte meinen Söhnen gerne etwas hinterlassen. Meine alten Knochen würden lieber in einem Gemüsebeet graben als in einem Schacht. Wie lange wollt ihr denn noch nach Gold graben? Ihr müsst doch irgendwelche Pläne für die Zukunft haben.«

Will sah seine Brüder an. Sie hatten in den letzten Wochen häufig über die Zukunft diskutiert. Hal und Tommy wollten Ballarat verlassen, wenn der Winter zu Ende war. Will war dafür, dass sie alle drei mindestens noch ein Jahr dort blieben.

Hal beantwortete Mr Baxters Frage. »Ich wäre schon morgen weg, wenn ich genug Geld hätte, um mir ein eigenes Boot zu kaufen.«

»Was für ein Boot?«

»Ein Fischerboot. Das war der Plan von Tommy und mir, als wir Burra verlassen haben. Wir wollten genug Gold finden, um uns ein Fischerboot kaufen zu können. Dann wollten wir zurück nach Südaustralien, um im Saint-Vincent-Golf zu fischen.«

»Wollten?«

»Nun ja, Mr Baxter, ich habe es mir anders überlegt«, sagte Tommy. »Ich habe gelernt, wie man Dinge aus Leder fertigt. Jetzt hätte ich gerne eine eigene Sattlerei.«

»Ein guter Sattler hat immer Arbeit, Tommy. Und was ist mit dir, Will? Was hast du nach der Goldgräberei vor?«

»Bergbau ist das Einzige, womit ich mich auskenne, Mr Baxter. Aber ich denke oft darüber nach, was ich sonst noch tun könnte.«

»Sein Problem ist, dass er nicht weiß, was er will«, stellte Hal fest.

Will lächelte verkniffen. »Hal hat Recht. Ich weiß nicht, was ich machen möchte.«

Sie plauderten noch eine Weile über alltägliche Dinge, dann sagten die Brüder Gute Nacht. In ihrer Hütte lag Will noch lange wach und lauschte auf den leichten Atem seiner Brüder. Er konnte nicht verstehen, wieso seinem Leben so jede Richtung fehlte, während Hal und Tommy genau wussten, was sie mit ihrem Leben anfangen wollten. Selbst Selenas Vater suchte Gold mit einem festen Ziel. Und er selbst tat nichts weiter, als langsam, aber sicher reich zu werden. Doch mit welchem Ziel?

Wie viel Geld brauchte man überhaupt, wenn man keine Ahnung hatte, wofür man es ausgeben wollte? Wenn Pa noch am Leben wäre, würde er ihm so viel geben, dass er nie wieder zu arbeiten brauchte. Meggan besaß das Vermögen ihres verstorbenen Mannes. Mit einem Teil davon hatte sie Ma einen angenehmen Lebensabend in Cornwall eingerichtet. Wer würde Wills Geld bekommen, wenn er starb, sofern er nicht heiratete und Kinder hatte?

Er dachte an Selena, die er sehr mochte. Aus ihrem Verhalten glaubte er schließen zu können, dass sie ohne Zögern einen Heiratsantrag von ihm annehmen würde. Er dachte darüber nach, was eine Ehe mit Selena alles beinhalten könnte. Als er versuchte, sie sich mit seinem Kind auf dem Arm vorzustellen, wurde ihr Gesicht plötzlich unscharf und verwandelte sich in das von Jenny Tremayne.

Stöhnend drehte sich Will auf die Seite. Würde er diese Frau denn niemals vergessen können? Jenny würde für ihn immer so unerreichbar sein wie die Sterne, selbst wenn sie nicht inzwischen verheiratet war. Selena war hier. Selena war frei. Selena liebte ihn. Vielleicht liebte er Selena sogar auch ein bisschen. Will rollte sich herum und schlug mit der Faust auf sein Kissen. Am Sonntag würde er wieder nach Creswick reiten.

Noch bevor es Sonntag war, hatte Will einen viel wichtigeren Grund, Selena und den Captain zu besuchen. Donnerstagabend brachte ihm die Postkutsche einen Brief von Meggan. Was darin stand, verschlug ihm vor Schreck die Sprache. Er fragte sich, ob er die Worte seiner Schwester vielleicht falsch verstanden hatte, und las den Brief ein zweites Mal.

Liebster Will,
ich habe wunderbare Neuigkeiten für Dich. Wir werden uns alle schon sehr bald wiedersehen. Ich komme zurück nach Australien und werde ganz in Eurer Nähe wohnen.

Ich werde heiraten, Will. Mein zukünftiger Mann besitzt etwas nordwestlich von Ballarat Land. Ich glaube, die Farm liegt in der Nähe eines Ortes namens Creswick. Du wirst Dich bestimmt fragen, wie ich diesen Mann kennen gelernt habe. Lieber Will, ich kenne ihn seit meinem zwölften Lebensjahr. Es ist Con Trevannick.

Bitte freu Dich für mich, mein geliebter Bruder. Con und

ich haben uns immer geliebt. Er ist nicht nach Cornwall zurückgekehrt, um Jenny zu heiraten, wie wir beide geglaubt haben. Stell Dir nur vor, wenn ich nicht Ma zurück nach Cornwall gebracht hätte und wenn ich nicht Carolines Grab in Pengelly besucht hätte, hätte ich nie erfahren, dass er in Australien geblieben ist. Wie merkwürdig das Leben doch spielen kann.

Ich weiß, dass Du meine kurze Affäre mit Con, als ich bereits mit einem guten Mann verheiratet war, missbilligt hast. Doch selbst wenn das, was wir getan haben, Sünde war, werde ich diese viel zu schnell vergangenen Sommerwochen niemals bedauern. Sie haben mir Etty geschenkt. Jetzt bist Du bestimmt richtig schockiert. Sei es bitte nicht. Denk doch nur, dass Deine Nichte nun mit beiden Elternteilen aufwachsen wird.

Ich habe noch eine Neuigkeit, die Dich vielleicht ebenfalls schockieren wird. Ich habe die junge Agnes Roberts als mein Dienstmädchen eingestellt. Sie ist sehr pflichtbewusst und ganz und gar nicht wie ihr abscheulicher Bruder. Agnes hat mir ein bisschen über ihre Familie erzählt. Zum Glück oder vielleicht auch bedauernswerterweise ist Tom der Einzige, der den gewalttätigen Charakter seines Vaters geerbt hat.

Wenn Du diesen Brief erhältst, bin ich bereits auf See. Das Schiff, die Fair Australia, *soll um den 30. November in Melbourne ankommen.*

Deine Dich liebende Schwester
Meggan

Will gab den Brief an Hal weiter, der ihn zusammen mit Tommy neugierig beobachtet hatte. Hal nahm den Brief.

»Was schreibt denn Meggan?«

»Lest selber. Ich geh ein bisschen spazieren.«

Über dem dringenden Bedürfnis, alleine zu sein, um nachzudenken, hatte Will ganz vergessen, dass seine Brüder ja gar nichts von Meggans Romanze mit Con Trevannick wussten. Er selbst war sich nicht sicher, welche Nachricht im Brief seiner Schwester ihn am meisten irritierte. Vielleicht war es das Geständnis, dass Meggans Tochter nicht von ihrem verstorbenen Mann David Westoby war. Warum musste sich diese unselige Verbindung zwischen den Tremaynes und den Collins immer wiederholen?

Die Erste war Ma gewesen, die vom Squire Tremayne geliebt und dann mit einem anderen Mann verheiratet worden war, als sie ein Kind erwartete. Dieses Kind, Caroline, hatte sich in Rodney Tremayne verliebt. Als sie erfuhr, dass er ihr Halbbruder war, hatte sie sich in einen stillgelegten Schacht gestürzt. Nun hatte Meggan eine Tochter von Con Trevannick. Zumindest würde Meggans Leben einen glücklicheren Lauf nehmen als das von Caroline.

Die Frage war, was er dabei empfand, dass Con Trevannick sein Schwager werden würde? Es war schwierig, an den Mann unter seinem Vornamen zu denken, nachdem er für ihn so viele Jahre Mr Trevannick gewesen war, der für seinen Pflegevater die Erzgrube Pengelly verwaltete. Will hatte den Mann immer gemocht. Er war anständig und fair. Er würde Meggan ein guter Ehemann sein. Merkwürdig, dass sie sich hier nie begegnet waren, obwohl er in der Nähe lebte. Das würde sich alles ändern, wenn Meggan da war.

Während er sich durch den Kopf gehen ließ, was seine Schwester ihm alles berichtet hatte, versuchte Will, nicht an Jenny Tremayne zu denken. Meggan hatte ihren Namen nur ein Mal erwähnt. War es möglich, dass Jenny immer noch unverheiratet war? Er spürte eine schmerzliche Sehnsucht in seinem Herzen. Doch was spielte es für eine Rolle, ob sie noch ungebunden war?

Sie gehörte zum Landadel. Er war ein Arbeiter. Sie gehörten unterschiedlichen Klassen an. Er hatte sich schon einmal von ihr abgewandt. Ganz gleich, wie reich er würde, für ihn gab es keine Zukunft mit Jenny Tremayne. Er würde Australien niemals verlassen.

Will verdrängte entschieden jeden Gedanken an seine hoffnungslose Liebe. Da war ein anderes Mädchen, dessen Leben sich durch die Neuigkeiten in Meggans Brief verändern würde. Selena musste unbedingt erfahren, dass der Bruder, den sie nie kennen gelernt hatte, nur etwa eine Stunde von Creswick entfernt lebte.

Con las Meggans zweiten Brief, nur eine kurze Nachricht, einen Tag, nachdem Will den Brief seiner Schwester erhalten hatte.

Liebster Con,
wir haben eine Überfahrt auf der Fair Australia *gebucht und werden um den 30. November in Melbourne ankommen. Wenn Du mir schreiben willst, schick den Brief nach Kapstadt. Dann werde ich ihn bekommen, wenn das Schiff dort anlegt.*

Meggan

Con setzte sich sofort hin, um zu antworten. Er würde den Brief persönlich nach Ballarat bringen, um dafür zu sorgen, dass er mit der nächsten Post herausging.

Meggan, mein Liebling,
ich habe nie aufgehört, Dich zu lieben. Der Gedanke an Dich und meine Tochter erfüllt mich mit tiefer Glückseligkeit. Ich kann es kaum erwarten, sie zu sehen. Ich stelle sie mir als winzige Kopie ihrer schönen Mutter vor.

Mein aufrichtiges Beileid zum Verlust Deines Mannes. Er

war ein guter Mann, auch wenn er Dich mir fortgenommen hat. Doch nun, da Du frei bist, musst *Du mich heiraten. Ich werde kein Nein als Antwort akzeptieren.*

Liebste Meggan, ich werde Dich in Melbourne abholen. Das Grand Hotel dort hat einen guten Ruf. Ich werde Zimmer reservieren, da es in der Stadt immer noch wenig Unterkunftsmöglichkeiten gibt. Ich habe Jennys Brief erhalten und freue mich darauf, dass sie Dich begleitet.

Ich warte voller Ungeduld auf Deine Ankunft.

In ewiger Liebe

Dein Con

Am Sonntag brach Will früh auf, um nach Creswick zu reiten. Auf den achtzehn Meilen dorthin hatte er viel Zeit, darüber nachzudenken, wie er seine Neuigkeiten überbringen sollte. Er beschloss, es als Erstes dem Captain zu erzählen. Der Vater musste entscheiden, ob er es seiner Tochter sagen wollte. Will war klar, dass Selena darauf bestehen würde, den ihr bisher unbekannten Bruder sofort kennen zu lernen. Der Captain hingegen wollte vielleicht nicht dem Sohn begegnen, den er im Stich gelassen hatte.

Als Will am Creswick Creek ankam, konnte er weder den Captain noch Selena irgendwo finden. Einer der Nachbarn meinte, sie wären möglicherweise mit einem Frachtwagen nach Daylesford gefahren. Wenn das stimmte, würden sie an diesem Tag nicht mehr nach Creswick zurückkommen. Nachdem er so lange darüber nachgedacht hatte, wie er die Nachricht, von der er nicht wusste, ob sie willkommen sein würde, überbringen sollte, kam Will sich etwas verloren vor.

Unverrichteter Dinge zurück nach Ballarat reiten wollte er allerdings auch nicht. In einem Essenszelt kaufte er sich einen Becher Kaffee sowie Damper mit kaltem Fleisch. Nachdem er alles gegessen und getrunken hatte, hatte er einen Entschluss gefasst. Er erkundigte sich in einem der Läden, und man beschrieb ihm einen Weg, der von der Siedlung Richtung Westen lief.

In weniger als einer Stunde sah er das Farmgebäude. Er konnte es nicht fassen, dass Con Trevannick die ganze Zeit in ihrer Nähe gewesen war, ohne dass jemand, der ihn kannte, davon gewusst hatte. Will hegte keinen Zweifel mehr daran, dass er der Mann war, den Selena in Creswick gesehen hatte. Mehrere Minuten lang saß Will still auf seinem Pferd und ließ es grasen, während er die Farm betrachtete.

Hier wird Megs also leben, dachte er. Aufgewachsen in einer einfachen Bergarbeiterhütte, war Meggan als Kindermädchen auf eine Farm gekommen und war schließlich Herrin einer Villa in Adelaide gewesen. Nun würde sie also wieder auf einer Farm leben. Er konnte sie beinah sehen, wie sie auf der schattigen Veranda stand.

»Ich hoffe, dass du glücklich wirst, Megs. Ich weiß ja, wie sehr du ihn liebst.« Er sprach die Worte leise vor sich hin. Er wünschte aufrichtig, dass seine Schwester glücklich werden würde.

Will überlegte, ob er zur Farm reiten sollte. Früher oder später, auf jeden Fall bevor Meggan in Melbourne eintraf, würde er mit Con Trevannick sprechen müssen. Aber nicht heute. Nicht bevor er mit Selena und ihrem Vater gesprochen hatte. Will ritt zurück nach Creswick. Auf dem Weg dorthin traf er Selena und den Captain, die zu Fuß die Straße von Clunes entlangkamen. Sie grüßten ihn freudig überrascht. Will stieg vom Pferd und ging neben ihnen her.

»Man hat mir gesagt, ihr wärt nach Daylesford gefahren.«

»Wir haben es uns anders überlegt«, antwortete der Captain, »und stattdessen einen Wagen genommen, der nach Clunes fuhr. Am Creek sind wir ausgestiegen, haben dort gefrühstückt und uns anschließend zu Fuß auf den Rückweg gemacht.«

»Bist du denn nicht müde?«, fragte Will Selena.

»Natürlich nicht. Wenn ich wollte, könnte ich den ganzen Tag laufen.«

Er musste über ihre Empörung lächeln. Der Captain lächelte ebenfalls. »Selena wird niemals müde. Ich weiß nicht, woher sie die ganze Energie nimmt. Neben meiner Tochter komme ich mir manchmal vor wie ein alter Mann, selbst wenn sie Röcke trägt und sich nicht als Junge ausgibt.«

»Vater, ich werde Hosen tragen, solange ich das will. Sie sind viel praktischer als Röcke.«

»Ich hätte aber lieber wieder eine Tochter statt einen verweichlichten Sohn.«

»Und ich würde lieber ein Mädchen besuchen statt einen Jungen«, erklärte Will.

Die Männer schafften es nicht, ganz ernst zu bleiben. Als sie sich ansahen, zuckten beide mit dem Mundwinkel. Selena wurde wütend.

»Ihr seid beide wirklich schrecklich.« Sie warf den Kopf in den Nacken und beschleunigte ihre Schritte, bis sie einige Meter vor den Männern war.

Will ging langsamer, bis er sicher war, dass Selena ihn nicht mehr hören konnte. »Captain, ich muss Ihnen etwas sagen, was Sie beide betrifft, aber ich glaube, ich sollte es Ihnen zuerst sagen.«

Der Captain blieb stehen. »Möchten Sie um die Hand meiner Tochter anhalten?«

Die Frage ließ Will für einen Moment vergessen, weshalb er eigentlich gekommen war. »Was? Nein. Ich meine, das ist es nicht, was ich Ihnen sagen wollte.« Will beobachtete, wie Selena von der Straße abbog und auf die Hütte zuging, in der sie und ihr Vater lebten. »Captain, Ihr Sohn Con lebt nur wenige Meilen von hier entfernt.«

Will betrachtete das Gesicht des Captains. Was auch immer für Gedanken dem Mann durch den Kopf gehen mochten, seine Miene blieb unverändert. Er brauchte mehrere Sekunden, um Wills Nachricht zu verarbeiten.

»Woher wissen Sie das, Will?«

»Ich habe einen Brief von meiner Schwester Meggan aus Cornwall erhalten. Sie hat es mir geschrieben.«

»Ihre Schwester?«

»Ja. Sie kehrt nach Australien zurück, um Ihren Sohn zu heiraten.«

Er wartete, dass der Captain etwas sagte, doch der schwieg. »Captain, werden Sie es Selena sagen?«

Der Captain nickte bedächtig. »Sie hat ein Recht darauf, es zu erfahren. Kommen Sie mit, Will. Wir werden es ihr jetzt sagen.«

»Da brauche ich nicht unbedingt dabei zu sein.«

»Ich möchte aber, dass Sie mitkommen, Will. Ich glaube, dass Sie sehr viel mehr wissen, als Sie mir gesagt haben. Selena und ich werden uns beide anhören, was Sie uns über Con erzählen können.«

Als sie die Hütte erreichten, war Selena gerade dabei, Wasser für den Tee zum Kochen zu bringen. Sie blickte auf, als die beiden Männer hereinkamen. »Wo wart ihr so lange? Habt ihr gehofft, ich hätte in der Zwischenzeit einen Rock angezogen?«

Beide Männer ignorierten ihre spitze Bemerkung.

»Will hatte mir etwas mitzuteilen.«

Selena blickte rasch von einem zum anderen. »Was denn? Etwas Schlimmes? Du siehst besorgt aus, Vater.«

»Nichts Schlimmes, mein Liebes, nur etwas vollkommen Unerwartetes.« Er ging zu ihr und fasste sie bei den Händen. »Selena, du weißt doch, dass du einen älteren Halbbruder namens Con hast.«

»Ja.«

»Er ist nicht in Cornwall, wie wir geglaubt haben.«

Selena begriff sofort, was die Worte ihres Vaters zu bedeuten hatten. »Du meinst, er ist in Australien? In Victoria?«

»Con ist sogar noch näher, Selena. Er wohnt nur wenige Meilen von uns entfernt.«

»Oh!« Es gelang ihr so gerade noch, einen sehr mädchenhaften Entzückensschrei zu unterdrücken, doch ihr war deutlich anzumerken, wie aufgeregt sie war. »Das sind ja wunderbare Neuigkeiten, Vater.« Überglücklich schlang sie die Arme um seinen Hals, dann machte sie sich von ihm los, um Will ebenso impulsiv zu umarmen. »Danke. Danke, Will.«

Will, der das Verlangen spürte, sie enger an sich zu ziehen, löste vorsichtig ihre Hände von seinem Hals. »Ich bin nur der Überbringer der Nachricht, Selena.«

Seufzend versuchte der Captain, ihr ungestümes Verhalten zu bremsen. »Schenk den Tee ein, Selena, dann komm her und setz dich hin. Will hat uns noch so einiges zu berichten.«

Einen großen Teil der Geschichte wollte Will lieber für sich behalten. Deshalb erzählte er nur, dass seine Schwester und Con sich schon seit einigen Jahren liebten. »Es gab gewisse Gründe, weshalb sie sich getrennt haben. Ich habe jedoch nicht das Recht, euch diese Gründe zu nennen. Nun kommt Meggan nach Australien zurück, um Con zu heiraten.«

Selena klatschte verzückt in die Hände. »Wie romantisch. Das bedeutet, dass wir miteinander verwandt sein werden, Will. Das sind ja so wunderbare Neuigkeiten. Ich möchte so gerne meinen Bruder kennen lernen. Kannst du uns zu ihm bringen?«

Will schüttelte den Kopf. »Wenn dein Vater es wissen möchte, werde ich ihm sagen, wie man dorthin kommt.«

»Natürlich will er das wissen.« Sie wandte sich ihrem Vater zu. »Wir werden doch Con besuchen?«

»Ich muss erst darüber nachdenken, mein Liebes.« Die Stimme des Captains klang belegt. »Mein Sohn ist für mich ein Fremder. Vielleicht will er uns auch gar nicht kennen lernen. Ich möchte dir den Kummer ersparen, dass er uns abweist.«

»Ach.« Einen Augenblick war Selena sprachlos. »Du hast Recht, Vater. Ich habe nur daran gedacht, wie gerne ich meinen Bruder kennen lernen möchte. Aber wir werden ihn doch sowieso bald sehen, oder etwa nicht?«

»Das wird sich wohl nicht vermeiden lassen, wenn Wills Schwester meinen Sohn heiratet.«

Selena wurde nachdenklich. »Kannst du dich daran erinnern, als ich den Mann gesehen habe, der aussah wie du, Vater? Das muss Con gewesen sein.«

»Ja, das muss er gewesen sein.« Und damit war für Captain Trevannick die Diskussion beendet.

Will blieb noch eine Stunde bei Vater und Tochter, dann verabschiedete er sich. Selena begleitete ihn zu seinem Pferd. Er wollte gerade aufsitzen, da legte sie ihm eine Hand auf den Arm.

»Will, ich möchte, dass du mich zu meinem Bruder bringst.«

»Dein Vater wird dich dorthin bringen.«

»Ich glaube nicht, dass er das tut. Er wird abwarten, bis Con von uns erfährt, oder er wird einen Brief schreiben. Ich möchte meinen Bruder kennen lernen, Will. Mein Leben lang habe ich mir einen Bruder oder eine Schwester gewünscht.«

»Selena, du musst dich den Wünschen deines Vaters fügen. Es steht mir nicht zu, dich zu deinem Bruder zu bringen.«

»Bitte, Will. Verstehst du mich denn nicht? Du hast Brüder und eine Schwester. Ich bin immer alleine gewesen.«

Will schwang sich in den Sattel. »Ich werde dich nicht zu deinem Bruder bringen, Selena. Diese Entscheidung muss dein Vater treffen.«

Selena schmollte. »Ich dachte, du magst mich, Will.«

Wie sie ihn ansah, versetzte ihm einen Stich ins Herz. »Hör

auf, Selena. Ich habe euch beiden erzählt, was ich weiß. Damit ist die Sache erledigt.«

Er stieß dem Pferd die Absätze in die Seiten, damit es sich in Bewegung setzte. »Auf Wiedersehen, Selena.«

»Wann kommst du denn wieder?«, jammerte sie.

»Ich komme, wann immer ich kann.«

»Ich werde dich vermissen, Will.«

Will blickte zu ihr hinab. »Ich werde dich auch vermissen, Selena.« Er ritt ein Stück flussaufwärts und bog dann auf die Straße nach Ballarat ab.

Selena schaute ihm hinterher, bis er außer Sichtweite war. Ich liebe dich, Will Collins. Warum kannst du mich nicht lieben? Vielleicht sollte sie doch wieder anfangen, Röcke zu tragen. Aber wie sollte sie all den Leuten, die sie als Selwyn Trevannick kannten, erklären, dass sie eigentlich Selena war?

Joshua Wintons Speerverletzung heilte schneller, als er erwartet hatte. Auch wenn er für den Rest seines Lebens eine Narbe zurückbehalten würde und sein Bein ihm abscheulich wehtat, wenn er zu lange zu Fuß ging, wusste er, dass er großes Glück gehabt hatte. Dieser Speer hätte genauso gut sein Herz durchbohren können. Die ständigen Schmerzen dämpften zudem seine Lust auf Aborigine-Frauen ein wenig.

Während seiner Genesung dachte er sehr oft an die Wochen, die er auf Langsdale verbracht hatte. Es hatte ihm wirklich Freude gemacht, wieder mit Schafen zu arbeiten. Während er sich allmählich erholte, lag er im Bett und versuchte, sich vom Wundschmerz abzulenken, indem er sich die Farm ausmalte, die er eines Tages besitzen würde. Doch wie sollte er an einen solchen Besitz gelangen? Die Zeiten, wo man einfach hingehen und sagen konnte, das ist mein Land, soweit das Auge reicht, waren vorbei. Um Land zu kaufen, brauchte man Geld – oder Gold.

Die Frage war, wie er an das Gold herankommen sollte. Nachts Schächte auszurauben kam eindeutig nicht mehr in Frage. Mit seinem verletzten Bein war er nicht in der Lage, im Dunkeln Leitern hinabzusteigen. Das würde ihm schon bei Tageslicht schwerfallen. Doch in Ballarat gab es praktisch kein alluviales Gold mehr. Vielleicht sollte er woanders hingehen, zum Beispiel zum Creswick Creek, wo Gold immer noch ziemlich leicht zu finden war.

Außer wenn sie an Will dachte, beschäftigte Selena das Wissen, dass ihr Bruder irgendwo in der Nähe war, von früh bis spät. Sie hatte ihren Vater jeden Tag und jede Nacht gebeten, ihn angefleht, sich mit Con in Verbindung zu setzen. Doch der fand immer neue Ausflüchte. Deshalb freute sie sich sehr, als sie zwei Wochen später den Mann erblickte, den sie für ihren unbekannten Bruder hielt. Ohne groß nachzudenken, ging sie auf ihn zu.

»Entschuldigen Sie, Sir, sind Sie Con Trevannick?«

Er musterte sie von oben bis unten. »Weshalb willst du das wissen?«

»Weil, wenn Ihr Vater Captain Connor Trevannick ist, Sie mein Bruder sind.« Selena beobachtete, wie sein Gesichtsausdruck zwischen Schock, Fassungslosigkeit, gebanntem Starren und Zweifel wechselte.

»Was!? Dein Bruder? Ich habe keine Geschwister.«

»Genau wie Sie habe auch ich bis vor kurzem angenommen, ich hätte keine Geschwister. Was ich sage, ist wahr. Wir haben einen gemeinsamen Vater. Wollen Sie mit mir zu unserem Vater kommen?«

Neugier, verbunden mit einem eigenartigen Gefühl von Schicksalhaftigkeit, veranlasste Con, der Person zu folgen, die er für einen Jungen hielt. Sie gingen schweigend nebeneinander her, voller Unsicherheit, wie sie sich dem anderen gegenüber verhalten sollten.

Captain Trevannick war gerade dabei, am Fluss erzhaltige Erde zu waschen. Er blickte hoch, als Selena ihn rief. Dann richtete er sich abrupt auf. Die beiden Männer starrten sich an. Für keinen von ihnen bestand irgendein Zweifel darüber, wer der andere war.

»Con«, sagte der Captain.

Con antwortete nicht. Er zweifelte nicht daran, dass dieser Fremde sein Vater war, der Vater, den er mehr als dreißig Jahre nicht gesehen hatte. Er war weder schockiert noch erfreut. Ihm schien jede Empfindung abhandengekommen zu sein. Er sah, wie der Junge, der sein Halbbruder sein musste, einen nervösen Blick mit seinem Vater wechselte. Sie warteten darauf, dass er etwas sagte. Er holte tief Luft und sagte das Erste, was ihm in den Sinn kam, egal wie idiotisch es klang.

»Ich kann erkennen, dass Sie der Mann sind, der mich gezeugt hat. Verzeihen Sie, wenn ich mich nicht in der Lage sehe, wie ein Sohn mit Ihnen zu sprechen. Sie sind für mich ein Fremder, genau wie ich das sicherlich auch für Sie bin.« Wie steif und schwülstig er sich anhörte.

Der Captain antwortete mit einer Gelassenheit, die er bei weitem nicht empfand. »Wir sind zu lange Fremde füreinander gewesen. Vielleicht wirst du mir eines Tages erlauben, dir zu erklären, warum ich dich bei Phillip und Louise zurückgelassen habe. Doch nun, wo das Schicksal diese Begegnung herbeigeführt hat, würde ich dich gerne kennen lernen.«

Con schüttelte den Kopf. »Ich bin nur aus Neugier gekommen, und um mich zu vergewissern, dass ich tatsächlich einen jüngeren Bruder habe.« Er sah, wie die beiden rasch einen Blick tauschten.

Der Mann, der ihr gemeinsamer Vater war, antwortete.

»Du hast eine Schwester. Selena fühlt sich sicherer, wenn sie sich wie ein Junge anzieht.«

Diese Aussage schockierte Con nun wirklich. Er betrachtete den vermeintlichen Bruder genauer und bemerkte die zarte Haut, die feingliedrigen Hände und die langen, dichten Wimpern, die bei einem Jungen sündhafte Verschwendung gewesen wären. Außerdem entdeckte er Kraft und Entschlossenheit. Er hatte keinen Zweifel, dass er auch Tapferkeit finden würde.

»Warum fühlst du dich sicherer, wenn du dich als Junge ausgibst?«

»Ich habe in Ballarat gesehen, wie ein Mann ermordet worden ist. Der Mörder weiß, dass ich ihn gesehen habe. Deshalb sind wir hierhergekommen, und deshalb habe ich meine Identität gewechselt.«

Was auch immer Con für eine Antwort erwartet hatte, gewiss keine so nüchterne Äußerung über die Beobachtung eines Mordes. »Wann ist dieser Mord denn geschehen?«

»Vor etwa sechs Monaten.«

»Sechs Monate? Dann brauchst du doch bestimmt keine Angst mehr zu haben.«

»Ich habe nie Angst gehabt. Ich bin nur vorsichtig.«

Ihre Augen blitzten zornig, als wäre allein schon die Vermutung, sie hätte Angst gehabt, eine Beleidigung. Die Spannung, der sich Con erst jetzt bewusst wurde, ließ etwas nach. Plötzlich hatte er das Bedürfnis, seine temperamentvolle kleine Schwester besser kennen zu lernen.

»Ich würde meine Schwester gerne in einem Kleid sehen.«

»O nein!« Selena starrte ihren Bruder wütend an. »Du nicht auch noch. Warum wollen mich alle ständig dazu kriegen, Röcke zu tragen?«

»Nicht alle, Selena«, schalt der Captain.

»Aber du und Will, die ganze Zeit.«

Con, der immer faszinierter von seiner Schwester war, fragte: »Wer ist Will?« Er lächelte, als er sah, wie sie rot wurde.

»Ein Freund«, sagte sie etwas zu schnell. »Von ihm wissen wir, dass du ganz in der Nähe wohnst. Vater wollte nicht zu dir gehen, obwohl ich ihn darum gebeten habe. Ich hab dich vor vielen Wochen mal in der Stadt gesehen. Seit Will uns erzählt hat, dass du in Creswick wohnst, hab ich gehofft, dich wiederzusehen.« Sie lächelte glücklich. »Und heute hab ich dich gesehen.«

»Bleibst du noch ein bisschen?«, fragte der Captain. »Wo Selena sich doch so freut, dich gefunden zu haben.«

Und freust du dich denn auch, fragte sich Con. »Es tut mir leid, ich muss schnell wieder nach Hause. Wir müssen Schafe tauchen. Aber ihr könnt mich gerne besuchen. Ihr seid mir jederzeit willkommen. Noch einen guten Tag euch beiden.«

Damit wandte er sich abrupt ab und stieg die Böschung hinauf. Selena rief hinter ihm her.

»Warte. Ich begleite dich zu deinem Pferd.«

»Nein, Selena.« Ihr Vater fasste sie am Arm. »Du bleibst bei mir. Wir müssen Erde waschen.«

Selena blickte ihrem Bruder hinterher. »Wir werden ihn wiedersehen, nicht wahr, Vater?« Als ihr Vater nicht antwortete, sah sie ihn an und versuchte, an seinem Gesichtsausdruck abzulesen, was er empfand. »Du bist doch nicht böse auf mich, oder? War es falsch, dass ich ihn zu dir gebracht habe?«

Ihr Vater tätschelte ihr die Hand. »Nein, mein Liebes. Ich weiß, wir hätten ihn besuchen sollen. Ich muss gestehen, dass ich es immer vor mir hergeschoben habe, aus Angst, nicht willkommen zu sein.«

»Das kann ich verstehen.« Ihr Mund verzog sich zu einem kurzen Lächeln. »Mein Bruder hat gesagt, wir wären ihm jederzeit willkommen.« Sie legte den Kopf schief und schaute ihn aus den Augenwinkeln an. Das hatte sie schon als kleines Kind getan, wenn sie ihren Willen durchsetzen wollte.

Captain Trevannick lächelte. »Ja, das hat er.«

Nachdem er die unterschiedlichen Gefühle verarbeitet hatte, die das unerwartete Treffen mit seinem Vater und einer Schwester, die ihm beide bisher vollkommen unbekannt gewesen waren, in ihm ausgelöst hatte, waren Con zwei Dinge klar: Fair, wie er war, würde er sich die Erklärung seines Vaters anhören, warum dieser ihn im Stich gelassen hatte. Außerdem stellte er überrascht fest, dass er eine gewisse Zuneigung für seine unkonventionelle Schwester empfand.

Das Tauchen der Schafe, die nun alle infiziert waren, selbst die von der Südweide, nahm über eine Woche in Anspruch. Nach dem letzten Tag wurde Con nachts vom Rauschen des Regens wach. Er lag da und lauschte in der Hoffnung, dass es nur ein kurzer Schauer wäre. Nachdem der Regen nachgelassen hatte, schlief er wieder ein, wurde dann jedoch von den Geräuschen eines heftigen Wolkenbruchs geweckt. Das fahle Licht sagte ihm, dass es schon fast Tag war. Er klappte seine Taschenuhr auf und zündete ein Streichholz an, um die Zeit ablesen zu können.

Sieben Uhr! Später, als er gedacht hatte. Con blies das Streichholz aus und legte seine Uhr auf den Nachttisch zurück. Er zog einen dicken Morgenmantel über, öffnete eine der Verandatüren und ging hinaus. Jede Vertiefung im Boden war voll Wasser. Wasser floss, Erdreich mit sich forttragend, in schlammigen Rinnsalen die Hänge hinunter. Der Himmel war einheitlich dunkelgrau. Jetzt hatte es sich richtig eingeregnet.

Beklommen bei der Vorstellung, wie verheerend sich dieser heftige Regen für seine Schafe auswirken könnte, ging Con in sein Zimmer zurück und streifte Arbeitskleidung über. Hinter dem Haus zog er Gummistiefel an und nahm seinen Regenmantel von einem Haken an der Wand. Mrs Clancy war bereits in der Küche beschäftigt, wo das Feuer einladend warm brannte.

»Ah, Mr Trevannick, was für ein furchtbarer Tag. Möchten Sie Kaffee und Ihr Frühstück?«

»Noch nicht, Mrs Clancy. Ich will erst nach den Schafen sehen, die wir gestern getaucht haben.«

»Ned war auch besorgt, als er den Regen gehört hat. Er ist schon draußen.«

Der Hof hinter dem Farmhaus war eine einzige Schlammwüste. Con watete platschend hindurch, vorbei an den Ställen, dem Scherschuppen und der Tauchwanne bis zu dem Hof, wo die Schafe eingepfercht waren. Er sah Neds schattenhafte Gestalt, die sich zwischen den Tieren hin und her bewegte. Viele der Tiere lagen auf dem Boden. Con verließ aller Mut.

Einige waren bereits tot, viele andere in sehr schwachem Zustand. Con verfluchte das widrige Wetter. Als sie gestern getaucht hatten, schien der Himmel einige schöne Tage zu verheißen. Wenn der Regen doch nur wenigstens vierundzwanzig Stunden später eingesetzt hätte. Bis dahin hätten sich die meisten Schafe von dem Stress durch das Tauchen erholt gehabt.

»Wie viele, Ned?«, fragte er seinen Mitarbeiter.

»Mindestens zwanzig, Mr Trevannick. Aber von den übrigen werden ebenfalls viele nicht durchkommen.«

Ned hatte Recht. Die meisten Schafe, die am Boden lagen, waren zu schwach, um aufzustehen. Con zählte mindestens weitere zwanzig, die so gut wie tot waren. Es gab keine Möglichkeit, sie zu retten. Er sollte sie sofort erschießen oder ihnen die Kehle durchtrennen, um sie von ihrem Leid zu erlösen.

»Nun ja, Ned, dann bleibt uns wohl nichts anderes übrig. Wir ziehen die bereits toten Tiere auf den Hof, dann kümmern wir uns um die sterbenden.«

Als sie fertig waren und Con die aufgetürmten Kadaver sah, hätte er am liebsten geweint. Er spürte Neds Hand auf seiner Schulter.

»Die übrigen sehen okay aus, Boss. Wir können nur hoffen, dass dieser verdammte Regen bald aufhört.«

»Wenn es aufhört zu regnen, Ned, sind hoffentlich die Scherer da, um den restlichen Tieren so viel Wolle abzunehmen wie möglich. Dann kann ich vielleicht etwas vor diesem Desaster retten.« Sein Seufzen kam aus tiefster Seele. »Hier können wir jetzt nichts mehr tun. Mrs Clancy hat bestimmt ein warmes Frühstück für uns fertig.«

Es regnete den ganzen Tag. Als Con am Mittag noch einmal hinausging, fand er zwei weitere tote Tiere. Am Nachmittag setzte er sich an den Schreibtisch und studierte seine Geschäftsbücher. Noch bevor er seine Verluste zusammengerechnet hatte, wusste er, dass er vor dem Ruin stand. Dabei tröstete es ihn wenig, dass seine Nachbarn sich in der gleichen Notlage befanden. Einige von ihnen hatten zumindest eine solidere finanzielle Basis.

Con ging auf die Veranda hinaus und wanderte dort auf und ab. Noch nie in seinem Leben hatte er sich so sehr von Sorgen niedergedrückt gefühlt. In zehn Wochen würde Meggan in Melbourne ankommen. Seit er ihren ersten Brief erhalten hatte, hatte er sich viele Male ausgemalt, wie es sein würde, sie heimzuführen. In seiner Vorstellung hatte stets die Sonne von einem klaren blauen Himmel geschienen, und fette weiße Schafe grasten auf einer grünen Weide hinter einem weiß getünchten Holzzaun, der das Farmhaus umgab.

Dieses idyllische Bild verblasste rasch. Der Zaun war immer noch nicht errichtet worden, und den Schafen hing die Wolle in Fetzen vom Leib. Statt seine Meggan in ein angemessenes Zuhause zu führen, musste er ihr möglicherweise erklären, dass er bankrott war, wenn er sie in Melbourne abholte.

Anfang Oktober hoffte Con eine Zeit lang, dass in der wärmeren Jahreszeit, die nun begann, die Schafräude zurückgehen würde. Die Insekten vermehrten sich stärker bei nassem und kaltem Wetter. Zehn Tage später zeigte sich Mutter Natur jedoch von ihrer launischsten Seite und ließ es einen ganzen Tag lang bei extremer Kälte heftig regnen. Allein an diesem Tag starben über vierhundert Schafe. Con hatte inzwischen mehr als die Hälfte seiner Herde verloren. Und der spärliche Ertrag, den er für die Wolle erzielt hatte, würde selbst bei höchsten Preisen kaum dazu beitragen können, seine Schulden bei der Bank abzutragen.

Die einzige Möglichkeit, die er sah, war, die Schafe zu jedem gebotenen Preis zu verkaufen und die Farm aufzugeben. Doch was hätte er dann Meggan und seiner Tochter zu bieten? Eine Bruchbude in Melbourne oder eine Rindenhütte im Busch? Er kannte Meggan gut genug, um zu wissen, dass sie beides akzeptieren würde. Und er kannte sich selbst gut genug, um zu wissen, dass er nicht von ihr verlangen könnte, in Armut zu leben.

Hätte Meggan doch nur auf ihn gewartet, statt einen anderen Mann zu heiraten, dann hätten sie sich durch gemeinsame Arbeit in diesem Land eine Existenz aufbauen können. Gemeinsam hätten sie alle Entbehrungen durchgestanden und zusammen gelacht, wenn es Grund zur Freude gab. Er hätte seine Tochter vom Tag ihrer Geburt an gekannt. Wie sollte er Meggan heiraten, wenn er ihr kein anständiges Zuhause bieten konnte?

Nachdem eine Woche lang schönes Wetter gewesen war und keine Schafe mehr gestorben waren, sattelte Con an einem Sonntag sein Pferd, um nach Creswick zu reiten. Wegen der vielen harten Arbeit, den finanziellen Sorgen und den Bedenken wegen Meggan hatte er nur selten an seinen Vater gedacht. Doch sein starkes Empfinden für Richtig und Falsch trieb ihn zu einem Besuch in Creswick. Am Ruhetag der Goldgräber würde genügend Zeit zum Reden sein.

Er stieg auf der sogenannten Hauptstraße ab und führte sein Pferd durch das Gewirr von Goldgräberzelten. Sein Vater und seine Halbschwester, die vor ihrer Hütte saßen, erblickten ihn beide im selben Moment. Selena stieß einen Jubelschrei aus. Dem Gesicht seines Vaters waren Freude und Dankbarkeit anzusehen. Con ergriff eine gewisse Rührung. Es war richtig gewesen, wiederzukommen.

Selena war überglücklich. Ihr Vater hatte es trotz ihrer vielen Bitten abgelehnt, Con zu besuchen. Ich will mich meinem eigenen Sohn nicht aufdrängen, hatte er gesagt. Con wird zu mir kommen, wenn er etwas mit mir zu tun haben will. Und nun war Con gekommen.

»Ich freue mich so, dich zu sehen.« Selena war ganz aufgeregt. Schon jetzt hatte sie das Gefühl, dass sie ihren älteren Bruder liebte. »Oh, verdammt! Wenn ich ein Mädchen wäre, könnte ich dich umarmen.«

»Selena!«

»Was ist denn?« Selena hatte den Tadel in der Stimme ihres Vaters gehört. »Eine Schwester darf doch ihren Bruder umarmen.«

Der Captain verzog das Gesicht zu einem gequälten Lächeln. »Ein Mädchen sagt nicht verdammt.«

Selena zuckte grinsend mit den Schultern und murmelte eine nicht sehr überzeugende Entschuldigung. Dann sagte sie zu Con. »Warum lachst du?«

Con musste tatsächlich lachen, wandte sich aber an ihren Vater. »Ist meine kleine Schwester immer so?«

»Wie bin ich?«, wollte Selena wissen.

»Immer«, bestätigte der Captain. »Ich fürchte, sie ist als Kind zu sehr verwöhnt worden. Sie kann manchmal ganz schön eigensinnig und wild sein.«

»Huh. Du würdest doch gar nicht wollen, dass ich anders bin.«

Der Captain lächelte. »Sei ein liebes Mädchen und mach uns was zum Frühstück. Bleibst du ein Weilchen bei uns, Con?«

»Gerne. Ich hatte gehofft, dass wir miteinander reden können.«

Ein Nicken bestätigte, dass der Captain verstanden hatte. »Ich habe dich zwar einmal verlassen, aber ich werde dich nicht wieder wegschicken. Ich möchte meinen Sohn kennen lernen.«

»Und ich meinen Vater.« Sein kurzes Lachen kam spontan. »Und meine temperamentvolle kleine Schwester auch.«

Con blieb bis zum späten Nachmittag bei seiner neuen Familie. Die meiste Zeit redeten er und sein Vater, während Selena zuhörte. Vater und Sohn hatten sich dreißig Jahre ihres Lebens zu erzählen.

»Ich komme irgendwann mal mit der Kutsche vorbei und nehme euch mit zu mir.«

»Schon bald?«, fragte Selena erwartungsvoll.

»Ich hoffe ja. Leider kann ich nichts versprechen. Wenn die Räude nicht wieder ausbricht, könnte ich wohl in zwei Wochen kommen.«

»Wann immer du Zeit hast, Con.« Der Captain streckte seine Hand aus. »Es hat mich gefreut, dass du heute gekommen bist.«

Vater und Sohn wechselten einen festen Händedruck. Vater und Tochter blickten Con hinterher, bis er nicht mehr zu sehen war.

Ein kleines Stück entfernt stand ein weiterer Mann – gegen einen Baum gelehnt, den Hut ins Gesicht gezogen, und beobachtete die drei.

Als nichts Interessantes mehr zu sehen war, kehrte Joshua Winton in das kleine Zelt zurück, das er am gestrigen Nachmittag aufgestellt hatte. Sein Bein schmerzte wie so häufig. Er setzte sich auf seinen Holzschemel, legte das Bein auf sein Bett, um den Schmerz zu lindern, und dachte über seine Entdeckung nach. Während seines Aufenthalts in Langsdale hatte Trevannick nie erwähnt, dass er irgendwelche Goldgräber am Creswick Creek kannte. Die Hütte, in der sein ehemaliger Freund zu Besuch gewesen war, sah allerdings so aus, als stünde sie schon länger dort.

Gottverdammtes Bein! Jetzt tat es noch mehr weh. Ein Whisky oder zwei würden den Schmerz ein wenig betäuben. Und ein ordentlich großes Nugget oder zwei könnten dafür sorgen, dass er ihn ganz vergaß. Joshua stand auf, um seine Whiskyflasche zu holen, kippte eine großzügige Dosis in seinen Becher und setzte sich wieder hin. Er hob den Becher, um einer unbekannten Gottheit zuzuprosten. »Auf das Nugget, das ich finden werde.« Er glaubte, wenn er es oft genug laut sagte, würde sein Traum in Erfüllung gehen.

Nachdem die Wunde in seinem Oberschenkel verheilt war, war er noch eine Zeit lang in der Umgebung von Ballarat geblieben. Aus der ersten Zeit des Goldrauschs, als man noch reichlich große Nuggets finden konnte, hatten Goldgräber etliche Erdhaufen achtlos zurückgelassen, obwohl sie noch eine Menge kleiner Nuggets enthielten, die man jedoch damals für zu klein erachtet hatte. Er hatte die Erde noch einmal gewaschen und genug Gold gefunden, um mehrere Monate davon leben zu können. Mit der Zeit hätte er sich vielleicht sogar einen gewissen Reichtum erworben. Aber Joshua wollte nicht warten. Er wollte auf seinem eigenen Land herumreiten und nicht von Schmerzen geplagt mit einer Waschpfanne an einem Fluss hocken. Der Wunsch, endlich von allen respektiert zu werden, beherrschte inzwischen sein ganzes Denken.

Seit seiner Speerverletzung hatte er bei sich ein Gewissen entdeckt, von dem er nicht gewusst hatte, dass er es besaß. Vielleicht hatte seine Bekanntschaft mit Trevannick ein schlummerndes Gefühl für Anstand in ihm geweckt. Auf das Leben, das er geführt hatte, seit sich seine Familie von ihm losgesagt hatte, war er nicht gerade stolz. Warum seine Familie sich von ihm losgesagt hatte, daran dachte er lieber gar nicht erst.

Von all seinen Schurkereien belastete ihn am meisten der Tod dieses Goldgräbers in Ballarat, den er verschuldet hatte. Ihm war klar, dass er eine Menge auf dem Kerbholz hatte, doch er schreckte vor der Vorstellung zurück, ein Mörder zu sein. Die Angst, für seine Taten bestraft zu werden, war immer da, auch wenn er sie so weit wie möglich verdrängte. Er wusste, dass er gesehen worden war. Er wusste auch, von wem. Das Mädchen hatte so auffallend anders ausgesehen, dass er es zuvor häufig beobachtet hatte.

Mein Gott! Das war es! Als er Trevannick kennen gelernt hatte, war dieser ihm vage bekannt vorgekommen. Nun wurde ihm klar, dass das nicht daran lag, dass er den Mann schon häufiger in der Nähe von Ballarat gesehen hatte, wie er ursprünglich angenommen hatte, sondern weil der Mann ihn an den Vater des Mädchens erinnerte.

Joshua verließ eilig sein Zelt. In der Nähe der Hütte, die ihn interessierte, war niemand zu sehen. Er zog die Augenbrauen zusammen und kaute an einem Daumennagel. Die Richtung, die seine Gedanken genommen hatten, beunruhigte ihn. Wenn sich diese Überlegungen nun als richtig erwiesen? Und was, wenn er Unrecht hatte? Es gab nur eine Möglichkeit, das herauszufinden.

Den ganzen nächsten Tag ließ Joshua die beiden Personen nicht aus den Augen. Er war sich sicher, dass der Mann der Vater des Mädchens war. Mit ein paar diskreten Fragen fand er ihre Namen heraus. Es fiel ihm schwer, seine Verblüffung zu verbergen. Der Mann und das Mädchen mussten mit Con Trevannick verwandt sein. Zwei Fragen wagte er jedoch nicht zu stellen, aus Angst, zu großes Interesse zu zeigen. Was war aus dem Mädchen geworden? Und den Jungen hatte er in Ballarat nie gesehen. Während er darüber nachdachte, beobachtete er, wie der Junge unten am Fluss mit dem Cradle arbeitete. Plötzlich fing er an zu lachen, was ihm einige neugierige Blicke eintrug. »Sieh mal einer an«, murmelte er vor sich hin, »ich wette jede Unze Gold, die ich habe, dass du ein Mädchen bist.«

Er spazierte zum Fluss und blickte dem vermeintlichen Jungen über die Schulter. »Und, schon Glück gehabt?«

»Ein bisschen. Und Sie?« Der Cradle blieb in Bewegung, und das verkleidete Mädchen blickte nicht mal auf.

»Ich bin gerade erst in Creswick angekommen. Ich war eine Weile unten in Ballarat.«

»Wir auch. Hier sind wir viel erfolgreicher. Wir finden fast immer was.«

Der Cradle stoppte. Die schmale braune Hand schob den Kies beiseite und fischte drei Stückchen Gold heraus. »Sehen Sie, was ich meine?«

Das junge Gesicht blickte lächelnd auf. Der rasche Wechsel im Gesichtsausdruck, der zwar sofort überspielt wurde, beantwortete Joshuas Frage. Er war erkannt worden. Er spielte seinen Trumpf aus.

»Ich hab gesehen, dass ihr gestern Besuch hattet.«

Der Gesichtsausdruck war misstrauisch.

»Der Mann ist ein Freund von mir«, fügte er lächelnd hinzu.

»Das glaube ich Ihnen nicht. Ich meine …«

»Woher wir uns kennen? Ich hab ihm vor einigen Monaten ein paar Wochen auf seiner Farm geholfen. Seid ihr miteinander verwandt?«

Joshua erhielt keine Antwort. Das als Junge verkleidete Mädchen wandte sich ab. »Sieh mal, Vater, was wir hier haben.«

Der Mann kam zum Cradle herunter und streifte Joshua mit einem flüchtigen Blick, bevor er die kleinen Nuggets in einen Beutel steckte. Auch das Mädchen blickte nicht mehr in seine Richtung. Joshua tippte an seinen Hut. »Bis bald.«

Er schlenderte locker davon, blieb ab und zu stehen, um andere Männer bei der Arbeit zu beobachten, um den Eindruck zu vermeiden, er interessiere sich für irgendjemanden im Besonderen. Bis er zu seinem Zelt zurückgekehrt war, war er zu dem Schluss gekommen, dass das Mädchen keine Bedrohung für seine Freiheit darstellte. Selbst wenn man ihn anklagen würde, stünde ihr Wort gegen seins. Und nach acht Monaten würde sich die Polizei sowieso nicht mehr für den Fall interessieren.

Captain Trevannick merkte sofort, dass mit seiner Tochter etwas nicht stimmte. »Wer war dieser Mann? Hat er dir was getan?«

»Das *war* er, Vater. Der Mörder.«

Der Captain blickte zu dem Mann, der etwa hundert Meter von ihnen entfernt mit einem anderen Goldgräber redete. Er hatte ihnen den Rücken zugewandt.

»Meinst du, er hat dich erkannt?«

»Ich glaube ja. Ich bin mir aber nicht sicher. Er hat etwas sehr Merkwürdiges gesagt. Er hat behauptet, er hätte erst kürzlich für Con gearbeitet.« Sie atmete tief durch. »Wenn das stimmt, wieso hat mein Bruder ihn dann nicht erwähnt? Er hat nur von Schäfern und Scherern und von dem Ehepaar gesprochen, das bei ihm angestellt ist.«

»Was denkst du, Selena?«

»Dass der Mann kein Freund von Con ist, wie er behauptet. Ich glaube, wir sollten Con sagen, dass dieser Mann in Creswick ist.«

»Meinst du, das wäre wichtig?«

»Mein Gefühl sagt mir, dass Con es wissen wollen würde.«

Der Regen, der die Wintermonate nass und trübselig gemacht hatte, setzte am nächsten Tag wieder ein und hielt fast eine Woche an. Am ersten trockenen Tag machten sich der Captain und Selena zu Fuß auf den Weg zu Con. Als sie ankamen, war Con gerade dabei, mit Hilfe eines anderen Mannes einen Zaun zu errichten. Er begrüßte sie freudig überrascht.

»Seid ihr den ganzen Weg von Creswick gelaufen?«

»Ja, das sind wir.«

»Dann wird es eindeutig Zeit für eine Frühstückspause, Ned«, rief er dem anderen Mann zu. »Kommen Sie, ich stelle Ihnen meinen Vater und meine Schwester vor.«

Der Mann kam herüber und wischte sich die verschwitzten Hände an seiner Hose ab. »Ich freue mich sehr, Sie kennen zu lernen, Sir. Der Master hat der Missus und mir viel von Ihnen erzählt. Die Missus hat sich sehr darüber gefreut, dass er seine Familie gefunden hat. Ich sag ihr, dass Sie da sind. Sie möchte Sie bestimmt ganz herzlich willkommen heißen.« Er lächelte Selena unsicher an und eilte zum Haus.

Selena grinste Con an. »Er weiß nicht, wie er mit mir umgehen soll.«

»Mrs Clancy wird mit deiner Männerkleidung auch nicht einverstanden sein, das kann ich dir versichern. Trotz ihrer Vorgeschichte haben die Clancys sehr feste Vorstellungen davon, was sich gehört. Aber kommt doch mit ins Haus. Ich werde euch der guten Frau vorstellen und ihr sagen, sie soll uns das Frühstück auf der Veranda servieren.«

Da sie Cons Haushälterin nicht verärgern wollte, zügelte Selena ihr Temperament und verhielt sich äußerst zurückhaltend. Von frühster Kindheit an hatte sie gelernt, mit Hilfe ihres Lächelns ihren Willen durchzusetzen. Nun benutzte sie es, um Mrs Clancy zu bezaubern.

»Sie müssen eine sehr gute Köchin sein, Mrs Clancy.« Sie schnupperte verzückt in die Luft. »Was Sie da gerade backen, riecht absolut himmlisch. Ich hoffe, das ist für unser Frühstück.«

»Das sind nur Teebrötchen, Miss. Dem Master schmecken sie so, wie ich sie mache.« Sie öffnete die große Backofentür und zog ein Blech mit duftigen goldbraunen Teebrötchen heraus.

»Oh, ich wünschte, ich könnte so gute Teebrötchen backen wie Sie«, rief Selena bewundernd.

Der Captain zog eine Grimasse und sah seinen Sohn, der über das ganze Gesicht grinste, von der Seite an. Sie hatten Selenas lockere, duftige Teebrötchen an dem Tag gegessen, als Con zu Besuch gekommen war.

Con verbiss sich das Lachen. »Wir überlassen Sie jetzt Ihren Vorbereitungen, Mrs Clancy. Wenn Sie fertig sind, möchten wir auf der Veranda frühstücken.«

»Ja, Sir.«

Sie waren noch keine zehn Schritte gegangen, da fing Con laut an zu lachen. »Selena, du bist ja ein richtiges kleines Biest.«

»Wieso? Weil ich nett zu deiner Haushälterin war?«

»Du hast ihr Honig ums Maul geschmiert. Teebrötchen, du meine Güte.«

Selena kicherte. »Ich werde Mrs Clancy auch loben, wenn ich die Brötchen gegessen habe. Selbst wenn sie nicht so locker sind wie meine.«

Sie sagte nichts mehr, denn Con hatte sie inzwischen den Gang entlang- und durch die Eingangstür auf die Veranda geführt. »Das Haus werde ich euch nach dem Frühstück zeigen. Setzen wir uns dorthin.« Er zeigte auf eine Gruppe von Stühlen, die um einen niedrigen Tisch herumstanden.

»Du hast eine sehr schöne Farm, mein Sohn«, sagte der Captain. »Hast du immer noch Probleme mit den Schafen?«

»In der letzten Woche sind keine weiteren Fälle von Räude aufgetreten, trotz des Regens. Ich hoffe, dass wir das Schlimmste überstanden haben. Wir müssen die Schafe allerdings immer noch alle paar Monate tauchen, so lange, bis auch bei den Nachbarn alles in Ordnung ist.«

»Das sind ja gute Neuigkeiten.« Der Captain lehnte sich zurück und ließ seinen Blick über das grüne, hügelige Land schweifen. »Wenn einem Mann schon der Anblick der See verwehrt ist, ist diese Aussicht sicher die beste Alternative.«

»Ich mag diese Aussicht hier lieber. Was meinst du, Selena? Du bist ja so still geworden.«

Sie schob den Gedanken an den Anlass ihres Besuches beiseite. »Ja, von hier hat man eine sehr schöne Aussicht. Aber wenn auf deinem Land jemals Gold gefunden würde, würde es hier sicher bald genauso wenig Grün geben wie in Ballarat.«

»Ich bin mir ziemlich sicher, dass es auf meinem Grundstück kein Gold gibt. Ah, vielen Dank, Mrs Clancy.«

Die Frau stellte ein voll beladenes Tablett auf den Tisch. »Soll ich einschenken, Sir?«

»Das kann Selena machen. Sie versteht sich viel besser auf die Pflichten einer Frau, als man meinen sollte.«

Selena schnitt ihrem Bruder hinter Mrs Clancys Rücken eine Grimasse. Er verzog nur leicht den Mund.

»Wie Sie wünschen, Sir. Rufen Sie mich, wenn Sie noch etwas brauchen.«

»Hast du gehört, was er gesagt hat, Vater?«, wollte Selena wissen, nachdem Mrs Clancy gegangen war. »Und du behauptest immer, ich wäre unverbesserlich.«

»Mhm.« Der Captain grinste breit. »Allmählich glaube ich, dass meine beiden Sprösslinge so einiges gemeinsam haben.«

Con lachte, was ihm in Gesellschaft seiner Schwester anscheinend leichtfiel. Bevor er Selena kennen gelernt hatte, war ihm nicht bewusst gewesen, was er bisher im Leben versäumt hatte.

Selena reichte ihm eine Tasse Tee. Sie hatte behalten, dass er ihn gern schwarz und mit einem Löffelchen Zucker trank. Die drei redeten über alltägliche Dinge, während sie mit großem Appetit Mrs Clancys Teebrötchen aßen, die, bestrichen mit selbst gemachter Butter, wirklich köstlich schmeckten.

»Ich bringe euch mit der Kutsche nach Hause«, sagte Con. »Aber vorher müsst ihr euch noch das Haus und die Farm ganz ansehen.«

Der Captain nickte. »Wir sind aus einem besonderen Grund zu dir gekommen, Con. Wir wollten dir etwas mitteilen.«

»Wir haben in Creswick einen Mann getroffen, der behauptet hat, er wäre ein Freund von dir. Er hat gesagt, er hätte vor ein paar Monaten bei dir gewohnt und dir bei der Arbeit geholfen.«

»Der einzige Mann, der mal hier gewohnt hat, ist kein Freund von mir. Kannst du ihn beschreiben, Selena?«

»Klar. Er ist etwa eins fünfundsiebzig groß, hat hellbraune Haare und blasse Augen. Kennst du ihn?«

»Ja. Das ist Joshua Winton.« Con seufzte tief. »Ich habe mich in dem Mann getäuscht.«

»Inwiefern?«, fragte der Captain.

»Er hat behauptet, er wäre der Sohn eines Schafzüchters. Das glaube ich ihm sogar. Er kannte sich nämlich ziemlich gut mit Schafen aus. Er hat hier gewohnt und mir in der ersten Zeit geholfen, nachdem die Schafräude ausgebrochen war. Als Bezahlung wollte er nur Unterkunft und Essen. Der Mann war mir sympathisch. Ich hatte sogar schon in Erwägung gezogen, ihn als Verwalter einzustellen.«

»Und was ist dann geschehen?«

Con ließ sich mit der Antwort einen Augenblick Zeit. Die Wahrheit war nichts für Selenas Ohren. »Ich hab erfahren, dass er einige Aborigines misshandelt hat, die auf meinem Land kampierten. Daraufhin habe ich ihn fortgeschickt und ihm gesagt, er soll sich hier nicht mehr blicken lassen.« Die vollständige Geschichte würde er seinem Vater später erzählen. »Warum interessiert ihr euch für Winton?«

Selena antwortete. »Erinnerst du dich, wie ich dir erzählt habe, dass ich gesehen habe, wie ein Mann ermordet wurde? Dieser Mann ist der Mörder.«

»Joshua Winton? Dann ist der Mann gefährlich. Du hast gesagt, du wärst ihm in Creswick begegnet. Hat er dich erkannt? Hat er dich bedroht?«

»Nein, nein.« Selena berichtete Wort für Wort über ihre Begegnung mit dem Mann und beschrieb auch die Reaktionen von ihnen beiden. »Ich bin sicher, dass er wusste, wer ich bin, und herausfinden wollte, ob ich ihn wiedererkenne.«

»Da hast du vermutlich Recht. Aber ich traue Winton trotzdem nicht.«

Con stellte seine Tasse wieder auf das Tablett. »Selena, könntest du Mrs Clancy bitte das Tablett zurückbringen?«

Er sprach erst wieder, als Selena in dem Durchgang verschwunden war. »Ich bezweifele, dass der Mann so lange nach der Tat noch Angst vor irgendwelchen Folgen hat. Die Polizei ist im Großen und Ganzen zu korrupt und zu sehr darauf bedacht, sich selbst zu bereichern, um sich für einen Mann zu interessieren, der vor sieben Monaten tot in einem Schacht gefunden wurde. Fast jede Woche kommen Männer beim Sturz in Schächte ums Leben. Mich beunruhigt weitaus mehr, dass Winton meinen Namen ins Spiel gebracht hat.«

»Hegt er einen Groll gegen dich?«

»Da bin ich mir ziemlich sicher.« Con fasste in wenigen Worten zusammen, was tatsächlich geschehen war. »Ich muss gestehen, als ich das Grab des Mädchens entdeckt habe, habe ich mir gewünscht, der Speer hätte Wintons Herz durchbohrt. Wallaby hatte zweifellos die Absicht, ihn zu töten. Wegen seiner Familie und den übrigen Aborigines im Bezirk bin ich jedoch froh, dass er es nicht getan hat. Viele Trooper würden sich über einen Vorwand freuen, wahllos auf Schwarze schießen zu können.«

»Was du mir da erzählt hast, gibt mir neuen Grund zur Sorge, Con. Seit dem Morgen, als sie mir von dem Mord erzählt hat, mache ich mir Sorgen um Selena. Glaubst du, dieser Mann könnte ihr etwas antun?«

»Schwer zu sagen. Allerdings hätte er mehr zu verlieren als zu gewinnen, wenn er ein Verbrechen begeht. Doch ich bin deiner Meinung. Selena sollte an einem sicheren Ort sein. Am besten wohnt sie erst mal bei mir.«

»Warum soll ich bei dir wohnen?« Selena war unbemerkt aus der Küche zurückgekommen.

»Dieser Mann, dieser Joshua Winton, ist gefährlich, mein Liebes«, antwortete ihr Vater. »Con hat mir Dinge erzählt, die mich um deine Sicherheit fürchten lassen. Du musst hier bei deinem Bruder bleiben.«

Selena widersprach. Aber weder ihr Vater noch ihr Bruder ließen sich beirren. Jedes Argument, das sie vorbrachte, wurde von dem einen oder dem anderen mit einem Gegenargument zurückgewiesen. Doch auch wenn sie deutlich zu verstehen gab, dass sie nur unter Zwang zustimmte, gestand sie sich insgeheim ein, dass sie ganz froh darüber war, mal wieder in einem Haus wohnen zu können.

»Und was ist mir dir, Vater? Wie kommst du denn ohne mich zurecht?«

»Ich würde euch gerne beide bei mir aufnehmen«, sagte Con.

»Ich kann nicht deine Großzügigkeit ausnutzen, auch wenn du mein Sohn bist. Nein, ich bleibe in Creswick. Ich komme sehr gut allein zurecht.«

»Aber du brauchst mich doch, Vater«, versuchte Selena es ein letztes Mal.

»Für mich ist das Wichtigste, dass du wohlauf und in Sicherheit bist, mein Liebes. Du bleibst bei deinem Bruder.«

Selena schmollte. »Na schön, dann bleib ich eben.«

»Nur noch eines«, fügte Con hinzu. »Du wirst diese Hosen ablegen und dich wieder wie ein Mädchen anziehen.«

ZWEITER TEIL

1

Starke Winde und strömender Regen trieben die *Fair Australia* aus der Bass Strait, der Meerenge zwischen Tasmanien und Südaustralien, in das etwas ruhigere Wasser der Port-Phillip-Bucht. Trotz des bitterkalten Wetters, das ganz im Gegensatz zu der glühenden Sonne und der sengenden Hitze stand, die man erwartet hatte, blieben nur wenige Passagiere unter Deck. Die meisten hatten sich warm eingehüllt, um einen Blick auf das Land zu werfen, zu dem sie neun lange Wochen unterwegs gewesen waren.

Meggan mit Etty auf dem Arm, die sie wegen der Kälte in eine Decke gewickelt hatte, stand mit Jenny und Agnes auf dem Vorderdeck. Es gab nur wenig zu sehen. Die Küste, vor der ein heftiger Regen wie ein Vorhang niederging, war nur als verschwommene Linie in dem grauen Einerlei von Himmel und Meer zu erkennen.

»Es wäre zwar schöner gewesen«, bemerkte Jenny, »wenn wir bei besserem Wetter angekommen wären, trotzdem kann ich es kaum fassen, dass unsere Reise endlich zu Ende geht.«

»War diese Reise denn langweiliger als deine erste Überfahrt?«, fragte Meggan. »Oder warst du genauso gespannt darauf, anzukommen?«

»Ich war nicht ungeduldiger als du«, entgegnete Jenny. »Seit du Cons Brief in Kapstadt abgeholt hast, hast du doch die Tage gezählt.«

»Ich gebe zu, dass mir diese letzten Wochen endlos vorgekommen sind. Agnes, bist du auch froh, dass wir endlich da sind?«

»Oh, Ma'am, es ist wie ein Traum, der wahr geworden ist. Ich hab immer geglaubt, ich würde bis ans Ende meines Lebens in Pengelly herumsitzen. Und nun werde ich gleich australischen Boden betreten. Aber was meinen Sie, wie froh ich bin, wenn ich endlich dieses Schiff verlassen kann«, sagte sie so von ganzem Herzen erleichtert, wie es nur jemand sein kann, der das notwendige Übel einer Seereise tapfer ertragen hat.

»Ich glaube, jeder hier an Bord wird froh sein, wieder festen Boden unter den Füßen zu haben, Agnes. Trotzdem sollten wir jetzt in unsere Kabinen zurückkehren. Wir gehen wieder an Deck, wenn das Schiff bereit ist anzulegen. Mit ein bisschen Glück hat es bis dahin aufgehört zu regnen.«

Erst als der Blick durch das feuchte Bullauge der Kabine zeigte, dass sie nahe am Kai waren, kehrten die drei Frauen an Deck zurück. Mit jedem Meter, den sich das Schiff seinem Ankerplatz näherte, wurde die Aufregung an Bord spürbarer. Der Landesteg war kaum festgemacht, da eilten schon die ersten Passagiere auf den Kai.

»Dummköpfe, alle miteinander.« Captain Arnold war vom Achterdeck heruntergekommen, um sich zu der Gruppe um Meggan zu gesellen. Sein Tonfall gab deutlich zu verstehen, dass er die Habgier der Menschen einfach nicht begreifen konnte. »Ich erlebe nach jeder Überfahrt das Gleiche, Mrs Westoby. Jeder dieser Männer, die gerade an Land geeilt sind, glaubt garantiert, er brauche hier nur herumzuspazieren und die Nuggets aufzuheben. Die träumen alle von einem sagenhaften Eldorado.« Er seufzte angesichts der Torheit der Menschen. »Wie können die nur glauben, dass es hier genügend Gold gibt, um alle reich zu machen, wo doch seit zwei Jahren Abertausende Menschen aus aller Welt in die Kolonie strömen?«

»Darauf kann ich Ihnen keine Antwort geben, Captain Arnold. Aber ich kann diesen Menschen auch keinen Vorwurf daraus machen, wo doch meine Brüder den gleichen Traum hatten.«

»Ich weiß, dass Ihre Brüder Erfolg haben, Mrs Westoby. Sie haben sie als fleißige Arbeiter beschrieben, die ihr Gold verdient haben. Doch genug von diesem Gerede. Ich bin gekommen, um mich von den Damen zu verabschieden. Es war mir eine Ehre, Mrs Westoby, Miss Tremayne, Sie an Bord der *Fair Australia* gehabt zu haben. Ich wünsche Ihnen für Ihr neues Leben alles Gute.«

»Danke, Captain Arnold.«

»Danke«, sagte auch Jenny.

»Sind Sie bereit, an Land zu gehen?«

»Wenn uns ein paar von den Seeleuten mit unserem Kabinengepäck helfen könnten, dann sind wir bereit.«

»Selbstverständlich, Mrs Westoby. Ich werde Ihnen außerdem den Zweiten Offizier schicken, damit er Sie sicher zu Ihrer Unterkunft geleitet.«

»Das ist sehr freundlich von Ihnen, Captain Arnold. Dann kehren wir jetzt in unsere Kabinen zurück und warten dort.«

»Gott schütze Sie, meine Damen. Sie waren eine sehr angenehme Gesellschaft.« Er verneigte sich leicht. »Jetzt muss ich aber meinen Pflichten nachkommen.«

»Soll ich Etty nehmen, Ma'am? Ich ziehe ihr noch eine trockene Windel an, bevor wir das Schiff verlassen.«

»Ich mach das schon, Agnes. Du kannst dich um dein persönliches Gepäck kümmern.«

Das Mädchen nickte kurz. Doch sie war noch keine drei Schritte gegangen, da rief Meggan sie wieder zurück. »Agnes, glaubst du, dass du hier glücklich werden wirst? Dieses Land und die Art zu leben – es ist alles ganz anders als in Cornwall.«

Das Mädchen antwortete, ohne zu zögern. »Ich weiß, Ma'am. Das haben Sie mir ja von Anfang an gesagt. Und im Übrigen war es der glücklichste Tag meines Lebens, als ich diese stinkende Bruchbude in Pengelly verlassen durfte.«

»Du meine Güte«, murmelte Jenny, nachdem Agnes in ihre Kabine gegangen war, »das war aber heftig. Deine Agnes muss ihr Zuhause ja wirklich gehasst haben. Ich weiß, dass ich niemals unter so erbärmlichen Zuständen leben könnte.«

»Könntest du denn hier in einer kleinen Hütte mit nur wenig Geld leben?«

Jenny kniff die Lippen zusammen. »Darüber haben wir schon viele Male gesprochen, Meggan. Wenn dein Bruder mich haben will, wird die Liebe alles andere erträglich machen. Nach dem zu urteilen, was ich über die Roberts weiß, gab es in dieser Familie überhaupt keine Liebe.«

»Nein. Ich war froh, dass ich Agnes helfen konnte. Sie ist ein gutes Mädchen. Sie hat sehr schnell gelernt. Du hast doch gesehen, wie sehr sie sich bemüht hat, ihre Ausdrucksweise zu verbessern.«

Jenny war plötzlich nachdenklich. »Meggan, wirst du Agnes je die Wahrheit über ihren Bruder sagen?«

»Du meinst, ob ich ihr erzählen werde, wie er seine Frau umgebracht hat? Nein. Ich möchte nicht, dass Agnes erfährt, was aus dem ganzen Stolz ihrer Mutter geworden ist.«

»Agnes hat die Hoffnung geäußert, ihn vielleicht wiederzusehen.«

»Und ich hoffe von ganzem Herzen, dass keiner von uns ihn je wiedersieht. Tom Roberts ist ein schlechter Mensch.«

»Jetzt aber genug von Tom Roberts. Ich hoffe, dass Con uns im Hotel erwartet.«

Meggan spürte, wie sich ihr Herzschlag beschleunigte, als Jenny den Namen ihres Pflegebruders aussprach. Nun, wo das Wiedersehen mit dem Mann, den sie liebte, so kurz bevorstand, überkam sie plötzlich eine törichte, irrationale Angst. Con hatte seine Tochter nie gesehen. Bevor er ihren Brief aus Cornwall erhalten hatte, hatte er noch nicht einmal von Ettys Existenz gewusst.

Das Eintreffen des Zweiten Offiziers beendete ihr Gespräch. Eine Stunde später bedankten sie sich bei ihm für seine Dienste und dafür, dass er sie zum Grand Hotel begleitet hatte.

»Sie können froh sein, dass für Sie ein Zimmer reserviert wurde, Mrs Westoby. Viele dieser Leute hier«, er blickte zu anderen Neuankömmlingen, die unsicher in der Eingangshalle standen und sich nervös unterhielten, »werden feststellen, dass sie nirgends eine Unterkunft finden.« Ein plötzlicher Gedanke schien ihn zu beunruhigen. »Vielleicht sollte ich besser bei Ihnen bleiben, bis wir ganz sicher wissen, dass alles in Ordnung ist.«

»Es wird bestimmt alles in Ordnung sein, Mr Robson. Wir sind Ihnen sehr dankbar, dass Sie uns hierherbegleitet haben.«

»Dann möchte ich mich von Ihnen verabschieden und wünsche Ihnen alles Gute.«

»Danke, Mr Robson. Und wir wünschen Ihnen eine sichere Heimreise.«

Wenige Minuten später kamen Meggan Zweifel, ob sie nicht doch besser Mr Robsons Angebot angenommen hätte, zu warten, bis alles geregelt war. Jetzt stand sie einem blassen, mürrisch aussehenden Hotelangestellten an der Rezeption gegenüber.

»Würden Sie bitte noch einmal im Anmelderegister nachsehen? Es müssen zwei Zimmer für Mrs Westoby reserviert sein. Die Reservierung wurde schon vor einiger Zeit von Mr Trevannick vorgenommen.«

»Nie von ihm gehört, Ma'am.«

Meggan kniff verärgert die Lippen zusammen. Ihr fiel auf, dass der Mann die ganze Zeit das Hotelregister mit der rechten Hand verdeckte. »Darf ich das mal sehen?«

»Gegen die Vorschriften, Ma'am.«

»Dann möchte ich den Besitzer sprechen. Das ist doch sicher nicht gegen die Vorschriften.«

»Er ist nicht da, Ma'am. Er ist unterwegs.«

»Dann warten wir, bis er wiederkommt. Wann immer das sein wird«, sagte sie gereizt, zwang sich aber, die Bemerkung, die sie noch hatte hinzufügen wollen, hinunterzuschlucken. »Inzwischen können Sie nachsehen, ob für mich oder für Miss Tremayne Briefe angekommen sind.«

Der Mann an der Rezeption blickte flüchtig hinter sich. »Hier ist nichts. Befolgen Sie meinen Rat, Ma'am, und versuchen Sie, in einem anderen Hotel ein Zimmer zu finden.«

»Nicht, bevor ich mit dem Inhaber gesprochen habe.« Ettys quengelndes Geschrei lenkte sie ab. »Gibt es irgendwo einen Raum, wo ich mich um die Bedürfnisse meiner Tochter kümmern kann?«

Trotz seines unverschämten Verhaltens hatte der junge Mann offenbar ein Herz für kleine Kinder. Er lächelte Etty sogar an. »Durch diese Tür da, Ma'am. Dahinter ist ein kleines Zimmer.«

»Danke.«

Sie ließen Agnes mit dem Gepäck in der Eingangshalle. Jenny begleitete Meggan. Der winzige Raum war ausreichend möbliert mit zwei Sesseln und einem kleinen Esstisch mit Stühlen.

»Was sollen wir bloß tun, wenn die uns die Zimmer nicht geben?« Jenny stand am Tisch und fuhr nachdenklich mit der Hand über die Spitzendecke.

»Ich weiß es nicht.« Meggan setzte sich auf einen Stuhl und begann, ihr Mieder aufzuknöpfen. Sie sprach erst wieder, als Etty zufrieden nuckelte. »Wir müssen einfach hoffen, dass der Besitzer das Problem lösen wird. Der Angestellte hat das Register mit der Hand verdeckt. Ich glaube, dass man unsere Zimmer jemand anderem gegeben hat.«

»Wenn Con bloß hier wäre. Ich bin enttäuscht, dass er nicht da ist. Er hat doch geschrieben, er würde versuchen, uns abzuholen.« Jenny zog einen der ungepolsterten Stühle mit gerader Lehne unter dem Tisch hervor und setzte sich Meggan gegenüber.

»Ganz genau, Jenny. Er hat geschrieben, er wollte es ›versuchen‹. Es kann alle möglichen Gründe dafür geben, dass er sich verspätet hat. Ich hatte allerdings gehofft, einen Brief vorzufinden, in dem er uns mitteilt, wann mit seiner Ankunft zu rechnen ist.«

»Es ist noch recht früh am Morgen. Vielleicht kommt Con ja heute noch.«

»Ich glaube, da sollten wir uns keine allzu großen Hoffnungen machen.«

Etty hatte getrunken, eine frische Windel bekommen und war gerade dabei, in den Armen ihrer Mutter einzuschlafen, da kündigte ein diskretes Klopfen das Erscheinen des Hotelbesitzers an.

»Ich bitte vielmals um Entschuldigung, dass ich nicht da war, als Sie ankamen, Mrs Westoby.«

»Nun sind Sie ja da und können sicherlich das Problem mit unseren Zimmern lösen, Mr …?«

»Smeaton, Ma'am. John Smeaton. Zu Ihren Diensten.«

»Dann geben Sie uns jetzt unsere Zimmer.« Meggan war so verärgert, dass sie ziemlich schroff reagierte.

»Äh, ja. Dazu bin ich leider nicht in der Lage.«

»Unsere Zimmer sind aber doch reserviert.«

»Doch, schon, Mrs Westoby. Aber sehen Sie, es ist so. Wir konnten sie nicht freihalten.«

»Soweit ich weiß, wurden diese Zimmer im Voraus bezahlt.« Sie tauschte einen ratlosen Blick mit Jenny, die zustimmend nickte.

»Ja, ja, das ist richtig. Aber Sie müssen verstehen, dass wegen dem vielen Gold, das in die Stadt fließt, alles mehr als viermal so teuer geworden ist, auch die Hotelzimmer.« Mr Smeaton sonnte sich in dem Bewusstsein, richtig gehandelt zu haben. »Ich habe Mr Trevannick geschrieben und ihm mitgeteilt, dass die Preise gestiegen sind, aber keine Antwort erhalten.«

»Weil er bereits auf dem Weg nach Melbourne ist«, erklärte Jenny.

»Das mag ja sein. Doch in dieser Stadt gehen die wenigen Unterkünfte, die es überhaupt gibt, an die Leute, die Gold haben.«

»Ich kann jeden Preis bezahlen, den Sie für die Zimmer verlangen.«

»Ob Sie das können oder nicht, spielt keine Rolle, Ma'am. Die Leute, die die Zimmer genommen haben, haben in Bathurst einen großen Fund gemacht. Ich wäre töricht gewesen, ihr Gold zurückzuweisen.«

»Ich verstehe.« Und das tat sie tatsächlich. Die Gier nach dem Gold erfasste nicht nur diejenigen, die in der Erde danach suchten. Sie konnte sich beschweren, so viel sie wollte, oder so viel Geld anbieten, wie sie wollte, damit würde sie ihnen nicht mal ein einziges Zimmer verschaffen. Sie dachte rasch nach, da fiel ihr etwas ein, das sie schon fast vergessen hatte.

»Mr Smeaton, kennen Sie einen Mr Richards, der ein Warenlager auf der Collins Street besitzt?«

»Vom Hörensagen, Ma'am.« Woher kennen Sie denn den, schienen seine hochgezogenen Augenbrauen zu fragen.

»Ich würde ihm gern einen Brief schicken. Bringen Sie mir bitte etwas zu schreiben.«

»Wie Sie wünschen, Ma'am.«

»Würden Sie bitte außerdem dafür sorgen, dass das Feuer angezündet wird. Hier ist es sehr kalt.«

Der Hotelbesitzer stimmte ihr zu. »Sie werden feststellen, dass das Wetter in Melbourne sehr unberechenbar ist, Mrs Westoby. Gestern war es unerträglich heiß. Das kann morgen schon wieder so sein. Ein nasskalter Tag im Sommer ist hier nichts Ungewöhnliches.« Er hielt kurz inne. »Dann gehe ich mal das Schreibzeug holen.«

»Wer ist Mr Richards?«, fragte Jenny, sobald sie wieder allein waren.

»Mein verstorbener Ehemann ist kurz vor seinem Tod eine Partnerschaft mit Mr Richards eingegangen. Obwohl wir uns nie begegnet sind, ist dieser Mann jetzt mein Geschäftspartner. Als er von Davids Tod erfuhr, hat er mir geschrieben und mir seine Hilfe angeboten für den Fall, dass ich sie mal brauche. Ich glaube, jetzt ist der Zeitpunkt gekommen, um auf dieses Angebot zurückzugreifen.«

Mr Smeaton, der vielleicht allmählich doch ein leicht schlechtes Gewissen angesichts der misslichen Situation empfand, in der sich die Damen befanden, kehrte fast sofort mit dem Schreibmaterial zurück und wartete respektvoll, während Meggan einen kurzen Brief schrieb, ihn versiegelte und ihm gab.

»Ich werde dafür sorgen, dass er sofort zugestellt wird, Mrs Westoby. Ein Dienstmädchen wird gleich kommen, um das Feuer anzuzünden.«

»Danke, Mr Smeaton. Wir würden gern dieses Zimmer nutzen, bis ich eine Antwort von Mr Richards erhalten habe. Ich hoffe, Sie haben nichts dagegen.« Ob der Mann etwas dagegen hatte oder nicht, Meggan hatte auf keinen Fall vor, in die überfüllte Eingangshalle zurückzukehren. Das machte ihr Tonfall unmissverständlich klar. Obwohl sie von Natur aus nicht gebieterisch war, konnte sie sehr gut in diese Rolle schlüpfen, wenn sie das wollte. »Bitte schicken Sie mein Mädchen herein und lassen Sie unser Gepäck bringen. Außerdem hätten wir gern Tee und Sandwiches.«

Mr Smeaton senkte den Kopf. »Wie Sie wünschen, Ma'am.«

Meggan grinste Jenny an, die eine Hand auf ihren Mund gelegt hatte, um ihr Lächeln zu verbergen. »Da gibt es nichts zu lachen. Der Mann hatte einen Dämpfer verdient.«

Jenny kicherte. »Meggan, du bist unverbesserlich. Du hast wohl vor, Mr Smeaton das Leben schwer zu machen.«

»Das habe ich. Der wird sich noch wundern, wen er da weggeschickt hat.«

Es verging kaum mehr als eine halbe Stunde, da erschien Mr Richards aufgrund von Meggans Brief. »Guten Morgen, meine Damen. Äh, Mrs Westoby?« Er blickte von einer zur anderen.

Meggan stand auf. »Ich bin Mrs Westoby. Und Sie sind, nehme ich an, Mr Richards.«

Er nahm die Hand, die sie ihm hinhielt, behutsam in seine. »Es ist mir eine große Freude, Sie endlich kennen zu lernen, Mrs Westoby. Mr Westoby hat uns so viel von Ihnen und Ihrem ungeheuren Talent erzählt. Singen Sie immer noch?«

Eine ganz verständliche Frage, nahm sie an. »Nein, ich habe jetzt eine Tochter, und die ist mir wichtiger als meine Karriere.«

»Ah ja, ja, natürlich.«

Meggan setzte sich wieder hin und bedeutete Mr Richards, auf dem Stuhl mit der geraden Lehne Platz zu nehmen, den Jenny zugunsten eines bequemeren Sessels geräumt hatte.

»Also, zu dem Problem mit Ihrer Unterkunft.«

»Ich hätte Sie ja nicht bemüht, Mr Richards, wenn ich in der Lage gewesen wäre, selbst eine Lösung zu finden. Die Weigerung des Hotelbesitzers, unserer Reservierung nachzukommen, hat uns in eine missliche Situation gebracht. Ich hoffe sehr, dass Sie uns irgendwie behilflich sein können, eine Unterkunft zu finden.«

»Das ist überhaupt keine Mühe für mich, Mrs Westoby. Ich fühle mich geschmeichelt, dass Sie mich um Hilfe gebeten haben. Und zu meiner besonderen Freude bin ich sogar in der Lage, Ihnen zu helfen. Ich weiß nicht, ob Ihnen bekannt ist, dass ich neben dem Geschäft, in dem wir jetzt Partner sind, drei kleine Cottages besitze, die ich vermiete. Eines davon steht zurzeit leer. Die Mieter sind erst gestern ausgezogen, um ihr Glück auf den Goldfeldern zu versuchen. Das Cottage hat zwei Schlafzimmer sowie ein kleines Zimmer, das Ihr Dienstmädchen benutzen könnte.« Er deutete mit dem Kopf auf das Mädchen. »Das Cottage ist einfach eingerichtet. Es ist zwar ganz gewiss nicht die Art Haus, die Sie gewohnt sind, aber wenn es für Sie annehmbar ist, können Sie dort bleiben, solange Sie wollen.«

Meggan hob die Hände und ließ sie wieder in den Schoß fallen. »Mr Richards, was soll ich nur sagen? Ich hatte lediglich gehofft, dass Sie uns irgendwo ein Zimmer besorgen könnten. Ich nehme ihr äußerst großzügiges Angebot sehr dankbar an. Dass die Wohnung einfach ist, stört mich überhaupt nicht. Ich bin in einer Bergarbeiterhütte in Cornwall aufgewachsen.«

Mr Richards strahlte. »Dann ist ja alles geregelt. Ich bin mit meiner Kutsche gekommen, Mrs Westoby. Ich kann Sie sofort zu dem Haus bringen.«

»Danke. Aber erst muss ich noch einen Brief schreiben, den ich für Mr Trevannick hinterlasse, damit er weiß, wo wir sind, wenn er kommt.«

Das niedrige Haus, zu dem man sie fuhr, war aus Lehmziegeln gebaut und hatte ein Schindeldach, Holzfußböden und weiß getünchte Wände. Vom Eingang führte ein gerader Flur zu der Küche im hinteren Teil des Hauses. Die beiden Schlafzimmer links vom Eingang hatten jeweils ein kleines Fenster mit Spitzengardinen und Vorhängen aus Kattun. Ein sehr viel größeres Wohnzimmer auf der anderen Seite des Flurs erhielt sein Licht aus zwei größeren Fenstern. Die Vorhänge in diesem Raum waren aus dunkelgrünem Samt. Hinter dem Wohnzimmer und gleich neben der Küche befand sich das kleine Zimmer, das Agnes benutzen konnte.

Meggan betrachtete alles mit Vergnügen. Die Habgier des Hotelbesitzers hatte sich zu ihrem Vorteil ausgewirkt.

»Das Haus ist perfekt, Mr Richards. Wir werden uns hier sehr wohl fühlen, bis Mr Trevannick kommt und uns auf seine Farm holt. Was hoffentlich bald geschieht.«

»Das hoffe ich für Sie. Jetzt brauchen Sie aber bestimmt Lebensmittel und ein paar andere Kleinigkeiten.«

»Oh ja, natürlich. Wie dumm von mir, dass ich nicht selbst daran gedacht hatte.«

»Das macht doch nichts, Mrs Westoby. Wenn Sie mir alles aufschreiben, was Sie brauchen, lasse ich Ihnen die Sachen vom Hopkins Store schicken. Das Geschäft liegt in dieser Straße. Sie werden feststellen, dass Hopkins vernünftige Preise und einen ausgezeichneten Service hat.«

»Sie sind zu freundlich, Mr Richards.«

»Ganz und gar nicht, Mrs Westoby. Es bereitet mir das größte Vergnügen, Ihnen zu Diensten zu sein.«

Die Einkaufsliste wurde erstellt, und Mr Richards ging los, um die Bestellung abzugeben. Agnes entzündete das Feuer im Wohnzimmer, dann feuerte sie den Küchenherd an. Nachdem sie Etty in Meggans Bett schlafen gelegt und einige Kissen um sie herum drapiert hatten, damit sie nicht auf den Boden rollte, packten Meggan und Jenny die wenigen Sachen aus, die sie für ihren hoffentlich sehr kurzen Aufenthalt brauchen würden.

Am nächsten Morgen kam jedoch ein Bote aus dem Hotel und brachte Meggan einen Brief.

»Was schreibt Con?«, fragte Jenny. »Du guckst ja ganz finster.«

Meggan blickte von dem Brief auf. »Con schreibt, dass es mehrere schwere Unwetter gegeben hat, die großen Schaden auf seinem Land angerichtet haben. Er fürchtet, dass er erst in einigen Tagen dort wegkommt.«

»Dann können wir ja froh sein, dass wir ein Haus zum Wohnen haben«, erklärte Jenny mitfühlend. »Ich glaube nicht, dass es im Hotel so ruhig gewesen wäre.«

»Ich auch nicht. Zumindest können wir Con jetzt schreiben und ihm sagen, wo wir sind. Es wird ihn beruhigen, wenn er weiß, dass wir gut untergebracht sind. Will werde ich ebenfalls schreiben, damit meine Brüder wissen, dass wir gut angekommen sind.« Sie bemerkte, dass Jenny rot im Gesicht wurde. »Soll ich ihm sagen, dass du hier bist?«

Jenny hob abwehrend eine Hand. »Nein. Bitte nicht. Ich möchte seine Reaktion erleben, wenn er mich sieht. Dann werde ich wissen, ob er mich liebt oder nicht.«

»Ich glaube nicht, dass sich seine Gefühle geändert haben.«

»Aber wird sein Kopf immer noch über sein Herz bestimmen?«

Vier Tage später stand Meggans Bruder Will vor der Tür und grinste sie fröhlich an, als er ihre Überraschung sah.

»Hallo, Megs.«

»Will. Was machst du denn hier? Ach, egal. Schön, dich zu sehen.«

»Ich freu mich auch.«

Sie fielen sich glücklich in die Arme – Geschwister, die sich immer nahegestanden hatten und viel zu lange voneinander getrennt gewesen waren.

»Komm rein. Das ist ja eine wunderbare Überraschung. Ich hatte nicht damit gerechnet, dich zu sehen, bevor wir nach Ballarat kommen würden.«

»Ich konnte einfach nicht so lange warten. Ich musste mich vergewissern, dass du glücklich bist. Ich habe sehr oft an dich gedacht, Megs.«

»Und ich an dich. Aber jetzt musst du unbedingt Etty sehen. Ich hab mir so sehr gewünscht, sie dir endlich zeigen zu können.

Im Augenblick schläft sie. Deshalb kannst du nur einen kurzen Blick auf sie werfen.«

Sie gingen auf Zehenspitzen ins Schlafzimmer und betrachteten das schlummernde Kind. Meggan beobachtete, wie sich auf dem Gesicht ihres Bruders Erkennen breitmachte. Als er den Kopf wandte, um mit ihr zu sprechen, legte sie einen Finger auf ihren Mund und führte ihn aus dem Zimmer.

»Deine Tochter ist tatsächlich das Kind von Con Trevannick.« Die Feststellung klang missbilligend.

»Ja.«

»Wusste dein Ehemann das?«

Meggan spürte, wie ein schuldbewusster Ausdruck über ihr Gesicht huschte. »Nein. Ich habe es ihm an dem Tag sagen wollen, an dem er ums Leben gekommen ist.«

»Dann hat sein Tod ihn also vor dem schmerzlichen Wissen bewahrt, dass seine Frau einen Liebhaber hatte.«

»Will! Das ist eine gemeine Unterstellung.« Die zynische Bemerkung ihres Bruders trieb ihr vor Schmerz Tränen in die Augen.

»Ist das denn nicht die Wahrheit, Meggan?«

Meggan wandte ihr Gesicht von ihrem Bruder ab, der sie herausfordernd anstarrte.

»Weiß Con Trevannick es?«

Nun wurde sie wütend auf Will. »Ja. Ich hab es ihm in dem Brief mitgeteilt, den ich ihm aus Cornwall geschrieben habe.«

»Heiratet er dich nur, um seine Tochter zu legitimieren?«

»Wir«, Meggan hielt inne, um dem Wort mehr Nachdruck zu verleihen, »wir heiraten, weil wir uns lieben. Wir hätten schon vor langer Zeit geheiratet, wenn ich an ihn geglaubt hätte. Stattdessen habe ich mich für die sichere Möglichkeit entschieden und David geheiratet.«

»Du hattest dich für deine Karriere entschieden, Meggan.«

»Das ist richtig, aber ich habe David sehr geschätzt. Er war ein wunderbarer Mann. Er hat aus mir die große Künstlerin gemacht, die ich geworden bin. Sein Tod hat mich zutiefst erschüttert.«

»Und trotzdem hast du eine Liebesreise mit einem anderen Mann unternommen, während dein Ehemann geschäftlich unterwegs war.«

Die Worte taten weh. »Sei doch bitte nicht so, Will. Ich weiß, dass du das damals missbilligt hast. Ich hatte gehofft, du hättest mir mittlerweile verziehen.«

Sie spürte, wie die Tränen ihre Wangen hinunterflossen. Auch Will sah ihre Tränen. Er nahm sie in die Arme. »Es tut mir leid, Megs. Ich wollte dich nicht verletzen. Mir ist nur einfach nicht wohl bei dem Gedanken, Con Trevannick zum Schwager zu bekommen. Dafür ist zwischen unseren Familien zu viel passiert.«

Meggan schob ihn ein Stück von sich, um ihm in die Augen sehen zu können, und versuchte gleichzeitig, ihre Tränen wegzublinzeln. »Das sind alte Geschichten, Will«, sagte sie mit fester Stimme. »Das ist acht Jahre her, und Con hatte nichts damit zu tun.«

»Sein Name mag zwar nicht Tremayne sein. Doch das ist der einzige Unterschied zwischen ihm und dem Rest der Familie.«

»Ach!« Meggan stieß ihren Bruder wütend mit beiden Händen von sich, so dass er fast das Gleichgewicht verlor. »Wenn du dich so töricht verhältst, Will Collins, kannst du auf der Stelle nach Ballarat zurückkehren. Was mit Caroline geschehen ist, daran hatte niemand Schuld außer unsere Ma und Phillip Tremayne. Vielleicht ärgert es dich auch, wenn du hörst, dass sich Rodney Tremayne um Carolines Grab kümmert.«

Will hatte den Anstand, beschämt zu blicken, nachdem er sich zunächst überrascht gezeigt hatte. »Nein, Megs, das tut es nicht. Es freut mich zu hören, dass man unsere Schwester nicht vergessen hat.«

»Na schön. Vielleicht können wir dann jetzt mit dem Thema aufhören. Ich würde gern wissen, wie es meinen beiden anderen Brüdern geht und wie es euch dreien in Ballarat ergangen ist.«

Will verdrängte seine persönlichen Gedanken. »Wir waren bisher ganz erfolgreich. Im Juni haben wir ein neues Claim abgesteckt. Obwohl wir sehr viel tiefer gehen mussten, um Gold zu finden, bringt es viel mehr ein als alle unseren bisherigen.«

»Bist du nach Melbourne gekommen, um dein Gold zu verprassen, wie das anscheinend so viele tun?«

»Niemals. Du kennst mich doch, Megs. Ich war doch immer der Genügsamste von uns. Auch Hal ist umsichtiger geworden. Sein Herzenswunsch ist immer noch, ein Boot zu kaufen.«

Bevor Meggan antworten konnte, trat Jenny ins Zimmer.

Will sprang auf. Er hätte nicht schockierter sein können, wenn ein Gespenst hereingekommen wäre.

Jenny blieb im Türrahmen stehen, erschrocken und überrascht zugleich. Sie hatte nicht erwartet, ihn zu sehen, bevor sie nach Ballarat kamen. Sie erholte sich als Erste.

»Hallo, Will.«

Er nickte. »Miss Tremayne.« Dann starrte er seine Schwester wütend an. »Ich glaube, ich sollte jetzt gehen.«

Meggan schritt sofort ein. »Du bleibst hier, Will Collins. Nun, wo Jenny zurück ist, werde ich Agnes bitten, uns etwas zu essen zu machen. Ist sie in der Küche, Jenny?«

Jenny löste ihren Blick nur kurz von Wills Gesicht. »Ja, ist sie.«

Meggan verließ den Raum, und sobald sie die Tür hinter den beiden geschlossen hatte, drückte sie fest die Daumen.

Im Zimmer breitete sich angespanntes Schweigen aus. Jenny hatte nicht erwartet, dass sie dermaßen unsicher sein würde, sowohl, was sie selbst anging, als auch, was Will betraf. Der war offenkundig schockiert, sie zu sehen. Dabei war es Teil ihres Plans gewesen, ihn zu überraschen. Sie hatte sich vorgestellt, dass er sie, sobald er sich von dem Schreck erholt hätte, in die Arme nehmen und ihr seine ewige Liebe gestehen würde. Auf der Reise von Cornwall hierher hatte sie sich die Szene jede Nacht in Gedanken ausgemalt. Je mehr sich das Schiff Australien näherte, umso leidenschaftlicher hatte sie sich das Wiedersehen vorgestellt.

Die Wirklichkeit sah anders aus. Will wandte sich ab und trat ans Fenster, anscheinend mehr an dem interessiert, was sich auf der Straße abspielte, als an ihr. Von sehnsüchtiger Liebe erfüllt, starrte Jenny auf seinen Hinterkopf. Am liebsten wäre sie mit den Händen durch sein schwarzes, welliges Haar gefahren. Sie wünschte, er würde sich umdrehen, damit sie sich an seinem Gesicht erfreuen könnte. Dann fiel ihr seine Reglosigkeit auf, die Starrheit, mit der seine Arme mit fest geballten Fäusten an ihm herabhingen. Ihr Herz jubilierte. Der Mann kämpfte um Beherrschung.

Jenny atmete tief durch und ballte ebenfalls die Hände leicht zusammen, damit sie zu zittern aufhörten. »Ich hatte gehofft, dass Sie sich freuen würden, mich zu sehen, Will.« Ein leichtes Beben in ihrer Stimme konnte sie nicht unterdrücken.

Er fuhr herum. Sein vor Wut verzerrtes Gesicht ließ sie unwillkürlich einen Schritt zurückweichen.

»Will?« Sie konnte seinen Namen nur flüstern.

»Was machen Sie hier bei Meggan?«

»Wir sind zusammen von Cornwall hierhergereist.«

»Offensichtlich«, antwortete er mit unverhülltem Sarkasmus. »Warum sind Sie zurück nach Australien gekommen? Doch wohl nicht, um Trevannick zu sehen.« Er kniff die Augen zusammen. »Oder hoffen Sie, dass Sie ihn Meggan abspenstig machen können?«

Jenny war entrüstet. »Das ist eine gemeine Unterstellung. Meggan und Con lieben sich.«

»Sie sollten ihn doch angeblich heiraten, als Sie beide nach Cornwall zurückgekehrt sind.«

»Das war der Wunsch meines Vaters, nicht meiner.« Jenny atmete noch tiefer durch, um sich Mut zu machen. »Con ist für mich wie ein Bruder. Ich möchte den Mann heiraten, den ich liebe.«

Sein Blick verriet ihn, auch wenn er nichts sagte. Sie sah ihm weiter gebannt in die Augen.

Nun würde sie aufs Ganze gehen. »Ich liebe dich, Will. Ich habe dich geliebt, seit wir uns das erste Mal begegnet sind.« Sie beobachtete ein nervöses Zucken um seine Mundwinkel. Wie gerne hätte sie diesen winzigen Muskel so lange geküsst, bis er sich beruhigte.

»Ich will Ihre Liebe nicht, Miss Tremayne. Wenn Sie auf eine Liebeserklärung von mir gehofft hatten, dann haben Sie sich getäuscht.«

»Ja, ich hatte auf eine solche Erklärung gehofft.« In ihrer Stimme schwang ein leicht zorniger Unterton mit. »Ich glaube, dass Sie mich lieben. Auch Meggan glaubt, dass Sie mich lieben. Will Collins, Sie sind bloß stur wie immer.«

Wenn überhaupt, dann wurde sein Gesichtsausdruck nur noch grimmiger. »Ich habe Ihnen vor über einem Jahr erklärt, dass ich nichts mit Ihnen zu tun haben möchte. Meine Gründe dafür haben sich nicht geändert.«

»Törichte Gründe. Wir sind in Australien, Will, und nicht mehr in Cornwall. Sie sind ein unabhängiger Mann, und ich bin bloß irgendeine Frau, nicht mehr die Tochter des Squires.« Sie würde für ihn kämpfen, ihn mit allen Mittel zu überzeugen versuchen. »Ihr Argument von der sozialen Ungleichheit gilt nicht mehr.«

»Sie kommen aus einer wohlhabenden Familie, die nie Not und Entbehrungen gekannt hat. Sie würden das raue Leben auf den Goldfeldern gar nicht durchstehen.«

Ein winziges Lächeln umspielte Jennys Lippen. »Ich würde gerne Ihr Leben auf den Goldfeldern mit Ihnen teilen, Will. Sie brauchen mich nur zu fragen.«

Er schüttelte den Kopf. »Ich werde Sie niemals bitten, ein solches Leben mit mir zu teilen.«

Jenny schenkte ihm ein vages Lächeln, fest überzeugt, dass sie am Ende siegen würde. Cons Farm lag in der Nähe von Ballarat. Will Collins würde sehr viel mehr von ihr sehen, als er möglicherweise erwartete.

Seine Reaktion auf ihr Lächeln verriet die gleiche Unsicherheit wie der Ausdruck in seinen Augen. »Warum lächeln Sie so?«

Jenny beschloss, das Thema zu wechseln. »Haben Sie Ihre Nichte schon kennen gelernt?«

Will runzelte die Stirn, schwieg einige Sekunden und sah aus, als ob er sich innerlich sammelte. »Sie hat geschlafen.«

»Jetzt ist sie bestimmt wach. Meggan wird bei ihr sein. Etty ist ein ganz reizendes Kind. Mögen Sie Kinder, Will?«

Sein skeptisches Stirnrunzeln kehrte wieder. »Ja.«

»Ich hätte gern eine große Familie.« Eine rein sachliche Feststellung, die sie von sich gab, ohne ihn anzusehen. Wie absolut perfekt, dass Meggan genau in diesem Moment mit Etty auf dem Arm wieder ins Zimmer kam.

Will entging nicht der rasche fragende Blick, mit dem seine Schwester Jenny Tremayne ansah. Seine Wut flackerte erneut auf. Die beiden hatten ihn überrumpeln wollen. Was hatten sie denn erwartet? Dass er so von Gefühlen überwältigt wäre, dass er seinen Widerstand aufgeben würde, eine Tremayne zu lieben? Meggan brachte ihre Tochter zu ihm.

»Hier ist Etty, Will. Jetzt ist sie hellwach. Etty, das ist dein Onkel Will.«

Die Kleine betrachtete ihn mit kindlicher Neugier, dann streckte sie die Ärmchen nach ihm aus. Will nahm das Kind.

Etty begann sofort, mit ihren Patschhändchen an seinem Gesicht herumzuzupfen, und Will stellte fest, dass er seine Schwester beneidete. Er beneidete auch den leiblichen Vater des Kindes. Er hielt die Hand des Kindes ein Stück von seinem Gesicht entfernt und staunte darüber, wie zart sie war. Dann sah er, wie Meggan sie beide beobachtete, wie ihr Gesicht vor Stolz und mütterlicher Liebe strahlte. Sein Widerstand gegen ihre bevorstehende Heirat schwand.

»Du hast eine sehr hübsche Tochter, Meggan. Ihr werdet eine schöne Familie abgeben.«

Meggan trat auf ihren Bruder zu und küsste ihn auf die Wange. »Danke, Will.«

Alles würde perfekt werden. Will hatte akzeptiert, dass sie Con heiraten wollte. Vor langer Zeit in Cornwall, vor der tragischen Liebesbeziehung ihrer Schwester Caroline mit Rodney Tremayne, hatte Will Con Trevannick respektiert und bewundert.

Agnes klopfte an die Tür. »Soll ich den Tisch decken, Ma'am?«

»Ja, Agnes. Erinnerst du dich an meinen Bruder Will?«

Agnes nickte. »Sie waren mit Tom befreundet.«

Will lächelte das Mädchen an. »Die kleine Agnes Roberts, der Quälgeist, der immer bei unseren Spielen mitmachen wollte. Ganz schön groß geworden.«

»So groß nun auch wieder nicht«, scherzte Agnes über ihre mangelnde Größe, während sie anfing, Teller und Besteck auf den Tisch zu legen. »Wissen Sie, wo Tom ist? Ich würde meinen Bruder gerne wiedersehen. Meggan« – sie wurde rot und korrigierte sich sofort – »Mrs Westoby hat Ma erzählt, dass Tom jetzt Polizist ist. Ma war so stolz.«

Will blickte zu Meggan und sah, dass sie rasch den Kopf schüttelte. Toms Untat in Burra blieb ihr Geheimnis. Er lächelte Agnes an. »Tom ist immer noch Polizist. Wir sehen ihn regelmäßig.«

Viel zu regelmäßig, nämlich immer dann, wenn die Polizei die Goldgräber wegen ihrer Lizenzen schikanierte. Der Deckskerl ging stets unbarmherzig vor und genoss es, Strafen zu verteilen. Tom Roberts machte kein Hehl daraus, dass er es kaum erwarten konnte, wenigstens einen der Collins-Brüder einmal ohne Lizenz zu erwischen.

Dabei kamen Will weitere Fragen in den Sinn. Sollte er Meggan davon erzählen, wie unfair Tom Captain Trevannick behandelt hatte? Wusste Meggan überhaupt von Con Trevannicks Vater und seiner Halbschwester? Das würde er sie vielleicht fragen, wenn Jenny Tremayne nicht dabei war. Da er sich immer noch unbehaglich in Gegenwart der Frau fühlte, die er immer noch liebte, nutzte Will die Gelegenheit, sich ganz auf seine Nichte zu konzentrieren, während er mit seiner Schwester sprach.

»Wenn du nicht hier auf … Con warten willst« – der Name kam ihm nur zögernd über die Lippen –, »kann ich dich auch nach Ballarat begleiten. Wie …« – er hielt inne, um die rundlichen Finger seiner Nichte aus seinem Haar zu lösen – »… wolltet ihr denn reisen?«

»Wir hatten lediglich geplant, dass Con uns in Melbourne abholen sollte. Wie bist du denn hierhergekommen? Ich hab mich so gefreut, dich zu sehen, dass ich gar nicht danach gefragt habe.«

»Ich bin mit dem Pferdewagen hier. Ich möchte ein paar Vorräte einkaufen und mitnehmen. Dinge wie Mehl und Zucker sind in Melbourne viel billiger.«

»Wann willst du denn zurückfahren? Etty, hör auf, deinen Onkel an den Haaren zu ziehen.« Meggan nahm ihre Tochter aus Wills Arm und setzte sie auf den Fußboden.

»Ich fahre Etty ein bisschen im Kinderwagen spazieren.« Jenny beugte sich herab und nahm das Kind auf den Arm. »Komm, Schätzchen. Tante Jenny geht jetzt mit dir spazieren. Warte nicht mit dem Mittagessen auf mich, Meggan. Ich hab keinen Hunger.«

Meggan bemerkte, wie sich das Gesicht ihres Bruders von dem Moment an verdüsterte, als die beiden den Raum verließen. »Nein, Will, du wirst nichts sagen, solange Jenny im Haus ist. Beantworte meine Frage.«

»Was? Ach so. Ich nehme an, dass ich in zwei Tagen zurückfahre.«

»Vielleicht ist Con dann schon da. Wäre doch schön, wenn wir alle zusammen fahren könnten.«

»Wann hattest du vor, es mir zu sagen?«

Meggan tat gar nicht erst so, als hätte sie die Frage nicht verstanden. »Ich wollte es dir schon in meinem ersten Brief schreiben. Jenny wollte aber nicht, dass ich es dir sage.«

»Was hat sie sich denn nur gedacht? Dass ich so überrascht sein würde, dass ich sie sofort in die Arme schließe?« Wieder sprach er voller Sarkasmus.

»Das hättest du aber doch am liebsten getan, oder?«, konterte seine Schwester.

Will sprang auf und fing an, im Raum auf und ab zu gehen. »Ich hatte sie mir aus dem Kopf geschlagen. Ich hatte nicht erwartet, dass wir uns jemals wiedersehen würden.«

»Genauso wenig hatte ich vor meiner Rückkehr nach Cornwall erwartet, Con jemals wiederzusehen. Der Glaube, dass er für immer aus meinem Leben verschwunden ist, hat mich jedoch nicht daran gehindert, ihn weiterhin zu lieben. Und du hast nie aufgehört, Jenny zu lieben, egal wie sehr du es abstreitest.«

Will hob verzweifelt die Hände. Dann stützte er einen Ellbogen auf den Kaminsims und legte seine Stirn in die Hand. Meggan ging zu ihm, nahm sein Gesicht in beide Hände und blickte ihm eindringlich in die Augen.

»Du bist ein sturer, törichter Mann, Will Collins. Jenny liebt dich. Und du liebst sie. Wir sind hier in Australien, in einem neuen Land mit einer anderen Lebensweise. Es gibt absolut keinen Grund, weshalb ihr nicht zusammen sein solltet.«

»Außer dass ich ihr kein Zuhause bieten kann.« Will entzog sich den Händen seiner Schwester und ging auf die andere Seite des Kamins.

»Jenny will kein Herrenhaus. Sie will nichts weiter als deine Frau sein.«

»Sie könnte nicht in unserer kleinen Hütte wohnen. Hal und Tommy hätten was dagegen. Außerdem gäbe es da keinerlei Privatsphäre.«

»Will, du machst schon wieder Ausflüchte. Was hindert dich denn daran, für dich und deine Frau ein Haus zu bauen? Soweit ich weiß, entwickelt sich Ballarat allmählich zu einer ganz schönen Stadt.«

»Vielleicht bleib ich ja gar nicht in Ballarat.«

»Was spielt es denn für eine Rolle, wo du hingehst? Bau dir dort ein Haus, wo du vorhast, dich niederzulassen. Jenny wird das egal sein, solange sie mit dir zusammen ist.«

Will presste die Lippen zusammen und schüttelte den Kopf. »Und wo soll dieser Ort sein?«

Meggan runzelte die Stirn. »Du musst doch irgendwelche Pläne für die Zukunft haben.« Sie zuckte zusammen, als ihr Bruder mit der Faust auf den Kaminsims schlug und beinah eine Schäferin aus Porzellan heruntergeworfen hätte. Er fing sie auf und stellte sie wieder hin.

»Ich habe keinen Plan und kein Ziel. Manchmal glaube ich, ich werde mich immer nur von einem Ort zum anderen treiben lassen. Was nützt mir das ganze Gold, wenn ich nicht weiß, was ich mit meinem Geld anfangen soll? Bei Hal ist das anders, bei Tommy auch, nur ich …« Er hob erneut hilflos die Hände.

»Will, das sieht dir gar nicht ähnlich, so zu reden. Du bist doch früher immer der Starke gewesen, der Organisierer, der sich um unsere jüngeren Brüder gekümmert hat.«

»Es tut mir leid, Megs. Ich hatte auf dem Weg nach Melbourne zu viele einsame Stunden zum Nachdenken.«

Das Eintreten von Agnes, die ankündigte, dass das Mittagessen fertig sei, beendete das angespannte Gespräch. Nach dem Essen verabschiedete sich Will, noch bevor Jenny mit dem Baby zurück war.

Jenny, die es nicht überraschte, dass Will bereits gegangen war, fragte Meggan sogleich, was ihr Bruder gesagt hätte. »Er tat so, als wäre er wütend darüber, mich zu sehen.«

Meggan seufzte tief. »Ich fürchte, mein Bruder ist immer noch so stur wie eh und je. Er liebt dich ganz gewiss, Jenny. Du wirst dich nur sehr bemühen müssen, wenn du je erleben möchtest, dass er dir seine Liebe gesteht.«

»Ich werde alles tun, absolut alles, damit er mich heiratet.«

Gemäß dem Versprechen, das seine Schwester ihm abgerungen hatte, kam Will zurück, um mit ihnen zu Abend zu essen. Er hatte sich alle möglichen Strategien zurechtgelegt, um zu verhindern, erneut mit Jenny Tremayne allein zu sein, musste jedoch feststellen, dass diese Strategien gar nicht nötig waren.

Meggan erzählte eine Menge über die Rückreise nach Cornwall und über das Cottage, das sie ihrer Ma gekauft hatte. Er hingegen beschrieb das Leben auf den Goldfeldern.

»Wussten Sie, dass Con eine Farm nicht weit von Ballarat entfernt hat?«, fragte Jenny sehr höflich und freundlich.

Unsicher, ob sie irgendwelche Hintergedanken verfolgte, antwortete Will genauso höflich. »Erst durch Meggans Brief habe ich davon erfahren.«

»Deshalb weiß Con auch nicht, dass Sie sich in seiner Nähe aufhalten.«

»Oh«, rief Meggan aus, die gerade ein Versehen bemerkte.

»Ich glaube, ich hab dich in meinen Briefen gar nicht erwähnt, Will. Wie nachlässig von mir.«

»Das macht doch nichts, Meggan. Goldgräber und Schafzüchter haben nicht viel miteinander zu tun. Außer wenn glücklose Goldgräber für ein paar Wochen einen einträglichen Job brauchen.« Und so wandte sich ihr Gespräch Goldgräbern und Schafzüchtern zu und den Widrigkeiten, mit denen beide zu kämpfen hatten.

Bevor er sich später am Abend verabschiedete, wollte Will noch einmal seine Nichte sehen.

»Du darfst sie sehen, Will, aber untersteh dich, sie aufzuwecken, sonst musst du sie wieder in den Schlaf wiegen.«

»Ich werd nur mal kurz gucken.«

Er ging auf leisen Sohlen ins Schlafzimmer und stellte sich schweigend neben Ettys Bettchen. Er war acht Jahre alt gewesen, als Tommy geboren wurde, und hatte deshalb kaum Erfahrung mit Babys. Die Zärtlichkeit, die er für die bezaubernde Kleine empfand, war ein ihm bisher unbekanntes Gefühl. Einfach dazustehen und zu beobachten, wie sie schlief, machte ihm Freude. Als sie sich regte und ihre winzigen Züge sich zu einem Stirnrunzeln verzogen, wich er zurück, weil er fürchtete, sie würde aufwachen. Das Stirnrunzeln verwandelte sich in ein lustiges schiefes Lächeln, bevor sie ruhig weiterschlief.

Neben ihm sprach eine leise Stimme. »Sie träumt bestimmt. Sie macht so viele Gesichter, wenn sie schläft. Sie ist schön, nicht wahr, Will?«

Er drehte sich um und stellte fest, dass er beinah mit Jenny zusammengestoßen wäre.

»Unser Baby würde sogar noch schöner aussehen«, sagte sie.

Das Licht der Lampe verlieh ihrem Gesicht einen zarten Glanz und gab ihrem blonden Haar einen leichten Goldton. Ihre Augen leuchteten, und ihre Lippen waren sanft geöffnet. Auf der ganzen Welt gab es keine so wunderschöne Frau wie sie. Ohne sich von der Stelle zu rühren, zog sie ihn an sich. Sein Kopf senkte sich langsam, ohne dass ihm so richtig bewusst war, was er tat. Als ihre Lippen nur noch ein winziges Stück auseinander waren, fuhr er zurück. Die Wirkung war, als hätte jemand Glas zertrümmert.

»Ich muss los.« Will ging um sie herum und eilte aus dem Schlafzimmer.

Enttäuscht über die Zurückweisung und dennoch unglaublich glücklich, lächelte Jenny das schlafende Kind schelmisch an. »Er hätte mich fast geküsst, mein Kleines.«

Am nächsten Morgen fuhr Meggan ihre Tochter spazieren, während Jenny Agnes bei ihren Näharbeiten beaufsichtigte. Ein Wind von Süden sorgte für kühleres Wetter als an den Vortagen, an denen die Nordwinde Temperaturen von annähernd dreißig Grad gebracht hatten. Meggan ging die Collins Street entlang und betrachtete die in den Schaufenstern ausgestellten Waren.

Von der Collins Street bog Meggan auf die Queen Street ab, die zum Fluss führte. Sie schlenderte etwa eine halbe Stunde am Ufer entlang und beschloss dann, nach Hause zurückzukehren. Etty, die fast die ganze Zeit geschlafen hatte, seit sie das Haus verlassen hatten, wachte auf, sah ihre Mutter an und fing an zu schreien, weil sie hochgenommen werden wollte.

»Du bist ein richtiges kleines Biest«, schalt Meggan sie liebevoll. »Du brauchst überhaupt nicht auf den Arm genommen zu werden. Ich werd dir dein Kissen so richten, dass du sitzen und herumschauen kannst. So. Sieh mal die vielen Möwen, die sich um ein Stück Brot streiten. Kannst du sie sehen?«

Etty blickte in die Richtung, in die ihre Mutter zeigte, schaute ausdruckslos zu ihr zurück und guckte wieder auf die Vögel, als deren zänkisches Geschrei noch lauter wurde.

»Du kannst die Vögel sehen, nicht wahr, Schätzchen? Vielleicht sehen wir auf dem Heimweg noch andere Vögel.« Unter solch einseitigem Geplauder erreichten sie wieder die Collins Street. Da stand Meggan plötzlich dem Mann gegenüber, wegen dem sie so viele Tausend Meilen gereist war und den sie heiraten wollte.

»Con.«

»Meggan.«

Beide blieben stehen und starrten einander an. Das Wissen, dass sie mitten auf der belebtesten Straße Melbournes standen, hinderte sie daran, sich in die Arme zu fallen.

Con stellte sich neben den Kinderwagen und sah das Kind an, das ihn fröhlich anlächelte. Ein Gefühl, das er nie für möglich gehalten hätte, raubte ihm den Atem. Er konnte nichts anderes mehr als staunend das Kind betrachten, das aus Liebe zu seiner Mutter geboren worden war, diese kleine weibliche Ausgabe seiner selbst.

Meggan, die Con beobachtete, spürte, wie ihre Augen feucht wurden. In diesem Augenblick liebte sie Con mehr als je zuvor. Sie wischte sich mit einer Hand übers Gesicht und holte tief Luft, um ihre Gefühle in den Griff zu bekommen.

»Gefällt dir deine Tochter?« Natürlich gefiel sie ihm. Sie konnte die Liebe in seinen Augen sehen.

Con hob den Kopf. Zwei Paar dunkle Augen sahen sich an. Die Zeit schien stehen zu bleiben. Das geschäftige Treiben in der Collins Street existierte für sie nicht mehr. Da waren nur noch ein Mann, eine Frau und das Kind, das aus ihrer Liebe geboren worden war.

»Ich liebe dich.« Cons Worte brachen den Bann. Eine Frau, die an ihnen vorbeiging, lächelte nachsichtig. Meggan hatte das Gefühl, sie wurde rot.

»So habe ich mir unser Wiedersehen nicht vorgestellt.«

»Ich auch nicht. Ich hatte dich ganz stürmisch in die Arme nehmen wollen. Oh, Meggan, Meggan, wie gerne würde ich das jetzt tun.«

Ein winziges Lächeln zuckte um Meggans Mundwinkel. »Da wären die braven Bürger von Melbourne aber schockiert.«

»Dann schlage ich vor, dass wir jetzt ganz schnell zu eurem Haus gehen. Abgesehen von den Empfindlichkeiten der braven Bürger würde ich auch nur ungern wegen unsittlichen Verhaltens verhaftet werden.« Er lächelte. »Du wirst ja rot.«

»Du hast was von unsittlichem Verhalten gesagt«, antwortete Meggan augenzwinkernd. Con lächelte.

»Ob meine Tochter mir erlaubt, sie auf dem Arm zu tragen?«

Meggan beugte sich herab und hob Etty aus dem Kinderwagen. »Schätzchen, das ist dein Pa.«

Con breitete die Arme aus. Das Kind streckte ihm die Ärmchen entgegen.

»Ich glaube, meine Tochter mag mich.« Nichts in seinen etwas mehr als dreißig Lebensjahren hatte ihn auf das wunderbare Glücksgefühl vorbereitet, das er empfand, als die kleine Hand des Kindes sein Gesicht berührte. Und er hatte auch nicht gewusst, dass Liebe so urplötzlich da sein konnte.

»Sie wird mit der Zeit ganz schön schwer«, warnte Meggan.

»Meine Tochter könnte niemals eine Last für mich sein.«

Meggan, der das Herz überging, fragte sich, ob sie jemals Worte finden würde, um die Gefühle zu beschreiben, die sie empfand, als sie Etty in den Armen ihres Vaters sah.

»Bis zu unserem Haus ist es nur ein kurzes Stück von hier.«

Sie gingen zusammen weiter, Meggan schob den leeren Kinderwagen, Con trug Etty. Ihr Gespräch drehte sich nur um das Kind.

»Ich muss ja mehr als ein Jahr ihres Lebens nachholen«, sagte Con. »Ich will alles wissen.«

Meggan erzählte bereitwillig von Ettys ersten fünfzehn Monaten, von jedem erzielten Erfolg, von den kleinen Eigenheiten des Kindes und von den Tricks, die es anwandte, um auf sich aufmerksam zu machen. Doch die ganze Zeit war sie sich mit jeder Faser ihres Herzens der Gegenwart des Mannes bewusst, der an ihrer Seite ging. Ständig wechselten sie Blicke von der Seite, und an ihren lächelnden Lippen konnte man die heimliche Freude darüber ablesen, endlich zusammen zu sein.

Con legte Etty in den Kinderwagen zurück, während Meggan die Haustür aufschloss. Sobald sie drinnen waren und die verschlossene Tür sie vor der Straße verbarg, nahm er Meggan in die Arme. Mit dem Hunger eines Mannes, der zu lange auf die Liebe hatte verzichten müssen, suchte sein Mund den ihren.

Die Liebe, die Meggan empfand, wurde noch durch das Gefühl verstärkt, endlich nach Hause gekommen zu sein. Sie gehörte in den sicheren Hafen, den ihr die Arme dieses Mannes boten. Ihr Körper genoss die wärmende Wonne, an den seinen gedrückt zu werden. Ihre Hände fuhren durch sein dichtes, dunkles Haar und hielten seinen Kopf fest, damit er nicht in Versuchung käme, seine Lippen von den ihren zu lösen.

Etty, die überhaupt nicht verstand, was ihre Mutter und dieser andere Mensch da taten, fing an zu schreien. Da es eine halbe Minute dauerte, bis der Protest ihrer Tochter durch ihre von der Liebe benommenen Sinne drang, hielten sie sich immer noch in den Armen, auch wenn sie sich nicht mehr küssten, als Jenny in den Flur kam.

Sie blieb stehen. »Con. Oh, Con, du bist hier«, rief sie überrascht und voller Freude.

Con ließ Meggan los. »Jenny. Wie schön, dich zu sehen.« Sie umarmten sich wie Bruder und Schwester. »Du siehst gut aus.«

»Was ich von dir nicht sagen kann«, erwiderte Jenny. »Was hast du mit dir gemacht?«

»Jeden Tag lang und hart gearbeitet. Das Leben eines Schafzüchters ist nicht gerade einfach.«

Meggan nahm ihre schreiende Tochter aus dem Kinderwagen. Nachdem das Kind sich beruhigt hatte, beobachtete es interessiert die Erwachsenen. »Ich bringe Etty ins Bett. Es wird Zeit für ihren Mittagsschlaf.«

Con drehte sich zu Meggan um. »Darf ich mitkommen?«

Jenny antwortete für sie. »Das musst du sogar. Verzeih mir, Con, es war sehr unhöflich von mir, euch zu stören, wo du doch gerade erst angekommen bist, aber ich hab mich so gefreut, dich zu sehen, dass ich dich einfach begrüßen musste.«

»Wir haben uns bereits auf der Straße getroffen, Jenny, also bin ich nicht ›gerade erst angekommen‹.«

»Ich bin dir auch nicht böse«, fügte Meggan hinzu. »Du brauchst dich doch nicht zurückzuhalten, wo du dich doch so sehr auf das Wiedersehen mit Con gefreut hast.«

Jenny klatschte in die Hände. »Das ist ja so wunderbar. Ich werde es Agnes erzählen, während ihr Etty schlafen legt.«

Im Schlafzimmer, während Etty friedlich dalag und ihr die Augen zufielen, nahm Con Meggans Hand.

»Wir werden morgen heiraten, mein Liebling. Ich habe einen Pfarrer gefunden, der die Trauung vornimmt.«

Morgen. Morgen würde sie Cons Frau werden. Während der vielen Wochen auf der langen Reise nach Australien hatte sie nur davon geträumt, zu heiraten, sich aber nie Gedanken darüber gemacht, wann und wo die Zeremonie stattfinden würde.

Verblüfft über ihr Schweigen, runzelte Con die Stirn. »Du willst mich doch heiraten?«

Meggans Lächeln gab ihm jede Zusicherung, die er brauchte. »Hast du je daran gezweifelt? Das Schicksal hat uns viel zu lange voneinander getrennt, mein Liebster.«

Ihre zweite Umarmung war zärtlicher und trotzdem voller

Verlangen. Wie einfach wäre es, sich auf das Bett fallen zu lassen und sich auf das Allerintimste zu lieben. Con löste sich sanft aus der Umarmung.

»Ich werde erst wieder mit dir schlafen, wenn wir gesetzlich verheiratet sind.«

»Wo werden wir unsere Hochzeitsnacht verbringen?«, fragte Meggan.

»Das ist eine Überraschung. Wärst du bereit, Etty für eine Nacht zu verlassen?« Er blickte auf das mittlerweile schlafende Kind herab. »Ich will nämlich ganz eigennützig deine ungeteilte Aufmerksamkeit für mich beanspruchen.«

»Jenny wird sich um Etty kümmern.«

Um zehn Uhr am nächsten Morgen, einem ungeheuer heißen Tag, gaben sich Meggan und Con ihr Ehegelübde. Will Collins und Jenny Tremayne waren ihre Trauzeugen, und Agnes, die auf Etty aufpasste, der einzige Gast. Es gab nicht mal ein Hochzeitsfrühstück nach der schlichten Zeremonie. Jenny, Agnes und Etty kehrten nach Hause zurück. Will verabschiedete sich von seiner Schwester und machte sich auf den Weg zurück nach Ballarat.

Con führte Meggan zu einem in der Sonne glänzenden Phaeton, vor den ein schöner Rotschimmel gespannt war.

»Unsere Kutsche wartet, meine Liebste.«

Meggan sah, dass neben ihrer kleinen Reisetasche eine weitere Tasche auf dem Gepäckträger befestigt war. »Wo fahren wir hin?«

»Das wirst du schon sehen. Ich hab dir doch gesagt, es ist eine Überraschung.«

Con lenkte den Phaeton durch die belebten Straßen der Stadt. Als sie die letzten Häuser hinter sich gelassen hatten, fragte Meggan erneut nach ihrem Ziel.

»Hab noch etwas Geduld, Liebes, wir haben noch ein ganzes Stück zu fahren.«

»Na schön. Wenn du mir nicht sagen willst, wo wir hinfahren, dann erzähl mir noch mehr über Langsdale. Ich freue mich darauf, endlich dein Zuhause zu sehen.«

»Unser Zuhause, meine Zigeunernixe.«

Meggan lachte. »Ich bin aber jetzt viel gesetzter als damals, als du mich zum ersten Mal so genannt hast.«

»Selbst wenn wir alt und grau sind, werde ich dich immer noch so nennen. Meggan, meine Liebste.« Er legte ihr einen Arm um die Schultern. »Ich habe eine ganz besondere Bitte an dich, an unserem Hochzeitstag.«

»Was immer du willst, mein Liebster.«

»Sing für mich *The True Lovers' Farewell.*«

Sie blickten sich tief in die Augen, und ihre Herzen suchten sich. Meggan legte den Kopf auf die Schulter ihres Mannes. Auf der Straße war kein anderes Fahrzeug weit und breit. Dann sang sie mit ihrer schönen und reinen Stimme die Worte, die ihnen so viel bedeutet hatten.

O fare you well, I must be gone
And leave you for a while;
But wherever I go, I will return,
If I go ten thousand mile, my dear,
If I go ten thousand mile.

Ten thousand miles it is so far
To leave me here alone,
Whilst I may lie, lament and cry,
And you will not hear my moan, my dear,
And you will not hear my moan.

The crow that is so black, my dear,
Shall change his colour white;

And if ever I prove false to thee,
The day shall turn to night, my dear,
The day shall turn to night.

O don't you see that milk-white dove
A-sitting on yonder tree,
Lamenting for her own true love,
As I lament for thee, my dear,
As I lament for thee.

The river never will run dry,
Nor rocks melt with the sun;
And I'll never prove false to the girl I love
Till all these things be done, my dear,
Till all these things be done.

Als das letzte Wort verklungen war, wandte Meggan ihr Gesicht Con zu. Er senkte den Kopf, und obwohl sich nur ihre Lippen berührten, fanden ihre Herzen zueinander.

Eine Zeit lang schwiegen sie, Meggan mit dem Kopf an Cons Schulter, er den Arm um sie gelegt.

»Liebste«, sagte Con nach einer Weile, »ich muss dir etwas erzählen.«

Aufgeschreckt vom Ernst in seiner Stimme, setzte Meggan sich aufrecht hin. Con löste seinen Arm von ihr und nahm die Zügel in beide Hände.

»Was denn?«

»Ich habe meinen Vater getroffen. Er ist hier in Victoria.«

»Aber das ist doch wunderbar, oder etwa nicht?«

Con sah in ihr fragendes Gesicht und nickte. »Ja, das ist es. Ich habe außerdem erfahren, dass ich eine Schwester habe. Du wirst Selena mögen, Liebling.«

Er berichtete, wie er Selena, als Junge verkleidet, getroffen hatte und mit ihr zu seinem Vater gegangen war.

»Selena wohnt zurzeit bei mir. Mein Vater wollte am Creswick Creek bleiben.«

»Ich glaube, ich mag deine Schwester jetzt schon. Wie seltsam, dass wir alle in diesem fernen Land zusammenfinden. Vielleicht ist es tatsächlich das Land der Träume und Verheißungen.«

Die Straße, auf der sie fuhren, folgte dem Fluss Yarra hinauf in die Hügel, bis sie ein malerisches Dorf erreichten. Con hielt den Phaeton vor einem stattlichen zweistöckigen Holzhaus. In großen gelben Buchstaben war der Name Warringal Hotel zu lesen.

»Wenn wir in Südaustralien wären, wäre ich mit dir nach Hahndorf gefahren, wo wir mal für so kurze Zeit zusammen waren. Stattdessen habe ich dich hierhergebracht, in ein Dorf in den Hügeln, das auch einen deutschen Namen hat. Willkommen in Heidelberg, meine Liebste. Ursprünglich hieß das Dorf Warringal, daher der Name des Hotels.«

»Ist Warringal ein Aborigine-Name?«

»Ja, es bedeutet Adlernest. Ich glaube, ein Grundstücksmakler hat das Dorf in Heidelberg umbenannt.«

»Woher kennst du dieses Dorf?«

»Als wir uns damals in Adelaide getrennt haben, hab ich das erstbeste Schiff irgendwohin genommen. Es hat mich nach Melbourne gebracht, und dann hat mich das Schicksal hierherverschlagen. Ich bin aber nicht lange geblieben, denn überall, wo ich hier auch hinging, musste ich an die Zeit denken, die wir zusammen in Hahndorf verbracht haben. Als ich deinen Brief erhalten habe, war mir klar, dass wir hier unsere Hochzeitsnacht verbringen müssen.«

Von ihrem Zimmer hatten sie eine herrliche Aussicht auf das Yarra-Tal, das vom goldenen Licht des späten Nachmittags durchflutet wurde. Baumstämme schimmerten, und die goldglänzenden Blätter wiegten sich im sanften Wind. Sie standen dicht beieinander, Meggan den Kopf an Cons Brust gelegt, er den Arm um ihre Taille.

»Ich glaube, diese Aussicht ist sogar noch schöner als die in Hahndorf.«

Con drückte seine Lippen an Meggans Ohr. »Und ich glaube, obwohl das fast unmöglich ist, dass du, meine Liebe, noch schöner bist als damals.«

Er drehte sie um. Ihre Lippen trafen sich und schmiegten sich aneinander, sie umschlangen sich in wildem körperlichem Verlangen. Dann löste sich Con sanft von ihr.

»Ich kann nicht länger warten. Ich muss dich jetzt haben.«

Er hielt ihre Hände fest, als Meggan anfing, ihr Mieder aufzuknöpfen.

»Nein, lass mich. Ich möchte dich ausziehen.«

Er ließ sich dabei Zeit und hielt immer wieder inne, um ihren Körper zu küssen und zu liebkosen, der sich allmählich vor seinen Augen enthüllte. Als sie schließlich nackt war, zitterte sie vor brennendem Verlangen.

»Con?«

Er hob sie hoch und legte sie auf die bestickte Tagesdecke. In fieberhafter Eile warf er seine eigenen Kleidungsstücke von sich. Dann war er bei ihr. Seine Hand berührte sie nur kurz, bevor er in sie eindrang und sie reglos dalagen, überwältigt von dem Gefühl, eins zu sein. Ihr Kuss war lang und leidenschaftlich, ihre Sinne vibrierten in köstlichster Lust.

Als Con sich zu bewegen anfing, bewegte sich Meggan mit ihm. Die Liebe trug sie auf höhere Gipfel, als sie jemals erlebt hatten. Beider Wangen waren feucht von Tränen, als sie dalagen und sich ausruhten. Con hatte sein Gesicht neben Meggans Kopf in das Kissen gedrückt. Er hob den Kopf, um sie anzusehen. Sie streckte einen Finger aus und wischte ihm eine Träne von der

Wange. Darauf beugte er den Kopf zu ihr hinab, um ihre Tränen wegzuküssen.

»Ich liebe dich, Meggan, von ganzem Herzen und mit ganzer Seele.«

»Ich liebe dich genauso.«

Ihr nächster Kuss war süß und zart, bis sich ihre Körper wieder vor Leidenschaft zu regen begannen. Lange Zeit später lag Meggan in den Armen ihres Mannes.

»Con.«

»Ja, meine Liebste.«

»Ich glaube, wir haben heute Abend einen kleinen Bruder oder eine kleine Schwester für Etty gemacht.«

An dem Tag, an dem sie nach Melbourne zurückkehrten, war genauso grässliches Wetter wie an dem Tag, an dem die *Fair Australia* ihr Ziel erreicht hatte. Über Nacht hatte sich der Wind gedreht und brachte von Süden kaltes Regenwetter. Doch es machte ihnen nichts aus, dass sie in der offenen Kutsche nass wurden. Meggan umklammerte Cons Arm mit beiden Händen und legte den Kopf an seine Schulter.

»Ich hätte nie für möglich gehalten, dass man so glücklich sein kann.«

Er strich mit seinen Lippen über ihr Haar. »Ich auch nicht.« Dann entzog er seinen Arm ihrem Griff und legte ihn um ihre Schultern, um sie an sich zu ziehen. »Ich verspreche dir, dass wir für den Rest unseres Lebens glücklich sein werden.«

2

Da sein Planwagen nicht gerade ein bequemes Transportmittel war, schlug Con vor, dass Jenny und Agnes lieber mit einer Kutsche von Cobb & Co nach Ballarat fahren sollten. Mit diesem zuverlässigen Fuhrunternehmen würden sie bereits am Abend in Ballarat sein und könnten sich dort im Bath Hotel einmieten, dem besten Hotel am Ort. Con, Meggan und Etty, die zusammen im Planwagen fuhren, würden am nächsten Tag bei ihnen sein.

Seine Worte stießen auf taube Ohren. Fest entschlossen zu beweisen, dass sie einer härteren Lebensweise durchaus gewachsen war, beharrte Jenny auf ihrem Entschluss, mit dem Planwagen mitzufahren. Con gab sich geschlagen und ordnete die Kisten und Säcke so an, dass man möglichst bequem sitzen konnte. Zugleich warnte er Jenny, dass er keine Klagen hören wolle. Dann brachen sie nach Ballarat auf.

»Ich werde mich nicht beklagen. Ich glaube, es macht mir sogar Spaß, nachts draußen zu kampieren.«

Sie beklagte sich auch nicht. Der sternenklare Himmel, die angenehm milde Sommernacht, das freundlich flackernde Lagerfeuer, all das zusammen schuf eine fast magische Atmosphäre. Sie hatten sich unter dem Wagen einen Schlafplatz eingerichtet, mit dicken Decken auf dem Boden und von Segeltuch umspannt, um möglichst ungestört zu sein. Das gab ihnen allen ein Gefühl von Sicherheit und Geborgenheit. Selbst Cons zynische Bemerkung, dass sie ein Lager im Winter sicher viel weniger angenehm gefunden hätte, brachte Jenny nicht von ihrem Vorsatz ab, Will beweisen zu wollen, dass sie einiges aushielt.

Ihr einziger Kummer, als sie die Hauptstraße hinunterfuhren und sie sah, dass Meggans drei Brüder sie alle zusammen erwarteten, war, dass sie sich nicht gerade von ihrer hübschesten Seite zeigen konnte. Ihr Gesicht fühlte sich schmutzig an, ihr Kleid war staubig, auf ihrem Mieder hatten sich unter den Armen feuchte Schweißflecken gebildet, und ihre trockenen, entzündeten Augen waren ganz bestimmt blutunterlaufen. Die von Meggan waren es jedenfalls, und Meggan war an die brennende Hitze der australischen Sommer gewöhnt.

Will bemerkte nichts von alledem, worüber Jenny sich Sorgen machte. Er sah nur die Frau, von der er wusste, dass er sie bis ans Ende seines Lebens lieben würde. Seit er sie am Tag der Hochzeit in Melbourne zurückgelassen hatte, war ihm klar, dass er Jenny zur Frau haben wollte. In einem Jahr würde er vielleicht reich genug sein, um ihr das Leben bieten zu können, das sie seiner Meinung nach brauchte.

Als Con den Wagen anhielt, lehnte sich Meggan hinaus, damit Will sie herunterheben konnte. Nachdem sie ihren Lieblingsbruder kurz an sich gedrückt hatte, nahm erst Hal und dann Tommy sie in die Arme.

»Oh, es ist so schön, euch beide zu sehen. Ich kann gar nicht glauben, dass wir alle wieder zusammen sind.«

»Wir auch nicht«, erklärte Hal. »Du hast dich verändert, Meggan. Du siehst nicht mehr aus wie die Schwester, die ich in Erinnerung habe.«

»Ich bin älter geworden, Hal, und ganz bestimmt weiser.« Meggan lachte. »Ihr werdet aber feststellen, dass ich mich gar nicht so sehr verändert habe, nicht wahr, Will? Oh, es gibt so viel zu erzählen. Ich möchte sehen, wo ihr wohnt, und hören, was ihr alles in der Zwischenzeit erlebt habt.«

Mittlerweile stand Con neben ihr. »Con, kannst du dich an meine jüngeren Brüder erinnern? Hal und Tommy?«

»Ehrlich gesagt, nicht. Ihr seid damals in Pengelly noch zur Schule gegangen. Ich freue mich sehr, euch jetzt kennen zu lernen.« Er ließ die ausgestreckte Hand wieder fallen, als die beiden jungen Männer die Krempen ihrer Hüte berührten.

»Erfreut, Sie kennen zu lernen, Mr Trevannick«, sagten sie gleichzeitig.

Con runzelte die Stirn. Meggan lachte. »Und ich hab gedacht, in diesem Land hier wären alle gleich. Mein lieber Mann, ich glaube, meine Brüder meinen immer noch, sie wären in Cornwall. Nein, Hal, Tommy, keine Ausflüchte. Wir sind jetzt alle eine Familie, deshalb müsst ihr euch daran gewöhnen, zu meinem Mann Con zu sagen.«

Diesmal lachte Will über den Gesichtsausdruck seiner Brüder. »Meint ihr immer noch, Megs hätte sich verändert?«

Beide grinsten. Hal sprach als Erster.

»Tut mir leid, Sir … Mr Trevannick … äh, Con«, entschuldigte Hal sich stammelnd. »Du meine Güte, das wird nicht leicht.«

»Schon in Ordnung«, beruhigte ihn Con. »Ihr werdet euch daran gewöhnen, uns alle als gleich zu betrachten. Ich kann euch versichern, dass ich genauso hart arbeite wie jeder Goldgräber. Nun, meine Liebe«, er wandte sich Meggan zu, »möchtest du immer noch mit deinen Brüdern zu ihrer Hütte gehen?«

»Ja, das möchte ich. Bringst du Jenny und Agnes zum Bath Hotel?«

»Ja. Ich komme dich in ein paar Stunden abholen.«

»Mich und unsere Tochter.«

Con nahm Agnes seine Tochter ab, küsste sie auf die Stirn und reichte sie ihrer Mutter. Als Etty Will entdeckte, streckte sie sofort die Ärmchen nach ihrem Onkel aus.

Con lächelte. »Du scheinst meine Tochter bezaubert zu haben.«

Will, den es nicht kümmerte, dass er vermutlich etwas dümmlich lächelte, nickte zustimmend, während er das Kind auf den Arm nahm und liebevoll an sich drückte.

Es gab so viel zu erzählen, dass die Stunden wie im Fluge vergingen. Meggan und ihre Brüder waren ganz überrascht, als Con in der Hütte auftauchte. Sie waren noch mehr überrascht, als sie feststellten, dass der Nachmittag schon weit fortgeschritten war.

»Mir kommt es vor, als hätten wir gerade erst angefangen zu reden«, sagte Meggan bedauernd. »Ich hab noch so viel zu erzählen und möchte noch so viel mehr von euch hören.«

»Würdest du gerne noch einen Tag in Ballarat bleiben, Meggan?«, fragte Con. »Deine Agnes hat gesagt, sie würde gerne ihren Bruder sehen, wenn das möglich wäre.« Da bemerkte er den raschen Blickkontakt zwischen seiner Frau und ihrem ältesten Bruder. »Was ist los?«

»Nichts«, versicherte Meggan hastig. »Ich bin nur sehr neugierig auf mein neues Zuhause. Außerdem kann ich meine Brüder ja ab und zu besuchen, und sie können mich besuchen. Deshalb würde ich gerne schon morgen früh fahren.«

Selena schnitt gerade Papier für die Formen aus, in denen Mrs Clancy die Weihnachtskuchen backen wollte, und fettete es ein, als sie das Rumpeln von Wagenrädern hörte.

»Sie sind da«, jubelte sie und war schon aus der Küche verschwunden, bevor Mrs Clancy auch nur von ihrer Schüssel mit Teig für einen Rumkuchen aufblicken konnte.

Die Haushälterin seufzte. Die Schwester des Masters benahm sich nicht so, wie sich eine junge Dame nach Mrs Clancys Vorstellungen benehmen sollte. Durch das Fenster konnte sie sehen, wie die junge Frau mit so schamlos hochgehaltenen Röcken, dass man ihre nackten Beine sehen konnte, über die Weide auf den Planwagen zurannte. Dieses Mädchen brauchte einen anständigen Mann, der ihm beibrachte, was sich gehörte. Nun ja, jetzt sollte sie mal lieber zusehen, dass die Kuchen in ihre Formen und in den Ofen kamen, bevor die neue Herrin das Haus betrat.

»Das«, sagte Con auf Meggans Frage, »ist meine ungestüme Schwester. Manche Leute nennen sie einen Wildfang. Hallo, Selena, kannst du nicht ein Mal in normalem Tempo irgendwohin gehen?«

»Ich habe so ungeduldig darauf gewartet, dass ihr endlich kommt.« Sie hob einen Arm. »Hilf mir hoch.«

Con ergriff ihre Hand, und sie kletterte flink und wenig damenhaft auf den Wagen, wo sie sich neben Agnes auf einen Sack plumpsen ließ.

»Ich bin Selena«, verkündete sie allerseits.

»Ich hab bereits allen gesagt, wer du bist«, antwortete Con mit ausdrucksloser Stimme. »Das ist meine Frau, deine neue Schwägerin Meggan …«

»Du bist sogar noch schöner, als ich erwartet hatte. Cons Beschreibungen sind dir gar nicht gerecht geworden. Ich freue mich so sehr, dich kennen zu lernen.«

»Ich freue mich auch«, antwortete Meggan amüsiert.

Con drehte sich auf dem Sitz herum. »Das ist meine Pflegeschwester Jenny.«

»Jenny Tremayne« war alles, was Selena herausbrachte, bevor eine grauenhafte Vision von Schüssen, Blut und Tod ihr den strahlenden Sommermorgen verdüsterte. Sie spürte, wie sie anfing zu schwanken und wie ihr der bittere Geschmack von Galle in die Kehle stieg. Aus weiter Ferne hörte sie Con ihren Namen rufen, spürte die Arme einer Frau um ihre Schulter, die Feuchtigkeit von Wasser an ihren Lippen.

Dann tauchte ihre Umgebung wieder vor ihr auf, der Planwagen und die Leute, die sich besorgt um sie kümmerten. »Alles in Ordnung«, sagte sie. »Nur ein kleiner Schwächeanfall.«

»Geschieht dir ganz recht, wenn du bei dieser Hitze ohne Hut herumrennst«, schalt Con.

»Ja«, murmelte Selena. Sollten doch alle nur glauben, es wäre von der Sonne gekommen, denn keinem von ihnen könnte sie jemals sagen, was sie wusste.

Am Abend fand ein großes Festessen statt. Con hatte Ned nach Creswick geschickt, um seinen Vater zu holen. Stolz saß er rechts neben seinem Sohn und gegenüber von Jenny. Meggan saß gegenüber von Con. An dem langen Tisch war Platz genug für dreimal so viele Personen.

»Mir ist durch den Kopf gegangen«, sagte Con, während sie darauf warteten, dass Agnes den Nachtisch servierte, »dass ja schon in drei Wochen Weihnachten ist. Wir sollten in diesem Jahr ein großes Familienfest veranstalten. Es gibt so viel zu feiern. Dass mich die Schafräude nicht völlig in den Ruin gestürzt hat. Dass ich meinen Vater wiedergefunden und eine Schwester kennen gelernt habe, von deren Existenz ich nichts wusste. Und das Beste von allem, dass ich die Mutter meiner Tochter geheiratet habe, und beide liebe ich von ganzem Herzen.«

Er hob sein Weinglas, um Meggan zuzuprosten.

»Sehr richtig«, sagte der Captain und hob ebenfalls sein Glas. »Danke, meine Liebe, für diese schöne Enkeltochter.«

»Was meinst du?«, fragte Con Meggan. »Hast du Lust, deine Brüder einzuladen, Weihnachten mit uns zu verbringen?«

»Ich werde sie einladen. Aber ich kann nicht versprechen, dass sie auch kommen.«

Jenny schaltete sich in das Gespräch ein. »Du musst sie unbedingt überreden, Meggan. Ich finde Cons Idee, Weihnachten ein großes Familienfest zu feiern, einfach wunderbar.«

Nur Meggan wusste, dass es Jenny allein um Will ging.

Auf seiner nächsten Fahrt nach Ballarat nahm Ned die schriftliche Einladung mit und kehrte mit der zustimmenden Antwort der jungen Männer zurück. Hal und Tommy hatten sofort begeistert auf die Einladung ihrer Schwester reagiert. Will hatte erst nach einigem Zureden eingeräumt, dass auch er sich über ein Familienfest freuen würde.

Als man Mrs Clancy von der Weihnachtsfeier erzählte, murrte sie zunächst ein wenig wegen der zusätzlichen Arbeit, beteiligte sich dann aber begeistert an der Planung des Weihnachtsmenüs. Trotz ihrer Abneigung gegenüber Tom Roberts fühlte Meggan sich verpflichtet, Agnes zu fragen, ob sie ihren Bruder zum Weihnachtsessen für die Dienstboten einladen wolle. Meggan war erleichtert, als Agnes das sofort ablehnte.

»Tom und ich haben uns nie besonders nahegestanden. Es wäre zwar schön, ihn mal wiederzusehen, aber ich wüsste nicht, worüber ich einen ganzen Tag lang mit ihm reden sollte.«

Jenny schlug vor, einen Weihnachtsbaum aufzustellen. »Ich weiß zwar, dass es hier keine richtigen Weihnachtsbäume gibt, Con, aber Ned hat gesagt, er könnte einen Baum finden, der fast genauso aussieht. Etty würde sich bestimmt über einen Baum freuen«, fügte sie als zusätzliches Argument hinzu.

»Womit willst du ihn denn schmücken?«

»Das basteln wir selber«, erklärte Meggan. »Vielleicht kann man in Ballarat sogar Lametta kaufen.«

»Oh«, rief Selena, »da fällt mir ein, dass ich in Henrys Laden in Creswick Lametta gesehen habe. Wir könnten zusammen nach Creswick fahren, und dann zeige ich Meggan und Jenny unsere Hütte.« Sie wandte sich Jenny zu. »Ich sage immer noch ›unsere‹ Hütte, weil ich dort mit meinem Vater gewohnt habe, bis Con und er darauf bestanden haben, dass ich nach Langsdale ziehe.«

»Ich dachte, dir gefällt es auf Langsdale, kleine Schwester.«

»Es ist ganz in Ordnung, bloß so langweilig. Ich würde lieber Gold waschen.«

»Haben Sie das denn gemacht?«, fragte Jenny erstaunt. »Ich meine, Gold gewaschen?«

»Klar. Viele Frauen machen das. Haben Sie noch nie von Mrs Kennedy und Mrs Farrell gehört?«

»Wer war das?«

»Die haben das Goldfeld in Bathurst entdeckt. Stellen Sie sich mal vor, wie das sein muss, ein neues Goldfeld zu entdecken. Vielleicht sollte ich mal auf deinem Land anfangen zu schürfen, Con. Stell dir vor, ich würde Gold finden. Das wär doch richtig aufregend.«

»Ich hoffe, das tust du nicht.«

»Was tu ich nicht? Schürfen oder Gold finden?«

»Beides.«

»Warum nicht?«

»Wenn auf meinem Land Gold gefunden würde«, erklärte Con, »würde ich versuchen, es so lange wie möglich geheim zu halten. Du, meine liebe Schwester, würdest es der ganzen Welt verkünden. Ich will nicht, dass mein Land von Goldgräbern zerstört wird.«

»Du glaubst, ich könnte kein Geheimnis für mich behalten?«

»Kannst du das denn?«

Obwohl ihr Bruder mit den Augen zwinkerte, wurde Selena ernst. »Doch, das kann ich.«

Darauf wechselte sie das Thema und redete wieder über Weihnachtsbaumschmuck, damit niemand sie nach ihrem Geheimnis fragte.

Man schmiedete Pläne, und zwei Tage später nahm Meggan den Wagen und fuhr mit Selena und Jenny nach Creswick. Sie war genauso entzückt über die kleine Siedlung, wie Selena es beim ersten Mal gewesen war.

»Was für ein hübscher Ort. Alles ist hier so viel grüner als in Ballarat.«

Die Ankunft von drei gut gekleideten, attraktiven jungen Frauen löste einiges Aufsehen unter den überwiegend männlichen Einwohnern aus. Etliche kamen sogar vom Fluss herüber und lüfteten ihren Hut, sagten vielleicht ein paar Worte zur Begrüßung oder standen einfach nur da und bewunderten schüchtern solch selten zu sehende Schönheit.

In Mr Henrys Laden erlebte Selena einen peinlichen Moment. Mr Henry wirkte offenkundig irritiert, als er sie hereinkommen sah. Als sein einziger Kunde den Laden verließ, kam er zu den Damen herüber.

»Sie sind wohl neu in der Stadt«, sagte er und musterte dabei Selenas Gesicht ein bisschen zu gründlich. »Aber ich glaube, Sie hab ich schon mal gesehen, Miss.«

»Ich bin zum ersten Mal hier«, sagte sie und warf einen warnenden Blick zu Jenny und Meggan, die beide offenbar so überrascht waren, dass sie nicht widersprachen. Dann lächelte sie Mr Henry wieder an. »Sie haben bestimmt mal meinen Bruder Selwyn gesehen. Er hat bis vor kurzem hier mit meinem Vater gegraben.«

»Hmm.« Mr Henry schien nicht völlig überzeugt zu sein. »An den Jungen kann ich mich erinnern. Wo ist Ihr Bruder denn jetzt?«

»Er ist zurück nach Melbourne gegangen. Er hatte die Nase voll von der Goldsuche.«

»Sie wohnen sicher bei Ihrer Mutter?«

»Ich wohne bei meinem anderen Bruder auf Langsdale. Das ist meine Schwägerin, Mrs Trevannick, und das ist eine Art Cousine, Miss Tremayne.«

»Ich verstehe«, sagte Mr Henry, der offenbar immer noch völlig verwirrt war. Doch dann fing er sich wieder. »Womit kann ich den Damen dienen?«

Meggan antwortete. »Wir hatten gehofft, dass Sie vielleicht

Lametta oder etwas Ähnliches hätten, womit man einen Weihnachtsbaum schmücken könnte.«

»Mal sehen. Wenn ich etwas habe, müsste es hier in der Ecke sein.«

Der Mann wühlte in einem Haufen Kisten herum und zog schließlich eine Schachtel Lametta hervor.

»Bitte sehr, meine Damen. Genau das, was Sie brauchen.«

»Ich hab euch doch gesagt …«, begann Selena, doch dann fiel ihr wieder ein, dass sie ja angeblich noch nie in der Stadt gewesen war und schon gar nicht in dem Laden. »Wir sollten mal gucken, was wir sonst noch brauchen, wo wir schon einmal hier sind«, beendete sie ihren Satz, zog dabei ein Taschentuch aus ihrem Beutel und hielt es sich vors Gesicht, damit man nicht sah, dass sie sich das Lachen kaum verkneifen konnte.

Als sie das Geschäft eine halbe Stunde später verließen, musste Selena tatsächlich haltlos kichern. »Oje, der arme Mr Henry. Am besten gehen wir gleich zu meinem Vater und erzählen ihm alles über seinen Sohn und seine Tochter.« Sie fing schallend an zu lachen.

»Selena«, warnte Jenny, »Sie machen auf sich aufmerksam.«

Mit Mühe gelang es Selena, ihre Heiterkeit zu unterdrücken. »Jetzt wisst ihr, warum mein Vater und mein Bruder immer sagen, ich wäre unverbesserlich.«

Meggan, die selbst amüsiert gelächelt hatte, schrie plötzlich überrascht auf.

»Das kann doch nicht wahr sein.«

»Was kann nicht wahr sein?«, fragte Jenny, während beide Frauen sich umschauten, um festzustellen, was Meggans Aufmerksamkeit erregt hatte.

Selena wusste es sofort. Ihr Herzschlag beschleunigte sich. Sie drehte sich um und tat so, als würde sie sich für die Auslage in einem Schaufenster interessieren.

»Dieser Mann da«, sagte Meggan. »Ich bin mir sicher, dass das Joshua Winton ist.«

»Wer ist Joshua Winton?«

Er ist ein Mörder. Selena sprach die Worte jedoch nicht aus.

»Die Wintons sind mit dem gleichen Schiff nach Australien gekommen wie meine Familie. Wir haben uns unterwegs angefreundet. Kurz nachdem wir in Adelaide angekommen waren, haben sich unsere Wege getrennt. Meine Familie ist nach Burra gegangen, und die Wintons haben am Murray River Farmland gepachtet.«

»Und du hast sie seitdem nicht mehr gesehen?«

»Joshua nicht und auch Adam nicht, der mit Will befreundet war. Mr und Mrs Winton und ihre Tochter Anne habe ich mal kurz in Adelaide getroffen. Das war an dem Abend, an dem ich Rodney gesehen habe.«

»Ach ja, jetzt erinnere ich mich. Er hat damals für die Wintons gearbeitet und sich als James Pengelly ausgegeben.«

»Das stimmt. Was für ein Durcheinander das war, weil ja niemand wusste, dass sein wirklicher Name Rodney Tremayne war. Wenigstens hat sich dann alles zum Guten gewendet, und dein Bruder und dein Vater haben sich versöhnt.«

»Ich bin sehr froh, dass Rodney nach Cornwall zurückgekehrt ist. Nicht nur wegen Vater, sondern auch meinetwegen. Ich hätte niemals nach Australien gehen können, wenn ich Vater hätte alleine lassen müssen.«

»Hast du das Gefühl, dass du bei Will Fortschritte gemacht hast?«

»Dein Bruder ist ziemlich dickköpfig, Meggan.«

Selena drehte sich um. »Will liebt Sie, Jenny.«

Da Joshua Winton nicht mehr zu sehen war, ging Selena schon mal langsam zum Fluss. Jenny blickte Meggan mit verblüfft hochgezogenen Augenbrauen an.

»Selena hat sich sehr leidenschaftlich angehört. Könnte es sein, dass sie in Will verliebt ist?«

Meggan zuckte leicht mit den Schultern und schürzte die Lippen. »Ich weiß nicht, was Selena empfindet. Ich weiß nur, dass Will dich liebt.«

»Und ich liebe ihn. Ich werde ihn heiraten, Meggan, koste es, was es wolle.«

Will, Hal und Tommy trafen am Weihnachtsabend auf Langsdale ein. Jennys Baum hatte einen Ehrenplatz in einer Ecke des Salons erhalten. Am Morgen hatte Con einen kleinen, frisch gefällten Baum mitgebracht, der eine ähnliche Form wie ein richtiger Weihnachtsbaum hatte. Jenny, Meggan und Selena hatten mit der etwas fragwürdigen Hilfe von Etty einen vergnügten Vormittag damit verbracht, den Baum mit dem bei Mr Henry gekauften Lametta zu behängen und als weiteren Schmuck Ketten und bunte Kugeln aus Papier zu basteln.

Da alle Schlafzimmer im Haus belegt waren, wurden die drei Brüder in der leer stehenden Unterkunft der Schafscherer untergebracht. Dabei handelte es sich um eine lang gestreckte, einfache Rindenhütte mit einem Boden aus gestampfter Erde, in der auf beiden Seiten Betten standen. Dazwischen war nur ein schmaler Gang von der Tür bis zum anderen Ende des Raumes. Die drei jungen Männer erklärten, dass sie damit völlig zufrieden wären. Sie waren immer noch etwas befangen bei der Vorstellung, auf einmal mit jemandem aus der Familie von Squire Tremayne verschwägert zu sein.

Sie wuschen sich, und da keiner von ihnen festliche Kleidung besaß, zogen sie gelbbraune Moleskinhosen und blaue Raglan-Hemden an und banden sich rote Tücher um den Hals. Die Sachen hatten sie gekauft, nachdem Meggan ihre Einladung geschickt hatte. So präsentierten sie sich schüchtern zum Abendessen.

Will stellte fest, dass man ihn neben Jenny gesetzt hatte. Selena saß ihm gegenüber. Sie hatte ihn am Nachmittag nicht so überschwänglich begrüßt wie sonst, was ihm ein wenig zu schaffen gemacht hatte. Er war jedoch erleichtert, dass sie ihn nun freudig anlächelte, als er sie im Esszimmer ansprach. Wenn er sich über den Tisch mit Selena und dem Captain unterhielt, der links von ihr saß, könnte er es vermeiden, viel mit Jenny reden zu müssen.

Während des ersten Gangs war die Unterhaltung ziemlich steif, da sich Meggans Brüder ganz auf das Auslöffeln der köstlichen Lammfleischbrühe konzentrierten. Während man auf den Hauptgang wartete, unterhielt Meggan die Runde mit Anekdoten über die exzentrische Madame Marietta, bei der sie in Adelaide Gesangsunterricht genommen hatte.

Selena klatschte verzückt in die Hände und lachte, als Meggan wort- und gestenreich einen Streit zwischen Madame und dem Pianisten schilderte.

»Oh, Meggan, du hättest Schauspielerin werden sollen und nicht Sängerin. Du kannst einfach jeden zum Lachen bringen.«

»Das war auch meine Absicht.« Sie lächelte ihre Brüder nacheinander an. »Wenigstens einer von euch muss doch eine lustige Geschichte zu erzählen haben.«

»Ich hab eine Idee«, rief Selena. »Wir machen einen Wettstreit, wer die lustigste Geschichte erzählen kann. Du bist der Schiedsrichter, Con.«

»Nachdem wir den ausgezeichneten Braten gegessen haben, den Mrs Clancy uns gleich servieren wird, Selena.« Er lachte, als sie einen Schmollmund zog. »Beim Essen können wir über andere Dinge reden. Wie läuft es denn so in Ballarat, Will?«

»Ihr wisst doch sicher, dass La Trobe die Lizenzgebühren neu festgelegt hat?«

»Nein, das hab ich nicht gewusst.« Con sah seinen Vater fragend an. »Das hast du ja gar nicht erwähnt.«

Der Captain zuckte mit den Schultern. »Ich hab seit Monaten keine Lizenzgebühren bezahlt. In Creswick kümmert sich so gut wie niemand darum.«

»Werden in Creswick keine Razzien auf Goldgräber gemacht?«, fragte Tommy.

»Nicht so wie in Ballarat. Die Trooper kommen ab und zu vorbei und wollen die Lizenzen sehen. Die Goldgräber wissen alle, wann die Polizei kommt, deshalb kann man ihr leicht aus dem Weg gehen.«

»Wie hoch sind denn die neuen Lizenzgebühren?«, fragte Meggan.

»Statt den dreißig Shilling monatlich, die jeder Mann auf den Goldfeldern zahlen musste, egal ob er schürfte oder nicht, gibt es jetzt gestaffelte Gebühren«, antwortete Will. »Eine Lizenz kostet jetzt ein Pfund pro Monat, zwei Pfund für drei Monate, vier Pfund für sechs Monate oder acht Pfund für zwölf Monate.«

Meggan überschlug das rasch im Kopf. »Das sind aber doch zehn Pfund weniger im Jahr, als die Goldgräber bisher für ihre Lizenzen gezahlt haben. Damit müsstet ihr doch zufrieden sein.«

»Die Goldgräber beklagen sich auch gar nicht«, wagte sich Hal vor. »Es sind die Ladenbesitzer, die was dagegen haben. Die sollen jetzt fünfzig Pfund im Jahr für eine Lizenz bezahlen, um ein Geschäft führen zu dürfen. Ich hab schon mehr als einen sagen hören, dass er die Goldfelder verlassen will.«

»Was für ein trübsinniges Thema«, erklärte Selena. »Wir haben doch Weihnachten.«

»Ja«, stimmte Jenny zu. »Alles, was mit Goldgräberei und Politik zu tun hat, sollte für die nächsten beiden Tage verboten werden. Findest du nicht auch, Con?«

»Ja. Lasst uns die Probleme des vergangenen Jahres vergessen.«

Je mehr die allgemeine Befangenheit nachließ, desto lebhafter wurde das Gespräch. Als die leeren Nachtischschalen auf dem

Tisch standen, hatte selbst Will sich so weit entspannt, dass er unbeschwert über etwas lachen konnte, das Jenny gesagt hatte. Im Salon machten Selena, der Captain, Will, Hal und Tommy unter Anleitung von Jenny unter großer Heiterkeit Scharaden. Danach bestand Selena auf dem Wettstreit mit der lustigsten Geschichte. Der Captain wurde mit einer wilden Verwechslungskomödie, durch die er beinah in Bombay im Gefängnis gelandet wäre, einstimmig zum Sieger erklärt.

»Das war ein wunderbarer Weihnachtsabend«, sagte Meggan. »Ich werde Mrs Clancy, Ned und Agnes bitten, mit uns ein paar Weihnachtslieder zu singen.«

»Ich gehe sie holen«, bot Selena an und sprang auf.

»Ich komme mit«, sagte Jenny.

Auf dem Weg in die Küche berührte Jenny Selena am Arm. »Selena, eigentlich muss ich nur mal auf den Abtritt.«

»Kein Problem. Kommen Sie mit.«

»Danke. Ich möchte gern den Mut finden, abends allein hinauszugehen. Doch da sind so viele fremdartige Geräusche, die mich beunruhigen. Ich zucke bei jedem Schatten zusammen.«

»An diese nächtlichen Ausflüge werden Sie sich schon gewöhnen. Das müssen Sie, wenn Sie Will heiraten.«

Jenny blieb abrupt stehen. Sie war froh, dass man im Dunkeln nicht bemerkte, dass sie rot geworden war. »Wie kommen Sie denn darauf?«

»Ich weiß, dass Sie Will lieben. Sie möchten, dass er Sie heiratet.«

»Oh, ich dachte, nur Meggan wüsste über meine Gefühle Bescheid.«

»Vielleicht bin ich etwas einfühlsamer als die meisten Menschen.«

»Sie sind auf jeden Fall einfühlsamer als Will«, stellte Jenny fest. »Selbst wenn ich ihm sage, dass ich ihn liebe, glaubt er mir nicht, dass ich bereit bin, sein Leben zu leben. Er wird mich niemals bitten, ihn zu heiraten.«

»Dann müssen Sie ihn fragen, ob er Sie heiraten will.«

»Das wäre mir zu unverfroren.«

»Jenny, ich kenne Will mittlerweile ziemlich gut. Wenn Sie ihn heiraten wollen, dann müssen Sie ihn fragen.«

»Vielleicht haben Sie Recht, Selena.«

Jenny ging das kleine Stück zu dem aus Brettern gezimmerten Aborthäuschen. Während Selena auf Jenny wartete, beobachtete sie traurigen Herzens die Sterne. Sie liebte Will ebenfalls, und zwar genauso innig wie Jenny. Doch sie durfte den beiden nicht im Weg stehen. Sie hatte Wills Gesichtsausdruck gar nicht beobachten müssen, um zu wissen, was er für Jenny empfand.

Am Weihnachtsmorgen lagen eine Menge Geschenke unter dem allseits bewunderten Weihnachtsbaum. Nach dem Frühstück versammelten sich alle im Salon, um die Geschenke zu verteilen. Als Erstes wurden Mrs Clancy, Ned und Agnes hereingebeten, um die Geschenke ihrer Herrschaften entgegenzunehmen. Ned erhielt eine neue Pfeife und Mrs Clancy ein Umhängetuch im Schottenkaro. Beide freuten sich über ihr Geschenk.

Für Agnes, die noch nie im Leben etwas Hübsches besessen hatte, gab es ein halbes Dutzend mit Spitze umrandete Taschentücher. Überwältigt brach das Mädchen in Tränen aus.

»Oh, vielen Dank, Mrs Trevannick. Die werde ich für immer aufbewahren. Sie sind viel zu schade, um sie zu benutzen.«

Die Freude des Mädchens über das Geschenk berührte Meggan tief. »Freu dich doch einfach daran, Agnes. Du hast jetzt ein gutes Leben.«

»Ja, das habe ich. Ich kann Ihnen niemals genug dafür danken, dass Sie mir diese Chance gegeben haben.«

»Du hast dich als würdig erwiesen, Agnes. Du bist ein gutes Mädchen.«

»Das stimmt«, fügte Con hinzu. »Wir hoffen, dass du noch lange bei uns bleibst.«

Darauf war Agnes noch mehr überwältigt. »Oh, das werde ich ganz bestimmt. Ich möchte Langsdale niemals verlassen.«

Nachdem die immer noch vor Freude weinende Agnes mit den Clancys hinausgegangen war, wurden die Geschenke innerhalb der Familie verteilt.

»Etty soll ihr Geschenk als Erste haben«, erklärte ihr Vater.

Er setzte seine Tochter vor ein großes, in buntes Papier gewickeltes Paket auf den Fußboden. Etty sah unsicher von einem zum anderen und wusste offenbar nicht, was sie tun sollte.

»Mach es auf, Schätzchen«, sagte ihre Mutter.

Selena setzte sich neben Etty auf den Boden. »So.« Sie riss die Verpackung an einer Ecke ein Stückchen auf.

Etty brauchte keine weitere Ermunterung. Mit gelegentlicher Hilfe ihrer Tante Selena riss sie das Papier weg, und eine in Rosa und Grün gekleidete Puppe mit goldigem Haar kam zum Vorschein. Vor Freude glucksend drückte Etty die Puppe an sich.

»Als Nächstes bekommst du dein Geschenk, Selena, weil du nach Etty die Zweitjüngste bist.«

»Wohl wahr, Con. Aber willst du damit sagen, dass ich noch ein Kind bin?«, fragte Selena mit einem spielerischen Schmollen.

»Selena, meine liebe Schwester, für eine junge Dame bist du viel zu ausgelassen. Bitte sehr …« – er reichte Selena ein längliches Päckchen – »ich hoffe, es gefällt dir.«

Selena entfernte vorsichtig die Verpackung und zog eine mit weinrotem Samt bezogene Schachtel hervor. Einen unsicheren und fragenden Blick auf ihren Bruder gerichtet, öffnete sie den kleinen goldenen Verschluss und hob den Deckel hoch. Dann schnappte sie heftig nach Luft und riss freudig überrascht die Augen weit auf.

»Und ob mir das gefällt.« In der Schachtel lag, ebenfalls auf weinroten Samt gebettet, ein kleiner silberner Revolver mit Perlmuttgriff.

Meggan war die Einzige im Raum, die nicht überrascht war, da sie das Geschenk bereits gesehen hatte, nachdem sie zuvor mit ihrem Mann über den Kauf diskutiert hatte. Die Brüder starrten voller Staunen, der Captain grinste, und Jenny war neugierig.

»Warum hast du denn Selena eine Waffe geschenkt, Con?«

Der Captain antwortete leise lachend. »Con kennt seine Schwester schon ziemlich gut. Eines Tages wird dieses unverbesserliche Mädchen ganz bestimmt in eine Situation geraten, wo sie sich schützen muss.«

Selena war so sprachlos über ihr wunderbares Geschenk, dass sie nur lächeln konnte.

Con grinste. »Ich glaube, meine kleine Schwester wird in ihrem Leben immer wieder Abenteuer suchen. Nachdem ich sie so lieb gewonnen habe, wollte ich zumindest dafür sorgen, dass sie sich im Notfall schützen kann.«

»Ich hoffe nur, du hast für mich nicht auch eine Waffe ausgesucht«, erklärte Jenny.

»Für dich hab ich etwas sehr viel Feminineres.«

Jenny packte eine kleine Schmuckdose aus Gold und Emaille aus. Wenn man das Medaillon auf dem Deckel aufklappte, kam ein kleiner Emaillevogel hervor, flatterte mit den Flügeln und sang. Daraufhin verlor Etty sofort das Interesse an ihrer Puppe. Sie richtete sich, mit dem Po zuerst, auf und wackelte, die Händchen ausgestreckt, glucksend hinüber zu Jennys Stuhl. Der Spaß des Kindes an dem singenden Vögelchen amüsierte alle so sehr, dass sich die weitere Bescherung verzögerte.

Doch dann bestand Will darauf, dass als Nächste Meggan sein Geschenk auspacken müsse, weil er es nicht ertragen könne, noch länger zu warten.

»Da ist bestimmt Schmuck drin«, vermutete sie, als er ihr das

Geschenk gab, doch als sie das Kästchen öffnete, stiegen ihr Tränen der Rührung in die Augen. Darin lag auf einer Satinunterlage eine wunderschöne Kette aus geschliffenen Malachitperlen, die in Gold gefasst waren, dazu passende Ohrringe. »Oh, Will, das ist ja wunderschön.«

»Ich habe dir damals, als wir in Burra waren, eine Kette aus Malachit versprochen.«

»Das stimmt. Ich hatte es ganz vergessen.«

»Ich nicht. Das Malachit hab ich in Burra abgebaut, und das Gold hier in Ballarat. Es ist ein Geschenk von uns dreien.«

Meggan stand auf und umarmte ihren Lieblingsbruder. »Danke, Will.« Dann umarmte sie Hal und Tommy.

Schließlich waren alle Geschenke verteilt, nur Cons Geschenk für Meggan stand noch unter dem Weihnachtsbaum. Er holte es und gab es seiner Frau mit einem Kuss auf die Wange.

»Das ist ein ganz besonderes Geschenk.«

Das Paket war viel zu groß und zu schwer, um Schmuck zu enthalten, und hatte die falsche Form für eine Spieldose oder einen Revolver. Meggan packte eine Porzellanfigur aus, die einen Chinesen darstellte mit einem weißen Kopf mit hoher Stirn und einem langen Bart. Er trug ein buntes Gewand. In der rechten Hand hielt er eine Schriftrolle, in der linken einen Pfirsich. Er war dreißig Zentimeter hoch.

»Er ist bezaubernd, Con, aber was ist so Besonderes an ihm?«

»Das ist Shou Lao, der Gott der Langlebigkeit. Ich habe ihn an dem Tag, als wir aus Melbourne kamen, in einem chinesischen Laden in Ballarat entdeckt. Ich hoffe, meine Liebste, dass er uns ein langes und glückliches Leben gewährt.«

»Shou Lao. Ich werde ihn immer in Ehren halten.«

An diesen Weihnachtstag würde man sich immer erinnern, weil die Familien eine so schöne Zeit miteinander verbracht hatten.

Nach dem Mittagessen, als es am heißesten war, saßen nur Will, der Captain und Selena noch auf der Veranda und unterhielten sich. Alle anderen hatten beschlossen, sich auszuruhen, vielleicht sogar ein Nickerchen zu machen.

»Haben Sie vor, in Creswick zu bleiben?«, fragte Will den Captain.

»Um ganz ehrlich zu sein, ich habe mein kleines Mädchen vermisst.« Er streckte den Arm aus und drückte seiner Tochter die Hand. »Allmählich glaube ich, dass Con und ich überreagiert haben, als wir meinten, dass sie unbedingt hierbleiben sollte.«

»Freut mich ja, dass du das zugibst«, stellte Selena fest. »Ich hab nie bei Con bleiben wollen.«

»Wir haben geglaubt, dass du hier sicherer wärst als auf den Goldfeldern.«

Anstelle einer Antwort schnitt Selena ihrem Vater eine Grimasse. »Kann ich mit dir zurück nach Creswick kommen?«

»Ich bin mir gar nicht so sicher, ob ich noch lange in Creswick bleiben will. Ich war zwar ganz erfolgreich, aber so gut war's nun auch wieder nicht. Manchmal denke ich, ich sollte einfach wieder zur See gehen.«

»Das kannst du doch nicht machen«, jammerte Selena. »Du hast gesagt, du wolltest so lange warten, bis du genügend Gold hast, um dir eine neue *Island Princess* zu kaufen.«

»Manchmal kommt im Leben eines Mannes der Punkt, an dem man einen Traum aus praktischen Gründen aufgeben muss. Ich vermisse die See. Ich hätte kein Problem, als Captain auf einem Schiff anzuheuern.«

»Müsste ich dann mitkommen?« Wenn ihr Vater Ja sagte, würde sie sich dafür aussprechen, hierzubleiben.

»Kurz nach unserer Ankunft hätte ich noch darauf bestanden. Aber jetzt, wo du eine Familie hast, die aus mehr als nur einem Vater besteht, kannst du bleiben, wo du möchtest.«

»Ich werde dich schrecklich vermissen, wenn du fortgehst, aber ich bin jetzt zu groß, um auf einem Schiff zu leben. Ich glaube, ich will für immer in Australien bleiben.«

»Captain«, sagte Will. »Ich mache Ihnen einen Vorschlag. Wenn Sie bereit wären, Ihre Rückkehr zur See noch etwas aufzuschieben, würden Hal, Tommy und ich Sie gerne zu unserem Partner machen.«

»Zu Ihrem Partner? Meinen Sie das ernst, Will?«

»Ich würde das nicht sagen, wenn ich es nicht ernst meinte.«

Selena klatschte erfreut in die Hände. »Wie wunderbar. Sag doch Ja, Vater. Ich komme mit dir nach Ballarat.«

Der Captain bemerkte, wie seine Tochter aufblühte, und verzog skeptisch den Mund. »Erzählen Sie mir doch erst einmal genauer, wie diese Partnerschaft aussehen soll.«

Am zweiten Weihnachtstag kehrten die Brüder nach Ballarat zurück. Der Captain würde zunächst nach Creswick zurückkehren, um den Verkauf seines Schürfplatzes abzuwickeln, und dann nach Ballarat kommen. Selena würde gleich nach Neujahr zu ihnen stoßen, wenn die neue Unterkunft voraussichtlich fertig war. Alle waren mit dieser Übereinkunft sehr zufrieden. Bis auf Jenny, die immer noch darauf wartete, dass Will zumindest andeutungsweise erkennen ließ, dass er sie liebte. Sie versuchte, den richtigen Moment abzupassen, und es gelang ihr, Will am frühen Morgen allein im Stall zu erwischen.

»Was machst du denn hier?«, fragte er ganz beiläufig, so entspannt war er in ihrer Gesellschaft geworden.

»Wir hatten ein schönes Weihnachtsfest, Will.«

»Ja.« Er wurde vorsichtig. Sie führte etwas im Schilde.

»Du hast dich in meiner Gegenwart wohl gefühlt. Du hast dich entspannt, anstatt dagegen anzukämpfen, dass wir Freunde werden.«

Da er nicht genau wusste, worauf sie hinauswollte, schwieg Will.

»Wenn wir Freunde sein können, dann gibt es auch keinen Grund, weshalb wir uns nicht lieben können. Keinen Grund, weshalb du mich nicht heiraten kannst.«

»Ich werde …«

»Du wirst mich niemals fragen, deshalb frage ich dich.«

Bevor er wusste, wie ihm geschah, spürte Will, wie Jenny sich an ihn schmiegte, ihre Arme um seinen Hals legte und ihren Mund fest auf seinen presste. Etwa zwei Sekunden lang war er starr vor Schreck. Doch dann triumphierte sein Herz über alle Bedenken, und er küsste sie mit einer Leidenschaft, die aus jahrelang unterdrückter Sehnsucht entsprang, und drückte sie dabei fest an sich. Als sie sich schließlich voneinander lösten, fühlte er sich wie vom Blitz getroffen.

Jenny lächelte amüsiert. »Heirate mich, Will. Wir lieben uns doch.«

»Da haben Sie mich aber überrumpelt, Miss Tremayne.« Doch er lächelte ebenfalls.

»Ich weiß. Das war auch meine Absicht. Also, Will Collins, wirst du mich heiraten?«

»Jenny, Jenny.« Er nahm ihre Hand, drehte sie um und fuhr mit einem Finger über ihre zarte Handfläche. »Ich will nicht von dir verlangen, dieses einfache Leben mit mir zu teilen. In ein bis zwei Jahren, wenn ich reich genug bin, um für dich ein anständiges Haus zu kaufen, dann werde ich dich heiraten.«

Und Jenny konnte einwenden, was sie wollte, er war nicht von seiner Meinung abzubringen.

3

Laut schimpfend flog ein halbes Dutzend der regenbogenfarbenen Papageien, die sie so sehr liebte, aus dem Baum über ihr auf. Agnes blickte hoch, um zu beobachten, wie sie zu einem anderen Baum ganz in der Nähe flogen, wo sie sogleich einen lautstarken Streit – oder war es nur ein lautstarkes Gespräch – mit anderen Papageien anfingen, die bereits in diesem Baum saßen. Eine Weile beobachtete sie die Tiere noch staunend. Rücken und Flügel der Vögel waren leuchtend grün, die Brust blau und rot. Sie fand, dass es die schönsten Vögel waren, die sie je gesehen hatte.

Immer noch erstaunte sie alles an ihrer neuen Heimat: die Bäume, die Vögel, die anderen Tiere, die ungeheure Weite und der Reichtum, der unter der Erde lag. Vielleicht sogar direkt unter ihren Füßen. Sie blickte wieder nach unten und stocherte vorsichtig mit dem kräftigen Stock, den sie bei sich hatte, in der Erde herum. Es war das vierte Mal, dass sie allein zum Fluss gegangen war, um dort ein bisschen zu schürfen, doch bisher hatte sie noch kein Gold schimmern gesehen.

Nachdem sie ein kleines Stück weiter flussaufwärts gegangen war, legte sie ihren Stock beiseite und setzte sich hin, um Schuhe und Strümpfe auszuziehen. Dann raffte sie ihren Rock bis zu den Knien und steckte die Füße ins Wasser. An dieser Stelle spendeten die Büsche mit ihren roten bürstenförmigen Blüten dem Ufer Schatten. Trotz der Nachmittagshitze war das Wasser des Flusses klar und kühl. Sie ließ ihre Füße kreisen und wackelte mit den Zehen, so dass sich kleine Strudel bildeten.

Wie friedlich es war, einfach hier zu sitzen und sich die Füße zu kühlen. Die Papageien hatten ihr lautes Geplapper eingestellt und ruhten sich nun auf den hohen Ästen aus, bis es am späten Nachmittag kühler wurde. Eidechsen machten in den Blättern auf dem Boden leise raschelnde Geräusche. Anfangs hatten die fremdartigen Buschgeräusche sie geängstigt, doch nun, da sie wusste, wo sie herkamen, hatte sie keine Angst mehr.

Die Ellbogen auf die Knie gestützt, damit sie ihr Kinn auf die locker zu Fäusten geballten Hände legen konnte, dachte Agnes darüber nach, wie sehr sich ihr Leben innerhalb von wenigen Monaten verändert hatte. Cornwall gehörte für sie inzwischen zu einer anderen Welt, einer Welt der Armut und der Hoffnungslosigkeit. Nun trug sie anständige Kleidung und gute Schuhe und musste nie mehr befürchten, Hunger zu leiden. Und das Beste war, dass sie lesen und schreiben lernte und wie man ordentlich sprach.

Während ihr diese Gedanken durch den Kopf gingen, beobachtete sie die Muster, die sie im Wasser erzeugte. Plötzlich meinte sie, auf dem Boden des Flusses etwas Glänzendes schimmern zu sehen. Ihr Herz fing heftig zu pochen an, und ihre Füße verharrten reglos im Wasser. War das, was sie da leuchten sah, Gold? Hatte sie wirklich erwartet, dass sie an einem dieser Nachmittage, wenn sie hier am Flussufer herumstocherte, tatsächlich Gold finden würde? Die Leute sagten, man könne hier in jedem Fluss Gold finden. Und das stimmte auch. Hier war Gold, ganz in ihrer Nähe.

Obwohl ihr Herz heftig schlug, stieß sie merkwürdigerweise keinen Freudenschrei aus. Vor lauter Aufregung wurde ihr ganz komisch im Bauch. Das war ihr Gold. Niemand würde etwas von ihrem Fund erfahren.

Während sich das Wasser um ihre Füße herum beruhigte,

schaute sie sich rasch um, um sich zu vergewissern, dass sie noch alleine war. Ein lautes Knacken lenkte ihren Blick auf das gegenüberliegende Ufer. Ein grauer Wallaby hüpfte durch das Unterholz davon. War er von irgendwem erschreckt worden? Agnes beobachtete das Flussufer und wartete. Doch im Busch kehrte wieder die sommerliche Lethargie ein. Sie stieß die Luft aus, die sie angehalten hatte.

An der Stelle, wo das Gold lag, schien das Wasser nicht mehr als einen halben Meter tief zu sein. Trotzdem würde es ihr bis über die Knie reichen. Sie war immer kleiner gewesen als ihre Schwestern. Das lag daran, dass sie die Jüngste gewesen war und ihre Ma keine Energie mehr gehabt hatte, große Babys zu kriegen, hatten ihr ihre Schwestern erzählt. Vor ihr hatte es schon dreizehn Babys gegeben, unter anderem zweimal Zwillinge. Die Familie war immer arm gewesen. Wie hätten sie überhaupt überleben sollen, wenn nicht die Hälfte der Babys gestorben wäre?

Agnes wollte auf keinen Fall jemals wieder hungern oder frieren müssen. Das brauchte sie auch nicht, seit Meggan sie für ihre Rückkehr nach Australien als Dienstmädchen eingestellt hatte. Als Dienstmädchen von Mrs Trevannick, obwohl sie für sie immer noch Meggan war, hatte man ein sehr gutes Leben. Da gab es nichts, worüber sie sich beklagen konnte.

»Aber ich will mehr«, flüsterte sie dem goldenen Schimmer zu. »Eines Tages möchte ich selbst ein schönes Haus besitzen. Und meine Kinder werden niemals Hunger leiden.«

Agnes zog die Füße aus dem Wasser und stand auf. Nachdem sie sich suchend umgeblickt hatte, knöpfte sie ihr Mieder auf und zog es aus. Da sie sicher war, allein zu sein, legte sie auch ihren Rock ab. Nur mit dem Unterkleid bekleidet, das ihr bis zu den Knien reichte, denn bei dieser Hitze trug niemand mehr Schichten Kleidung, als absolut notwendig war, ging sie vorsichtig in den Fluss.

Etwa auf halbem Weg stellte sie fest, dass sie ihre Beute durch das aufgewirbelte Wasser nicht mehr sehen konnte. Ein paar Sekunden lang geriet sie in Panik, bis sie erkannte, dass sie sich nur ruhig zu verhalten brauchte, bis das Wasser wieder klar wurde. Sie blieb ein zweites Mal stehen, als sie glaubte, weit genug gegangen zu sein, da ihr das Wasser bereits bis über die Knie reichte. Zunächst sah sie nichts außer dem braunen Kies unten im Flussbett. Panik und Enttäuschung überkamen sie.

»Wo ist es? Ich muss schon zu weit sein.« Sie drehte sich vorsichtig um und wartete, bis das Wasser wieder ruhig wurde. »Ja! Jetzt seh ich es.«

Doch als sie einen hastigen Schritt vorwärts machte, stieß sie einen Schmerzensschrei aus, da sie auf einen spitzen Stein getreten war und sich den linken Fußballen aufgeschlitzt hatte. Als sie hinabblickte, sah sie rote Rinnsale, die wie geschmeidige Wasserschlangen aus ihrem Fuß herauskamen und sich auf das Gold zubewegten, so dass sie es schon wieder nicht mehr sehen konnte.

Agnes tauchte den rechten Arm ins Wasser und drehte den Kopf zur Seite, damit sie sich das Gesicht nicht nass spritzte. Als ihre Finger einen glatten Gegenstand zu fassen kriegten, richtete sie sich auf. Sie hielt einen durch die Bewegung des Wassers glatt und rund gewordenen Stein in der Hand, der nicht gelb, sondern braun war. Sie warf ihn weg und versuchte es noch einmal. Nachdem sie vier braune Steine herausgeholt hatte, atmete sie tief ein und tauchte mutig ihr Gesicht ins Wasser. Sie zwang sich, die Augen aufzumachen, um sehen zu können, was ihre Finger ertasteten. Das goldene Beutestück fühlte sich anders an als die Steine.

Sie nahm es, richtete sich wieder auf und atmete mehrmals tief durch, während sie sich mit der linken Hand das Wasser aus den Augen rieb. Dann öffnete sie die rechte Hand. Auf ihrem Handteller lag ein perfekt geformtes Oval aus Gold. Agnes betrachtete es verblüfft. Es war kein Nugget, es war ein Damenmedaillon.

Ihre Neugier war so groß, dass sie nicht einmal enttäuscht war. Wem hatte dieses Medaillon gehört, und wie war es in dieser ungeheuren Weite, wo nur wenige weiße Frauen lebten, auf den Boden dieses Flusses gekommen? Agnes wusste, dass es keiner der Damen auf Langsdale gehörte.

Sie setzte sich ans Ufer, um die Verletzung an ihrem linken Fuß zu untersuchen. Mittlerweile tat er fast unerträglich weh. Und der lange, tiefe Schnitt blutete immer noch stark. Doch zumindest schien die Wunde sauber zu sein. Ein Mädchen, das den Mut hatte, allein im Busch herumzulaufen, würde doch nicht hilflos sein, bloß weil es sich an einem Stein geschnitten hatte. Wenn sie den Fuß irgendwie verbinden konnte und trotzdem noch ihren Schuh anbekam, könnte sie ohne weiteres die halbe Meile zurück zur Farm gehen.

Als Verband könnte sie entweder einen Streifen vom Saum ihres Unterkleids abreißen oder einen ihrer Strümpfe benutzen. Da ihr Unterkleid am Rand und auf der ganzen Vorderseite völlig nass war, würde der Strumpf reichen müssen. Auf dem linken Bein nur mit der Ferse auftretend, humpelte Agnes zur der Stelle, an der sie ihre Schuhe liegen gelassen hatte.

Als Erstes steckte sie das Medaillon in die tiefe Tasche ihres Rocks. Nach kurzem Überlegen beschloss sie, den Rock wieder anzuziehen. Das Mieder würde sie noch so lange auslassen, bis sie ihren Fuß versorgt hatte. Vielleicht war ihr Unterkleid bis dahin getrocknet. Mit den Schuhen in der Hand humpelte sie zu einem Felsbrocken, setzte sich hin, schob ihren Rock zwischen die Knie und legte den linken Fuß auf das rechte Knie.

»Sieht aus, als könnten Sie ein bisschen Hilfe brauchen, Ma'am.«

Agnes zuckte vor Schreck heftig zusammen, weil die Stimme

so unerwartet kam. Sie musste heftig nach Luft schnappen. Ein Mann stand am gegenüberliegenden Ufer gegen einen Baum gelehnt und beobachtete sie. Wie lange stand er schon dort? War er gefährlich? Wie dumm von ihr! Man hatte ihr doch gesagt, sie solle nicht allein im Busch herumlaufen. Was sollte sie jetzt tun? Sie schob die Hand in ihre Rocktasche.

»Wer sind Sie? Was tun Sie hier?«

»Vermutlich das Gleiche wie Sie, nach Gold suchen. Und Sie haben offenbar auch was gefunden.«

»Sie haben mich beobachtet.« Vor lauter Empörung vergaß sie ihre Angst.

»Erst seit Sie aus dem Fluss geklettert sind. Sieht so aus, als hätten Sie sich ziemlich böse geschnitten.«

Wie sollte sie das abstreiten, wo doch die ganze Zeit Blut aus ihrem Fuß auf ihren Rock tropfte?

»Ich kann das mit meinem Strumpf verbinden. Bis zur Farm ist es nicht weit.«

Warum redete sie eigentlich mit diesem Mann, der jeden Moment den Fluss durchqueren und sie angreifen könnte? Mit einem verletzten Fuß würde sie niemals wegrennen können. Das musste ihm klar sein. Vielleicht hatte er deshalb keine Eile, etwas zu unternehmen.

Was er nicht wusste, war, dass sie mit der rechten Hand eine kleine Pistole umklammert hielt. Mr Trevannick hatte darauf bestanden, dass alle schießen lernten. Er bestand außerdem darauf, dass sich die Frauen nie ohne Waffe weit von der Farm entfernen sollten. Allerdings war er außerdem der Meinung, dass die Frauen nie ohne männlichen Schutz irgendwohin gehen sollten. Er würde wütend werden, wenn er erfuhr, dass sie nicht auf ihn gehört hatte. Sie könnte sogar ihre Anstellung verlieren. Das hieß, wenn sie überhaupt noch so lange lebte.

»Ich habe nicht die Absicht, Ihnen wehzutun«, sagte der

Mann. »In meiner Satteltasche hab ich einen Verband. Ich komme jetzt rüber und versorge Ihren Fuß.«

Er würde rüberkommen, egal ob sie was dagegen hatte oder nicht. Agnes wartete, bis er ungefähr in der Mitte des Flusses war. Irgendwie registrierte sie, dass ihm das Wasser nicht mal bis an die Knie reichte. Er blickte nach unten, um zu sehen, wo er hintrat.

»Tun Sie nicht näher kommen.« Sie hielt die Pistole nun mit beiden Händen. Das war auch nötig, damit die Waffe nicht zitterte. Würde sie es fertigbringen, einen Menschen zu erschießen, und sei es, um ihr eigenes Leben zu retten?

Der Mann blieb stehen und hob die Hände hoch. »Wow, Lady. Wissen Sie denn, wie man mit dem Ding umgeht?«

»Meinen Sie denn, ich würd' auf Sie zielen, wenn ich nicht schießen könnt'?«

»Vielleicht, vielleicht aber auch nicht.« Er schien sie eingehend zu betrachten und hatte den Kopf ein wenig zur Seite geneigt. »Hören Sie, Ma'am, ich tue Ihnen nichts.«

Agnes schwieg. Ihr Verstand arbeitete schnell und versuchte, die Situation in allen Einzelheiten abzuwägen. Könnte sie, sollte sie einem Fremden trauen? Er schien ihre Gedanken lesen zu können.

»Sie können mir vertrauen, Ma'am. Ich gebe Ihnen mein Ehrenwort. Und nehmen Sie um Himmels willen die verdammte Waffe runter!«

»Ich weiß nicht, ob ich das sollte.« Er sah ehrlich aus und hörte sich aufrichtig an. Doch das war noch lange keine Garantie für seine guten Absichten. Sie war noch nicht bereit, die Pistole zu senken, obwohl ihre Handgelenke von dem Gewicht bereits wehtaten.

»Verdammt noch mal! Ich komme jetzt rüber.«

»Nein!« Agnes sprang auf und dachte nicht mehr an ihren verletzten Fuß. Ein heftiger Schmerz durchzuckte sie. Sie schrie auf und riss zugleich instinktiv den Fuß hoch. Dabei verlor sie das Gleichgewicht und kippte nach hinten. Als Agnes unsanft auf dem Hintern landete, gab die Pistole einen Schuss in den Himmel ab. Bei dem Knall flog ein großer Schwarm Papageien lautstark schimpfend auf.

Sie hörte, wie der Mann wieder »Verdammt noch mal!« rief und dann durch das Wasser platschte. Bevor sie sich aufrappeln konnte, kniete er bereits neben ihr und half ihr, sich richtig hinzusetzen.

»Sie sollten mit dieser Waffe vorsichtig sein, Ma'am. Das hätte leicht einen hässlichen Unfall geben können.«

Agnes rutschte auf dem Hintern ein Stück von ihm weg. Sie hielt die Waffe immer noch in der rechten Hand, allerdings in den Falten ihres Rocks verborgen, wo er sie hoffentlich nicht sah. Ein Mädchen musste wachsam bleiben, bis sie absolut sicher sein konnte, dass keine Gefahr mehr drohte.

Er gab ein kaum hörbares, aber eindeutig entnervtes Geräusch von sich, stand auf und trat einen Schritt zurück. »Hören Sie, Ma'am. Ich will Ihnen nichts Böses. Wie oft muss ich das denn noch sagen?«

Wenn er glaubte, sie würde sich jetzt weniger bedroht fühlen, hatte er sich entschieden geirrt. Angesichts seiner Größe kam sie sich vor wie eine Zwergin in der Gewalt eines Riesen. Sie raffte sich ebenfalls auf. Die Tatsache, dass sie das auf so unelegante Weise tun musste, machte sie furchtbar wütend. Das Gewicht etwas unsicher auf den gesunden und den verletzten Fuß verteilt, suchte sie an einem praktischerweise in der Nähe stehenden jungen Baum Halt. Er beobachtete sie mit über der Brust verschränkten Armen. Jetzt war sie eher wütend als verängstigt.

»Sie hätten sich wie ein Gentleman benehmen und mir beim Aufstehen helfen können.«

Einer seiner Mundwinkel bewegte sich nach oben. »Ach, jetzt vertrauen Sie mir also. Dann nehmen Sie die verdammte Waffe runter.«

Agnes blickte auf die Pistole in ihrer Hand, dann wieder auf das schiefe Grinsen in seinem Gesicht. »Ich weiß nicht, ob ich das sollte.«

Das gleiche entnervte Geräusch war zu hören. »Entscheiden Sie sich endlich, ob Sie mir trauen oder nicht. Wenn Sie wollen, gehe ich jetzt wieder über den Fluss, und dann können Sie sich allein durchschlagen. Doch so, wie ich die Dinge sehe, brauchen Sie meine Hilfe. Sie haben da einen üblen Schnitt am Fuß, der behandelt werden muss, und ich sehe hier sonst niemanden, der Ihnen helfen könnte.«

Er äußerte den letzten Teil des Satzes in fragendem Tonfall, wobei er die linke Augenbraue ebenfalls fragend hochgezogen hatte.

Agnes holte tief Luft. Ihr Instinkt riet ihr, diesem Fremden zu trauen. Sie fand ihn sogar ganz attraktiv, trotz seiner einschüchternden Größe. Er sah nicht so gut aus wie beispielsweise Mr Trevannick. Doch ihr gefiel, dass alles an ihm braun war, die Haare, die Haut und die Augen, drei unterschiedliche Brauntöne. Nur dass in seinen Augen kleine goldene Sprenkel waren, so wie die Goldsprenkel, nach denen sie im Fluss gesucht hatte. Ihr kam die fantastische Idee, dass die Reichtümer, nach denen sie gesucht hatte, in diesen goldgesprenkelten Augen zu finden sein könnten.

»Nun, sind Sie zu einer Entscheidung gelangt?«

Sie zuckte bei der Frage zusammen. Die Augen, die sie so eingehend betrachtet hatte, funkelten jetzt amüsiert. Sie senkte rasch den Blick, so dass ihre Augen auf seine Brust gerichtet waren.

»Ich tät Ihnen für Ihre Hilfe dankbar sein, Sir«, räumte sie ein.

»Na schön. Sie bleiben hier sitzen und warten, während ich

mein Pferd hole. Ich habe einen Verband und etwas Salbe in der Satteltasche.«

Er drehte sich um und watete erneut durch den Fluss. Agnes setzte sich ebenso unelegant wieder hin, wie sie aufgestanden war. Ein Gentleman hätte zuerst einmal dafür gesorgt, dass sie bequem saß. Sie beobachtete, wie er das andere Ufer erreichte und sich noch einmal zu ihr umblickte, bevor er zwischen den Bäumen verschwand. Plötzlich erschrak sie. Wenn er nun nicht wiederkam? Auch wenn sie bereit gewesen war, so gut es ging, zur Farm zurückzuhumpeln, war ihr inzwischen klar geworden, wie schmerzhaft und schwierig das sein würde.

Als sie ihn zurückkommen hörte, noch bevor er mit seinem Pferd auftauchte, war sie ungeheuer erleichtert. Das Pferd war wie sein Reiter groß und braun. Obwohl sie nicht viel von Pferden verstand, konnte sie erkennen, dass es sich um ein edles und daher teures Tier handelte. Wie stolz es aussah, während es mit vorsichtigen Schritten das steinige Flussbett durchquerte.

Nachdem er das Pferd ein paar Meter von ihr entfernt angebunden hatte, kam der Mann mit dem versprochenen Verband und der Salbe zurück. Außerdem trug er eine Reiseflasche bei sich, aus der er den Stöpsel herauszog, bevor er sie ihr hinhielt. Agnes betrachtete misstrauisch sowohl den Mann als auch die Flasche.

»Was ist das?«

»Whisky. Ich möchte nicht, dass Sie in Ohnmacht fallen, während ich Sie verarzte.«

»Ich falle nie in Ohnmacht.«

»Wie Sie meinen.« Sein Schulterzucken gab ihr zu verstehen, dass er sie für töricht hielt.

Er setzte sich so hin, dass er ihren linken Fuß auf sein Knie legen konnte, und drückte mit Daumen und Zeigefinger gegen ihren Fußballen, um die Wunde zu öffnen. Agnes verzog das Gesicht vor Schmerz, weshalb sie die Augen fest zugekniffen hatte, als er die Flasche nahm und Whisky über die Wunde kippte. Sie schrie laut auf, und die Tränen schossen ihr in die nun weit aufgerissenen Augen, so höllisch brannte der Whisky. Der Mann sah sie an.

»Tut mir leid, aber der Alkohol hilft, die Wunde zu reinigen.«

»Sie hätten mich warnen sollen«, sagte Agnes mit zusammengebissenen Zähnen.

Als Antwort zuckte er nur mit den Schultern und hielt ihr erneut wortlos die Flasche hin. Sie schüttelte energisch den Kopf.

Der Mann machte sich wieder an die Arbeit, drückte einen dick mit Salbe bestrichenen Bausch gegen ihren Fuß und begann, den Verband darumzuwickeln.

Agnes betrachtete, wie sich sein Haar im Nacken wellte. Sie wollte alles über ihn wissen. »Wie heißen Sie?«

»Larry Benedict, Ma'am.« Er wickelte den Verband drei weitere Male um ihren Fuß. »Wollen Sie mir denn nicht auch Ihren Namen sagen?«, fügte er dann hinzu.

»Agnes Roberts.«

»Und was, Agnes Roberts, machen Sie ganz allein hier mitten im Nichts?«

»Ich tu nicht mitten im Nichts sein. Der Fluss gehört zur Farm. Und das Haus ist nur eine halbe Meile von hier.«

Er verknotete den Verband und nahm ihren Fuß von seinem Knie. »Ich helf Ihnen beim Aufstehen. Probieren Sie mal, wie es sich beim Auftreten anfühlt.«

Er schob eine Hand unter ihren rechten Ellbogen und nahm mit der anderen ihre linke Hand. Auf diese Weise gelang es Agnes, sehr viel eleganter aufzustehen als beim vorherigen Mal. Larry Benedict hielt sie weiter fest, während sie vorsichtig ihren linken Fuß belastete. Der dicke Verband dämpfte den Schmerz.

»Wie fühlt es sich an?«

»Es tut nur noch ein bisschen weh. Vielen Dank. Jetzt kann ich zurück zur Farm gehen.«

»Sie gehen nirgendwohin, Miss Agnes. Ich bringe Sie auf meinem Pferd nach Hause.«

»Oh.« Auf den Rücken dieses großen Tieres steigen? Da hätte sie ja tödliche Angst, runterzufallen.

»Gucken Sie doch nicht so entsetzt. Sie haben doch bestimmt schon mal auf einem Pferd gesessen.«

»Noch nie.«

»Es passiert Ihnen nichts. Ich werde Sie gut festhalten.«

Es lag ein Lachen in seiner Stimme, das sie veranlasste, ihn scharf anzusehen. Vielleicht sollte sie ihm doch nicht trauen.

»Das ist ein Umweg für Sie.«

»Ich habe kein bestimmtes Ziel. Kein Gentleman würde eine verletzte Dame in dieser Situation alleinlassen.«

»Sind Sie denn ein Gentleman?« Du meine Güte, flirtete sie etwa?

»Jedenfalls Gentleman genug, um darüber hinwegzusehen, dass Sie die ganze Zeit nur halb angezogen waren.« Er bückte sich und hob das Mieder auf, das sie völlig vergessen hatte. »Vielleicht sollten Sie das wieder anziehen, bevor ich Sie nach Hause bringe.«

Agnes riss ihm das Mieder aus der Hand und drehte ihm den Rücken zu. Es war ihr unermesslich peinlich. Er musste wirklich ein Gentleman sein, dass er ihren dürftig bekleideten Zustand nicht ausgenutzt hatte. Als Agnes sich wieder anständig angezogen und ordentlich zugeknöpft umdrehte, stellte sie fest, dass er ihre Pistole in der Hand hielt. Sie hatte sie fallen gelassen, als der Whisky so höllisch in ihrer Wunde brannte.

»Wissen Sie wirklich, wie man das Ding benutzt?«

»Warum sollte ich eine Waffe bei mir tragen, wenn ich nicht damit umgehen kann?«

»Hätten Sie tatsächlich auf mich geschossen?«

»Nur auf Ihre Schulter, damit Sie nicht näher kommen.«

Er zog die Augenbrauen hoch. »Können Sie denn so gut zielen?«

Sie streckte die Hand nach der Pistole aus. »Sehen Sie die Stelle da an dem Baum, wo die Rinde abgegangen ist?«

»Da drüben, auf der anderen Seite des Flusses?«

»Ja. Die treff ich von hier.«

»Okay.« Er reichte ihr die Waffe.

Agnes zielte und schoss. Die Kugel schlug etwas tiefer und ein Stück links von der Stelle in den Baum ein. Sie hörte ihn grummeln.

»Bin ich ja froh, dass Sie nicht versucht haben, mir in die Schulter zu schießen. Vermutlich hätten Sie mich ins Herz getroffen.«

»Tun Sie mich nicht auslachen. Ich schieße nie daneben.«

»Haben Sie aber gerade, Agnes Roberts, und ich lache ganz bestimmt nicht. Waffen und Frauen, die nicht richtig zielen können, sind eine gefährliche Mischung.«

»Ich hab gesagt, ich …«

»Yeah, ich weiß, was Sie gesagt haben. Geben Sie mir das Ding.« Er nahm ihr mühelos die Waffe aus der Hand. Sie ärgerte sich zu sehr über sich selbst, um zu protestieren. Sie konnte sehr viel besser schießen als Mrs Trevannick und Miss Tremayne. Nur Miss Selena konnte sie bei einem Wettstreit besiegen.

Er steckte die Waffe in seinen Gürtel. »Okay, nun helfe ich Ihnen zu meinem Pferd hinüber.«

Sie legten die Strecke schweigend zurück. Agnes war dankbar, dass er sie mit einer Hand unter dem Ellbogen stützte.

»Und jetzt rauf mit Ihnen«, sagte er, als sie bei dem Pferd angekommen waren.

Agnes schüttelte entschieden den Kopf. Auf dieses Riesenvieh steigen? Ihr Scheitel reichte ihm gerade bis an den Rücken. Als das Tier den Kopf drehte, um sie anzusehen, wich sie erschrocken zurück.

Larry Benedict runzelte die Stirn über ihre Reaktion. »Sie haben tatsächlich Angst, nicht wahr? Das brauchen Sie aber nicht. Samson wird Ihnen nichts tun. Ich heb Sie in den Sattel. Sie brauchen nichts weiter zu tun, als sich festzuhalten, während ich ihn führe.«

»Ich tu nicht auf dieses Pferd steigen.« Agnes wich noch weiter zurück, ohne das Tier aus den Augen zu lassen.

»Nun ja, ich werde Sie bestimmt nicht den ganzen Weg tragen, und Sie können nicht laufen.«

Er ließ ihren Arm los und schwang sich in den Sattel. Bevor Agnes auch nur ahnte, was er vorhatte, hatte er die Arme unter ihre Achseln geschoben, sie hinaufgezogen und vor sich gesetzt. Agnes schrie. Dann fasste er sie um die Taille und zog sie zu sich heran.

»Sitzen Sie einfach still, dann kann Ihnen nichts passieren.«

Als ob sie in der Lage wäre, sich zu bewegen. Sie war so versteinert vor Angst, dass sie gerade noch atmen konnte.

»Sie sind aus England, oder?«

»Aus Cornwall«, korrigierte Agnes, dankbar, dass sie beim Sprechen nicht vom Pferd fiel.

»Gibt's da einen Unterschied?« Er wartete ihre Antwort gar nicht erst ab. »Das erklärt wohl ihre Art zu sprechen. Klingt ein bisschen drollig.«

Agnes spürte, wie sie rot wurde. Drollig? Das plötzliche Auftauchen des Mannes am Fluss hatte sie so durcheinandergebracht, dass sie ganz vergessen hatte, ordentlich zu sprechen. Und nun musste sie feststellen, dass die Nähe ihrer Körper sie noch viel mehr verwirrte. Unglaublich, wie stark er war. Unerklärlicherweise durchfuhr sie ein kurzer Schauder. Ihr Retter musste ihr Zittern gespürt haben.

»Macht es Sie immer noch nervös, auf einem Pferd zu sitzen?«

»Nei-in.« Sie war eher nervös über die Wirkung, die er auf sie hatte. Noch nie in ihrem Leben war sie dem Körper eines Mannes so nahe gewesen. Als das Pferd auf ein stilles Kommando hin losging und sie die Bewegung unter sich spürte, stieß sie einen Angstschrei aus.

»Sie sind hier ganz sicher, Miss Agnes. Ich lasse Sie nicht fallen.«

Der Arm um ihre Taille drückte sie noch fester gegen seinen Körper. Für einige Sekunden vergaß Agnes zu atmen.

»Erzählen Sie mir was über die Farm. Wer wohnt dort?«

»Mr Trevannick und Mrs Trevannick und Baby Etty.«

»Gibt es Arbeiter auf den Ländereien?«

»Nur Mr und Mrs Clancy.«

»Sonst niemand?«

»Die Schäfer und Hüttenwächter bei den Herden. Warum interessiert Sie das?«

»Weil ich zufällig jemanden suche.«

»Wen?«

»Einen Mann.«

»Auf der Farm gibt's sonst nur noch Miss Jenny und Miss Selena.«

»Und wer sind die?«

»Ich glaube, Sie stellen zu viele Fragen.«

»Okay, Miss Agnes. Dann stelle ich nur noch eine Frage.«

»Und die wäre?« Warum sagte sie ihm nicht, dass sie keine weiteren Fragen von ihm beantworten wollte?

»Was für eine Stellung haben Sie in der Familie?«

»Mrs Trevannicks Dienstmädchen.«

»Hat sie Ihnen erlaubt, alleine im Busch herumzulaufen?«

Agnes spürte, wie sie rot wurde, und hoffte, dass der Mann ihr Gesicht nicht sehen konnte.

»Aha, Sie haben etwas getan, was Sie gar nicht durften.«

Agnes antwortete nicht. Sie blickte zu den Farmgebäuden hinüber und wünschte sich, so schnell wie möglich dort zu sein, damit sie von dem Pferd und von dem Mann wegkam. Er musste schon wieder ihre Gedanken gelesen haben, denn in dem jetzt offenen Gelände trieb er sein Pferd zu einem leichten Galopp an.

»Nicht! Aufhören!« Trotz des stählernen Arms um ihre Taille hüpfte sie unkontrolliert auf und ab. Sie schrie immer weiter, bis sie merkte, dass Larry Benedict lachte. Agnes presste die Lippen zusammen. Das Pferd fiel wieder in einen langsamen Trott. Dieser gemeine Kerl hatte das mit Absicht getan.

Auf der Rückseite der Farm zügelte Larry Benedict sein Pferd. »Nicht bewegen. Ich hebe Sie herunter.«

Und lassen mich allein hier oben sitzen? Als er sich vom Sattel schwang, wäre sie ihm aus Angst am liebsten nachgesprungen. Bloß dass der Boden so tief unten war. Da legten sich seine Hände um ihre Taille, und sie spürte, wie sie in die Luft gehoben wurde. Doch statt mit den Füßen auf dem Boden aufzukommen, landete sie irgendwie in seinen Armen; er hatte den rechten Arm hinter ihrem Rücken, den linken unter ihren Knien. Offenbar hatte er vor, sie zu tragen.

»Lassen Sie mich runter.«

»Nein. Nicht bevor ich einen Stuhl gefunden habe, auf den ich Sie setzen kann.«

»Ich kann gehen.«

Das überhörte er. »Ist das die Küche?« Er ging weiter. »Legen Sie Ihren Arm um meinen Hals.« Er blickte hinab und sah, dass sie ihr Kinn trotzig vorgeschoben hatte. »Sonst lasse ich Sie noch fallen.«

»Unterstehen Sie sich«, fauchte sie mit zusammengebissenen Zähnen. Als sie kurz darauf spürte, wie sie nach unten rutschte, schlang sie instinktiv beide Arme um seinen Hals.

Er grinste. »Das ist schon viel besser.«

Ihr wütender Blick ließ ihn nur noch breiter grinsen. Sie wandte ihr Gesicht ab und sah ihn nicht mehr an, bis er sie auf Mrs Clancys Lieblingsstuhl gesetzt hatte.

»Danke.«

»Ist das alles? Nur ein Danke?«

In Agnes stieg ein Verdacht auf. Erwartete er etwa, bezahlt zu werden? Wieder schien er ihre Gedanken lesen zu können.

»Ich brauche kein Geld, Miss Agnes, aber etwas anderes.« Er beugte sich so flink herab und drückte seine Lippen auf ihre, dass sie vor Verblüffung gar nicht reagieren konnte. Als er sich grinsend wieder aufrichtete, konnte sie ihn nur verwundert ansehen.

»Das wollte ich von dem Moment an tun, als Sie die Pistole auf mich gerichtet haben.«

»Oh.«

»Oh, allerdings, Miss«, sagte eine empörte Stimme. »Wer ist dieser Mann, dem du erlaubst, dich zu küssen? Und das in meiner Küche.«

Agnes wünschte, sie wäre nicht so schuldbewusst zusammengezuckt. Fast von dem Moment an, als sie auf Langsdale angekommen war, hatte Mrs Clancy sie wie eine Tochter behandelt. »Ich habe es ihm nicht erlaubt, Mrs Clancy.«

»Hab aber auch nicht gesehen, dass du dich gewehrt hättest.«

»Verzeihung, Ma'am, Miss Agnes kann nichts dafür.«

»Hören Sie auf mit Ihrem ›Ma'am‹. Mein Name ist Mrs Clancy. Aber erklären Sie mir lieber ganz schnell, was das hier soll, bevor ich Mr Clancy rufe.«

»Mein Name ist Larry Benedict.«

»Mhm. Sie sind einer von diesen Amerikanern.« Der Tonfall der Haushälterin verriet sehr deutlich, was sie von Amerikanern hielt.

»Mr Benedict hat mir geholfen, Mrs Clancy. Ich hab mir nämlich den Fuß verletzt.« Agnes streckte den verbundenen Fuß unter ihrem Rock hervor.

»Ach ja? Und wieso hast du dir den Fuß verletzt? Bestimmt bei irgendwas, das du eigentlich nicht tun solltest.«

Agnes biss sich auf die Unterlippe, bevor sie antwortete. »Ich hab mit den Füßen im Fluss rumgeplantscht. Da bin ich auf einen spitzen Stein getreten. Wenn Mr Benedict nicht gekommen wär' und mir geholfen hätte, würd' ich wahrscheinlich immer noch nach Hause humpeln.«

Resigniert stieß Mrs Clancy einen tiefen Seufzer aus. »Ich weiß nicht. So wie du und Miss Selena euch allein in der Gegend rumtreibt, da krieg ich noch vorzeitig graue Haare.«

Sie ging zum Herd, um einen Kessel auf das Feuer zu stellen. »Ich nehme an, ihr könnt beide ein Tässchen Tee vertragen.«

»Danke, sehr freundlich, Ma'am … äh …« – er bemerkte ihren stählernen Blick – »Mrs Clancy. Ist der Boss da? Ich würde ihn gerne sprechen.«

»Er ist mit der ganzen Familie nach Creswick gefahren. Sie kommen am späten Nachmittag zurück. Wenn Sie wollen, können Sie warten.«

»Das werd ich tun.«

»Ich geh jetzt Mr Clancy auf ein Tässchen holen.« Sie starrte erst Agnes, dann den Mann durchdringend an. »Ich kann euch beide doch wohl fünf Minuten allein lassen?«

»Bei meiner Ehre, Mrs Clancy.« Larry Benedict ging um den großen Tisch herum und setzte sich Agnes gegenüber.

Mrs Clancy bedachte ihn mit einem Blick, der deutlich besagte, er solle bloß bleiben, wo er war, und ermahnte Agnes ebenso wortlos, sich zu benehmen, bevor sie die Küche verließ.

»Puh! Ist sie immer so ein Tyrann? Ah, Sie lächeln ja.«

Agnes konnte sich ein Kichern nicht verkneifen. »Ich glaube, die wär' am liebsten mit der Suppenkelle auf Sie losgegangen.«

»Yeah, den Eindruck hatte ich auch. Sagen Sie, Miss Agnes, was hat die gute Frau denn mit ›in der Gegend rumtreiben‹ gemeint?«

»Ich geh gern allein auf Entdeckungsreise an den Fluss.«

»In der Hoffnung, Gold zu finden.«

»Vielleicht.« Man durfte ja schließlich hoffen – oder ein bisschen über die Stränge schlagen.

»Was ist mit Miss Selena? Diesen Namen hatten Sie auch erwähnt.«

»Miss Selena ist die Halbschwester von Mr Trevannick. Sie hat zehn Monate lang Männersachen getragen, und alle haben sie für einen Jungen gehalten. Sie zieht sich immer noch häufig wie ein Mann an und reitet im Herrensitz.«

Die dunklen Augenbrauen gingen nach oben. »Eine interessante junge Lady.«

»Bevor sie herkam, war Miss Selena noch nie auf einem Pferd geritten. Sie hat es sehr schnell gelernt.«

»Sie sollten auch reiten lernen.«

»Ich? Oh, nein. Die Viecher tun mir viel zu groß sein.«

»Jetzt reden Sie wieder so drollig.« Er hatte den Kopf schief gelegt und betrachtete sie mit einem Ausdruck, bei dem ihr ganz schwummrig wurde. Die rechtzeitige Rückkehr von Mrs Clancy verhinderte, dass sie etwas sagte, was ihr später peinlich gewesen wäre.

Ned, dem zweifellos von seiner Frau eröffnet worden war, dass sie den Amerikaner erwischt hatte, wie er Agnes küsste, redete nicht lange herum, sondern begann den Fremden sofort auszufragen. Dabei wanderte sein Blick die ganze Zeit zwischen dem Mann und dem Mädchen hin und her.

Agnes starrte in ihre Teetasse. Sie blickte nur auf, als Ned mit seiner Frau sprach. Und wurde mit einem heftigen Zwinkern bedacht, das ihr sagte, wie sehr sich Mr Benedict über die Hartnäckigkeit der Clancys amüsierte, die unbedingt herauskriegen wollten, ob er ein ehrenwerter Mann war oder nicht. Natürlich lächelte sie als Antwort und wurde prompt von Mrs Clancy dabei erwischt, die sofort aufstand und ihr eine Schüssel Kartoffeln auf den Schoß stellte.

»Du kannst dich ein bisschen nützlich machen und die für mich schälen, Miss.«

»Ja, Mrs Clancy.« Agnes wagte nicht, einen weiteren Blick über den Tisch zu werfen. Wenn sie das nämlich tat, würde sie diesen Mann bestimmt wieder zwinkern sehen und vermutlich anfangen zu lachen. Und was würde Mrs Clancy dann erst sagen?

Mrs Clancy hatte jedoch etwas anderes zu sagen. »Ned, nimm doch Mr Benedict mit. Er möchte sich vielleicht ein bisschen draußen umsehen.«

»Ja, Ma'am, das möchte *er* sehr gerne.«

»Hmm.« Mrs Clancy knallte eine große Schüssel auf den Tisch und kippte Mehl hinein.

»Verstehen Sie was von Schafen?«, fragte Ned und stand auf.

»Das eine oder andere weiß ich schon. Ich würde mich gern ein bisschen umsehen.«

Bis auf das Geräusch, das Mrs Clancy beim Teigkneten machte, herrschte in der Küche Stille, nachdem die beiden Männer gegangen waren. Agnes öffnete mehrmals den Mund, um sich selbst und ihren Retter zu verteidigen, schloss ihn aber jedes Mal sofort wieder und lächelte stattdessen verstohlen die Kartoffeln an.

»Was ist, warum lächelst du denn so?«

»Nichts, Mrs Clancy.«

»Das ist wegen diesem Amerikaner. Der hat dir schon völlig den Kopf verdreht.«

»Hat er nicht«, stritt Agnes ab.

»Hmm.« Mrs Clancy grummelte ungläubig. »Und jetzt willst

du mir sicher weismachen, dass das Kartoffelschälen so anstrengend ist, dass du ganz rot geworden bist. Sei vorsichtig, Mädchen. Verguck dich nicht in den ersten anständigen Mann, der dir über den Weg läuft.«

»Nein, Mrs Clancy.« Zu spät, Mrs Clancy, ich glaub, ich hab mich schon in ihn verguckt. »Die Kartoffeln sind fertig.«

»Dann kannst du die Kuchenformen für mich einfetten und mit Mehl bestäuben.«

Larry Benedict wurde eingeladen, über Nacht zu bleiben. Er erwies sich als angenehmer und unterhaltsamer Gast, der bereitwillig Auskunft über sich gab.

»Ich bin 1852 mit meinem Vater hierhergekommen, kurz nachdem der Goldrausch begonnen hatte. Anscheinend sollten wir jedoch nicht zu den Glücklichen gehören, die das Gold einfach vom Boden auflesen konnten, deshalb hatten wir uns entschlossen, einen Schacht auszuheben.«

»Und dann hatten Sie immer noch keinen Erfolg?«, fragte Meggan.

»Doch, Ma'am. Wir sind unten auf eine ganz schöne Menge Gold gestoßen. Nur leider hat das meinen Vater das Leben gekostet.« Er nahm das mitfühlende Gemurmel zur Kenntnis. »Er wurde wegen des Goldes ermordet.«

Seine Zuhörer reagierten empört. Con sprach für alle. »Wurde der Täter denn festgenommen?«

»Nein. Es ist spät in der Nacht passiert. Ich war damals gerade in Melbourne. Als ich zurückkam, hatte man meinen Vater bereits begraben.« Er hielt einen Moment inne, als lauschte er dem Schweigen um ihn herum. »Ich werde diesen Mann fassen, und wenn ich den Rest meines Lebens dafür brauche.«

»Wenn ihn niemand gesehen hat, Benedict, wie wollen Sie ihn dann erkennen?«

Die Antwort auf Cons Frage war ein freudloses Lachen. »Er hat seine Fußspuren hinterlassen.«

»Reicht das denn?«, fragte Meggan.

»Mir reicht es. Er dreht den linken Fuß beim Gehen leicht nach innen und belastet hauptsächlich die Außenkante des rechten Fußes. Er ist durchschnittlich groß und von normaler Statur. Er hat außerdem ...«

Ein leiser Schrei von Selena ließ ihn verstummen. Alle sahen sie an. Ihr Gesicht war bleich. Sie hielt beide Hände gegen ihren Magen gedrückt und stand rasch auf. »Entschuldigt mich bitte. Mir ist nicht gut.«

Jenny stand auf, um ihr zu folgen. Captain Trevannick hielt sie mit einer Hand zurück. »Lassen Sie sie, Jenny. Ich werde gleich zu ihr gehen.« Er sah den Amerikaner wieder an. »Sie wollten gerade sagen ...?«

»Der Mann hat ein Medaillon gestohlen, in dem sich ein kleines Stück vom Haar meiner Mutter befand. Mein Vater bewahrte es in Ölpapier verpackt in unserem Koffer auf.«

»Sagen Sie mir doch eines, Mr Benedict«, bat Meggan. »Wie können Sie so viel über einen Mann aus dessen Fußspuren ablesen?«

»Das habe ich von meinem Onkel und von meinem Großvater gelernt.« Er hielt kurz inne. »Meine Mutter war eine Arapaho.«

»Eine Indianerin?« Wieder stellte Meggan die Frage.

»Ja. Sie starb, als ich dreizehn war. Nachdem sie gestorben war, bin ich fortgelaufen, um bei ihrem Volk zu sein. Ich habe sieben Jahre dort gelebt, bis eine weise alte Frau mir erklärte, dass ich durch mein Weglaufen meinem Vater noch mehr Kummer bereitet hätte.«

Jenny seufzte. »War Ihr Vater froh, als Sie zurückgekommen sind, Mr Benedict? Ich weiß, wie viel es meinem Vater bedeutet hat, als mein Bruder nach Hause zurückgekehrt ist.«

»Ja, er war sehr froh. Und ich auch. Wir haben beide für einen Schafzüchter gearbeitet. Wir hatten gehofft, hier genug Gold zu finden, um uns eine eigene Farm zu kaufen. Wenn nicht daheim in Colorado, dann hier in Australien.«

»Graben Sie immer noch nach Gold?«

»Nein. Solange ich den Mörder meines Vaters nicht gefunden habe, brauche ich nur Geld, um mich und mein Pferd zu ernähren, und für Unterkunft, wenn nötig. Das Gold, das ich habe, wird noch einige Jahre reichen, wenn ich sparsam bin.«

»Mr Benedict«, sagte Meggan. »Sie haben gesagt, Sie könnten den Mann an seinen Fußabdrücken identifizieren. Haben Sie denn seitdem die ganze Zeit nach seinen Spuren gesucht?«

»Nein, Ma'am. Auf den Goldfeldern, wo täglich Tausende von Menschen herumlaufen, hat man kaum eine Chance, die Spuren von jemandem zu entdecken.«

»Aber wenn Sie doch erst zwei Tage nach dem Tod Ihres Vaters zurückgekommen sind, wie können Sie dann sicher sein, dass diese Fußabdrücke vom Mörder stammten?«

»Ich hab die Fußabdrücke in unserem Zelt gefunden, wo er sich hingehockt hat, um unseren Koffer zu durchsuchen.« Die nächste Frage beantwortete er, noch bevor sie jemand stellen konnte. »Ich reite zwischen den Goldfeldern und den verschiedenen Ansiedlungen hin und her, den Blick immer zu Boden gerichtet. Eines Tages werde ich diese Abdrücke sehen.«

Der harte Ausdruck, den sein Gesicht annahm, ließ bei keinem der Anwesenden einen Zweifel darüber, was er tun würde, wenn er den Mann fand, der seinen Vater ermordet hatte. Sein Blick schien jetzt nach innen gekehrt zu sein. Es herrschte Schweigen, bis er seine Aufmerksamkeit wieder Meggan zuwandte.

»Auge um Auge, Ma'am. Ich gehöre zur Hälfte zum Volk meiner Mutter.«

Niemandem im Raum schien es in diesem Moment angebracht, Larry Benedict an das Gesetz zu erinnern.

Captain Trevannick löste die Spannung, indem er sagte, er wolle mal nach Selena gucken.

Er traf seine Tochter auf den Stufen zur Veranda an, wo sie, den Ellbogen auf dem Knie und das Kinn auf die Hand gestützt, in die Nacht starrte. Er setzte sich neben sie.

»Erzähl's mir, wenn du so weit bist.«

»Mr Benedicts Vater war der Mann, der vor meinen Augen ermordet worden ist.« Sie sprach mit tonloser Stimme, scheinbar völlig losgelöst von ihren Gefühlen.

Captain Trevannick hatte diese Stimme schon oft gehört. Zunächst aus dem Mund von Selenas Grand-mère, dann, als sie gerade sechs Jahre alt war, von Selena selbst. Er blieb schweigend neben ihr sitzen, bis sie sich aufrichtete und ihn ansah.

»Ich hatte mich schon die ganze Zeit gefragt, ob es möglich sein könnte, dass ich den Mord an Mr Benedicts Vater beobachtet hatte. Als er die Fußspuren erwähnte, wusste ich es genauso, wie ich das Gesicht des Mannes kannte, obwohl ich es in jener Nacht nicht gesehen hatte.«

Sie stieß einen Seufzer aus, der tief aus ihrem Inneren zu kommen schien. Ihr Vater legte einen Arm um sie. Selena ließ ihren Kopf an seine starke Schulter sinken, um ein wenig Trost zu finden.

»Ich wünschte, ich hätte diese Gabe nicht. Ich habe Dinge gesehen, von denen ich lieber gar nichts wissen würde.«

Der Captain atmete tief durch. »Selena, als wir damals in Ballarat angekommen sind, da hast du doch auch etwas gesehen.«

»Ja.«

»Willst du es mir jetzt erzählen?«

»Ich habe eine blutige Schlacht gesehen, Vater. Eine Schlacht auf den Goldfeldern zwischen Soldaten und Goldgräbern.«

Der Captain brauchte einen Moment, um die Tragweite dessen zu verstehen, was seine Tochter gesagt hatte. »Es gibt erhebliche Spannungen zwischen den Goldgräbern und der Regierung. Vielleicht wird das, was du gesehen hast, tatsächlich eintreten.«

»Was ich sehe, tritt immer ein. Deshalb ist diese Gabe – oder vielmehr dieser Fluch – ja auch so schwer zu ertragen. Und ich sehe nie glückliche Ereignisse voraus.«

»Wann wird diese Schlacht denn stattfinden?«

»Ich weiß nicht, wann oder wo. Ich weiß nur, dass es viele Tote geben wird.« Ich weiß außerdem, dass Will umkommen wird. Doch ihre eigenen Qualen konnte sie ihrem Vater nicht anvertrauen.

Dass sie am vergangenen Abend nicht in der Lage gewesen war, im Esszimmer zu bedienen, war für Agnes Erleichterung und Enttäuschung zugleich gewesen. Als sie am nächsten Morgen immer noch nur mühsam auf ihrem verletzten Fuß humpeln konnte, sagte man ihr, sie könne den ganzen Tag auf ihrem Zimmer bleiben und Wäsche flicken. Vom Fenster aus beobachtete sie, wie ihr Amerikaner in Begleitung von Mr Trevannick fortritt. Sie hoffte, er würde zurückkommen und nicht einfach seinen Weg fortsetzen. Im Laufe des Vormittags brachte Mrs Clancy ihr eine Tasse Tee, außerdem zwei Petticoats von Miss Selena sowie einen Seidenrock mit einem langen Riss im Saum.

»Diese junge Dame gibt überhaupt nicht auf ihre Kleidung Acht. In ihrem Kleiderschrank ist kein einziges Stück, das nicht irgendwo einen Riss hat. Wie geht es deinem Fuß?«

»Er tut nicht mehr so weh, Mrs Clancy.«

»Du bleibst trotzdem hier und ruhst dich aus. Du hast genug zu nähen, so dass du gut beschäftigt bist.«

»Hat Mrs Trevannick auch bestimmt nichts dagegen?«

»Mrs Trevannick ist eine gute Herrin. Daran solltest du denken, wenn du das nächste Mal vorhast, ganz allein in einem Fluss herumzuwaten.«

»Ja, Mrs Clancy.«

Nachdem Mrs Clancy gegangen war, nahm Agnes das Medaillon aus ihrer Rocktasche. Durch die Begegnung mit Larry Benedict hatte sie es ganz vergessen. Erst als Mrs Clancy davon sprach, wie sie sich den Fuß verletzt hatte, war ihr wieder eingefallen, warum sie überhaupt im Fluss herumgewatet war.

Vorne auf dem Medaillon war ein Muster aus geschwungenen Linien eingraviert. Trotz aller Bemühungen gelang es ihr nicht, das Medaillon zu öffnen. Vielleicht hatte es zu lange im Wasser gelegen. Es war ein sehr hübsches Medaillon. Ich werde es behalten, beschloss sie. Es wäre das erste Schmuckstück, das sie je besessen hatte. Mit nur ein wenig schlechtem Gewissen schnitt sie ein Stück von dem violetten Samtband ab, mit dem sie Miss Selenas Rock flicken sollte, und schob es durch die Schlaufe des Medaillons, damit sie es um den Hals tragen konnte. Sie hatte die verrückte Idee, dass sie, selbst wenn Mr Benedict fortging, immer noch das Medaillon hätte, um sich an ihn zu erinnern.

Als sie am späten Nachmittag durch die Küche humpelte, erfuhr sie, dass ihr Retter nirgendwo hingehen würde. Mrs Clancy plauderte nämlich sofort die Neuigkeit aus.

»Sieht so aus, als würde der Amerikaner bleiben und für Mr Trevannick arbeiten.«

»Oh.« Agnes spürte, wie ihr das Herz stockte.

»Sei bloß vorsichtig, Miss. Dieser Mann ist viel zu dreist, wenn du mich fragst.«

4

Jenny legte eine Dickköpfigkeit an den Tag, die ihr niemand zugetraut hätte. »Ich gehe mit Selena, ob dir das gefällt oder nicht. Du bist nicht mein Aufpasser, Con.«

»Solange du unter meinem Dach wohnst, passe ich auf dich auf. Sei doch vernünftig, Jenny. Ich bin auch nicht gerade glücklich darüber, dass Selena zurück nach Ballarat geht.«

»Du willst sie aber nicht daran hindern, obwohl sie deine Schwester ist.«

»Du bist genauso meine Schwester wie sie. Selena ist an diese Art von Leben gewöhnt. Du nicht. Was willst du damit denn beweisen?«

»Dass ich kein empfindliches Pflänzchen bin, das man hegen und pflegen muss.«

»Ist das der einzige Grund?«

Jenny kniff die Lippen zusammen, verschränkte die Arme über der Brust und drehte den Kopf zur Seite.

Con seufzte. »Ich weiß, dass zwischen dir und Will Collins etwas ist. Was auch immer du beweisen willst, es ist töricht.«

»Selena meint das nicht.«

»Was Selena meint, ist wohl kaum maßgeblich. Sie ist viel zu impulsiv. Sie handelt, ohne über die Konsequenzen nachzudenken.«

»Ich werde trotzdem gehen, egal was du sagst.«

»Wo willst du hingehen?«, fragte Meggan, die gerade ins Zimmer kam.

»Jenny ist auf die verrückte Idee gekommen, mit Selena und meinem Vater auf den Goldfeldern leben zu wollen. Versuch mal, ob du sie ein wenig zur Vernunft bringen kannst. Ich glaube, meine Schafe, so dumm, wie die sind, hören mehr auf mich.«

Er verließ mit großen Schritten den Raum und ließ Meggan mit hochgezogenen Augenbrauen und Jenny mit einer finsteren Miene zurück.

»Du hast ihn aus der Fassung gebracht, Jenny. Willst du wirklich mit Selena gehen?«

»Ich *werde* mit Selena gehen. Ich bin fest entschlossen.«

»Glaubst du, wenn du nach Ballarat gehst und so lebst wie er, dann wird Will dich fragen, ob du ihn heiraten möchtest?«

»Das hat er bereits getan. Guck doch nicht so überrascht, Meggan. Er hat mich am zweiten Weihnachtstag gefragt.«

»Oh? Tatsächlich? Das ist ja wunderbar. Wenn das so ist, warum musst du denn dann nach Ballarat?«

»Weil er will, dass wir noch zwei Jahre warten, bis er so viel Geld hat, dass er mir ein schönes Zuhause bieten kann. Ich will aber keine zwei Jahre warten, Meggan. Ich möchte noch vor dem Winter verheiratet sein.«

»Dann wünsche ich dir alles Gute, Jenny, allerdings bezweifele ich, dass Con dir seinen Segen geben wird.«

Drei zu eins durch die weiblichen Mitglieder seiner Familie überstimmt, prophezeite Con, dass Jenny innerhalb von vierzehn Tagen wieder auf Langsdale sein würde. Jenny erklärte, sie würde nicht zurückkommen. Meggan war im Stillen ebenfalls der Meinung, dass Jenny dem harten Leben auf den Goldfeldern nicht gewachsen sein würde. Selena behielt ihre Meinung für sich.

Ned brachte die beiden Frauen mit dem Pferdewagen nach Ballarat. Mrs Clancy nutzte die seltene Gelegenheit, in die Stadt zu kommen, und fuhr mit. Allerdings machte ihr Schweigen während der ganzen Fahrt deutlich, wie sehr sie es missbilligte, dass junge Damen sich für ein Leben unter den primitiven Bedingungen auf den Goldfeldern entschieden. Und da Jenny bei jedem Ruck, der den Körperteil erschütterte, auf dem sie saß, still vor sich hin litt, waren Selena und Ned die Einzigen, die redeten.

»Viel Glück Ihnen beiden«, sagte Ned, als er die beiden Frauen auf der Hauptstraße absetzte. »Kommen Sie jetzt allein zurecht?«

»Ja, Ned. Wir gehen jetzt direkt zu Mrs Baxter, wie mit Vater vereinbart. Wenn er nicht dort ist, warten wir auf ihn.«

Mrs Clancy lenkte so weit ein, dass sie ihnen ebenfalls alles Gute wünschte. »Passen Sie gut auf sich auf. Hier gibt es viele Leute, denen man nicht trauen kann.«

»Ich passe schon auf, Mrs Clancy. Jenny ist bei mir sicher. Ich habe lange genug auf den Goldfeldern gelebt und kenne die Gefahren.«

»Nun ja, ich verstehe bei Ihnen beiden nicht, warum Sie ein bequemes Zuhause verlassen wollen, um in einem Zelt zu leben. Verstehst du das, Mr Clancy?«

Ned schüttelte verdrießlich den Kopf.

Selena schenkte dem Ehepaar ihr liebenswürdigstes Lächeln. »Danke Ihnen beiden, dass Sie uns nach Ballarat gebracht haben. Wir werden ab und zu nach Langsdale zu Besuch kommen. Das habe ich meinem Bruder versprechen müssen.«

Nachdem sich alle noch mal reihum verabschiedet, einander alles Gute gewünscht und ermahnt hatten, auf sich aufzupassen, machten die beiden Frauen sich mit ihren Handkoffern auf den Weg. Selena betrachtete alles um sie herum mit dem gleichen Interesse wie Jenny.

Ihr fiel auf, dass es inzwischen mehr Läden und Hotels gab. »Es ist fast ein Jahr her, dass ich das letzte Mal in Ballarat war. Die Stadt ist sehr viel größer geworden. Sieh mal da, das Victoria Theater und sogar Gesellschaftsräume. Meine Güte, Ballarat scheint ja richtig zivilisiert geworden zu sein.«

»Ja«, war alles, was Jenny herausbekam. Steif und mit schmerzendem Po von der holprigen Wagenfahrt, fragte sie sich, wieso sie sich nicht an den Staub, den Schmutz und die Fliegen erinnerte, und an den Gestank von Abfällen, die bei der Sommerhitze rasch verfaulten. Diesmal nahm sie die Stadt richtig wahr, während sie bei ihrer Ankunft – war das tatsächlich erst sechs Wochen her? – nur Augen für Will gehabt hatte. Während Selena sie an den Läden vorbei in das eigentliche Goldgräberlager führte, kamen ihr bereits die ersten Bedenken.

War es naiv von ihr zu glauben, sie wäre dieser Art von Leben gewachsen? Schon jetzt war ihr der Handkoffer zu schwer, obwohl er nur eine dürftige Menge an Kleidungsstücken enthielt. Zwei Röcke, zwei Mieder, drei Paar Ärmel und die übliche Unterwäsche waren alles, was Selena für notwendig gehalten hatte. Als sie an einer Frau vorbeigingen, deren Kleidung anscheinend seit dem Tag, an dem sie sie gekauft hatte, noch nie gewaschen worden war, seufzte Jenny. Würde sie sich je daran gewöhnen, Sachen zu tragen, die nicht makellos sauber waren?

»Was ist los?«, fragte Selena. »Bist du müde?«

»Nein, aber ich frage mich so langsam, ob ich wirklich das Richtige getan habe.«

Selena blieb abrupt stehen. »Möchtest du zurück nach Langsdale?«

»Nein, nein, ich will nicht zurück. Ich muss beweisen, dass ich das kann.«

»Du weißt doch, dass ich dir helfe, so gut ich kann.«

»Das weiß ich, Selena, und ich bin dir sehr dankbar für dein Verständnis. Ich habe niemals geglaubt, dass es leicht sein würde, trotzdem bin ich fest entschlossen.«

»Das Leben hier ist gar nicht so schlecht, wenn man sich mal daran gewöhnt hat. Natürlich wirst du feststellen, dass es ganz anders ist als das Leben, das du bisher geführt hast. Aber du bist nicht die erste vornehme Dame, die auf den Goldfeldern lebt.«

»Hältst du mich für ›vornehm‹?«

»Absolut. Außerdem bist du zwar älter als ich, Jenny, aber ich habe schon mehr vom Leben gesehen als du. Ich bin nicht so behütet aufgewachsen wie du.«

»Ich finde, dass du ein ganz erstaunliches Leben geführt hast, und dabei bist du erst siebzehn.«

»Weißt du, bevor ich nach Australien gekommen bin, fand ich mein Leben überhaupt nicht ungewöhnlich. Jetzt ist mir klar, dass das, was für mich selbstverständlich war, vielen Leuten ziemlich exotisch vorkommt.«

»Wenn du so gelebt hättest wie ich, wärst du vielleicht ein anderer Mensch geworden.«

»Oh? Wäre das gut oder schlecht?«

»Alle lieben dich so, wie du bist, Selena. Für mich bist du wie eine Schwester.«

»Danke, Jenny. Wir sind ja auch fast miteinander verwandt. Sieh mal, da ist die Hütte von Will und seinen Brüdern und weiter oben die der Baxters.«

Jenny betrachtete zunächst Wills Zuhause. Werden wir dort leben, wenn wir verheiratet sind? Sie wollte unbedingt das Innere der Hütte aus Holz und Segeltuch sehen. Doch am meisten sehnte sie sich danach, Will zu sehen. Er würde überrascht sein. Und er würde zweifellos wütend werden. Vermutlich würde er darauf bestehen, dass sie zu Con zurückkehrte. Sie hoffte aber auch, dass er stolz auf sie sein würde, wenn er sah, wie entschlossen sie war, sich dem harten Leben auf den Goldfeldern zu stellen.

»Mrs Baxter«, rief Selena, als sie noch etwa zwanzig Schritte von der Hütte der Baxters entfernt waren. »Hier bin ich. Komm mit«, sagte sie zu Jenny und nahm sie an der Hand, um mit ihr das letzte kurze Stück zu laufen.

»Hallo, Mrs Baxter. Das ist Jenny. Sie ist eine Art Cousine von mir. Doch ich seh sie als meine Schwester an.«

»Tja, du hast dich gar nicht verändert, Selena.« Die Frau nahm Selena mit einem strahlenden Lächeln in die Arme. »Freut mich, Sie kennen zu lernen, Jenny, aber – äh – werden Sie auch vom Captain erwartet? Er hat nur von Selena gesprochen.«

»Das ist eine Überraschung«, antwortete Selena rasch.

Mrs Baxter schürzte die Lippen. »Ja, das wird es wohl sein. Dann kommt mal beide rein. Ihr mögt doch bestimmt ein Tässchen Tee und was zu essen.«

»Das wäre wunderbar. Ich hab furchtbaren Hunger.«

»Danke, Mrs Baxter«, murmelte Jenny.

In der Hütte der Baxters bemühte sich Jenny, keine unhöfliche Neugier zu zeigen. Auch wenn das Mobiliar äußerst schlicht war, wirkte das große Zimmer doch behaglich, wenngleich auf allem eine dünne Staubschicht lag.

»Gegen den Staub kommt man einfach nicht an«, klagte Mrs Baxter.

»Oh.« Jenny hob sofort den Finger, mit dem sie über die Tischplatte gefahren war. »Ich wollte Sie nicht kränken.«

»Haben Sie auch nicht, meine Liebe. Sie sind sicher zum ersten Mal bei einem Goldgräber zu Hause.« Mrs Baxter stellte eine Blechdose mit Keksen auf den Tisch, dazu nicht zusammenpassende Tassen und Unterteller, dann bereitete sie den Tee in einem großen, vom Feuer geschwärzten Teekessel. »Sie sehen aus, als hätten Sie es immer leicht gehabt im Leben.«

Jennys etwas warme Wangen begannen zu glühen. Dass sie rot im Gesicht geworden war, wurde ihr von Selena bestätigt.

»Jenny, du wirst ja ganz verlegen!«, rief sie. »Das brauchst du doch nicht, nicht wahr, Mrs Baxter?«

»Natürlich nicht.«

Da sie nicht genau wusste, wie sie reagieren sollte, beschloss Jenny zu schweigen. Mrs Baxter schenkte den Tee ein, hängte den Kessel wieder an den Kamin und schob den jungen Frauen eine bemalte Dose zu.

»Bedient euch mit dem Zucker.«

»Du zuerst«, sagte Selena und schob Jenny die Zuckerdose zu.

Da sie bemerkt hatte, dass der Tee fast schwarz war, nahm Jenny drei Löffel Zucker statt der gewohnten zwei. Sie bezweifelte jedoch, dass sie trotz der zusätzlichen Süße mehr als ein paar Schlucke würde trinken können. Am liebsten mochte sie schwachen Tee mit viel Milch. Anscheinend wurde jedoch keine Milch angeboten. Vielleicht war keine im Haus. Sollte sie danach fragen? In ihrem ganzen Leben hatte sie noch nie nach Milch zu fragen brauchen. Auf den Tabletts, die die Hausmädchen hereinbrachten, hatten immer Milch und Zucker gestanden. Es gelang ihr, Selenas Blick auf sich zu ziehen, und sie formte unhörbar mit den Lippen das Wort Milch.

Selena schüttelte kaum merklich den Kopf, führte ihre Tasse an ihren Mund und trank einen Schluck. Jenny begriff, dass Selena ihr sagen wollte, sie müsse ihren Tee schwarz trinken, also hob sie die Tasse, um mutig daran zu nippen. Der Tee schmeckte so widerlich, dass sie selbst diesen winzigen Schluck kaum herunterbekam. Sie stellte die Tasse zurück.

»Ist der Tee zu stark für Sie?«, fragte Mrs Baxter.

Jenny sah Selena Hilfe suchend an, bevor sie etwas sagte. Selena zog nur die Augenbrauen hoch, um ihr zu verstehen zu geben, dass sie für sich selbst sprechen müsse. Jenny biss auf ihre Unterlippe. Diese sicherlich sehr nette Frau würde sie für einen fürchterlichen Snob halten.

»Es tut mir leid, Mrs Baxter, aber ich bin an starken Tee nicht gewöhnt.«

»Sie trinken ihn bestimmt normalerweise auch mit Milch.«

Jenny nickte und fühlte sich ganz erbärmlich, weil aus einer so simplen Sache, wie eine Tasse Tee zu trinken, so ein Problem geworden war.

Mrs Baxter nahm ihre Tasse. »Ich kippe einen Teil davon aus und tue heißes Wasser dazu. Dann schmeckt er Ihnen besser. Milch kann ich Ihnen allerdings keine geben. Die wird bei diesem heißen Wetter viel zu schnell sauer.«

Als die Frau zur Tür ging, um einen Teil von dem Tee draußen auszuschütten, beugte sich Selena zu Jenny. »Schwarzer Tee wird noch das Geringste sein, woran du dich gewöhnen musst«, flüsterte sie.

Auch wenn Jenny den viel schwächeren Tee wohl kaum genießbar genannt hätte, war sie zumindest in der Lage, ihn zu trinken, ohne sich ihren Widerwillen wegen der fehlenden Milch anmerken zu lassen.

»Dein Vater hat alles für deine Ankunft vorbereitet«, berichtete Mrs Baxter Selena. »Er hat da drüben bei den Bäumen ein schönes Zuhause für euch hergerichtet.«

»Hat er Ihnen erzählt, dass wir in Creswick eine richtige Rindenhütte hatten?«

»Ja, das hat er. Er plant, noch vor dem Winter eine neue Hütte zu bauen. Hat er dir erzählt, dass er ein großes Zelt von einer Familie gekauft hat, die Ballarat verlassen wollte?«

»Er hat geschrieben, dass er für uns ein Zelt zum Wohnen gefunden hat.«

»Ja, er hat es richtig schön und behaglich eingerichtet. Du wirst schon sehen.«

»Zeigen Sie uns, wo es ist, Mrs Baxter?«

»Der Captain wollte, dass du hier auf ihn wartest.«

»Ich würde ihn gerne überraschen und schon was für ihn kochen. Ein Curry vielleicht.«

»Kochst du immer noch dieses fremde Essen?«

»Klar, Mrs Baxter. Vater liebt Currygerichte. Würden Sie uns also bitte zeigen, wo wir hinmüssen?«

Mrs Baxter begleitete die jungen Frauen zu dem Zelt, das ihr Zuhause sein würde. Sie hielt die Klappe hoch, damit die beiden eintreten konnten.

»Siehst du, Selena. Er hat es wirklich schön gemacht, der Captain.«

Selena jauchzte entzückt. »O ja, das hat er. Ich muss unbedingt etwas Besonderes für ihn kochen.«

»Dann lass ich euch beide jetzt allein. Wollt ihr heute Abend nicht zu uns kommen?«

»Ja, ich würde sehr gerne Ihre Familie wiedersehen.«

Während Selena sich von Mrs Baxter verabschiedete, sah Jenny sich genauer in der Behausung um, in der sie von jetzt an wohnen würde. Das Mobiliar, falls man so grob zusammengezimmerte Stücke überhaupt so nennen konnte, bestand aus einer Art Couch, die auch als Bett zu dienen schien. Außerdem gab es einen Tisch mit zwei Stühlen sowie einen dreibeinigen Hocker. Auf dem Tisch stand ein kleiner Stapel Geschirr mit blau-weißem Muster, außerdem eine irdene Schüssel und zwei flache Blechteller. Neben dem Geschirr lag bunt gemischtes Besteck.

An dem Holzrahmen, der das schräge Dach stützte, waren hohe Regale angebracht worden. Darauf standen ein Sack Mehl, ein Sack Reis und diverse andere Dinge. Von einem Brett hingen schwarz angelaufene Kochtöpfe herab. Eine große Holzkiste auf dem Fußboden schien die einzige andere Möglichkeit zu sein, etwas aufzubewahren. Der Fußboden bestand aus einem Stück Segeltuch, das auf den nackten Boden gelegt worden war.

»Was hältst du von unserem Zuhause, Jenny?«

»Wo sind denn die Betten?« Sie konnte Selena kaum sagen, dass sie daran zweifelte, an so einem Ort überhaupt leben zu können.

»Das ist Vaters Bett. Komm mit.«

Auf der Rückseite des Zelts hob Selena eine Segeltuchplane hoch, die Jenny für die Rückwand gehalten hatte. »Das ist unser Zimmer.«

Jenny folgte ihr in einen Raum, der ungefähr so groß wie der erste war. Auch hier waren Regalbretter unter die Dachabstützung gebaut worden. Außerdem stand hier eine Kommode, die anscheinend aus einer Versandkiste aus Holz gebaut worden war. Haken im Rahmen der Rückwand waren offenbar dazu gedacht, Kleidungsstücke aufzuhängen. Auf dem Segeltuchboden lag ein kleiner Teppich.

»Hier steht nur ein Bett.« Zumindest war es ein richtiges Bett mit Eisenrahmen.

»Mein Vater wusste ja nicht, dass du bei uns wohnen würdest. Mach dir keine Sorgen, Jenny. Wenn wir heute kein Bett mehr für dich finden, schlafe ich auf dem Fußboden.«

»Das könnte ich niemals zulassen. Ich gehe in ein Hotel.«

»Unsinn. Du bleibst hier bei mir. Ich hab die ersten Tage in Ballarat auch auf dem Fußboden geschlafen und dann wieder, als wir nach Creswick gegangen sind. Nun muss ich mal nachsehen, was Vater an Lebensmitteln da hat. Vielleicht müssen wir noch einkaufen gehen.«

Jenny fiel auf, dass es im Zelt keine Feuerstelle gab. »Wo wirst du denn kochen?«

»Draußen. Hast du die Feuerstelle nicht gesehen?«

»Ach so, ja. Mir war bloß nicht klar, dass darauf gekocht wird.«

»Im Sommer ist es besser, draußen zu kochen. Mit einer Innenfeuerstelle wird es im Zelt schnell viel zu heiß. Im Winter ist das anders, wenn es kalt und nass ist. Doch bis dahin haben wir wieder eine richtige Hütte.«

»Noch eine Frage, Selena.« Sie runzelte verlegen die Stirn. »Wo ist der Abtritt?«

Selena wirkte leicht überrascht. »Oh, das weiß ich nicht. Müssen wir mal gucken gehen. In unserem Zimmer steht in einer Ecke ein Eimer. Den kannst du benutzen. Wir kippen ihn aus, wenn wir den Abtritt gefunden haben.«

Da ihr Drang größer war als ihr Entsetzen bei der Vorstellung, einen Eimer benutzen zu müssen, ging Jenny in den anderen Teil des Zelts zurück, wo sie den Eimer sah, der mit einem groben Sack abgedeckt war. Die Notwendigkeit, sich mit Rock, Petticoats und Unterwäsche abmühen zu müssen, um sich Erleichterung zu verschaffen, trieb ihr Tränen der Verzweiflung in die Augen. Das war ganz anders, als nachts den Kammertopf zu benutzen, wo man nur das Nachthemd hochzuziehen brauchte.

Falls Selena die Spuren von Tränen in Jennys Augen bemerkte, so sagte sie jedenfalls nichts dazu. »Lass uns jetzt einkaufen gehen. Ich möchte Fleisch und noch ein paar Gewürze besorgen.«

Bevor sie sich auf den Weg zurück zur Hauptstraße machten, ging Selena hinten um das Zelt herum. »Sieh mal, Jenny, ist Vater nicht gut? Er hat uns einen eigenen Abtritt gebaut.« Sie deutete auf ein Rindenhäuschen von knapp eineinhalb Quadratmetern mit einer Tür aus einem groben Holzrahmen, auf den ebenfalls Rindenstücke genagelt waren, das in einigem Abstand zum Zelt stand.

Nur wenig beruhigt und dennoch dankbar, dass sie sich zumindest nicht mehr mit dem Eimer abmühen müsste, fragte sich Jenny, wie die anderen mit diesem Problem zurechtkamen. Es schien nämlich nur wenige von diesen Häuschen zu geben. Sie erinnerte sich, mal gehört zu haben, dass man stillgelegte Schächte benutzte. Das war zweifellos eine Erklärung für den entsetzlichen Gestank, der ihr in die Nase drang.

»Riecht das hier immer so?«

»Dieser Geruch gehört zum Sommer wie die Hitze und der

Staub. Du wirst dich schon bald an das Leben auf den Goldfeldern gewöhnt haben und so etwas gar nicht mehr bemerken.«

Werde ich das wirklich, fragte sich Jenny. Ich muss, antwortete sie sich. Ich habe gesagt, dass ich es kann, und ich muss Will beweisen, dass ich in der Lage bin, sein Leben zu leben. Oje!

Der Anblick und der Gestank des Abfallhaufens neben dem Metzgerladen, auf dem es von Fliegen wimmelte, waren zu viel für sie. Sie musste sich auf der Stelle übergeben und beschmutzte sich dabei den Rock. Hochrot vor Scham und den Blick verschwommen von Tränen, stolperte Jenny den ganzen Weg zurück zum Zelt.

Als sie endlich dort war, ließ sie sich auf die Knie sinken, vergrub das Gesicht in ihren Händen und fing heftig an zu schluchzen. Sie war erst wenige Stunden auf den Goldfeldern und fand es bereits unerträglich. Wie sollte sie jemals lernen, damit zurechtzukommen? Was würde Selena jetzt von ihr denken?

Selena beantwortete die unausgesprochene Frage, indem sie ihr sanft die Hände auf die Schultern legte. »Ganz ruhig, Jenny. Reg dich doch nicht so auf.«

»Ich schäme mich so sehr …«, sie schniefte, um die Tränen zu unterdrücken, »… über mich selbst.«

»Das brauchst du nicht. Du hast schließlich noch nie so etwas Ekelhaftes gesehen. Komm, vergiss es. Ich helf dir beim Umziehen und mach dir den Rock mit dem Schwamm sauber.«

Jenny ließ sich beim Aufstehen helfen und zog mit Selenas Unterstützung den schmutzigen Rock aus und den einzigen sauberen an. Sie hatte nur zwei Röcke mitgebracht. Im Kleiderschrank auf Langsdale hing noch ein Dutzend Kleider von ihr, und noch einmal so viele hatte sie in Cornwall zurückgelassen. Bei der Vorstellung von Kleidern aus Seide, Satin und Samt, aus karierten Wollstoffen und gestreifter Baumwolle musste sie lachen und weinen zugleich.

Das Lachen und die Tränen endeten abrupt, als Selena ihr fest auf die Wange schlug. Sie riss erschrocken die Augen auf und legte die Hand auf die brennende Wange.

»Tut mir leid, Jenny«, erklärte Selena, ohne auch nur im Geringsten bedauernd zu klingen. »Du hast angefangen, hysterisch zu werden.«

Leider strömen Tränen aus Selbstmitleid nur allzu leicht. Jenny setzte sich auf die Kante von Selenas Bett. »Ich bin in meinem ganzen Leben noch nie hysterisch geworden. Und ich hab mich auch noch nie so absolut elend gefühlt.« Sie unterdrückte schniefend ihre Tränen und sah Selena an. »Du bist so viel jünger als ich, und trotzdem bist du viel lebenstüchtiger.«

Selena kniete sich vor Jenny hin und nahm ihre Hände. »Du hast ein sehr behütetes Leben geführt. Das ist der einzige Unterschied zwischen uns.«

»Nein. Du bist viel abenteuerlustiger, als ich das je sein werde. Es war falsch von mir, mit dir hierherzukommen. Ich hätte auf Con hören sollen.«

»Du hast auf dein Herz gehört. Du bist hierhergekommen, weil du Will liebst und nicht zu lange auf ihn warten willst.«

»Vielleicht ist das auch eigennützig von mir.«

»Nein.« Selena drückte Jennys Hände. »Du hast das Richtige getan. Du und Will, ihr müsst bald heiraten. Alles wird gut. Du wirst schon sehen.«

»Ich hoffe es. Selena …«, ihr kam ein merkwürdiger Gedanke, »warum hast du gesagt, dass Will und ich heiraten *müssen*? Du hast dich so … ich weiß nicht wie … so angehört, als ob aus irgendeinem Grund etwas … ich …«, ein Seufzen, »ich kann nicht … du meine Güte.« Jenny versuchte zu erklären, dass sie in Selenas Äußerung eine gewisse Dringlichkeit gehört zu haben glaubte.

»Ich hab nur gemeint, dass ihr beide zusammengehört. Und

jetzt bringe ich deinen schmutzigen Rock nach draußen. Wisch dir die Tränen ab und denke daran, wie entschlossen du warst, Will zu beweisen, was du kannst. Kommst du noch mal mit zu den Läden?«

Jenny rang sich ein schwaches Lächeln ab. »Nicht, wenn ich wieder an dem Metzgerladen vorbeimuss.«

»Möchtest du lieber alleine hierbleiben?«

»Ach so.« Würde sie allein hier Angst haben? Es war immer noch helllichter Tag, die Sonne stand hoch am Himmel. Vielleicht konnte sie damit ihren Mut auf die Probe stellen, den sie unbedingt zeigen musste.

»Ja, ich glaube, ich bleibe hier. Kann ich irgendwas für dich tun, während du weg bist?«

»Nein. Ruh dich aus, wenn du magst. Ich bin in etwa einer Stunde wieder da.«

»Hast du was dagegen, wenn ich mich auf dein Bett lege?«

»Es ist dein Bett. Ich überlasse es dir, Jenny.« Selena klang ein wenig gereizt. »Keine Diskussion, das Bett gehört dir.«

»Ich fühle mich wirklich ganz schlecht dabei.«

Mit einem Seufzen, begleitet von einem Kopfschütteln, mahnte Selena Jenny, dass sie keine Widerrede mehr hören wolle.

»Danke, Selena.«

»Dank mir lieber, indem du deine Entschlossenheit wiederfindest, die du anscheinend verloren hast.«

Jenny lächelte wieder matt. »Ich werd's versuchen.«

Während Selena sich erneut auf den Weg zu den Geschäften machte, las Jenny sich selbst die Leviten.

»Du bist mir ja wirklich eine, Jenny Tremayne, willst schon aufgeben, bevor du überhaupt angefangen hast. Du wusstest doch, dass es nicht leicht würde. Wenn Selena es kann, kannst du es auch. Das hast du allen erzählt, die versucht haben, dich davon abzuhalten. Willst du denen beweisen, dass sie Recht mit ihrer Meinung über dich hatten, oder willst du dafür sorgen, dass Will stolz auf dich ist?«

Jenny stand auf. »Ich werde alles tun, damit Will stolz auf mich ist. Als Erstes werde ich versuchen, mein neues Zuhause richtig kennen zu lernen. Danach mache ich einen Spaziergang, um die Umgebung zu erkunden. Nein, als Erstes mache ich meinen Rock sauber. Das kann doch nicht so schwierig sein.«

Der Mut und die Zuversicht, die Jenny so sehr an ihr bewunderte, verließen Selena in dem Moment, als sie aus dem Zelt nach draußen trat. Sie war innerlich so aufgewühlt, dass ihr ganz schwer ums Herz wurde. So viele winzige Vorahnungen, so wenig fassbar wie die beinahe unsichtbaren Tentakel einer Qualle, schossen ihr durch den Kopf, so dass sie völlig verwirrt war.

Irgendwann in einer Zukunft, die etwas näher gerückt zu sein schien, würde sich dieses Durcheinander von Vorahnungen entwirren und würden Dinge geschehen, die denen, die sie liebte, Kummer und Schmerz bringen würden. Und es gab nichts, absolut nichts, was sie tun konnte, um diese Dinge zu verhindern. In diesem Augenblick war sie es, und nicht Jenny, die am meisten Trost brauchte. Einen Trost, den sie nur in den Armen ihres Vaters finden konnte. Selena schlug die Richtung zu dem Feld ein, wo sie ihn bei der Arbeit vermutete.

Um das Zelt der Baxters machte sie einen Umweg, weil ihr in diesem Moment nicht danach war, in ein Gespräch mit Mrs Baxter verwickelt zu werden. Als sie an der Hütte der Collins vorbeikam, sah sie den stillgelegten Schacht, der sich für die Brüder als so ertragreich erwiesen hatte. Sie wollten einen neuen Schacht auf dem Eureka-Goldfeld ausheben, das hatte Will jedenfalls Weihnachten gesagt. Da im Sommer weniger Leute auf den Feldern waren und weniger gegraben wurde, war der neue Schacht leicht zu finden.

Ihr Vater und Tommy reichten gerade lange Holzbretter an zwei Paar Hände weiter, vermutlich die von Hal und Will, die aus einem Loch herausragten. Ihr Vater sah sie, als er sich aufrichtete.

»Selena!«

»Vater!« Selena lief ihm in die ausgebreiteten Arme, schlang ihre eigenen Arme fest um seine Taille und drückte die Wange an seine Brust. Ihr Vater umarmte sie noch fester.

»Ist etwas passiert, Liebes?«

»Nein, Vater.« Selena machte sich von ihm los. »Nur meine üblichen Sorgen. Nein, keine neuen. Nur die, die mich schon seit über einem Jahr quälen.«

»Glaubst du nicht nach so langer Zeit, dass du dich getäuscht haben könntest?«

»Ich habe mich nicht getäuscht. Diese furchtbare Sache wird passieren. Aber jetzt, wo ich dich sehe, geht es mir schon besser.«

Ihr Vater nahm sie noch einmal in den Arm, bevor er sie sanft ausschimpfte. »Du solltest doch bei Mrs Baxter bleiben und nicht nach mir suchen.«

»Du kennst mich doch. Hallo, Tommy, hallo, Hal. Wie geht's euch beiden?«

»Großartig.«

»Schön, dich wiederzusehen, Selena.«

»Hallo, Selena.« Will kam aus dem Schacht nach oben. »Wie ist es dir ergangen? Wie geht es auf Langsdale?«

»Es geht allen gut, und ich soll euch von ihnen grüßen. Ich war schon in unserem Zelt, Vater.«

»Ah, ungeduldig wie immer. Gefällt dir dein neues Zuhause?«

»Für den Sommer wird es reichen. Wir brauchen nur noch ein zusätzliches Möbelstück.«

»Was denn?«

»Wir müssen noch ein Bett in mein Zimmer stellen. Wir haben einen Gast.«

»Noch ein junges Mädchen? Wo hast du sie kennen gelernt?«

»Selena?«, fragte Will scharf. »Ist Jenny mitgekommen?«

»Ja.«

Wills Gesicht war plötzlich so von Wut verzerrt, dass selbst seine Brüder erschrocken die Augenbrauen hochzogen.

»Warum hast du sie nicht davon abgehalten? Warum haben Con oder Meggan sie nicht davon abgehalten?«

»Jenny wollte auf niemanden hören. Sie war fest entschlossen, hierherzukommen.«

»Jenny gehört nicht auf die Goldfelder. Das ist kein Leben für eine Frau ihrer Herkunft.«

»Vielleicht will sie ja genau das Gegenteil beweisen«, entgegnete Selena. »Vater, können wir jetzt losgehen und sehen, ob wir irgendwo ein Bett auftreiben können?«

»Das ist reine Geldverschwendung«, wandte Will ein. »Wir müssen Jenny überreden, zu ihrem Bruder zurückzukehren.«

»Wenn du sie wegzuschicken versuchst, Will, wird sie noch fester entschlossen sein zu bleiben. Komm, Vater, ich hab Jenny gesagt, ich würde nicht länger als eine Stunde oder so wegbleiben. Das war allerdings, bevor ich mich entschlossen hab, hierherzukommen.«

»Na schön, dann lass uns gehen.«

Vater und Tochter machten sich auf den Weg Richtung Hauptstraße.

Hal betrachtete den finsteren Gesichtsausdruck seines Bruders. »Warum hast du uns denn nichts gesagt, Will?«

»Was meinst du?«

»Dass da was zwischen dir und Jenny Tremayne ist.«

»Das hätte ich dir auch so sagen können«, meinte Tommy. »Du musst ja Weihnachten die ganze Zeit mit geschlossenen Augen rumgelaufen sein, wenn dir nicht aufgefallen ist, wie die sich angeguckt haben.«

»Unser Bruder und Jenny Tremayne.« Hal gab sich scheinbar bestürzt. »Meggan hat zumindest gelernt, sich wie eine Lady zu benehmen, bevor sie in den Landadel eingeheiratet hat.«

»Haltet den Mund, alle beide. Ich hab nie was davon gesagt, dass ich das Mädchen heiraten werde.«

»Und wirst du?«, fragte Hal.

»Und wenn ich's tue, geht's euch nichts an.«

Er sprang zurück in die Grube, von wo sogleich lautes Hämmern zu hören war. Hal und Tommy grinsten sich an. Ihr großer Bruder war verliebt.

Trotz aller Entschlossenheit war Jenny ziemlich ratlos, als sie mit ihrem schmutzigen Rock draußen vor dem Zelt stand. In der Nähe des Zelteingangs befand sich eine Art Arbeitsbank. Sie bestand aus vier kräftigen, in den Boden gerammten Pfählen, auf denen man mit Nägeln eine breite Holzplatte befestigt hatte, und schien den Zweck eines Waschtischs zu erfüllen. In einer kleinen Blechschale lag ein Riegel Seife, über ein Ende der Bank war ein Handtuch drapiert, und ein metallener Waschbottich lehnte gegen einen der Pfosten. Daneben stand ein Holzeimer. Doch woher bekam man Wasser?

Sie konnte nichts entdecken, was wie ein Wasserbehälter aussah. Unschlüssig, ob sie den Rock liegen lassen sollte, bis Selena zurückkam, oder eine der Nachbarinnen um Rat fragen, kam Jenny auf die Idee, dass sie zumindest den Eimer in den Abtritt entleeren könnte. Je eher sie sich an derart unangenehme Aufgaben gewöhnte, desto leichter würde dieses neue Leben für sie werden.

Dank der Zeit, die sie auf der Grasslands-Farm in Südaustralien und jetzt auf Cons Anwesen verbracht hatte, konnte sie der primitive Toilettensitz über dem Loch im Boden nicht erschrecken. Da es nicht allzu scheußlich roch, nahm sie an, dass die

Grube regelmäßig gekalkt wurde. Dafür war sie dem Captain dankbar. Sie entleerte ihren Eimer, und da sie nicht wusste, wie sie ihn ausspülen sollte, stellte sie ihn, auf den Kopf gestülpt, neben den Waschbottich.

»Hallo«, rief eine Männerstimme hinter ihr. »Sie sind wohl neu hier?«

Jenny richtete sich auf und drehte sich um. Ein Trooper kam den Hang herauf. Vielleicht konnte der Mann ihr Problem lösen.

»Hallo, Constable. Könnten Sie mir vielleicht sagen, wo ich hier Wasser bekomme?«

»Trooper, Miss, nicht Constable. Trooper Roberts zu Ihren Diensten, Miss …?«

Das erschreckte Luftholen, als sie ihn erkannte, ließ ihn misstrauisch die Stirn runzeln. Er musterte sie von oben bis unten, dann verzog sich sein Gesicht langsam zu einem Lächeln, bei dem es ihr eiskalt den Rücken herunterlief.

»Ich fass es nicht! Miss Jenny Tremayne. Was macht denn eine feine Dame wie Sie in einem Goldgräberzelt?«

»Ich wohne bei meiner Cousine und meinem Onkel. Sie werden gleich zurück sein.«

Oh, warum hatte sie ihn nur wissen lassen, dass sie allein war? Konnte man diesem Mann, der seine Frau mit Absicht hatte ertrinken lassen, überhaupt trauen? Sie hatte ihn eigentlich ganz charmant gefunden, als sie ihn in Burra kennen lernte. Das war, bevor sie von seiner dunklen Seite erfahren hatte. »Tom Roberts hasst die Tremaynes und die Trevannicks«, hatte Will damals gesagt.

Die Art, wie der Mann ganz offenkundig verschiedene Überlegungen anstellte, während er sie mit schiefem Grinsen musterte, trug nicht gerade dazu bei, dass sie sich weniger bedroht fühlte. Ein rascher Blick bestätigte ihr, dass sonst niemand in der Nähe war. Ob jemand kommen würde, wenn sie um Hilfe schrie? Doch weshalb sollte sie schreien? Er hatte ihr schließlich nichts getan. Vielleicht sollte sie einfach weggehen, als hätte sie zu tun.

»Ich glaube, in der Tonne da drüben unter dem Baum könnten Sie Ihr Wasser finden.«

Jenny blickte hinüber. Im spärlichen Schatten eines spindeldürren Bäumchens stand eine Tonne aus Eichenholz. Wegen der dagegengelehnten Rindenstücke, die sie vor der Sonne schützen sollten, hatte sie die Tonne nicht bemerkt.

»Oh, vielen Dank.«

»Freut mich, dass ich Ihnen behilflich sein konnte, Miss Tremayne.«

Während Trooper Roberts sich entfernte, atmete Jenny erleichtert auf. So viel zu ihrer Hoffnung, dass sie diesem Mann in Ballarat nie begegnen möge. Sie befürchtete, dass er nun, wo er wusste, dass sie hier war, häufiger in ihrer Nähe auftauchen würde. Und sie hatte kaum Möglichkeiten, ihm aus dem Weg zu gehen. Wie ärgerlich!

Mit einiger Mühe hievte Jenny den Waschbottich auf die Bank. Als sie mit dem Holzeimer zu der Tonne ging, stellte sie fest, dass sie gerade genug Kraft hatte, um ihn knapp halb voll Wasser zu tragen. Sie hätte nie gedacht, dass Wasser so schwer war. Zu Hause auf Tremayne Manor schien es den Dienstmädchen nie etwas auszumachen, volle Wassereimer zwei Treppen hinauf- und später wieder hinunterzutragen.

Vielleicht sollte sie ohnehin nicht zu viel Wasser benutzen, bis sie wusste, aus welcher Quelle die Tonne gefüllt wurde. Dass man in diesem trockenen Land sparsam mit Wasser umgehen musste, war ihr bereits auf Grasslands beigebracht worden, und Con hatte es ihr erneut eingeimpft. Sie würde mit dem Wasser, mit dem sie den Rock säuberte, auch noch den Toiletteneimer ausspülen.

Zufrieden mit sich, weil sie daran gedacht hatte, kein kostbares Wasser zu vergeuden, breitete Jenny ihren Rock auf der

Bank aus, um die Flecken zu beseitigen. Der Geruch nach Erbrochenem, den der Stoff verströmte, rief ihr den widerlichen Abfallhaufen in Erinnerung. Ihr Magen hob sich. Jenny legte rasch die Hand auf ihren Mund und schluckte kräftig. Ich will mich nicht übergeben. Ich halte einfach die Luft an.

Doch sobald sie gezwungen war, Luft zu holen, musste sie wegen des Gestanks schon wieder würgen. Tränen schossen ihr in die Augen. Was war sie nur für ein Schwächling! Selena würde bestimmt nicht vor so einer unangenehmen Arbeit zurückschrecken. Jenny biss die Zähne zusammen und hielt die Luft an. Ab und zu atmete sie ganz flach durch den Mund ein, weil sie auf diese Weise den Geruch nicht so sehr wahrnahm, und begann, ihren Rock zu säubern.

Zwischen dem Baum, unter dem die Wassertonne stand, und einem weiteren Baum, der gut drei Meter entfernt war, war ein Seil gespannt. Das diente vermutlich als Wäscheleine. Jenny legte ihren Rock über die Leine, damit die feuchte Vorderseite trocknen konnte. Nachdem sie auch noch den Toiletteneimer ausgespült und den Waschbottich zum Abtropfen wieder gegen den Pfosten gelehnt hatte, stand sie, die Hände in die Hüften gestützt, mit neu gewonnener Entschlossenheit da und betrachtete die anderen Zelte und Hütten, die über die Landschaft verstreut waren. Ich schaffe das, sagte sie zu sich selbst. Ich werde ihnen allen beweisen, dass sie Unrecht haben. Will wird sehr stolz auf mich sein.

Selena sagte gerade so ziemlich dasselbe zu ihrem Vater. »Jenny ist viel stärker, als die Leute ihr das zutrauen. Genau wie du glauben auch Con und Meggan, dass sie in ein bis zwei Wochen aufgeben wird, wenn nicht gar in ein bis zwei Tagen.«

»Ich bin nicht so sicher, dass das Mädchen hier zurechtkommt. Warum warten wir nicht ab, bis sie bewiesen hat, dass sie dazu in der Lage ist, bevor wir versuchen, ein weiteres Bett zu besorgen? Du kannst in meinem Bett schlafen. Ich werde mir draußen eine Decke ausbreiten. Das ist dann so, wie in Sommernächten an Deck der *Island Princess* zu schlafen.«

»Jenny wird glauben, dass sie dir Umstände macht. Wir müssen noch ein Bett auftreiben.«

»Wieso ist Jenny überhaupt auf die Idee gekommen, dass sie auf den Goldfeldern leben will? Das hast du mir bisher noch nicht erklärt.«

»Will hat Jenny einen Heiratsantrag gemacht. Ist schon in Ordnung«, sagte sie rasch, als ihr Vater sie besorgt und fragend ansah. »Will ist der Meinung, dass sie warten sollten, bis er es sich leisten kann, ein großes und bequemes Haus für sie zu bauen. Er hat Jenny gesagt, dass das noch zwei Jahre dauern könnte. Jenny will aber nicht warten.«

»Allmählich fange ich an zu verstehen.«

»Wenn Jenny beweist, dass sie dem Leben auf den Goldfeldern gewachsen ist, dann gibt es keinen Grund mehr, weshalb sie nicht sofort heiraten sollten.«

»Und das macht dir nichts aus?«

»Nein, es macht mir nichts aus. Will und Jenny lieben sich.«

»Du warst doch selbst in Will verliebt.«

Selena rang sich ein fröhliches Lächeln ab. »Und du hast gesagt, ich wäre noch so jung. Also, Vater, gehen wir jetzt ein Bett besorgen?«

»Nur wenn du mir schwörst, dass es dir nicht das Herz bricht.«

»Ich schwöre es dir, Vater. Mein Herz ist nicht gebrochen.« Schwer, aber nicht gebrochen. Doch sie wollte ihren Vater nicht mit Wissen belasten, das sie am liebsten gar nicht besäße.

»Na schön. Wenn Jenny bei uns bleiben soll, dann sollten wir wohl etwas mehr als nur ein Bett organisieren.«

Etwa zwei Stunden war Jenny allein gewesen und hatte ihr neues Zuhause und die Umgebung genau erkundet. Als sie Selenas Stimme hörte, die mit einer anderen Frau sprach, trat sie hinaus. Mrs Baxter kam zusammen mit Selena auf das Zelt zu. Beide trugen Bündel unterm Arm.

»Wir haben eine Riesenüberraschung für dich«, erklärte Selena, als sie Jenny sah.

»Was für eine Überraschung?«

»Du wirst schon sehen. Wir bringen das erst mal alles ins Zelt, Mrs Baxter. Dann zünde ich das Feuer an und setze den Kessel auf.«

Mrs Baxter legte ihr Bündel auf das Bett. Jenny sah, dass es sich offenbar größtenteils um Bettwäsche handelte. Selena legte ihre Päckchen auf den Tisch und wickelte ein Stück Fleisch aus, das sie auf einen der Teller legte und mit Gaze abdeckte.

»Damit die Fliegen nicht drangehen«, erklärte sie Jenny.

Bei der Vorstellung von Fliegen auf Fleisch musste Jenny erneut das ekelhafte Bild von dem Abfallhaufen verdrängen. Vielleicht würde sie nie wieder Fleisch essen können.

»Hört sich an, als wären die Männer da«, stellte Mrs Baxter fest.

Froh, dem Anblick von rohem Fleisch zu entkommen, folgte Jenny Mrs Baxter nach draußen. Captain Trevannick stand mit drei Jungen und einem Mann zusammen, den sie nicht kannte. Sie erfrischten sich aus einem Zinnbecher, den sie wiederholt in die Wassertonne tauchten.

»Nun, Jenny«, sagte der Captain, »Sie haben sich also entschlossen, eine von uns zu werden?«

»Ich hoffe, dass Sie nichts dagegen haben, Captain.«

»Selena hat mir gesagt, dass Sie fest entschlossen sind. Deshalb werden wir unsere Behausung etwas passender für zwei junge Damen machen. Mr Baxter und seine Söhne wollen uns dabei helfen.«

»Freut mich, Sie kennen zu lernen, Miss«, sagte Mr Baxter.

Die drei Jungen lächelten schüchtern.

»Ah, da kommt ja der Wagen.« Der Captain hängte den Zinnbecher an einen Zweig über der Wassertonne. »Wird Zeit, dass wir uns an die Arbeit machen, Jungs.«

Jenny schenkte den Baxters keine weitere Beachtung. Will lenkte den Wagen. Hal und Tommy saßen hinten und ließen die Beine baumeln. Sie winkten grinsend. Will machte ein finsteres Gesicht. Jenny biss sich auf die Innenseite ihrer Unterlippe. War er wütend auf sie? Sie blieb nicht lange darüber im Unklaren. Sowie der Wagen hielt, sprang er herunter, kam mit großen Schritten auf sie zu, baute sich vor ihr auf und starrte sie so grimmig an, dass sie unwillkürlich den Blick senkte. Er *war* wütend.

»Was für eine verdammt dämliche Idee ist das denn?«

Abrupt schaute sie auf. »Will!« Wie konnte er es wagen, sie zu beschimpfen?

»Das war eine verdammt dämliche Idee von dir, und ich werde mich auch nicht für meine Ausdrucksweise entschuldigen.«

Hal ging auf sie zu. »Wenn ihr beide euch streiten wollt, dann tut das woanders. Wir wollen das nicht hören.«

Jenny spürte, wie ihre Wangen erst warm und dann heiß wurden, als Will, leise seinen Bruder verfluchend, sie an der Hand fasste und hinter das Zelt zog, wo sie niemand sehen konnte. Mittlerweile standen ihr Tränen in den Augen.

Will schaute sich fluchend um, dann nahm er sie in die Arme und küsste sie heftig. Jenny schmiegte sich selig an ihn. Als er sie mit einem Stöhnen sanft von sich schob, sah sie ihm direkt in die Augen.

»Ich will nicht mit der Heirat warten, Will. Ich werde dir beweisen, dass ich kein großes Haus brauche. Ich werde lernen, dein Leben zu leben.«

»Jenny, Jenny, du musst gar nichts beweisen.«

»Bist du bereit, mich morgen zu heiraten, oder nächste Woche?«

»Das bin ich nicht. Das Leben hier ist viel zu hart für eine Frau aus vornehmem Hause.«

»Ich habe dich schon immer für einen törichten und sturen Mann gehalten, und du hast dich nicht verändert. Ich kann allerdings genauso stur sein. Ich werde bleiben, Will.« Dann drehte sie sich um und ging wieder zurück nach vorn.

Selena, die gerade Zweige übereinanderlegte, um das Feuer anzuzünden, sah sie fragend an.

Jenny zog eine Grimasse. »Er hat sich geweigert, wie ich es erwartet hatte. Das macht mich aber nur noch entschlossener, ihm das Gegenteil zu beweisen. Was haben all diese Männer und Mrs Baxter vor?«

Als das Feuer brannte und der große Kessel zum Kochen auf dem Dreifuß stand, lächelte Selena glücklich. »Sie bauen noch zwei Zelte auf. Eins ist für Vater. Das große Zelt ist dann unseres, so dass wir ganz für uns sind und es bequem haben.«

»War das die Idee deines Vaters oder hast du ihn darum gebeten, Selena?«

»Das Schlafzelt hat Vater vorgeschlagen, aber das Küchenzelt war meine Idee. Es wird drinnen eine Feuerstelle zum Kochen haben. Wir werden ganz vornehm.«

»Wie lange werden die Männer dafür brauchen?«

»Nicht lange. Goldgräber sind ziemlich geschickt im Auf- und Abbauen, im Umziehen und Wiederaufbauen von Zelten wie von Hütten. Es wird alles noch vor dem Abend fertig sein. Wir werden dann ein großes Abendessen für alle veranstalten, sämtliche Baxters, Will und seine Brüder und wir drei. Mrs Baxter ist zu sich nach Hause gegangen, um schon einiges vorzubereiten. Ich werde jetzt schon mal anfangen, dir beizubringen, wie man auf offenem Feuer kocht.«

Wie von Selena angekündigt und zu Jennys großem Erstaunen, fiel der goldene Schein der Abendsonne auf drei Zelte. In einem davon befanden sich in einer Ecke eine Feuerstelle aus Lehmziegeln und ein Kamin aus Holz. Am Nachmittag waren Will und der Captain noch einmal mit dem Wagen zur Hauptstraße gefahren und mit einem eisernen Bettgestell und einer Matratze für Jenny zurückgekehrt. Sie hatten außerdem einen zweiten größeren Tisch für das Küchenzelt mitgebracht sowie zwei Stühle, die nun zusammen mit den beiden Stühlen aus dem großen Zelt um den Tisch herumstanden.

Das Festessen bestand aus Lammbraten mit Röstkartoffeln und Zwiebeln sowie frisch gebackenem Damper und wurde um das offene Feuer herum eingenommen, auf dem auch das Essen gekocht worden war. Der verlockende Geruch des Fleisches, das in einem riesigen gusseisernen Topf auf den Kohlen briet, vertrieb Jennys Übelkeit. Wie alle anderen aß sie mit großem Appetit und tunkte ebenfalls die Sauce mit einem Stück Damper von ihrem Teller auf.

Selena hatte das Essen mit Jenny zusammen zubereitet, wobei sich diese allerdings auf eine überwiegend beobachtende Rolle beschränkt hatte. Mrs Baxter hatte einen Rosinenkuchen mit Vanillesauce beigesteuert. Letztere hergestellt aus Eiern von ihren eigenen Hühnern und frischer Milch von der Kuh eines Nachbarn.

Jennys Freude am Essen wurde leicht getrübt, als ihr klar wurde, dass sie Selena beim Abwaschen des Geschirrs und beim Scheuern der Töpfe würde helfen müssen. Mrs Baxter blieb bei den Männern sitzen.

»Ihr beiden jungen Dinger könnt den Abwasch machen. Dann brauche ich heute Abend mal nicht zu arbeiten und kann mich ein bisschen ausruhen.«

Selena hatte nichts dagegen. »Tun Sie das, Mrs Baxter. Wir haben das Geschirr im Handumdrehen gespült.«

Sie waren erst halb fertig, und Jenny hatte die Hände gerade ganz ungewohnt in eine Wanne mit heißem, fettigem Wasser getaucht, da erklärte Will, er wolle Pferd und Wagen nach Hause bringen. Seine Brüder beschlossen mitzukommen, worauf Mr Baxter meinte, dass seine Familie jetzt wohl auch gehen sollte. Man verabschiedete sich ganz allgemein, während Jenny halb vom Waschtisch weggedreht dastand, weil sie erwartete, dass Will sich noch persönlich von ihr verabschieden würde. Das tat er jedoch nicht. Wütend nahm sie den Teller, den sie gerade gespült hatte, aus dem Wasser und knallte ihn so fest auf den Tisch, dass Selena mit Seifenwasser bespritzt wurde.

»Pass doch auf.«

»Entschuldige, Selena. Will hat sich noch nicht mal von mir verabschiedet.«

»Sei nicht traurig. Er wird nicht aufhören, dich zu lieben, bloß weil er nicht will, dass du das Leben eines Goldgräbers mit ihm teilst.«

»Er hat Unrecht. Ich will nicht, dass man mich für etwas Besonderes hält, Selena. Und ich sag dir jetzt eines. Ich war diejenige, die den Heiratsantrag gemacht hat. Will hätte mich niemals gefragt, ob ich ihn heiraten will. Also werd ich noch einmal meinen Willen durchsetzen und noch vor dem Winter verheiratet sein.«

Später, nachdem Jenny sich in das umgestaltete Mädchenzelt zurückgezogen hatte, saß Selena auf dem Holzklotz am Feuer, die Ellbogen auf die Knie gestützt, die Hände unterm Kinn. Ihr Vater setzte sich neben sie und blickte zusammen mit ihr in das knisternde, Funken sprühende Feuer, das allmählich verlosch. Er legte noch ein Stück Holz auf, und sie beobachteten, wie es heiß wurde und zu brennen anfing.

»Wenn ich sie nur lesen könnte«, sagte er.

»Meine Gedanken?« Selena blickte weiter sinnend in das Feuer.

»Ich hoffe, es sind nur Gedanken und keine Visionen.«

»Gedanken über Visionen.«

»Möchtest du darüber reden?«

»Hast du dich nicht gewundert, warum ich nicht traurig war, als ich erfahren habe, dass Will und Jenny heiraten werden?«

»Ich hab angenommen, du hättest erkannt, dass deine Gefühle für Will nur eine vorübergehende Schwärmerei waren.«

Selena drehte den Kopf ein wenig, um ihren Vater ansehen zu können. »Nein, Vater. Ich liebe Will wirklich. Und auf seine Art liebt er mich auch, aber er liebt Jenny mehr.«

»Es macht dir also nichts aus, zu verzichten?«

Sie seufzte tief. »Nein, es macht mir nichts aus. Weil ich weiß, dass Will und ich eines Tages zusammen sein werden.«

Der Captain schwieg eine Weile. »Ich verstehe«, sagte er schließlich.

Selena rückte ein Stück und sah ihrem Vater direkt in die Augen. »Versprich mir, dass du niemandem je erzählen wirst, was ich dir gerade anvertraut habe. Ich habe es dir gesagt, weil es mir so schwerfällt, mein Wissen allein mit mir herumzuschleppen.«

Der Captain legte den Arm um die Schultern seiner Tochter. »Ich werde nichts verraten, weder in Worten noch durch mein Verhalten.«

5

An Neujahr wurde es sehr heiß und blieb den ganzen Januar über so. An manchen Tagen war Jenny ganz zuversichtlich, dass sie in der Lage wäre, das Leben auf den Goldfeldern mit all seinen Härten großartig zu meistern. Dann konnte sie sogar an den Metzgerläden vorbeigehen, ohne von dem Gestank würgen zu müssen. An anderen Tagen hätte sie vor Verzweiflung am liebsten geweint. Das tat sie allerdings nur, wenn sie alleine war, damit niemand ihr Elend mitbekam.

Ständig tat ihr der Rücken weh, und ihre einst zarten weißen Hände waren rau geworden. Ihre Kleider und Haare rochen nach dem Rauch des Kochfeuers. Die meiste Zeit fühlte sie sich unsauber, weil sie jeden Tag dasselbe Kleid tragen musste und kein Wasser zum Baden übrig war, es sei denn, es regnete. Dann stellten sie nämlich alle möglichen Behälter nach draußen, um das Wasser aufzufangen, und ihr Sammelbecken – ein mit Segeltuch ausgekleidetes Loch von gut einem halben Meter Tiefe – wurde voll. Doch selbst dann wurde das kostbare Wasser sparsam benutzt, denn man wusste ja nie, wann es wieder regnen würde.

Und wenn es regnete, verwandelte sich der allgegenwärtige Staub in Matsch, so dass man nicht einmal vom Küchenzelt zum Schlafzelt gehen konnte, ohne sich die Schuhe und den Rocksaum völlig schmutzig zu machen. Wenn es aufhörte zu regnen, war es hinterher dunstig, und man schwitzte so sehr, dass das

Mieder fleckig wurde. Jenny vermisste schmerzlich den Luxus, in einem parfümierten Bad liegen und jeden Tag ein frisches Kleid anziehen zu können und sich vielleicht sogar noch für den Nachmittag und den Abend umzuziehen. Sie hätte bereitwillig Ballarat verlassen und wäre auf das vergleichsweise komfortable Langsdale zurückgekehrt, wenn nicht ihre Entschlossenheit, Will zu beweisen, dass sie hier leben könnte, größer gewesen wäre als ihr Unbehagen.

Will konnte kaum mit ansehen, wie Jenny sich abmühte, mit dem Leben auf den Goldfeldern zurechtzukommen. All ihren Beteuerungen zum Trotz wusste er, dass es ihr nicht leichtfiel. Wäre sie doch nur vernünftig und würde zu Con zurückkehren. Er wäre sehr viel ruhiger, wenn er sie auf Langsdale in Sicherheit wüsste. Gleichzeitig sehnte er sich danach, sie in die Arme zu nehmen und ihr das Schmollen von den schönen Lippen zu küssen. Er wollte sie zur Frau, er brauchte sie an seiner Seite. Er streckte eine Hand aus und drehte ihr Gesicht so, dass er ihr in die Augen sehen konnte.

»Es ist für mich nicht leicht, geduldig zu sein, mein Liebling. Aber es tut mir so weh, zu sehen, wie du dieses Leben auf dich nimmst. Guck mich nicht so an.« Er senkte rasch den Kopf, ohne darauf zu achten, ob sie jemand beobachtete, und drückte seine Lippen auf ihre. »Wir werden so bald wie möglich heiraten.«

»Oh.« Aus dem Schmollen wurde ein glückseliges Lächeln.

»Unter einer Bedingung. Du wirst auf Langsdale wohnen.«

Die Freude schlug in Empörung um. »Das werde ich nicht tun. Was wäre das denn für eine Ehe, wenn wir getrennt leben würden?«

»Ich würde dich jede Woche besuchen. Ich hätte schon längst auf diese Idee kommen sollen. Bitte, Liebling. Gib zu, dass du dieses Leben hier hasst. Du brauchst mir nichts zu beweisen, damit ich dich liebe.«

Jenny überlegte. Wenn sie erst einmal verheiratet wären, würde Will es vielleicht nicht ertragen, von seiner Frau getrennt zu sein, außer eventuell mal eine Nacht pro Woche. Sie war sich ziemlich sicher, dass Hal und Tommy nichts dagegen hätten, für sie eine zweite Hütte zu bauen. Die Umgestaltung des Zelts von Selena und dem Captain war nicht das einzige Mal, dass sie beobachtet hatte, wie schnell man auf den Goldfeldern Unterkünfte errichtete.

»Na schön. Ich bin bereit, bei Con zu wohnen. Zumindest für eine gewisse Zeit.«

»Dann werde ich beim Pfarrer alles in die Wege leiten, während du dich von den Leuten hier verabschiedest.«

»Verabschieden?«

Will schien ihr Unverständnis nicht zu begreifen. »Ich bringe dich jetzt sofort nach Langsdale.«

»Das wirst du nicht tun. Ich hab mich bereit erklärt, nach unserer Hochzeit dorthin zu gehen, nicht vorher.«

Und von diesem Entschluss ließ sie sich auch nicht abbringen. Sie trennten sich uneins. Jeder fand, dass der andere eigennützig und stur sei.

Von dem Moment an, als er Jenny Tremayne erkannt hatte, war Trooper Tom Roberts davon überzeugt gewesen, dass das Unrecht, das ihm 1845 in Cornwall von der Familie Tremayne angetan worden war, bald gerächt werden würde. Der Plan, den er in Burra ausgeheckt hatte, als Trevannick mit dem Tremayne-Mädchen dort gewesen war, hatte nicht verwirklicht werden können. Eine Zeit lang hatte es ihn gewurmt, dass er um seine Rache betrogen worden war, doch allmählich hatte er die Sache vergessen.

Als dann Captain Trevannick mit seiner Tochter in Ballarat auftauchte, obwohl er von der Existenz der beiden vorher nichts gewusst hatte, hatte er aufs Neue Rachepläne geschmiedet. Er hätte fast laut aufgelacht, als er feststellte, wer sein Gefangener war. Es hatte ihm Genugtuung bereitet, einen Trevannick so lange an einen Holzklotz gefesselt zu lassen. Doch dann hatte ihm Will Collins einen Strich durch die Rechnung gemacht, und anschließend waren Vater und Tochter verschwunden.

Tom hielt Augen und Ohren offen und fand schon bald heraus, weshalb Jenny Tremayne sich auf den Goldfeldern aufhielt. Außerdem erfuhr er, dass Con Trevannick die ganze Zeit in seiner Nähe gewesen war, ohne dass er davon gewusst hatte. Nun waren sie also wieder alle zusammen an einem Ort, bis auf Rodney Tremayne und Caroline Collins, die beiden, die ihm seine glückliche Zukunft zerstört hatten.

Nun ja, Caroline war für ihre Sünden gestorben, und an Rodney Tremayne konnte man über seine Schwester Rache nehmen. Tom wusste auch bereits, wie. Jetzt musste er sich nur noch überlegen, wie er es dem Rest von ihnen heimzahlen könnte. Meggan dafür, dass sie seine Annäherungsversuche voller Verachtung zurückgewiesen hatte. Will dafür, dass er über den Tod von Milly Bescheid wusste. Deshalb war er außer sich vor Freude gewesen, als er erfuhr, dass Meggan mit Con Trevannick verheiratet war und Will Jenny Tremayne heiraten wollte.

Abgelenkt durch ihren täglichen Kampf gegen die widrigen äußeren Umstände und die Gedanken an die Heirat mit Will, hatte Jenny nie jemandem von ihrer Begegnung mit Tom Roberts erzählt. Sie hatte den Zwischenfall sogar fast sofort wieder vergessen. Einen Tag, nachdem sie Will die Zustimmung, früher zu heiraten, abgerungen hatte, schrieb sie einen kurzen Brief an Con und Meggan, um ihnen die Neuigkeit mitzuteilen.

… möchte ich, dass wir in Langsdale heiraten und dass Con mein Brautführer ist. Ich bin sehr glücklich und kann es kaum erwarten, dass Will den Hochzeitstag festlegt.

Liebe Grüße an alle

Jenny

Nachdem sie den Brief beendet hatte, brachte Jenny ihn zur Post. Einmal in der Woche wurden Briefe und Pakete in die ländlichen Gebiete geliefert. Vor dem Postamt begegnete ihr Trooper Roberts. Er tippte an seine Kappe.

»Guten Tag, Miss Tremayne.«

Jenny nickte grüßend, ohne stehen zu bleiben. Sie wurde jedoch von dem Mann aufgehalten, indem er ihr eine Hand auf den Arm legte. Sie starrte erst wütend auf die Hand, dann sah sie den Mann mit der ganzen Herablassung ihrer höheren Gesellschaftsklasse an.

»Nehmen Sie Ihre Hand weg.«

Die Hand blieb liegen. »Das tue ich erst, wenn Sie sich anhören, was ich Ihnen zu sagen habe.«

»Sie haben nichts zu sagen, was mich interessieren könnte.«

»Das glaube ich aber doch. Es betrifft Ihren Bruder Rodney. Ich weiß, weshalb er Pengelly verlassen hat.«

Jennys Herzschlag beschleunigte sich. Sagte Tom Roberts die Wahrheit? Wie konnte er das wissen, wenn erst ihr Vater, dann Con und schließlich Rodney selbst sich geweigert hatten, es ihr zu sagen.

»Ich glaube Ihnen nicht.«

Tom lächelte innerlich. Er hatte richtig vermutet. Die unschuldige kleine Miss Tremayne wusste nichts über die schmutzigen Seiten des Lebens. Er stachelte ihre Neugier noch ein wenig an.

»Ich weiß auch, weshalb sich Caroline Collins umgebracht hat. Und zwar wegen Ihrem Bruder.«

»Das ist nicht wahr.«

Oder etwa doch? Bis zu diesem Augenblick war ihr nie der Gedanke gekommen, dass es eine Verbindung zwischen dem Verschwinden ihres Bruders und dem bedauerlichen Tod von Caroline Collins gegeben haben könnte. Sie war damals nur verwirrt und sehr unglücklich darüber gewesen, dass Rodney gegangen war, ohne Lebewohl zu sagen. Und nun behauptete dieser Mann, dass die beiden Ereignisse miteinander verknüpft seien. War das ein Geheimnis, das auch Meggan ihr verschwiegen hatte? Wusste Will darüber Bescheid?

Sie musste es herausfinden. »Erzählen Sie es mir.«

»Ach, jetzt sind Sie auf einmal neugierig, was? Das ist hier aber nicht der richtige Ort, um es Ihnen zu erzählen. Wär' nicht gut, wenn andere was mitbekämen.«

»Ich möchte gerne hören, was Sie zu wissen glauben.«

»Was ich weiß, ist die Wahrheit. Das sind keine Klatschgeschichten. Wenn Sie wirklich hören wollen, was ich zu sagen habe, kommen Sie am besten mit.«

Sie war zwischen Neugier und Vorsicht hin und her gerissen. »Ich weiß nicht, ob ich Ihnen trauen kann.«

»Sehen Sie mal, Jenny, es ist so, dass Sie die wahre Geschichte erfahren müssen, bevor Sie Will Collins heiraten. Wenn Sie erst verheiratet sind, ist es zu spät.«

Jenny zögerte immer noch. Zu spät wofür? Was genau wusste Tom Roberts? Ihr Instinkt riet ihr, diesem Mann nicht zu trauen. Andererseits hatte sie sich neun Jahre lang gefragt, was Rodney so Furchtbares getan haben könnte, dass sie es nicht wissen durfte. Und wenn es tatsächlich Will und seine Familie betraf, war es ihr gutes Recht, die Wahrheit zu erfahren. Da sie genau wusste, wie stur sowohl Will als auch Meggan sein konnten, bezweifelte sie, dass sie von ihnen je etwas erfahren würde. Schon vor Jahren hatte sie aufgehört, Con um eine Erklärung zu bitten.

»Na schön, ich komme mit und höre mir Ihre Geschichte an. Sie müssen mir aber versprechen, dass mir nichts passiert.«

»Das verspreche ich Ihnen bei meiner Ehre als Polizist.«

Sie mussten nicht sehr weit gehen. Jenny folgte ihm schweigend, bis sie an ein schmutzig aussehendes Zelt kamen, vor dem eine dicke, liederliche Frau saß, die nach Rum und Schweiß roch. Sie starrte sie beide mürrisch an.

»Ich muss mich unter vier Augen mit dieser Dame unterhalten«, sagte Tom.

Die Frau musterte Jenny in einer Weise, dass sie das Gefühl hatte, vor Verlegenheit am ganzen Körper rot zu werden. Sie hätte sich umgedreht und wäre weggelaufen, wenn Tom sie nicht am Arm gepackt hätte.

»Beachten Sie die alte Schlampe nicht.« Er hob die Zeltklappe hoch und bedeutete Jenny einzutreten.

Das Innere des Zelts roch noch schlimmer als seine Besitzerin. Jenny hielt sich ihr Taschentuch vor die Nase. Wenn wenigstens die Frau, so abscheulich sie auch war, vor dem Zelt bleiben würde, dann hätte Jenny von Tom Roberts nichts zu befürchten. Sie hörte nicht, wie Tom leise zu der Frau sagte, sie solle sich verziehen, wenn sie ihre verbotenen Geschäfte weiter betreiben wolle. Kaum betrat Tom das Zelt, verlangte Jenny auch schon von ihm zu hören, was er zu sagen hatte. Dann würde sie, so schnell sie konnte, aus diesem Drecksloch verschwinden und diesem entsetzlichen Kerl den Rücken zukehren.

»Vielleicht sollten Sie sich lieber setzen.« Er zeigte auf das Bett, auf dem ein paar schmutzige Decken unordentlich herumlagen.

Jenny sah noch nicht mal in die Richtung. »Ich bleibe stehen.«

Tom deutete mit einem Schulterzucken an, dass ihm egal war, was sie tat. Dann begann er zu erzählen. Er machte aus der Tragödie einer unglückseligen Liebe, die es gewesen war, eine schmutzige Geschichte von fleischlicher Lust. Jenny hörte mit wachsendem Entsetzen zu. Sie zweifelte nicht daran, dass sie die Wahrheit hörte. Die Erkenntnis, dass Caroline Collins in Wirklichkeit ihre und Rodneys Halbschwester gewesen war; dass Rodney und Caroline ein Liebespaar gewesen waren; dass Caroline sich umgebracht hatte, als sie feststellte, dass sie schwanger war – wusste sie da von der wahren Beziehung zu Rodney? –, das konnte sie nicht so ohne weiteres verkraften.

Jenny setzte sich doch auf das Bett, den verschwommenen Blick auf den Segeltuchboden gerichtet. Sie hatte nicht so richtig wahrgenommen, dass Tom neben ihr saß, bis sein Arm auf ihren Schultern landete. Sie drehte sofort den Kopf, um sich das zu verbitten, und rutschte gleichzeitig ein Stück zur Seite. Stattdessen spürte sie, wie er sie packte und seinen Mund gewaltsam auf ihren presste.

In diesem Moment erlebte Jenny wahre Angst. Jedes Wehren war zwecklos, und ihre Versuche, zu schreien, wurden von einer schweren Hand oder einem brutalen Mund unterdrückt. Ihre Tränen und ihr Schluchzen schienen ihren Angreifer nur zu amüsieren. Der Ekel, den sie empfand, als seine groben Hände sie unter ihren Röcken betatschten, um in ihren intimsten Bereich vorzudringen, war nichts, verglichen mit ihrem Entsetzen, als er sein Glied dagegenpresste. Sie schrie laut auf vor Schmerz und wurde mit einem Schlag ins Gesicht zum Schweigen gebracht. Dann verlor sie das Bewusstsein.

Jenny war allein im Zelt. Ihr Körper schmerzte, ihr Mund fühlte sich geschwollen an. Sie spürte etwas Klebriges zwischen ihren Beinen. Ihre Tränen strömten unaufhaltsam. Sie nahm kaum etwas wahr, bis auf die Tatsache, dass sie von Tom Roberts vergewaltigt worden war. Da sie nicht einmal darüber nachdenken konnte, was sie tun sollte, blieb sie auf dem schmutzigen Bett liegen. Die dicke Frau kam zurück. Jenny wurde am Arm gepackt und grob auf die Füße gezogen.

»Raus aus meinem Zelt, du kleines Flittchen. Treib dein Gewerbe woanders.« Ein gemeiner Stoß, und Jenny landete taumelnd vor dem Zelt.

Unsicher auf den Beinen, von heftigen Schmerzen gepeinigt und orientierungslos stolperte Jenny davon. Ihr Kopf war so mit Bildern von Schmerz und Grauen gefüllt, dass sie nicht einmal darüber nachdachte, wie sie nach Hause kommen sollte. Möglicherweise wäre sie stundenlang ziellos umhergeirrt, wenn sie nicht zufällig jemanden getroffen hätte.

»Ach, du meine Güte. Was ist Ihnen denn zugestoßen?«

Der Arm, der sich um ihre Schultern legte, gehörte Mrs Baxter. Als Jenny in das gütige Gesicht der Frau blickte, begannen ihre Tränen erneut zu fließen.

»Ist ja gut, meine Liebe. Kommen Sie mit zu mir. Sie brauchen nicht zu reden.«

Als sie in der Hütte der Baxters angekommen waren, fing Jenny an zu zittern. Mrs Baxter überredete sie sanft dazu, sich ins Bett zu legen, und deckte sie trotz der Sommerhitze fest zu.

»Sie haben einen Schock erlitten, meine Liebe. Ich hole Ihnen eine Tasse süßen Tee.«

Jenny schaffte es gerade so, zu nicken. Ihr Körper zitterte vor Kälte. Als Mrs Baxter den süßen Tee brachte, musste sie der jungen Frau die Hand stützen, damit sie trinken konnte. Mrs Baxter sorgte dafür, dass sie alles bis auf den letzten Tropfen austrank. Dann stellte sie die Tasse beiseite und ließ Jenny wieder unter die Decke kriechen.

»Fühlen Sie sich etwas besser, meine Liebe?«

»Ja, danke.« Jenny hörte ihre Stimme, als käme sie von sehr weit weg, ein ganz schwacher Ton nur. Sie schloss die Augen.

Mrs Baxter blieb sitzen und hielt die Hand der jungen Frau, bis sie eingeschlafen war. Gott sei Dank, dass sie immer ein bisschen Laudanum im Haus hatte. Wenn Jenny aufwachte, wäre sie vielleicht in der Lage, den Namen des Mannes zu nennen, der ihr das angetan hatte. Für Mrs Baxter bestand kein Zweifel daran, dass das arme Mädchen vergewaltigt worden war.

Als Jenny aufwachte, bemerkte sie, dass eine Lampe brannte und Selena auf einem Stuhl neben dem Bett saß. Einen Moment lang blickten sich die beiden jungen Frauen stumm in die Augen. Jenny sah Besorgnis in Selenas braunen Augen. Selena bemerkte, dass Jennys klare blaue Augen von Verzweiflung getrübt waren. Sie streckte eine Hand aus und streichelte ihr sanft über die Wange.

»Wie geht es dir?«

Jenny schüttelte einfach nur den Kopf und biss sich auf die Unterlippe, während ihr die Tränen in die Augen stiegen.

»Mrs Baxter«, rief Selena leise. »Jenny ist wach.«

Mrs Baxter kam sofort und erkundigte sich ebenfalls besorgt nach Jennys Befinden. Wieder schüttelte diese nur den Kopf. Sie bemerkte den Blick, den Mrs Baxter und Selena wechselten. Sie wussten es. Man hatte es ihnen gar nicht zu sagen brauchen. Wer wusste es sonst noch? Will doch wohl nicht? Wie sollte sie es nur ertragen, wenn Will Bescheid wüsste? Er würde sich doch mit Abscheu von ihr abwenden. Die Tränen flossen wieder.

Mrs Baxter hatte ihre Hände ergriffen. »Jenny, Sie müssen uns sagen, wer Ihnen das angetan hat, damit der Mann bestraft werden kann.«

Bestraft? Wann waren denn Polizisten auf den Goldfeldern jemals bestraft worden? Will würde Tom Roberts umbringen, wenn er jemals erfahren würde, was der brutale Kerl getan hatte. Sie konnte die Vorstellung nicht ertragen, dass Will wegen Mordes gehenkt würde.

Zitternd holte sie Luft und stieß sie wieder aus. »Ich kenne den Mann nicht.«

»Ach, das ist schlecht. Sind Sie sich ganz sicher?«

»Es war ein Fremder. Weiß …?«, begann sie, war jedoch nicht in der Lage, die Frage zu beenden, und drehte den Kopf zur Seite.

»Niemand weiß, was passiert ist, nur wir drei«, antwortete Selena mit sanfter Stimme. »Du musst entscheiden, wer es sonst noch erfahren soll.«

»Niemand. Ich möchte nicht, dass es jemand erfährt, und schon gar nicht …« Wieder brachte sie den Satz nicht zu Ende.

Und wieder antwortete Selena. »Will wird weder von mir noch von Mrs Baxter etwas erfahren.«

Auch Mrs Baxter versuchte, sie zu beruhigen. »Ich habe bereits Mr Baxter und meinen Söhnen erzählt, dass Sie böse gestürzt sind. Wenn es Ihnen recht ist, Jenny, werden wir diese Geschichte auch den anderen erzählen, einschließlich Will. Sie können ihm ja irgendwann die Wahrheit sagen, wenn Sie sich dazu in der Lage fühlen.«

»Danke euch beiden.«

In den folgenden Tagen erkannte Jenny, wie sehr Will sie liebte. Er war beinah krank vor Sorge. Wie wäre er damit umgegangen, wenn er die Wahrheit gekannt oder gewusst hätte, wer ihr das angetan hatte? Ich muss zu Gott beten, sagte sie sich, dass er es niemals herausfindet.

»Am Samstag bringe ich dich nach Langsdale. Dann weiß ich, dass du in Sicherheit bist.«

Jenny widersprach mit ruhiger Stimme. »Unfälle können überall passieren.«

In Wirklichkeit hatte sie Angst, dass weder Con noch Meggan ihr glauben würden, dass sie bloß gestürzt war. Meggan war sicherlich mindestens so einfühlsam wie Mrs Baxter. So lächerlich die Gründe dafür auch sein mochten, irgendwie fühlte sie sich am sichersten bei Selena und Mrs Baxter. Wo auch immer sie hinging, begleitete sie eine von beiden. Auch wenn sie nicht das Bedürfnis hatte, über ihr furchtbares Erlebnis zu sprechen, war es für sie ein Trost, zu wissen, dass die beiden Verständnis für ihr Schweigen hatten.

Über das Grauen zu sprechen, das sie wohl niemals vergessen würde, war ihr unmöglich. Sie gab sich die Schuld dafür, dass sie mit diesem Mann mitgegangen war nach allem, was sie über seine Vergangenheit wusste. Wie töricht von ihr, einem Mann zu trauen, der seine Frau getötet hatte. Schmerzlich war auch das Wissen, das sie gesucht hatte und das der Grund für ihre Leichtgläubigkeit gewesen war. Ein Wissen, auf das sie nun gern verzichtet hätte. Trotz allem glaubte sie, dass Tom Roberts ihr die Wahrheit gesagt hatte.

Angesichts der Qualen, die sie litt, spielte die Absicht, Will zu beweisen, dass sie dem Leben hier gewachsen war, keine Rolle mehr. Sie lebte von einem Tag zum anderen, ohne daran zu denken, was gestern war oder morgen sein würde. Sie merkte kaum, wie besorgt ihre Freunde über die Veränderung waren, die sie an ihr bemerkten. Alle wünschten, sie würde nach Langsdale zurückkehren.

Will wurde wütend. »Wenn du mich lieben würdest, würdest du dorthin gehen. Willst du denn, dass ich graue Haare kriege, weil ich mir die ganze Zeit Sorgen um dich machen muss?«

Als sie nicht antwortete, schob er sein Kinn vor und ballte die Fäuste. »Willst du mich heiraten?«

Wie aggressiv er sich anhörte. »Ich … ich liebe dich immer noch.« Was sollte sie sonst sagen, wo sie sich doch nicht mehr sicher war, ob es richtig war zu heiraten.

Ihre Antwort beschwichtigte Will nicht. »Was soll das heißen, ›immer noch‹? Du hast mich gezwungen, einer vorzeitigen Heirat zuzustimmen …«

»Oh!«

»… indem du dich geweigert hast, Ballarat zu verlassen, bevor wir verheiratet sind. Jetzt will ich dir mal was sagen, Miss Tremayne. Ich werde dich nicht heiraten, wenn du Ballarat nicht verlässt.«

Und er meinte, was er sagte. Das konnte sie seinem Blick ansehen. Ohne nachzudenken, antwortete sie: »Nun ja, vielleicht möchte ich dich ja auch nicht mehr heiraten, Will Collins.«

In ihrem Schmerz, verbunden mit der Scham und dem Glauben, dass sie jetzt nicht mehr heiraten sollte, wirkte sie so überzeugend, dass Will ihr glaubte. Ohne ein Wort zu sagen, drehte er sich um und ging fort.

Jenny verbrannte den Brief, den sie nie abgeschickt hatte. Als Meggan und Con Ende Februar nach Ballarat kamen, tat sie, als sei alles in Ordnung. Selena war eine treue Verbündete.

»Du hast uns allen gezeigt, dass wir Unrecht hatten«, sagte Meggan. »Keiner von uns hätte je geglaubt, dass du hier zurechtkommen würdest.«

»Ich gebe zu, dass die ersten Wochen sehr schwierig waren.«

»Und jetzt?«

»Jetzt ist Jenny eine von uns«, erklärte Selena, obwohl es Jenny in Wirklichkeit immer noch schwerfiel, sich mit den unangenehmen Seiten des Lebens auf den Goldfeldern abzufinden.

»Was sagt denn Will dazu? Ist er endlich überzeugt?«

»Er meint, ich sollte nach Langsdale zurückkehren.«

»Mein Bruder hat also immer noch seine feste Meinung darüber, welches Leben er für dich für angemessen hält.«

»Ich für meinen Teil hab ihm jedenfalls erklärt, dass er uneinsichtig ist«, bemerkte Selena.

»Ach?«, fragte Jenny völlig überrascht.

»Und was hat er gesagt?«, wollte Meggan wissen, die bei der Vorstellung lächeln musste, wie Selena Will ins Gewissen redete.

Selena zog einen leichten Schmollmund. »Er hat gesagt, ich soll mich um meine eigenen Angelegenheiten kümmern.«

»Ja.« Meggan lachte. »Das kann ich mir gut vorstellen. Ich hab dir doch gesagt, Jenny, dass mein Bruder, wenn er sich einmal über etwas eine Meinung gebildet hat, sich nur schwer davon abbringen lässt.«

»Jenny und ich werden es ihm gemeinsam ausreden«, erklärte Selena. »Was gibt's denn Neues auf Langsdale?«

»Es geht uns allen gut. Etty entwickelt sich prächtig. Sie kann sogar schon ein paar Worte sagen. Ned und Mrs Clancy sind ganz begeistert von ihr.«

»Wie geht es Agnes?« Jenny zwang sich, die Frage zu stellen. »Hat sie mittlerweile ihren Bruder getroffen?«

»Ich glaube, ihr Bruder ist so ziemlich der Letzte, an den sie im Augenblick denkt. Vermutlich nimmt Mr Benedict all ihre Gedanken in Anspruch.«

»Eine Romanze«, rief Selena. »Wie wunderbar.«

»Agnes ist ganz offensichtlich verliebt. Man braucht nur zu sehen, wie sie strahlt, wenn Mr Benedict auf der Farm ist.«

Meggan hielt inne, und ein Lächeln umspielte ihre Lippen, dann blickte sie auf, um die Gesichter der anderen Frauen zu beobachten. »Ich habe noch mehr Neuigkeiten. Ich bekomme ein Baby.«

»Wie wunderbar.« Selena klatschte in die Hände.

Jenny umarmte Meggan. »Wann ist es denn so weit?«

»Ich rechne damit, dass ich Ende August niederkomme. Vielleicht sogar an meinem Geburtstag.«

»Wünschst du dir einen Jungen oder ein Mädchen?«, fragte Selena.

»Con wird sicher auf einen Sohn hoffen«, vermutete Jenny.

Von da an drehte sich das Gespräch nur noch um das Kind, das Meggan erwartete, und es wurde nicht mehr über die eventuelle Heirat von Jenny und Will gesprochen.

Auch das betroffene Paar hatte das Thema nicht noch einmal

angeschnitten, und keiner von beiden hatte sich für die zornigen Worte entschuldigt, die zwischen ihnen gefallen waren.

Genau eine Woche nach dem Besuch in Ballarat erhielt Meggan einen Brief von Jane Winton. Sie öffnete ihn neugierig, denn die beiden waren sich während der Monate auf Grasslands, der Farm der Heilbuths, als sie beide auf die Geburt eines Kindes warteten, sehr nahegekommen.

Meine liebe Meggan,
ich wäre ja so froh, wenn Du mehr in meiner Nähe leben würdest, denn ich brauche dringend Deinen Rat. Es geht um eine Angelegenheit, über die ich nicht mit Mrs Heilbuth reden möchte, so nett sie auch ist, da sie nicht meine ganze Geschichte kennt.

Wie Du weißt, bin ich mit meiner Familie in Kontakt geblieben. Ich werde die Wintons immer als meine Familie betrachten. Ich habe fast genauso lange wie eine Tochter bei ihnen gelebt, wie ich das Leben einer Aborigine geführt habe.

Anne und ich haben uns völlig ausgesöhnt. Sie hat mir voll und ganz verziehen, was ich und James getan haben. An den Namen Rodney Tremayne kann ich mich einfach nicht gewöhnen. Ich kann an ihn nur als James Pengelly denken, was, wie ich gestehen muss, nicht allzu oft vorkommt. Nachdem Anne Ernest French kennen gelernt hat, hat sie festgestellt, dass sie James eigentlich nie geliebt hat. Nun frage auch ich mich, ob ich ihn tatsächlich so geliebt habe, wie ich das damals glaubte, da ich ihn doch offenbar so leicht aus meinem Gedächtnis streichen konnte.

Vor drei Wochen bin ich zu einem Familientreffen nach Adelaide gereist. Joshua war natürlich nicht da. Niemand weiß, wo er ist, und das will auch niemand wissen. Mama,

Papa, Adam, Anne und ich hatten eine wunderbare Zeit zusammen. Ernest hat sich abends zu uns gesellt, da er tagsüber in seiner Schule beschäftigt ist. Ich mag ihn sehr gerne. Anne und er passen perfekt zusammen.

Alle waren entzückt von Darcy. Er läuft ständig herum und kann sogar schon ein paar Worte sagen. Ich nehme an, bei Deiner Etty, die ja zwei Monate älter ist als Darcy, ist das genauso. Ich würde sie so gerne wiedersehen. Sie war erst sechs Monate alt, als Ihr nach Cornwall zurückgekehrt seid. Ich denke immer wieder, wie schön es doch wäre, wenn unsere Kinder zusammen aufwachsen könnten. Auch wenn das nur dumm und sentimental ist.

Doch nun zu der Sache, in der ich Deinen Rat brauche. Adam hat mich gefragt, ob ich ihn heiraten möchte. Es hätte mich eigentlich nicht überraschen sollen. Wenn ich an die Briefe denke, die er mir geschrieben hat, wird mir klar, dass es da einige Hinweise gab. Ich hab gedacht, er wollte bloß, dass ich nach Riverview zurückkehre. Ich weiß, dass Mama und Papa möchten, dass ich zurückkomme. Ich bin diejenige, die das Gefühl hat, nicht zurück nach Hause zu können.

Adam hat gesagt, er wäre bereit, Darcy als seinen Sohn großzuziehen. Er sieht Darcy als meinen Sohn und denkt nicht darüber nach, dass das Kind von James gezeugt wurde. Er hat Mama und Papa von seiner Absicht erzählt, bevor er mir den Antrag gemacht hat. Ich glaube, sie würden sich freuen, wenn er mich heiratet, und haben keine Bedenken wegen des Rassenunterschieds.

Liebe Meggan, ich weiß nicht, was ich tun soll. Ich habe Adam immer gern gemocht, aber ich glaube nicht, dass ich ihn liebe. Und das hat nichts damit zu tun, dass ich als seine Schwester aufgewachsen bin. Mit keinem der beiden Jungen habe ich mich so verbunden gefühlt wie mit Anne. Auch habe ich für sie nie so eine starke Liebe empfunden wie für unsere Eltern.

Ich vermisse Riverview sehr. Ich glaube, das ist der einzige Ort, an dem ich jemals wirklich glücklich sein könnte. Ich bin eine Außenseiterin in der europäischen Gesellschaft. Eine zivilisierte Aborigine mit mehr Bildung, als viele weiße Frauen sie haben, ja sogar viele weiße Männer.

Die Heilbuths sind immer sehr gut zu mir gewesen, und ich kann mich über mein Leben auf Grasslands nicht beklagen. Im nächsten Jahr werden die Zwillinge acht, und Barney wird nach Adelaide ins Internat geschickt werden. Sarah wird die Trennung von ihrem Zwillingsbruder zwar sehr schwerfallen, aber sie braucht wohl kaum noch ein Kindermädchen. Dann gibt es keinen Grund, weshalb die Heilbuths mich noch länger beschäftigen sollten.

Ich weiß, Du wirst sagen, dass ich Adams Antrag annehmen sollte, weil damit meine Zukunft gesichert wäre. In vieler Hinsicht möchte ich das auch. Doch es gibt da etwas, das mich zurückhält.

Du weißt von der Sache mit Joshua, dass er mich, bevor ich Riverview verlassen habe, vergewaltigt hat. Damals habe ich mir geschworen, dass ich ihn eines Tages töten werde. Und ich glaube, dass dieser Tag kommen wird. Wie oder wann, weiß ich nicht.

Meggan, wie kann ich Adam heiraten, wenn ich höchstwahrscheinlich eines Tages seinen Bruder töten werde?

Sei herzlichst gegrüßt

Jane

Meggan schrieb sofort eine Antwort.

Liebste Jane,
Du musst natürlich selbst entscheiden, was für Dich das Richtige ist. Ich kann Dir nur schreiben, wie ich darüber denke.

Adam ist ein guter und zuverlässiger Mann. Als Ihr mich in meinem Haus in Adelaide besucht habt, habe ich seine Zuneigung zu Dir gespürt. Wenn Du mit Adam verheiratet wärst, brauchtest Du Dir keine Gedanken mehr über Deine Zukunft zu machen. Er wird immer gut für Dich sorgen und für Deinen Sohn. Du gibst selbst zu, dass Du gerne nach Riverview zurückkehren würdest. Ich halte eine Ehe mit Adam für die perfekte Lösung.

Lass Dich nicht durch fehlende Liebe auf Deiner Seite davon abhalten. Ich habe meinen ersten Mann auch nicht geliebt, als ich seinen Heiratsantrag annahm. Ich habe ihn respektiert und bewundert. Doch schon bald habe ich ihn sehr lieb gewonnen. Wie lieb, das wurde mir erst klar, als er mir auf so tragische Weise genommen wurde.

Was die Sache mit Joshua betrifft, meine ich, dass Du ihn vergessen solltest. Lass nicht zu, dass düstere Gedanken Deinem Glück im Wege stehen. Damit will ich mich keineswegs über Deinen Glauben an das, was vorherbestimmt ist, lustig machen. Ich hab etwas sehr Ähnliches erlebt, als ich zwölf Jahre alt war und einen weißen Hasen sah.

Doch ganz gleich, wie stark Du diese Schicksalhaftigkeit empfindest, weißt Du trotzdem nicht, wann Joshua Dir wieder begegnet. Es könnte auch erst in vielen Jahren sein.

Also, liebe Jane, heirate Adam und werde so glücklich, wie Du es verdient hast.

Mit herzlichen Grüßen
von Deiner Meggan

Während sie die Tinte ablöschte und den Brief versiegelte, dachte Meggan über Joshua Winton nach. Will hatte ihr von der Begegnung am Golden Point und der anschließenden Schlägerei zwischen Hal und Joshua erzählt. Sie hatte sich entschlossen, nichts davon zu schreiben und auch nichts darüber, was Con ihr über Joshuas Aufenthalt auf Langsdale erzählt hatte. Seitdem hatte niemand etwas von dem Mann gehört oder gesehen. Er konnte wer weiß wo sein.

Die Wahrscheinlichkeit, durch eigene Anstrengungen reich zu werden, erschien Joshua immer geringer. Zwar hatte er in Creswick einigen Erfolg gehabt, an manchen Tagen sogar den Neid von Goldgräbern erregt, die weniger Glück hatten als er, doch diese Tage waren eher selten gewesen.

Nach zwei Monaten in Creswick war er nach Bendigo aufgebrochen und hatte auf verschiedenen kleineren Feldern auf dem Weg dorthin ein wenig geschürft. Immer hoffte er auf den großen Fund, auf das Riesennugget, das ihn reicher machen würde, als er es sich in seinen kühnsten Träumen vorstellen konnte. Doch als er am Eaglehawk Gully in der Nähe von Bendigo eintraf, war er überzeugt davon, dass sich ehrliche Arbeit nicht bezahlt machte. So war sein Vorsatz, ein ehrlicher Mann zu werden, schon bald wieder dahin. Wenn man nicht vom Schicksal begünstigt war, musste man halt jede Gelegenheit ergreifen, um an ein bisschen Reichtum zu kommen.

Doch wie schon zu der Zeit, als er sich am Gold anderer Leute bereichert hatte, ließ ihn auch diesmal das Glück im Stich. Fern der Goldfelder hatte er auf einsamen Straßen etwa ein halbes Dutzend Raubüberfälle verübt. Als er bemerkte, dass die Polizei anfing, ihn zu verdächtigen, verließ er rasch den Bezirk Bendigo.

Mount Alexander war mehr nach seinem Geschmack. In dieser gesetzlosen Gegend, wo die Polizei vollkommen unfähig war und die ehrlichen Menschen panische Angst hatten, konnte man einen Mann am helllichten Tag vor mehreren Zeugen ausrauben und ungestraft davonkommen. Trotzdem zog er es vor, sich seine Opfer auf den Straßen oder an den Rändern der Goldfelder zu suchen, wo es weniger Zeugen gab.

Fast zur gleichen Zeit, als Meggan sich fragte, was wohl aus Joshua Winton geworden war, saß dieser bei einem Drink mit zwei irischen Brüdern in einem Hotel in Mount Alexander. Mick und Daniel Murphy ließen genau wie Joshua lieber andere die Arbeit für sie tun und nahmen ihnen dann ihr Gold ab. Die Brüder prahlten damit, wie viele Reisende sie schon ausgeraubt und nackt an einen Baum gekettet zurückgelassen hatten. Sie meinten, dass es für Joshua von Vorteil wäre, sich mit ihnen zusammenzutun. Joshua lehnte das ab.

»Ich mach lieber meinen eigenen Kram. Ich komm auch so ganz gut klar.«

Daniel trank einen großen Schluck von seinem Whisky. »Das würdest du dir bestimmt anders überlegen, wenn die Beute groß genug wär'.«

Joshuas Interesse war geweckt. »Wie groß?« Doch im selben Augenblick, in dem er die Frage aussprach, wusste er auch schon Bescheid. Er schaute sich kurz um, ob jemand zuhörte, dann beugte er sich näher zu den Brüdern heran. »Ihr meint einen Goldtransport, was?«, fragte er mit leiser Stimme.

Die Murphy-Brüder grinsten hämisch. »Jetzt hast du also doch Interesse.«

Beide standen auf und ließen Joshua ungläubig starrend zurück. »Ist das euer Ernst?«

Ihr Gesichtsausdruck sagte ihm, dass das kein Scherz gewesen war. Doch die Antwort lautete nur, dass sie sich vielleicht mit ihm in Verbindung setzen würden, wenn es so weit wäre.

6

Der erste Schacht, den sie auf dem Eureka-Goldfeld aushoben, erwies sich schon nach drei Metern als ertragreich. Wieder einmal war ihnen Wills Instinkt zugutegekommen, und die Brüder und der Captain waren zuversichtlich, dass sie aus ihrem neuen Claim noch sehr viel mehr Gold herausholen würden. Das führte jedoch zu der Frage, wie sie den Schacht vor Räubern sichern sollten.

»Wenigstens einer von uns sollte in der Nähe wohnen«, erklärte Will. »Wir könnten ein Zelt aufbauen und abwechselnd darin übernachten.«

»Ich hätte einen anderen Vorschlag«, sagte der Captain. »Ich hab Selena versprochen, dass wir noch vor dem Winter eine Holzhütte haben würden. Die könnten wir hier bauen, neben unserem Schacht.«

»Das ist eine sehr gute Idee«, sagte Hal.

Tommy stimmte ihm zu.

Will war nachdenklich. Er war sich nicht sicher, wie es für ihn wäre, Jenny jeden Tag in seiner Nähe zu haben. Seit Jennys Unfall war ihre Beziehung nicht mehr so wie vorher. Zuerst hatte er angenommen, sie hätte von dem üblen Sturz einen Schock erlitten. Doch das war jetzt drei Monate her, und sie gab sich ihm gegenüber immer noch sehr reserviert.

Sie reagierte nicht, wenn er sie küsste. Wenn er daran dachte, wie sie sich am zweiten Weihnachtstag in seine Arme geworfen hatte, konnte er einfach nicht begreifen, was der Grund für ihre Veränderung sein könnte. Seine Bitten, ihm doch zu sagen, was los sei, wurden mit vagen Ausflüchten beantwortet.

Nach ihrem Streit war er so wütend gewesen, dass er sich von Jenny ferngehalten hatte, bis Selena ihm in ihrer üblichen direkten Art erklärte, dass er ein sturer Dummkopf sei. Also hatte er Jenny um Vergebung gebeten. Sie hatte zugegeben, dass sie über den Streit ebenfalls betrübt gewesen war, und das Ganze hatte mit einer so zärtlichen Umarmung geendet, dass er geglaubt hatte, alles wäre wieder gut.

»Wir dürfen uns nie wieder streiten, mein Liebling.«

»Verlange bitte nie wieder von mir, dass ich Ballarat verlasse, Will, denn ich möchte bei Selena bleiben.«

»Du weißt, was ich empfinde. Ich werde nicht mehr von dir verlangen, dass du gehst. Aber du kriegst mich auch nicht dazu, dich früher zu heiraten, indem du hierbleibst.«

»Ich will nicht über Heirat reden« war alles, was Jenny geantwortet hatte.

Das war das letzte Mal gewesen, dass sie sich selig an ihn geschmiegt hatte. Deshalb war er nun, Ende April, immer noch völlig ratlos.

Hal unterbrach seine Gedanken. »Was hältst du davon, Will? Wir können es uns doch leisten, für ein paar Tage das Graben einzustellen und eine Hütte zu bauen.«

»Ja natürlich können wir das.« Vielleicht würde sich klären lassen, was diese Veränderung bei ihr ausgelöst hatte, wenn Jenny in seiner Nähe war.

Mrs Baxter, Selena und Jenny saßen gemütlich beisammen und unterhielten sich bei Tee und Mrs Baxters englischem Kuchen. Als Jenny ein zweites Stück Kuchen nahm, verdrehte Selena in gespieltem Entsetzen die Augen.

»Kein Wunder, dass du klagst, dass dir deine Kleider zu eng werden, wenn du so viel isst.«

Jenny wurde rot im Gesicht. »Ich bin bloß hungrig, das ist alles.«

»Du scheinst in letzter Zeit immer Hunger zu haben. Vielleicht hast du ja Würmer im Bauch und solltest ein Mittel dagegen nehmen.«

Jenny schwieg. Mrs Baxter runzelte die Stirn. Selena plauderte unterdessen über eine Szene, die sie am Vortag auf der Hauptstraße beobachtet hatte, wo ein Goldgräber, der seine Gerätschaften zum Verkauf anbot, einen Auktionator auf der anderen Straßenseite nachgeäfft hatte.

»Alle haben über das schauspielerische Talent des Goldgräbers gelacht. Dann haben der Goldgräber und der Auktionator lauthals versucht, sich gegenseitig zu übertrumpfen, bis der Goldgräber schließlich den Auktionator zum Verkauf angeboten hat. Es war irrsinnig komisch. Ich hab ja so gelacht.«

»Da wäre ich gerne dabei gewesen«, sagte Mrs Baxter lachend.

»Auf der Hauptstraße passieren immer interessante Dinge.« Selena fiel in Mrs Baxters Lachen ein. »Was mag wohl heute los sein? Hast du Lust, mitzukommen, Jenny?«

»Nein, ich bin müde. Ich gehe nach Hause und ruhe mich aus.«

»Du hast dich doch schon gestern den ganzen Nachmittag ausgeruht.«

»Ja, ich weiß.«

»Nun ja, ich seh mal nach dir, wenn ich zurück bin. Auf Wiedersehen, Mrs Baxter. Danke für den Tee und den Kuchen.«

Jenny machte ebenfalls Anstalten, zu gehen. Mrs Baxter bat sie zu bleiben.

»Haben Sie noch ein paar Minuten für mich Zeit, Jenny?«

Jenny setzte sich wieder hin.

Mit geschürzten Lippen und die Hände gefaltet, betrachtete Mrs Baxter die junge Frau einige Sekunden lang schweigend. Dann holte sie tief Luft. »Sie wissen, was ich Sie fragen möchte, nicht wahr, Jenny? Ach, du meine Güte.«

So rasch es ihre Körperfülle erlaubte, stürzte sie zu Jenny und legte ihr einen Arm um die Schulter. Die Tränen, die Mrs Baxters besorgten Ausruf ausgelöst hatten, wuchsen sich zu einem wahren Sturzbach aus. Jenny ließ den Kopf auf die Arme sinken, die auf dem Tisch lagen. Während Mrs Baxter ihr die Schultern tätschelte und über die Haare strich, bebte Jennys Körper unter hemmungslosem Schluchzen.

»Ist ja gut, meine Liebe. Reden Sie sich alles von der Seele, dann werden Sie sich besser fühlen.«

»Besser?« Jenny hob den Kopf. »Wie soll ich mich jemals besser fühlen, Mrs Baxter? Ich weiß überhaupt nicht, was ich tun soll.«

Der qualvolle Ausdruck in dem jungen Gesicht berührte Mrs Baxter zutiefst. Hätte sie in diesem Augenblick dem Mann gegenübergestanden, der Jenny das angetan hatte, hätte sie diesem Unmenschen ein Messer ins Herz gestoßen. Doch was konnte sie jetzt tun? Zunächst einmal das Mädchen dazu bringen, sich die Augen zu trocknen, und ihr eine Tasse süßen heißen Tee einflößen. Als Jenny ihren süßen Tee getrunken hatte, beruhigte sie sich etwas.

Inzwischen hatte Mrs Baxter einen Entschluss gefasst. Es gab nur eine Möglichkeit, zu handeln. Will musste die Wahrheit erfahren. Er liebte das Mädchen genug, um ihr beizustehen.

Da es keine schonende Möglichkeit gab, ihm die Sache nahezubringen, kam Mrs Baxter, als sie Will am späten Nachmittag traf, direkt zur Sache.

»Jenny ist im Januar nicht gestürzt. Sie wurde vergewaltigt.«

»Was!?« Will wurde vor Schock erst knallrot im Gesicht und dann totenbleich. »Nein, nein, das hätte Jenny mir doch erzählt.«

»Das ist es ja gerade, Will, sie hat es niemandem gesagt. Aber ich habe in meinem Leben schon genug gesehen, dass ich mir sofort denken konnte, was passiert war.«

»Sie hätten es mir sagen sollen. Warum haben Sie geschwiegen?«

Mrs Baxter merkte, dass er unter Schock stand und vollkommen außer Fassung war. Die Wut würde noch früh genug kommen.

»Das arme Mädchen hat uns gebeten, dir nichts davon zu erzählen.«

»Uns?«

»Selena weiß es auch.«

»Und wieso erzählen Sie es mir jetzt, Mrs Baxter?«

»Weil die Sache damit noch nicht zu Ende ist. Jenny trägt das Kind ihres Vergewaltigers unter dem Herzen.«

Will sah aus, als würde er gleich ohnmächtig werden. Sein Gesicht wurde aschfahl, und die Hand, mit der er sich durch die Haare fuhr, zitterte unübersehbar.

»Jenny erwartet ein Kind?« Seine Stimme hörte sich an, als ob er nicht verstehen könnte, was man ihm sagte.

»Das Mädchen braucht dich, Will. Sie hat keine Ahnung, an wen sie sich wenden soll. Ich weiß nicht, wie lange sie noch versucht hätte, ihren Zustand geheim zu halten, wenn ich es nicht erraten hätte.«

»Was soll ich denn jetzt machen?«

»Geh zu ihr und sprich mit ihr.«

»Ja.« Er fuhr sich wieder mit der Hand durch die Haare. »Ich muss mit ihr reden. Aber … Was soll ich ihr sagen?«

»Sei einfach ganz lieb zu ihr, Will.«

Er fühlte sich benommen. Er empfand einen Schmerz, als wäre nicht Jenny, sondern er verletzt worden. Doch vor allem spürte er eine mörderische Wut auf den Unmenschen, der das getan hatte. Außerdem empfand er eine Art Trauer, als wäre ihm die Frau, die er so sehr liebte, genommen worden. Der einzige klare Gedanke, den er fassen konnte, war, dass er sie in dieser Not nicht alleine lassen durfte.

Als er zum Zelt kam, saß sie auf dem Holzklotz davor. Vielleicht sagte ihr sein Gesichtsausdruck, was er wusste, denn sie wandte schnell den Blick ab. Ihre Tränen brachen ihm das Herz. Er zog sie hoch und nahm sie fest in die Arme, ohne sich seiner eigenen Tränen zu schämen. Traurig und verzweifelt klammerten sie sich aneinander.

»Warum hast du mir nichts gesagt?«

Ihre Antwort kam ganz leise von seiner Schulter. »Ich habe mich so geschämt.«

Darauf hielt er sie ein Stück von sich und legte seine Hände um ihr Gesicht. »Vor mir brauchst du dich niemals zu schämen.«

»Du weinst ja.« Sie hob die Hand und wischte ihm eine Träne von der Wange. Nun nahm er sie wieder in die Arme.

»Ich liebe dich. Ich habe dich immer geliebt und werde dich immer lieben. Wir werden heiraten, sobald es sich einrichten lässt.«

»Nein.« Sie wand sich aus seiner Umarmung, drehte sich zur Seite und verbarg das Gesicht in ihren Händen. »Ich kann dich jetzt nicht heiraten.«

»Du musst.«

Eine entsetzliche Verzweiflung zerriss ihr das Herz. Ihre Stimme zitterte. »Ich erwarte ein Kind von einem anderen Mann, ein Kind, das ich nicht haben sollte und das ich nicht will.«

»Möchtest du denn lieber eine unverheiratete Frau sein und dir das Gerede der Leute anhören?«

»Ich möchte dieses Kind am liebsten gar nicht bekommen.« Doch ihre Worte waren so leise, dass Will sie kaum hörte.

Erst als sie ihn wieder ansah, wurde ihm klar, was sie meinte. Sein Schmerz wurde noch unerträglicher. »Du meinst, du willst es loswerden?«

Jenny wischte sich mit der Hand die Tränen aus den Augen und kniff trotzig die Lippen zusammen.

»Ich habe gehört, dass es da Möglichkeiten gibt. Ich glaube, am Golden Point wohnt eine Frau, die weiß, wie man das macht.«

»Jenny, Jenny.« Jetzt hielt er sie an den Schultern fest und sah ihr in die Augen. »An so etwas darfst du nicht mal denken. Natürlich ist das möglich, aber du könntest dabei innerlich verletzt werden. Du könntest sogar sterben. Willst du etwa sterben?«

»Nein, ich will leben. Ich möchte dich heiraten und von *dir* Kinder bekommen.« Wieder flossen ihr Tränen über die Wangen. »Ich wollte dich heiraten. Nun ist alles, was ich mir erhofft hatte, von einem schlechten Menschen zerstört worden.«

»Hast du den Mann ganz bestimmt nicht gekannt? Denn wenn du mir seinen Namen nennen kannst, werde ich ihn töten.«

»Und als Mörder gehenkt werden? Nein, Will. Ich habe den Mann nicht gekannt.«

»Versprich mir, wenn du das Schwein noch einmal siehst, dass du es mir sagen wirst.«

»Ich würde es dir niemals sagen. Allein deinetwegen nicht.«

Ihre Worte, die plötzliche Kraft in ihrer Stimme, verwirrten ihn und weckten einen schrecklichen Verdacht ihn ihm. Jenny kannte den Mann, der ihr das angetan hatte, also doch. Warum behielt sie dann dieses Wissen für sich? Da kam ihm ein weiterer Gedanke. Schwieg sie nur aus Angst, dass er den Mann tatsächlich töten würde? Er konnte sie jetzt nicht bedrängen, aber eines

Tages würde er den Namen des Mannes aus ihr herauskriegen. Doch jetzt musste erst einmal eine dringlichere Angelegenheit geregelt werden.

Er nahm die Hände von ihren Schultern und legte sie erneut um ihr Gesicht. »Du wirst mich heiraten. Dazu gibt es nichts mehr zu sagen.«

»Und was ist mit diesem Kind? Würdest du es denn behalten wollen?«

»Wenn du feststellst, dass es dir doch etwas bedeutet, werde ich ihm ein Vater sein.«

»Es könnte mir nie etwas bedeuten.«

Die Heftigkeit dieser Äußerung erschreckte Will. »Wir werden ja sehen.«

Obwohl sie zutiefst überzeugt zu sein schien, waren ihre Augen immer noch voller Schmerz und Leid.

Will nahm sie in die Arme, doch selbst als ihre Münder sich aneinanderschmiegten, verspürte er keine Leidenschaft. Doch er bemerkte es nicht einmal.

»Ich werde einen Pfarrer für uns suchen. Versprich mir, dass du nichts Törichtes tust.«

»Ich verspreche es.«

Gold war sehr nützlich. Selbst die Männer Gottes waren gegen seine Verlockungen nicht immun. Gegen eine unanständig große Menge des gelben Metalls engagierte Will einen Pfarrer, der sie noch am selben Abend traute. Mrs Baxter und der Bedienstete des Pfarrers waren die einzigen Zeugen. Nach der kurzen Zeremonie brachte Will Jenny wieder zu Selena und dem Captain. Er selbst ging nach Hause zu seinen Brüdern.

Während er sich auf einen Stuhl setzte und die Stiefel auszog, sagte er: »Ich bin für ein paar Tage fort.«

»Hast du was auszuliefern?«, fragte Tommy.

»Wohin?«, fragte Hal.

»Jenny hat sich entschlossen, zurück nach Langsdale zu gehen.« Doch das war eine Lüge. Er hatte ihr gesagt, sie müsse gehen und dass er keine Widerrede dulde. Sie hatte nur murrend zugestimmt. »Ich habe ihr versprochen, sie morgen dorthin zu fahren. Während ich weg bin, könntet ihr schon mal mit der neuen Hütte neben unserem Claim anfangen.«

»Du bist also mit dem Captain einer Meinung?«

»Es ist eine gute Lösung. Wir müssen ja unseren Schacht bewachen.«

Die lange Fahrt von Ballarat nach Langsdale war nicht leicht für sie. Zum ersten Mal als Mann und Frau allein, wusste keiner von beiden so recht etwas zu sagen. In schweigendem Einverständnis wurde auch der Grund für ihre überstürzte Heirat nicht erwähnt.

Will sprach ein wenig über die großen Hoffnungen, die sie in ihr Eureka-Claim setzten. Jenny bemerkte, dass es ein schöner Tag sei, die Sonne angenehm warm und der Himmel so klar und blau, und wie hübsch die vereinzelten Schäfchenwolken doch seien, die über ihnen trieben. Danach bemühte sich Jenny nicht mehr darum, Konversation zu machen. Wills sporadische Versuche endeten ebenfalls in Schweigen. Erst als sie nur noch wenige Meilen von der Farm entfernt waren, begann Jenny von ihren Sorgen zu reden.

»Was werden wir Con und Meggan sagen?«

Sie sah so bekümmert aus, dass er versuchte, ihre Laune durch einen kleinen Scherz zu heben. »Wir werden Ihnen sagen, dass wir geheiratet haben und dass du, wie es sich für eine gute Ehefrau gehört, meine Anweisungen befolgst.«

»Du hast mir keine Wahl gelassen.«

Er war leicht verärgert darüber, dass sie nicht gemerkt hatte, dass seine Worte nur so dahergeredet waren. »Con war nie damit einverstanden, dass du bei Selena und ihrem Vater wohnst. Er wird froh sein, dass du zurückkommst.«

»Ich habe überhaupt nicht das Gefühl, als wären wir verheiratet.«

Sie starrte geradeaus. Will ebenfalls.

»Ich werde noch einen Tag auf Langsdale bleiben.«

Sie wussten beide, dass er eigentlich vom Abend sprach. Keiner wusste, dass der jeweils andere sich fragte, wie er die Hochzeitsnacht durchstehen sollte.

Agnes schnitt im Gemüsegarten gerade einen Kohlkopf, als sie den Wagen die Straße entlangkommen sah. Da sie ziemlich sicher war, dass weder Mr noch Mrs Trevannick Miss Jenny erwarteten, raffte sie ihre Röcke, um zurück zum Haus zu laufen. Außerdem wäre Mrs Clancy bestimmt verärgert, wenn sie nicht genug Zeit hätte, ein schönes Essen vorzubereiten.

Da sie die Röcke mit der rechten Hand umklammert hielt und den Kohlkopf unter den linken Arm geklemmt hatte, hatte sie keine Chance, sich aufrecht zu halten, als sie über einen Stein stolperte. Indem sie die rechte Hand ausstreckte, konnte sie gerade noch verhindern, dass sie mit dem Gesicht aufschlug, doch da sie mit dem Bauch auf dem Kohlkopf landete, blieb ihr die Luft weg.

»Autsch.« Stöhnend rollte sie von dem Kohl herunter und setzte sich hin. Bis auf eine rote Schramme an ihrem rechten Handballen war sie unverletzt. Ihr Kleid war nicht so gut weggekommen. Es war vorne ganz schmutzig. Dabei hatte sie erst am Morgen einen sauberen Rock und ein sauberes Mieder angezogen.

»Verdammt noch mal«, fluchte sie laut, während sie sich auf Hände und Knie drehte, um aufzustehen. Sie stand viel schneller, als sie erwartet hatte, da eine starke Hand sie am Oberarm gepackt hatte.

»Sie sollten nicht fluchen, Miss Agnes. Das tut eine Dame nicht.«

»Ich bin keine Dame. Ich bin nur das Hausmädchen«, erwiderte sie.

Den Kopf gebeugt, wischte sie heftig an ihrem Rock herum, um ihr erhitztes Gesicht zu verbergen. Sie war nicht rot geworden, weil man sie beim Fluchen erwischt hatte, sondern weil ausgerechnet Larry Benedict das mitbekommen hatte.

»Sie könnten mich ja mal fragen, ob ich mir wehgetan habe«, sagte sie schnippisch.

»Haben Sie sich wehgetan, Miss Agnes?«

»Nein, habe ich nicht, und jetzt tun Sie mich schon wieder auslachen.« Ohne sich richtig bewusst zu sein, was sie tat, rieb sie mit der linken Hand über die Schramme an der rechten.

Hatte er bisher nur gegrinst, musste er nun herzhaft lachen. »Was ist denn mit Ihrer Hand? Soll ich sie Ihnen wieder heil küssen?«

»Wagen Sie es bloß nicht!«

Doch ihr Protest und der Versuch, die Hand hinter ihrem Rücken zu verstecken, nutzten ihr nichts. Er nahm ihre rechte Hand in seine, hob sie an und drückte seine Lippen auf die Schramme.

»Bitte sehr. Und …«, er bückte sich, um den Kohlkopf aufzuheben, »… hier ist Ihr Kohlkopf.« Agnes riss ihn ihm praktisch aus der Hand. »Und nun, meine unfallgefährdete Miss Agnes, würde ich vorschlagen, dass Sie das restliche Stück langsam gehen.« Immer noch vor sich hin lachend, setzte er seinen Weg fort.

»Grässlicher Mensch«, murmelte Agnes leise. Ihr die Hand wieder heil küssen, unverschämt! Dabei hatte er nur erreicht, dass sie noch mehr außer Atem war als vorher. »Zur Hölle mit ihm«, fluchte sie schon wieder. »Wie dämlich von mir, dass ich jede Nacht von ihm träume, wo er mich doch immer nur auslacht.«

Völlig außer sich stapfte sie in die Küche zurück und knallte den Kohl auf den Tisch.

Mrs Clancy zog die Augenbrauen hoch. »Was ist denn mit dir los?«

»Dieser Mann.«

»Oh, du meinst Larry. Hat er dich wieder geneckt?«

»Der tut nichts anderes als mich necken.«

»Der Mann mag dich.«

»Ha«, machte Agnes, ganz und gar nicht überzeugt. »Haben Sie gewusst, dass Miss Jenny zu Besuch kommt?«

»Äh, nein. Woher weißt du das denn?«

»Ich habe den Wagen vom Garten aus gesehen. Will fährt Miss Jenny. Sie werden jede Minute hier sein.«

»Ach, du meine Güte. Lauf schnell zur Herrin und sag ihr Bescheid, dann kommst du sofort zurück und hilfst mir mit dem Essen.«

Meggan, die mit Etty in der Sonne auf der Veranda saß, erblickte den Wagen, kurz bevor Agnes kam, um es ihr zu sagen.

»Danke, Agnes, ich habe sie schon gesehen. Sag Mrs Clancy, sie möchte Tee, ein paar Sandwiches und Kuchen zurechtstellen. Die beiden haben sicher Hunger.«

»Ja, Mrs Trevannick.«

»Guck mal, Etty, da kommen Onkel Will und Tante Jenny. Wie schade, dass dein Daddy nicht zu Haus ist.«

»Daddy, Haus?«, fragte Etty und wiederholte die beiden Worte, die sie sagen konnte.

»Nein, Schätzchen, Daddy ist bei den Schafen. Er kommt heute Abend nach Haus. Komm, wir gehen Onkel und Tante entgegen.«

Etty verschmähte die ausgestreckte Hand ihrer Mutter und tapste über die Veranda. Meggan ging dicht hinter ihr her. Will winkte, als er die beiden sah. Meggan winkte zurück und hob Etty dann auf ihre Hüfte.

»Wink mal Onkel Will, Etty.«

Etty strampelte, weil sie runterwollte. »Runter, runter.«

»Na schön, mein kleiner Dickkopf. Ich lass dich runter. Komm her. Du gehst nicht allein die Treppe hinunter.«

Das Kind ignorierte die warnende Stimme seiner Mutter. Langsam einen Fuß nach dem anderen aufsetzend, überwand sie die beiden Stufen.

»Etty!«

Kichernd begann Etty auf den Wagen zuzutrippeln. Meggan lief hinter ihrer eigensinnigen Tochter her.

»Du wirst noch hinfallen.«

Offensichtlich überzeugt, dass das ein wunderbares Spiel war, drehte sich Etty laut kichernd zu ihrer Mutter um und landete dann ganz unerwartet mit einem Plumps auf dem Po. Ihre Augen wurden vor Erstaunen ganz groß. Als sie merkte, dass sie sich nicht wehgetan hatte, rollte sie sich auf Hände und Knie, streckte die Beine und krabbelte mit den Füßen so weit auf ihre Hände zu, bis sie sich aufrichten und weitergehen konnte.

Onkel Will sprang vom Wagen herunter, nahm sie hoch und schwang sie durch die Luft. Etty jauchzte vor Freude. Will drehte sich im Kreis herum und hielt Etty dabei hoch über seinen Kopf. Als er sie herunterließ, gab er ihr einen Kuss auf die Wange. Etty legte ihrem Onkel die Händchen in den Nacken und küsste ihn auf den Mund. Dann kicherte sie und küsste ihn noch einmal.

»Deine Tochter ist ja ein richtiger kleiner Kobold, Megs.«

»Ich weiß. Hallo, Jenny. Das ist aber eine Überraschung. Werdet ihr länger bleiben?«

Nachdem er seine in ihn vernarrte Nichte abgesetzt hatte, half er Jenny beim Absteigen. »Jenny wird hierbleiben. Ich fahre in ein bis zwei Tagen zurück nach Ballarat.«

»Das ist ja wunderbar«, sagte Meggan, obwohl ihr weder der Blick entgangen war, mit dem Jenny Will ansah, noch das leichte Kopfschütteln, mit dem er auf eine unausgesprochene Frage antwortete. Hinter ihrer Ankunft auf Langsdale steckte mehr, als die beiden sagten.

»Kommt doch herein. Ich habe Agnes bereits zu Mrs Clancy geschickt, damit sie uns ein paar Erfrischungen vorbereitet. Ich nehme an, ihr seid beide hungrig und durstig.«

»Ich bringe zuerst den Wagen nach hinten und kümmere mich um mein Pferd. Du kannst schon reingehen, Jenny.«

Wieder fand Meggan, dass Jenny Will ansah, als ob sie aus irgendeinem Grund wollte, dass er bei ihr blieb. Nun war ihre Neugier erst recht geweckt.

»Das kann Larry für dich machen. Agnes soll ihn holen. Nun kommt rein. Etty?« Das Kind saß auf dem Boden, den Mund reichlich mit Erde und Speichel verschmiert. »Ach, Etty, du sollst doch keine Erde in den Mund stecken.«

Will nahm seine Nichte auf den Arm. »Komm, du kleiner Kobold. So hungrig kannst du doch gar nicht sein.«

Agnes wartete bereits an der Tür, um zu hören, ob die Gäste etwas benötigten. »Mrs Clancy hat Sandwiches und Tee vorbereitet. Soll ich das jetzt bringen, Ma'am?«

»Bitte. Und geh zu Larry und frag ihn, ob er sich um Wills Pferd und Wagen kümmern kann. Sag ihm auch, er möchte das Gepäck hereinbringen.«

»Ja, Ma'am.«

»Möchtest du dich vor dem Essen ein bisschen waschen, Jenny?«

»Ja gerne, Meggan. Obwohl ich mich inzwischen daran gewöhnt habe, dass ich mich nicht mehr so oft waschen kann, wie ich das gerne möchte.«

Jennys lockere Bemerkung wurde durch die Sorge in ihren

Augen Lügen gestraft. Als sie hinausgegangen war, um sich frisch zu machen, stellte Meggan ihren Bruder zur Rede.

»Was ist los?«

»Eine ganze Menge, Megs. Jenny und ich haben gestern Abend geheiratet.«

»Geheiratet? Oh, das ist aber eine Überraschung. Warum habt ihr uns denn nichts davon gesagt? Ich hab mir immer vorgestellt, ihr würdet auf Langsdale heiraten. Außerdem dachte ich, du hättest mit der Heirat noch etwas warten wollen.«

»Das hört sich ja an, als wärst du nicht damit einverstanden.«

»Natürlich bin ich damit einverstanden. Ich weiß doch, wie lange ihr euch schon liebt. Ich bin nur etwas überrascht darüber, dass das alles so … plötzlich kommt.« Meggan brach aber mitten im Satz ab.

»Was wolltest du sagen?«, fragte Will.

»Nichts. Ich höre Jenny zurückkommen. Wie geht es meinen beiden anderen Brüdern?«

»Es geht ihnen gut, und ich soll dich ganz herzlich von ihnen grüßen.«

»Wie geht es Selena?«

Will lächelte. »Die ist so wie immer. Ich glaube, sie ist auf den Goldfeldern bekannter als sonst irgendjemand. Ich habe noch nie ein Mädchen gekannt, das so voller Lebensfreude steckt.«

»Redet ihr von Selena?« Jenny war wieder hereingekommen. »Sie ist ein erstaunliches Mädchen. Ohne ihre Hilfe wäre ich niemals zurechtgekommen.«

»Du hast uns alle verblüfft, Jenny, und dein Wunsch ist in Erfüllung gegangen.« Meggan trat auf die junge Frau zu, um sie zu umarmen. »Ich bin ja so froh, dass mein sturer Bruder dich endlich geheiratet hat. Selbst wenn er darauf besteht, dass du bei uns bleibst.« Sie drehte den Kopf und sah Will herausfordernd an. »Ich hab doch Recht? Du hast Jenny befohlen, nach Hause zu kommen.«

»Ja, Meggan, das hat er. Ich finde, ich sollte mit ihm in Ballarat wohnen.«

Da Agnes in diesem Moment mit einem voll beladenen Tablett hereinkam, konnte Will die beiden Frauen nur finster ansehen. »Kümmert sich Larry um mein Pferd, Agnes?«

»Ja, Mr Will. Ich bin zu ihm gelaufen und hab's ihm gesagt, während Mrs Clancy das Tablett zurechtgemacht hat.«

»Wirst du etwa rot, Agnes?« Will legte grinsend den Kopf schief.

»Will!«, schalt Meggan ihren Bruder. »Danke, Agnes. Sag Mrs Clancy, dass alles sehr schön aussieht.«

»Ja, Ma'am.«

Agnes verließ rasch den Raum, weil sie spürte, dass sie noch röter geworden war. Ihr Herz war in Aufruhr, und das alles wegen *diesem* Mann. Sie war, weil Mrs Clancy sie zur Eile ermahnt hatte, zum Scherschuppen gelaufen, wo *er* arbeitete. Und dort hatte er, mit diesem amüsierten Gesichtsausdruck, den sie so hasste, neben der Tür an die Wand gelehnt gestanden.

»Wie ich sehe, laufen Sie schon wieder, Miss Agnes. Ich hoffe, das ist, weil Sie mich unbedingt sehen wollen, und nicht, weil es Ärger im Haus gegeben hat.«

»Ich will Sie überhaupt nicht sehen. Mr Will und Miss Jenny sind gekommen.«

»Ah, ich hab den Wagen auf den Hof fahren gesehen. Hab mich schon gefragt, wer da wohl zu Besuch kommt.«

»Mrs Trevannick möchte, dass Sie sich um das Pferd und den Wagen von Mr Will kümmern. Und das Gepäck ins Haus bringen.«

»Mach ich. Wie geht es Ihrer Hand?« Er bewegte sich so flink, dass er ihre Hand hielt, noch bevor sie seine Absicht erkannt hatte. »Mmm, sieht immer noch ein bisschen entzündet aus. Wie wär's mit noch einem Kuss?«

»Wagen Sie's bloß nicht!« Die zornigen Versuche, ihre Hand zu befreien, waren vergebens. Der gemeine Kerl lachte nur.

»Ach, Miss Agnes, ich liebe es, wenn Sie so wütend auf mich sind. Ich glaube, nicht nur Ihre Hand braucht einen Kuss.«

Dann wurde sie hochgehoben und auf einen Wollballen gesetzt, wo sie auf eine Weise geküsst wurde, die alles andere als anständig war. Es konnte doch wohl nicht anständig oder richtig sein, wenn der Mund eines Mannes einem das Gefühl gab, er wolle einen mit Haut und Haaren verschlingen, und man selbst weich wie Wachs wurde und verschlungen werden wollte?

Nachdem die Welt um sie herum dunkel geworden war, bevor sie in bunten Farben explodierte, und nachdem Agnes überzeugt war, nicht mehr auf dieser Erde zu sein, löste er seine Lippen von ihren.

»Oh, Miss Agnes«, sagte er.

Sie rutschte von dem Wollballen hinunter und lief sogar noch schneller zur Küche zurück, als sie gekommen war. Doch die Gefühle, die dieser Kuss geweckt hatte, konnte sie nicht im Scherschuppen zurücklassen.

Für den Rest des Tages beabsichtigte sie, dem Kerl konsequent aus dem Weg zu gehen.

Nachdem Etty für ihr Mittagsschläfchen ins Bett gelegt worden war und Jenny sich zurückgezogen hatte, um ebenfalls ein bisschen zu schlafen, führte Meggan Will zu einer sonnigen Stelle auf der Veranda, wo sie windgeschützt sitzen konnten.

»Und jetzt erzähl mir dein Geheimnis, Will. Weder Jenny noch du macht den Eindruck, als wäret ihr glücklich über eure Heirat.«

»So hatten wir beide auch eigentlich nicht heiraten wollen.«

»Ist Jenny schwanger?«

»Ja.«

»Will Collins, schämst du dich denn nicht? Du hättest doch wenigstens warten können, bis ihr verheiratet seid? Eigentlich kann ich das auch von Jenny gar nicht glauben.« Ihr kam ein Gedanke. »Jenny hat das doch wohl nicht eingefädelt, um dich in Zugzwang zu bringen?«

Will machte ein trauriges Gesicht. »Du verstehst das ganz falsch, Megs. Das Kind ist nicht von mir. Ich habe Jenny zur Heirat gedrängt, damit sie durch meinen Namen geschützt ist.«

»Was redest du da, Will? Ist Jenny von einem anderen Mann verführt worden?«

»Jenny wurde vergewaltigt.« Eine harte und zornige Aussage, in der unausgesprochen die Entschlossenheit mitschwang, den brutalen Kerl zu finden, der das getan hatte.

Meggan lehnte sich auf ihrem Stuhl zurück. Ihr Magen rebellierte. »Ach, du meine Güte. Das arme Mädchen. Wann ist das denn passiert? Warum haben wir nichts davon erfahren?«

»Jenny ist wenige Wochen, nachdem sie nach Ballarat kam, überfallen worden. Ihr habt nichts davon erfahren, weil es keiner von uns wusste, außer Mrs Baxter und Selena. Mrs Baxter hat erraten, was passiert war. Sie hat Jenny nach dem Überfall gefunden.«

»Und Selena?«

»Mrs Baxter hat Selena zu Hilfe geholt.«

»Und keine von beiden ist auf die Idee gekommen, es dir zu sagen?«

»Sie haben Jenny versprechen müssen, die Angelegenheit geheim zu halten.«

»Aber es muss doch Anzeichen dafür gegeben haben, dass etwas nicht in Ordnung war?«

»Jenny hat mir erzählt, sie wäre in einen flachen Minenschacht gefallen. Megs, ich habe nichts davon gewusst, bis Mrs Baxter gestern Morgen zu mir kam und mir von Jennys Zustand erzählt hat.« Er ließ den Kopf in seine Hände sinken. »Ich hätte merken sollen, dass da etwas war … Ich hab einfach geglaubt … Meggan, was soll ich nur tun?«

»Du musst Jenny beistehen. Sie braucht die Unterstützung von allen, die sie lieben.«

»Wenn ich den Kerl je finde, der ihr das angetan hat, dann bringe ich ihn um, das schwöre ich bei Gott.«

Meggan ging über diese Drohung hinweg. Ihr Bruder war kein Mörder, egal wie zornig er auch sein mochte. »Weißt du, wer es war?«

»Jenny behauptet, es sei ein Fremder gewesen.«

»Behauptet? Glaubst du ihr nicht?«

»Ich bin sicher, dass sie weiß, wer es war.«

»Warum sollte sie ihn dann schützen wollen?«

»Das möchte ich gerne herausfinden. Vielleicht redet sie ja mit dir, Megs.«

»Ich werde versuchen, ihr Vertrauen zu gewinnen. So etwas kann man ja nicht beiläufig in ein Gespräch einbringen.«

»Meinst du, Con sollte die Wahrheit erfahren?«

»Ich werde es ihm sagen. Er hat ein Recht darauf, es zu wissen. Genau wie du wird er wollen, dass der Mann bestraft wird, wenn er identifiziert werden kann. Sonst braucht niemand auf Langsdale die Wahrheit zu erfahren. Was ist denn mit Hal und Tommy?«

»Ich habe es ihnen nicht erzählt. Meggan, da ist noch etwas, worüber ich mir Sorgen mache. Jenny hasst dieses Kind jetzt schon. Sie hat sogar davon gesprochen, es loszuwerden. Ich mache mir Sorgen, auf welche Ideen sie kommen könnte.«

Meggan runzelte fragend die Stirn. »Du denkst an Caroline?«

»Nein. Jenny würde sich niemals das Leben nehmen. Sie ist viel stärker, als Caro das je war. Ich habe Angst, sie könnte sich verletzen, wenn sie versucht, das Baby loszuwerden.«

»Ich werde gut auf sie aufpassen. Wenn sich Jenny in so einem Gemütszustand befindet, sollte ich vielleicht Mrs Clancy ins Vertrauen ziehen.«

»Tu, was du für richtig hältst, Megs. Versprich mir nur, dass du dafür sorgst, dass Jenny nichts passiert.«

»Ich werde tun, was ich kann.«

Am Abend gestattete Will Jenny, sich als Erste zurückzuziehen, damit sie sich, wie er sagte, ungestört zum Schlafengehen fertig machen konnte. Nachdem sie gegangen war, zog er sich einen Mantel über, verließ das Haus durch die Hintertür und ging an der Küche vorbei, wo die Clancys, Agnes und Larry Benedict bei einem späten Abendessen zusammensaßen. Von allen unbemerkt, trat er auf den Hof hinaus.

Er ging los, ohne ein besonderes Ziel zu haben. Wo seine Schritte ihn hinführten, war ihm egal, er brauchte nur Ruhe und Einsamkeit. Seit Mrs Baxter ihm von Jennys Notlage erzählt hatte – war das tatsächlich erst sechsunddreißig Stunden her? –, hatten all seine Gedanken der Frau gegolten, die er liebte. Nun hatte er ihr durch seinen Namen Schutz gegeben. Jenny war seine Frau. Jetzt war sie keine Tremayne mehr. Sie war Jenny Collins, und er würde sie bis an sein Lebensende lieben.

Aber würde er jemals in der Lage sein, ihr seine Liebe so zu beweisen, wie ein Mann seine Frau lieben sollte? Seine Gedanken und Gefühle waren völlig verworren. Er erkannte, dass er in all der Zeit, die er Jenny geliebt hatte, nie mit einem sexuellen Verlangen an sie gedacht hatte. Nur wenn sie sich umarmten, wurde manchmal eine gewisse Leidenschaft entfacht. Drängte es ihn deshalb nicht, die Ehe zu vollziehen?

Lag es daran, dass sie so lange ein unerreichbarer Traum für ihn gewesen war?

Oder dass ihre Reinheit zerstört war? Dass irgendein Schweinehund ihr geraubt hatte, was sich eigentlich ihr Ehemann mit Liebe und Zärtlichkeit hätte nehmen sollen?

Als Will fast eine Stunde später ins Haus zurückkehrte, wusste er immer noch nicht, was er tun sollte. Er liebte seine Frau. Aber würde er sie auch körperlich lieben können?

Jenny war nicht, wie er erwartet hatte, bereits im Bett. Sie saß auf der Bettkante, beide Füße flach auf den Boden gestellt, die Hände im Schoß gefaltet. Sie ließ den Kopf hängen wie ein Kind, das erwartete, bestraft zu werden. Als er den Raum betrat, hob sie den Kopf ein wenig, senkte ihn aber sogleich wieder und biss sich auf die Unterlippe.

»Jenny?« Er sprach ihren Namen in sanftem, fragendem Tonfall aus.

Sie antwortete nicht, doch als er sich neben sie auf das Bett setzte, rutschte sie von ihm weg. Will stand auf und sah sie an.

»Hast du Angst? Ich …« Er hatte sagen wollen: Ich werde dir nicht wehtun, doch da sah er zwei große Tränen ihre Wange hinunterrollen. »Wein doch bitte nicht.«

Ihre Tränen flossen schneller. »Ich kann das nicht, Will. Es tut mir leid.«

»Ich werde dich nicht zwingen.«

»Ich weiß, dass du versuchen wirst, sanft zu sein. Aber … Das ist nicht …« Sie stand urplötzlich auf und sah ihn mit so einem gequälten Ausdruck an, dass er sie sofort in die Arme nahm. Sie drückte die Hände gegen seine Brust, um ihn auf Abstand zu halten.

»Nein. Bitte. Ich muss es dir sagen. Ich kann die Vorstellung nicht ertragen, jemals wieder von einem Mann berührt zu werden. Es tut mir leid, Will.«

Obwohl ihre Hände auf seiner Brust blieben, stieß sie ihn nicht von sich, als er sie erneut in die Arme nahm.

»Ich verstehe das. Mach dir keine Sorgen, Liebste. Vielleicht können wir eines Tages, wenn das alles vorbei ist, doch noch eine richtige Ehe führen.«

»Ich werde dieses Kind nicht behalten, Will. Ich würde schon allein seinen Anblick immer hassen. Ich werde es zur Adoption freigeben.«

»Sei still, du regst dich nur auf. Wir können ein andermal darüber reden. Nein.« Er legte ihr einen Finger auf die Lippen, als sie erneut sprechen wollte. »Jetzt müssen wir über etwas Wichtigeres reden. Das Bett, meine Liebste«, erklärte er, als sie ihn stirnrunzelnd ansah. »Wir werden trotzdem das Bett miteinander teilen. Ich werde versuchen, dich nicht zu berühren, nicht einmal im Schlaf.«

»Ich habe nichts dagegen, wenn du mich einfach nur festhältst. Ich glaube, ich brauche jemanden, der mich festhält. Weißt du, es ist schon so viele Jahre her, dass mich jemand tröstend in den Arm genommen hat.«

»Dann lass uns jetzt ins Bett gehen. Ich werde dich festhalten und dir allen Trost geben, den du brauchst.«

»Ich liebe dich so sehr, Will.«

»Ja, ich weiß. Ich liebe dich auch. Eines Tages, das verspreche ich dir, wird alles wieder gut.«

7

Der graue Himmel und ein kalter Wind trugen nicht gerade dazu bei, Wills Laune auf der Rückfahrt nach Ballarat zu verbessern. Das erbärmliche Wetter passte zu der Trostlosigkeit in seiner Seele. Einen Tag war er nun mit der Frau verheiratet, die er mehr liebte als sein Leben, und trotzdem war er zutiefst unglücklich. Er empfand einen Schmerz, der schlimmer war als jeder körperliche Schmerz. Und ein eiskalter, mörderischer Zorn hatte ihn gepackt.

Seine Stimmung hatte sich auch dadurch nicht gerade gebessert, dass Con ihm energisch zugeredet hatte, er müsse den Mann finden, der das getan hatte, und ihn seiner gerechten Strafe zuführen. Fast als wäre alles Wills Schuld, weil er Jenny nicht sofort wieder weggeschickt hatte, nachdem sie auf den Goldfeldern aufgetaucht war. Als ob er sich nicht schon genügend Vorwürfe machte. Mit wie vielen »Wenn-doch-Nurs« konnte man leben?

Will hätte sich beinah fürchterlich mit seinem Schwager zerstritten. Nur Meggans Eingreifen hatte die Gemüter beruhigt. Doch da die Spannungen zwischen ihnen – Con, Meggan, Jenny und ihm selbst – alle nervös machten, hatte er beschlossen, keine weitere Nacht auf Langsdale zu bleiben. Jennys tränenreiches Flehen, sie doch nicht bei Con und Meggan zurückzulassen, hatte seine düstere Stimmung noch verschlimmert. Eines Tages würde er wissen, wer Jenny das angetan hatte. Und an diesem Tag würde der Mann sterben.

Erst als die langen Schatten und die Landschaft zu einem einheitlichen Grau verschmolzen, hielt Will zur Nacht an. Da er stets damit rechnete, dass es auf den Straßen zu Verzögerungen kommen könnte, hatte er eine Laterne dabei. Diese zündete er an und hängte sie an einen niedrigen Ast eines kleinen Baums. Er spannte sein Pferd aus, legte ihm Fußfesseln an und ließ es grasen, dann sammelte er Holz für ein kleines Feuer. Er hatte Hammelkoteletts zum Grillen, Kartoffeln, die er im Feuer rösten konnte, und vier dicke Scheiben von Mrs Clancys köstlichem Brot. Selbst Selenas Brot konnte es an Duftigkeit nicht mit dem von Mrs Clancy aufnehmen.

Der Gedanke an Selena versetzte ihn in eine noch düsterere Stimmung. Was würde sie empfinden, wenn sie erfuhr, dass er Jenny geheiratet hatte? Vielleicht sollte er sich eher fragen, was sie bereits empfand, denn der Captain hatte ihr ganz bestimmt von der überstürzten Trauung erzählt. Was war er nur für ein Schuft. Er wusste, dass Selena an ihm interessiert war, und hatte sogar schon eine Zukunft mit dem Mädchen in Erwägung gezogen. Doch von dem Moment an, in dem Jenny aufgetaucht war, hatte er Selena praktisch ignoriert.

Er schob einen weiteren kleinen Zweig in das Feuer. Mein Gott, was war nur aus seinem Leben für ein Durcheinander geworden.

»Bleib, wo du bist!«

Der harsche Befehl aus dem Dunkeln riss ihn aus seinen Gedanken. Er wollte nach dem Gewehr greifen, das neben ihm auf dem Boden lag, zuckte jedoch zurück, als ein Knall ertönte und eine Kugel in den Boden einschlug. Ein einzelner Reiter tauchte aus dem Dunkel auf. Er hatte seinen Hut tief in die Stirn gezogen und ein rotes Taschentuch um Nase und Gesicht gebunden. Doch die Verkleidung war nicht sehr wirkungsvoll. Wills Angst war sofort wie weggeblasen.

»Hallo, Joshua. Bist du so tief gesunken, dass du dich jetzt als Straßenräuber durchschlagen musst?«

Vielleicht hatte Joshua sein anvisiertes Opfer nicht sogleich erkannt. Will hörte, wie der Reiter tief Luft holte und, ohne ein weiteres Wort zu sagen, verschwand. Trotzdem konnte Will in dieser Nacht nicht schlafen. Er war sich nicht sicher, ob Joshua nicht zurückkommen würde.

Als Will am nächsten Morgen zu Hause ankam, war er in allerschwärzester Stimmung. Selbst die dunklen Wolken am Himmel erschienen im Vergleich hell. Er fuhr direkt zur Hütte, versorgte das Pferd und machte sich dann zu Fuß auf den Weg zu ihrem Claim auf dem Eureka-Goldfeld. Dort traf er seine Brüder, den Captain und Selena an, die eifrig an der neuen Hütte arbeiteten.

Wenn er geglaubt hatte, er hätte die Spannungen in Langsdale hinter sich gelassen, so musste er feststellen, dass ihn in Ballarat neue erwarteten. Der Captain fragte ihn, ob alles in Ordnung sei, Selena lächelte ihn irgendwie traurig an, Hal blickte finster und Tommy wirkte verlegen.

»Wie ich sehe, geht es mit der Hütte gut voran.«

»Selena und ich können morgen einziehen«, erklärte der Captain.

»Das ist gut. Wir müssen unseren Schacht schützen.«

Will machte sich mit den anderen an die Arbeit und baute aus Brettern, die mit Lehm beschichtet wurden, einen Kamin für die Feuerstelle. Die Hütte war nicht groß. Selenas Bett wurde nur durch einen Vorhang aus Sackleinen vom übrigen Wohnraum abgetrennt. Trotzdem würde es hier während der Wintermonate sehr viel behaglicher sein als im Zelt.

Weil es am späten Nachmittag regnete, konnten die Männer die Hütte nicht zu Ende bauen, da sie erst über dem Schacht ein Schutzdach errichten mussten. Die heftigen Regenfälle im Winter, die die Schächte mit Matsch und Wasser füllten, konnten das Graben um Monate verzögern. Da bereits viel Erde aufgehäuft worden war, bauten sie daraus einen Damm, um das Wasser abzuhalten. Außerdem mussten Löcher gegraben und mit Segeltuch ausgeschlagen werden, um das kostbare Regenwasser zum Trinken und Waschen aufzufangen.

Während der nächsten Tage gab es immer wieder Schauer, deshalb verging noch eine Woche, bis die Hütte endlich bezogen werden konnte. Während die Männer alles aus den Zelten in die Hütte karrten, blieb Selena dort, um die Anordnung der Möbel nach ihren Vorstellungen vorzugeben.

Als Will in dieser Zeit irgendwann einmal zufällig mit Selena allein war, fielen ihm plötzlich andere Gelegenheiten ein, wo sie ebenfalls allein gewesen waren. Er dachte an die Fahrt, die sie an ihrem Geburtstag unternommen hatten, und stellte fest, dass das bereits fast ein Jahr her war. In zwei Wochen hatte Selena wieder Geburtstag. Sie war jetzt beinahe achtzehn Jahre alt. Vor zwölf Monaten hatte er darüber nachgedacht, ihr dann einen Heiratsantrag zu machen.

Vielleicht war er ihr eine Erklärung schuldig. »Selena.«

»Ja?« Sie sah ihn an, ohne mit dem Wischen und Aufstapeln von Geschirr innezuhalten. Doch als sie seinen Gesichtsausdruck sah, legte sie Teller und Lappen beiseite. Ausdruckslos blickte sie ihm in die traurigen Augen.

»Du brauchst nichts zu sagen, Will. Seit Jenny hier ist, weiß ich, dass du sie liebst.«

Ihre Worte bewirkten nur, dass Will sich noch schuldiger fühlte. »Selena, verzeih mir, wenn ich dir wehgetan hab, weil ich dich habe glauben lassen, dass ich besonders interessiert an dir sei. Ich habe Jenny schon sehr lange geliebt. Allerdings hatte ich wirklich nicht erwartet, sie noch einmal wiederzusehen.«

Selena ignorierte die Anspielung auf ihre Gefühle. »Warum

hast du Jenny gezwungen, bei Con und Meggan zu bleiben? Sie sollte bei dir sein.«

»Ich möchte, dass sie in Sicherheit ist.«

»Möchtest du denn nicht auch, dass sie glücklich ist? Manchmal bist du ziemlich dumm, Will. Jenny hat sehr gelitten, und dafür gebe ich mir teilweise die Schuld. Ich habe sie in ihrem Entschluss bestärkt, dir zu beweisen, dass sie dem Leben hier gewachsen ist.«

»Das hättest du ihr besser ausreden sollen. Weißt du, wer es getan hat, Selena? Ich glaube, dass Jenny den Mann kennt.«

»Wenn das so ist, dann schweigt sie, um dich zu schützen, Will.«

»Und ich beschütze Jenny, indem ich dafür sorge, dass sie auf Langsdale bleibt.«

Selena sah ihn herablassend an. »Ist dir eigentlich nie der Gedanke gekommen, dass Jenny das Gefühl haben könnte, du hättest sie im Stich gelassen?«

»Sie weiß, dass ich sie liebe. Das habe ich ihr bewiesen, indem ich darauf bestanden habe, dass sie mich heiratet.«

»Das magst du vielleicht glauben.« Selena stemmte die Hände fest in die Hüften. Sie hatte einiges zu sagen, und das würde sie jetzt auch tun. »Wie lange, glaubst du, wird es dauern, bevor Jenny anfängt, an deiner Liebe zu zweifeln? Kannst du dir überhaupt vorstellen, wie die Art und Weise, wie ihr geheiratet habt, auf sie wirken muss? Glaubst du, sie kann sich so einfach damit abfinden, ein unerwünschtes Kind unter dem Herzen zu tragen? Meinst du, sie sitzt auf Langsdale und ist glücklich, nur weil du ihr deinen Namen gegeben hast? Du bist ein Dummkopf, Will. Wenn du Jenny nicht wie eine richtige Ehefrau behandelst, wirst du das dein Leben lang bedauern.«

Er war wütend. »Bist du jetzt fertig?«

»Ja. Auch wenn dir nicht gefallen hat, was ich gesagt habe, Will, ich werde jedenfalls nichts davon zurücknehmen.«

»Ich habe dir auch nicht mehr zu sagen.«

Er war erbost, weil jede vorwurfsvolle Frage ins Schwarze getroffen und seinen Kummer darüber, dass er die Ehe nicht vollzogen hatte, nur noch vergrößert hatte. Er konnte sich bis zum Sankt-Nimmerleins-Tag immer wieder sagen, dass er aus Rücksicht auf Jennys Gemütsverfassung auf körperliche Intimität verzichtet hatte. Doch er wusste, dass es in Wahrheit daran gelegen hatte, dass er kein Verlangen empfunden hatte. Würde Jenny sich tatsächlich irgendwann im Stich gelassen fühlen?

Die Tage, seit sie Mrs William Collins war, vergingen wie in einer Art Nebel. Jenny aß, sie redete, sie spielte mit Etty, doch wenn sie jemand am Morgen gefragt hätte, was genau sie am gestrigen Tag getan hatte, hätte sie es nicht sagen können. Der Körper, der all diese Dinge tat, schien keine Verbindung zu dem Teil von ihr zu haben, der unter einer schweren Enttäuschung litt.

Ihr Traum war es gewesen, an Wills Seite zu leben und zu arbeiten, von ihm Kinder zu bekommen, diese Kinder großzuziehen und zusammen mit ihm alt zu werden. Doch Will war allein nach Ballarat zurückgekehrt, das Kind in ihrem Schoß war von Tom Roberts gezeugt worden, und der Traum war zerstört.

Und auch sie hatte sich verändert. Lieb und sanft hatte Meggan sie einmal genannt. Das stimmte nicht mehr. Jetzt wusste Jenny, was es bedeutete, zu hassen. Sie würde Will zwar nie sagen, dass es Tom Roberts gewesen war, aber eines Tages würde sie selbst diesen Mann töten. Und dazu musste sie zurück nach Ballarat. Sie wusste allerdings noch nicht, dass in Kürze eine Frau in ihr Leben treten würde, die ihren Hass teilte.

Anfang Mai erhielt Meggan einen weiteren Brief von Jane.

Liebe Meggan,
Adam und ich haben vor vier Wochen geheiratet. Es war eine stille Zeremonie in Adelaide, bei der nur Anne und Ernest als Trauzeugen zugegen waren. Nach der Trauung haben wir gemeinsam im International Hotel zu Mittag gegessen, und dann haben Adam und ich uns auf den Weg nach Riverview gemacht. Wir haben unsere erste Nacht als verheiratetes Paar in dem kleinen deutschen Dorf Klemzig verbracht und sind drei Tage später auf Riverview angekommen.

Adam hatte für uns bereits ein eigenes Haus aus Lehmziegeln gebaut, etwa eine Viertelmeile vom Haupthaus entfernt. Es ist einstöckig und hat nur drei Zimmer, Wohnzimmer, Schlafzimmer und ein kleineres Zimmer für Darcy. Küche und Waschraum sind in einem Gebäude hinter dem Haus, dazwischen befindet sich ein überdachter Gehweg. Ich kann Dir gar nicht sagen, wie glücklich ich darüber bin, endlich ein eigenes Haus zu haben. Adam hat schon Pläne, wie er das Haus später vergrößern will.

Er wünscht sich, und ich merke, wie ich beim Schreiben rot werde, eine große Familie. Warum ich rot werde? Meggan, ich habe mich in Adam verliebt! Das ist mir in der Hochzeitsnacht klar geworden, als er mir seine Liebe erklärt hat. Da wusste ich, dass ich dasselbe empfinde. Deshalb habe ich Deinen Rat angenommen und jeden Gedanken an Joshua aus meinem Kopf verbannt, was auch gar nicht schwer ist, da selbst unsere Eltern seinen Namen niemals aussprechen.

Jetzt muss ich Dir aber mehr über das Leben auf Riverview erzählen.

Der Brief bestand aus weiteren zwei Seiten. Meggan las ihn zu Ende, dann blätterte sie nach vorn und las die erste Seite noch einmal. Jetzt hoffte sie nur, dass Joshua nie wieder in Janes Leben treten würde. Nach allem, was Meggan über den Mann wusste, war es sehr wahrscheinlich, dass er eines gewaltsamen Todes sterben würde.

Nachdem sie Janes Brief weggelegt hatte, saß Meggan mehrere Minuten nachdenklich da. Jane und Jenny hatten beide das Grauen einer Vergewaltigung durchgemacht. Jane hatte offen über ihre Qualen gesprochen und nie verhehlt, dass sie ihren Pflegebruder hasste. Jenny hingegen schwieg. Vielleicht war es an der Zeit, sie zum Sprechen zu ermutigen. Die Gelegenheit dazu ergab sich beinah sofort, da Jenny gerade ins Wohnzimmer kam.

»Ruhst du dich heute Nachmittag nicht aus?«, fragte Meggan.

»Nein, es geht mir sehr gut.«

»Das klingt, als ob dich das überrascht.«

»Überrascht? Meggan, es widert mich an, dass ich mich so gesund fühle, wo doch diese … diese Kreatur in mir heranwächst.«

»Jenny! Du bekommst ein Kind! Du kannst doch nicht so tun, als wäre es ein Monster.«

»Ich will es mir nicht als ein menschliches Wesen vorstellen. Ich will es nicht haben, und ich werde es nicht lieben.«

»Das empfindest du jetzt so. Doch das wird sich ändern, wenn du dieses unschuldige Baby siehst.«

»Nein! Was wäre denn, wenn es genauso übel wird wie sein Vater?«

Meggan hakte sofort nach. »Du kennst also den Mann, der dir das angetan hat.«

»Nein.« Die Antwort kam zu schnell. »Ich meinte, ich weiß nur, dass er ein brutaler Kerl ist.«

Meggan verfolgte das Thema nicht weiter. »Zieh das Kind liebevoll auf, dann brauchst du keine Angst davor zu haben, dass es Brutalität geerbt haben könnte.«

»Ich habe nicht vor, das Kind zu behalten. Ich würde es schon allein dafür hassen, dass es am Leben ist.«

»Jenny, dieses Kind hat nicht darum gebeten, auf die Welt zu kommen. Ganz gleich, wie es gezeugt wurde, es wird ein winziges, hilfloses Wesen sein, das nicht für sich selbst sorgen kann.«

»Ich habe Will gesagt, dass ich es nicht behalten werde.«

»Und was hat er dazu gesagt?«

Jenny antwortete nicht. Wusste sie überhaupt, was Will wirklich dachte? Will! Sie konnte ihn nicht mal für sich als ihren Mann bezeichnen.

»Meggan, ich möchte zurück nach Ballarat. Ich möchte bei Will sein.«

»Er wird damit nicht einverstanden sein. Und Con vermutlich auch nicht.«

»Was Con meint, spielt keine Rolle. Ich komme mir überhaupt nicht vor, als ob ich verheiratet wäre. Ich will … oh, was hast du, Meggan? Ist alles in Ordnung?«

Der Krampf, der Meggans Gesicht kurz verzerrt hatte, wich einem strahlenden Lächeln. »Mir geht's gut. Komm mal her, Jenny.« Und als Jenny neben ihr saß, nahm sie die Hand der jungen Frau und legte sie auf ihren geschwollenen Leib. »Halt mal deine Hand da hin. Dann wirst du spüren, wie mein Baby sich bewegt. Oh, da. Hast du es gespürt?«

»Ja, hab ich.« Auf Jennys Gesicht zeigte sich ein ungläubiges Staunen.

»Wenn dein Baby erst anfängt, sich zu bewegen, werden sich deine Gefühle ändern. Das glaubst du mir wohl nicht? Nun ja, ich werde nicht versuchen, dich zu überzeugen. Die Zeit wird zeigen, dass ich Recht habe.«

Die Hitze, der Staub und die Fliegen im Sommer, der Matsch, die Kälte und der Regen im Winter, die häufige Verzweiflung über vergebliche Plackerei – das alles wurde durch die Freiheit aufgewogen, die man auf den Goldfeldern genoss. Hier war jeder sein eigener Herr. Er konnte so hart arbeiten, wie er wollte, oder die Zeit vertrödeln, wenn ihm danach war. In der Regel arbeiteten die Goldgräber von Montag bis Samstag sehr hart. Sonntag war der inoffizielle Ruhetag. Die Katholiken gingen dann in die aus Holz und Segeltuch errichtete Kirche St. Alipius, um die Messe zu hören.

Für die Bewohner der Goldfelder, die dem protestantischen Glauben anhingen, wurde der Gottesdienst häufig unter einem schattigen Baum abgehalten. Nachdem man seiner Christenpflicht Genüge getan hatte, wurde der Rest des Tages für Hausarbeiten verwendet, wie das Waschen von Kleidung, und für Freizeitbeschäftigungen wie Kricket, Boxen, Angeln am Yuille-Sumpf oder die Känguru-Jagd. Und gelegentlich brachten Pferderennen etwas Abwechslung ins Goldgräberlager.

1854, als sich der Ort mehr und mehr von einer Zeltstadt zu einer Stadt mit richtigen Straßen und soliden Holzhäusern entwickelte, wurde das Unterhaltungsangebot immer vielfältiger. Viele der neuen Hotels hatten Theatersäle, in denen jeden Abend Konzerte stattfanden. Im Victoria Theater traten Sänger, Schauspieler und Musiker aus aller Welt auf. Zu einigen Hotels gehörten Bowlingbahnen, und in den neuen Gesellschaftsräumen fanden Bälle statt.

Für Frauen und Kinder, die von den Lustbarkeiten in den Hotels und auf den Bowlingbahnen ausgeschlossen waren, gab es den Zirkus Jones. Das riesige Zirkuszelt wurde in jenem Jahr auf der ebenen Fläche unterhalb des Government Camp aufgebaut. Von anderen Goldfeldern und den Schaffarmen reisten Besucher an, um über die Clowns zu lachen, die Seiltänzer und

Trapezkünstler zu bestaunen und sich an den Künsten der Reiter zu erfreuen. Es gab sogar dressierte Affen.

Seit der Zirkus in Ballarat angekommen war, hatte Con bereits mehrmals den Vorschlag gemacht, ihn zu besuchen, also beschloss er, dass die ganze Familie einen Kurzurlaub in Ballarat verbringen sollte. Nun, wo die Herbstschur vorüber war, würde man auf der Farm ganz gut ein paar Tage ohne sie zurechtkommen. Nachdem das Übel der Räude nun gänzlich beseitigt war und neue Zuchttiere erworben waren, sah die Zukunft für Langsdale tatsächlich rosig aus.

»Meine kleine Schwester wird nächste Woche achtzehn«, sagte Con zu Meggan. »Siebzehn Jahre ihres Lebens wusste ich nicht einmal von ihrer Existenz. Ich meine, wir sollten ein großes Fest im Bath Hotel feiern. Das ist angeblich das beste Hotel in Ballarat.«

»Dann können wir nur hoffen, dass dieser Regen bald aufhört, sonst wird das eine äußerst matschige Fahrt.«

Der Regen, der den Boden zwei Tage und eine Nacht lang durchweicht hatte, verzog sich an diesem Abend tatsächlich nach Süden. Drei Tage vor Selenas Geburtstag machten Meggan, Jenny, Etty und Agnes es sich in der Kutsche bequem. Larry fuhr. Con ritt nebenher. Ned und Mrs Clancy blieben auf der Farm.

Auf den Goldfeldern regnete es noch einen ganzen Tag länger. An dem Tag, an dem sich die Familie auf den Weg nach Ballarat machte, hörte es im Laufe des Vormittags endlich auf zu regnen. Männer stapften mühsam durch den Matsch, um den Schaden an ihren Claims zu inspizieren.

Im Claim der Collins auf dem Eureka-Goldfeld hatte sich nur eine kleinere Menge Wasser auf dem Grund des Schachts gesammelt.

»Wir lassen ihn noch ein bis zwei Tage austrocknen«, erklärte Will.

»Was machen wir denn in der Zwischenzeit?«, fragte Hal.

»Ist für mich kein Problem«, sagte Tommy. »Ich hab noch genug Sattlerarbeiten, mit denen ich für die nächsten Tage beschäftigt bin.«

»Dann komm doch mit mir mit, Hal«, schlug Will vor. »Ich wollte mich schon seit längerem mal ein bisschen in der Gegend umsehen, um festzustellen, wie die Eureka-Ader weiterverläuft. Es könnte sich lohnen, ein weiteres Claim zu erwerben, solange noch Land zu haben ist.«

»Ich weiß nicht, Will. Ich bin die Goldgräberei allmählich leid. Ich hab mir überlegt, wenn wir diesen Schacht leer geräumt haben, vielleicht Meggans Angebot anzunehmen und mir Geld für ein Boot zu leihen.«

»Wann hat Meggan dir das angeboten?«

»Weihnachten. Aber ich werd auf keinen Fall abhauen, bevor wir mit diesem Schacht fertig sind.« Er grinste und boxte seinen Bruder spielerisch gegen den Arm. »Vielleicht brauche ich mir dann ja gar nichts von unserer reichen Schwester zu leihen.«

»Der Schacht wird uns sicher einen ganz guten Ertrag bringen, Hal. Ich möchte mir aber trotzdem mal das Gelände jenseits der bereits bestehenden Claims ansehen. Vielleicht gehe ich auch noch die Baxters besuchen. Mal gucken, ob die ihr Schutzdach über dem Schacht rechtzeitig vor dem Regen fertig gekriegt haben.«

Die Pfosten, die in den Boden geschlagen worden waren, um den Dachrahmen aus jungen Baumstämmen zu stützen, waren umgekippt und lagen nun samt dem verdreckten Segeltuch in einem wirren Haufen im Matsch.

»Was meinst du, Pa?«, fragte Joey Baxter. Sie standen am Rand ihres Schachts und betrachteten die schlammige Brühe, die sich bis obenhin darin gesammelt hatte. »Sollen wir anfangen, den Schacht zu räumen, oder warten, bis wir sicher sein können, dass es nicht wieder regnet?«

»Ich bin ziemlich sicher, dass es erst mal eine Weile nicht mehr regnen wird. Also könnten wir eigentlich anfangen. Wir sollten so viel wie möglich von der Lehmbrühe rausholen, bevor sie hart wird.«

Nur der erste halbe Meter des Schachtes war mit flüssigem Schlamm gefüllt, und der war rasch abgeschöpft. Den klebrigen Lehm zu entfernen stellte schon ein größeres Problem dar. Der Schacht war insgesamt drei Meter fünfzig tief. Der Vater wechselte sich mit seinen Söhnen ab. Einer nach dem anderen stiegen sie die Leiter hinunter, schaufelten einen Eimer mit feuchter Erde voll und stiegen damit wieder nach oben. Fünf Stunden später, in denen sie nur eine kurze Pause gemacht hatten, um das kalte Damper mit Hammelfleisch zu essen, das Mrs Baxter ihnen gebracht hatte, war das Loch fast leer. Zum Glück hatte die Abstützung gehalten. Wenn sie die beim Leeren des Schachts noch hätten reparieren oder ersetzen müssen, hätten sie noch einen Tag länger gebraucht, um mit allem fertig zu werden.

Johnny, der der Jüngste und Leichteste war, arbeitete unten am Boden. Er versank nur noch bis zu den Knöcheln im Schlamm. Noch etwa ein Dutzend Eimer, schätzte er, dann sollte alles weg sein. Den Warnschrei seines ältesten Bruders Joey hörte er, als er gerade den sechsten Eimer ans Seil band.

»Pass auf! Die Wand gibt nach.«

Johnny reagierte rasch. Er richtete sich auf und drehte der herabstürzenden Erde, die überall um ihn herum auf den Boden klatschte, den Rücken zu.

»Mach, dass du da rauskommst, Johnny. Wir müssen die Wand erst neu abstützen.«

Obwohl keine Erde mehr herabfiel, wäre er normalerweise schneller die Leiter hochgelaufen als eine Katze, hinter der ein Bluthund her ist. Er musste nur erst seine Füße aus dem Schlamm ziehen. Die Leiter war rechts von ihm, eine Armeslänge entfernt. Er brauchte sich nur zu drehen, die Leiter zu packen und sich aus dem Schlamm zu ziehen. Einige Sekunden später, die ihm wie eine Ewigkeit vorkamen, erkannte er die furchtbare Wahrheit.

»Ich stecke fest! Pa! Joey! Meine Füße stecken fest! Helft mir!« Er konnte die Panik in seiner eigenen Stimme hören, während er vergeblich versuchte, ein Bein herauszuziehen.

»Versuch den Schlamm von deinen Beinen abzustreifen, Junge. Joey kommt runter und hilft dir.«

Im Nu war Joey neben ihm auf der Leiter und half ihm mit seiner freien Hand, Johnnys Beine von Schlamm zu befreien. Sie richteten jedoch nur wenig aus. Der klebrige Schlamm lief genauso schnell wieder nach, wie er beseitigt wurde.

»Pa! Hol Hilfe! Wir müssen Johnny rausziehen.«

»Jimmy ist schon unterwegs. Du solltest besser raufkommen, Joey, und mir helfen, die Wand abzustützen, damit sie nicht noch weiter nachgibt.«

»Lass mich nicht allein, Joey.« Johnny griff nach dem Hemd seines Bruders.

»Dir passiert nichts. Versuch einfach weiter deine Beine da rauszukriegen. Wir stützen rasch die Seite ab, und dann haben wir dich im Nu hier raus.«

Allein und unfähig, sich zu rühren, hörte Johnny nur von weitem das Geschrei, das Jimmy anstimmte.

»Mann steckt fest! Mann steckt fest!«

Die Worte wurden ständig wiederholt, da ein Goldgräber nach dem anderen den Alarmruf weitergab. In kürzester Zeit herrschte um die Öffnung des Schachts hektische Betriebsamkeit. Etliche Stimmen riefen zu ihm herunter.

»Nur Mut, Junge.«

Er legte den Kopf in den Nacken, um zu beobachten, wie sein Vater und Joey die schwächste Stelle der Abstützung mit Ästen verstärkten. An Seilen befestigte Eimer und Kübel wurden hinuntergelassen, um den Schlamm herauszuholen. Wenn er an einen der Behälter herankam, drückte ihn Johnny in den Schlamm, um ihn zu füllen. Die Gefäße, an die er nicht herankam, brachten bei jedem Versuch immer nur ein paar Handvoll Schlamm nach oben. Er hörte die Stimme seiner Mutter, dann die seines Vaters, der jemanden aufforderte, sie wegzubringen. Er wollte ihr zurufen, dass alles in Ordnung sei.

Eine neue Stimme drang zu ihm nach unten. »Wir machen eine Schlinge um dich, Junge, und dann ziehen wir dich raus.«

»Sind Sie das, Captain?«

»Ja. Ein paar von den Männern hier sind Seeleute. Wir lassen uns an Seilen herunter und legen eine Schlinge um dich.«

Vier Männer ließen sich herunter. Sie hatten sich die Seile jeweils um ein Bein gebunden, um die Hände zum Arbeiten frei zu haben. Sie legten eine Schlinge aus Segeltuch um sein Gesäß, zogen die Enden zwischen seinen Beinen durch und verknoteten sie in der Taille.

»Häng dich mit deinem ganzen Gewicht in die Schlinge, Junge.« Der Captain hob die Stimme. »Alles bereit. Hau ruck!«

Einer der Seeleute grinste aufmunternd. »Du bist hier im Handumdrehen raus. Hätte ja nie gedacht, dass der Kram, den ich auf See gelernt hab, hier auf dem Festland mal zu was nütze sein könnte.«

»Ziehen, Jungs!«, rief einer der Seeleute.

Johnny spürte, wie sich die Seile spannten. Die Segeltuchschlinge übernahm sein Körpergewicht. Er bewegte sich jedoch nur so weit, wie er die Beine gerade machen konnte.

»Ich komme nicht von der Stelle!«

»Wir brauchen mehr Männer zum Ziehen. Nur Mut, Junge, wir gehen rauf und helfen mit.«

»Captain …« Er versuchte erneut, die Füße zu bewegen, in der Hoffnung, dass sie wie durch ein Wunder freikämen. Panisches, trockenes Schluchzen schnürte ihm den Atem ab. Er spürte, wie sich seine Blase entleerte und warmer Urin ihm das Bein hinunterlief.

»Hilf mir! Hilf mir! Pa! Pa!« Tränen flossen ihm über das Gesicht. »Ich will nicht sterben.«

»Du wirst nicht sterben, Johnny.« Das war Joey, dessen Gesicht über dem Rand des Schachts erschien. »Es kommen noch mehr Männer zu Hilfe. Ich halte dich fest.«

Johnny beobachtete entsetzt, wie Joey, die Arme ihm entgegengestreckt, ganz langsam in den Schacht rutschte.

»Nicht, Joey. Du fällst.«

»Meine Füße haben festen Halt.«

Joey hing nun so tief, dass ihre Gesichter fast auf einer Höhe waren. »Leg deine Arme um meinen Hals. Dann bekomme ich meine unter deine Achseln. Sprich nicht. Schon deine Kräfte.«

Sie klammerten sich schweigend aneinander und lauschten auf die Stimmen von oben. Jemand schlug vor, er könne sein Pferd holen und es an die Seile spannen. Jemand anders erklärte, er würde ebenfalls sein Pferd holen. Johnny blickte hinauf zu Joey, dem das Blut ins Gesicht gestiegen war, weil er mit dem Kopf nach unten hing. Joeys Augen sprachen ihm Mut zu. Starke Pferde würden ihn ganz bestimmt herausziehen können.

Obwohl er immer noch große Angst hatte, fand Johnny im Körperkontakt mit seinem Bruder ein wenig Trost. Er musste daran glauben, dass er bald frei sein würde. Etwas anderes durfte er gar nicht denken. Wie lange hielt Joey ihn nun schon fest? Zwei Minuten? Zehn Minuten? Warum beeilten die sich nicht mit den Pferden? Er hörte Holz knacken, und eine Sekunde darauf gab die provisorisch reparierte Abstützung nach.

»Joey«, brachte Johnny krächzend hervor. Beide Köpfe wandten sich um, um zu beobachten, wie Holz und Äste langsam und ungehindert auf den Boden des Schachts rutschten.

Die nasse Erde, die von der Abstützung zurückgehalten worden war, rutschte jetzt ebenso langsam nach unten und füllte unaufhaltsam den Schacht. Nun reichte sie schon über Johnnys Knie. Er wimmerte vor Angst. Seine Blase entleerte sich erneut und kurz darauf auch sein Darm. Er hoffte, dass Joey es nicht roch. Er wollte nicht, dass sein Bruder ihn für einen Feigling hielt.

Doch er war ein Feigling. Er würde einen grauenvollen Tod sterben, würde langsam in dem nassen Lehm, der immer höher um ihn herum stieg, ersticken. Er schluchzte vor Angst.

»Ich will nicht sterben, Joey. Halt mich fest.«

»Ich lass dich nicht los.«

Der weiche Lehm hatte jetzt seine Brust erreicht. Er konnte spüren, wie er von allen Seiten gegen ihn drückte und das Atmen mit jedem Luftholen schwerer wurde. Er hörte die Stimme seines Vaters.

»Lass ihn los, Joey. Du musst dich selbst retten.«

Johnny spürte den Kuss, den Joey ihm oben auf den Kopf drückte, dann das furchtbare Nichts, als sich die tröstenden Arme von ihm lösten. Er hielt seine eigenen Arme um Joeys Hals, so lange er konnte. Dann hielt er sie weiter hoch. Er konnte sie nirgendwo anders hinhalten. Seine Schultern waren jetzt vom Schlamm umschlossen. Er blickte auf und suchte nach den Gesichtern von Pa, Jimmy, Joey und Ma. Es waren nur noch ununterscheidbare dunkle Schatten. Er schloss die Augen. Die Angst war verschwunden.

Absolute Stille senkte sich auf alle herab, die zusahen, wie Johnny starb. Viele starrten weiter auf die Stelle, an der der Junge verschüttet worden war, und stellten sich voller Grauen den dort eingeschlossenen Körper vor. Dann zerriss ein herzzerreißender, verzweifelter Schrei die Luft. Joey Baxter kniete am Rande des Schachts und schrie, sein kleiner Bruder sei gar nicht tot. Mrs Baxter begann in den Armen ihres Mannes zu schluchzen. Schweigend und unfähig zu weinen, stand Jimmy einfach nur da und starrte auf das schlammige Grab.

Dieses Bild bot sich Will und Hal, als sie zurückkamen. Sobald sie die versammelte Menge sahen, wussten sie, dass etwas Schreckliches geschehen war. Besorgt sahen die Brüder sich an und legten das letzte Stück dorthin im Laufschritt zurück. Captain Trevannick sah sie kommen.

»Was ist passiert?«, fragte Will. Der Captain sah vollkommen erschöpft aus.

»Etwas ganz Furchtbares. Der kleine Johnny Baxter ist lebendig begraben worden.«

»Großer Gott! Wann ist das denn passiert?«

»Erst vor ein paar Minuten war es zu Ende. Wir haben stundenlang versucht, den Jungen zu retten.«

»Oh, nein!« Hal schüttelte den Kopf. »Wir hätten hier sein müssen, statt nach irgendwelchen Goldadern zu suchen. Wir hätten helfen können. Dann wäre Johnny vielleicht gerettet worden.«

Nun schüttelte der Captain angesichts von Hals heftigen Worten den Kopf. »Es waren genügend Helfer da. Die Erde ist nur viel schneller in den Schacht gerutscht, als man sie rausholen konnte.«

»Wir müssen mit Mr und Mrs Baxter sprechen.«

Doch wie sollte man die richtigen Worte finden, um über einen solchen Verlust hinwegzutrösten? Ein fester Händedrück für

Mr Baxter und ein tröstliches Schulterklopfen, eine Umarmung für Mrs Baxter. Und die Zusicherung, zu helfen.

»Wir helfen mit, ihn da rauszuholen, Mrs Baxter, damit er ein anständiges Begräbnis bekommt.«

Mrs Baxter nickte dankbar unter Tränen. Mr Baxter bedankte sich in schroffem Ton. »Ihr dürft euch nicht selbst in Gefahr bringen.«

»Das schaffen wir schon, Mr Baxter. In Burra hab ich mehr als einen Mann ausgraben geholfen, auch schon damals im Wheal Pengelly.«

Doch noch nie war ihm eine Bergung so nahegegangen. Früh am nächsten Morgen machten sich Will, Hal, der Captain und die Seeleute daran, den klebrigen Lehm langsam abzutragen. Als Erstes wurden die Finger des Jungen freigelegt. Je mehr von den lehmverschmierten Armen zum Vorschein kam, desto stärker mussten die Männer ihre Gefühle unterdrücken, um weitermachen zu können. Allen grauste vor dem Moment, wo sie dem toten Jungen ins Gesicht sehen mussten.

Doch die Erde wollte ihr Opfer nicht so ohne weiteres herausgeben. Mit jedem vollen Eimer, der entfernt wurde, rutschte neuer Lehm nach, was es zu einer langwierigen und gefährlichen Aufgabe machte, die Leiche freizulegen. Zudem war der Lehm so klebrig, dass man die Leiche nicht herausziehen konnte, bevor man die Erde nicht bis zu den Füßen des Jungen abgetragen hatte. Nur große Vorsicht und Geschicklichkeit konnten die Männer davor bewahren, ein ähnliches Schicksal zu erleiden.

Nach sechs langen und aufreibenden Stunden gelang es ihnen schließlich, die Leiche des kleinen Johnny aus der Grube zu ziehen. Sie hüllten den Jungen in Segeltuch und brachten ihn zu seiner Familie.

Ohne etwas von der Tragödie auf den Gravel Pits zu ahnen, bezog die Familie Trevannick samt Entourage ihre Zimmer im Bath Hotel. Agnes wollte die Gelegenheit nutzen, um ihren älteren Bruder zu suchen, von dem sie so lange nichts gehört hatte.

»Ich könnte doch zum Camp gehen, Mrs Trevannick, und fragen, ob Tom da ist.«

»Du kennst dich in Ballarat nicht aus, Agnes, und du bist es auch nicht gewohnt, unter so vielen Menschen zu sein. Wenn du deinen Bruder gerne sehen möchtest, werde ich dafür sorgen, dass es an einem sicheren Ort geschieht.«

»Sehr wohl, Ma'am, wenn Sie das für das Beste halten.« Sie versuchte, nicht allzu enttäuscht auszusehen. Die Suche nach ihrem Bruder war nur ein Vorwand gewesen, um sich ein wenig in der Stadt umsehen zu können.

Larry Benedict bot sich sofort als Beschützer an.

»Es wär' zu gefährlich, Sie allein hier herumlaufen zu lassen, Miss Agnes. Wenn es Ihnen recht ist, Mrs Trevannick, werde ich Miss Agnes auf der Suche nach ihrem Bruder begleiten.«

Agnes dachte an die beiden Male, wo der Amerikaner ihr einen Kuss geraubt hatte. Ob es denn sicher war für ein Mädchen, mit ihm spazieren zu gehen? Trotzdem würde sie seinen Schutz gerne in Anspruch nehmen. Sie fühlte sich nämlich in dem Gewühl auf den Straßen von Ballarat längst nicht so sicher wie bei ihren Streifzügen am Fluss auf dem Farmgelände.

Das Government Camp war nicht weit vom Hotel entfernt. Constable Roberts sei auf Patrouille, wurde ihnen mitgeteilt, und vielleicht irgendwo auf der Hauptstraße zu finden.

»Sollen wir ein bisschen auf der Hauptstraße spazieren gehen, Miss Agnes? Dann können Sie sich zumindest die Geschäfte anschauen, falls wir Ihren Bruder nicht treffen.«

Es gab so viel Interessantes zu sehen, dass die Gegenwart ihres Begleiters Agnes kein allzu starkes Herzflattern bereitete. Er hatte eine spannende Art, über Dinge und Menschen zu reden. Wenn er sie gelegentlich am Ellbogen nahm, um sie um ein Hindernis herumzuführen, fühlte sie sich wie eine richtige Lady, der ein Gentleman den Hof macht. Das war ein ganz schönes Gefühl. Aber ich mag ihn doch gar nicht so besonders, sagte eine Stimme in ihrem Kopf. Doch, das tust du wohl, antwortete eine andere Stimme. Du willst es dir nur nicht eingestehen.

Sie kamen an einem Laden vorbei, in dessen Fenster Schmuck ausgestellt war. Larry blieb stehen. »Ich würde Ihnen gerne ein Geschenk kaufen, Miss Agnes.«

»O, nein. Ich kann doch von Ihnen kein Geschenk annehmen.«

»Nur eine Kleinigkeit, Miss Agnes. Zur Erinnerung an unseren Besuch in Ballarat.«

Er nahm sie bei der Hand und zog sie hinter sich her in den Laden. Der Inhaber strahlte. Agnes biss sich auf die Unterlippe und ließ verlegen den Kopf hängen. Sie wollte nicht, dass Larry Benedict ihr etwas kaufte, fürchtete aber, dass es noch peinlicher wäre, wenn sie anfing, mit ihm zu streiten.

Larry wählte eine Brosche mit blauem Strass aus, die wie eine Schleife geformt war. »Die ist doch sehr hübsch.«

»Wo sollte ich denn eine Brosche tragen? Mrs Clancy kriegt einen Anfall, wenn ich anfange, bei der Arbeit Schmuck zu tragen.«

Ihre Antwort löste ein breites Grinsen aus, als stellte Larry sich gerade vor, wie Mrs Clancy herumzeterte.

»Na schön, dann keine Brosche. Was halten Sie denn davon?« Er hielt ein Silberkettchen hoch, an dem ein kleines silbernes Kreuz hing. »Das könnten Sie immer tragen, und selbst wenn Mrs Clancy es sieht, könnte sie nichts dagegen sagen.«

Agnes betrachtete den Anhänger und wusste, dass man ihr

ansah, wie gut er ihr gefiel. In der Mitte des Kreuzes glitzerte ein roter Stein.

»Probieren Sie sie mal an«, redete Larry ihr zu. Doch als Agnes nach dem Anhänger griff, schüttelte er den Kopf und trat hinter sie, um ihr die Kette um den Hals zu legen. »Neigen Sie den Kopf nach vorn, damit ich den Verschluss zumachen kann.«

Agnes neigte den Kopf.

»Was haben Sie denn da an diesem Band?«, fragte Larry. Mit einem Finger hob er das schmale Band etwas an.

»Ach, nichts Besonderes.«

»Zeigen Sie's mir.«

Agnes zog das goldene Medaillon unter ihrem Mieder hervor. Das Lächeln wich aus Larrys Gesicht. Er griff nach dem Medaillon und hielt es in der Hand. Sein Gesichtsausdruck war so grimmig, dass Agnes ein wenig Angst bekam.

»Was ist los?«, fragte sie kleinlaut.

Larry starrte unverwandt auf das Medaillon. Sein Ausdruck blieb grimmig. »Woher haben Sie das?«

Bei der barsch gestellten Frage wurde ihr noch unbehaglicher, und sie fing an zu stottern. »D-das h-hab ich g-gefunden.«

»Wo?« Das Wort schallte wie ein Pistolenknall durch den Laden. Agnes schreckte zurück. »Im F-Fluss – in der Nähe der F-Farm. An dem T-Tag, an dem ich mir den Fuß verletzt hab.«

Da sah er ihr ins Gesicht und erinnerte sich ganz deutlich an ihre erste Begegnung. Er zog die Augenbrauen zusammen. »An dem Tag haben Sie aber nichts davon gesagt.«

»Ich hab niemandem etwas davon gesagt.« Nun, wo Larry sich vernünftiger anhörte, ging sie in die Defensive. »Es ist eh schon alt. Man kann es nicht mal mehr aufmachen.« Agnes bemerkte, wie offenkundig interessiert der Ladeninhaber zuhörte. »Ich will jetzt gehen. Ich will das Kreuz nicht.«

Larry ließ das Medaillon auf ihr Mieder fallen. »Nun, ich

möchte aber, dass Sie das Kreuz bekommen.« Er zog ein paar Geldscheine aus der Tasche und gab sie dem Mann, ohne sie auch nur zu zählen. Dann packte er sie am Ellbogen. »Kommen Sie, Miss Agnes, wir müssen miteinander reden.«

Er hielt sie weiter am Ellbogen gefasst, während er sie schweigend zu der Teestube auf der anderen Straßenseite führte. Dort ließ er sie an einem Tisch Platz nehmen, setzte sich ihr gegenüber und winkte die Frau weg, die gekommen war, um ihre Bestellung aufzunehmen. Dann stützte er die Ellbogen auf den blanken Holztisch und beugte sich zu Agnes hinüber.

»Nun, Miss Agnes, möchte ich, dass Sie mir ganz genau erzählen, wie Sie dieses Medaillon gefunden haben.«

Da sie sich inzwischen von dem Schreck über Larrys Wutausbruch erholt hatte, antwortete Agnes mit einer Gegenfrage. »Weshalb interessieren Sie sich so sehr für mein Medaillon?«

»Weil das nicht *Ihr* Medaillon ist, Miss Agnes. Dieses Medaillon hat meiner Mutter gehört. Es wurde von dem Mann gestohlen, der meinen Vater getötet hat.«

»Oh.« Sofort war sie voller Reue. »Dann müssen Sie es zurückbekommen.« Agnes knotete das Band auf und reichte ihm das Medaillon.

Seine Gefühle standen ihm deutlich in den Augen, als er das Medaillon in der Hand hielt. Ganz spontan berührte Agnes seine andere Hand. »Es tut mit leid. Das hab ich nicht gewusst.«

»Natürlich haben Sie das nicht gewusst. Ich sollte mich bei Ihnen entschuldigen, Miss Agnes, dafür, dass ich so grob zu Ihnen war. Es war bloß so ein verdammter Schock für mich, als ich das Medaillon gesehen habe. Ich hab es sofort wiedererkannt. Erzählen Sie mir, wie Sie es gefunden haben.«

»Ich hab es im Fluss gefunden. Dabei hab ich mir den Fuß verletzt.«

Agnes erzählte ihm ihre Geschichte, anschließend erzählte

Larry ihr seine. Er sprach sogar darüber, wie sehr er hoffte, dass er eines Tages den Mann finden würde, der für den Tod seines Vaters verantwortlich war.

»Ich bin überzeugt, dass er sich noch in der Gegend aufhält. Das sagt mir mein Gefühl. Eines Tages werde ich seine Fußabdrücke sehen. Dann werde ich mir Gerechtigkeit verschaffen.«

Agnes konnte nur mit tonloser Stimme »Oh« sagen.

In der Hütte der Collins saßen die Brüder mit dem Captain zusammen und führten ein ernstes Gespräch. Wie man das häufig tut, wenn man wünscht, man könnte das Schicksal rückgängig machen, redeten die Männer über Dinge, die man hätte tun können, um den Jungen zu retten. Selena saß, das Kinn auf eine Hand gestützt, da und hörte aufmerksam zu. Der Tod von Johnny Baxter hatte sie tieftraurig gemacht. Da sie nur zu gut wusste, wie schnell der Tod zuschlagen konnte, trauerte sie mit ihren Freunden um ihren Verlust.

»Was redet ihr denn da?«, fragte sie. »Man kann die Zeit nicht zurückdrehen. Man hätte diese Tragödie nicht verhindern können.«

»Davon verstehst du nichts, Selena«, fuhr Will sie an. »Wenn die Abstützung richtig gemacht worden wäre, hätte die Wand nicht nachgegeben.«

Der Captain sah seine Tochter fragend an, doch Selena schwieg. Seit sie an diesem Morgen aufgewacht war, hatte sie das merkwürdige Gefühl gehabt, dass irgendetwas nicht stimmte. Das war alles. Sie hatte keine Vision gehabt, keine konkrete Vorahnung.

»Ich verstehe nicht, warum die Abstützung nicht ordentlich gebaut war«, fuhr Will fort. »Die Baxters waren doch sonst immer so sorgfältig.«

»Diese Frage solltest du ihnen besser nicht stellen, Will.« Der

Captain holte tief Luft und stieß sie dann mit einem langen Seufzer wieder aus. »Der arme Junge. Was für eine furchtbare Art, zu sterben. Da möchte ich doch lieber ertrinken. Das Meer ist zumindest voller Leben.«

»Ich wünschte, ihr würdet endlich aufhören, über den Tod zu reden. Könnt ihr euch nicht über etwas Erfreulicheres unterhalten?«

»Wir könnten uns vielleicht einfach mit unserer Schwester unterhalten.« Tommy, der am nächsten zur Tür saß, hatte Schritte gehört und die Tür geöffnet. »Hallo, Meggan.«

»Was führt dich denn hierher?«, fragte Will, nachdem sich alle begrüßt hatten.

»Wir sind für ein paar Tage nach Ballarat gekommen. Aber weshalb habt ihr denn so ernsthaft über den Tod gesprochen?«

»Gestern ist etwas Furchtbares passiert«, antwortete der Captain. In knappen Worten berichtete er, was geschehen war.

»Oh, die arme Frau.« Meggan legte unwillkürlich eine schützende Hand auf ihren geschwollenen Leib. »Wie mutig von euch, euer Leben aufs Spiel zu setzen, um die Leiche des Jungen zu bergen. Was für eine schreckliche Aufgabe.«

»Ich werde das sicher so schnell nicht vergessen«, erklärte Will. »Der Junge wird morgen beerdigt. Wirst du an der Trauerfeier teilnehmen, Meggan?«

»Wir werden alle kommen. Jenny wird bestimmt dabei sein wollen. Sie wird ganz erschüttert sein, wenn sie das erfährt.«

»Jenny.« Will sprach den Namen aus, als hätte er fast vergessen, dass er eine Ehefrau hatte. »Ist Jenny mit euch in Ballarat?«

»Ja natürlich. Agnes und Larry Benedict sind auch mitgekommen.«

Selena wirkte plötzlich viel heiterer. »Wo ist Jenny denn jetzt? Ich würde sie gerne sehen.«

»Jenny ist im Hotel geblieben – wir haben Zimmer im Bath Hotel – und kümmert sich um Etty. Larry begleitet Agnes, die ihren Bruder suchen wollte.«

»Wo ist Con?«

»Con hatte noch etwas Geschäftliches zu erledigen, doch da es immer später wurde und er noch nicht zurück war, habe ich beschlossen, euch allein zu besuchen. Hier bin ich also. Ich hatte allerdings nicht erwartet, mit so traurigen Neuigkeiten begrüßt zu werden.«

»Ich muss gestehen«, sagte der Captain, »dass ich mir im ersten Moment Sorgen gemacht habe, als du so plötzlich hier aufgetaucht bist. Ich hatte schon befürchtet, du würdest uns noch mehr schlechte Nachrichten bringen.«

»Nein, es geht uns allen gut. Wir möchten euch gerne heute Abend bei uns im Hotel zum Essen einladen.«

Die Einladung wurde mit Freuden angenommen. Ein Familientreffen würde ihre Gedanken ein wenig von der Tragödie ablenken.

»Begleite mich bitte zurück, Will. Es wird langsam dunkel draußen.«

Sobald sie außer Hörweite der übrigen Familie waren, stellte Meggan ihren Bruder zur Rede. »Warum ignorierst du deine Frau?«

»Ich weiß nicht, was du meinst«, murmelte er.

»Und ob du das tust. Du hast Jenny nach Langsdale gebracht und bist am nächsten Tag wieder weggefahren, obwohl du gesagt hattest, du würdest mindestens zwei Tage bleiben. Das ist jetzt drei Wochen her, und du hast deine Frau in dieser Zeit kein einziges Mal besucht.«

»Wir arbeiten immer sehr lange. Es wäre den anderen gegenüber nicht fair, wenn ich mir freinähme, um nach Langsdale zu fahren, und sie allein im Schacht arbeiten ließe.«

»Wenn du deine Frau nicht auf Langsdale besuchen kannst, sollte sie hier bei dir in Ballarat sein.«

»Steckt Jenny etwa dahinter?« Er war verärgert über Meggan.

»Das ist meine persönliche Meinung. Ich habe mit Jenny nicht darüber gesprochen.«

»Du vergisst da was, Meggan. Wo sollten wir denn wohnen? In unserer Hütte wären wir nie allein.«

»Das ist keine Entschuldigung, Will. Ich kenne meinen Bruder gut genug, um zu wissen, dass er, wenn er etwas wirklich will, dafür auch Mittel und Wege findet.«

»Ach, das ist mir allerdings schon vorher nicht gelungen. Ich habe Jenny davon abbringen wollen, mir zu beweisen, dass sie dem Leben hier genauso gewachsen ist wie Selena. Ich wollte von Anfang an, dass sie zurück nach Langsdale geht. Wenn sie auf mich gehört hätte, hätten wir diesen ganzen Schlamassel jetzt nicht.«

»Will Collins!« Meggan blieb stehen und zog ihren Bruder unsanft am Arm, damit er ebenfalls stehen blieb und sie ansah. »Untersteh dich, so etwas jemals zu Jenny zu sagen. Die Arme leidet mehr, als du dir das vorstellen kannst.«

»Kein Mann kann sich vorstellen, wie es für eine Frau ist, ein Kind zu bekommen.«

»Ich rede nicht von Jennys Zustand. Körperlich geht es ihr ausgezeichnet. Sie leidet innerlich, in ihrem Herzen. Liebst du sie noch?«

»Natürlich liebe ich sie. Meinst du etwa, ich leide nicht?«

»Dann behandele sie endlich wie eine richtige Ehefrau. Was geschehen ist, ist furchtbar, und ich kann verstehen, wie du dich fühlst, aber ihr beide braucht euch gegenseitig, wenn ihr diese schwere Prüfung durchstehen wollt. Will, du musst Jenny bitten, in Ballarat zu bleiben. Ihr gehört zusammen.«

In dem Augenblick, als Will Jenny erblickte, wusste er, dass Meggan Recht hatte. In den Augen seiner Frau spiegelten sich die gleichen seelischen Qualen und die gleiche Sehnsucht, die auch er empfand. Sie lagen sich sofort in den Armen und klammerten sich in tiefer, verzweifelter Liebe aneinander.

Beim Essen kündigte Con den geplanten Zirkusbesuch anlässlich von Selenas Geburtstag an. Als sich die lautstarke Begeisterung ein wenig gelegt hatte, verblüffte der Captain alle mit einer eigenen Ankündigung.

»Ich habe beschlossen, dass es Zeit wird, wieder zur See zu fahren.«

DRITTER TEIL

1

In der zweiten Juliwoche näherte sich am späten Nachmittag ein kleines Fuhrwerk dem Farmhaus von Langsdale. Der Mann und die Frau, die auf dem Wagen saßen, blickten sich neugierig um. Sie sahen ein blühendes Anwesen mit üppigen Weiden und fetten Schafen.

Adam Winton lächelte seine Frau an. »Das ist gutes Land, Jane.«

»So gut wie Riverview.«

»Vielleicht sogar besser. Ich glaube, wir sollten eine Weile hierbleiben. Ich würde diesen Teil des Landes gerne besser kennen lernen.«

»Auf unserer Fahrt den Murray River hinauf haben wir doch einiges Land gesehen, das dir gefallen hat.«

»Das stimmt. Aber das hier ist sehr gutes Weideland. Nun, da wären wir, Jane. Dort drüben ist das Farmhaus von Langsdale.«

Jane lächelte. »Ich kann es kaum erwarten, Meggans Gesicht zu sehen. Sie wird ja so überrascht sein.«

Die Überraschung war so groß, dass es Meggan tatsächlich eine halbe Minute lang die Sprache verschlug und sie nur reglos dastand. Dann lief sie mit einem völlig undamenhaften Freudenschrei auf Jane zu und umarmte sie. Adam bekam einen raschen Kuss auf die Wange, und Darcy wurden zärtlich die dunklen Locken durchwuschelt.

»Was macht ihr denn hier? Oh, was für eine Überraschung! Kommt doch herein.«

Etty, die im Wohnzimmer auf dem Fußboden saß und mit ihrer Puppe spielte, blickte auf. »Wer ist das, Mama?«

»Das sind Mamas Freunde Mr und Mrs Winton, und das ist ihr kleiner Sohn Darcy.«

Adam stellte Darcy auf die Füße. Der Junge lief zu Etty und setzte sich neben sie auf den Boden. Die Kinder beäugten sich kurz kritisch. Dann lächelten sie, beugten sich zueinander und berührten sich unschuldig mit den Lippen.

»Oh«, sagten Meggan und Jane gleichzeitig.

»Sie scheinen sich zu mögen«, stellte Adam grinsend fest. Beide Kinder spielten jetzt mit der Puppe.

»Etty wird sich freuen, einen Spielkameraden zu haben. Und ihr beide mögt doch bestimmt eine Tasse Tee. Macht es euch bequem, ich geh nur kurz in die Küche. Dann sag ich Con Bescheid. Er wird darauf brennen, euch kennen zu lernen, und unbedingt wissen wollen, was euch in unsere Gegend geführt hat.«

Als sich die Erwachsenen drei Stunden später zum Abendessen hinsetzten, waren alle Familienneuigkeiten ausgetauscht. Dann erzählte Adam von ihrer Fahrt den Murray River hinauf auf einem der Raddampfer, die jetzt die Farmen an dem großen Fluss anfuhren.

»Für die Schafzüchter ist das ein riesiger Fortschritt. Man kommt leichter an Vorräte, und die Wolle wird über den Fluss viel schneller transportiert als mit Ochsenkarren über Land. Der Handel per Schiff steckt allerdings noch in den Anfängen. Die ersten Raddampfer wurden ja vor kaum mehr als einem Jahr gebaut. Ich glaube, dass es sich lohnen würde, in Raddampfer zu investieren.«

»Du musst Hal von diesen Raddampfern erzählen«, sagte Meggan. »Das wird ihn interessieren.«

»Hat er immer noch vor, sich ein Fischerboot zu kaufen?«

»Ja, aber er will offenbar nicht mehr zurück nach Südaustralien.« Sie lächelte verschmitzt. »Ich weiß nicht, warum, aber ich könnte mir Hal gut auf einem Raddampfer vorstellen.«

»Wie geht es deinen Brüdern überhaupt, Meggan?«

»Sie sind gesund und munter. Allerdings hat sich vor ein paar Wochen eine furchtbare Tragödie ereignet. Das hat sie sehr mitgenommen.«

Meggan erzählte die traurige Geschichte von Johnny Baxters Tod und der dadurch ausgelösten Entscheidung Captain Trevannicks, wieder zur See zu fahren.

»Will und seine Frau ...«, fuhr sie fort, wurde jedoch durch einen Zwischenruf von Adam unterbrochen.

»Will ist verheiratet?«

»Ja, mit Jenny Tremayne, Cons Pflegeschwester.«

Adam schüttelte ungläubig den Kopf. »Ich hätte nicht gedacht, dass Will je heiraten würde.« Er zog die Augenbrauen nachdenklich zusammen. »Tremayne? Ist sie mit dem Mann verwandt, der für meinen Vater gearbeitet hat? Der sich James Pengelly nannte, in Wirklichkeit aber Tremayne hieß?«

»Ja. Jenny ist Rodneys jüngere Schwester.«

Adam schüttelte erneut den Kopf und sah Con an. »Sie haben aber komplizierte Verhältnisse in Ihrer Familie mit Halbschwestern und Pflegeschwestern.«

Con lachte. »Nur eine von jeder Sorte, aber in Selenas Fall reicht eine vollkommen aus.«

»Ich freue mich schon darauf, Selena kennen zu lernen. Sie scheint ein temperamentvolles Mädchen zu sein.«

Con verzog das Gesicht, lächelte dabei aber. »Das ist sie.«

»Erzähl weiter, Meggan«, sagte Adam. »Ich hab dich unterbrochen.«

»Will und Jenny wohnen in einer kleinen Hütte in der Nähe ihres Claims auf dem Eureka-Goldfeld. Die Hütte ist ursprünglich für Selena und den Captain gebaut worden. Selena ...«,

Meggan lächelte Con an, »… hat sich geweigert, nach Langsdale zurückzukehren, und wohnt nun bei den Baxters.«

»Der Familie des Jungen, der in dem Schacht erstickt ist?«

»Ja. Hal und Tommy wohnen immer noch in der Hütte, die sie ganz zu Anfang auf den Gravel Pits gebaut haben.«

Irgendwann fiel der Name Joshua im Gespräch.

»Wir haben ein Gerücht gehört«, sagte Adam, »dass Joshua auf die Goldfelder gegangen ist.«

»Will und Hal haben ihn mal in Ballarat gesehen«, antwortete Meggan. »Und ich habe ihn in Creswick gesehen.«

»Ihr Bruder hat mir während der Räudeepidemie im letzten Jahr sehr geholfen. Irgendwann dachte ich sogar, er könnte vielleicht bleiben. Er versteht viel von Schafen.«

»Warum ist er denn gegangen?«, fragte Adam.

»Die Umstände hatten sich geändert.« Mehr wollte Con in Gegenwart von Jane nicht dazu sagen. Meggan hatte ihm Janes Geschichte erzählt. Adams schöne Frau sollte nicht an Joshuas Brutalität erinnert werden.

»Wo er jetzt wohl sein mag?«, sinnierte Adam laut.

Etwa sechsunddreißig Meilen nordöstlich von Langsdale, wo die Straße nach Melbourne durch dicht bewaldete Hügel lief, verbarg sich eine Gruppe von Reitern in einem Versteck, wo sie von den wenigen Pferdewagen aus, die die Straße benutzten, nicht zu sehen waren. Seit dem frühen Morgen warteten sie schon geduldig dort, sechs Männer, die allein oder zu zweit gekommen waren, um ihre Posten einzunehmen. Von einem Punkt hoch am Hügel beobachtete Daniel Murphy die Straße. Um sechs Minuten nach zwölf gab er das Signal. Der Goldtransport näherte sich.

Gold, Münzen, Papiergeld und Bankwechsel waren auf dem Weg von den Goldgräberlagern um Bendigo zum Goldbüro und zu den Banken in Melbourne. Ein bewaffneter Trooper saß neben dem Kutscher. Eine schwer bewaffnete Eskorte von acht Troopern ritt neben der Kutsche her. Sechs Männer lagen auf der Lauer, um sich das Gold zu schnappen. Obwohl in der Unterzahl, hatten sie die Überraschung auf ihrer Seite.

Die Eskorte war so rasch umstellt, dass keiner der Trooper Zeit hatte, eine Waffe zu ziehen. Zwei griffen nach ihrem Gewehr. Unterstrichen von einem Warnschuss, befahl man ihnen abzusteigen. Während seine Komplizen ihre Waffen auf die Trooper richteten, entwaffnete Joshua sie wie geplant. Einer aus der Bande, den er nur unter dem Namen Brady kannte, sammelte die Gewehre ein, die noch in den Sattelholstern steckten. Der Trooper, der neben dem Kutscher gesessen hatte, stand mit finsterem Gesicht neben der Kutsche.

Der Überfall verlief perfekt nach Plan, bis der Kutscher ein Gewehr hervorzog, das unter seinem Sitz versteckt gewesen war. Es gelang ihm lediglich, es bis in Kniehöhe zu heben, da traf ihn eine Kugel von Daniel Murphy mitten ins Herz. Der Trooper, der neben der Kutsche stand, hob das zu Boden gefallene Gewehr auf. Doch ihm gelang es ebenso wenig wie dem Kutscher, die Waffe zu benutzen. Die noch nicht entwaffneten Trooper nutzten das Durcheinander und eröffneten das Feuer. Die Buschranger schossen zurück. Es gab einen kurzen heftigen Schusswechsel. Drei weitere Trooper sanken verletzt zu Boden. Brady fiel tot vom Pferd.

Das zahlenmäßige Verhältnis war jetzt mehr als ausgeglichen. Als der letzte bewaffnete Trooper sein Gewehr hinwarf, fesselten Ellis und Johns die fünf unverletzten Trooper an Bäume. Die Verletzten und die Toten ließen sie einfach liegen, nachdem sichergestellt war, dass keiner der Verletzten an eine Waffe herankam.

»Hol die Satteltaschen«, befahl Daniel Murphy Joshua.

Joshua holte die im Gebüsch versteckten drei Packpferde mit den zusätzlichen Satteltaschen.

Während sie die zusätzlichen Satteltaschen auf die Pferde der Trooper schnallten und das Gold und das Geld umluden, versuchte Joshua, nicht zu den Toten und Verletzten hinzusehen. Ihm war nicht wohl bei der Sache. Von Mord war nie die Rede gewesen. Es hätte eigentlich nicht geschossen werden sollen, außer in Notwehr. Er hatte Daniel Murphys Gesicht gesehen, als dieser den Kutscher erschossen hatte. Dem Mann hatte es Spaß gemacht, zu töten.

Die Gier nach seinem Anteil am Gold, zusammen mit einem plötzlichen Misstrauen gegenüber den Komplizen, veranlasste Joshua dazubleiben, während sein Kopf ihm riet, sich so schnell wie möglich aus dem Staube zu machen. Er hatte keine Lust, an einem Seil zu baumeln. Er hatte sein Gewehr nur in die Luft abgefeuert.

Sechs Reiter, die sechs Packpferde führten, das war der Plan gewesen. Nun, da Brady tot war, wurde das Gold auf fünf Packpferde verteilt, für jeden Mann eins. Die übrigen Trooper-Pferde sowie die vier Tiere, die die Kutsche gezogen hatten, jagte man mit einem Klaps auf den Hintern davon.

»Was ist mit Brady?«, fragte Joshua Daniel Murphy.

Der Ire warf einen flüchtigen Blick auf die Leiche ihres ehemaligen Kumpans. »Er ist tot. Wir lassen ihn hier.«

Die Buschranger ritten nach Südosten in die Berge. Nachdem sie ein Lager für die Nacht aufgeschlagen hatten, verteilte Daniel Murphy die Beute.

»Mick und ich bekommen Bradys Anteil.«

»Was soll denn das heißen?«, fragte Ellis. »Wir haben gesagt, für alle den gleichen Anteil.«

Der andere Mann zog höhnisch die Mundwinkel nach unten und sah jeden herausfordernd an, der es wagen könnte, zu widersprechen. »Ihr bekommt doch den Anteil, den wir vereinbart haben. Ein Sechstel von unserer Beute.«

Ellis war der Einzige, der protestierte. Johns und Joshua befürchteten beide, Daniel Murphy könnte, ohne mit der Wimper zu zucken, wieder töten. Joshua war zufrieden mit seinem Anteil über fünfhundert Unzen Gold plus 620 Pfund in bar. Mit so viel Geld könnte er nun anfangen, sich nach Land umzusehen. Er träumte immer noch davon, eine florierende Schaffarm zu besitzen.

Den größten Teil der Nacht raubte die eisige Kälte Joshua den Schlaf, so dass er darüber nachdenken konnte, was er nun als Nächstes tun sollte. Da er mitbekommen hatte, dass die Murphys nach Geelong wollten, während Ellis und Johns von Melbourne sprachen, glaubte Joshua, dass er in Ballarat sicher sein würde. Er würde seine Pferde gegen andersfarbige eintauschen, sich den Bart abrasieren, den er sich in letzter Zeit hatte wachsen lassen, und sich eine Weile unauffällig unter die Tausende Goldgräber in Ballarat mischen. Wenn sich die Aufregung gelegt hatte, würde er nach Norden gehen. Er hatte gehört, dass am Murray River noch gutes Weideland zu bekommen war.

Bei Tagesanbruch trennte sich Joshua von seinen Komplizen. Nun, wo er über einen netten kleinen Vorrat an Gold und Bargeld verfügte, wollte er die größtmögliche Entfernung zwischen sich und seine Partner legen. Der Überfall auf den Goldtransport allein würde schon ausreichen, um ein Massenaufgebot an Polizei auf die Suche nach den Buschrangern zu schicken. Die Tatsache, dass zwei Trooper getötet und drei weitere verletzt worden waren, würde aus der Suchaktion eine Menschenjagd machen.

Als die Schatten im Wald lang und dunkel wurden, schlug Joshua ein Lager auf. Er hoffte, dass es die letzte Nacht sein würde, die er frierend im Freien verbrachte. Seit dem späten Nachmittag hatte er die zerklüftete Landschaft, durch die er ritt, nach einer kleinen Höhle oder einem Felsvorsprung abgesucht, wo er über Nacht unterkommen könnte. Als er nicht fand, was er suchte, wählte er eine Stelle, wo große Felsblöcke einen gewissen Schutz vor dem eisigen Wind boten.

Es lagen genügend Holz und Zunder herum, um ein loderndes Feuer zu entfachen. Er hatte nichts zu essen dabei, und da er seit dem vergangenen Abend nichts mehr gegessen hatte, knurrte sein leerer Magen. Zumindest würde er es diese Nacht wärmer haben. Er war zu weit von allem weg, als dass er sich Sorgen darüber machen müsste, dass irgendwer das Feuer entdecken könnte. Gegen den Sattel gelehnt, mit seinem schweren Mantel über sich und der Satteldecke unter sich, legte Joshua sich schlafen.

Nur wenige Minuten, nachdem er eingeschlafen war, so schien es ihm, wurde er wach, weil eines seiner Pferde wieherte. Er sah jedoch, dass das Feuer völlig heruntergebrannt war, also musste er mehrere Stunden geschlafen haben. Zwischen den Bäumen hörte er leise Schritte. Seine Nackenhaare sträubten sich. Er war nicht mehr allein.

Ganz langsam und vorsichtig nahm er seinen Revolver. Dann richtete er sich genauso vorsichtig auf. Wer war da draußen? Ein lauteres Rascheln irgendwo links hinter ihm ließ ihn herumfahren. Die kalte Mündung eines Revolvers wurde ihm gegen die Schläfe gedrückt.

»Keine Bewegung, Winton.«

Das war die Stimme von Ellis. Mit einer Hand hielt er die Waffe an Joshuas Kopf, mit der anderen nahm er ihm den Revolver ab.

Joshua rührte sich nicht, bewegte lediglich den Mund. »Was willst du, Ellis?«

»Dumme Frage. Johns und ich finden, dass wir nicht so viel Gold bekommen haben, wie uns zusteht. Deshalb nehmen wir uns auch noch deinen Anteil.«

Johns kam unter den Bäumen hervor und baute sich mit einem höhnischen Grinsen vor Joshua auf. »Es sei denn, du hast was dagegen.«

Ob er was dagegen hatte? Natürlich hatte er was dagegen, doch das spielte angesichts der Lage wohl kaum eine Rolle. Während Johns die Satteltaschen mit dem Gold wieder auf Joshuas Packpferd schnallte, blieb die Waffe die ganze Zeit an seinem Kopf. Als er damit fertig war, verschwand er und kam nach ein paar Minuten auf seinem Pferd zurück. Ein zweites Pferd führte er an der Leine. Dann nahm er auch noch die Leine des Packpferdes.

Ellis, der die Waffe immer noch auf Joshuas Kopf gerichtet hielt, ging zu seinem Pferd und schwang sich in den Sattel.

»Wir lassen dir dein anderes Pferd hier«, sagte er ironisch. »Wollen ja schließlich nicht, dass du hier draußen ganz allein abkratzt.«

»Dreckige Diebe«, fluchte Joshua.

»Das musst du gerade sagen«, spottete Johns. »Danke für deine Hilfe.«

Im Nu waren die beiden im dichten Busch verschwunden. Joshua nahm einen Stein und schleuderte ihn in hilfloser Wut in ihre Richtung. Noch lange, nachdem die beiden Männer fort waren, lief er zornig auf und ab, trat gegen kleine Felsbrocken und gegen Äste und hob ab und zu einen Stein auf, um ihn in den Busch zu schmeißen. Irgendwann setzte er sich, in Mantel und Decke gehüllt, hin und stocherte in seinem verglühenden Feuer, um es wieder zum Brennen zu kriegen. In dieser Nacht würde er keinen Schlaf mehr finden. Das bisschen Anstand, das noch in ihm steckte, verabscheute Mord. Doch jetzt wäre er bereit gewesen, sowohl Ellis als auch Johns umzubringen.

Unbewaffnet, hungrig und frierend und nur von einer ohnmächtigen Wut getrieben, erreichte Joshua am nächsten Tag den Stadtrand von Ballarat. Zum Glück hatte er hundert Pfund in seine Manteltasche gesteckt und konnte sich deshalb ein Zimmer im Bentley's Hotel leisten. Das Hotel, das sich auf dem Eureka-Goldfeld befand, schien ihm weit genug von der Hauptstraße entfernt, um dort untertauchen zu können. Als ihm klar wurde, dass sich der größte Teil der Gäste des Bentley's aus den Rabauken der Goldfelder rekrutierte, fühlte sich Joshua noch sicherer. Die einzigen Trooper, die je das Hotel betraten, unterschieden sich von den Gästen nur durch ihre Uniform. Unter ihnen waren einige der allerkorruptesten Polizisten.

Zwei Abende später kam Joshua an der Bar mit ein paar Männern ins Gespräch. Eine beiläufige Bemerkung von einem führte dazu, dass er fast an seinem Bier erstickt wäre.

»Ich hab gehört, die haben zwei Kerle von diesem Überfall auf den Goldtransport geschnappt.«

»Irgendwer, den wir kennen?«, fragte ein anderer Mann leicht scherzhaft.

»Kann schon sein.« Der Mann zuckte mit den Schultern. »Johns und Ellis. Die Namen sind ja wohl ziemlich häufig.«

»Wurde sonst noch wer verhaftet?« Obwohl er fast vor Angst verging, gelang es Joshua, nicht zu großes Interesse zu zeigen.

»Bisher noch nichts gehört. Hab allerdings das Gerücht gehört, dass Ellis seine Komplizen verpfeifen will, um seinen eigenen Hals zu retten.«

Joshua brach der Schweiß auf der Stirn aus, und er wischte sich mit der Hand darüber.

Sein Gesprächspartner starrte ihn an. »Alles in Ordnung, Kumpel? Du siehst ein bisschen erhitzt aus, obwohl's doch heute Nacht verdammt kalt ist.«

»Vielleicht krieg ich Fieber.« Joshua stürzte den Rest von seinem Bier herunter und stand auf. »Ich hab genug für heute.«

Joshua ging auf sein Zimmer, verriegelte sorgfältig die Tür und ließ sich auf die Bettkante sinken. Ellis und Johns verhaftet und Ellis bereit zu reden. Sein erster Impuls war, aus Ballarat zu verschwinden. Aber wohin? Das Geld, das er hatte, würde nicht sehr lange reichen. Zumindest würden Ellis und Johns nichts von dem Gold haben, das sie ihm abgenommen hatten. Geschah den Schweinehunden ganz recht. Er hätte sich ja über ihre Verhaftung gefreut, wenn nicht die große Gefahr bestünde, dass Ellis seine Beteiligung an dem Überfall verraten würde.

Mit finsterer Miene starrte er auf die Bodendielen und dachte über die Tücken des Schicksals nach. Wenige Minuten später richtete er sich langsam aus seiner gebeugten Haltung auf, und ein triumphierendes Grinsen machte sich auf seinem Gesicht breit. Vielleicht hatten Ellis und Johns ihm sogar einen Gefallen getan. Ellis konnte ruhig seinen Namen nennen. Und die Trooper konnten suchen, so viel sie wollten. Sie würden kein gestohlenes Gold oder Geld bei ihm finden. Nun brauchte er nur noch jemanden aufzustöbern, der bereit war, ihm ein Alibi zu geben, der bereit war zu schwören, dass er, Joshua Winton, zum Zeitpunkt des Überfalls in Ballarat gewesen war, dann brauchte er sich um nichts auf der Welt mehr Sorgen zu machen.

Außer darüber, wie er an ein neues Vermögen kommen könnte.

Jenny schnitt Fleisch in Stücke, um einen Eintopf zu kochen. Im Großen und Ganzen war sie mit dem Leben in der kleinen Hütte zufrieden. Selbst Will, der in den ersten Tagen immer noch darauf beharrt hatte, dass sie auf Langsdale besser aufgehoben sei, gab zu, dass er nun das Gefühl hatte, wirklich verheiratet zu sein. Außerdem stellte er erstaunt fest, wie tüchtig seine Frau im Haushalt geworden war. Auch wenn er es nicht wusste, bedeutete ihr dieses Eingeständnis mehr als jede Liebeserklärung.

Nur selten sprach einer von ihnen die Worte »Ich liebe dich« aus. Jeder wusste, wie es im Herzen des anderen aussah. Körperliche Intimität gab es keine zwischen ihnen. Sie waren beide der Meinung, dass dieser Teil ihrer Ehe warten musste, bis das Kind geboren war. Da Jenny die Enthaltsamkeit leichtfiel, nahm sie an, dass Will mit der gegenwärtigen Situation ebenfalls zufrieden war.

Der Warnruf »Joe! Joe!« erschallte bei den Gravel Pits und kam immer näher. Jenny stockte das Herz. Würde das der Tag sein, an dem sie *ihn* wiedersah? Sie benutzte den Namen des Mannes nicht mal in Gedanken, aus Angst, sie könnte ihn eines Tages Will verraten. Doch jedes Mal, wenn eine Lizenzjagd stattfand, hatte sie Angst davor, die Gesichter der Trooper zu erblicken, die die Männer schikanierten.

Will rief nach ihr. »Jenny! Meine Lizenz ist in der Hütte.«

Ein rascher Blick nur, und sie sah dieses wichtige Papier auf Wills Bett liegen. Jenny nahm es und lief die wenigen Meter von der Hütte zum Schacht. Will zog sich gerade nach oben.

»Du bist ein Schatz. Das ist das erste Mal, dass ich sie nicht dabeihatte, und da hinten kommt Tom Roberts.«

»Nein!«, ging es ihr wie ein Aufschrei durch den Kopf. Sah man ihrem Gesicht etwas an? Will betrachtete sie merkwürdig. Die Trooper waren nur noch vier Claims entfernt. *Er* war auf den ersten Blick zu erkennen.

»Geht es dir nicht gut?«, fragte Will. »Du bist ganz blass geworden.«

Sie legte automatisch die Hände auf ihre Wangen, was dumm von ihr war, denn jetzt sah Will erst recht besorgt aus.

»Es ist alles in Ordnung, Will. Sei den Troopern gegenüber vorsichtig.«

In der Hütte würde sie sicher sein. Sie würde dortbleiben, bis die Trooper ein gutes Stück weg waren. Je näher die Stimmen der Trooper kamen, desto stärker fing sie an zu zittern. Ihre Unruhe teilte sich anscheinend dem Kind in ihrem Leib mit, das sich im gleichen Moment zu regen begann. Dieses Baby schien vier Füße zu haben, so heftig, wie es trat. Sie setzte sich auf Wills Bett, die Hände auf ihren geschwollenen Leib gelegt, und hörte, wie die Männer aufgefordert wurden, ihre Lizenzen zu zeigen. Tom Roberts' Stimme drang deutlich an ihr Ohr.

»Hab gehört, dass du geheiratet hast. Wie geht's denn dem kleinen Frauchen, Will? Ich hab sie gerade in deine Hütte gehen sehen. Schon guter Hoffnung.«

Jenny brauchte gar nicht das Gesicht des Mannes zu sehen, denn das süffisante Grinsen war seiner Stimme genauso anzuhören wie der Zorn in Wills Stimme.

»Das geht dich gar nichts an, Tom. Du hast meine Lizenz gesehen. Also hast du keinen Grund, noch länger zu bleiben.«

»Erst muss ich noch der Dame meine Aufwartung machen. Wir waren mal so ein bisschen befreundet. Hat sie dir das nicht erzählt?«

Vor Angst und Zorn nach Luft schnappend sprang Jenny vom Bett auf und lief zur Tür. Als sie den Ausdruck auf Wills Gesicht sah, packte sie jedoch eine völlig andere Angst. Die Art, wie er die Hände an den Seiten zu Fäusten geballt hatte, verriet ebenfalls die Wut, die er zu zügeln versuchte.

»Meine Frau hätte sich niemals mit dir angefreundet. Sie weiß, was für ein Mensch du bist, ein Schurke, der seine Frau hat ertrinken lassen.«

Jenny atmete heftig ein. Jetzt war Will ganz bestimmt zu weit gegangen. Tom Roberts gab nur ein gehässiges Kichern von sich.

»Ich hab ein ganz besonderes Interesse an deiner Frau. Was glaubst du denn, wer ihr dieses Kind in den Bauch getan hat?«

Will schlug mit ungeheurer Schnelligkeit zu. Die Wucht des Schlages ließ Tom Roberts' Kopf zur Seite schnellen, er taumelte zurück. Bevor er sich erholen konnte, wurde er von einem Hieb in den Bauch, gefolgt von einem kräftigen Kinnhaken, außer Gefecht gesetzt.

Jenny schrie auf. Plötzlich schien die Hölle loszubrechen. Leute brüllten. Einige kamen herbeigelaufen. Sie jubelten dem Goldgräber zu und verhöhnten den Trooper. Hal, Tommy und Adam, die aus dem Schacht herbeigeeilt waren, konnten Will selbst mit vereinten Kräften nicht zurückhalten. Als Tom stolperte und zu Boden ging, trat Will ihm mit dem Stiefel zweimal in die Rippen und holte schon zu einem dritten Tritt aus. Der Zorn hatte ihm jeglichen Verstand geraubt.

Ein Schuss wurde in die Luft abgefeuert.

Noch mehr Gebrüll.

Will lag mit dem Gesicht nach unten auf dem Boden und wurde von fünf Troopern festgehalten.

»Unfair! Feiglinge!«, riefen die Goldgräber und wichen erst bei der wiederholten Drohung zurück, dass man auf sie schießen würde.

Als Jenny zu Will laufen wollte, packten Hal und Adam sie jeweils an einem Arm.

Will wurde auf die Beine gezerrt.

In Handschellen gelegt.

Mit gezückten Bajonetten im Rücken abgeführt.

Jenny protestierte laut, wollte zu Will laufen, doch die beiden hielten sie zurück. Wütend machte sie sich los und sank schluchzend, sich mit beiden Händen den Bauch haltend, auf die Knie. Sie wurde wieder auf die Beine gezogen.

»Du musst dich beruhigen, Jenny«, sagte Adam. »Komm und leg dich hin. Wir gehen zum Camp und versuchen herauszufinden, wegen was man Will anklagen wird. Du musst dich ausruhen.«

Hal stand ebenfalls neben ihr. »Ich hole Selena, damit sie bei dir bleibt.«

Sie überredeten sie, sich hinzulegen. Adam legte die Decken über sie. »Wir wollen nicht, dass du einen Schock bekommst.«

Doch sie befand sich bereits in einem Schockzustand. Das hier übertraf all ihre Befürchtungen. Adam setzte sich auf einen Hocker neben dem Bett. Er legte ihr einen Arm um die Schulter, um sie zu stützen, während sie den heißen, süßen Tee trank, den Tommy gekocht hatte. Als sie sich wieder hinlegte, zitterte sie. Adam und Tommy wickelten sie noch fester in die Decken. Sie drehte sich auf die Seite, damit sie zur Wand blickte.

Scham mischte sich in ihre Angst, welche Strafe Will drohte. Hatten Hal, Tommy oder Adam die Stichelei mitbekommen, die dafür gesorgt hatte, dass Will seinen Zorn nicht mehr zügeln konnte? Will hatte alle in dem Glauben gelassen, dass sie bereits vor der Ehe miteinander intim geworden wären. Er war der Meinung gewesen, es sei besser so.

Es schien kaum Zeit vergangen zu sein, da berührte Selena sie an der Schulter.

»Wie fühlst du dich, Jenny?«

Ja, wie fühlte sie sich eigentlich? Das Zittern hatte aufgehört, wieso lag sie dann noch im Bett, wenn Will in großen Schwierigkeiten steckte? Sie schob die Decken fort und setzte sich auf.

»Es geht mir wieder gut. Das war nur der Schock. Ich gehe jetzt zum Camp und erkundige mich, was mit Will geschieht.«

»Die Männer sind schon gegangen. Adam ist Hal und Tommy gefolgt, sobald ich hier war. Wir sollten warten, was sie uns für Neuigkeiten bringen.«

»Ich kann nicht untätig hier rumsitzen.« Jenny war bereits aufgestanden und suchte nach ihrem Umhängetuch. »Wenn du nicht mitkommen willst, gehe ich alleine. Würdest du das nicht auch tun?«

Das konnte Selena nicht abstreiten. »Wir gehen zusammen.«

Adam machte sich große Sorgen über die möglichen Folgen von Wills Tat. Einen Polizisten zu verprügeln war ein schweres Vergehen. Er hatte keine Ahnung, was Wills Zorn ausgelöst hatte, nur dass sich dieser Zorn speziell gegen den einen Trooper gerichtet und Jenny irgendetwas damit zu tun hatte. Er hatte gewiss nicht erwartet, dass so etwas passieren könnte, als er nach Ballarat gekommen war, um die Collins-Brüder zu besuchen.

Er war so tief in Gedanken und so beschäftigt mit den unerfreulichen Szenarien, die sich vor seinem geistigen Auge abspielten, dass er die Leute um sich herum kaum wahrnahm. Erst als er hörte, wie jemand seinen Namen rief, nahm er seine Umgebung wieder wahr. Er kannte die Stimme. Joshua.

Sein Bruder hatte sich in den zweieinhalb Jahren, seit er ihn zum letzten Mal gesehen hatte, verändert. Er sah älter aus, sein Gesicht war schmaler geworden, und irgendetwas um seine Augen herum schien sich verändert zu haben, irgendetwas in ihrem Ausdruck. Adam wartete, bis Joshua bei ihm war.

»Joshua.«

»Adam. Ich wollte ja meinen Augen kaum trauen. Was machst du denn hier in Ballarat?«

»Ich bin auf Besuch.«

»Was für ein Zufall. Ich bin froh, dass wir uns getroffen haben. Sollen wir nicht einen trinken gehen und uns erzählen, was wir inzwischen so alles erlebt haben?«

»Es interessiert mich nicht, was du erlebt hast, Joshua. Du bist nicht mehr mein Bruder, seit unsere Eltern dich verstoßen haben.« Er sah, wie Joshuas Gesicht einen verbitterten Ausdruck annahm.

»Ich werde ihnen nie verzeihen, was sie mir angetan haben. Jane war keine unschuldige Jungfrau. Ich wette, dass es seitdem noch eine ganze Reihe von Männern gegeben hat.«

Adam ballte die Fäuste. »Halte dein dreckiges Mundwerk, Joshua. Jane ist eine gute Frau.«

»Woher weißt du das?«

»Weil Jane meine Ehefrau ist.«

»Deine was? Du hast eine Schwarze geheiratet?« Joshua lachte verächtlich. »Na, so was. Wer hätte das gedacht.«

»Wenn das alles war, Joshua …«, denn wenn sein Bruder noch mehr sagte, würde er eine Faust ins Gesicht kriegen, »ich hab's nämlich eilig.«

»Schenk mir doch bitte noch ein paar Minuten, Adam. Ich entschuldige mich für das, was ich gesagt habe. Im Grunde bin ich nie darüber hinweggekommen, so einfach weggeschickt worden zu sein. Ich habe euch alle vermisst.«

»Niemand von uns hat dich vermisst.«

Wieder zog er verbittert die Mundwinkel nach unten. »Dann wirst du mir wohl auch nicht helfen.«

»Nein.«

»Du weißt doch gar nicht, was ich will.«

»Geld? Du siehst aus, als könntest du welches gebrauchen.«

»Geld habe ich genug. Ich möchte nur, dass du jedem, der danach fragt, erzählst, dass ich letzte Woche bei dir gewesen bin.«

Adam schnaubte verächtlich. »Darum geht's also. Du hast dich in Schwierigkeiten gebracht und brauchst ein Alibi.«

»Ich habe nichts Unrechtes getan. Ich weiß nur aus zuverlässiger Quelle, dass ein ehemaliger Bekannter von mir eine Postkutsche überfallen hat. Angeblich hat er der Polizei erzählt, ich wäre dabei gewesen.«

»Und warst du?«

»Ich bin kein Verbrecher, Adam. Ich bin hier, weil ich Gold finden will. Irgendwann möchte ich eine eigene Farm haben.«

»Dann viel Glück dabei, Joshua, obwohl es mir im Grunde egal ist, ob es dir gelingt oder nicht. Mir ist es außerdem egal, ob du für ein Verbrechen verhaftet wirst, dass du vielleicht begangen hast oder auch nicht. Falls sich unsere Wege noch mal kreuzen, sprich mich gar nicht erst an.«

Mehr hatte Adam nicht zu sagen. Er ging mit großen Schritten weiter, ohne seinen Bruder noch eines Blickes zu würdigen. Er würde Joshua niemals ins Gesicht sehen können, ohne dass ihn die Wut über das, was der Schweinehund Jane angetan hatte, überkam.

Da er von Joshua aufgehalten worden war, erreichte Adam das Government Camp erst, als Hal und Tommy es bereits wieder verließen.

»Irgendwelche Neuigkeiten? Habt ihr Will gesehen?«

»Wir haben ihn gesehen«, sagte Hal, »und er ist immer noch stinkwütend.«

»Sie haben ihn weit weg von den anderen Goldgräbern, die heute verhaftet worden sind, an einen Baum gekettet. Er tobt und schreit, dass er Tom umbringt.«

»Wir haben versucht, ihn zu beruhigen, Adam. Er wollte aber nicht auf uns hören.«

»Ich werde mit ihm reden.«

»Das geht nicht«, sagte Tommy traurig.

Hal bestätigte das mit einem grimmigen Nicken. »Die Trooper haben uns fortgejagt und gesagt, dass niemand mehr mit Will reden darf. Er wird nach Melbourne gebracht und dort vor Gericht gestellt.«

»Ein Prozess in Melbourne, das bedeutet mit Sicherheit Gefängnis.«

Tommy wirkte niedergeschlagen. Hal verzog das Gesicht. Adam seufzte.

»Wir müssen doch irgendetwas tun können.«

»Einer von uns sollte Meggan Bescheid sagen«, sagte Hal.

»Und Jenny«, fügte Tommy hinzu. »Da kommt sie mit Selena.«

Die beiden Frauen liefen das letzte Stück. Jenny brauchte nur einen Blick in die drei Gesichter zu werfen.

»Es sieht schlecht aus, nicht wahr?«

»Will soll in Melbourne vor Gericht gestellt werden«, antwortete Hal.

»Nein! Wir müssen etwas unternehmen.« Jenny war verzweifelt.

»Das werden wir, aber wir erreichen nichts, solange wir hier bloß herumstehen. Komm mit zu unserer Hütte, die ist näher als deine. Dort können wir darüber reden, was getan werden kann.«

»Zuerst will ich meinen Mann sehen.«

»Das werden die Wachen dir nicht erlauben.« Hal verschwieg, dass Wills Wächter allesamt Kumpane von Tom Roberts waren. Die würden dafür sorgen, dass ihr Gefangener möglichst viel zu leiden hatte, solange er in Ketten war.

Es dauerte nicht lange, bis sich alle einig waren, dass die einzige Möglichkeit, wie man Will helfen könnte, darin bestand, ihn freizukaufen.

Hal hatte dennoch große Bedenken. »Aus irgendeinem Grund scheint es zwischen Will und Tom Roberts böses Blut zu geben wegen einer Sache, die damals in Burra passiert ist.«

»Das stimmt«, pflichtete Tommy bei. »Tom hat schon die ganze Zeit nach einem Vorwand gesucht, um Will zu verhaften.«

»Und ihr wisst nicht, was dahintersteckt?«, fragte Adam.

»Will wollte es uns nicht sagen.«

»Ich weiß es«, sagte Jenny leise.

Drei Augenpaare blickten sie erstaunt an.

»Will hat es dir erzählt?«, fragte Hal.

»Nein, Hal. Meggan hat es mir erzählt, bevor wir zurück nach Australien gekommen sind.«

Tommy sprach für alle drei: »Erzähl es uns bitte, Jenny.«

»Dieser Mann, Tom Roberts, hat seine Frau ermordet.«

»Was sagst du da?« Hal runzelte die Stirn.

Tommy war verblüfft. »Milly Roberts ist doch bei der großen Flut ertrunken.«

»Sie ist gestorben, weil dieser Mann sie hat ertrinken lassen, obwohl er sie hätte retten können. Will hat gesehen, wie es passiert ist.«

»Warum hat Will das Tommy und mir nie erzählt? Zumal er es doch Meggan erzählt haben muss.«

Darauf wusste Jenny keine Antwort. »Will wird zweifellos seine Gründe gehabt haben. Ich liebe Will von ganzem Herzen, aber euer Bruder ist ziemlich verschlossen.«

Adam, der bisher nur zugehört hatte, äußerte jetzt seine Meinung: »Das wirft ein völlig anderes Licht auf Wills Situation. Wenn da persönliche Dinge eine Rolle spielen, können wir wahrscheinlich nichts für Will tun.«

»Jeder Mensch hat seinen Preis«, erklärte Selena. »Wir müssen einfach nur genug Geld anbieten.«

»Wie viel ist denn genug? Jede Unze Gold, die wir haben?« Hal sprang auf und ging im Raum auf und ab. »Wir müssen Meggan benachrichtigen.«

»Ich reite gleich morgen früh zu ihr«, sagte Adam.

Doch als er in der kühlen Morgendämmerung am Government Camp vorbeiritt, sah er, wie Will, an einen Wagen gekettet, von einer Polizeieskorte nach Melbourne gebracht wurde.

»Sechs Wochen Zwangsarbeit!«

»Es tut mir leid, Jenny. Ich habe getan, was ich konnte.«

»Das weiß ich doch, Con, und ich bin dir dafür auch dankbar.« Der Seufzer kam aus tiefster Seele. »Ich wollte halt glauben, dass Will nur eine Geldstrafe bekäme und dann freigelassen würde.«

»Das ist reines Wunschdenken, Jenny. Als er nach Melbourne

gebracht wurde, wussten wir doch alle, wie es wahrscheinlich ausgehen würde.«

Ein weiteres Seufzen. »Was soll ich nur tun, Con?«

»Komm zurück mit mir nach Langsdale. Nein, ich weiß, dass du mir widersprechen willst. Doch diesmal wirst du mir gehorchen.«

»Selena und ich sind in der Woche seit Wills Verhaftung gut zusammen zurechtgekommen.«

»Selena kann auch mit nach Langsdale kommen. Wo ist meine Schwester überhaupt?«

»Mit dem Cradle am Fluss. Sie hilft jetzt beim Lehmwaschen, während Adam beim Graben hilft.«

Genau in diesem Augenblick kam Selena durch die Tür, gefolgt von Hal, Tommy und Adam. Alle wollten unbedingt die Neuigkeiten erfahren, die Con aus Melbourne mitgebracht hatte, und waren bestürzt, wenn auch nicht überrascht, über das verhängte Urteil.

Als auch die anderen Männer Cons Meinung teilten, fügte sich Jenny seinem Wunsch, ihn zurück nach Langsdale zu begleiten. Selena hingegen ließ sich von keinem Argument zum Nachgeben bewegen.

»Mrs Baxter ist froh, dass ich bei ihnen bin. Ich glaube, meine Anwesenheit tröstet sie ein wenig über den Verlust von Johnny hinweg. Bei Familie Baxter bin ich völlig sicher, und außerdem kann ich bei der Arbeit mit dem Cradle helfen, wie ich das schon die letzten beiden Tage getan habe.«

»Ich werde in der Hütte schlafen, Jenny, und mich um alles kümmern, bis Will wieder da ist«, sagte Adam.

So kam es, dass Jenny am letzten Abend im Juli wieder einmal in ihrem Bett auf Langsdale schlief.

2

Auf Langsdale beherrschten wieder einmal die Frauen den Haushalt. Während Adam mit Hal und Tommy auf dem Eureka-Goldfeld grub, wohnte Jane in einem kleinen Haus auf dem Farmgelände, das Con in der Hoffnung gebaut hatte, eines Tages einen Verwalter einstellen zu können. Jeden Sonntag kam Adam den weiten Weg von Ballarat herüber und ritt früh am Montagmorgen zurück zum Goldgräberlager. Die Kinder Etty und Darcy waren unzertrennlich geworden.

»Was wird nur passieren«, fragte Jenny eines Tages Jane, während sie den Kindern bei irgendeinem Fantasiespiel zusahen, das nur die beiden verstanden, »wenn du und Adam wieder nach Riverview zurückkehren wollt?«

»Da wird es bei Etty ganz bestimmt viel Geschrei und Tränen geben«, sagte Meggan.

»Bei Darcy auch«, pflichtete Jane bei. »Doch nun, wo das Reisen durch die Raddampfer so viel einfacher geworden ist, können wir uns vielleicht häufiger besuchen.«

Als Adam das nächste Mal seine Frau besuchte, versicherte er allen, dass er noch nicht vorhätte, die Goldfelder zu verlassen.

»Ich denke, ich werde noch eine Weile in Ballarat bleiben. Mir gefällt das Leben dort. In den letzten – wie viele waren es eigentlich? – acht Jahren habe ich nichts anderes gemacht als Schafe gehütet, Schafe kupiert, Schafe getaucht und Schafe geschoren. Das hier ist mal eine angenehme Abwechslung.«

Con lachte. »Wenn man Sie so reden hörte, sollte man meinen, dass Sie Schafe nicht besonders mögen.«

»Ich mag die Viecher weder besonders, noch hab ich was gegen sie, außer dass sie von Natur aus blöd sind. Wenn die Verhältnisse in unserer Familie anders gewesen wären, wäre ich längst von zu Hause fortgegangen.«

»Sie sprechen von Ihrem Bruder«, folgerte Con. »Von Schafen versteht er zweifellos eine ganze Menge.«

»Ihm hat die Arbeit mit Schafen immer mehr Spaß gemacht als mir.« Adam hielt inne, um seine Gedanken zu sammeln. »Ich hab noch gar nicht erwähnt, dass ich Joshua an dem Tag, an dem Will verhaftet worden ist, in Ballarat getroffen habe.«

»Warum hast du mir das nicht erzählt?«, fragte Jane.

»Ich wusste nicht, warum ich das hätte tun sollen. Es ist mir jetzt wieder eingefallen, weil ich gehört habe, dass er von der Polizei gesucht wird.«

Con zog die Augenbrauen hoch. »Was hat Joshua denn verbrochen?«

»Wenn man Joshua glauben darf, hat er nichts getan. Aber jemand hat ausgesagt, dass er einer der Männer gewesen sei, die den Goldtransport überfallen haben. Joshua behauptet, er sei nicht mal in der Nähe gewesen.«

»Hast du noch mal mit ihm gesprochen?« Jane sah Adam misstrauisch an.

»Nein. Als ich ihn getroffen habe, hat er mir erzählt, man wolle ihm die Sache anhängen. Er wollte von mir ein Alibi. Ich sollte sagen, er wäre in der Zeit bei mir gewesen. Mach dir keine Sorgen, Jane. Ich habe nicht die Absicht, für Joshua zu lügen.«

»Glauben Sie, dass Ihr Bruder etwas damit zu tun hatte?«, fragte Con.

Adam wirkte plötzlich unsicher und besorgt. »Ich könnte mir vorstellen, dass Joshua sich auf einen Überfall einlässt, aber nicht auf einen Mord. Es wurden vier Männer getötet. Joshua mag in vieler Hinsicht ein schlechter Mensch sein, aber er ist kein Mörder.«

Con musste an die Aborigine-Frau denken, die Joshua so brutal misshandelt hatte. Selbst wenn er Wallabys Frau nicht eigenhändig getötet hatte, so war er ganz gewiss für ihren Tod verantwortlich. Andererseits hatte er Joshua vor diesem Zwischenfall recht gut kennen gelernt. Deshalb war er geneigt, Adam zuzustimmen. Joshua würde einen Mann nicht kaltblütig erschießen.

»Glauben Sie, dass Joshua noch in Ballarat ist?«

»Das könnte schon sein. Es ist vermutlich ziemlich einfach, in einer Menge von zehntausend Menschen unterzutauchen. Ich muss gestehen, dass ich seit dieser Begegnung häufiger an ihn gedacht habe. Wenn ich Joshua noch mal sehe, werde ich ihm geben, was immer er braucht, um so weit wie möglich von hier fortzugehen. Ich will meinen Eltern die Schande ersparen, ihren jüngsten Sohn wegen Mordes gehenkt zu sehen.«

Jenny zählte die Tage und Wochen. Sie versuchte Trost in Meggans Zusicherung zu finden, dass, wenn »Zwangsarbeit« bedeute, Steine aus einem Steinbruch herauszubrechen, dies für einen Bergmann wie Will keine allzu große Tortur sein würde. Wenn sie sich keine Sorgen um ihren Mann machte, dachte sie an ihr ungeborenes Kind, das sich nun ständig bemerkbar machte.

Als sie eines Morgens ganz ruhig mit Meggan zusammensaß – in dieser fortgeschrittenen Phase ihrer Schwangerschaft ruhte Meggan sich die meiste Zeit aus –, spürte sie einen besonders heftigen Tritt.

»Oh.« Jenny verzog das Gesicht und legte eine Hand auf ihren Bauch.

»Bewegt sich dein Baby?«

»Die ganze Zeit. Ist das bei dir auch so?«

»Etty war sehr aktiv im Mutterleib. Dieses Kind ist, glaube ich, ein bisschen faul. Ich hoffe, er ist nicht zu faul, um rechtzeitig zu kommen.«

»Du sagst immer ›er‹. Du könntest doch auch wieder eine Tochter bekommen.«

»Ich bin sicher, dass es ein Sohn wird. Wie steht's mit dir, Jenny? Was empfindest du jetzt für dein Kind?«

»Es war weise von dir, Meggan, zu sagen, dass sich meine Gefühle ändern würden. Ich hasse das Baby nicht mehr. Ich habe versucht, mir vorzustellen, dass dieses Kind in Wirklichkeit von Will ist. Vielleicht werde ich es sogar lieben können. Ich bete nur, dass es, egal ob Junge oder Mädchen, in keiner Weise dem Mann gleicht, der es gezeugt hat.«

Das war die Gelegenheit, auf die Meggan gewartet hatte. »Wer war es, Jenny? Du hast ihn gekannt, nicht wahr?«

Jenny biss sich auf die Unterlippe und senkte die Augenlider. »Ja.«

»Warum hast du nicht gesagt, wer es war?«

Jenny öffnete die Augen wieder. »Wenn Will es gewusst hätte, würde er jetzt wegen eines Verbrechens im Gefängnis sitzen, das viel schlimmer ist, als einen Polizisten zu verprügeln.«

»Tom Roberts«, mutmaßte Meggan. »War es Tom Roberts, Jenny?«

Jenny nickte. »Was passiert ist, war meine Schuld. Ich wusste, dass dem Mann nicht zu trauen ist.«

»Was genau ist denn passiert, Jenny? Willst du es mir jetzt sagen?«

»Ich glaube, ich muss es irgendwann jemandem erzählen. Vielleicht geht es mir dann besser.«

»Ich kann gut zuhören. Was auch immer du mir erzählst, wird diesen Raum niemals verlassen, es sei denn, du wünschst es.«

Jenny lächelte traurig. »Danke, Meggan. Der Mann hat mich auf der Hauptstraße angesprochen. Er hat behauptet, es gäbe da etwas, das ich wissen sollte, bevor ich Will heirate.«

»Red weiter.« Meggan legte eine Hand auf ihren Bauch, als sie ein Stechen spürte, und konnte nicht verhindern, dass sie leicht das Gesicht verzog.

»Alles in Ordnung, Meggan?«

Meggans Lächeln beruhigte Jennys Sorge. »Meinem Sohn hat es anscheinend nicht gefallen, dass ich gesagt habe, er sei faul. Was hat Tom Roberts dir denn erzählt?«, fragte sie, obwohl sie es sich eigentlich denken konnte.

»Meggan, ist es wahr, dass deine Schwester Caroline von meinem Vater gezeugt wurde?«

»Ja.«

»Ist außerdem wahr, dass Caroline ein Kind von Rodney erwartet und sich deshalb das Leben genommen hat?«

»Ja. Das hat Tom Roberts dir also erzählt, und dann hat er dich vergewaltigt.« Meggan seufzte, dann zuckte sie zusammen, weil sie ein etwas heftigeres Stechen im Bauch spürte. »Das ist noch nicht alles. Es war vielleicht nicht richtig, dass man dir das so lange verschwiegen hat. Oh!«

»Meggan. Was ist los?«

Meggan schnappte nach Luft. »Ich glaube, mein fauler Sohn hat beschlossen, dass es Zeit für ihn wird, auf die Welt zu kommen. Hilf mir bitte ins Bett, Jenny, und sag Agnes, sie soll Jane holen.«

Als Jane eilig ins Schlafzimmer kam, griff Meggan nach ihrer Hand. »Ich bin so froh, dass du da bist, Jane. Du hast mir bei Ettys Geburt geholfen, und jetzt wirst du mir bei der Geburt meines Sohnes helfen.«

»Hoffen wir, dass alles so gut geht wie beim letzten Mal.«

»Kann ich irgendwie helfen?«, fragte Jenny Jane.

»Pass auf die beiden Racker auf. Da du selbst nur noch zwei Monate vor der Niederkunft stehst, solltest du wohl besser jetzt nicht dabei sein.«

Jenny überließ Meggan nur zu gern Janes tatkräftigen Händen. Sie ging durch das Haus bis zur Küche, wo die beiden Racker, Etty und Darcy, unter den duldsamen Augen von Mrs Clancy Kekse mit Marmelade aßen und dabei eine riesige Schweinerei veranstalteten.

»Hallo, Tante Jenny.« Etty grinste sie an, den Mund voller Plätzchenkrümel.

»...lo, Tante Jenny«, echote Darcy.

»Wo ist Mama?«

»Deine Mama hat sich hingelegt.«

»Wo ist meine Mami?«

»Deine Mami ist bei Ettys Mama, Darcy. Deshalb kümmere ich mich jetzt um euch. Was sollen wir tun?«

»Bilder malen«, sagte Darcy.

»Püppchen spielen«, verlangte Etty.

»Malen«, wiederholte Darcy.

Etty beugte sich hinüber und schlug ihn. »Püppchen.«

Darcy schlug zurück. Etty schrie und wollte Darcy erneut schlagen, doch da hatte Mrs Clancy den Jungen bereits unter den Armen gepackt und ihn ans andere Ende des Tisches gesetzt.

»Schäm dich, Miss Etty. Das war aber nicht nett, Darcy zu schlagen.«

Etty legte den Kopf auf den Tisch und schluchzte. Jenny stand völlig fassungslos da. Sie hatte keine Ahnung, wie man mit zänkischen Kindern umgehen sollte. Darcy starrte wütend über den Tisch.

»Ich hasse Etty.«

»So etwas sagt man nicht, junger Mann«, schalt Mrs Clancy. »Ihr werdet euch jetzt beide beim anderen entschuldigen.«

Etty hob den Kopf und rieb sich die Augen. Ihre Mundwinkel waren heruntergezogen.

Jetzt blickte Darcy nicht länger wütend drein. Er verzog den Mund, als wollte er ebenfalls anfangen zu weinen. »'tschuldigung, Etty.«

»'tschuldigung, Darcy«, sagte Etty schniefend.

Darauf stieg Darcy von seinem Stuhl herunter und kletterte auf die Bank, auf der Etty saß. »Nicht weinen, Etty.« Er legte die Arme um sie, worauf Etty ihn auch umarmte.

»Nun sehen Sie sich das mal an«, sagte Mrs Clancy zu Jenny. »Diese beiden kleinen Schlingel haben sich wirklich lieb.«

Jenny lächelte. »Sie können ja so süß sein.« Sie setzte sich neben die Kinder. »Soll ich euch jetzt, wo ihr wieder Freunde seid, eine Geschichte vorlesen?«

Zwei dunkle Köpfe nickten.

»Dann kommt mit. Wir suchen uns zusammen ein Buch aus.«

Als Jenny und die Kinder gegangen waren und sie die Schweinerei, die die beiden mit den Plätzchen veranstaltet hatten, beseitigt hatte, eilte Mrs Clancy ins Schlafzimmer, um zu sehen, ob sie vielleicht helfen könnte.

Meggan lag auf Kissen gestützt da. »Es geht mir gut, Mrs Clancy. Ich glaube, bei diesem Kind wird es genauso laufen wie bei Etty. Ich werde den ganzen Tag lang leichte Schmerzen und Stiche spüren, und dann geht alles plötzlich ganz schnell.«

»Wenn es so ist, wird es ein Segen für Sie sein. Ich hab schon Geburten erlebt, bei denen die Frauen furchtbar gelitten haben.«

»Solche Geschichten braucht Mrs Trevannick aber jetzt wirklich nicht zu hören, Mrs Clancy«, ermahnte Jane sie sanft.

Mrs Clancy wurde rot. Obwohl Jane das ganz freundlich gesagt hatte, passte es ihr nicht, dass sie von einer Aborigine in ihre Schranken verwiesen wurde, egal wie gewählt sie sprach und wie gut sie sich kleidete.

»Entschuldigen Sie, Ma'am. Ich bin in der Küche, wenn Sie mich brauchen. Soll ich Mr Trevannick holen lassen?«

»Er ist irgendwo draußen auf einer der Weiden. Er meinte, er käme erst spät zurück.«

»Wie Sie wünschen, Ma'am.«

Jane verzog leicht das Gesicht, nachdem die Haushälterin gegangen war. »Arme Mrs Clancy.«

»Warum sagst du das?«

»Die gute Frau kann sich nicht entscheiden, wie sie mich behandeln soll. Ein Teil von ihr sagt ihr, sie soll mir gegenüber eine respektvolle Dienstbotin sein, ein anderer erinnert sie immer wieder daran, dass ich eine Aborigine bin.«

»Du bist einzigartig, Jane. Ohh!« Meggan holte tief Luft. »Wer sich die Mühe macht, dich richtig kennen zu lernen, dem ist es egal, dass du eine Aborigine bist.«

»Mir ist es aber wichtig, Meggan.« Jane sprach nun mit großer Leidenschaft. »Ich sehe, was mit den Stämmen passiert, die in der Nähe der Weißen und ihrer Städte leben, mit Leuten, die früher einmal stolze Krieger waren. Nun sind sie ganz stumpfsinnig von dem Alkohol, den die Weißen ihnen geben, und sie sterben an den Krankheiten der Weißen. Und die Frauen prostituieren sich, nur um an Alkohol zu kommen.«

»Meine Güte, Jane, mir war ja gar nicht bewusst, dass du so sehr mit deiner Rasse mitfühlst.«

Jane tat ihre leidenschaftliche Äußerung mit einem vagen Lächeln ab. »Ich empfinde erst in letzter Zeit so, Meggan. Die Dinge, die ich auf der Fahrt hierher in den verschiedenen Goldgräberstädten gesehen habe, haben mich sehr traurig gemacht. Ich möchte, dass Darcy so aufwächst, dass er stolz auf seine Abstammung von den Aborigines ist.«

»Mit dir als Mutter, wie könnte er da etwas anderes als stolz sein? Ohh! Oh, Jane! Jetzt geht es wirklich los.«

Drei Stunden später hielt Meggan, die Stirn und die Haare feucht von Schweiß, erschöpft, aber glücklich, ihren Sohn in den Armen.

»Danke, Jane. Du hast meinen beiden Kindern auf die Welt geholfen. Du hast eine natürliche Gabe für die Hebammenkunst.«

Jane lächelte nur und strich sanft über das schwarze Haar des Kindes. »Wie willst du ihn denn nennen?«

»Da Etty nach meinen Vater Henrietta genannt wurde, soll dieser Junge nach Cons Vater Ruan heißen. Und zu Ehren meiner Familie mit zweitem Namen Petrok, nach Sankt Petrok, dem Schutzheiligen der Bergleute.«

»Ruan Petrok Trevannick.« Jane probierte den Namen aus. »Das klingt gut, Meggan.«

Jenny steckte den Kopf durch die Tür. »Darf ich reinkommen?«

»Komm doch bitte rein und sieht dir meinen hübschen Sohn an.«

Jenny strahlte verzückt. »Er ist ja so winzig. Ich hätte nie gedacht, dass neugeborene Babys so klein sind.«

»Er wird noch schnell genug groß. Wo ist meine Tochter? Ich möchte, dass Etty ihren Bruder kennen lernt.«

»Ich gehe sie holen. Die beiden haben gerade mit der Puppe gespielt, als ich sie allein gelassen hab.«

»Wie spät ist es jetzt?«

»Kurz nach zwei.«

»Con wird in frühestens zwei Stunden nach Hause kommen. Das ist meine einzige Enttäuschung, dass er nicht hier ist, um seinen Sohn zu begrüßen.«

»Er ist hier.« Con kam herein und trug Etty auf der Hüfte. Er setzte sie ab, bevor er sich hinunterbeugte, um seine Frau zu küssen. Mit dem strahlendsten Lächeln, das man sich bei einem Mann nur vorstellen konnte, nahm er seinen Sohn in die Arme.

Jane und Jenny sahen sich an und verließen dann leise das Zimmer, um die Eheleute allein zu lassen.

Meggans Glück war jetzt vollkommen. »Du bist früher nach Hause gekommen.«

»Du hast heute Morgen gesagt, du würdest dich ein bisschen merkwürdig fühlen. Seitdem hat mich der Gedanke nicht mehr losgelassen, dass es heute sein wird. Wann wurde unser Sohn denn geboren?«

»Gerade erst. Ist er nicht schön?«

»So schön wie seine Mutter.« Con berührte die flaumige Wange des Babys. »Unsere Tochter sieht aus wie ihr Vater, und unser Sohn sieht aus wie seine Mutter.«

Etty forderte lautstark Aufmerksamkeit. »Will sehen.«

Con legte seinen Sohn wieder in Meggans Arme, damit er Etty hochnehmen konnte. »Das ist dein neuer Bruder, Etty.«

Den Ausdruck auf Ettys Gesicht würde Meggan ihr Leben lang nicht vergessen. Etty betrachtete ihren Bruder, als sei er das Kostbarste, das sie je gesehen hatte. Mit staunenden Augen sah sie anschließend ihre Mutter und ihren Vater an, als ob sie fragen wollte: »Ist er echt?« Dann betrachtete sie wieder das Baby.

»Gefällt er dir?«, fragte Con.

Etty nickte.

»Du darfst ihm ein Küsschen geben und deiner Mama auch. Mama und Baby müssen sich nun aber ausruhen.«

Meggan umarmte ihre Tochter, nachdem sie den Kuss erhalten hatte. »Du bist ein braves Mädchen, nicht wahr?«

»Ich bin brav.«

Con küsste ebenfalls seine Frau. »Ich liebe dich. Ruh dich schön aus, Liebling.«

»Ich liebe dich auch.«

Agnes war ganz hingerissen von dem Baby. Wenn der Kleine weinte, wollte sie ihn immer trösten. Mit Freuden wechselte sie seine schmutzigen Windeln und hätte ihn gerne ganz in ihre Obhut genommen, wenn Meggan nicht der Meinung gewesen wäre, dass eine Mutter sich selbst um ihr Kind kümmern und es nicht von einem Kindermädchen großziehen lassen sollte. Doch das hinderte Agnes nicht daran, Ruan bei jeder Gelegenheit zu hätscheln oder ständig in der Küche von ihm zu reden. Sie bemerkte nicht mal, wie verständnisvoll Larry sie betrachtete, während sie von dem Baby schwärmte.

Da ihre Mütter und alle anderen anscheinend zu sehr mit dem Baby beschäftigt waren, um sich darum zu kümmern, was Darcy und Etty taten, wurden die beiden abenteuerlustig. Hinter dem Hof der Farm lag die große weite Welt. Die Kinder gingen auf Entdeckungstour. Als sie hörten, wie Agnes nach ihnen rief, versteckten sie sich hinter dem Scherschuppen, bis sie wieder fort war. Dann liefen sie kichernd vor Freude über das Spiel, das sie spielten, über das offene Gelände zu den Bäumen hinüber.

Sie merkten nicht, wie die Zeit verging. Denn im Busch gab es viel zu viel Interessantes zu entdecken. Bäume mit süß duftenden gelben Blüten warfen von Sonnenlicht durchflutete Schatten. Die Kinder mochten die gelben Blüten und die kleinen blauen Blümchen, die am Boden wuchsen. Etty pflückte ein paar von den blauen, um sie Mama mitzubringen. Und so spazierten sie immer weiter, bis sie feststellten, dass sie Hunger hatten. Da beschlossen sie, wieder nach Hause zu gehen. Doch keiner von beiden wusste, wie sie dorthin zurückfinden sollten.

Selbst kleinste Winkel des Hauses, der Hof und sämtliche Farmgebäude waren abgesucht worden. Meggan war außer sich, Jane etwas stoischer. Da sie als Einzige von den Frauen dazu in der Lage war, sattelte sie ein Pferd und ritt zur Ostweide, um die Männer zu holen.

Larry versuchte, Zuversicht zu verbreiten. »Ich werde ihre Spuren finden. Das verspreche ich. Bevor es dunkel wird, sind sie wieder zu Hause.«

Die Spuren, die in den Busch führten, waren leicht zu verfolgen. Die Gewissheit, dass die Kinder sich vom Fluss fortbewegt hatten, linderte die Sorge ein wenig. Doch im Busch lauerten noch viele andere Gefahren auf die Kinder. Im Busch selbst waren die Spuren nicht so einfach zu verfolgen. Manchmal verlor Larry sie völlig aus den Augen. Das waren bange Momente, in denen er sorgfältig den Boden ringsum absuchte, um die Spuren wiederzufinden.

Con versuchte, die Furcht in seinem Herzen zu ignorieren, und sagte sich, dass das Wichtigste sei, die Ruhe zu bewahren. Wenn sie zu hastig vorgingen, könnten sie die wenigen Spuren zerstören, die die Kinder hinterlassen hatten. Doch als die Schatten unter den Bäumen dunkler wurden, wurde sein Herz schwerer. Wie weit konnten zwei kleine Kinder gegangen sein? Er legte die Hände an den Mund und rief ihre Namen.

»Etty! Darcy! Kuu-iii!«, stieß er den Buschmannruf aus. Keine Kinderstimme antwortete. »Wo können sie nur sein? Etty! Darcy! Kuu-iii!« Immer noch keine Antwort.

»Ich hab ihre Spuren wieder«, rief Larry. »Hier sind sie abgebogen.«

»O Gott, sie gehen zum Fluss.«

Larry packte Con an der Schulter. »Wir werden sie finden.«

Die Spuren führten in Schlangenlinien zum Ufer des Flusses. Die Männer konnten sehen, wo die Kinder eine Weile gespielt hatten, bevor sie weiter flussaufwärts gegangen waren. Larry verfolgte die Spuren mühelos, bis er etwas sah, das ihn abrupt stehen bleiben ließ.

»Was ist da?«, fragte Con.

»Der Fußabdruck eines Mannes.« Larrys Stimme war keinerlei Gefühlsregung anzumerken. »Der, nach dem ich so lange gesucht habe. Der Mann, der meinen Vater umgebracht hat, ist irgendwo in der Nähe.«

Ein Mörder. Cons Herz fing an zu hämmern. »Wenn er die Kinder gesehen hat …« Seine Angst ließ sich überhaupt nicht in Worte fassen.

Larry betrachtete die Schatten und den Himmel. »Wir werden bald überhaupt kein Licht mehr haben. Wir sollten zurück zur Farm gehen und Fackeln holen.«

»Nein, wir müssen weitersuchen. Irgendwo müssen sie doch sein. Etty! Darcy!«

»Con, wir müssen Fackeln holen. Jetzt, wo wir wissen, wo wir weitersuchen müssen, können wir rasch zurückreiten. Wir sind nicht sehr weit von der Farm entfernt. Die Kinder haben immer wieder Bogen geschlagen.«

Joshua starrte, blinzelte und fragte sich, ob er etwa Halluzinationen hätte. Das konnte doch nicht wahr sein, dass da zwei kleine Kinder auf dem Boden saßen. Doch, sie waren tatsächlich da. Ein weißes Mädchen und ein dunkelhäutiger Junge. Das Mädchen weinte, der Junge hatte ihm den Arm um die Schultern gelegt und versuchte, es zu trösten. Joshua stieg vom Pferd und hockte sich vor die Kinder.

»Sieh mal da, zwei Kinder im Wald. Was macht ihr Kleinen denn hier ganz allein im Busch?«

»Will nach Hause«, sagte der Junge und betrachtete ihn mit ernsten Augen. Das Mädchen kuschelte sich noch enger an den Jungen und betrachtete Joshua ängstlich.

»Habt ihr euch verlaufen?« Obwohl die Frage eigentlich unnötig war.

Der Junge nickte. Joshuas Mund zuckte, während ihm alle möglichen Gedanken durch den Kopf gingen. Die Kinder mussten von der Farm kommen. Er wusste, dass er sich auf dem Gebiet von Langsdale befand. Er würde jede Wette eingehen, dass der Junge zu Jane gehörte. Was mit dem Mädchen war, wusste er nicht. Ihm war jedoch klar, dass er die beiden hier draußen nicht alleine lassen konnte.

»Ich bring euch nach Hause. Wollt ihr auf meinem Pferd reiten?«

Der Junge nickte, das Mädchen kuschelte sich weiter an seinen kleinen Freund.

»Na schön, dann rauf mit euch.«

Joshua hob erst den Jungen, dann das Mädchen auf sein Pferd, stieg hinter ihnen auf und sorgte dafür, dass sie sicher saßen. Während er mit den Kindern zur Farm ritt, schauderte er bei dem Gedanken, was den beiden alles hätte zustoßen können, wenn er sie nicht gefunden hätte. Er hatte schon Geschichten über Kinder gehört, die von Farmen weggelaufen waren und nie wieder gesehen wurden.

Jane, die immer noch jeden Winkel und jedes mögliche Versteck in den Farmgebäuden absuchte, sah den Reiter mit den Kindern vor sich auf dem Pferd. Sie raffte ihre Röcke und lief auf ihn zu.

»Meggan, Meggan«, rief sie, »man hat sie gefunden.«

Der Reiter zügelte sein Pferd, als er sie sah. Sie hörte Darcy weinen. »Mami, Mami.« Der Reiter hob ihn hoch und ließ ihn auf den Boden herunter.

Jane ließ sich auf die Knie fallen und umarmte ihren Sohn. Sie war zu aufgelöst und glücklich, ihn wohlbehalten wiederzuhaben, um ihn auszuschimpfen. Mit Darcy auf dem Arm stand sie auf, um sich bei dem Mann zu bedanken, der ihn nach Hause gebracht hatte. Zum ersten Mal sah sie das Gesicht unter dem Basthut. Ihre Dankbarkeit schlug in Hass um.

»Hallo, Jane«, sagte Joshua. »Du solltest besser auf deinen

Sohn und seine Spielgefährtin aufpassen.« Er stellte Etty auf den Boden. »Ich nehme jedenfalls an, dass sie auch hierhergehört.«

Etty lief auf Jane zu und schlang die Arme um ihre Beine. Jane legte dem Kind eine Hand auf den Kopf. Sie brachte immer noch kein Wort hervor, war nicht in der Lage, sich bei dem Mann zu bedanken, dem sie angedroht hatte, dass sie ihn umbringen würde. Vielleicht erinnerte sich auch Joshua noch an den Schwur: »Eines Tages bringe ich dich um«, den sie getan hatte, nachdem er sie vergewaltigt hatte. Er verzog einen Mundwinkel zu einem zynischen Lächeln. Dann wendete er wortlos sein Pferd und ritt den Weg zurück, den er gekommen war.

Meggan kam dicht gefolgt von Agnes aus dem Haus gelaufen. Erst als sie ihre reumütig weinende Tochter sicher in den Armen hielt, fragte sie Jane nach dem Mann, der gerade davonritt.

»Warum ist er nicht geblieben? Wir hätten uns angemessen bei ihm bedanken müssen, dass er die Kinder nach Hause gebracht hat.«

»Es ist besser, dass er fort ist.«

»Wieso?« Meggan konnte in Janes Miene keine Spur von Dankbarkeit erkennen.

»Auch wenn er meinen Sohn nach Hause gebracht hat, so könnte ich doch nie ein Wort der Dankbarkeit Joshua Winton gegenüber äußern.«

»Joshua! Oh, Jane, ist alles in Ordnung mit dir?«

»Ja und, Gott sei Dank, mit unseren Kindern auch. Darcy, das war sehr unartig von dir, einfach wegzulaufen.«

»Und von dir auch, Etty«, schalt Meggan ihre Tochter. »Ich denke, jetzt wird gebadet und was gegessen, und dann geht's ins Bett.«

Con kam ins Zimmer geeilt, als Meggan Etty gerade ins Bett legte und zudeckte. Als Etty ihren Vater sah, vergoss sie noch mehr Tränen. »'tschuldigung, Papa.«

»Weine nicht, Schätzchen.« Er beugte sich herab, um ihr einen Kuss zu geben und die Tränen wegzuwischen. »Papa ist dir nicht böse, aber du musst versprechen, dass du so etwas nie, nie wieder tust.«

»Vespochen«, schniefte Etty.

»Und jetzt schlaf, Schätzchen«, sagte Meggan, »Mama und Papa haben dich lieb.«

Etty drehte sich auf die Seite und schloss die Augen. Kurz darauf war sie fest eingeschlafen. Meggan und Con schlichen auf Zehenspitzen aus dem Zimmer. Vor der Tür nahm Con seine Frau in die Arme. Sie klammerten sich fest aneinander.

»Ich hatte die ganze Zeit solche Angst, Meggan, solche Angst davor, was wir finden würden.«

»Ich weiß. Wenn einem von den beiden etwas passiert wäre, besonders Etty, ich glaube nicht, dass ich das hätte ertragen können.«

»Jetzt sind sie in Sicherheit.«

»Ja, jetzt sind sie in Sicherheit.«

»Weißt du, wer sie nach Hause gebracht hat? Ich würde den Mann gerne aufsuchen, um mich im Namen von uns allen bei ihm zu bedanken.«

»Joshua Winton hat sie nach Hause gebracht.« Con war genauso erstaunt, wie sie es gewesen war, als sie den Namen von Jane erfahren hatte. »Er hat noch nicht mal gesagt, wo er die Kinder gefunden hat.«

»Joshua, na so was! Er ist wirklich ein seltsamer Mensch. Wenn er nur das Böse in seinem Charakter überwinden könnte, wäre er ein guter Mensch.«

»Niemand kann aus seiner Haut heraus, Con.«

»Trotzdem würde ich mich gerne in aller Form bei ihm bedanken.«

Später am Abend sprach Larry mit Con. »Ich hätte gern ein paar Tage frei. Ich werde diesen Mann finden.«

»Welchen Mann?«, fragte Con. Der einzige Mann, den er im Augenblick im Kopf hatte, war Joshua Winton.

»Der Mann, der meinen Vater umgebracht hat. Der Fußabdruck war frisch. Diesmal erwisch ich ihn.«

»Und was dann, Larry? Wollen Sie den Mann wirklich töten?«

»Das will ich.« In den drei knappen Worten lag eine grimmige Entschlossenheit.

»Seien Sie vernünftig, Mann. Sie können doch das Gesetz nicht selbst in die Hand nehmen.«

»Ich habe dem Geist meines Vaters versprochen, dass ich seinen Tod rächen werde. Ich habe keinen Arbeitsvertrag mit Ihnen, Con. Ich kann gehen, wann immer ich will.«

»Wenn Sie tatsächlich gehen, Larry, dann brauchen Sie auch nicht wiederzukommen.«

Larry drehte sich um und verließ den Raum.

Er hatte vorgehabt, einen leichten Proviant zu packen und loszureiten, ohne noch mit jemandem zu reden. Spät am Abend, als er sicher war, dass alle schliefen, ging er noch einmal in die Küche. Seine Augen waren so gut, dass er auch ohne Licht genug sehen konnte. Er hoffte, Mrs Clancy würde nicht allzu verärgert sein, wenn sie feststellte, dass mehrere Scheiben von ihrem frisch gebackenen Brot fehlten. Er wickelte sie zusammen mit einem großen Stück Käse und ein paar Scheiben kaltem Pökelfleisch in ein Tuch.

Als er an der Küchentür war, sah er hinten im Haus das Licht einer Kerze auftauchen, deren Flamme von einer kleinen Hand geschützt wurde. Warum läuft denn Agnes hier mitten in der Nacht herum, fragte er sich. Larry trat zurück in die dunkle Küche. Die Tür ging auf. Agnes kam herein und stellte die Kerze auf den Tisch. Larry trat in den Lichtkreis. Er war froh, dass Agnes nicht dazu neigte, hysterisch zu schreien. Sie legte die Hände auf den Mund, als sie erschrocken nach Luft schnappen wollte, und riss erstaunt die Augen auf.

»Was machen Sie denn hier?«

»Das könnte ich Sie auch fragen, Miss Agnes.«

»Ich hatte plötzlich Hunger.«

»Sie hätten beim Abendessen mehr essen sollen. Sie haben ja nur in ihrem Essen herumgestochert.«

»Ich war immer noch ganz aufgeregt wegen der armen Kinder. Wär' meine Schuld gewesen, weil ich nicht gefunden hab, wo sie sich vor mir versteckt hatten.« Nachdem sie ihre Schuldgefühle in Worte gefasst hatte, liefen ihr zwei dicke Tränen die Wangen hinunter.

»Ganz ruhig, Miss Agnes, Sie brauchen sich ganz bestimmt keine Vorwürfe zu machen.«

Agnes flossen immer weiter Tränen die Wangen hinunter.

»Ach, komm her.« Larry setzte sich auf die Bank und nahm Agnes auf seinen Schoß. Er war sich nicht sicher, ob er sie küssen wollte, bis sie ihre Arme fest um seinen Hals schlang und ihren Mund auf seinen presste.

Er küsste sie so, wie er sie hatte küssen wollen, seit er sie das erste Mal am Fluss gesehen hatte. Er drückte sie mit dem linken Arm fest an sich, während er mit der rechten Hand über ihre Rundungen streichelte. Erst als sie zitterte und leise stöhnte, kam er wieder zur Vernunft. Heftig atmend fasste er sie an den Schultern und schob sie von sich.

»Puh. Du kannst aber küssen, Miss Agnes. Ich glaube, ich muss dich heiraten.«

Agnes quiekte vor Freude. »Ja, bitte.« Sie versuchte, ihn wieder zu küssen.

»He, lass das, Miss Agnes, sonst tun wir noch was Unüberlegtes.«

Agnes wurde rot. Larry hob sie von seinem Schoß, damit er aufstehen konnte.

»Ich muss für ein paar Tage fort. Wir werden alles in die Wege leiten, wenn ich zurück bin. Denn ich glaube nicht, dass ich noch allzu lange warten kann, Miss Agnes.«

»Ich auch nicht.«

»Na schön, du holst dir jetzt was zu essen, und ich bringe dich zurück auf dein Zimmer.«

»Ich hab gar keinen Hunger mehr.«

»Dann wieder ab ins Bett mit dir.«

Er wartete, bis sie durch ihre Tür war, dann nahm er seinen Proviant und ging mit einem Lächeln auf dem Gesicht zu seiner eigenen Unterkunft.

»Verdammt noch mal, Larry Benedict. Du wirst Hochzeit halten.« Sein Lächeln wurde noch breiter.

Selena und Adam waren bereits ein gutes Stück von Ballarat entfernt, als die Sonne am Himmel stand. Da sie unbedingt den kleinen Ruan sehen wollte, begleitete Selena Adam auf seinem wöchentlichen Besuch bei Jane. Wie immer ritt Selena im Herrensitz und trug unter ihrem Rock eine Männerhose. Am liebsten hätte sie den Rock ganz weggelassen, doch Con hatte ihr leider unmissverständlich klargemacht, dass er es missbilligte, wenn sie in Männersachen herumlief. Die Beziehung zu ihrem Bruder war noch zu frisch und viel zu kostbar für sie, als dass sie seinen Zorn herausfordern wollte.

Erst als sie entspannt bei Tee und Kuchen im Wohnzimmer von Langsdale saßen, erfuhren Adam und Selena von dem Drama, das sich am Vortag abgespielt hatte. Meggan erzählte die ganze Geschichte.

»Ich habe immer geglaubt, dass das Schicksal eine große Rolle in unserem Leben spielt. Was für ein Zufall, dass Joshua ausgerechnet zu dieser Zeit genau an dieser Stelle im Busch war.« Sie warf einen Blick zu Jane, bevor sie fortfuhr. »Egal welche bösen Taten Joshua in seinem Leben schon verübt hat, ich werde ihm immer dankbar dafür sein, dass er die Kinder nach Hause gebracht hat.«

Adam sah ebenfalls seine Frau an. Wenn sie allein waren, würde er sie fragen, wie es für sie gewesen war, Joshua unter derartigen Umständen wiederzusehen. War die Liebe zu ihrem Sohn größer als der Hass auf diesen Mann?

»Wo sind eigentlich die Kinder?«, fragte er stattdessen.

»Sie spielen mit Agnes. Sie wird sie gleich bringen. Ich gehe Ruan holen. Er sollte jetzt wach sein.«

Als Meggan wiederkam, hielt sie Selena das Baby hin. Die nahm es so vorsichtig und mit einem so ängstlichen Gesicht in den Arm, dass alle lachten.

»Er ist nicht zerbrechlich«, sagte Meggan. »Setz dich hin, dann leg ich ihn dir auf den Schoß.«

Genau in diesem Augenblick kam Agnes mit den Kindern ins Zimmer. Etty kletterte sofort an Selenas Stuhl hinauf, um ihrem kleinen Bruder einen Kuss zu geben. Meggan nahm sie herunter.

»Du kannst Ruan später einen Kuss geben. Tante Selena möchte ihn jetzt ein bisschen hätscheln.«

Dabei fiel Meggan auf, mit welch verträumter Miene Agnes das Baby betrachtete.

»Alles in Ordnung, Agnes?«

»O ja, Ma'am«, sagte sie, wurde dabei allerdings knallrot.

Meggan musterte ihr Dienstmädchen forschend. »Agnes, du wirkst heute irgendwie anders. Ist etwas passiert?«

Ihr Gesicht wurde erneut knallrot. »Ja, Ma'am, Mr Benedict hat mir einen Heiratsantrag gemacht.«

»Agnes, das sind ja wunderbare Neuigkeiten. Wo ist denn Larry? Wir müssen einen Toast auf euch beide ausbringen.«

»Larry ist fortgegangen, Meggan«, antwortete Con.

»Was soll das heißen? Wohin ist Larry gegangen?«

»Er kann nicht fortgegangen sein.« Agnes war ganz verwirrt.

»Es tut mir leid, Agnes«, sagte Con. »Larry hat dir offensichtlich nicht erzählt, was er vorhat. Wenn er gesagt hat, dass er dich heiraten will, dann wird er auch zurückkommen. Larry wäre niemals so herzlos, einer Frau einen Heiratsantrag zu machen und sie dann im Stich zu lassen.« Er erwähnte nicht, dass er Larry gesagt hatte, er möge nicht mehr nach Langsdale zurückkehren.

»Können Sie mir bitte sagen, wo Larry hingegangen ist, Mr Trevannick?«

»Er hat nur gesagt, er hätte noch was zu erledigen.«

Agnes strahlte. »Danke, Mr Trevannick. Ich weiß, dass er bald zurück sein wird.«

Was bedeutete, dass Con in die Lage kommen könnte, sein Verdikt zurückziehen zu müssen. Blieb nur die Hoffnung, dass Larrys Suche erfolglos sein würde. Zumindest hoffte er das für Agnes.

Später, als Con und Selena im Schlafzimmer waren und zusahen, wie Meggan das Baby ins Bettchen legte, sagte Meggan: »Du hast mir gar nichts davon gesagt, dass Larry weggeht, Con. Du verschweigst mir doch etwas.«

»Ich wollte erst abwarten, ob Larry tatsächlich heute geht. Als wir gestern nach den Kindern gesucht haben, hat Larry einen Fußabdruck gesehen, den er erkannt hat.«

Meggan begriff sofort. »Der Fußabdruck, nach dem er gesucht hat. Der Abdruck von dem Mann, von dem er glaubt, dass er seinen Vater getötet hat.«

Beide sahen Selena an, als diese laut hörbar Luft einsog.

Con, der den Grund für Selenas Reaktion zu kennen glaubte, sprach weiter. »Du erinnerst dich sicher daran, Selena, wie Larry davon gesprochen hat, dass er Rache nehmen will. Er ist gestern Abend zu mir gekommen, um mir zu sagen, dass er heute Morgen ganz früh fortwolle. Ich hatte gehofft, er würde es sich noch anders überlegen.«

Mit der lapidaren Entschuldigung, sie wolle Con und Meggan nicht länger stören, verließ Selena den Raum. Ihr Herz hämmerte, als sie zurück ins Wohnzimmer lief. Dort las Jenny den Kindern gerade eine Geschichte vor.

»Wo ist Adam, Jenny?«

»Adam und Jane sind zu sich hinübergegangen. Warum?«

Selena hatte keine Zeit, zu antworten. Sie lief hinaus und rannte zu dem kleinen Verwaltergebäude. Jane öffnete auf ihr verzweifeltes Klopfen.

»Selena, was ist passiert?«

Selena sah an ihr vorbei zu Adam. »Wir müssen Larry aufhalten«, sagte sie mit dringlicher Stimme. »Er will Joshua umbringen.«

Adam war bereits aufgesprungen. »Wie kommen Sie denn darauf?«

»Glauben Sie mir einfach, Adam. Wir dürfen keine Zeit verlieren. Ich werde Ihnen unterwegs alles erzählen.«

»Unterwegs wohin?« Er rührte sich nicht.

»Adam, wollen Sie zulassen, dass Larry Ihren Bruder tötet?«

Adam setzte sich in Bewegung. »Nicht, wenn ich ihn daran hindern kann.«

»Dann beeilen Sie sich. Ich weiß, wo die beiden höchstwahrscheinlich sein werden.«

Während sie dorthin ritten, Selena diesmal ohne Rock, erzählte sie Adam von dem Kampf, den sie beobachtet hatte und der zum Tod eines Mannes geführt hatte. Sie ließ Adam in dem Glauben, dass sie den Mann identifizieren könne, weil sie ihn tatsächlich gesehen habe, nicht nur vor ihrem geistigen Auge.

»Ich kannte seinen Namen nicht, bis Meggan ihn in Creswick gesehen hat.«

»Und Sie haben nie irgendwem gegenüber den Namen erwähnt?«

»Als Larry das erste Mal auf Langsdale war, hatte ich so ein Gefühl, dass sein Vater der Mann sein könnte, der vor meinen Augen getötet worden war. Ich habe geschwiegen, weil man Unrecht nicht mit Unrecht vergelten darf.«

Sie ritten in schnellem Tempo. Selena kannte den Weg so genau, dass sie kein einziges Mal anhalten musste, um sich zu orientieren.

»Woher wissen Sie genau, dass wir auf dem richtigen Weg sind, Selena?«

»Als ich bei Con gewohnt habe, bin ich fast jeden Tag in der Gegend herumgeritten. In einer Mulde, ganz versteckt zwischen den Bäumen, gibt es einen Platz, der sich perfekt zum Kampieren eignet. Ich bin mir ziemlich sicher, dass wir Ihren Bruder dort finden werden.«

»Hoffentlich haben Sie Recht. Ich bete nur, dass wir vor Larry dort ankommen. Ich glaube, er ist ein erfahrener Fährtenleser.«

Selena antwortete nicht. Sie wusste, dass sie nur noch etwa hundert Meter von der Mulde entfernt waren. Während sie ihr Pferd zügelte und im Schritttempo weiterritt, bedeutete sie Adam, still zu sein. Ihr sechster Sinn sagte ihr, dass Larry die Mulde vor ihnen erreicht hatte.

»Wir lassen unsere Pferde hier«, flüsterte sie ganz leise.

Adam wusste zwar nicht genau, weshalb er diesem schmächtigen Mädchen eigentlich gehorchte, stieg aber trotzdem mit ihr ab. Sie banden ihre Pferde an Bäume. Selena ging zu Fuß voran. Sie hörten die Stimmen, bevor sie die Männer sahen. Joshua kauerte neben seiner Decke am Boden. Larry stand vor ihm mit einem Colt in der Hand. Adam brauchte einen Moment, um die

Situation einzuschätzen, dann flüsterte er Selena etwas ins Ohr. Sie nickte.

Joshuas Stimme war deutlich seine Angst anzumerken. »Ich habe ihn nicht töten wollen. Es war ein Unfall.«

Der Mann, der vor ihm stand, war hart und unnachgiebig. »Yeah? Unfall oder nicht, du bist schuld, dass mein Vater tot ist. Du hast ein Leben genommen, du wirst mit deinem Leben zahlen.«

»Nein! Bitte! Erschießen Sie mich nicht! Ich gebe Ihnen alles, was Sie wollen.« Er heulte beinah vor Angst.

»Was könntest du mir schon geben? Gold, das du nachts anderen Goldgräbern gestohlen hast? Das Einzige, was ich von dir Dreckskerl will, ist dein Leben.«

»Nein, das werden Sie nicht tun, Larry.« Das Gewehr schussbereit, trat Adam ins Blickfeld der beiden. »Dieser Mann ist mein Bruder.«

»Adam!« Joshua raffte sich erleichtert auf. Die Mündung des Revolvers in Larrys Hand, die sich ein wenig gesenkt hatte, richtete sich wieder auf Joshua.

»Ich habe auch eine Waffe, Larry«, sagte Selena hinter ihm. »Wir tun das nur zu Ihrem Besten.« Als Larry keine Anstalten machte, den Colt zu senken, sagte Selena: »Wenn Sie Joshua erschießen, werden wir Sie der Polizei übergeben. Was soll Agnes dann von Ihnen denken?«

Ganz langsam ließ Larry die Hand sinken. Selena trat zu ihm und nahm ihm den Colt ab. Vor Erleichterung fing Joshua an, laut zu lachen. Ein Schlag von Adam beförderte ihn wieder zu Boden. Er richtete sich halb auf und rieb sich das Kinn.

»Was sollte das denn?«

»Halt die Klappe, Joshua. Wir reden später. Sie sollten jetzt sehen, dass Sie zurück zur Farm kommen, Larry, bevor Agnes beschließt, dass Sie doch nicht der richtige Mann zum Heiraten sind.«

»Und ich soll diesen Dreckskerl ungestraft davonkommen lassen, selbst wenn er Ihr Bruder ist?«

»Ich hab doch gesagt, dass es ein Unfall war«, verteidigte sich Joshua erneut.

»Das ist wahr, Larry«, sagte Selena mit ruhiger Stimme. »Ich habe gesehen, wie es passiert ist.«

»Das stimmt, das hat sie«, rief Joshua. »Ich wusste, dass Sie mich gesehen hatten. Sie haben Ballarat am nächsten Tag verlassen.«

»Eine Weile dachte ich, mein Leben sei in Gefahr.«

»Ich wollte Ihnen nichts tun. Ich habe Sie nur beobachtet, weil ich mich gefragt habe, warum Sie nicht zur Polizei gegangen sind.«

»Ich wollte mich nicht einmischen.«

Larry wiederholte die Frage, die Adam Selena vorhin mit anderen Worten gestellt hatte. »Warum sagen Sie mir das erst jetzt?«

»Weil ich mir nicht ganz sicher war, ob ich die wahre Geschichte kannte. Verschiedene Teile waren irgendwie rätselhaft. Erst seit kurzem passt alles zusammen.«

»Und da ist noch eine Sache«, sagte Adam. »Joshua hat Darcy und Etty gestern gefunden und nach Hause gebracht. Er hat ihnen mit großer Wahrscheinlichkeit das Leben gerettet.«

Larry gab nach. Verdammt noch mal, was waren Frauen doch für Plagegeister. Erst ging ihm Miss Agnes unter die Haut und entfachte ein solches Feuer in seinen Lenden, dass er sie heiraten musste. Dann stand Miss Selena mit ihrer Spielzeugpistole in der Hand da, wobei sie ganz so aussah, als wäre sie auch bereit, sie zu benutzen, und redete ihm aus, diesen Schweinehund zu erschießen.

Er starrte Joshua durchdringend an. »Du solltest verdammt gut dafür sorgen, dass du mir nie wieder unter die Augen kommst.« Dann nahm er Selena seine Waffe ab und verschwand zwischen den Bäumen.

Adam stieß einen Seufzer der Erleichterung aus. Selena grinste. Joshua war dagegen noch nicht in der Lage, überhaupt irgendetwas zu tun. Er blieb, wo er war, und beäugte seinen Bruder misstrauisch.

»Ich möchte dir das Gleiche sagen wie Larry, Joshua. Du solltest verdammt gut dafür sorgen, dass du auch mir nie wieder unter die Augen kommst. Es interessiert mich nicht, welche Verbrechen du begangen hast oder was jetzt aus dir wird. Ich habe dir nur deshalb das Leben gerettet, weil du gestern eine gute Tat getan hast. Wenn dich das nächste Mal jemand umbringen will, musst du dich selbst verteidigen. Und jetzt sieh zu, dass du aus diesem Teil des Landes verschwindest!«

Nach vier Tagen hatte Joshua eine ansehnliche Strecke zurückgelegt. Er war in die Pyrenees hinaufgeritten und hatte Goldgräbersiedlungen gemieden sowie jegliche Polizisten, weil denen hätte auffallen können, dass er gesucht wurde. Er hatte vor, weiter nach Norden zum Murray River zu reiten, weit weg von den Goldfeldern. In der vierten Nacht fand er in einer niedrigen Höhle Schutz vor einem Wolkenbruch. Da es am nächsten Morgen immer noch stark regnete, beschloss Joshua, lieber dort an seinem Feuer zu bleiben, bis das Wetter aufklarte.

Als er zwei Tage später durch eine Schlucht an einem Fluss entlangritt, schien die Sonne. Noch vom Regen angeschwollen, floss der Fluss rasch dahin. Auf beiden Ufern konnte er aber erkennen, dass das Wasser während des Regens wohl noch ein gutes Stück höher gewesen war, denn einige größere Uferabschnitte waren noch nass.

Plötzlich rutschte sein Pferd mit dem linken Hinterfuß auf einem Stück Felsen aus und knickte ein wenig ein. Joshua stieg rasch ab, um nachzusehen, ob sich das Tier auch nicht verletzt hatte. Dabei fiel ihm, wo das Hufeisen über den Felsen geschrammt war, ein gelber Streifen auf. Im Nu war er auf den Knien und kratzte ringsum die braune Erde weg. Erde, die ein Goldnugget von der Größe einer Melone barg.

Joshua warf sich auf den Rücken und lachte und lachte. Er war reicher, als er sich das in seinen kühnsten Träumen erhofft hatte.

3

An einem Frühlingstag, so schön, dass man sich freute, am Leben zu sein, stieg Will auf der Hauptstraße von Ballarat aus der Postkutsche. Er blieb kurz stehen, um all die vertrauten Dinge und Geräusche wieder in sich aufzunehmen. Noch mehr Läden und Hotels waren gebaut worden. Und einige der Zeltläden waren verschwunden und durch Holzhäuser ersetzt worden. Ballarat entwickelte sich zu einer schönen Stadt. Wenn man die korrupte Polizei auflöste, den Goldgräbern das Wahlrecht gäbe und ihnen erlauben würde, Land zu besitzen, dann gäbe es in ganz Victoria keinen besseren Ort zum Leben.

Viele hofften, dass nun, wo La Trobe als Gouverneur von Charles Hotham abgelöst worden war, die Forderung der Goldgräber nach Anerkennung als Bürger Ballarats ernster genommen würde. Ein Mitreisender in der Postkutsche hatte ihm erzählt, wie die Leute am Straßenrand gestanden und gejubelt hatten, als der Gouverneur mit seiner Gattin Ballarat besucht hatte, um sich selbst ein Bild von den Lebensbedingungen auf den Goldfeldern zu machen. Alle seien überzeugt, hatte der Mann gesagt, dass der neue Gouverneur Verständnis für die Bedürfnisse der Goldgräber habe.

Will ging auf direktem Weg zu seiner Hütte auf dem Eureka-Goldfeld und war erstaunt, Adam dort vorzufinden, und erleichtert, wenn auch nicht überrascht, als er hörte, dass Jenny auf Langsdale war.

»Was gibt es denn sonst noch Neues?«, fragte Will.

»Es ist eine ganze Menge passiert, während du weg warst. Meggan hat einen Sohn.«

Will lächelte zum ersten Mal seit langer Zeit. »Ich habe einen Neffen, das ist ja wunderbar. Und sonst?«

»Jede Menge, vor allem über Joshua.«

Gelegentlich von einer Frage von Will unterbrochen, berichtete Adam alles, was von dem Moment an passiert war, als die Kinder verschwunden waren. Er erzählte Will auch von Joshuas möglicher Verwicklung in den Überfall auf den Goldtransport und die Morde.

»Glaubst du, dass Joshua etwas damit zu tun hatte?«

»Mir wäre wohler bei dem Gedanken, dass er nicht zu dieser Bande gehört hat. Und wenn er das viele Geld gehabt hätte, das man immer noch nicht gefunden hat, dann hätte er doch nicht draußen im Busch kampiert. Ich hoffe nur, dass Larry ihm genügend Angst eingejagt hat, dass er allmählich anfängt, ein ehrliches Leben zu führen.«

»Vielleicht tut er's, vielleicht auch nicht. Er ist dein Bruder.«

»Ich habe nicht den Wunsch, ihn jemals wiederzusehen. Ich habe nie verstanden, warum Joshua so geworden ist, wie er ist. Ich glaube, bei ihm muss irgendein schlimmer Vorfahr von uns wieder durchgeschlagen sein.«

»Dann geh ich jetzt mal zu Hal und Tommy rüber. Mal sehen, was die für Neuigkeiten haben.«

»Ich hab noch eine Neuigkeit. Larry und Agnes haben letzte Woche geheiratet.«

»Tatsächlich? Das freut mich für die beiden. Ich mag Larry, und Agnes ist die Beste aus der ganzen Familie Roberts. Bei ihr fällt es mir nicht schwer, zu vergessen, dass sie Toms Schwester ist.«

Adam dachte einen Augenblick nach. »Du weißt doch, dass es

sehr gut möglich ist, dass du diesem Trooper wieder begegnest. Was wirst du empfinden, wenn du vor ihm stehst?«

Das war etwas, worüber er mit Hal und Tommy häufiger gesprochen hatte. Sie alle kannten Wills Charakter. Er ließ sich zwar nur schwer reizen, war aber andererseits ziemlich nachtragend. Adam fand das in dem harten Ausdruck bestätigt, der in Wills Augen trat.

»Das werdet ihr erfahren, wenn ich ihn tatsächlich treffe.«

Hal und Tommy hatten ihrem Bruder auch eine Menge zu erzählen, nachdem sie erst einmal ihrer Freude über seine Rückkehr freien Lauf gelassen hatten. Zuerst wollten sie jedoch wissen, wie es ihm ergangen war. Will weigerte sich, auch nur irgendein Wort über seine sechs Wochen Zwangsarbeit zu sagen. Beide sahen, dass ihr älterer Bruder sich verändert hatte. Er schien sich in einen undurchdringlichen Panzer zurückgezogen zu haben.

»Erzählt mir lieber von unserem Claim. Habt ihr irgendwas Buntes gefunden?«

»Wir holen im Moment einige recht große Stücke heraus. Wir werden an diesem Schacht gut verdienen.«

»Das ist gut. Dann sollten wir noch länger auf dem Eureka-Feld bleiben. Ich glaube, die Ader geht noch sehr viel weiter, als bisher gegraben wurde.«

Tommy fummelte nervös an seinem Kragen herum. »Wie lange willst du denn noch weiter nach Gold graben, Will?«

Die Frage überraschte Will. »Das kann ich nicht beantworten. Warum fragst du?«

Hal antwortete. »Die Sache ist die, Will, Tommy und ich möchte beide mit dem Graben aufhören, sobald wir diesen Schacht leer geräumt haben.«

Als Will nicht antwortete, fuhr Hal fort. »Adam hat vor, noch eine Weile in Ballarat zu bleiben. Er könnte dein Partner werden.«

»Eigentlich sollte mich das nicht überraschen. Du hast ja schon lange davon gesprochen, dass du dir ein Boot kaufen willst.«

»Adam hat mir viel von den neuen Raddampfern auf dem Murray River erzählt. Ich will selbst mal dorthin, um sie mir anzusehen. Vielleicht wäre das ja was für mich. Einen kleinen Raddampfer könnte ich mir wohl schon leisten. Und wenn nicht, wird Meggan mir was leihen. Ich hab dir doch erzählt, dass sie mir das bereits angeboten hat.«

»Meinen Segen hast du, Hal. Ich beneide dich darum, dass du so genau weißt, was du willst.«

»Das ist etwas, das Tommy und ich nie bei dir verstanden haben, Will. Du warst immer unser Anführer, derjenige, der die Entscheidungen getroffen hat. Und trotzdem hast du nie Pläne gemacht für die Zeit nach dem Gold.«

»Ich habe noch reichlich Zeit, mir zu überlegen, was ich tun will.«

Er verschwieg, dass er sich insgeheim sehr häufig quälende Gedanken über seine Zukunft machte. Er hatte kein Interesse an Schafen, Landwirtschaft und Booten oder daran, einen Laden zu besitzen. Er besaß kein handwerkliches Geschick wie Tommy mit seinen Lederarbeiten. Und jetzt musste er auch noch an Jenny denken.

»Willst du mit Hal mitgehen?«, fragte er seinen jüngeren Bruder und war überrascht, als der junge Mann rot wurde. »Könnte es sein, dass du dich verliebt hast, Tommy?«

Tommy lächelte schüchtern. »Ihr Name ist Mary-Anne Jones. Ihrem Vater gehört die Sattlerei auf dem Pennyweight Flat.«

»Wo hast du denn diese Mary-Anne Jones kennen gelernt?«

»Sie ist zu mir gekommen. Jemand hatte ihr erzählt, dass ich ein guter Sattler bin. Du weißt doch, dass viele Ladenbesitzer Mühe haben, die fünfzig Pfund Lizenzgebühr zu zahlen, die La Trobe letztes Jahr im Dezember eingeführt hat. Mr Jones hatte sich die Hand verletzt und konnte nicht arbeiten. Es bestand die Gefahr, dass man ihn zwingen würde, sein Geschäft zu schließen. Mary-Anne hat mich gebeten, ihm zu helfen. Inzwischen hab ich schon eine Menge Arbeiten für ihn erledigt.«

»Und dich in die Tochter verliebt.«

Tommy wurde wieder rot. »Ich hab sie vom ersten Moment an, wo ich sie gesehen hab, geliebt. Sie sagt, bei ihr wär's genauso gewesen.«

»Den Rest kann ich mir wohl denken. Du willst das Mädchen heiraten und für ihren Vater arbeiten.«

»Mehr als das, Will. Ich werde Geld in sein Geschäft stecken und sein Partner werden. Wir werden die beste Sattlerei in Ballarat haben.«

»Meinen Segen hast du, Tommy.«

»Während du fort warst, haben wir einen Brief von Ma bekommen«, sagte Hal. »Meggan hat das Richtige getan, als sie sie zurück nach Cornwall gebracht hat. Sie schreibt, dass sie glücklich ist und – das wirst du kaum glauben – dass Squire Tremayne sie regelmäßig in ihrem Cottage besucht. Ma sagt, dass sie sehr gute Freunde geworden sind.«

Freunde im späteren Leben, nachdem sie sich in ihrer Jugend geliebt hatten, sinnierte Will. Ihm fiel ein, dass weder der Squire noch seine Ma wussten, dass er Jenny geheiratet hatte, es sei denn, Meggan hätte es ihnen geschrieben. Er fragte sich, was Jenny nun, wo sie über die Vergangenheit Bescheid wusste, von dieser Freundschaft halten würde.

»Ma ist in Australien nie glücklich gewesen. Ich habe vor, morgen nach Langsdale zu reiten, um Jenny zu sehen und unseren Neffen mit dem echt kornischen Namen.«

»Wirst du Jenny mit zurückbringen?«

Zum zweiten Mal an diesem Tag lächelte Will. »Ich möchte bezweifeln, dass ich dazu was zu sagen habe.«

Mit dieser Vermutung hatte er Recht. Jenny, ein Bild des blühenden Lebens, erklärte, es gebe absolut keinen Grund, nun, wo ihr Mann zurückgekommen sei, noch länger auf Langsdale zu bleiben. Sie wollte unbedingt ihr Eheleben wieder aufnehmen.

An dem Tag und in der Nacht, die er auf Langsdale verbrachte, wich Will sämtlichen Versuchen Meggans aus, das Gespräch auf Tom Roberts zu bringen.

»Ich will nicht darüber reden, Megs. Allerdings ist die Sache für mich noch nicht zu Ende.«

Dann lenkte er das Gespräch auf Hal und Tommy und ihre Zukunftspläne. Außerdem fragte er Meggan, ob sie Post von ihrer Ma erhalten hätte.

»Bei uns ist ein Brief angekommen, während ich fort war. Hat Ma dir auch geschrieben, dass Squire Tremayne sie häufig besucht?«

»Ja, das hat sie. Ich freue mich für sie. Ich glaube, dass Ma Jennys Vater wirklich geliebt hat, und er sie auch. Doch er war der Squire und außerdem bereits verheiratet, und sie war nur die Tochter eines Bergarbeiters. Du kennst die ganze Geschichte, Will. Auf ihre Art hat sie auch Pa geliebt. Sie war uns eine gute Mutter und ihm eine gute Ehefrau. Ma hat nie etwas gesagt oder getan, das einem von uns hätte wehtun können.«

Meggan konnte ihrem Bruder nicht sagen, wie schockiert sie gewesen war, als sie das schriftliche Eingeständnis ihrer Mutter gelesen hatte, dass sie nie aufgehört hatte, Phillip Tremayne zu lieben.

Ich erzähl Dir das, Meggan, weil Du jetzt eine Frau von Welt bist. Es ist etwas, das mich furchtbar belastet.

Ich habe das Geheimnis über Carolines Vater lange ge-

wahrt. Da ist aber noch etwas, das ich nur schwer allein tragen kann. Hal ist auch Phillips Sohn. Phillip hat Hal in seinem Testament bedacht. Ich bitte Dich aber, dass Du Deinen Brüdern nichts davon sagst. Ich möchte Hal nicht wehtun, indem ich ihm sage, dass sein Pa nicht sein richtiger Pa war.

Ich weiß, dass Du eine reiche Frau bist, Meggan. Tu doch bitte so, als wäre das Geld, das Phillip Hal irgendwann hinterlassen wird, ein Geschenk von Dir.

Wie sich ihre Mutter genau vorstellte, dass sie diese Täuschung bewerkstelligen sollte, wusste Meggan nicht. Da sie, wie ihre Mutter schrieb, eine Frau von Welt war, kannte sie sich aus mit Testamenten, Anwälten, Erbscheinen und den gesamten Formalitäten, die die Regelung des Nachlasses eines reichen Mannes mit sich brachte. Trotzdem würde sie niemandem von dem Wunsch ihrer Mutter erzählen, bis der Tag kam, an dem wieder einmal die Wahrheit gesagt werden musste.

»Ma sagt in ihrem Brief nichts zu deiner Heirat mit Jenny. Hast du es ihr nicht geschrieben und Jenny ihrem Vater auch nicht?«

»Wir haben nicht auf die übliche Weise geheiratet, Megs. Wenn das Kind geboren ist, werden wir vielleicht beiden Elternteilen schreiben, dass wir letztes Jahr Weihnachten geheiratet haben.«

»Hast du mit Jenny über das Kind gesprochen? Ich glaube, ihre Gefühle haben sich geändert. Sie spricht jetzt nicht mehr davon, dass sie es weggeben will. Wenn ich sie mit Ruan beobachte, kann ich spüren, wie sie sich danach sehnt, bald ihr eigenes Baby in den Armen zu halten. Ich hoffe, schon um Jennys willen, dass du lernen wirst, dieses unschuldige Kind zu lieben.«

»Es kommt, wie es kommt, Meggan« war alles, was er dazu sagen konnte.

Auch mit seiner Frau wollte er nicht über seine Gedanken und Gefühle reden. Jenny versuchte es erneut, als sie zu Hause in ihrer Hütte waren.

»Red doch bitte mit mir, Will. Ich kann dein Schweigen nicht ertragen.«

»Es gibt nichts zu reden.« In Wahrheit war ihm klar, dass er nicht in der Lage war, über das zu reden, was Tom Roberts praktisch zugegeben hatte.

»Ich bekomme ein Kind, Will«, sagte Jenny weinend. »Ein Kind, das sich in mir bewegt, das so sehr ein Teil von mir ist, dass ich es nicht mehr weggeben will.«

Will wandte sich zur Tür. »Ich geh die Baxters besuchen.«

»Und Selena?«

Will verharrte einen Augenblick schweigend mit der Hand an der Tür. »Wenn Selena zu Hause ist, ja.«

Dann ging er und ließ sie mit dem Gefühl zurück, ihr würde das Herz aus dem Leib gerissen. Wie dumm von ihr, sich ihre Eifersucht auf die andere Frau anmerken zu lassen. Dabei mochte sie Selena sehr gerne, vielleicht liebte sie sie sogar. Sie bewunderte ihren Mut und ihre Charakterstärke. Ihr Neid bezog sich auf die Freundschaft zwischen Will und Selena, die ihr manchmal inniger zu sein schien als eine normale Freundschaft.

Das Baby trat, und Jenny legte eine Hand auf ihren Bauch. Sie redete flüsternd auf das Kind ein. »Wenn du erst geboren bist, mein Kleines, und Wills Erinnerungen an das Gefängnis langsam verblassen, können wir vielleicht doch glücklich sein.«

Die Goldgräber stellten bald fest, wie falsch ihre optimistischen Erwartungen an die Glaubwürdigkeit des neuen Gouverneurs gewesen waren. Als Will zum zweiten Mal in einer Woche gezwungen wurde, aus dem Schacht zu klettern, wollte er wissen, warum sie denn schon wieder den gleichen Troopern ihre Lizenzen zeigen mussten, wo sie sie ihnen doch erst vor drei Tagen gezeigt hatten.

»Unsere Lizenzen sind in Ordnung. Ihr stört uns nur bei der Arbeit.«

Der Trooper hatte kein Verständnis dafür. »Der Gouverneur hat angeordnet, dass von nun an jeder Mann zweimal pro Woche seine Lizenz vorzeigen muss. Damit wollen wir die erwischen, die illegal nach Gold graben.«

Das war allerdings nicht so leicht wie erwartet. Einige der Männer, die bisher ohne Lizenz gegraben hatten, waren zwar bereit, die erforderliche Gebühr für ein Stück Papier zu zahlen, eine sehr viel größere Anzahl weigerte sich jedoch standhaft. Von einem Ende Ballarats bis zum anderen setzten die Goldgräber »Kakadus« ein, benannt nach den großen weißen Papageien mit der schwefelgelben Federhaube, bei denen immer einer aus dem Schwarm nach möglichen Gefahren Ausschau hielt.

In dem Moment, wo Warnung gegeben wurde, versteckten sich die Goldgräber und die Männer, die Claims bewachten, auf denen gerade niemand arbeitete, in tiefen Löchern. Mehr als ein Mann entging auch der Festnahme, indem er rasch ein Kleid überzog und sich über einen Waschzuber beugte. Männer wie die Collins-Brüder und Adam, die gültige Lizenzen hatten, wurden häufiger belästigt als die, die keine hatten. Unzufriedenes Murren gegen die Regierung breitete sich aus.

Wenn sich Goldgräber um ein Lagerfeuer versammelten, um über Missstände zu diskutieren, war Will fast immer dabei. Die starken Worte, die gegen die Trooper, Commissioner Rede und Gouverneur Hotham gesprochen wurden, sowie die vielen Racheschwüre gegen die ungerechte Regierung gaben ihm ein Ventil, um wenigstens einen kleinen Teil seines Zorns zu entladen. Doch den unvermindert lodernden Kern seines Zorns hielt er tief in sich verschlossen. Er wusste, dass er zum Ausbruch kommen würde, wenn er Tom Roberts das nächste Mal begegnete.

Am Ende der ersten Oktoberwoche wurde etwas anderes Hauptgesprächsthema auf dem Eureka-Feld, das sich wie ein Lauffeuer auf dem gesamten Goldfeld ausbreitete. Am Sonntag fragten die Baxters Will, ob an dem Gerücht etwas dran sei, das man sich überall erzählte.

»Euer Claim ist doch nicht weit vom Eureka Hotel entfernt«, sagte Mrs Baxter. »Wir haben gehört, dass der Wirt ohne jeden Grund einen schottischen Goldgräber umgebracht hat.«

Will bestätigte das Gerücht. »Ein Mann namens Scobie wurde gestern in den frühen Morgenstunden zu Tode geprügelt und getreten. Es bestehen anscheinend kaum Zweifel daran, dass der Wirt, ein Mann namens Bentley, für die Tat verantwortlich war.«

»Weißt du, was genau passiert ist?«

»Es wird erzählt, dass Scobie am Freitagabend mit einem Freund, den er lange nicht gesehen hatte, auf Sauftour gegangen ist. In den frühen Morgenstunden haben sie versucht, im Eureka Hotel noch etwas zu trinken zu bekommen. Bentley hat sich geweigert, die Männer zu bedienen, deshalb hat Scobie so fest gegen die Tür getreten, dass die Glasscheibe herausgefallen ist. Sie gerieten in Streit, und Scobie hat ein paar beleidigende Bemerkungen über Mrs Bentley gemacht. Der Freund hat Scobie fortgezerrt, doch sie waren noch keine fünfzig Meter gekommen, als Bentley mit seinen Kumpanen über sie hergefallen ist.«

»Das Eureka Hotel hatte fast von Anfang an einen schlechten Ruf. Da verkehren lauter ehemalige Häftlinge und Raufbolde. Kein anständiger Mann würde dorthin gehen. Ich kann mir gut vorstellen, dass das, was du erzählt hast, auch stimmt.«

»Natürlich stimmt das. Peter Lalor hat es mir erzählt, und dem gehört das Claim neben dem von Scobie. Die Männer auf dem Eureka-Feld sind stinksauer, dass der Coroner im Fall von Scobie auf unbekannte Todesursache entschieden hat. Einige von uns haben Hinweise gesammelt, die zeigen, was wirklich passiert ist. Wir alle wollen, dass Bentley verhaftet und wegen Mordes angeklagt wird.«

Als die Polizei am nächsten Tag ins Eureka Hotel kam, um Bentley, dessen Frau und außerdem einen ehemaligen Häftling namens Farrell zu verhaften, legten die Goldgräber auf dem ganzen Feld in stiller Genugtuung eine Pause ein, um zuzusehen, wie die drei abgeführt wurden. Sie waren allerdings weniger zufrieden, als sie kurze Zeit später ins Hotel zurückkehrten, nachdem man sie auf Kaution freigelassen hatte.

Sehr viele Goldgräber ließen ihre Arbeit ruhen, um bei der Vorverhandlung am Donnerstag dabei zu sein. Der Richter galt allgemein als bestechlich und war außerdem ein Freund von Bentley. Gold-Commissioner Rede und sein Stellvertreter saßen ebenfalls am Richtertisch. Bentley wurde freigesprochen.

Will teilte den Zorn vieler Goldgräber. »Hier in Ballarat kann man keine Gerechtigkeit erwarten«, wetterte er seinen Brüdern gegenüber. »Wir haben doch gesehen, wie die Trooper den verkrüppelten Hausdiener des katholischen Priesters verhaftet haben, weil er keine Lizenz hatte, obwohl er gar keine brauchte. Die Katholiken wollen nach der Messe am nächsten Sonntag eine Versammlung abhalten. Es wird außerdem eine Versammlung für alle Goldgräber stattfinden. Wir lassen uns die Korruption und Brutalität nicht länger gefallen.«

»Da halte ich mich raus«, sagte Hal. »Wenn du vernünftig wärst, würdest du dich ebenfalls von solchen Versammlungen fernhalten. Du warst schließlich schon einmal im Gefängnis.«

»Deshalb hab ich vielleicht sogar mehr Grund als die meisten, dafür zu sorgen, dass es gerecht zugeht.«

Weder Hal noch Tommy ließen sich überreden, zu der Versammlung zu gehen. Es kamen jedoch dreieinhalbtausend Goldgräber zu dem Treffen auf dem Bakery Hill, unter ihnen auch Adam. Sie hörten sich mehrere feurige Reden an und stimmten der Einrichtung eines Fonds zu, aus dem man Belohnungen für Informationen zahlen wollte, die zur Verurteilung Bentleys wegen Mordes führten. Außerdem nahmen die Goldgräber einstimmig die folgende Resolution an:

> *Die hier Versammelten sind unzufrieden mit der Art und Weise, in der sowohl von den Richtern als auch vom Coroner die Ermittlungen zum Tod von James Scobie geführt wurden, und geloben deshalb, jedes gesetzliche Mittel zu benutzen, um den Fall vor andere und kompetentere Institutionen zu bringen.*
>
> *Die hier Versammelten halten es für notwendig, Spenden zu sammeln zu dem Zweck, eine Belohnung für die Überführung der Mörder auszusetzen und alle mit dem Fall verbundenen Kosten zu bestreiten.*

Als die Ja-Rufe und der Jubel allmählich verstummten, stellte Adam Will die Frage, die sich insgeheim viele Goldgräber stellten. »Noch eine Petition an den Gouverneur. Glauben diese Leute wirklich, dass man ihnen dieses Mal zuhört, wo doch alle bisherigen Petitionen und Beschwerden ignoriert worden sind?«

Will verzog das Gesicht. »Hotham hat kein Verständnis für die Goldgräber. Ich habe eine Menge erfahren, als ich im Gefängnis war. Der neue Gouverneur ist ein noch größerer Dummkopf als La Trobe. Weil wir sechs Monate lang hart arbeiten, um einen Schacht so tief zu treiben, bis wir auf eine Ader stoßen, meint Hotham, wir müssten alle reich sein, weil wir uns so lange über Wasser halten können, ohne Gold zu finden. Er wird nichts tun, um den Goldgräbern zu helfen.«

Die Menge begann sich zu zerstreuen. Will erhob die Stimme. »Wir befinden uns genau an der Stelle, an der Scobie getötet wurde. Seine Mörder sollten im Gefängnis sein.«

»Sehr richtig!«, stimmten viele zornig zu.

»Sie werden ihrer gerechten Strafe zugeführt werden«, sagte eine ruhigere Stimme.

»Für Goldgräber gibt es keine Gerechtigkeit. Die Trooper können machen, was sie wollen. Wer hat denn noch nicht gesehen, wie ein Goldgräber zusammengeschlagen oder sein Zelt niedergerissen wurde? Wie viele Geschäfte sind schon geplündert und abgebrannt worden, bloß weil der Inhaber ein bisschen illegalen Schnaps verkauft hat?«

»Und was passiert mit dem Schnaps, den die Trooper beschlagnahmen?«, rief ein anderer Mann. »Den trinken sie selbst und werden auch noch reich von den Strafen, die sie bei den Goldgräbern abkassieren.«

»Die Trooper haben die Hütte von meinem Kumpel niedergerissen und ihm alles abgenommen, was er hatte«, rief ein weiterer.

Es folgte ein lautstarkes Durcheinander von wütenden Anklagen gegen die Polizei und das Government Camp.

»Seht doch mal zum Hotel hinüber«, rief Will. »Da wimmelte es nur so von Troopern. Männer, ihr habt doch alle gesehen, wie sie mitten durch unsere Versammlung geritten sind, um einem Mörder zu Hilfe zu eilen.«

»Wir sind trotzdem in der Überzahl«, rief ein anderer Mann. »Wir sollten uns Bentley schnappen.«

Die übrig gebliebene Menschenmenge bewegte sich auf das Eureka Hotel zu. Plötzlich ertönte ein Schrei.

»Da ist Bentley, er reitet direkt auf das Camp zu.«

»Feiger Sträfling!«

»Dreckiger Mörder!«

»Er weiß, dass man ihn im Camp beschützen wird.«

»Da habt ihr den Beweis, Männer. Bentley, D'Ewes und Rede, das sind dicke Freunde. Wir kriegen keine Gerechtigkeit, wenn wir sie uns nicht selber verschaffen.«

»Die Trooper werden uns nicht aufhalten. Sie werden bloß auf ihren Pferden um das Hotel herumreiten.«

Ein großer Stein, von unbekannter Hand geworfen, flog durch die Luft, verfehlte nur knapp den Kopf eines Troopers, bevor er durch ein Fenster des Hotels krachte. Die Menge drehte durch. Unmengen von Steinen, Stöcken, Flaschen und sonstigen Wurfgeschossen, die gerade zur Hand waren, prasselten gegen das Hotel, bis keine einzige Glasscheibe mehr intakt war.

Männer traten die Eingangstür ein und begannen kurz darauf, alles, was sie tragen konnten, aus den Fenstern zu werfen. Die Trooper waren zu sehr damit beschäftigt, sich im Sattel der vor den niedergehenden Gegenständen scheuenden Pferde zu halten, um die Ausschreitungen zu beenden.

Adam packte Will am Arm, um ihn aus der tobenden Menge wegzuziehen. »Die Leute sind außer Kontrolle geraten. Wir sollten sehen, dass wir hier wegkommen. Die Soldaten sind bestimmt schon unterwegs.«

Fassungslos über die Gewalttätigkeit, die er mit entfacht hatte, entfernte Will sich zögernd mit Adam, drehte sich aber immer wieder zu den Randalierern um. Als er jemanden »Feuer!« rufen hörte, blieb er abrupt stehen.

»Adam, die brennen das Hotel ab.«

»Die Polizisten werden das Feuer löschen.«

»Das schaffen die nicht. Jemand hat auch auf der Rückseite des Hotels Feuer gelegt. Da drüben kommt Rede mit den Soldaten.«

Mit aufgepflanzten Bajonetten nahmen die Soldaten vor dem Hotel Aufstellung. Rede versuchte, vernünftig auf die Menge einzureden. Jemand warf ein Ei, das den Kopf des Commissioners nur knapp verfehlte. Der Wind fachte das Feuer an, so dass es sich rasch ausbreitete. Innerhalb von wenigen Minuten stand auch die angrenzende Bowlingbahn in Flammen.

Die Soldaten zogen sich zurück, die Trooper und Commissioner Rede folgten ihnen. Die Menge brach in großen Jubel aus. Ungeachtet der Flammen, begannen einige Männer die Mauern des Hotels einzureißen. Andere rannten in das Gebäude und kamen mit Alkoholflaschen zurück. Unzählige Menschen eilten vom Eureka-Feld und den Gravel Pits herbei, um zu sehen, was los war.

Adam zog Will wieder am Arm. »Komm mit, Will. Das wird Ärger geben. Wir müssen von hier weg.«

Als sie an ihre Hütte kamen, sah Will Jenny in der Tür stehen. Als sie ihn erblickte, brach sie in Tränen aus.

»Warum weinst du denn?«, fragte er.

»Ich hatte solche Angst um dich. Ich hab gesehen, wie das Feuer ausgebrochen ist und wie die Soldaten kamen.«

»Wie du siehst, ist mir nichts passiert. Du brauchst also nicht zu weinen.«

»Ich weine vor Erleichterung. Ich hatte Angst, man würde dir wehtun oder dich wieder verhaften.«

Will legte seine Hände um ihr Gesicht und wischte ihre Tränen mit den Daumen weg. »Weine nicht, mein Liebling. Man wird mich nicht wieder verhaften.«

Jennys Tränen versiegten sofort. »Du hast ›Liebling‹ zu mir gesagt«, sagte sie mit leicht verwunderter Stimme. »Das ist das erste Kosewort, das du benutzt hast, seit du aus dem Gefängnis zurück bist. Liebst du mich noch, Will?«

Er drehte sich zu den immer noch brennenden Gebäuden um. Es standen nur noch etwa halb so viele Leute dort und beobachteten das Drama. Viele gingen aufgeregt in kleineren Gruppen zu ihren Zelten und Hütten zurück. Will schob Jenny mit einem sanften Stoß in die Hütte und machte die Tür zu.

»Du weißt doch, dass ich dich liebe. Das brauchst du mich doch nicht zu fragen.«

»Doch, ich muss dich das fragen, weil du dich nicht mehr so verhältst, als ob du mich liebst. Das Gefängnis hat dich verändert, Will. Du hast eine Mauer um dich errichtet, die mich ausschließt.«

»Ich rede doch mit dir.«

Dass Jennys Stimmung so rasch von tränenreicher Erleichterung in Unzufriedenheit umgeschlagen war, führte er auf ihren Zustand zurück. Als er jedoch noch etwas hinzufügen wollte, stellte er fest, dass sie mittlerweile richtig zornig war.

»Du *redest* überhaupt nicht mit mir, Will. Wir tauschen Worte über banale Dinge aus. Du verbringst mehr Zeit anderswo als mit mir zusammen.«

»Jenny ...«

»Nein. Hör mir zu, Will. Wenn du nicht über Tom Roberts reden willst, dann werde ich es tun. Er hat mich vergewaltigt, und das Kind, das ich erwarte, ist von ihm.«

Nun hatte sie ausgesprochen, was er nicht hatte wahrhaben wollen. Er spürte Wut in sich aufsteigen. Als er schwieg, ließ sie sich auf das Bett sinken. Er sah sie unermesslich traurig an. Wie könnten sie und er jemals wirklich glücklich sein? Er hätte vielleicht das Kind eines Fremden akzeptieren können, wenn Jenny es geliebt hätte. Ein Kind, das Tom Roberts gezeugt hatte, könnte er jedoch niemals annehmen. Er wandte sich zur Tür.

»Will?«

»Es wird spät werden. Ich gehe zu Hal und Tommy.«

Ihr lautes Schluchzen ließ ihn vor der Hütte stehen bleiben. Er stand mit geballten Fäusten da und kämpfte um Selbstbeherrschung, doch nur für wenige Sekunden. Dann verschloss er seine Ohren gegen den Kummer seiner Jenny und ging energischen Schrittes Richtung Gravel Pits.

Wie er es erwartet hatte, redeten Hal, Tommy und Adam über die Ereignisse am Nachmittag und frühen Abend. Er nahm eine Weile an der Diskussion teil, dann kam er auf den Hauptgrund seines Besuchs zu sprechen.

»In wenigen Tagen werden wir das gesamte Gold aus unserem Schacht herausgeholt haben. Habt ihr beiden immer noch vor aufzuhören?«

»Ich ja«, sagte Tommy. »Mary-Annes Vater möchte, dass wir noch in diesem Jahr heiraten. Ich will ein anständiges Holzhaus für uns bauen. Und da wir planen, die Sattlerei zu vergrößern, werde ich sicherlich in Ballarat bleiben. Meine Kinder werden in dieser Stadt aufwachsen.«

Das war so ungefähr die längste Rede, die Tommy je gehalten hatte.

»Ich habe vor abzureisen, sobald ich einen Platz in der Postkutsche nach Bendigo bekomme«, sagte Hal. »Von dort will ich weiter in den Norden nach Echuca.«

»Und wie sehen deine Pläne aus, Adam?«, fragte Will.

»Ich würde gerne noch eine Weile hier graben. Wenn Hal und Tommy gegangen sind, kaufe ich euch diese Hütte ab und hole Jane und Darcy hierher.«

Sie sprachen noch weiter über ihre Pläne, bis die Familie Baxter herüberkam und sich das Gespräch wieder dem Brand des Eureka Hotels und den Problemen der Goldgräber zuwandte.

Erst nach Mitternacht kehrte Will nach Hause zurück, und da schlief Jenny schon ganz fest. Er legte sich in sein Bett und lauschte dem sanften Geräusch ihres Atems. Obwohl er mit offenen Augen dalag, sah er nur die Bilder in seinem Kopf.

Die Bilder begannen am Tag seiner ersten Begegnung mit Jenny Tremayne. Er war von Burra nach Grasslands geritten, der Farm der Heilbuths, um Meggan zu besuchen. Seit dieser ersten Begegnung hatte er sie nie mehr vergessen können. Schon nach sehr kurzer Zeit hatte sie einen festen Platz in seinem Herzen eingenommen.

Will rief sich jede Begegnung mit ihr ins Gedächtnis und erinnerte sich an bestimmte Gespräche. Er wusste, dass er sie noch mehr geliebt hatte, als sie ihm beweisen wollte, dass sie in der Lage sei, so zu leben wie er. Vielleicht hätte er ihr sagen sollen, wie stolz er auf ihre Bemühungen gewesen war.

Zu spät konnte er sich nun eingestehen, dass er seine süße Jenny immer für etwas Besonderes gehalten hatte. Wenn er nicht so versessen darauf gewesen wäre, für sie ein großes Haus zu bauen, um ihr ein bequemes Leben bieten zu können, hätte er sie sofort geheiratet. Dann wäre das Kind, das sie erwartete, sein Kind. Ihr gemeinsames Leben wäre voller Liebe und Glück gewesen. Doch nun hatte er das Gefühl, in einem Alptraum gefangen zu sein. Will legte die Arme vor die Augen und fing an zu weinen.

4

Nach dieser Nacht wurde die Spannung zwischen den Eheleuten noch größer. Will wurde vollkommen unnahbar. Jenny konnte sich bemühen, wie sie wollte, sie erhielt immer nur wenige Worte als Antwort. Manchmal machte Will sich gar nicht erst die Mühe, zu antworten. In ihrer Verzweiflung suchte Jenny Rat bei Selena.

»Ich weiß nicht, was ich tun soll, Selena. Will hat sich völlig verändert. Ich glaube nicht, dass er mich noch liebt.«

»Im Augenblick ist sein Herz voller Hass.«

»Meinst du, er hasst mich? Oder hasst er dieses Kind, das ich jetzt will?«

»Will liebt dich, Jenny. Ich weiß allerdings nicht, was er für dieses Kind empfindet.«

»Er engagiert sich so stark in der Liga für Reformen, dass er keinen Abend mehr zu Hause ist. Er hat bisher an jedem Treffen teilgenommen. Ich mache mir Sorgen, wo dieser ganze Hass auf die Regierung noch hinführen soll. Hast du gehört, dass Commissioner Rede den Gouverneur gebeten haben soll, mehr Soldaten nach Ballarat zu schicken?«

»Ich glaube, dass das stimmt. Rede befürchtet, dass die Goldgräber das Camp angreifen werden.«

»Glaubst du, dass sie das tatsächlich tun würden?«

»Ich weiß es nicht.«

Mehr als ein Jahr war seit ihrer ersten Vision von einer blutigen Schlacht vergangen. Diese Schlacht würde nun sehr bald stattfinden. Seit dem Abend, an dem das Hotel gebrannt hatte, hatte sie sich ständig bemüht, weitere Vorahnungen heraufzubeschwören. Doch wie immer, wenn sie ihr zweites Gesicht erzwingen wollte, blieb es stumm.

»Wie fühlst du dich überhaupt, Jenny? Das Baby müsste doch bald kommen.«

»Ja. Die Hebamme glaubt, dass es nächste Woche so weit ist.«

»Soll ich dann bei dir bleiben?«

»Das wäre sehr schön, Selena. Du bist für mich immer wie eine Schwester gewesen.«

»Und du für mich«, antwortete Selena, doch ihr Herz war schwer. Wenn ihre seit langem gehegte Überzeugung, dass Will und sie eine gemeinsame Zukunft hatten, der Wahrheit entsprach und nicht reines Wunschdenken war, dann würde Jenny sterben. Selena wollte aber nicht, dass Jenny starb.

»Traust du der Hebamme zu, dein Baby sicher auf die Welt zu bringen?«, fragte sie.

»Ich vertraue ihr vollkommen. Bei ihr werde ich keine Angst haben.«

Die Trooper gingen bei den täglichen Lizenzjagden nun so aggressiv vor, dass jeden Tag eine große Anzahl von Goldgräbern vor Gericht gestellt wurde. Ende Oktober stellte ein Reporter in der *Ballarat Times* fest, dass vor Gericht kaum echte Straftaten verhandelt würden. Obwohl Einbruch, Diebstahl und insbesondere das Stehlen von Pferden weit verbreitet waren, wurde keiner der Täter angeklagt. Die Polizei war viel stärker daran interessiert, Goldgräber zu verhaften, die keine Lizenz hatten.

In den Goldgräberlagern herrschte Aufruhr. Die Männer wurden gezwungen, mehrmals täglich ihre Lizenzen vorzuzeigen. Die ständigen Unterbrechungen bei der Arbeit verstärkten nur den Groll der Goldgräber auf das Government Camp. Als sie erfuhren, dass der korrupte Polizeichef und ein korrupter Richter beide ihrer Posten enthoben worden waren und die Goldfelder verlassen hatten, heiterte sie das ein wenig auf.

Am 1. November hatten fünftausend Menschen an einer Versammlung auf dem Bakery Hill teilgenommen, am Samstag, dem 11. November, waren es doppelt so viele. Die Meinungen über die weitere Vorgehensweise waren geteilt. Würde man eine Reform eher durch Überzeugungskraft oder durch Gewalt erreichen? Will war für Gewalt, Adam war unentschieden. Auf dieser Versammlung verabschiedete die Liga für Reformen eine Charta mit ihren Prinzipien und Zielen.

Während Will auf dem Bakery Hill war und sich die Reden der Wortführer der Liga anhörte, setzten bei Jenny die Wehen ein. Da er wie immer noch blieb, um mit anderen Goldgräbern zu reden, kam Will erst am Abend nach Hause. Selena schob ihn sofort wieder zur Tür hinaus.

»Bei Jenny ist es so weit. Bleib heute Nacht bei deinen Brüdern.«

Sein Herz wurde von Furcht ergriffen. »Ist mit Jenny alles in Ordnung? Ist die Hebamme da? Wie lange wird es dauern?«

»Jenny geht es gut, und die Hebamme ist schon seit dem frühen Nachmittag da. Es könnte allerdings noch einige Stunden dauern, bis das Baby kommt.«

»Lässt du mich holen, Selena, sobald etwas passiert?«

»Keine Sorge, Will. Wir lassen dich holen, sobald das Baby da ist.«

In dieser Nacht fand Will keinen Schlaf. Nachdem Hal, Tommy und Adam eingeschlafen waren, setzte er sich vor der Hütte auf einen Hocker. Noch nie im Leben hatte er so große Angst gehabt. Frauen konnten bei einer Geburt sterben. Obwohl er wenig über den eigentlichen Geburtsvorgang wusste, hatte er gehört, dass er bei manchen Frauen lange und schmerzhaft war. Er hasste die Vorstellung, dass Jenny Schmerzen hatte. Dass sie sterben könnte, wollte er sich gar nicht ausmalen.

Dennoch ließ ihn diese Angst während der langen Nachtstunden nicht los, in denen er die Schatten beobachtete, in der Hoffnung, einen Boten vom Eureka-Feld kommen zu sehen. Er hätte Jenny viel häufiger sagen sollen, wie sehr er sie liebte. Er würde es sich niemals verzeihen, wenn sie starb, bevor er diese Worte nicht wenigstens noch einmal zu ihr sagen konnte.

Als die Dunkelheit der Nacht in die graue Morgendämmerung überging, konnte Will die nagende Angst nicht länger ertragen. Er machte sich auf den Weg zu seiner Hütte. Ganz gleich, was die Hebamme oder Selena sagen würde, er musste Jenny sehen. Er musste ihr sagen, dass er sie liebte, egal, ob sie die Worte hören konnte oder nicht.

Er zögerte, die Hütte zu betreten, als er ihre Schmerzensschreie hörte. Sein Magen krampfte sich zusammen. Unentschlossen stand er da. Einerseits wollte er sich Jennys Pein nicht anhören, andererseits hatte er Angst zu gehen, für den Fall, dass die Schreie plötzlich verstummten. Ein Nachbar, der schon früh auf war, kam zu ihm und legte ihm beruhigend eine Hand auf die Schulter.

»Das wird schon gut gehen, Will. Meine Frau hat bei unseren dreien jedes Mal wie am Spieß geschrien.«

Ein noch lauterer und qualvollerer Schrei löste in ihm eine solche Angst aus, dass er schon in die Hütte gehen wollte, doch das Weinen eines Neugeborenen ließ ihn erneut innehalten. Tom Roberts' Kind. Ob es ein Junge oder ein Mädchen war? Was würde er empfinden, wenn er es sah? Was empfand Jenny? War Jenny wohlauf? Dieser letzte Schrei hatte sein Herz wie ein Schwert durchbohrt.

Er konnte nicht länger warten. Er musste wissen, ob Jenny die

Geburt überlebt hatte. Wie sehr hatte sie gelitten? Wenn sie, Gott behüte, gestorben war, würde ihn nichts auf dieser Erde mehr daran hindern, Tom Roberts umzubringen.

Will streckte eine Hand aus, um die Tür aufzustoßen, da öffnete Selena sie von innen.

»Will! Ich wollte dich gerade holen kommen.«

»Wie geht es Jenny?«

»Sie ist sehr müde. Die Geburt hat sehr lange gedauert. Du brauchst dir aber keine Sorgen zu machen. Wenn sie sich ein paar Tage gut ausruht, wird Jenny wieder so sein wie früher.«

»Und das Baby?«

»Das Baby ist gesund. Es ist ein Mädchen.«

»Kann ich Jenny jetzt sehen?«

»Gedulde dich noch ein paar Minuten, Will. Sobald Mrs Mac die beiden gesäubert und die Hütte in Ordnung gebracht hat, kannst du sie sehen.«

Will ging vor der Hütte auf und ab. Ein Mädchen, hatte Selena gesagt. Er war froh, dass es kein Junge war. Tom Roberts war noch niederträchtiger, als der alte Roberts es je gewesen war. Ein Junge könnte genauso bösartig werden. Ein Mädchen wurde vielleicht eher so wie Agnes. Vielleicht würde es ihm gar nichts ausmachen, ein Mädchen großzuziehen, das den Charakter seiner Tante Agnes geerbt hatte.

Selena steckte den Kopf durch die Tür. »Du kannst reinkommen, Will.«

Er ging sofort zu dem Bett, in dem Jenny mit bleichem Gesicht und dunklen Rändern unter den Augen lag.

Ihr Mund verzog sich zu einem schwachen und erschöpften Lächeln. »Ich habe eine Tochter.«

Will schenkte dem Kind, das neben seiner Mutter lag, keine Beachtung. »Geht es dir wirklich gut, Jenny? Ich hatte solche Angst, du könntest sterben.« Er strich mit einer Hand über ihr Haar.

»Du hast dir deine Tochter noch gar nicht angesehen.«
Er nahm die Hand weg. »Freust du dich über das Baby?«
»Bitte, sieh sie dir an, Will. Dann wirst du meine Antwort kennen.«

Will sah hin und stellte fest, dass er den Blick nicht mehr von dem Baby mit den blonden Haaren abwenden konnte. Er sah Jennys Nase und ihren Mund. So sehr er auch suchte, er konnte nichts von Tom Roberts in den Gesichtszügen des Babys entdecken. Das Kind war das Ebenbild seiner Mutter. Nun wusste er, was Jenny gemeint hatte. Vielleicht könnte er ja lernen, diese winzige Ausgabe der Frau zu lieben, der sein Herz gehörte.

»Ich werde sie Louisa nennen, nach meiner Mutter. Und als zweiten Namen hätte ich gerne Joanna, nach deiner Mutter.«

»Du darfst Sie nennen, wie du willst. Ich lass dich jetzt allein, damit du dich ausruhen kannst. Wir werden heute das letzte Gold rausholen.« Er beugte sich hinab und küsste sie auf die Wange.

»Ich liebe dich, Will.«

»Ich liebe dich auch.«

Überrascht stellten die vier Männer fest, dass sie keineswegs das letzte Gold herausholten. Von der nordöstlichen Ecke des Schachts schien eine weitere Ader abzugehen. Sie sprachen über diese Entdeckung, während sie am Schacht saßen und kalte Pasteten aßen, die Selena gebacken hatte.

Hal wollte immer noch so schnell wie möglich Ballarat verlassen. »Ich hab die Nase voll von der Jagd auf Goldgräber und den Versammlungen der Liga für Reformen. Wir haben jeder von uns in den letzten zwei Jahren mehrere hundert Pfund beiseitegelegt. Das genügt mir.«

»Reicht das denn für einen Raddampfer?«, fragte Tommy.

»Wir wissen zwar nicht, wie weit die Ader reicht, doch meiner

Einschätzung nach könnte es das reichste Vorkommen sein, das wir je gehabt haben«, wandte Will ein. »Wenn wir alles herausholen, was auf unserem Claim liegt, kannst du dir ganz bestimmt deinen Raddampfer kaufen.«

»Was willst du denn machen, Tommy?«, fragte Hal.

»Solange noch sicher mit Gold zu rechnen ist, werde ich bleiben. Bei einem neuen Schacht würde ich allerdings nicht mehr mitmachen.«

Schließlich erklärte Hal sich bereit, auch noch zu bleiben. Da er keine Ahnung hatte, wie viel so ein Raddampfer kostete, schien es ihm doch ganz sinnvoll, noch so viel Gold wie möglich herauszuholen.

Während der nächsten Woche holten sie noch einmal vierhundert Unzen Gold aus ihrem Schacht. Will übernachtete weiterhin bei seinen Brüdern. Selena blieb bei Jenny, die sich immer noch nicht ganz von der anstrengenden Geburt erholt hatte. Alle stimmten darin überein, dass man bei dieser Regelung bleiben sollte, bis Jenny den alltäglichen Aufgaben wieder gewachsen war. Will überließ die Betreuung seiner Frau gerne Selenas tatkräftigen Händen. Ihm genügte es, zweimal am Tag kurz zu Besuch zu kommen. Bei jedem Besuch fand er, dass die kleine Louisa ihrer Mutter weniger ähnlich sah als nach der Geburt.

»Findest du nicht, dass ihr Gesicht sich verändert?«, fragte er Selena. Er traute sich gar nicht, Jenny die Frage zu stellen.

»Sie hat etwas zugenommen, und ihr Gesicht ist runder geworden.«

Da er nichts von Babys verstand, hoffte er, dass Selena Recht hatte und das Kind einfach nur zunahm. Doch dann verbreitete sich auf den Goldfeldern eine Nachricht, die seine Sorgen über das Aussehen des Kindes völlig in den Hintergrund drängte. Bentley war erneut verhaftet worden und sollte in Melbourne vor Gericht gestellt werden. Alle hofften auf die Nachricht, dass diesmal die Gerechtigkeit siegen würde.

Bei dem Hotelbrand waren acht Männer gleich am Schauplatz verhaftet worden. Vier davon waren in Ballarat vor Gericht gestellt und freigesprochen worden. Den anderen vier sollte in Melbourne der Prozess gemacht werden. Einer davon wurde freigelassen, als sich herausstellte, dass er amerikanischer Staatsbürger war. Von den übrigen drei war einer bei der Verhaftung so betrunken gewesen, dass er nicht mehr stehen konnte, ein anderer hatte Commissioner Rede dabei geholfen, Bentleys Habseligkeiten aus dem brennenden Hotel zu retten, und der Dritte behauptete, er sei nur Zuschauer gewesen.

Als die *Ballarat Times* am Samstag, den 25. November, herauskam, stellten die Goldgräber auf sämtlichen Feldern die Arbeit ein und scharten sich um diejenigen, die lesen konnten. Der Bericht über den Prozess gegen die Leute, die des Mordes an Scobie angeklagt waren, rief Jubel hervor. Bentley und seine Kumpane Hanse und Farrell waren des Totschlags für schuldig befunden und zu drei Jahren Zwangsarbeit im Straßenbau verurteilt worden. Mrs Bentley war freigesprochen worden. Wills Zuhörer waren aber auch neugierig, etwas über das Schicksal der angeklagten Goldgräber zu erfahren.

»Was ist denn mit Fletcher, McIntyre und Westerby?«, fragte ein Mann.

»Schuldig, aber mit Empfehlung zur Begnadigung«, las Will vor.

Die Nachricht löste lautstarke Empörung aus.

»Wer hat denn da falsch gegen sie ausgesagt?«

»War es Rede?«

Die Fragen gingen hin und her. Will hob die Hand, um Ruhe herzustellen.

»Hier steht noch mehr. Hört euch mal an, was der Sprecher

der Geschworenen gesagt hat. *Die Jury ist der Meinung, dass sie sehr wahrscheinlich niemals die schmerzliche Aufgabe gehabt hätte, ein Urteil über die Gefangenen zu fällen, wenn diejenigen, die in Ballarat Regierungsämter innehaben, ihre Pflichten ordnungsgemäß erfüllt hätten.*

Dies fand laute Zustimmung.

»Wie lauten die Strafen?«

Will las wieder aus der Zeitung vor. »McIntyre drei Monate, Fletcher vier Monate, Westerby sechs Monate. Keiner von ihnen Zwangsarbeit.«

»Es hätte überhaupt keiner von ihnen eingesperrt werden dürfen. Was wird die Liga für Reformen in der Sache unternehmen?«

»Wir werden Gerechtigkeit fordern«, versprach Will. Er werde zum nächsten Treffen der Liga für Reformen gehen und hören, was der Vorstand zu sagen hatte.

Dann kehrte Will zurück zu den Gravel Pits, um seinen Brüdern die Neuigkeiten zu berichten. Adam war bereits früh aufgebrochen, um nach Langsdale zu reiten. Die drei Brüder redeten bis in den späten Vormittag hinein miteinander. Inzwischen hatten sie alles Gold aus dem Schacht herausgeholt. Hal bereitete sich bereits darauf vor, Ballarat zu verlassen.

»Ich möchte mich noch von Meggan verabschieden, bevor ich gehe. Ich werde am Montag hinreiten, am Mittwoch zurückkommen und am Donnerstagnachmittag die Postkutsche nehmen.«

»Dann geh ich jetzt rüber in die Sattlerei. Wir sehen uns heute Abend.«

»Vielleicht kehre ich dann heute in meine Hütte zurück«, sagte Will.

Er konnte seine Rückkehr nicht mehr viel länger aufschieben.

Jenny stillte gerade das Baby, als er in die Hütte kam. Der Anblick des nuckelnden Kindes an der Brust löste merkwürdige

Gefühle in ihm aus. Nachdem sie ihn mit einem Lächeln begrüßt hatte, wandte Jenny wieder ihre ganze Aufmerksamkeit dem Baby zu. Will bemerkte, wie zärtlich sie die winzige Hand hielt und wie sie vor mütterlicher Liebe strahlte.

»Du liebst das Kind wirklich«, sagte er mit tonloser Stimme.

»Ja, das tue ich.« Sie blickte auf und sah ihm in die Augen. »Ich möchte, dass du sie auch lieb hast, Will. Louisa ist mein Baby.« Sie betonte »mein«. »Sie sieht aus wie ich. Sie hat meine Hände und Füße, meine Nase, meinen Mund, meine Augen. Sie ist ganz und gar mein Kind. Wenn du mich liebst, musst du sie auch lieben.«

Das Baby regte sich und hörte auf zu nuckeln. Jenny hielt es Will hin: »Nimm sie. Du hast sie noch nie gehalten.«

Will nahm das Kind überaus zögernd. Er hatte noch nie so ein winziges Wesen im Arm gehabt, noch nicht einmal Ruan. Er kam sich entschieden unbeholfen vor.

»Du musst sie so halten.« Jenny zeigte ihm, wie das Baby bequem auf seinem Arm lag. »Halt ihr einen Finger hin.«

Die winzige, perfekt geformte Hand legte sich sofort um seinen kleinen Finger. Blaue Babyaugen blickten ihn an. Sie schien völliges Vertrauen zu ihm zu haben. Will musste heftig schlucken. Wie konnte jemand etwas gegen dieses hübsche kleine Mädchen haben?

»Du hast Recht, Jenny. Sie ist deine Tochter, und sie wird auch meine Tochter sein.«

Jenny tat einen Schritt auf ihn zu und küsste ihn auf die Wange. Sie nahm ihm das Baby ab und legte es ins Bettchen, dann wandte sie sich wieder ihrem Mann zu.

»Ich liebe dich, Will Collins.«

»Und ich liebe dich, Mrs Collins.« Er umarmte sie. »Wir können eine glückliche Familie werden.«

»Ich möchte Ballarat verlassen, Will. Ich möchte, dass wir alles hinter uns lassen und von vorn anfangen. Louisa wird dann genauso deine Tochter sein wie meine.«

Das Bild einer Farm in einem fruchtbaren Tal tauchte vor seinen Augen auf. Er sah sich auf den Feldern arbeiten, während Jenny mit ihren Kindern neben einem großen und behaglichen Haus stand. In diesem Moment wusste er, dass das die Zukunft war, die er sich wünschte.

»Du hast Recht. Wir werden uns einen anderen, friedlicheren Ort zum Leben suchen.«

Auf den Goldfeldern herrschte nur noch selten Frieden. Drei Tage, nachdem Will Jenny ein neues Leben versprochen hatte, marschierte das 12. Regiment mit Pferden und Kanonen durch Ballarat zum Government Camp. Die Ankunft der Soldaten wurde mit einer Mischung aus Bestürzung und Wut betrachtet.

»Warum hat der Gouverneur Truppen geschickt?«

»Rede hat Angst vor den Goldgräbern. Er weiß, dass wir in der Überzahl sind.«

»Aber wir haben keine Waffen.«

»Vielleicht plant Rede einen Angriff auf die Goldgräber.«

»Denen werden wir's zeigen, Männer.«

Der Sprecher hob einen Klumpen Erde auf und warf ihn nach den Soldaten. Innerhalb von Sekunden wurde das Regiment mit Steinen, Erde, Stöcken, zerbrochenen Flaschen und allem, was sich sonst noch zum Werfen eignete, bombardiert. Die Attacke war heftig und laut. Da ihre Bajonette noch in den Schlaufen steckten und ihre Musketen nicht geladen waren, beeilten sich die Soldaten, ins sichere Camp zu gelangen, während sie vergeblich versuchten, den Wurfgeschossen auszuweichen.

Als der letzte Wagen den Graben am dicht bevölkerten Ende des Eureka-Feldes passierte, wurde er von Goldgräbern von den Gravel Pits aus dem Hinterhalt überfallen. Mit großer Wucht warfen sich etliche Männer gegen den Wagen und kippten ihn um. Da man den Soldaten Gewehre und Munition abgenommen hatte, konnten sie nicht verhindern, dass die Goldgräber Kisten mit Munition und Vorräten wegtrugen.

In dieser Nacht waren die Goldfelder in Aufruhr. Es kam zu lauten Auseinandersetzungen zwischen den Goldgräbern, die den Konvoi angegriffen hatten, und denen, die solche willkürlichen Gewaltakte missbilligten. Trotz seines leidenschaftlichen Eintretens für die Rechte der Goldgräber gehörte Will zur letzteren Gruppe.

»Die sind wahnsinnig«, ereiferte er sich Jenny gegenüber. »Die Liga für Reformen hat mit diesem Angriff nichts zu tun. Hör dir nur den Lärm da draußen an. Ich werde dich heute Abend nicht allein in der Hütte lassen. Es könnte alles Mögliche passieren, wenn einige von denen genug Alkohol intus haben. Ich bin mal gespannt, was unser Vorstand morgen bei der Versammlung dazu sagen wird.«

Überall in Ballarat waren Plakate aufgehängt worden:

NIEDER MIT DER LIZENZGEBÜHR!
NIEDER MIT DER WILLKÜR!
WER WILL SICH SCHON ZUM SKLAVEN ERNIEDRIGEN LASSEN?

AM NÄCHSTEN MITTWOCH,
dem 29. dieses Monats, findet um vierzehn Uhr
EIN TREFFEN
aller GOLDGRÄBER, LADENBESITZER und
sonstigen Einwohner von Ballarat
auf dem BAKERY HILL statt.
Für die sofortige Abschaffung der Lizenzgebühr und eine rasche Umsetzung der anderen Ziele der Ballarat-Liga für Reformen. Der Bericht der Delegation, die zum Vizegouverneur gesandt wurde, um die Freilassung der kürzlich verurteilten Gefangenen zu fordern,

wird bekannt gegeben, ebenso die Berichte der Delegationen
nach Creswick und Forest Creek, Bendigo und anderen Orten.
Für alle, die das Recht beanspruchen, die Gesetze, unter
denen sie leben, mitbestimmen zu können, sollte es eine
heilige Pflicht sein, an der Versammlung teilzunehmen
und deren Ziele mit aller Kraft zu unterstützen.
NB: Bringt eure Lizenzen mit. Ihr könntet sie brauchen.

Mehr als zehntausend Menschen nahmen an der Versammlung auf dem Bakery Hill teil, wo von einem zwölf Meter hohen Mast die frisch genähte Fahne der Goldgräber wehte. Auf blauem Hintergrund zeigte sie ein weißes Kreuz mit jeweils einem Stern an den Endpunkten und einem in der Mitte, die für die fünf Sterne des Kreuzes des Südens standen. Will stand mit Hal, Tommy, Adam, Selena und der Familie Baxter zusammen. Jenny war von ihrem Mann befohlen worden, mit dem Baby zu Hause zu bleiben, damit den beiden nichts passierte.

Die Delegation, die nach Melbourne geschickt worden war, um die Freilassung der drei wegen des Brands im Eureka Hotel verurteilten Goldgräber zu fordern, erklärte, dass ihre Mission gescheitert sei. Der Gouverneur habe besonderen Anstoß daran genommen, dass die Liga von »Forderungen« gesprochen habe.

Mrs Baxter schnaubte verächtlich. »Die Trooper können aber fordern, dass man ihnen die Lizenzen zeigt.«

Ihr Mann brachte sie mit einem »Pst!« zum Schweigen. Peter Lalor, ein Ire, der für seine moderate Haltung bekannt war, stand gerade auf dem Podium, um eine Rede zu halten.

»Herr Vorsitzender! Liebe Goldgräber-Kollegen!«, rief er mit einer Stimme, der man einfach zuhören musste. »Ich schlage vor, dass wir am kommenden Sonntag um 14 Uhr eine Versammlung der Liga für Reformen im Adelphi-Theater einberufen, um einen zentralen Ausschuss zu bilden. Und dass jeweils vierzig

Mitglieder der Liga das Recht haben, eine Person in diesen Ausschuss zu schicken.«

In der Menge trat eine merkwürdige Stille ein. Zehntausend Stimmen verstummten. Die meisten wollten Taten sehen und nicht die Bildung eines Ausschusses, der vermutlich sowieso nur mit Worten kämpfen würde.

Der Vorsitzende Timothy Hayes forderte dazu auf, den Antrag zu unterstützen. Nach weiteren Sekunden Schweigen sagte eine Stimme in der Nähe des Podiums: »Si.«

»Das ist Raffaello Carboni«, erklärte Will den Leuten um ihn herum. »Er ist einer der Wortführer der Liga für Reformen.«

»Alle dafür?«, rief Hayes.

Da es genügend Ja-Stimmen gab, wurde der Antrag angenommen. Lalor streckte eine Hand aus und holte Carboni aufs Podium. Mit seiner mitreißenden Redegewandtheit zog dieser die Zuhörer in seinen Bann.

»... fordere ich alle meine Goldgräber-Kollegen auf, egal welcher Nationalität, Religion oder Hautfarbe, das *Kreuz des Südens* zu grüßen, als Zuflucht für alle Unterdrückten aus allen Ländern der Erde.«

Donnernder Applaus. Der Deutsche Frederick Vern stellte einen weiteren Antrag. Alle hörten ihm zu.

»In der festen Überzeugung, dass die verhasste Lizenzgebühr eine Zumutung und eine durch nichts zu rechtfertigende Besteuerung freier Arbeit darstellt, geloben die hier Versammelten, sofortige Schritte zur Abschaffung dieser Gebühr zu unternehmen, indem jeder auf der Stelle seine Lizenz verbrennt. Und für den Fall, dass jemand verhaftet wird, weil er keine Lizenz hat, geloben die hier Versammelten, diesen unter allen Umständen zu verteidigen und zu beschützen.«

Zahlreiche Goldgräber liefen unverzüglich los, um ihre Lizenzen in das Feuer zu werfen, das Vern entzündet hatte. Auch

Will schmiss sein Papier in die Flammen. Mr Baxter folgte ihm. Adam zögerte.

»Ich weiß nicht, ob das wirklich richtig ist. Dadurch könnte sich das Verhältnis zu den Behörden noch verschlechtern.«

Hal hatte nicht die Absicht, seine Lizenz zu verbrennen. »Ich gehe am Freitag von hier fort. Bisher bin ich nicht ein Mal verhaftet worden, weil ich keine Lizenz hatte. Das Risiko gehe ich jetzt auch nicht mehr ein.«

»Ich auch nicht«, pflichtete Tommy ihm bei.

Sie mussten schreien, um sich bei dem Lärm der vielen hundert Waffen, die in die Luft abgefeuert wurden, überhaupt verständlich zu machen.

Die kleine Louisa wachte weinend auf. Jenny wiegte ihre Tochter in den Armen, um sie zu beruhigen. Sie ging zur Tür und blickte zu der großen Menschenmenge hinüber, die auf dem Bakery Hill versammelt war. Sie sah die große blaue Fahne mit dem weißen Kreuz an dem hohen Mast flattern. Die Rebellenfahne. Und sie sah die unzähligen Hüte, die unter lautem Jubel in die Luft geworfen wurden.

Jenny schloss die Tür, setzte sich hin und legte Louisa an die Brust. Doch in Gedanken war sie nicht bei ihrem Kind. Alles, was seit dem Brand des Eureka Hotels geschehen war, machte ihr Angst. Wenn Will nach Hause kam, würde sie ihm sagen, dass sie Ballarat so schnell wie möglich verlassen wolle.

Das tat sie auch.

»Ich habe Angst, Will. Bei der vielen Gewalt hier fühle ich mich nicht mehr sicher.«

»Du bist nicht in Gefahr. Wenn was passiert, dann beim Camp. Wenn du aber Angst hast, hierzubleiben, werde ich Hal bitten, dich am Montag mit nach Langsdale zu nehmen.«

»Was hast du vor?«

»Ich werde diese Sache zu Ende bringen. Ich habe schon für mich selbst Grund genug, Gerechtigkeit zu fordern.«

»Will, ich habe auch um dich Angst. Wir könnten doch beide nach Langsdale gehen.«

»Nein, Jenny. Ich laufe vor keinem Kampf davon.«

»Ich werde auch nicht davonlaufen, wenn das bedeutet, dich in einer gefährlichen Situation zurückzulassen.

Er nahm ihr Gesicht in die Hände und küsste sie auf den Mund. »Ich liebe dich.«

Jenny sah ihm unverwandt in die Augen. »Zeig mir, wie sehr du mich liebst. Komm mit mir ins Bett.«

Wills Herz begann schneller zu schlagen. Er hatte Jenny nie zu Intimitäten gedrängt, sondern war bereit abzuwarten, bis sie so weit war.

»Ich komme wieder, wenn du im Bett bist«, sagte er.

Vor der Hütte rauchte er eine Pfeife. Er war nervöser, als er gewesen war, als er das erste Mal mit einer Frau zusammen war. Liebe hatte bei seinen sexuellen Erfahrungen nie eine Rolle gespielt. Es war für ihn immer ein rein körperlicher Akt gewesen. Seit er vor zweieinhalb Jahren in Ballarat angekommen war, hatte er keine Frau mehr berührt. Er klopfte seine Pfeife aus und ging in die Hütte zurück. Jenny lag in einem hochgeschlossenen weißen Nachthemd im Bett, das ihr bis zu den Füßen reichte. Er setzte sich auf die Bettkante.

»Bist du auch ganz sicher, dass du das willst? Man hat dir schon einmal sehr wehgetan.«

Jenny drehte sich auf die Seite und nahm seine Hand. »Ich bin sicher, Liebster. Ich muss so mit dir zusammen sein, wie eine Frau mit ihrem Mann zusammen sein sollte. Nur so kann ich die Vergangenheit wirklich hinter mir lassen.«

Dieser Gedanke war ihm auch schon gekommen. »Ich verspreche dir, dass ich ganz sanft sein werde.«

»Ich weiß, dass du das sein wirst. Küss mich.«

Will küsste sie mehr als einmal. Er küsste sie leidenschaftlich und zärtlich. Er redete ihr gut zu und liebkoste sie, bis sie bebend bereit war. Ihre Vereinigung war viel zu kurz. Er war zu lange enthaltsam gewesen.

»Es tut mir leid«, flüsterte er ihr ins Ohr. »Ich habe es nicht gut für dich gemacht.«

»Du hast mir nicht wehgetan.« Sie verstand nicht, was er meinte.

»Ich habe versucht, dir nicht wehzutun.« Allerdings hatte er ihr auch kein Vergnügen bereitet. Sie hatte ihn in ihren Körper gelassen, aber offenbar kein Vergnügen dabei empfunden. »Schlaf jetzt. Ich geh wieder in mein Bett.«

Die Gravel Pits waren in Aufruhr. Trooper fielen in großer Zahl in die Lager ein und wollten die Lizenzen sehen. Hunderte Goldgräber waren zum Widerstand bereit. Sie bewarfen die Trooper mit Steinen, verspotteten und beschimpften sie. Mehrere Schlägereien brachen aus. Die Trooper schossen über die Köpfe der Goldgräber hinweg, die ihrerseits zurückschossen.

Hal, Tommy und Adam verfolgten das Geschehen von ihrer Hütte aus.

»Ich bin froh, dass ich heute Abend fortgehe«, sagte Hal. »Das hier ist ein Pulverfass, das kurz davor steht, in die Luft zu fliegen.«

»Ich weiß. Ich habe Jane gesagt, dass ich sie erst in die Stadt hole, wenn sich hier alles wieder beruhigt hat,« sagte Adam.

Tommy stieß seinen Bruder an und wies auf eine Stelle, wo sich zwei Trooper mit einem halben Dutzend Goldgräbern ein Handgemenge lieferten. »Da ist Tom Roberts.«

»Tatsächlich. Ich hab gedacht, der hätte Ballarat verlassen, da wir ihn seit Wills Verhaftung nicht mehr gesehen haben.«

»Vielleicht hatte er keine Lust auf einen weiteren Streit mit den Collins-Brüdern«, sagte Adam.

Hal gab ein Grummeln von sich. »Gut, dass Will nicht hier ist. Er würde sich sofort in diese Prügelei da einmischen. Oh, seht mal. Da kommt Rede. Dann wird es noch mehr Ärger geben.«

Es war jedoch Rede, der Ärger kriegte. Er wurde von Goldgräbern vom Eureka-Feld so stark bedrängt, dass er gezwungen war, die Aufruhrakte zu verlesen und Verstärkung anzufordern. »Da sehen Sie, wo Ihre Agitation hinführt«, hörte man ihn einem der Wortführer der Liga zurufen.

»Nein, da sehen Sie, wo politischer Zwang hinführt«, rief Humffray zurück.

Mehrere Goldgräber wurden verhaftet und ins Camp abgeführt. Am Nachmittag versammelte sich eine erregte und immer größer werdende Menge auf dem Bakery Hill. Nur Adam und Will waren dort. Hal war dabei, seine Sachen zu packen. Tommy wollte mit den Protesten nichts mehr zu tun haben. Dieses Versprechen hatte ihm Mary-Anne abgerungen. Selena, die Jenny während des Tumults am Morgen besucht hatte, hatte sich auf Wills Bitte hin einverstanden erklärt, bei Jenny und dem Baby zu bleiben.

Wieder wehte das Kreuz des Südens stolz am Fahnenmast. Peter Lalor stieg mit einem Gewehr in der Hand auf einen Baumstumpf und blickte um sich, bis er die Aufmerksamkeit aller Anwesenden hatte.

»Wir schwören beim Kreuz des Südens, treu zusammenzustehen und unsere Rechte und unsere Freiheit zu verteidigen.«

Die Goldgräber knieten nieder und hoben die Hände, um den Eid abzulegen. Tausende von Stimmen wiederholten Lalors Worte: »Wir schwören beim Kreuz des Südens ...«

Selena beobachtete das Geschehen von der Hütte aus. »Jenny, die Männer marschieren alle in unsere Richtung. Sie haben ihre Fahne dabei. Was sie wohl vorhaben?«

»Glaubst du, sie wollen das Camp angreifen?«

»Sie müssen irgendeinen Plan haben. Oh, sieh mal. Sie stellen den Fahnenmast da drüben auf den Boden.«

Jenny kam zur Tür. Die beiden jungen Frauen beobachteten zusammen, wie der Fahnenmast, an dem die blau-weiße Fahne stolz im Wind wehte, fest im Boden verankert wurde.

»Kannst du Will sehen?«

»Ich habe ihn gerade gesehen. Ich glaube, er kommt in unsere Richtung.«

Die beiden Frauen gingen ihm entgegen. »Was geht hier vor?«, fragte Jenny.

»Warum wurde die Fahne hier aufgestellt?«, fügte Selena hinzu.

»Wir werden einen Palisadenzaun bauen.«

Jenny stieß einen leisen Entsetzensschrei aus. »Wollen die Soldaten die Goldgräber angreifen? Wird es zum Kampf kommen?«

»Es kommt nur dann zu einem Kampf, wenn wir das Camp angreifen. Lalor ist zuversichtlich, dass wir gewinnen werden. Schließlich sind wir in der Überzahl. Und es werden noch weitere Männer aus Creswick und anderen Orten erwartet. Macht euch keine Sorgen, ihr beide. Mit Hilfe der Palisade wollen wir uns nur einen geschützten Ort schaffen, wo wir uns drillen und lernen können, wie Soldaten zu kämpfen.«

Selena biss sich auf die Unterlippe. Ihr drehte sich der Magen um. War das die Schlacht, die sie gesehen hatte? Die Goldgräber, die die Regierungstruppen angriffen? Doch selbst wenn es so wäre, konnte sie nichts tun. Zwanzigtausend zornige Goldgräber würden nicht auf ein Mädchen hören, das vor zwölf Monaten eine Vision gehabt hatte.

Die Palisade, die aus Brettern, Karren, Fässern und was sonst noch zur Verfügung stand, gebaut wurde, war erstaunlich schnell fertig und umschloss gut einen Hektar Land. Einige Goldgräberzelte und Hütten befanden sich innerhalb der Einzäunung, unter anderem die Hütte von Will und Jenny.

Am Freitag und Samstag beobachtete Jenny, wie die Männer in Kompanien eingeteilt und von denjenigen gedrillt wurden, die etwas von militärischer Taktik verstanden. Will erzählte ihr, dass Lalor Männer auf den Goldfeldern herumgeschickt hätte, die um Waffen und Vorräte für die etwa tausend Männer innerhalb der Palisade bitten sollten.

Die Männer aus Creswick kamen am Freitag an, allerdings in der Erwartung, kostenlos Schnaps zu bekommen. Die meisten von ihnen kehrten schon am nächsten Tag nach Creswick zurück. Am Samstagnachmittag traf die zweihundert Mann starke Californian Rifle Brigade ein, um die Goldgräber zu unterstützen. Rede ließ überall im Lager eine Anordnung anschlagen, dass nach acht Uhr abends kein Licht mehr brennen durfte. In der Nähe des Camps durften keine Waffen abgefeuert werden. Die Wachposten hatten Befehl, auf jeden zu schießen, der gegen diese Vorschriften verstieß.

Niemand machte sich große Sorgen wegen der Anordnung. Am nächsten Tag war Sonntag, und da würde wohl kaum jemand vor Wut einen Schuss abgeben. Deshalb gingen die meisten Männer, die sich noch innerhalb der Palisade befanden, getrost nach Hause und legten sich ins Bett, wo sie geschützt vor dem heftigen Unwetter waren, das spät in der Nacht einsetzte. Nur wenige Männer hielten Wache. Einer davon war Adam. Um acht Uhr abends war der Anordnung gemäß im Lager und in der Stadt alles dunkel, und es trat eine seltene Stille ein.

Nachdem er Jenny erneut versichert hatte, dass sie nichts zu befürchten brauche, fiel Will in einen tiefen Schlaf.

5

Plötzlich schrak Selena aus dem Schlaf. Sie richtete sich ruckartig auf und legte zitternd ihre Hand auf die Stirn. Was sie gerade gesehen hatte, war kein Traum gewesen. Die Soldaten waren im Begriff, die Goldgräber zu überrumpeln und die Palisade zu einer Zeit anzugreifen, wo kaum jemand zur Verteidigung da war. Sie musste die Leute warnen und Jenny und Will drängen, sich irgendwo in Sicherheit zu bringen.

Sie zog rasch einen Rock und ein Jungenhemd über und verließ das Zelt der Baxters. Draußen war es immer noch dunkel, nur die üblichen nächtlichen Geräusche waren zu hören. Selena rannte, wo immer es möglich war, sprang über schmale Gräben und betete, dass sie die Palisade rechtzeitig erreichen möge, um die Leute zu warnen. Die Nacht neigte sich dem Ende zu, und es wurde allmählich heller, so dass sie schneller vorankam.

Dann sah sie sie. Die Soldaten in ihren roten Uniformjacken kamen über die Grassy-Flat-Ebene. Sie hatten einen Umweg gemacht, um die Überraschung auf ihrer Seite zu haben. Selena sah, dass aus der anderen Richtung Polizisten zu Fuß und zu Pferd kamen. Sie rannte.

Als der erste Schuss fiel, kletterte sie gerade über die Palisade. Einen Moment lang erstarrte sie. Das Feuer wurde mit einer Salve von Schüssen aus der Nähe des Wachzelts erwidert. Will und Jenny waren noch in Sicherheit.

Als Selena die Hütte erreichte, ertönte gerade das Hornsignal.

Sie stürmte durch die Tür und sah Jenny, die bereits auf war und Louisa an sich drückte.

»Wo ist Will?«, fragte Selena.

»Ich weiß es nicht. Ich hab gedacht, er würde noch schlafen.«

»Zieh dich rasch an. Du musst aus der Hütte raus. Beeil dich.«

Jenny hörte die Dringlichkeit in Selenas Worten. Sie drückte ihr Louisa in die Arme, damit sie sich anziehen konnte. Selena war bereits an der Tür und drängte sie erneut zur Eile. Dann waren sie draußen, und Will kam auf sie zugerannt.

»Selena! Gott sei Dank. Beeilt euch. Macht, dass ihr von hier fortkommt.«

»Will!«, schrie Jenny warnend und rannte auf ihn zu.

Will wirbelte herum. Da sah er Tom Roberts mit erhobenem Gewehr vor ihm stehen und triumphierend grinsen. Im nächsten Augenblick warf Jenny sich so heftig gegen ihn, dass er leicht ins Taumeln geriet. Er sah das Mündungsfeuer aufblitzen, gleichzeitig sackte Jenny in seinen Armen zusammen.

Will legte Jenny vorsichtig auf die Erde und kniete sich neben sie.

Er griff nach dem Gewehr, das er fallen gelassen hatte.

Doch Selena war schneller. Die Kugel aus ihrem kleinen Revolver traf Tom Roberts mitten ins Herz.

Dann trat Selena, die immer noch Louisa auf dem Arm hatte, zu Will. »Ist sie schwer verletzt?« Doch eigentlich brauchte sie gar nicht zu fragen. Selbst wenn sie Jennys Gesicht nicht gesehen hätte, hätte sie es gewusst.

»Sie atmet noch, Gott sei Dank. Ich muss sie in die Hütte zurückbringen. Kannst du ihre Wunde verbinden, Selena?«

»Ich werde es versuchen. Du musst unbedingt einen Arzt finden.«

»Innerhalb der Palisade gibt es einen Arzt.«

Er nahm sein Gewehr und lief dorthin zurück, wo die Goldgräber und Soldaten nun Mann gegen Mann kämpften. Er machte plötzlich alle Soldaten für die Kugel verantwortlich, die Jenny getroffen hatte. Er wich einem Bajonett aus und versetzte dem Soldaten einen tödlichen Schuss in den Bauch. Eine Kugel zischte an seiner Schulter vorbei. Wo mochte nur Adam sein, fragte er sich, während er sich geduckt bis dorthin durchschlängelte, wo der Kampf am heftigsten tobte. Er kämpfte wie der Teufel und sah im Gesicht jedes Feindes das Gesicht des Mannes, der auf Jenny geschossen hatte.

Selena versuchte gar nicht erst, Jennys Wunde zu verbinden. Sie setzte sich neben sie und hielt ihre Hand, bis der letzte Atemzug bebend ihrem Mund entwich. Tränen traten Selena in die Augen. Sie beugte sich herab, um Jenny auf die Wange zu küssen.

»Möge Gott dir Frieden geben, Jenny. Hätte es mich doch nur an deiner Stelle erwischt.«

Sie zog das Bettlaken über Jennys Gesicht, dann setzte sie sich hin, wiegte Louisa in den Armen und weinte um die Frau, die sie wie eine Schwester geliebt hatte. Nach wenigen Minuten bemerkte sie, dass nicht mehr geschossen wurde. Nur das Stöhnen der Verwundeten und Sterbenden war noch zu hören.

Und sie roch den Rauch. Die Soldaten steckten alle Zelte und Gebäude innerhalb der Palisade in Brand. Vom Fenster aus sah sie einen von ihnen mit einer brennenden Fackel in der Hand auf die Hütte zulaufen.

»Halt«, schrie Selena. »In der Hütte ist ein Baby.«

Die Tür ging krachend auf. »Nehmen Sie Ihr Baby und verschwinden Sie. Woher soll ich denn wissen, ob Sie hier drinnen nicht einen der Rebellen verstecken? Wer ist unter diesem Laken?«

Er ging auf das Bett zu. Selena zögerte nicht. Sie feuerte erneut ihren Revolver ab. Nun hatte sie schon zwei Männer getötet, doch sie würde nicht zulassen, dass irgendein Rotrock Jennys Leiche verbrannte.

Ein weiterer Mann erschien in der Tür.

»Mr Baxter!« Selena sackte erleichtert in sich zusammen.

»Ich habe den Schuss gehört. Ist alles in Ordnung mit dir?« Er blickte auf den toten Soldaten.

»Ich habe ihn erschossen«, sagte Selena. »Er wollte die Hütte abbrennen. Jenny ist tot, und ich weiß nicht, wo Will ist.«

Mr Baxter betrachtete die eingehüllte Gestalt auf dem Bett. »Großer Gott! Was ist denn hier Entsetzliches passiert?«

»Mr Baxter, ich muss Will suchen. Er ist vielleicht verwundet. Oh, Mrs Baxter, da sind Sie ja auch.«

»Was für ein furchtbarer, furchtbarer Tag. Überall in der Palisade laufen Frauen herum, die nach ihren Männern suchen.«

»Könnten Sie bitte Louisa nehmen? Ich muss Will finden.«

»Ich komme mit«, sagte Mr Baxter.

Mit vereinten Kräften zogen Mr Baxter und Selena den toten Soldaten aus der Hütte und ließen ihn in einen Schacht plumpsen. Sie warteten nicht mal, bis sie den Aufprall hörten, sondern eilten gleich zu der Stelle hin, wo der Kampf am heftigsten getobt hatte.

In dem Chaos dort bot sich ihnen ein grauenhafter Anblick. Soldaten gingen herum und stachen mit Bajonetten auf verwundete Goldgräber ein. Männer wurden verhaftet. An einigen Stellen fanden noch kleinere Scharmützel Mann gegen Mann statt. Sie sahen einen Goldgräber in die Palisade kommen, vielleicht auf der Suche nach einem Kumpel. Ihm wurde ein Bajonett in die Schulter gerammt, obwohl er seine Unschuld beteuerte.

»Mr Baxter, Sie sollten zu Ihrer Frau zurückkehren. Nehmen Sie Louisa mit zu sich nach Hause. Sie sind in Gefahr, wenn Sie innerhalb der Palisade bleiben.«

»Du bist auch in Gefahr, Selena.«

»Die Soldaten werden einer Frau nichts tun.«

Mr Baxter zögerte.

»Ich kann schießen, wenn es sein muss. Ich hab ja auch den Rotrock in der Hütte getötet.«

»Pass auf dich auf, Selena.«

Mr Baxter machte kehrt. Selena ging weiter. Sie wusste, dass Will irgendwo lag, verwundet oder vielleicht sogar tot. Zeit hatte jede Bedeutung verloren. Dass sie trotzdem verstrich, wurde nur dadurch deutlich, dass im Osten die Sonne aufging. Verwundete Goldgräber riefen nach ihr. Wo immer das möglich war, versuchte sie, ihre Qualen ein wenig zu lindern.

Sie kam an einem Mann vorbei, dessen Gesicht so zerfetzt war, dass er kaum zu erkennen war. Doch aufgrund eines Auges und der Nase, die noch intakt waren, wusste sie, dass sie die Leiche von Adam Winton vor sich hatte.

Sie ging immer weiter kreuz und quer über das Schlachtfeld. Ihr war übel, und von Will war nirgends eine Spur zu sehen. War er gefangen genommen worden? Oder war er irgendwie dem Gemetzel entkommen? Die Ungewissheit war das Schlimmste. Sie konnte nicht den ganzen Tag hierbleiben. Allerdings konnte sie auch nicht aufhören zu suchen.

An einem Ort hatte sie noch nicht nachgesehen, nämlich in dem zerklüfteten Gelände, das in einem Abschnitt der Palisade eine natürliche Befestigung bildete. In diesem Bereich befanden sich mehrere Schächte. Sie fand Will, kaum bei Bewusstsein, in einer flachen Grube. Er blutete heftig aus einer Wunde an der Schulter und hatte große Mühe, sie zu erkennen. Seine Stimme war nur ein heiseres Flüstern.

»Selena?«

»Ja. Bleib still liegen.«

Sie riss einen Streifen von ihrem Rock ab und faltete daraus eine Kompresse, die sie gegen seine Schulter presste, um die Blutung zu stillen. Er stöhnte vor Schmerzen. Selena riss einen zweiten Streifen von ihrem Rock, um die Kompresse zu befestigen. Noch bevor sie damit fertig war, näherten sich Soldaten, die alle Stellen absuchten, an denen sich Goldgräber versteckt haben könnten. Selena legte sich auf Will und breitete ihren Rock aus, um ihn zu verbergen. Jetzt konnte sie nur beten, dass sie keine Frau mit dem Bajonett erstechen würden.

Als sie aus den Augenwinkeln Füße in schwarzen Stiefeln sah, brach sie in lautes Schluchzen und Wehklagen aus. Ihre Schauspielerei funktionierte. Der Soldat ging weiter. Selena wartete, bis sie sicher war, dass alle Soldaten fort waren.

»Meinst du, dass du gehen kannst, Will?«

»Wenn du mir hilfst.«

Er schaffte es, mehr oder weniger ohne Hilfe, über das zerklüftete Gelände bis zum Graben zu gelangen. Dort sank er vor Erschöpfung keuchend zu Boden.

»Selena. Ist Jenny …?«

»Es tut mir leid, Will.«

Er ließ die Stirn auf die Knie sinken und legte den unverletzten Arm um seinen Kopf. »Ich kann nicht weiter, Selena.«

»Du musst dich irgendwo in Sicherheit bringen. Hier bist du immer noch in Gefahr.«

Er schüttelte den Kopf. »Es tut mir leid, Selena. Du musst mich hier zurücklassen.«

»Aber nur, um Hilfe zu holen. Komm, ich helf dir in das Gebüsch da drüben. Da kannst du dich hinlegen, und niemand wird dich sehen.«

Nachdem Will unter den Busch gekrochen war, zog sie einige Zweige über ihn, um ihn besser zu verbergen.

»Ich bin gleich wieder da.«

Sie lief rasch bis zum Ende des Grabens und dann über das ebene Gelände. Überall waren Soldaten und Polizisten, die nach

Männern suchten, Menschen aus ihrem Zuhause vertrieben und Zelte abbrannten. Selena schlich sich zwischen den Zelten hindurch, bis sie die Hütte der Collins erreichte. Tommy war nirgends zu sehen.

Von dort lief sie zu den Baxters. »Ich hab Will gefunden. Er ist verletzt und zu schwach, um weit zu gehen.«

»Wo ist er, Mädchen?« Mr Baxter stand auf und griff nach seinem Gewehr.

»Ich hab ihn im Graben versteckt. Haben Sie Tommy gesehen?«

»Er ist in der Hütte bei Jennys Leiche. Ich wollte gerade dorthin zurück, nachdem ich Mrs Baxter und das Baby hergebracht habe.«

»Ist Tommy denn dort sicher? Er könnte ebenfalls verhaftet werden.«

»Die Trooper werden dort nur eine Frau sehen, die um eine andere Frau trauert. Tommy hat sich Sachen von Jenny angezogen.«

»Jenny. Was machen wir denn mit Jenny?«

»Ich fahre mit dem Wagen rüber. Dann bringen wir sie hierher. Hast du was von Adam gehört?«

»Adam ist tot.«

Mrs Baxter schrie auf. »Gütiger Gott. Dieser nette junge Mann.«

»Komm mit, Selena. Wir holen zuerst Will.«

Joey, der älteste Sohn der Baxters, sprang hinten auf den Wagen.

Sie fanden Will dort, wo Selena ihn zurückgelassen hatte. Mr Baxter und Joey hoben ihn auf den Wagen und verbargen ihn unter leeren Getreidesäcken. Auf dem gesamten Weg zurück zu den Gravel Pits waren sie äußerst angespannt, weil sie fürchteten, von Troopern angehalten und durchsucht zu werden. Alle drei stießen einen Seufzer der Erleichterung aus, als sie das Zelt unbehelligt erreichten. Sie versteckten Will unter Mrs Baxters Bett.

»Die Trooper werden jede Minute hier sein«, warnte Joey.

Mrs Baxter fasste Selena am Arm. »Rasch ins Bett mit dir. Leg dir ein Kissen auf den Bauch, und wenn die Trooper hereinwollen, fängst du an zu schreien, als würdest du ein Kind bekommen.«

Selena legte sich mit einem Kissen auf dem Bauch ins Bett. Will gab ein lautes Stöhnen von sich. Selena stöhnte noch lauter. Will hörte sich an, als finge er an zu fiebern. Wenn er nicht ruhig blieb, würde er sich verraten. Selena stieß einen lauten Schmerzensschrei aus. »Ma, Ma, das Baby kommt«, rief sie dann noch überzeugender.

Da sie nicht hören konnte, was draußen gesagt wurde, schrie sie sicherheitshalber noch einmal. Da kam Mrs Baxter grinsend ins Zelt geeilt.

»Du solltest Schauspielerin werden, Selena. Die waren schneller weg, als sie gekommen sind.«

Selena hockte bereits auf den Knien, um nach Will zu sehen. Gemeinsam zogen die beiden Frauen ihn heraus und hoben ihn auf das Bett.

Mr Baxter und Tommy brachten unterdessen Jennys Leiche aus der Hütte auf dem Eureka-Feld zu den Baxters. Sie legten sie im anderen Zimmer auf das Bett, das dem kleinen Johnny gehört hatte. Tommy hätte sie in seine Hütte gebracht, doch die hatten die Soldaten bereits in Brand gesteckt.

So zog sich der Tag dahin. Sie blieben im Zelt und lauschten auf den Lärm, den die Soldaten und Polizisten veranstalteten, die die Goldfelder nach Rebellen absuchten. Sie verhafteten Leute ohne jeden ersichtlichen Grund und brannten Zelte und Läden nieder. Gegen Mittag kam ein Arzt und nähte die Verletzung an Wills Schulter.

»Ich gebe ihm etwas, um ihn ruhig zu stellen. Er hat sehr viel Blut verloren.«

»Wird mein Bruder wieder gesund, Doktor?«

»Ihr Bruder ist ein kräftiger junger Mann, Tommy. Mit viel Ruhe und guter Ernährung wird das schon wieder. Ich glaube allerdings, dass er immer Schmerzen in der Schulter haben wird und vielleicht weniger Kraft im Arm.«

Kurz bevor es dunkel wurde, legten sie Jennys in Segeltuch eingehüllte Leiche in den Wagen. Will, der so stark unter Beruhigungsmitteln stand, dass er nicht mitbekam, was geschah, hoben sie auf die Matratze, auf der Selena geschlafen hatte, damit er das Holpern des Wagens nicht zu sehr spürte. Tommy nahm die Zügel, Selena setzte sich neben ihn. Sie würden die ganze Nacht durchfahren, bis sie Langsdale erreichten.

Drei Wochen lang nahm Will kaum etwas von seiner Umgebung wahr. Einmal, als die Wirkung der Medikamente nachließ, fragte er nach Jenny und zeigte keinerlei Regung, als Meggan ihm sagte, dass man sie auf der Anhöhe hinter der Farm begraben hätte. Nach dem Kind fragte er überhaupt nicht.

Als er aufstehen und wieder herumlaufen konnte, ging er den Hang zu dem einsamen Grab mit dem frisch gestrichenen weißen Kreuz hinauf. JENNY COLLINS, 1832–1854, lautete die Inschrift. Bald würde seine Jenny einen großen Grabstein aus Marmor bekommen. Will hatte Con gebeten, einen beim besten Steinmetzen in Ballarat zu bestellen.

Trotz der heißen Nachmittagssonne setzte er sich mit bloßem Haupt neben das Grab seiner Frau und zog eine Bilanz seines Lebens. Was hatte er schon geleistet, wofür es sich zu leben lohnte, außer dass er durch Gold einen bescheidenen Reichtum erlangt hatte? Und was nützte ihm dieses Geld jetzt? Jenny war für immer fort. Hal und Tommy suchten sich ihren eigenen Platz in der Welt. Die Vergangenheit war abgeschlossen, die Zukunft lag unbekannt im Nebel. Morgen würde er sein Pferd satteln und einfach irgendwohin reiten.

Als er wieder zur Farm hinuntergegangen war, erklärte er Meggan, was er vorhatte.

»Du hast dich nie nach dem Baby erkundigt, nach Louisa«, schalt Meggan ihn mit sanfter Stimme.

»Du hast sie nie erwähnt.« Am liebsten wollte er vergessen, dass es das Kind überhaupt gab.

»Ich war mir nicht sicher, was du für Louisa empfindest. Bedeutet sie dir überhaupt etwas?«

Will zog die Mundwinkel nach unten. »Das hätte sie vielleicht, wenn ihre Mutter am Leben geblieben wäre. Doch nun bedeutet mir das Baby gar nichts.«

»Sie ist Jennys Tochter. Willst du denn nicht einmal wissen, wo sie ist?«

Will zuckte mit den Schultern. Meggan seufzte.

»Mrs Baxter kümmert sich um Louisa. Sie hat für sie eine Amme gefunden.«

»Dann geht es dem Kind ja gut.«

»Das Kind braucht Eltern. Louisa ist ein lebender Teil der Frau, die du geliebt hast.«

Will schwieg.

»Will, ich weiß, dass du nicht Louisas Vater bist.«

»Nein.« Will schrie das Wort fast hinaus. »Das Kind wurde von Tom Roberts gezeugt. Ihm hat es nicht gereicht, Jenny zu vergewaltigen, er musste sie auch noch töten.«

Beide drehten sich abrupt um, als ein lauter Aufschrei vor der Tür zu hören war. Agnes kam mit bleichem Gesicht herein. »Tut mir leid, Ma'am, ich hab's einfach mitbekommen. Ist das mit Tom wahr?«

»Erzähl du's ihr, Megs«, sagte Will, bevor er ging.

Als Meggan etwas später nach ihm suchte, saß er auf den Stufen der Veranda, das Kinn in die Hand gestützt.

»Ich habe Agnes alles von Anfang an erzählt, auch das, was in Cornwall geschehen ist.«

»Hast du ihr auch gesagt, dass Selena Tom erschossen hat?«

»Nein, das habe ich ihr verschwiegen. Falls Selena hierbleibt, ist es besser, wenn Agnes das nicht weiß.«

»Wo ist Selena?«

»Bei Jane und den Kindern. Ich muss sagen, dass Jane Adams Tod sehr gefasst hinnimmt.«

»Ja.« Jane gegenübertreten zu müssen war für ihn das Allerschwierigste gewesen. Er fühlte sich für Adams Tod verantwortlich. Adam war erst so kurze Zeit auf den Goldfeldern gewesen, dass er mit der Revolte der Goldgräber eigentlich nichts zu tun gehabt hatte.

Will stand von der Stufe auf, um sich neben Meggan auf die Veranda zu setzen. Er nahm an, dass Meggan erneut über Jennys Baby sprechen würde. Nachdem sie sich bereits mehrere Minuten unterhalten hatten, sprach er das Thema selbst an.

»Ich hab gedacht, du würdest noch mehr über das Baby sagen.«

Meggan lächelte vage. »Noch nicht.« Sie fing an, über Tommys Verlobte Mary-Anne zu reden. »Sie scheint perfekt zu Tommy zu passen. Ich hoffe, dass ich sie bald kennen lerne.«

»Ich hab sie ein paarmal gesehen. Sie ist ein sehr liebes Mädchen.«

In dem Moment kam Agnes zusammen mit Larry um das Haus herum auf die Veranda. Und schon bald war Will der Grund für Meggans Lächeln von vorhin klar. Larry kam sofort auf den Punkt zu sprechen.

»Meine Agnes hat mir alles erzählt, Mrs Trevannick. Was ihr Bruder getan hat, war eine ganz üble Sache, und es tut mir sehr leid für Sie, Will. Kein Mann wünscht sich, dass so etwas seiner Frau passiert. Agnes ist sehr verzweifelt über das, was ihr Bruder getan hat.«

Da meldete sich Agnes zu Wort. »Ich würde gerne Louisa haben, wenn es Ihnen recht ist, Mr Will. Sie ist ja doch mit mir verwandt, und ich würde sie großziehen wie mein eigenes Kind.«

»Ich bin mit Agnes' Wunsch völlig einverstanden«, sagte Larry.

Will sah Meggan an, um ihre Meinung abzuschätzen. Das vage Lächeln umspielte wieder ihren Mund. »Louisa wird ein glückliches Zuhause haben, Will. Und falls du irgendwann einmal das Bedürfnis hast, Jennys Tochter wiederzusehen, weißt du ja, wo du sie finden kannst.«

Am frühen Morgen sattelte Will sein Pferd. Er würde nur in den kühleren Stunden reiten und sich während der Nachmittagshitze ausruhen. Am ersten Tag bot ihm ein schattiger Bach den idealen Ort dafür. Er aß ein Stück Brot mit Käse, trank aus dem kühlen, klaren Bach, dann legte er sich zurück und schloss die Augen.

Als er aufwachte, sah er Selena in Männerkleidung am Bach sitzen, die Füße im Wasser. Mit einem lauten Schrei richtete er sich auf.

»Was machst du denn hier?«

Sie wandte sich um und blickte ihn mit jenem verschmitzten Grinsen an, das er nur zu gut kannte. »Warte darauf, dass du aufwachst.«

»Wieso bist du hier? Bist du mir etwa gefolgt?«

»Bin ich. Ich komme mit dir, Will.« Sie zog die Füße aus dem Bach und stand auf. »Ich möchte ein Teil von deinem Leben sein.«

Sie stand da, das Kinn leicht trotzig vorgeschoben, bereit, es mit der Welt und allem, was sie zu bieten hatte, aufzunehmen. Will spürte, wie sich die Hoffnungslosigkeit wie ein Knoten in seinem Inneren löste. Mit Selena an seiner Seite würde er vielleicht doch noch ein Ziel im Leben finden.

»Dann zieh dir mal lieber deine Stiefel an. Wir müssen nämlich los.«